ALEXIANE THILL

LES MACCOY

3 • La Louve et le Glaive

Hugo Poche

NEW ROMANCE®

À ces premiers amours
que l'on n'oublie jamais.

PRÉCÉDEMMENT…

Phèdre Duval débarque à Édimbourg grâce à un programme linguistique organisé par EF Écosse afin de respecter les derniers souhaits de son père disparu. Accueillie au sein de la famille Bain, elle cherche à se fondre dans l'ombre pour fuir Henry Campbell, le bourreau de son enfance…

Son emploi en tant que femme de ménage à l'Unicorn chamboule tous ses plans. Phèdre se retrouve attirée malgré elle dans un univers dont elle ignorait l'existence… Les Clans d'Écosse sont toujours aussi puissants que par le passé et continuent à régner sur le pays à l'insu du reste du monde. Afin de la protéger d'un autre Chef, Swinton, le *laird* Caleb MacCoy revendique la tutelle de Phèdre. Cette dernière devient sa Pupille, mais le duel qui en découle entraîne l'exécution de Marlène Swinton.

D'abord réfractaire, Phèdre finit par accepter sa condition : sur Inchkeith, l'île du Clan MacCoy, elle est davantage à l'abri d'Henry Campbell. Mais le quotidien qu'elle découvre met à rude épreuve sa patience et ses valeurs. Elle doit se faire sa place dans un univers machiste, tout en luttant contre ses sentiments naissants envers Caleb. Celui-ci souffle le chaud et le froid, et refuse de révéler tous ses secrets.

C'est celui de Phèdre qui se dévoile en premier, de la bouche d'Henry Campbell. Fille d'Alexander MacLeod, elle est en réalité l'héritière de ce Clan ancestral et destinée à prendre la suite de son père. Caleb n'est qu'un sous-fifre d'Henry : il a noué une alliance avec les Campbell pour assurer la survie de son Clan et tenir éloigné les MacKenzie, ennemis de toujours des MacCoy.

Caleb réussit toutefois à regagner la confiance de Phèdre : ce qu'il veut, c'est l'aider à récupérer la place qui lui revient de droit, tout en anéantissant le fléau Henry Campbell.

Phèdre apprend le rôle de Chef grâce au *laird* MacCoy, dont elle se rapproche encore. Entre eux, l'amour s'installe… En parallèle, elle s'entraîne aux arts martiaux aux côtés de Brahn et renoue avec d'anciens MacLeod.

Sa période de préparation prend fin quand Henry Campbell lui envoie une invitation en tant que nouveau Chef MacLeod afin qu'elle participe à une réception dans son fief d'Inveraray. C'est l'occasion pour la jeune femme de poser un premier pied sur la scène clanique et de rencontrer les Sept, les Familles les plus influentes d'Écosse.

Victor Campbell, fils d'Henry, lui tend une embuscade en l'humiliant publiquement et en levant le voile sur le rôle de Caleb dans la mort d'Alexander MacLeod. Complètement dévastée, Phèdre quitte Caleb et se rend à Dunvegan avec son Clan, bien décidée à anéantir ses ennemis, dont MacCoy.

Caleb est brisé par le départ de Phèdre mais s'efforce de garder un œil sur elle. Deux mois s'écoulent, durant lesquels la nouvelle lady MacLeod tente de reprendre les rênes de sa Famille, aidée par sa mère, Rose Duval, et par Callum Bain. Son désir de vengeance prend toutefois le pas sur ses devoirs, ce qui déplaît à ses conseillers, dont l'ambitieux Conrad.

Lorsque sa mère quitte Dunvegan, Phèdre est obligée de revoir ses priorités. L'un des fils d'Angus MacKenzie, Elrik, lui propose une alliance pour anéantir les MacCoy et lui apprend les raisons de la haine entre les MacCoy et les MacKenzie : Moira, sœur d'Angus, a trahi son Clan pour épouser Alastair, le père de Caleb. Phèdre n'accepte ni ne refuse d'emblée la proposition d'Elrik, prenant le temps de la réflexion.

De son côté, Caleb, toujours légalement Tuteur de Phèdre, subit une forte pression de la part de Victor Campbell. La jeune femme étant sa Pupille, elle est censée respecter ses ordres, mais Caleb se refuse à la forcer à épouser le fils du duc d'Argyll. Tiraillé entre les responsabilités envers son Clan et son amour pour Phèdre, il cherche une solution. C'est au détour d'une ruelle à l'Unicorn qu'il la trouve :

afin d'éviter que Phèdre s'allie aux MacKenzie et pour gagner du temps vis-à-vis des Campbell, Caleb s'invite à Dunvegan.

Si sa haine reste tenace, Phèdre est troublée par cette nouvelle proximité avec le Clan MacCoy. Caleb tente de l'aider à prendre les bonnes décisions et à jouer son rôle de Chef de Clan. Il la soutient entre autres contre Conrad, qui finit par être exilé. Intérieurement, il est tourmenté par le souvenir de l'implication du Clan MacCoy lors du massacre de Dunvegan en 2005. Il ne peut s'empêcher de revenir sur les traces de ce qui s'est passé, ce qui attise les suspicions de Phèdre. Une révélation en entraînant une autre, la jeune femme apprend que les MacCoy ont en réalité tenté de sauver un maximum de la population à cette époque et qu'Alexander était présent sur l'île de Skye dans l'espoir de faire tomber Campbell. Caleb a aussi essayé d'aider le Chef MacLeod à fuir les MacKenzie, mais cela s'est soldé par un échec. Rattrapé, Alexander a préféré se suicider plutôt que de se rendre. Il n'a jamais abandonné sa fille ; il essayait alors de la retrouver pour la protéger.

Phèdre et Caleb s'aiment et sont décidés à affronter leurs ennemis communs : les MacKenzie et les Campbell. Ils taisent leur relation, inquiets de la réaction des MacLeod qui tiennent encore les MacCoy pour responsables du massacre de Dunvegan, mais Callum les découvre et menace de tout révéler. Alors qu'ils tentent de le rattraper avant qu'il ne rejoigne Conrad, Phèdre et Caleb sont piégés par les fils MacKenzie, qui les capturent et les emmènent à Eilean Donan. Là, Phèdre est placée au pied du mur face au *laird* Angus et à Victor Campbell. Pour sauver Caleb, elle accepte de céder les terres des MacLeod au duc d'Argyll.

Phèdre et Caleb réussissent à s'enfuir d'Eilean Donan, non sans passer à deux doigts de la mort. Alitée, la jeune femme découvre qu'elle attend un enfant.

Les MacLeod et les MacCoy sont désormais unis et aspirent à un meilleur avenir, ensemble. Mais leurs ennemis n'ont pas dit leur dernier mot.

Et Elisabeth MacCoy non plus.

PROLOGUE

DUNCAN
Le Glaive

Février 2011

Assis au bord d'une falaise d'Inchkeith, je tentais de percer le brouillard nappant la mer. Les pans du plaid entourant mes épaules se soulevaient sous les bourrasques d'un vent glacé. Les brins d'herbe secs me piquaient à travers le tissu de mon jean. Mais cette douleur n'était rien comparée à celle que je ressentais à l'intérieur.

Chaque battement de mon cœur me broyait la poitrine depuis des semaines.

Chacune de mes inspirations plantait une lame dans mon ventre.

J'avais mal, et j'ignorais quand je finirais par aller mieux. Parfois, j'en venais à croire que cela ne changerait jamais. J'étais condamné à errer, perclus d'une souffrance dont je ne pouvais pas guérir.

Dans un recoin de mon crâne, une voix ricanait et ne cessait de murmurer : « Lâche. »

Je voulais lui hurler de se taire. Lui crier que j'avais fait le bon choix. Mais elle riait de plus belle, en un terrible écho à mes propres doutes.

Était-ce vraiment la bonne décision ?

Quelqu'un s'approcha, puis s'arrêta près de moi.

Caleb… Il attendit quelques secondes avant de s'installer à mes côtés. Il ramena ses jambes contre lui, les encercla de ses bras et observa l'horizon à son tour. Silencieux.

Il se passa cinq minutes, ou peut-être dix. Je n'avais plus conscience du temps. Les minutes me semblaient des heures, les heures des jours entiers.

Caleb finit par remuer. Un tintement cristallin attira mon attention. Avant que je ne réalise ce que l'Ours complotait, un verre surgit sous mon nez. Le *laird* déboucha une bouteille de whisky et me versa un peu de liquide ambré. Il se servit à son tour et, sans un mot, en but une première gorgée. Après une brève hésitation, je l'imitai. L'alcool me réchauffa, mais sa puissance dans ma gorge n'atténua pas la douleur dans ma poitrine.

Encore un silence. Pesant.

Entre Caleb et moi, les choses avaient changé. La confiance que nous nous portions s'était effritée. Pourtant, il restait mon meilleur ami ; ma loyauté restait intacte. Elle s'enveloppait cependant d'un sentiment d'aigreur aussi vicieux que ma rancœur contenue.

– Je suis désolé.

La voix rauque de Caleb me parvint à peine à travers les bourrasques. Je ne répondis pas. Je n'avais rien à dire. Il ajouta :

– C'était la meilleure décision.

Son timbre trahissait son chagrin. Je me raidis et me tournai enfin vers lui. Son regard se perdait dans la brume. Ses lèvres étaient pincées, ses doigts se plantaient dans le tissu de son tartan écarlate. Je savais qu'il souffrait, mais il me fallait composer avec ma propre douleur avant d'apaiser la sienne. J'avais beau comprendre, me répéter aussi que c'était ce qu'il fallait faire, ce qui s'était passé me pesait. Au moins autant qu'à lui. Plus, sans doute.

Ma main se posa sur son épaule. Il baissa la tête, puis se resservit un verre qu'il but cul sec.

– Je suis désolé, me répéta-t-il, mais…

– Je sais, le coupai-je.

J'inspirai et me redressai face à la mer agitée.

– Je sais pourquoi, terminai-je.

Mon ami hocha la tête, puis se remit sur pied. Je le connaissais depuis assez longtemps pour comprendre que le sujet était clos et que nous ne reviendrions plus dessus. Il n'était pas nécessaire de débattre entre nous pour nous retrouver sur la même longueur d'onde.

Il s'était excusé, et c'était déjà beaucoup.

Je m'en contenterais pour ne pas perdre pied.

Je devais avant tout me pardonner à moi-même.

Parce que je n'étais qu'un lâche.

Parce que tout était de ma faute…

CHAPITRE 1

DUNCAN
Le Glaive

2018

J'ai toujours aimé les livres. Ils sont silencieux, tranquilles, reposants. Ils ont le don de m'apaiser.

Mes doigts effleurent le cuir de mon bon vieil exemplaire du *Monde Perdu* de Sir Arthur Conan Doyle, une édition collector aux reliures dorées. Un cadeau de Caleb, d'Alastair et de Moira pour mes 15 ans. Enfin, Cal' a eu l'idée, puis ses parents se sont démenés pour m'offrir ce trésor. Mon père n'a pas fait de commentaire ; il ne pouvait pas risquer de déplaire au *laird*. Je me rappelle encore le clin d'œil que m'a adressé ma mère. Elle était ravie que d'autres qu'elle m'encouragent à m'adonner à mon loisir favori quand la plupart exigeaient de moi que je travaille mon don pour le tir.

Si tout avait été différent, je me demande où j'en serais aujourd'hui. Probablement gérant d'une librairie, entouré de romans anciens dont j'aurais pris soin. Ma vie aurait été plus simple. Pas de doigts douloureux dont les os et les articulations craquent et s'usent à force de s'abîmer autour d'un fusil, pas de sang qui éclabousse mes joues et mon front, s'infiltrant parfois entre mes lèvres que je croyais pincées. Pas de guerre, pas de politique.

Pas de morts.

Je pourrais me considérer comme un héros de ces livres que je parcours dès que j'ai une minute à moi. Mon histoire s'y prête. Mais dans les pages de ces ouvrages, la douleur n'est qu'une image. Ma réalité est le fantasme de milliers de lecteurs aspirant à l'évasion ; moi, je ne m'évade pas.

Mon père aurait pu faire un autre choix quand j'étais enfant, celui de rester sur le continent pour servir de loin les MacCoy, comme corbeau, par exemple. Il aurait pu décider de ne pas nous emmener, ma mère et moi, sur Inchkeith. Il estimait qu'un avenir plus prometteur m'attendait là-bas…

Un soupir m'échappe tandis qu'un diaporama de ces derniers mois défile derrière mes paupières.

Cela suffit à attirer sur moi le regard perçant de Phèdre, allongée dans un canapé corbeille assez confortable pour soulager son dos et ses jambes douloureux. Elle arque un sourcil curieux, auquel je réponds d'un sourire contrit. J'ai tendance à oublier qu'elle se réfugie dans la bibliothèque elle aussi, de temps en temps. Elle aime mes silences, et le calme des lieux. Nous avons le même respect inné pour les rayonnages endormis où sommeillent des dizaines de romans passionnants.

Je ne suis plus habitué à ce que d'autres profitent de la pièce avec moi. Plus depuis le départ de Megan.

La porte s'ouvre soudain sur Caleb, et un courant d'air me renvoie des odeurs qui me retournent l'estomac. Armé d'un plateau, mon ami se traîne jusqu'à Phèdre. Il dépose trois assiettes sur le guéridon installé près d'elle et se laisse tomber sur le canapé, veillant cependant à ne pas cogner dans le ventre tout rond de la jeune femme.

– Je n'arrive pas à croire que j'ai cédé à tes pulsions alimentaires, ronchonne-t-il.

Phèdre s'est déjà redressée, le regard brillant, tandis qu'elle louche sur le repas que le *laird* lui a préparé. Je grimace, gêné par les effluves qui ont remplacé le parfum de cuir et de poussière.

– Je suis enceinte, réjouis-toi que je ne te demande pas des fraises dans un coulis d'avocat à 3 heures du matin, déclare le Chardon.

J'arque un sourcil et m'attarde sur le sandwich, détaillant les ingrédients qui en dépassent : du cheddar, du salami, du poulet froid, de la mayonnaise et… une peau de banane ?

Je ravale une nausée. Caleb rouspète :

– Je préfère encore des fraises plutôt que cette immondice.

– Ce n'est pas pour toi, de toute façon ! Qu'est-ce que ça peut bien te faire ?

– C'est avec ça que tu nourris notre fils !

– C'est lui qui me le réclame !

Phèdre toise mon ami, provocante, et croque à pleine bouche dans l'objet du débat. Les traits de Caleb pâlissent, se tordent de dégoût, puis sa colère reprend le dessus. Je ravale un éclat de rire. Lady MacLeod se gargarise de son petit effet et engloutit son repas en reprenant à peine une inspiration. Le *laird* abdique, impuissant. Il se contente de l'observer se rassasier pour deux, ses yeux s'attendrissant au fur et à mesure jusqu'à n'être plus qu'un puits d'admiration, d'amour et de respect. Un bref soupir m'échappe pour la énième fois. Cette fois, c'est Caleb qui reporte son attention sur moi. Ses lèvres s'étirent en un rictus sardonique.

– Tu es encore dans ton monde perdu ?

– Je préfère m'égarer là-bas que dans vos mièvreries.

Caleb éclate de rire, et Phèdre manque de s'étouffer avec son sandwich.

C'est bien parce que nous sommes seuls que je me suis permis une réplique pareille. Malgré son ascension, lady MacLeod se soucie peu du protocole et de l'étiquette. Si je le lui reproche parfois, j'apprécie égoïstement qu'elle ne s'offusque pas de la relation que j'entretiens avec son compagnon.

Elle essuie une goutte de mayonnaise au coin de ses lèvres et embraie :

– Tu es dur ! Nous ne sommes pas mièvres…

Caleb hausse un sourcil. Elle soutient son regard inquisiteur sans broncher, jusqu'à ce qu'elle n'y tienne plus et se mette à rougir.

– Non, point du tout, se moque le *laird*.

Je ne préfère pas savoir ce qui leur est passé par l'esprit… Je pressens que c'est le moment pour moi de m'éclipser : les doigts de Caleb se perdent dans les boucles noires de Phèdre, et son sourire devient plus tendre. J'ai appris à repérer les signes au fil des mois.

Je me lève, replace le plaid qui me recouvrait les jambes sur le fauteuil en cuir et range le roman sur ma pile de lectures.

– Où est-ce que tu vas ? me demande Caleb.

– Me faire un café avant que vous me trouviez du travail à faire, répliqué-je.

– Ce n'était pas prévu, mais maintenant que tu en parles, Rose aurait besoin d…

– À plus tard, *milaird* !

Les rires de Caleb et Phèdre m'accompagnent jusqu'à ce que je quitte la bibliothèque. Je referme la porte derrière moi et prends la direction des cuisines. Les couloirs sont animés depuis que les MacLeod se sont installés sur Inchkeith. Vu la rapidité à laquelle les membres du Clan au Taureau arrivent, les travaux n'arrêtent jamais au sein du hameau, et il nous faut parfois loger les nouveaux venus dans le château à titre provisoire, si bien qu'il reflète désormais l'effervescence quotidienne de l'île.

Je n'en suis plus perturbé. La vie reprend ses droits, grâce à Phèdre.

Je descends les escaliers et me glisse dans le couloir menant à la salle de banquet. Par-dessus le brouhaha de la salle commune dans mon dos, je surprends des voix plus proches. Je fronce les sourcils. Une étrange sensation envahit ma poitrine.

– … promis… de ne plaider… auprès du *laird*… Vous ne… pas… comme ça… nir.

Les propos se clarifient à mesure que j'avance en direction des cuisines. Des picotements remontent le long de mes doigts. Je ralentis, surpris par ce que je comprends :

– Je dois au moins vous annoncer.

Des piliers obstruent ma vision, mais je crois apercevoir le nouveau garde-côte, Charly. Il remplace ce pauvre Edward, décédé dans l'incendie de sa maison il y a quelques mois. Que fait-il ici ? Et qui devrait-il annoncer ?

Tout de même pas...

– Madame ! Madame, attendez, s'il vous plaît, s'exclame l'intéressé. Je vais me faire écorcher vif si…

– La vache ! Rien n'a changé, ici ! Attends, comment tu m'as appelée ? Je suis à peine plus vieille que toi !

Je me tétanise. Une décharge remonte de mon petit orteil jusqu'à la racine de mes cheveux. Elle est si violente que je plaque ma main sur le mur à ma droite pour ne pas chanceler.

Impossible.

– Pa… pardon… mademoiselle ?

– C'est mieux.

Encore ce timbre si particulier que je reconnaîtrais entre mille. Je déglutis et réussis à avancer de quelques pas, commandant à mes jambes de ne pas me lâcher. Mon cœur palpite et mon estomac me fait mal. L'angoisse, l'appréhension, peut-être.

C'est encore un rêve. Un simple rêve. Un énième parmi tant d'autres.

Encore quelques mètres, et je parviens à distinguer les silhouettes qui se tiennent debout, devant les portes ouvertes de l'entrée principale du château. Charly a le teint livide. Face à lui, un fantôme. Celui qui me hante depuis plusieurs années ; un mirage que je n'espérais plus. Pourtant, elle est bien là. Droite, fière, ses cheveux cuivrés accrochant la lumière, les bras croisés sur sa poitrine et, à ses pieds, trois bagages dont un sac de randonnée. Je déglutis.

Merde… Elle n'est pas *ici. Ce n'est* pas *possible !*

Mes doigts tremblent. J'ai la clairvoyance de les glisser dans mes poches, dans un réflexe idiot pour préserver une dignité dont je suis le seul à me soucier.

Tourne les talons. Casse-toi. Fais comme si tu ne l'avais pas vue.

Mais je reste immobile, planté là comme un imbécile, incapable de détourner les yeux de ce visage gravé en moi, de ces iris noisette parsemés de pépites d'or. Un regard qui se pose sur moi et qui, soudain, se durcit en m'apercevant.

Mes bras restent ballants. Je ne les ouvre pas pour la cueillir, pas plus qu'elle ne se précipite vers moi, comme elle l'aurait fait il y a dix ans. Pas de sourire, pas d'étreinte. Juste une distance entre nous que nous ne réduisons pas.

Je pensais ne jamais la revoir. Et elle est là, à me fixer en silence. À quelques mètres à peine.

Elisabeth MacCoy.

La Louve est de retour.

CHAPITRE 2

DUNCAN
Le Glaive

1993

« Tu verras, tu vas t'y plaire. »

Ces mots résonnaient dans mon crâne de gosse tandis que l'île d'Inchkeith se dessinait à l'horizon. Du haut de mes 6 ans, elle me paraissait immense, trop sinistre. Je me raccrochai à la main de ma mère, loin de partager son enthousiasme que je devinais exagéré. Elle souhaitait faire plaisir à mon père, au point de mettre de côté ses propres aspirations. Ils s'étaient beaucoup disputés avant le jour du grand départ. Pour mon père, vu mon jeune âge, je ne remarquerais rien, je serais à peine impacté par un chamboulement aussi important qu'un déménagement.

Ma mère l'a cru.

Moi aussi.

Nous débarquâmes sur l'île, et elle me parut plus sordide encore. J'eus l'impression de pénétrer dans une geôle dont je ne ressortirais jamais… Ce fut pire encore lorsque nous grimpâmes la pente abrupte qui montait vers le château : mon père souhaitait « présenter ses hommages » au *laird* avant de poser nos bagages. Nous dûmes attendre un moment sur le perron – encore quelque chose qui me parut démesuré. Ma mère en profita pour me désigner de l'index une bâtisse d'apparence plus récente que toutes les autres du hameau.

– Regarde la maison aux volets verts ! C'est la nôtre.

Je dévisageai ma mère sans réellement comprendre.

– Le *laird* MacCoy l'a fait construire pour nous, ajouta-t-elle. Tu verras, tu vas t'y plaire.

Était-ce moi ou bien elle-même qu'elle essayait de convaincre ?

Observant les environs, je tentai d'apercevoir des enfants de mon âge avec qui jouer. Je n'en vis aucun. De quoi me démoraliser un peu plus. Je m'efforçai de ne pas laisser paraître ma tristesse. Mon père n'aimait pas ça. Il me réprimandait quand je pleurais ou que je m'énervais. « Le calme est la vertu de la préséance », c'est ce qu'il disait toujours. Je n'ai toujours pas compris ce qu'il entendait par là.

Je ne me suis jamais senti comme un privilégié. Mes parents étaient dévoués au Clan. Se rapprocher du *laird* signifiait pour eux avancer dans la hiérarchie. Moi, je m'en fichais. « MacCoy », c'était pour moi un simple nom dont on me rabâchait les oreilles. Rien de plus.

Jusqu'à ce jour où le Chef du Clan est venu lui-même nous accueillir à bras ouverts sur son île, le sourire aux lèvres. Je me rappelle avoir été intimidé face à sa carrure massive et sa tignasse brune indisciplinée. Sentiment renforcé par la barbe broussailleuse recouvrant sa mâchoire carrée et sévère.

– Clyde ! lança-t-il. Et Aileas ! Vous êtes enfin là.

Je me souviens encore de mon pas en arrière : je cherchais la protection de ma mère.

– Pardon pour le retard, *milaird*, fit mon père sur le même ton enjoué. Beaucoup de trafic sur la route.

– Ne t'en fais pas. Venez, entrez ! Vous devez avoir faim. Profitez de votre présence ici pour manger un morceau, Mary vous préparera un repas chaud.

– C'est trop aimable, mais…

– Je te le propose, Clyde. C'est une période de fête !

Mes parents parurent étonnés. L'homme précisa :

– Ma fille est née en début de mois.

C'est alors qu'il me remarqua enfin, dissimulé contre les jambes de ma mère. Son regard noisette s'adoucit, et il me tendit la main. Je saisis cette paume avec timidité. Mes doigts disparurent dans sa poigne solide et calleuse.

– Tu dois être Duncan, devina-t-il avec un sourire. Je suis Alastair MacCoy.

– Bon… bonjour… monsieur.

– « *Milaird* », me corrigea aussitôt mon père.

– Pas d'inquiétude, Clyde. Il apprendra vite. J'en suis convaincu.

J'ignore d'où lui venait une telle certitude, mais à l'époque, cette confiance me toucha, même si je ne comprenais pas exactement ce qu'il se passait. Je me sentis plus à l'aise, d'autant que ma mère me gratifia d'un clin d'œil qui acheva de ralentir les battements de mon cœur. Elle prit la main que je venais de délivrer de celle d'Alastair, et nous emboîtâmes le pas de ce dernier dans le hall si haut de plafond de son château.

Alors que nous nous engouffrions dans un couloir ouvert en direction d'une salle de repas, mon attention fut attirée par une voix féminine qui chantait. Je m'éloignai de mes parents et du *laird* sans prévenir, ennuyé par les discussions des adultes. J'entrai dans une pièce à la lumière chaude. Devant l'une des fenêtres, je tombai sur un ange installé sur un canapé douillet. Je mis de longues secondes à me ressaisir et à me corriger. C'était une femme aux cheveux si blonds et fins qu'ils formaient un halo autour de son visage rond. Elle tenait dans ses bras un bébé emmailloté dans des langes ; ses doigts tapaient tendrement la cadence de la mélodie en gaélique qu'elle chantait sur les tissus. Elle dégageait une telle aura de douceur… Je mourais d'envie de m'asseoir à ses pieds pour l'écouter plus longtemps. Mais on me bouscula soudain.

– T'es qui, toi ?

Je cillai, abasourdi par le ton violent avec lequel cette question venait de m'être posée. Mon regard se posa sur un garçon de mon âge aux boucles d'un brun cuivré. Vêtu d'un pull épais en laine, d'un pantalon en daim et de tennis, il dardait sur moi des yeux pareils à ceux d'Alastair MacCoy. Il m'affrontait d'un air agressif, prêt à me sauter dessus si je me risquais au moindre geste.

– Caleb, tempéra la femme derrière lui.

L'interpellé haussa les sourcils, jeta un coup d'œil à celle que je devinais être sa mère et croisa les bras, décidé à ne pas bouger d'un pouce.

– Il n'a pas dit qui il est, grogna-t-il.

– Il est sans doute perdu. Approche, mon garçon.

Caleb et moi nous observâmes un instant, essayant de comprendre auquel de nous la femme s'adressait. Finalement, elle me fit signe, et son fils me laissa passer de mauvaise grâce. Je vins près d'elle à petits pas, et elle m'offrit un sourire encore plus chaleureux que celui d'Alastair.

Elle s'appelait Moira, et jamais je n'oublierai la tendresse qui émanait d'elle ce matin-là. Jamais non plus je ne m'ôterai de la mémoire ce poupon qui dormait à poings fermés dans ses bras. Je baissai les yeux sur le nouveau-né, intrigué et mal à l'aise. Je ne le trouvai pas beau du tout, avec ses traits plissés, sa bouche tordue et ses joues rouges. Il était déjà très chevelu, le crâne couvert de bouclettes noires.

Caleb nous rejoignit et m'asséna :

– Pas touche.

Je n'en avais pas l'intention, mais cette menace implicite me crispa. Moira fronça les sourcils et afficha une moue réprobatrice. Son fils le remarqua et se renfrogna.

– T'es-tu perdu, Duncan ? me demanda-t-elle.

Je fus surpris qu'elle ait deviné qui j'étais. Mais je m'abstins de lui poser la moindre question à ce sujet.

– Non, madame, répondis-je. Je vous ai entendu chanter.

– Alastair souhaitait vous accueillir lui-même, toi et ta famille, et vous offrir un copieux petit-déjeuner. N'as-tu pas faim ?

– Non, madame. Enfin, peut-être un peu…

Je ne parvenais pas à détacher mon regard du nourrisson, suivant ses grimaces et ses sourires étonnants. Moira descendit le lange pour découvrir son visage ratatiné.

Non, il n'était pas beau du tout.

– Elle s'appelle Elisabeth.

Je levai la tête, étonné. C'était donc une petite fille ?

– N'aie pas peur, elle dort.

Je haussai les épaules. Je tenais à prouver que non, je n'avais pas peur. Je n'étais pas à mon aise, c'est tout.

Caleb me foudroyait des yeux, les dents serrées. Il ne me faisait pas confiance, et je ne pouvais pas lui en vouloir. Je débarquais de nulle part, et il ne me connaissait pas… Je décidai de l'ignorer et de me pencher un peu. Elisabeth s'agita alors et se mit à gémir. Je reculai, mortifié. Je l'avais réveillée par ma simple présence. Quand elle se mit à pleurer – ou plutôt, à brailler –, je sentis mes joues s'échauffer. Je triturai mes mains en psalmodiant des excuses assourdies par les cris du bambin. Moira secoua la tête pour me signifier de ne pas m'en faire et se remit à chanter. Cela ne calma pas Elisabeth. Même les grimaces de son frère ne réussirent pas à l'amadouer.

– Elle a peut-être encore faim, pensa tout haut sa mère.

– As-tu besoin que je te rapporte quelque chose, maman ?

– Non, mon chéri. Merci.

Moira se leva tout en berçant le nourrisson énervé. Quant à moi, j'hésitais entre trouver un moyen de réparer mon erreur ou m'enfuir à toutes jambes pour ne plus jamais revenir.

Lady MacCoy déambulait dans la pièce en murmurant à son bébé des mots d'amour et de réconfort. Je remarquai alors qu'elle était vêtue d'une robe ample toute simple lui arrivant aux genoux ; la couleur du tissu accentuait la pâleur de ses traits. Elle semblait épuisée. Caleb observait ses allées et venues avec inquiétude, prêt à répondre à la moindre demande.

Dépassée par la crise, Moira modifia la position d'Elisabeth dans ses bras. Ainsi, le visage de la petite se retrouva… juste sous mon nez. Elle cessa ses jérémiades et me fixa de ses grands yeux globuleux. J'écarquillai les miens, m'attendant à une nouvelle salve de larmes. À la place, j'eus le droit à un intérêt intense. Les prunelles noires ne me lâchaient plus. Je levai ma main vers elle, avec prudence, comme si je craignais de briser de la porcelaine. Elle s'empara de mon pouce et s'y accrocha de toutes ses forces. Le gazouillis qui lui échappa m'arracha un sourire. Cet enfant n'était pas mignon du tout, mais ses babillements avaient un je-ne-sais-quoi d'attachant.

– Bonjour, Elisabeth, dis-je alors.

En réponse, elle émit un autre gargouillis adorable.

CHAPITRE 3

ELISABETH
La Louve

2018

Bien sûr, je me doutais que je tomberais sur Duncan en revenant à Inchkeith. C'était inévitable. Mais dès mon entrée dans le château ? La vie adore l'ironie. Pas de bol, ce n'est pas mon cas.

Alors qu'il continue à me fixer sans bouger, je l'affronte sans ciller. Est-ce qu'il va s'approcher pour me saluer ? Me parler ?

Sa voix a-t-elle changé ?

Je ne sais pas, mais il a toujours ses cheveux trop longs et si beaux.

Il a pris du muscle, et ses traits m'ont l'air plus sévères. Il n'était déjà pas très ouvert à l'époque, il l'est encore moins aujourd'hui. Et cette espèce de barbe volontairement négligée qui lui ombre la mâchoire ? Elle le vieillit. Je n'aime pas du tout.

Je ne préfère pas m'attarder sur son look. C'est quoi, cette chemise nouée autour de la taille et ce tee-shirt à manches courtes par ce froid de canard ?

On porte *les chemises, monsieur. C'est à ça que ça sert !*

Plus je déverse mentalement mon venin, plus j'ai conscience de la tension qui me gagne. Les années n'ont pas adouci mon amertume. La colère ressurgit alors que je m'étais efforcée de la dompter durant tout ce temps. Mais Duncan, lui, n'affiche aucune émotion, pas même la surprise de me voir de retour.

Rien. Nada.

Peut-être que pour lui, ce qui s'est passé entre nous ne compte plus. Mais est-ce que ça a déjà compté ?

– Mademoiselle ?

Je me tourne vers Charly, que j'avais oublié. Il a un mouvement de recul ; je dois avoir le regard qui tue.

– Dois-je vous annoncer au *laird*, alors ? me demande-t-il d'une toute petite voix.

– Pas besoin. Je sais où est ma chambre.

– Mais…

Je coupe court à ses protestations en me dirigeant d'un pas décidé vers les escaliers. Je constate que Duncan a disparu.

Pas un mot, donc.

La lâcheté lui colle aux basques.

Tout en tirant derrière moi mes bagages, mon sac sur le dos, je me raccroche à la résolution prise sur le ferry qui me ramenait sur Inchkeith. Ignorer le Glaive ne sera pas si difficile que ça. Je ne suis pas revenue en Écosse pour lui mais bien à cause de cette guerre qui se prépare entre les Campbell, les MacKenzie et mon Clan. Mary ne m'a pas expliqué grand-chose. Assez cependant pour me convaincre que je ne pouvais plus rester éloignée des miens. Mon frère Caleb peut bien prétexter ce qu'il veut, il aura besoin de moi. Notre famille est déjà brisée au point qu'il s'est rendu coupable d'actions terribles. Il ne reste plus que nous deux, et nous devons compter l'un sur l'autre.

Je grimpe les escaliers, les bras au supplice d'avoir à soulever mes valises. Pourtant, je n'émets aucune plainte. Je me suis débrouillée toute seule à travers le monde pendant sept ans, ce n'est pas maintenant, alors que je rejoins ma chambre d'enfant, que je vais me mettre à râler.

Malgré l'effort que je fournis, je constate que le château est plus bruyant que dans mes souvenirs. Ma mère adorait le silence et la quiétude, entrecoupés uniquement de musique et de rires d'enfants. Et je suis surprise de ne croiser aucun MacCoy, Charly et le Glaive exceptés. À la place, dans le corridor du deuxième étage, je percute un parfait inconnu. Il s'excuse d'abord avant de me dévisager avec curiosité, puis méfiance.

– Que faites-vous ici ? m'assène-t-il.

– Et toi ? répliqué-je aussi sec.

Il arque un sourcil, étonné, et me répond :

– Lâcher une question pour éviter celle qu'on nous pose n'est pas très efficace en général, demoiselle.

Je redresse les épaules et le menton pour mieux le toiser. Ses yeux bleus me foudroient.

– Je ne crois pas savoir qui tu es ni ce que tu fabriques ici, lui lancé-je. Es-tu nouveau ?

– « Nouveau » ? répète-t-il, de plus en plus circonspect. Non, pas vraiment. Vous n'avez rien à faire ici sans autorisation. En avez-vous une ?

– Non, je n'en ai pas besoin.

– Êtes-vous une insulaire ?

– Oui.

Mais pourquoi je perds mon temps, en fait ?

Excédée, je le repousse pour libérer le passage. Je n'ai qu'une envie : retrouver ma chambre, prendre une douche et dormir pour rattraper le décalage horaire. Le reste, on verra plus tard… y compris la scène phénoménale que me réservera Caleb dès qu'il apprendra que je suis rentrée à la maison.

Malheureusement, l'inconnu ne semble pas décidé à me ficher la paix. Il saisit la bretelle de mon sac à dos et me ramène à lui. Stupéfaite, je prends un instant pour digérer ce qu'il a osé faire, puis je fais volte-face.

– Je veux juste pioncer ! vociféré-je.

Il cille, abasourdi par mon ton véhément.

– Callum ?

Et en voilà un autre…

Encore un étranger, plus âgé.

– Tout va bien, papa, mais je ne connais pas cette fille, explique le dénommé Callum. Je ne l'ai jamais vue, mais elle prétend être native de l'île.

– Je ne le prétends pas, je le suis, maugréé-je.

Comprenant que l'autre gus ne va pas lâcher l'affaire, je lève les yeux au ciel et renonce à la discrétion.

– Je suis Elisabeth MacCoy, la sœur du *laird*. C'est bon, maintenant ?

La stupeur frappe mes deux interlocuteurs. Je reprends :

– Je souhaite faire… une surprise à Caleb. J'ai cru qu'à cette heure-ci, personne ne remarquerait mon arrivée. Donc, si vous pouviez… m'oublier, ce serait sympa. O.K. ?

Les deux hommes échangent un coup d'œil avant que Callum me tende la main. Je l'observe quelques secondes, puis hausse les épaules et la lui serre.

Pourquoi pas ? S'il veut que je lui tape la bise comme en France, pas de malaise.

Il fronce les sourcils et retire sa paume, agacé.

– Votre carte d'identité, grogne-t-il.

– T'es sérieux, là ?

Ses traits se durcissent, et il hoche la tête, sa main à nouveau tendue vers moi. Dépitée, je fais basculer mon sac à dos et le pose par terre. Je l'ouvre pour farfouiller dedans, en quête de mon portefeuille. Introuvable, bien entendu. Je marmonne tout bas et commence à sortir des emballages de sandwichs, une bouteille d'eau achetée à l'aéroport, deux ou trois foulards indiens, quatre magazines… Si je pouvais plonger dans mon sac, je le ferais sans doute.

Il est où, bordel ?

J'aurais dû éviter de chercher le câble de mon ordinateur dans le taxi. Toutes mes affaires sont en bazar, à présent…

Les deux inconnus analysent les objets qui s'éparpillent autour de moi, perplexes. Quand je trouve enfin mon portefeuille, je le brandis sous leur nez en poussant un cri victorieux.

– Là ! Voilà !

Je leur donne ma carte d'identité et fourre à nouveau mon fatras dans mon sac. Callum et son père détaillent le document officiel avec attention. Ils se concertent du regard avant de me le rendre, gênés.

– Merci, mademoiselle. Excusez-nous pour le désagrément, nous préférons être prudents.

– Je ne peux pas vous en vouloir pour ça.

Pas vraiment…

– Je suis Sean Bain, et voici Callum, m…

– Ton fils, oui, j'avais compris.

Mon ton est aigre, mais Sean sourit avec amabilité.

– Nous allons vous aider à porter vos affaires jusqu'à votre chambre, déclare-t-il.

– Ça ira, merci.

– J'insiste.

Il ne me laisse pas le choix et récupère mes valises, ignorant mes protestations. Callum l'imite, avec moins de conviction cependant. Il se méfie toujours de moi. Et moi, de lui. Je ne sais toujours pas qui sont ces deux hommes et ce qu'ils fichent à Inchkeith. Leur nom, Bain, ne me dit rien.

Alors que nous nous dirigeons vers ma chambre, je les interroge :

– Vous venez d'où ? Vous étiez des corbeaux ?

– Non, nous avons rejoint l'île il y a quelques semaines.

– Qui êtes-vous, au juste ?

Ils me dévisagent après s'être arrêtés en plein milieu du couloir. La blondeur et les yeux bleus de Callum me font bêtement envisager qu'il vient du Clan MacKenzie.

Non, Caleb n'aurait jamais permis à l'un d'entre eux de poser le pied sur notre île.

– Nous venons de Dunvegan, mademoiselle Elisabeth, m'éclaire finalement Sean.

Mon regard s'écarquille.

– Vous venez de Dunvegan ? Vraiment ?

– Oui, lâche Callum, sur la défensive.

Mon souffle s'accélère. Mes poings se serrent. Mon sang pulse dans mes veines, dans mon crâne.

– Vous êtes du Clan MacLeod ? parviens-je à articuler malgré mes dents serrées.

Ils n'ont pas besoin de dire quoi que ce soit, je devine la réponse à leurs airs incrédules.

Non, mais à quoi pense Caleb ? Est-il si idiot que ça ? Il n'a rien écouté de ce que je lui ai dit lorsque j'étais encore à Séoul. Les MacLeod à Inchkeith, où va le monde ? Que manigancent-ils ? Caleb est bien naïf d'imaginer qu'ils ne chercheront pas à se venger du massacre dont il est responsable… Sinon, pourquoi auraient-ils accepté de vivre avec ceux qui ont tranché les gorges de leurs familles ? J'ai moi-même eu du mal à pardonner à mon frère après les atrocités qu'il a commises. Si j'étais à la place des MacLeod, je ferais tout ce qui est en mon pouvoir pour assouvir ma vengeance. C'est impossible de leur faire confiance !

J'abandonne valises et sac pour retourner aux escaliers, dont je dévale les marches quatre à quatre. Je fulmine. Tant pis pour le repos que je souhaitais m'accorder. Caleb va m'entendre, et maintenant.

CHAPITRE 4

DUNCAN
Le Glaive

J'entends déjà Elisabeth me traiter de lâche. C'est le mot qui me définit le mieux, selon elle. Je n'ai jamais voulu la démentir. Pourtant, maintenant que je suis assis contre ce satané escalier, à l'abri des regards, je culpabilise de l'avoir fuie comme le dernier des pleutres. De l'eau a coulé sous les ponts. De longues années ont passé. Nous devrions être capables de nous croiser, d'échanger des banalités. Mais non, nous n'y parvenons pas, et j'en suis le premier coupable.

Pourquoi est-elle revenue ?

Elle n'a pourtant pas terminé son tour du monde. Elle a encore tant de choses à voir… Et moi, je vivais mieux sans elle. Je souffrais moins, j'avais fini par oublier la douleur stagnante dans mon cœur. Elle n'existait plus.

Elle n'existe plus.

Je passe une main dans ma tignasse. J'ai soudain chaud, si bien que je me décide à la nouer en catogan.

J'ai perdu mon sang-froid comme un imbécile. Il va falloir que je me ressaisisse, et vite. Elisabeth ne restera pas des mois à Inchkeith. Elle finira par repartir : elle n'a pas le choix. Notre passé est enterré. Il ne ressurgira plus.

Je me lève, époussette mon jean et l'arrière de ma chemise nouée autour de ma taille, et réfléchis à ce que je vais faire. Prévenir Caleb ou me taire ? S'il apprend que je ne l'ai pas prévenu de l'arrivée de sa sœur, je passerai un sale quart d'heure…

Une angoisse sourde me noue soudain l'estomac à l'idée de me confronter à mon meilleur ami. Je me relève et quitte ma cachette. Pile à cet instant, Caleb apparaît dans le couloir, tout à fait détendu. Il me sourit et croque dans un épais sandwich, sans doute un survivant du repas de Phèdre. Du ketchup dégouline sur ses doigts.

– Tu n'es pas aux écuries ? me lance-t-il, la bouche pleine.

– Non… J'irai plus tard.

Il hausse les épaules, peu intéressé par mon planning. Depuis que Phèdre vit à nouveau sur l'île, Caleb surprend notre Clan en se révélant plus souple sur nos horaires et nos fonctions. Lui-même s'accorde plus de temps libre auprès du Chardon. Personne ne lui en veut, mais cela m'inquiète malgré tout. J'ai l'impression qu'il oublie tout ce qui nous attend. Même si Campbell garde le silence pour l'instant, nous savons tous que ce n'est que provisoire.

Je triture la bordure d'une de mes poches, rattrapé par ce que je dois annoncer à mon ami au risque d'essuyer sa colère. Pourquoi fallait-il que ça tombe sur moi ? Quel était le pourcentage de chance pour que je croise Elisabeth dès son arrivée ?

Ressaisis-toi. Ça ne change rien. Ça ne changera plus jamais rien…

– *Milaird* ! hélé-je Caleb. J'aimerais vous prévenir de…

Je n'ai pas le temps de terminer ma phrase : un bruit de pas précipités me coupe dans mon élan. Mon ami se tourne, intrigué. Moi, j'ai deviné qui cavalait vers nous avant même de pivoter. Elisabeth a toujours eu la sale habitude de courir où qu'elle doive se rendre.

– Caleb ! crie-t-elle.

Son frère écarquille les yeux, le visage blême. Il cille tandis qu'elle se rapproche de lui à toute vitesse, poings serrés.

– Ellie ? Qu'est-ce que tu fais ici ? postillonne-t-il, sa dernière bouchée de sandwich à peine avalée.

Elisabeth arbore son regard de louve. Celui qui prédit qu'un combat s'annonce et qu'elle compte bien en sortir vainqueur. Caleb l'a remarqué lui aussi : il est déjà braqué, les muscles tendus.

– Que foutent les MacLeod ici ? attaque-t-elle.

Le silence suit son invective. Je baisse les yeux, mal à l'aise. Ou est-ce pour ne pas avoir à les poser sur elle ?

Bien vite, la surprise de Caleb se dissipe.

– Bonjour, petite sœur, lâche-t-il. Je constate que tu ne m'as pas obéi et que tu es revenue ici.

– Mais non, voyons, je suis un hologramme. Je te parle depuis Séoul.

– Soit. Tu remballes tes affaires et tu repars.

La sécheresse du ton de mon ami m'étonne. Tout comme Elisabeth, qui lâche :

– Quoi ?

– Je ne t'ai jamais autorisée à revenir, explicite Caleb.

Il tape ses paumes l'une contre l'autre pour les débarrasser des miettes qui y étaient restées collées. Je serre les dents. Ce calme soudain olympien, ces traits figés… Je ferais mieux de m'éclipser avant qu'une tempête MacCoy n'éclate. Je recule de quelques pas avec toute la discrétion dont je suis capable. Fut un temps où ces deux-là m'obligeaient à jouer les arbitres quand ils se disputaient, mais je n'en ai plus l'âge ni l'envie.

– C'est vrai, tu me tiens à l'écart depuis toutes ces années, réplique Elisabeth, bras croisés. Mais il était temps que je revienne ! Tu lances notre Clan dans une guerre après avoir, excusez du peu, assassiné l'héritier Campbell, et j'apprends maintenant que les MacLeod logent sous notre toit. Dois-je te rappeler que tu as décimé la moitié de Dunvegan ?

Comment as-tu pu oublier tout le sang d'innocents que tu as sur les mains ? Tu ne t'es pas dit que leurs parents pourraient te trancher la gorge dans ton sommeil en représailles ?

Caleb encaisse sans broncher tandis que je mesure tout ce que sa sœur ignore. Peu d'informations lui sont parvenues tandis qu'elle voyageait autour du monde, si ce n'est quasiment aucune…

– Il s'est passé beaucoup de choses depuis ton départ, Ellie, déclare Caleb. Des événements qui nous ont tous pris au dépourvu… et qui ne te concernent pas.

– Je suis ta sœur.

– Ça ne te donne pas le droit de te mêler de mes affaires.

– Je suis une MacCoy !

– Et je suis ton *laird* !

Caleb a crié, faisant sursauter Elisabeth. De mon côté, cela me pousse à m'éloigner encore. Il est hors de question que la colère de mon ami me retombe dessus. J'aimerais rejoindre la bibliothèque, mais cela me forcerait à passer entre les deux MacCoy. Me glisser dans leur ligne de mire, non merci.

Malheureusement, la dispute a attiré des curieux. Je repère les Bain, quelques MacLeod, dont Kenneth et Juliett, mais aussi Ewen, Dyclan et Roy. Ces derniers ont la clairvoyance de s'éclipser aussitôt.

– Mon *laird* ? grogne la Louve. Un Chef qui condamne son Clan pour une amourette ? Et si

Phèdre se servait de toi ? Si les MacLeod étaient ici pour tous nous étriper et obtenir leur vengeance ?

Oh ! non... Pourquoi t'es-tu engagée sur ce terrain, Elisabeth ?

Je retiens un soupir. La réponse de Caleb ne tarde pas :

– Tu extrapoles. Je ne tolérerai pas que tu me manques de respect, Elisabeth MacCoy.

L'intéressée se renfrogne. Son frère reprend d'un ton adouci :

– Je suis vraiment heureux de te revoir, mais j'aurais préféré que ce soit dans d'autres circonstances. Tu ne peux pas surgir de nulle part et me réclamer des comptes. Je suis ton Chef avant d'être ton frère.

Elisabeth fulmine, déporte son poids d'un pied à l'autre, mourant d'envie de contre-attaquer.

– Tu peux rester une ou deux semaines, mais ensuite, tu devras repartir, ajoute Caleb sans lui laisser le temps de répliquer quoi que ce soit. Si je me souviens bien, tu voulais visiter la Thaïlande après la Corée, non ?

Les dents de la jeune femme se plantent dans sa lèvre. Je devine qu'elle est blessée par le rejet de son aîné.

– Va te reposer. On discutera plus tard, dès que tu seras calmée, continue-t-il.

Puis il se tourne vers les curieux qui se sont rassemblés et hausse le ton :

– Le spectacle est terminé !

Elisabeth est cramoisie. Elle se retient d'exploser, je le vois…

Ça aurait pu être pire.

Je m'apprête à détaler pour de bon quand soudain, son regard se pose sur moi, plein d'espoir. En silence, elle réclame mon soutien face à Caleb. Autrefois, je ne résistais jamais à ces yeux-là. Je suis étonné qu'elle se tourne vers moi maintenant…

Mais je ne l'aiderai pas cette fois. Je ne peux plus, et je ne m'opposerai pas au *laird*.

Elisabeth détourne le regard. Mon cœur se serre. Je crois qu'elle aussi vient de réaliser que son réflexe était lié à une complicité brisée à jamais.

– Duncan.

Je tressaille et reporte mon attention sur Caleb. La honte m'envahit quand je comprends qu'il a surpris le bref échange entre sa sœur et moi. Il me fusille des yeux.

– *Milaird*…

Je le salue d'un hochement de tête, ignore sciemment Elisabeth et déguerpis enfin.

CHAPITRE 5

ELISABETH
La Louve

Je n'aurais peut-être pas dû m'en prendre à Caleb alors que ça fait au moins deux ans que nous ne nous sommes pas vus autrement qu'à travers un écran d'ordinateur… mais je suis furieuse et frustrée. J'ai un sale caractère, c'est un fait. En revanche, j'estime avoir une bonne raison de m'insurger. Mon frère est inconscient : en invitant les MacLeod à Inchkeith, il a fait entrer le danger sur notre île. Je ne souhaite pas que la catastrophe du raid MacKenzie se reproduise… nous ne nous en relèverions pas. Quoi qu'en dise Caleb, je ne partirai plus. S'il n'est pas fichu de se protéger lui-même, je le ferai à sa place.

En plus, je suis sûre que je ne sais pas encore tout. Quand j'étais en voyage, Caleb triait ce qu'il souhaitait me révéler, et Mary choisissait avec soin les informations qu'elle me transmettait dans le dos de mon frère. Je n'étais pas dupe, mais je m'en contentais. C'était toujours mieux que rien.

Mais ça ? Cohabiter avec ceux qui veulent notre peau ?

J'ouvre enfin la porte de ma chambre d'enfant. Aussitôt, la lumière de la pièce m'apaise. Les rideaux d'un violet pastel sont tirés, et une agréable odeur de propreté mêlée à de fortes fragrances de citron me ramène dans le passé. Un sourire étire mes lèvres. Étant donné que mon arrivée n'était pas prévue, j'en conclus que l'adorable Mary s'est chargée d'entretenir mes appartements depuis mon départ.

Je m'approche de mon petit lit, auquel je tenais beaucoup. Contrairement à mon frère et à ma sœur, je le voulais simple afin de préserver un maximum d'espace dans ma chambre. C'est au milieu de cette pièce que j'essayais de copier les gestes des enfants plus âgés quand je les espionnais en plein entraînement avec mon père. Je n'avais pas le droit d'y participer, parce que j'étais trop jeune et destinée à vivre une existence « banale », selon ma mère. Ma sœur aînée, Megan, devait reprendre la tête du Clan après mes parents et a suivi un cursus poussé. Caleb aussi… au cas où. Moi, j'étais la dernière, je n'étais pas incluse dans les projets de la Famille. Megan et Caleb prétendaient m'envier alors que je rêvais d'être à leur place. Je ne me rendais pas compte que leur vie était si difficile jusqu'à ce que ma sœur disparaisse.

Elle me manque…

La dernière fois que je l'ai croisée, je n'ai même pas pu la serrer dans mes bras.

Revenir dans cette chambre ravive des souvenirs que j'avais pourtant tenté d'enfouir. Je m'assieds sur le lit, et mon regard dérive sur le fauteuil à bascule juste à côté, près de ma table de chevet. Ma mère s'y installait pour me raconter des histoires. Megan préférait se coucher avec moi et m'aider à m'endormir en me caressant les cheveux. Ma main s'attarde sur l'unique oreiller, puis sur le drap, et c'est un autre moment qui me revient en mémoire. Je le chasse aussitôt, examinant la pièce à la recherche de ce qui aurait pu changer en mon absence. Mais tout est en ordre, rien n'a été modifié. Mes valises m'attendent près de ma commande blanche. Je suppose que ce sont les Bain qui les ont déposées là… Résignée, je m'attelle au rangement de mes affaires dans les différents tiroirs. Mes vêtements d'adulte recouvrent ceux de mon adolescence. Un goût amer envahit ma bouche. Je n'ai jamais digéré d'avoir été tenue à l'écart, loin de mon île, pendant si longtemps. Cette fois, je me battrai pour que l'on ne m'éjecte plus.

La porte s'ouvre soudain dans mon dos.

– Ma petite chérie, vous êtes là !

Mon cœur se gonfle de joie en reconnaissant la voix de Mary, qui se jette sur moi pour m'embrasser. J'accueille son étreinte avec un plaisir indicible.

– Quand j'ai entendu que vous étiez de retour, j'ai cru à une mauvaise plaisanterie, me dit-elle, me tenant toujours contre elle. Je ne pensais pas vous revoir avant encore dix ans !

Elle s'écarte, pose les mains sur mes joues. Elle semble vouloir vérifier que je suis en bonne santé. Elle examine ma peau bronzée, mes cheveux auburn que le soleil d'Afrique a éclaircis. Mary, elle, n'a pas changé ; tout juste son visage est-il marqué de quelques rides supplémentaires. Elle est toujours aussi radieuse et vaillante malgré les années qui passent.

– J'ai eu vent de votre altercation avec le *laird*, reprend-elle. Qu'est-ce qui vous a pris ? À peine arrivée et vous vous disputez déjà !

Peu désireuse de me faire sermonner, je recommence à ranger mes affaires, m'attaquant cette fois aux bibelots que j'ai ramenés de mes voyages. Je les dispose sur la commode pour l'instant. Mary les observe avec curiosité et me demande :

– Quel pays avez-vous préféré ?

– Le Tibet, déclaré-je aussitôt. C'est le deuxième pays que j'ai visité, juste après le Népal.

– Et le moins aimé ?

– La France.

Mary est un peu surprise par mes réponses données du tac au tac, mais elle ne rebondit pas. Elle finit par m'aider à arranger mes affaires dans les tiroirs comme elle sait si bien le faire. Très vite, tout est ordonné et plié avec soin. Elle ne tarde pas à me taquiner :

– Vivre seule ne vous aura pas appris à faire plus attention à vos vêtements.

Je hausse les épaules et réponds :

– Je n'avais pas à m'embêter avec ces choses-là. Je suis très peu restée dans les hôtels. Je préférais marcher et dormir à la belle étoile, m'imprégner des cultures et du pays. Je trimballais deux sacs à dos, je n'ai acheté une valise que parce que je devais rentrer en Écosse.

Contrairement à ce que j'imaginais, j'ai adoré mon tour du monde, mais il me tardait de rentrer enfin chez moi. Je croise les doigts pour que Caleb ne me renvoie pas au bout d'une semaine, comme il semblait prêt à le faire…

Mary caresse ma joue une fois que nous nous sommes redressées. Je me doute qu'elle a deviné mes inquiétudes.

– Ne vous en faites pas pour le *laird*, me rassure-t-elle. Je suis convaincue qu'il est heureux de vous revoir. Votre éloignement a été très difficile à vivre pour lui.

– Il semblerait qu'il s'en soit vite remis, au point qu'il fasse ami-ami avec les MacLeod et les invite sous notre toit, rétorqué-je froidement.

Mary enlève sa paume de ma joue et me jette un regard désapprobateur.

– Ne jugez pas sans savoir, Ellie. Attendez que votre frère prenne le temps de tout vous raconter. Les décisions prises au cours de ces derniers mois ont été lourdes de conséquences, pour tout le monde. Y compris les MacLeod !

– Caleb ne me dit jamais rien concernant le Clan, m'agacé-je. Pourquoi ne le ferais-tu pas à sa place ? Raconte-moi tout ce qui s'est passé, ça m'aiderait à comprendre ses conneries.

– Votre langage, mademoiselle Elisabeth, gronde Mary.

Je lève les yeux au ciel.

– Je ne suis plus une petite fille !

– Pour moi, vous le serez toujours. Prenez garde à votre vocabulaire, vous êtes de retour à Inchkeith, et cela exige que vous vous comportiez comme la digne sœur du *laird*.

Je dévisage la gouvernante, dépitée, puis réponds :

– Je devrais m'exaspérer que tu utilises ce fait contre moi… Pourtant, tu es la seule qui se le rappelle.

– Ne dites pas de sottises… Pour ce qui est de tout vous raconter, je ne peux pas le faire à la place du *laird,* et vous savez très bien pourquoi. Je ne suis pas immunisée contre son autorité. Soyez patiente.

Mary change de sujet et me propose du thé, que j'accepte, rattrapée par la fatigue. Elle part le préparer dans les cuisines ; j'en profite pour prendre une douche brûlante dans la salle de bains attenante à ma chambre. Quand je ressors, les cheveux humides, elle m'attend ; elle me propose de m'allonger sur le lit tout en me tendant ma tasse. Je m'installe, savourant le confort du matelas et de mes épais oreillers. Mary s'assied dans le fauteuil à bascule, un sourire figé sur les lèvres.

– Qu'est-ce qui t'amuse autant ? lui demandé-je, intriguée.

– Je ne suis pas amusée, plutôt heureuse. Vous m'avez beaucoup manqué, ma chérie.

– Tu m'as manqué aussi.

Sa main ridée saisit la mienne et la serre tendrement, puis elle m'interroge sur mes voyages. Même si nous avons eu l'occasion d'échanger ces dernières années, les conversations restaient brèves. Mais aujourd'hui, Mary peut laisser libre cours à sa curiosité, s'extasiant de mes anecdotes, riant à mes déboires rocambolesques ou s'apitoyant sur les scènes dramatiques dont j'ai été témoin en Afrique.

– Lorsque l'on s'éloigne des capitales urbaines, que l'on s'enfonce dans les terres, c'est un véritable crève-cœur, murmuré-je. Ambrose, mon guide, m'a fait passer par des villages miséreux… Je revois le regard de cet enfant rachitique se plonger dans le mien tandis qu'il faisait rouler un pneu avec son bâton. Je ne sais toujours pas si je l'ai imaginé, mais je me suis sentie accusée d'être assise dans cette Jeep, une bouteille d'eau à la main, certaine qu'un repas m'attendrait quelque part.

Je marque une pause, submergée par les souvenirs, puis ajoute :

– Je n'ai jamais oublié ce garçon. C'est à partir de ce moment-là que j'ai décidé que je me débrouillerais seule la majorité du temps, que j'éviterais les grandes villes et les hôtels. J'ai noué des liens avec les locaux, que ce soit en Asie, en Afrique ou en Europe.

– Vous êtes-vous fait beaucoup d'amis ? s'enquiert Mary.

– Quelques-uns… que je ne reverrai jamais, je le sais. Ils ont cependant influencé celle que je suis devenue aujourd'hui.

– Et des hommes ?

Je fronce les sourcils. La question allait forcément venir sur le tapis à un moment ou à un autre… Mary a toujours veillé aux fréquentations des enfants MacCoy. Je ne suis donc pas étonnée qu'elle m'interroge à ce sujet. Et puis, je sais qu'elle attend une réponse qui lui prouvera que je vais bien. Que j'ai oublié…

Elle arbore un air très sérieux qui ne me dit rien qui vaille.

– Oui, dis-je, sur le qui-vive.

Le regard de la gouvernante s'assombrit. Elle se détourne pour boire un peu de son thé.

– Allons, Mary… Je te l'ai dit, je ne suis plus une enfant.

Je me redresse et me penche pour l'embrasser sur la joue. Ce geste a toujours eu le don de l'apprivoiser, en dépit de toutes mes bêtises. Comme je m'y attendais, elle se détend un peu.

– Je dois retourner à mes occupations, m'annonce-t-elle. Les chambres de Dyclan et Brahn sont désespérantes de désordre… Serez-vous là au dîner de ce soir ?

– Les MacLeod y assisteront-ils ?

– Oui. Ils font partie de la famille, maintenant.

Je plisse les yeux. Cette précision me paraît surréaliste.

– Je verrai, soupiré-je. Je vais d'abord dormir un peu, je suis crevée.

Mary acquiesce et s'approche de la porte. Mais avant de quitter la pièce, elle se retourne et ajoute d'une petite voix :

– Vous vous doutez que Duncan sera aussi à table.

Je me raidis, agacée qu'elle me le rappelle. Je pose ma tasse d'un geste hâtif et glisse mes jambes sous les couvertures.

– Tâchez de ne pas raviver les braises du passé, ajoute-t-elle.

En guise de réponse, je m'allonge et lui tourne le dos. J'ignore comment interpréter sa dernière mise en garde.

À quelles braises fait-elle allusion ? Elle n'a rien à craindre.

Dans mon cœur, tout n'est plus que cendres.

CHAPITRE 6

DUNCAN
Le Glaive

– Tout doux, ma belle. Tout doux.

Ava, la jument Clydesdale qui appartenait autrefois à Moira MacCoy, répond à la pression de mes mains sur sa longe. Elle ralentit, s'ébroue et tire un peu sur son mors. Je raccourcis la corde, faisant comprendre à Ava que je ne la motiverai plus en fouettant dans le vide. Elle continue à avancer au pas, la tête haute comme je le lui demande.

– Travail à pied ?

Je jette un regard par-dessus mon épaule pour découvrir Caleb, qui s'approche de nous. Quand il est à ma hauteur, je lui réponds :

– Elle en a besoin, bien plus que Lucy ou Bruce.

Ce travail de dressage est essentiel. Il permet de créer des liens particuliers avec la monture, d'aiguiser la sensibilité du cavalier, mais aussi de permettre au cheval de trouver son équilibre.

Alastair a veillé à ce que son épouse s'en occupe elle-même, et c'est une belle réussite. Ava est une petite merveille. Tout le contraire de Lucy, la jument d'Elisabeth… Une vraie teigne.

S'occuper des chevaux est important à Inchkeith, puisque c'est grâce à eux que nous pouvons nous déplacer plus rapidement à travers l'île. Je n'ai jamais été très attiré par les exercices en plein air, mais l'équitation est l'une de mes activités favorites. Pas forcément la monte, mais juste entretenir ces magnifiques bêtes que sont les chevaux. La communion avec eux m'apaise presque autant que la lecture. Et comme peu de membres du Clan apprécient de passer des heures aux écuries, je suis celui qui m'y rend le plus souvent. Je n'ai jamais eu de monture rien qu'à moi, en revanche. Seule la Famille de sang y a droit, comme un cadeau que chaque membre obtient à son passage à l'adolescence. J'en ai éprouvé une certaine jalousie, avant de relativiser : tous ces chevaux sont un peu à moi, finalement.

Autrefois, je m'imaginais grimper en selle, galoper sur l'eau et partir d'ici pour une vie que j'aurais choisie. Aujourd'hui, ça ne me traverse même plus l'esprit. Ma place est auprès de Caleb et de mes frères. C'est dans le péril que je l'ai compris.

– C'est vrai, de l'exercice ne peut pas lui faire de mal, admet le *laird*, bras croisés.

– Elle se fait vieille…

C'est un euphémisme. Ava n'en a plus pour longtemps… Je sais à quel point la perdre affectera la fratrie MacCoy. La Clydesdale est le dernier souvenir vivant de leur mère. L'image d'Elisabeth m'apparaît, dévastée par la tristesse, mais trop fière pour le montrer. Elle ravalera ses larmes, affichera un sourire crispé avant de fuir dans un endroit où personne ne pourra la trouver. Je réprime un soupir, frustré de penser encore à elle, comme si sa peine prévalait sur celle que je ressentirai moi aussi.

J'arrête le travail d'Ava et la fais revenir vers moi. Caleb profite de sa proximité pour lui flatter l'encolure, le visage sombre.

– Tiens le coup, ma jolie, lui chuchote-t-il. Encore un peu.

Il glisse sa main dans sa crinière et ajoute à mon intention :

– Je comptais la confier à Phèdre, mais j'ai changé d'avis. J'aimerais lui trouver une monture rien qu'à elle. Même si tout a été mis en place pour l'installation de son Clan à Inchkeith, la perte de Dunvegan l'affecte encore. Si je peux lui apporter un peu de réconfort, c'est toujours bon à prendre pour qu'elle se sente la bienvenue.

– Ce n'est pas le cas ?

Je guide Ava jusqu'aux écuries, invitant implicitement Caleb à me suivre. Tout en marchant, il me précise :

– Elle a été très vexée de mon silence lors de mon rétablissement… Elle me le reproche encore, parfois en se demandant si c'était une bonne idée qu'elle trouve refuge ici.

J'arque un sourcil, étonné d'une telle inquiétude venant de Phèdre. Percevant ma surprise, le *laird* lâche un simple :

– Hormones.

J'émets un rire bref. Ces derniers temps, j'ai plusieurs fois noté des sautes d'humeur de lady MacLeod, si peu émotive d'ordinaire…

Caleb et moi entrons dans les écuries, où règne une forte odeur de paille, de cuir, de poils mouillés et de fumier, et il m'indique :

– J'aimerais lui trouver un cheval docile, au caractère agréable. Connaissant Phèdre, elle préférerait le dresser elle-même. J'hésite entre un poulain et un jeune étalon à débourrer.

J'attache Ava pour la doucher et la brosser avant de l'envelopper dans une couverture chaude. Retirant sa bride, je réfléchis à la suggestion de Caleb, qui se met à m'aider dans ma tâche.

– Nous n'avons pas de bêtes à débourrer, cette année, rappelé-je. Mais nous pouvons réfléchir à la saillie d'une jument, à défaut d'aller chercher un poulain sur le continent.

– Je pense que nous pouvons être patients. Je doute que Phèdre ait envie de monter dans son état ou juste après la naissance de notre fils.

– Alors nous pouvons envisager une saillie, sans aucune garantie que cela fonctionne si vous souhaitez une monte libre.

– Je respecte nos chevaux, argumente-t-il avec conviction. Forcer une jument à être prise par un mâle qu'elle n'a pas choisi ne me plaît pas.

Je hausse les épaules. Je n'apprécie pas cette méthode non plus. J'attends de passer au séchage d'Ava pour rebondir :

– Il faudrait choisir la jument en question et attendre qu'elle soit prête. Il sera nécessaire de cibler quel est le mâle qu'elle tolère le plus.

– Que penserais-tu de Lucy ?

Mes mains se figent sur l'encolure d'Ava. Je lève les yeux pour vérifier l'expression de Caleb. Il est impassible, occupé lui aussi à lustrer le poil doux.

– Lucy n'a jamais été saillie, avancé-je avec prudence. Elle ne se laisse pas faire.

– Mais elle est magnifique et pourrait donner naissance à un très beau poulain, avec le bon mâle.

– Au risque qu'il soit aussi difficile que sa mère, ce que vous ne désirez pas pour lady MacLeod.

Je reprends mon ouvrage, ayant l'impression qu'un piège se referme autour de moi. Caleb n'a jamais eu l'idée de prendre une décision à la place de ses sœurs concernant leurs montures, comme il ne supporterait pas qu'elles le fassent pour Ross, son propre étalon. Évoquer la jument d'Elisabeth devant moi, au retour de cette dernière, n'est pas anodin.

Je m'attaque à la crinière crème d'Ava pour dissimuler mon trouble. Après un long silence, le *laird* admet :

– Tu as raison. Lucy est précieuse, et Ellie n'aimerait pas que l'on y touche sans son approbation. En fait, je crois que ça me déplairait aussi.

J'acquiesce, bien conscient du message que Caleb me transmet. Un rappel à l'ordre. Je m'y attendais, il était impossible que j'y échappe.

– Nous avons d'autres bêtes tout aussi belles et racées dans nos écuries, continue-t-il. Nous trouverons celle qu'il nous faut, en cherchant bien.

– Bien sûr, *milaird*…

Caleb me lance un regard sérieux, assez profond pour que cela termine de me faire comprendre ce qu'il insinue.

Ne t'approche pas d'Elisabeth.

Il range sa brosse dans un seau près d'Ava et me salue de son geste habituel : une tape sur mon épaule. Je reste immobile, les doigts plongés dans les crins de la jument. Je n'ose plus broncher jusqu'à ce que mon ami ait complètement disparu. Je reprends alors mon souffle, digérant ses menaces implicites. Il n'avait pas besoin d'en venir à de telles extrémités : je sais très bien que je n'ai plus le droit de respirer le même air que sa sœur cadette…

Je termine de m'occuper d'Ava, mes gestes devenus rageurs. De la colère à l'encontre de Caleb m'envahit sans que je puisse la réprimer. Je la pensais éteinte, j'ai eu tort.

Une fois la Clydesdale dans son box, je me glisse dans un coin des écuries pour m'allonger sur des bottes de foin. Je ne souhaite pas rentrer au château tout de suite, et rien ne m'y oblige.

À ma droite, Lucy réagit à ma présence en sortant la tête pour m'observer. J'empiète sur son territoire : vu son caractère, j'ai conseillé de la mettre à l'écart des autres.

Les bras derrière ma tête et la mâchoire contractée, je fixe le plafond, ignorant la jument qui semble réclamer mon attention. Je suis trop occupé à affronter les fantômes du passé qui viennent de se réveiller.

CHAPITRE 7

DUNCAN
Le Glaive

1994

Cela faisait quelques mois que nous avions emménagé à Inchkeith, et je ne voyais plus beaucoup mon père. Ma mère restait à la maison avec moi, s'accommodant à notre nouvelle vie sans rechigner. Elle aimait l'air marin, le sel, le grand air, tout ce que cette île avait à lui offrir. Moi, je m'ennuyais ferme : les cours qu'elle me donnait et le peu de livres dont je disposais ne suffisaient pas à occuper tout mon temps. Je n'avais pas d'amis : la plupart des enfants passaient leurs journées au château, et ils étaient peu nombreux. Moins d'une dizaine, fils et filles des hommes les plus proches du *laird* Alastair. Mon père s'évertuait à entrer dans ses bonnes grâces. Il travaillait plus, se faisait valoir, quittait parfois Inchkeith pour partir à la pêche aux renseignements. Une fois, il s'absenta bien dix jours afin d'espionner les MacKenzie près d'Eilean Donan. Lorsqu'il revint avec de nombreuses informations, notamment celle d'une alliance nouée entre nos ennemis et les Campbell, il fut invité à la table des MacCoy comme un héros. Du moins, c'est ce dont il se vanta. Ma mère était plus sceptique, mais elle était heureuse de le voir si enthousiaste.

À cette époque, mon père me harcelait pour que je devienne ami avec le jeune fils d'Alastair, Caleb. La tâche s'avérait compliquée, vu les grands airs que ce dernier se donnait. Il me prenait de haut, m'incendiait du regard dès qu'il me croisait sur l'île et refusait de m'adresser la parole. Je débarquais de nulle part, pour lui : je n'étais pas né au sein du Clan, alors que son père en constituait le centre. J'avais fini par renoncer, mentant à mes parents à propos des prétendus efforts que j'entreprenais. La mort dans l'âme, je m'étais résolu à rester solitaire, ne parvenant pas à m'intégrer parmi les enfants d'Inchkeith.

En plein mois de février, désœuvré, je me suis aventuré sur la plage de galets d'Inchkeith. C'est là que je les ai aperçus : ces enfants d'environ mon âge que je ne faisais habituellement qu'entr'apercevoir. Le petit groupe se tenait face à Alastair et Malcom, le père de Roy. La sœur de ce dernier, Alison, était également présente. Bras croisés, les adultes surveillaient les mouvements martiaux que garçons et filles devaient effectuer en parfaite synchronisation.

Je distinguai Caleb parmi eux. Même à distance, je devinai sa lassitude. Mais celle qui capta mon attention, ce fut cette fille plus âgée, les jambes plongées dans l'eau glacée et noire. Son pantalon retroussé sur ses jambes, elle reproduisait la même gestuelle avec bien plus d'assurance que tous les autres. Ses cheveux roux incandescents, noués en queue de cheval, reflétaient la faible lumière du ciel gris. Je restai là, bouche bée, incapable de comprendre comment on pouvait la laisser se frigorifier dans la mer. Je descendis la butte avec prudence, curieux malgré moi. Me rapprocher me permit d'entendre plus distinctement les injonctions d'Alastair et de Malcom.

– Caleb, tes appuis ! Dyclan, ton bras gauche !

– Roy, concentre-toi ! Alison, tu marches sur le pied de ton frère !

Je cillai, perplexe, et avançai encore. Je pouvais désormais distinguer l'expression de la petite rousse : son visage était tendu par l'effort et la concentration. C'était à peine si elle semblait ressentir la force des vagues, la morsure de la bise ou les galets sous ses pieds. Alastair ne lui disait rien, visiblement satisfait de sa performance.

– Bon sang, Caleb ! Cesse de bayer aux corneilles et prends garde à tes appuis !

L'intéressé resta de marbre. Tout portait à croire qu'il était là contre son gré.

– Je tiens très bien mon équilibre, père, osa-t-il même répliquer.

Je retins mon souffle, estomaqué qu'il se permette de répondre au *laird*. Ce dernier s'assombrit et se tourna vers la rousse pour la héler :

– Megan !

La fille s'arrêta et se tourna vers le groupe.

– Approche, s'il te plaît.

– Oui, père.

Je fus frappé par la douceur dans sa voix. Elle sortit de l'eau et baissa le menton devant le *laird*.

– Montre à ton frère pourquoi il est important de préserver son équilibre, lui commanda-t-il.

Elle hocha la tête et se plaça devant Caleb. Les autres enfants reculèrent avec précaution. Le fils MacCoy croisa les bras. Megan se contenta de le fixer avec stoïcisme… avant de faucher ses jambes de la sienne. Caleb culbuta en arrière, bouche grande ouverte, et s'écrasa sur les galets. Sous le choc, il papillonna des cils et toisa sa sœur aînée. Il persifla, colérique :

– Tu n'étais pas obligée d'être aussi brusque !

La rousse resta de marbre.

– Remets-toi debout, Caleb, ordonna Alastair.

Son fils obéit, exsudant la fureur et la fierté froissée. Il se remit en garde et, cette fois, il plaça ses poings près de sa tête, prêt au combat. Megan l'imita. Dès que leur père sonna le début de leur duel, absurde à mes yeux, le frère et la sœur se sautèrent à la gorge. J'en restai coi, abasourdi par la violence de leurs coups et par la maîtrise avec laquelle ils les assénaient. Caleb réussissait à encaisser les offensives de son aînée, bien plus aguerrie que lui ; il parvint même à lui flanquer un uppercut dans l'estomac avant de tenter une clé dans son dos. Megan l'anticipa cependant et tapa dans le creux de son coude. Caleb poussa un bref râle, puis fut projeté par-dessus l'épaule de la rousse. Le choc que fit son petit corps en s'écrasant contre les galets me fit tressaillir. Il gémit de douleur mais se releva, le souffle court, et incendia Megan d'un regard lourd de reproches. Puis, poussant un cri hargneux, il repartit à l'assaut. Sa sœur se joua de sa frénésie. D'un léger coup d'épaule, elle lui fit une nouvelle fois perdre l'équilibre. Caleb resta à terre, tremblant de rage et d'indignation.

La voix d'Alastair rompit le silence pesant qui s'était installé.

– Ce sera tout. Merci, Megan.

Sa fille opina et s'éloigna, comme si de rien n'était, retrouvant la puissance et le froid glacial des vagues agitées. Le *laird* MacCoy aida son fils à se remettre sur pied en lui tendant une main ferme.

– Comprends-tu maintenant à quel point l'équilibre est important ? lui demanda-t-il.

Caleb se dégagea et asséna :

– Vous n'aviez pas besoin d'en arriver là…

– Non, en effet, cela ne serait pas arrivé si tu m'avais écouté davantage.

Le fils du *laird* renifla avec dédain et, tournant la tête, il m'aperçut. Même aujourd'hui, je ne sais pas ce qui lui passa par la tête. Il carra les épaules et me foudroya du regard.

– Qu'est-ce que tu regardes, toi ? me jeta-t-il.

Je me raidis, heurté par son ton virulent. Il ajouta :

– Alors, quoi ? T'es ravi que je me sois fait laminer ?

– N… non… Je…

– T'as un problème, le bègue ?

Je compris vite que tout cela allait mal finir. Alastair gronda :

– Caleb ! Ce ne sont pas des…

À croire que l'intervention de son père agit sur lui comme un déclic : il fonça droit sur moi. Tétanisé, je ne pus que ployer lorsqu'il me percuta de plein fouet. Nous roulâmes tous les deux au sol, lui me rouant de coups, moi lui assurant que je n'avais rien fait.

– Il suffit, les garçons ! tonna le père de Roy.

Je me débattais de toutes mes forces, écrasé par l'expérience de Caleb. Il était si ivre de rage qu'il en devenait fou. Entre deux coups de poing, je pouvais voir son menton plissé tressauter d'un profond chagrin.

Je n'étais pour lui qu'un exutoire qui passait par là, au mauvais endroit, au mauvais moment.

Alastair l'éloigna de moi par la peau du cou tandis que Malcom me soutint pour que je me relève sans chanceler. Presque assommé par le choc et la douleur, j'assistai à la gifle magistrale que le *laird* colla à son fils. Les enfants sursautèrent ; Megan, elle aussi, s'immobilisa.

– Ce n'est pas ainsi que l'on doit se comporter avec ses hommes ! tonna Alastair. Qu'est-ce qui t'est passé par la tête pour agir de la sorte ? Tu n'avais *aucune* raison valable pour t'en prendre à Duncan !

La joue cramoisie, Caleb garda le silence. Son père continua sur sa lancée :

– Si tu veux du respect, tu te dois de montrer l'exemple ! Ce n'est pas avec la violence que l'on dirige un Clan, fils ! Un Chef n…

– Je ne suis pas Chef ! hurla Caleb. Et je ne le serai jamais !

Il s'écarta d'Alastair, le corps tremblant, et pointa du doigt Megan.

– C'est elle qui prendra ta place ! Elle, elle et rien qu'elle ! Tout tourne autour d'elle ! Arrête d'exiger de moi que je me comporte comme un *laird* quand tu ne me traites pas comme ma sœur !

– Tu es aussi un de mes héritiers, Caleb ! Si Megan ne peut pas prendre la tête du Clan, tu…

– Je m'en fous, O.K. ? Je ne veux pas de ton île ou de ton fichu château ! Va au Diable, avec ton Clan !

Sur ce, Caleb détala. Il passa à côté de moi, et je vis des larmes couler sur sa joue encore rouge et marquée par les doigts de son père.

Malcom s'approcha doucement du *laird* et s'autorisa à poser une main sur son épaule.

– Ce n'est qu'un enfant, lui dit-il.

– Il est bien plus que ça, répondit Alastair. C'est un MacCoy.

– Il apprendra, comme nous tous.

– Mais le temps nous manque. Angus MacKenzie se fait de plus en plus menaçant. Nous avons perdu des hommes dans les Lowlands… Megan ne pourra pas diriger le Clan seule. Elle aura besoin de son frère… et de sa sœur, Elisabeth.

– Enfin, *milaird*, vous n'êtes pas encore mort ! Nous viendrons à bout des MacKenzie, et vous serez encore là pour fêter notre victoire. Votre fils et vos filles n'ont pas à s'inquiéter.

Alastair secoua la tête et répliqua :

– Je n'en suis pas si sûr, Malcom. Je n'en suis pas si sûr…

– Ce ne sont que des enfants. Laissez-leur le temps de grandir…

Le *laird* acquiesça gravement puis prit congé avec Megan, après avoir sorti cette dernière de l'eau et l'avoir drapée d'un épais plaid en laine. Il lui murmura quelques mots que je ne compris pas de là où j'étais, mais je notai l'amour paternel qui se dégageait de son étreinte tandis qu'il la conduisait avec lui jusqu'au château. Peu de temps après, Malcom indiqua aux autres enfants que la leçon était terminée. Il s'approcha de moi et me dit :

– Je vais te mener à Mary. Elle va soigner ces vilaines contusions. On peut dire que tu as écopé d'un sacré baptême du feu, mon garçon !

Je n'eus pas la force de sourire. Malcom ne s'en offusqua pas et m'entoura d'un bras pour me guider, à mon tour, vers le château. J'étais tourmenté par cette conversation que je semblais être le seul à avoir entendu. J'étais trop jeune pour comprendre mais assez lucide pour deviner le sentiment d'urgence chez Alastair. Si le *laird* craignait pour sa vie, je devais craindre pour celle de mon père aussi.

Le lendemain, on frappa à notre porte. Ce fut ma mère qui ouvrit, et à notre grande surprise, nous découvrîmes sur notre seuil Alastair et Caleb. Ce dernier arborait un air ronchon. Après de brèves salutations, le *laird* tapota le dos de son fils, qui fit un pas dans ma direction. Il lâcha :

– Je suis désolé pour…

Il grimaça, balaya l'air devant mon visage d'un geste indolent et ajouta :

– … tout ça.

Stupéfait, je ne sus quoi dire. Je ne m'attendais pas du tout à des excuses de ce gamin si rebelle, fils d'un Chef de Clan.

– Mais ça ne veut pas dire qu'on est amis, hein ! jugea-t-il bon de préciser.

Cela lui valut un regard réprobateur de la part de son père. Pour ma part, je parvins à formuler un « merci » dénué de conviction. Ils s'en contentèrent.

Plus tard, ce jour-là, j'appris qu'Alastair s'était entretenu avec mon père à mon sujet. Le *laird* estimait que j'avais ma place parmi les autres enfants, que je devais apprendre à me battre à leurs côtés, devenir tout comme eux l'avenir du Clan.

Sans surprise, mon père saisit l'opportunité au vol et accepta sans me consulter.

CHAPITRE 8

ELISABETH
La Louve

2018

La nuit commence à tomber lorsque j'ouvre un œil, courbaturée de la tête aux pieds et la bouche pâteuse. Je regarde l'heure sur mon téléphone portable en poussant un borborygme étouffé.

18 h 27.

Je me laisse retomber sur le dos. Moi qui pensais que dormir enfin dans un véritable lit serait au goût de mon corps rompu par tous ces voyages… Je prends quelques secondes pour souffler, puis je me redresse difficilement, encore dans les vapes. J'ai beau me frotter les yeux, mes paupières sont toujours lourdes. Je suis tentée de me recoucher, mais ce ne serait pas raisonnable. J'ai déjà trop dormi, et le dîner sera bientôt prêt. Avec une vive appréhension, je comprends que je risque de partager le repas avec des MacLeod. Les pieds posés sur la pierre froide, je maugrée :

– Fait chier…

Si je ne sais pas me tenir, Caleb me le fera payer d'une manière ou d'une autre. J'ai intérêt à me faire discrète si je ne veux pas être jetée dans le prochain avion pour Tokelau[1].

– Tu es calme, tu es gentille, tu es polie, Ellie, me répété-je à voix haute.

Je me lève enfin et rejoins la salle de bains pour me rafraîchir. Je grimace en découvrant mes traits tirés, mes cernes violacés et ma tignasse hirsute.

– Niveau *sex-appeal* : *404 not found.*

Je soupire et m'attelle à remettre de l'ordre dans ma crinière indocile. Puis je prends la peine de me maquiller un peu. Enfin, je revêts un débardeur et une veste en jean *oversize* dont le dos arbore un imposant écusson représentant un loup hurlant à la lune. Je souris en l'admirant dans mon miroir sur pied. Pour compléter ma tenue, je récupère à la va-vite le premier jean qui me tombe sous la main. Noir et troué…

On s'en fout, c'est à la mode.

Chaussettes moumoutes enfilées, je saute dans mes vénérées Doc Martens. C'est un vrai plaisir de les retrouver : elles m'ont attendue à Inchkeith toutes ces années. Je ne me voyais pas arpenter la savane avec…

1. État considéré comme le quatrième plus petit au monde.

Enfin prête, je constate qu'il est presque 19 heures. Je sors de ma chambre, me délectant du son familier de ma porte qui grince. Je crois qu'il me serait facile de reprendre mes habitudes au château.

À quelques détails près, tout de même.

Il n'y a plus mon père, enfermé à travailler dans son bureau ou bien à l'extérieur, en train de faire le tour du hameau. Ni ma mère, châtelaine exemplaire, veillant à la bonne marche de la maisonnée et à l'éducation de ses enfants. Plus de Megan se pliant à tous les ordres de nos parents et s'endormant sur ses nombreux livres, épuisée par son apprentissage.

Et je ne cours plus derrière Duncan, toujours flanqué de Caleb.

La nostalgie m'envahit tandis que je dévale les escaliers. Mon ventre crie famine. Si je suis chez moi, j'ai l'impression de ne plus retrouver les odeurs ni les couleurs de mon foyer. Pourtant, l'ambiance m'a l'air aussi chaleureuse qu'autrefois.

En entrant dans la salle de banquet, je suis frappée par les trois tables rectangulaires placées en U, la multitude de couverts, mais aussi et surtout par le nombre de convives attablés dont je ne reconnais pas la moitié. À vue d'œil, je dirais qu'ils sont au moins une vingtaine, tous très à l'aise, comme si c'était ordinaire pour eux de dîner à la table du *laird*. Caleb, installé à la place d'honneur, éclate de rire. Deux chaises vides l'entourent. À qui sont-elles réservées ? Autrefois, ma mère s'installait à la droite de mon père, et ma sœur à sa gauche, en leur qualité respective d'épouse du Chef et d'héritière du Clan.

Mon frère m'aperçoit. Il m'adresse un large sourire et me lance :

– On craignait que tu ne sois pas réveillée pour le souper !

Le silence se fait, et tous se lèvent pour me saluer. Je réponds à l'attention générale d'une inclination de la tête, habituée depuis mon enfance à ce genre de cérémonie, puis me dirige vers Caleb. Chacun attend poliment que je m'assoie à mon tour pour être présentée. Le problème, c'est que je ne sais pas sur quelle chaise poser mes fesses. Caleb arque un sourcil et vient à mon secours en tirant celle… à sa gauche.

O.K.

Ça a le mérite d'être clair. Je m'installe enfin, raide comme un piquet. Je me doute que la place de droite est réservée à la fille MacLeod. J'en éprouve une certaine jalousie, couplée à une intense colère. Pourquoi cette Phèdre prendrait-elle la place de notre mère ? Pourquoi siègerait-elle sur un pied d'égalité avec mon frère ?

Reste cool, Ellie. N'oublie pas : tu es calme, tu es gentille, tu es polie.

Mary apparaît derrière moi, tout sourire, et remplit mon verre. À la robe ambrée du liquide, je constate qu'elle n'a pas oublié mon goût pour le whisky. Elle arrose le tout de coca, ce qui termine de me contenter. Je la remercie du bout des lèvres, ignorant le regard réprobateur de mon frère.

Eh oui, frangin. Je ne bois plus de lait.

Bien consciente que je suis le centre de l'attention, je me retiens de lui faire la grimace. À la place, je détourne les yeux, et mon sang ne fait qu'un tour dès qu'ils se posent sur… Duncan.

Forcément.

Mes doigts s'entremêlent et se serrent sur mes cuisses dans une vaine tentative pour apaiser les brusques palpitations dans ma poitrine.

Tu te calmes, Ellie !

Je me refusais à admettre que le meilleur ami de Caleb serait là, lui aussi. C'était pourtant inévitable.

Si Duncan est silencieux, comme tous les convives, il ne me regarde pas pour autant, trop occupé à faire tourner son doigt autour de sa fourchette. Ressentant un petit malaise, je me penche vers Caleb et lui chuchote en gaélique :

– Pourquoi ne me présentes-tu pas ?

– Nous attendons quelqu'un.

Je fronce les sourcils.

– Phèdre MacLeod, je suppose ?

Caleb acquiesce, impassible. Je ne me démonte pas et continue :

– Comment se fait-il qu'elle se permette d'être en retard ? Ce n'est pas très respectueux.

Mon frère me jette un regard noir.

– Elle a eu… une petite urgence, lâche-t-il. Elle a dû s'éclipser quelques minutes.

– Quelle sorte d'urgence ?

– De celles qui n'attendent pas.

Je ronchonne. Comme l'attente devient longue, Caleb autorise les conversations à reprendre. J'observe tous ces visages que je ne connais pas avec scepticisme. Je doute fort que tous soient de nouveaux MacCoy. Non, la majorité de ces gens sont des MacLeod, bien plus nombreux que nos propres hommes. L'angoisse me saisit ; je guette le moindre geste dans la crainte qu'un couteau se plante entre les yeux de mon frère. Pourtant, ces parfaits inconnus discutent avec entrain, rient avec les miens. Comment est-ce possible ? Sont-ils de si bons comédiens ? Comment Caleb a-t-il pu autoriser une telle situation ? Quels mensonges la MacLeod a-t-elle susurrés à son oreille ?

Et s'ils étaient de mèche avec les MacKenzie ?

Il y a trop de zones d'ombre. Je suis perdue face à un puzzle dont il me manque des pièces essentielles.

– Ne t'en fais pas, ils ne sont pas méchants.

Je me tourne vers Caleb, quelque peu vexée. Croit-il que les MacLeod m'effraient ? Non, je les attends au tournant, c'est différent.

– Je serais plus sereine si je savais qui sont tous ces gens à notre table, grincé-je.

Je n'ai pas à attendre de réponse. Le silence se fait à nouveau, et tout le monde se remet debout, à commencer par mon frère. Intriguée, j'imite les autres convives et je suis leurs regards, qui convergent vers l'entrée de la salle. Une femme vient d'en franchir le seuil d'un pas lourd. Pas très grande, elle porte un long pull en laine sur des collants noirs opaques. Je détaille son teint de porcelaine, ses grands yeux bleu électrique et ses boucles noires. Elle n'est pas maquillée, mais je dois admettre qu'elle est très jolie. Elle déborde de charisme et de prestance.

Elle s'approche de Caleb, et je remarque enfin son ventre arrondi sous l'épaisse laine bleue de sa tunique. Un frisson me glace.

Non...

Mon frère lui sourit amoureusement et lui tend la main. Elle glisse ses doigts dans les siens, un peu essoufflée, et lui rend un regard tout aussi tendre.

C'est une blague ?

Caleb fait signe à tout le monde de se rasseoir. La femme s'installe elle aussi, non sans prendre le temps de m'adresser un léger sourire.

Ce n'est pas possible, je suis en train de rêver...

Mais non, ce ventre rond qui se cale sous cette fichue table me hurle que tout est bien réel.

Mon frère a mis en cloque la fille MacLeod.

CHAPITRE 9

ELISABETH
La Louve

J'inspire profondément, espérant faire baisser ma tension à faire pâlir un médecin-urgentiste.

Elle l'a piégé ? Elle lui a fait un bébé dans le dos ?

– … Elisabeth.

Je lève la tête dans un sursaut, ayant complètement occulté ce qui m'entoure. J'ai loupé le début du discours de Caleb. Ce dernier est debout et me désigne de la main. Tous les convives me fixent avec attention, curiosité ou amusement. Mon frère, lui, me fusille du regard.

Oups…

Je me lève d'un bond, faisant crisser les pieds de ma chaise sur le sol en pierre. Le son, très désagréable, en fait grimacer plus d'un. Caleb répète en articulant chaque syllabe, comme s'il me manquait quelques neurones :

– Je disais : je vous présente ma jeune sœur, Elisabeth.

Je fais un rapide geste de la main.

– Salut !

– Beaucoup d'entre vous ne la connaissent pas, et je crois que certains ignoraient même son existence. Elle a étudié dans un pensionnat loin d'Inchkeith durant son adolescence avant d'entreprendre un voyage autour du monde de plusieurs années.

Ma mâchoire se contracte. Mon frère omet bien évidemment de préciser les raisons de mon exil. Mon regard dérive sur Duncan, et je constate qu'il me dévisage avec son petit sourire en coin. Il devrait le ravaler. Il n'y a rien d'amusant à ma situation. Être loin des siens et les retrouver dans une telle situation… je m'en serais bien passée. Je plisse le nez, agacée.

– Elisabeth, s'il te plaît.

Je comprends que je suis encore partie très loin dans mes pensées. Caleb me toise avec humeur. Il ne peut pas m'en vouloir ! J'ai perdu toute notion d'étiquette à partir du moment où j'ai dû faire pipi derrière un baobab. Mon frère soupire et embraie :

– Ma très chère sœur, comme tu le sais, nous avons accueilli chez nous une partie du Clan MacLeod…

Il me présente tour à tour les inconnus à notre table. Je m'efforce de mémoriser leurs noms, les griffonnant sur ma liste imaginaire de potentiels ennemis à abattre en les triant par couleur : du bleu pour ceux qui ont une bonne tête, du caca d'oie pour ceux que j'ai d'office envie de mordre. Callum Bain fait partie de ces derniers, avec son air suffisant et la manière dont il m'a accueillie ce matin. Elia, sa mère, est cependant l'une des seules que j'inscris mentalement en bleu. Elle a l'air très sympathique, pour une MacLeod. Le vieux Peter, apparemment un proche conseiller de Phèdre, et son neveu Ian me donnent plus de fil à retordre pour les classer. Ethan, Jane, Stefany, Gowan, Kenneth, Donan, Juliett… Les prénoms s'enchaînent. Tous ces gens sont des menaces en puissance, et Caleb les laisse manger à sa table ?

– Et tu t'en doutes déjà…

Mon frère pose sa main sur l'épaule de la femme à sa droite et termine :

– Voici lady Phèdre, Chef du Clan MacLeod.

– Enceinte.

Voilà tout ce que je trouve à lâcher.

Phèdre est très calme et détendue. En entendant ma réponse, elle me sourit avec bienveillance, ce qui a le don de me hérisser le poil.

N'essaie pas de m'amadouer !

– Oui, confirme-t-elle.

Sa voix a un timbre agréable, un peu grave.

– De mon frère, ajouté-je d'un ton brusque.

Elle acquiesce, m'analysant avec attention de son regard bleu glacé. Elle est dans la retenue, une attitude que je peine à adopter moi-même.

Caleb intervient, brisant notre contact visuel en se penchant pour récupérer son verre.

– Je compte sur vous pour souhaiter un bon retour à mademoiselle Elisabeth ! déclare-t-il à la cantonade. Je suis très heureux de la compter parmi nous ce soir.

Menteur...

Les bras se lèvent, armés de coupes, et on clame un « *slàinte* ![2] » retentissant. Le mien arrive un peu tard.

Mary apporte les premiers plats, aidée d'Elia Bain. J'ai une faim de loup mais je n'ose pas poser le petit doigt sur ma fourchette. Caleb s'est rassis et rayonne. Sa transformation me laisse sans voix. Je me rappelle encore le zombie avec qui j'ai discuté par écrans interposés à la mort d'Edward, le gardien du port… Rien à voir avec l'homme qui, aujourd'hui, ne cesse de rire. Comme s'il n'avait plus la responsabilité d'un Clan entier pesant sur ses épaules ni de fantômes à ses trousses.

Il a l'air… heureux.

Éberluée, j'incline la tête pour observer la fameuse Phèdre. Elle me paraît fatiguée mais tout de même vaillante. Elle ne parle pas, se contentant d'écouter les différentes conversations. Ses lèvres frémissent cependant à chaque fois que mon frère s'esclaffe. À sa droite, Duncan est aussi mutique qu'elle, bien qu'attentif aux discussions. Je me rabroue et baisse

---

2. « Santé ! », en gaélique écossais.

les yeux sur mon pâté de légumes en croûte pour me détourner de lui. Le brouhaha me le permettant, je me décale vers Caleb et, en gaélique, lui demande :

– Quelle était l'urgence de Phèdre ?

À ma grande surprise, c'est l'intéressée qui me répond dans la même langue :

– Urgence toilettes.

Je papillonne des cils, confuse. Lady MacLeod caresse son ventre d'un air contrit. Quant à Caleb, il affiche une fierté sans complexe.

– Tu auras du mal à faire des messes basses avec elle, me prévient-il. Elle apprend vite le gaélique. Et tu ne devrais pas être médisante. Toi aussi, tu avais trois minutes de retard.

– Je me remets du décalage horaire ! plaidé-je, en anglais cette fois.

Mon frère lève les yeux au ciel. Phèdre me surprend d'un gloussement.

– Ne lui donne pas raison, s'il te plaît… s'apitoie Caleb.

Lady MacLeod hausse les épaules sans se départir de son petit sourire.

Je n'arrive pas à me dire qu'un mini-MacCoy va pointer le bout de son nez. Encore moins à réaliser que sa mère est l'héritière d'un Clan autrefois massacré par le mien… Tout ça sonne faux. Je décide d'investiguer, trifouillant les restes de mon entrée du bout de mon couteau.

– Accouches-tu bientôt ?

Phèdre tourne son regard vers moi. Je suis moi-même surprise de m'être adressée à elle directement. Elle semble toutefois ravie par ma démarche.

– Dans trois mois, m'informe-t-elle avec plaisir.

– Un garçon ?

– Oui.

Je pince les lèvres et jette un œil à son annulaire gauche.

Pas d'alliance.

Ça pue.

Je m'adosse à ma chaise, troublée par tout ce que cette naissance implique. Est-ce que cette Phèdre compte se servir de cet enfant d'une manière ou d'une autre ? Je croise le regard de Duncan. À son expression, il a dû remarquer ce que j'observais et deviner la conclusion que j'en ai tirée. Son index tapote la table, preuve de sa nervosité.

Est-il inquiet, lui aussi ? Est-il mieux informé que moi ?

Sans doute.

L'air désinvolte, je m'enquiers :

– Du coup… lui avez-vous déjà trouvé un nom ?

Caleb et Phèdre secouent la tête.

– Est-ce que… mon neveu sera bien un MacCoy ?

Un silence pesant s'installe entre nous. Duncan tique et serre les dents. Mon frère m'affronte des yeux tandis que lady MacLeod se renfrogne.

C'est bien ce que je pensais…

La question du nom est primordiale dans notre monde. Des parents concubins sont très mal vus, et le patronyme de l'enfant change beaucoup la donne. Par mariage entre deux Chefs, l'un des Clans peut se retrouver aspiré par l'autre. Leurs descendants héritent des deux, point. Mais un bébé hors mariage ne peut succéder qu'à un seul de ses parents, et uniquement s'il n'y a aucun enfant issu d'une union légitime. Autrement dit, le fils de Phèdre et Caleb ne représente l'avenir que d'un seul de leurs deux Clans.

– Je préfère que l'on évite le sujet pour ce soir, m'indique mon frère.

– Pourquoi ? C'est important, non ?

– Oui, mais délicat, admet-il. Épineux, même, vu les circonstances.

– Lesquelles ?

Il souffle fort, assez pour que je me rende compte de l'étendue de son agacement, avant de me jeter :

– J'aimerais profiter de mon dîner entouré des deux femmes de ma vie, est-ce trop te demander ?

Ah.

Je me racle la gorge et hoche la tête. Ce n'est pas en le piquant de ma fourche de diablotin qu'il daignera répondre à mes si nombreuses questions. Et il a raison : je ne fais que gâcher nos retrouvailles. Ce n'est pas ce que je voulais.

Je me réfugie dans le silence tandis que les entrées sont remplacées par les plats de résistance. Elia Bain dépose devant moi une assiette remplie à ras bord d'un pavé de biche à la cannelle et au vin. Sa purée de céleri, sucrée de pommes, barbotte dans la sauce. Je repousse la viande, dégoûtée, et hésite à plonger ma fourchette dans la purée imbibée de sang et de sucs divers.

Ce n'est pas le moment d'annoncer à tout le monde que je suis devenue végétarienne...

Je décide de m'attaquer aux zones épargnées, picore sans grande conviction, puis me résigne à abandonner.

Duncan remarque mon manège, que je ne cherche pas vraiment à dissimuler. Sourcils arqués, il fixe mon pavé de biche rejeté sur le rebord de mon assiette et les crevasses dans ma purée à peine entamée. Je l'envie : la sienne a le mérite de ne pas se noyer dans la sauce. Mon ventre gargouille.

Pourvu que le dessert parvienne à me rassasier...

Le Glaive toussote et s'adresse à Caleb :

– *Milaird*, je crois que vous avez fait tomber la serviette de lady MacLeod.

Mon frère fronce les sourcils.

– Elle est sous votre chaise, précise son ami.

Caleb se penche pour vérifier ses dires, Phèdre aussi. Je manque de sursauter lorsque Duncan se redresse pour récupérer mon assiette et l'échanger avec la sienne. Je le dévisage, ahurie, la fourchette dans la main. Il a été si rapide que personne ne l'a remarqué.

– Je ne la vois pas, fait Caleb en se redressant.

– Excusez-moi, j'étais persuadé de l'avoir vue tomber, se justifie Duncan. Et comme *milady* aurait eu quelques difficultés à la ramasser...

– C'est très aimable à toi, déclare Phèdre, décontenancée.

Ils échangent un bref sourire. Mon cœur tambourine dans ma poitrine, touchée par le geste de Duncan. Il me rappelle tant de souvenirs douloureux…

J'ai toujours eu du mal avec la viande mais, dans mon enfance, je m'efforçais d'en manger par politesse et respect, consciente des efforts qu'effectuait Mary en cuisine. Quand je suis partie d'Inchkeith, j'ai petit à petit modifié mon régime jusqu'à devenir végétarienne, sans vraiment en avoir conscience. Maintenant, la simple perspective de gober un morceau de poulet me donne la nausée.

Quand j'étais adolescente, seul Duncan était au courant de mes réticences culinaires. Il redoublait d'ingéniosité pour que l'on ne remarque pas que je mangeais peu de viande, voire pas du tout, quitte à dévorer tout mon plat à ma place. Encore un secret qui n'appartenait qu'à nous.

Je ravale mon émotion, me raccrochant à l'amertume que je garde en moi.

Il n'avait pas à faire ça. Il n'a plus à me protéger ni à m'aider.

J'ai tout de même faim, alors je termine la purée sans râler.

Mais c'est la dernière fois !

Duncan m'ignore, à présent, engloutissant cette pauvre biche comme si de rien n'était. Il s'arrête pour écouter Caleb quand ce dernier s'adresse à lui. Il est toujours dans la retenue quand ils ne sont pas seuls, mais je surprends leurs plaisanteries entre deux bruits de fourchette. Certaines sont toujours aussi puériles, je ne m'étonne pas qu'ils se les échangent à voix basse. Phèdre paraît s'en amuser plus que moi.

Le repas suit son cours, et je me détends malgré moi, influencée par l'ambiance générale. Je ne discerne aucune tension entre les deux Clans. Au contraire, j'ai la nette impression qu'un lien particulier les relie, sans que je puisse mettre le doigt dessus…

Une voix à ma gauche m'interpelle :

– Alors, il paraît que vous avez beaucoup voyagé, mademoiselle Elisabeth ?

Je me tourne vers Stefany, à deux places de moi. Entre nous se trouve Ian, le neveu du vieux Peter. Il semble intéressé lui aussi par ce que j'ai à dire.

– C'est vrai, confirmé-je, sur la défensive.

– Il est rare qu'une fille de *laird* ait le droit de parcourir le monde.

– J'ai quitté très tôt le château pour suivre une éducation différente, précisé-je. Je n'étais pas destinée à la vie clanique.

Caleb coule un regard vers moi, sur le qui-vive. Qu'il soit rassuré, je ne compte pas régler mes comptes maintenant. À propos de mon adolescence, rien n'est de sa faute, et j'ai cessé d'en vouloir à mes parents pour les décisions qu'ils ont prises. Ça ne m'empêche pas de refuser que l'on m'éloigne une nouvelle fois de l'Écosse.

– Je ne comprends pas, avoue Stefany. Pourquoi ne le seriez-vous pas ?

Je hausse les épaules.

– C'est comme ça…

Il y a certains aspects positifs à être tenue à l'écart de la vie du Clan : ne pas risquer un mariage de convenance, par exemple. Je n'étais pas un trophée à marchander pour mon père, pas plus que je le suis aujourd'hui aux yeux de Caleb. Beaucoup de femmes dans notre monde n'ont pas autant de chance. Malgré tout, j'aimerais que l'on m'implique un peu plus au sein de notre Famille.

Je sens le poids du regard de Phèdre posé sur moi. Il me met un peu mal à l'aise. Pour changer de sujet, je feins le ravissement dès que le dessert arrive. Ian et Stefany m'imitent, et la discussion se termine là.

Au bout de cinq minutes, lady MacLeod s'étire, assez pour que j'entende son dos craquer.

– J'ai besoin de prendre l'air, décrète-t-elle en se levant de table.

Les convives se mettent debout à leur tour, bouches pleines ou non. Elle leur fait signe de se rasseoir.

– Je t'accompagne, décide Caleb, l'air soucieux.

– Non, tu n'as pas terminé de manger, le refrène Phèdre.

– Mais…

– Elisabeth acceptera sûrement de me tenir compagnie.

Je bredouille, désarçonnée par ce qui me paraît davantage un ordre implicite qu'une suggestion. Caleb n'est pas très rassuré et le fait savoir :

– Je n'ai plus faim. On peut se promener autour du château, si tu en as envie.

Phèdre secoue la tête, intransigeante. Mon frère soupire et abdique :

– Très bien, mais veille à te couvrir.

Lady MacLeod tire une moue qui signifie clairement « cause toujours, tu m'intéresses. » Puis elle s'éloigne, m'encourageant à la suivre. Je me lève à la va-vite, un peu anxieuse à la perspective de ce qui m'attend.

Est-ce qu'elle a compris que je les soupçonne ? Est-ce qu'elle va me sauter à la gorge ?

Je déglutis.

Je ne vais pas frapper la femme qui porte mon neveu, quand même...

Caleb me coupe dans mes réflexions en m'ordonnant :

– S'il te plaît, Ellie, sois aimable, d'accord ? Je tiens beaucoup à elle.

Il a parlé assez bas pour que je sois la seule à l'entendre. J'acquiesce, ébranlée par l'intensité des sentiments perceptibles dans sa voix, et emboîte le pas de Phèdre.

CHAPITRE 10

ELISABETH
La Louve

Il fait frais lorsque Phèdre et moi sortons du château. Je m'immobilise un instant. Une légère brise soulève mes mèches auburn et me gèle le nez. Le printemps remplace lentement l'hiver, mais les beaux jours ne sont pas encore venus. Lady MacLeod croise ses bras sur sa poitrine, sans doute dans le but de se réchauffer. Caleb a raison : elle devrait se couvrir un peu plus. Je me ressaisis toutefois : ce n'est pas mon problème, et je ne dois pas oublier qu'elle représente une menace potentielle pour mon Clan. Elle vient de manœuvrer pour m'isoler avec elle : est-ce qu'elle compte me servir un discours moralisateur ou me mettre en garde ? Elle doit se douter des interrogations que suscite en moi son enfant à naître.

Je descends l'escalier, les mains dans les poches, pour la rejoindre en bas des marches, me préparant à une discussion qui ne me plaira pas. Lorsqu'elle m'entend, lady MacLeod se tourne vers moi et m'adresse un sourire confiant. J'incline brièvement le menton pour lui signifier que nous pouvons commencer à marcher. Elle acquiesce et prend sur notre droite, dos au hameau. Nous passons devant les écuries dans un silence complet, puis descendons vers les falaises. Je m'apprête à lui dire que c'est une très mauvaise idée de nous aventurer par là étant donné que rien n'est éclairé, mais elle me devance en empruntant un petit sentier remontant en direction du phare jaune qui domine l'île. De ce côté, l'éclairage extérieur du château est assez puissant pour que nous puissions voir où nous mettons nos pieds, sur quelques dizaines de mètres tout du moins.

Phèdre pousse un long soupir et pose une main derrière ses reins. Elle s'arrête et s'assied sur un rocher au confort discutable.

– Je fais une petite pause, dit-elle d'un air contrit.

– Pas de problème.

Je reste debout près d'elle. Je l'écoute reprendre son souffle tout en observant les alentours avec un brin de mélancolie.

Auparavant, les adultes devaient courir derrière nous autres, les enfants, pour éviter les accidents. L'île est très escarpée et dangereuse, si l'on n'y prend pas garde. Des accidents se sont déjà produits. Moi-même, j'ai déjà fait une chute qui aurait pu avoir des conséquences graves ; on ne m'y reprendra plus.

Mon regard dérive sur le ventre de Phèdre, et une étrange pensée me vient à l'esprit : j'imagine un petit garçon aux cheveux cuivrés gambader autour des jambes de Caleb. Un germe de vie et d'innocence en plein cœur d'une île qui a tant souffert, le sang et les larmes imbibant la terre.

Ma vision disparaît lorsque lady MacLeod prend la parole pour m'avouer :

– Je suis plus endurante, d'ordinaire, mais je me fatigue très vite ces derniers temps.

– Tu es enceinte, c'est normal.

Elle lie ses mains devant elle et lève la tête pour observer le ciel. Je l'imite. Après quelques secondes, elle me confie :

– Tu sais, ton frère est quelqu'un de très fier… Ce n'est pas qu'il aime les secrets, mais il croit qu'ils sont indispensables.

Je fronce les sourcils et la dévisage.

– Il pense qu'en gardant égoïstement ses petits mystères, il protège ceux qu'il aime, reprend-elle. Il te fait confiance, mais il tient beaucoup trop à toi pour t'impliquer dans ce qui se prépare.

La colère gronde en moi en entendant cela. Phèdre est-elle en train de m'expliquer l'attitude de mon frère, elle, une arriviste qu'il ne connaît que depuis quelques mois ? Pour qui se prend-elle ? Je m'apprête à protester quand elle ajoute :

– Mais ce n'est pas une solution à tout, et je désapprouve son attitude.

J'en reste stupéfaite. Phèdre m'adresse un sourire complice.

– Il m'a fait ce coup-là il n'y a pas si longtemps. Je comprends ce que tu ressens, m'explique-t-elle. Tu te sens mise de côté, mésestimée, alors que tu es persuadée d'avoir les épaules pour tout supporter. Tu as envie de te battre, de t'impliquer et de soutenir ton frère, au point que tu te méfies de moi.

Je balbutie, déconcertée par sa franchise.

– Je l'ai vu dans ton regard, précise-t-elle.

– Eh bien, c'est que…

– Tu n'as pas à te justifier. Moi aussi, à ta place, je me méfierais. Je préfère néanmoins éclaircir les choses avec toi avant que la situation ne s'envenime.

– Mais Caleb…

– Caleb ne m'effraie pas. Il pourra bien gronder ou taper du poing, ça ne me fait ni chaud ni froid.

– Mon frère est vraiment terrifiant quand il est en colère…

– Son visage devient rouge, et il se met à hurler. Et ses yeux lancent des éclairs. Oui, je sais…

– Une vraie tempête…

À ma grande surprise, nous rions toutes les deux.

Phèdre paraît si sereine à l'idée d'essuyer les foudres de Caleb… Je peine moi-même à supporter ses remontrances. Certes, je n'en fais qu'à ma tête, mais je fuis dès que je dépasse les bornes pour ne pas avoir à l'affronter. Je me rappellerai toute ma vie de la dernière fois que j'ai été la cible de sa fureur. Pourtant, ce n'est pas moi qui en ai le plus souffert. Je tressaille à ce souvenir intact dans ma mémoire.

Plus jamais…

Phèdre me ramène au présent de sa voix posée :

– Il s'énervera sans aucun doute, mais ce n'est pas le plus important. Ce qui l'est, c'est que tu saches à quel point il t'aime, assez pour te préserver.

Tête baissée, je tape du pied contre un caillou, qui rebondit plus loin.

– Il devrait me faire assez confiance pour m'impliquer dans les affaires du Clan, maugréé-je.

Phèdre opine, l'air songeur. Elle finit par désigner le rocher sur lequel elle est assise en me disant :

– Viens près de moi, ça risque d'être long.

Perturbée, je ne m'exécute pas tout de suite. Elle insiste, et je finis par céder. Je sens un malaise m'envahir, que je suis visiblement la seule à éprouver.

– Je parle très peu de moi, d'ordinaire, mais je crois que c'est primordial pour que tu comprennes tout ce qui s'est passé… et ce qui risque d'advenir, commence Phèdre, l'œil dans le vague. Comme tu es sans doute au courant, je suis la fille d'Alexander MacLeod, le Chef qui a tout abandonné derrière lui pour épouser l'amour de sa vie, ma mère. Je suis née en France, j'y ai grandi, entourée de mes deux parents… jusqu'à ce que je sois enlevée par les MacKenzie pour le compte d'Henry Campbell.

Je me fige, appréhendant la suite. Phèdre poursuit sans quitter l'horizon des yeux :

– Dans les geôles du Sanglier, j'ai subi de nombreux sévices, psychologiques aussi bien que physiques. J'en garde encore les stigmates.

Je baisse la tête, choquée par ses confidences. Pourquoi me raconte-t-elle tout ça ? Je ne veux pas la prendre en pitié.

– Mon père m'a sauvée en négociant Dunvegan et toutes ses terres. Il renonçait à tout au profit de Campbell pourvu que j'aie la vie sauve. Mais il n'est pas allé jusqu'au bout de l'échange. Mes parents m'ont récupérée avant, et le duc d'Argyll a été floué. Je n'ai que peu de souvenirs de ce qui a suivi. Ce dont je me rappelle, c'est mon père nous abandonnant, ma mère et moi, dans l'espoir d'éloigner nos ennemis de nous. Il est retourné sur l'île de Skye ; il espérait rassembler ses derniers alliés pour me venger et faire tomber Henry.

Phèdre marque une pause, le front plissé. Elle se racle la gorge, puis reprend :

– La nuit même où il s'est rendu au château de Dunvegan, deux Clans ont lancé une offensive sur le village.

Mes doigts se raidissent dans mes poches. Je suis au courant de l'implication des miens dans ce triste pan de notre histoire, et c'est bien pour ça que je me méfie des MacLeod. Ils ne peuvent pas avoir oublié ce qui s'est passé.

Comme moi, je ne l'ai pas oublié.

Ce jour où mon sang en a versé un autre, et où l'honneur des miens a été souillé.

– Toute l'Écosse connaît cette histoire : les MacKenzie et les MacCoy ont massacré les insulaires de mon Clan. Ils ont tenté d'exterminer tous les MacLeod, dont mon père, pour anéantir ma Famille à jamais. Ce fut un échec. Sais-tu pourquoi ?

Je secoue la tête. Je ne connais que les grandes lignes de ce qui s'est produit ; horrifiée, je n'ai jamais voulu en savoir plus. J'ai détesté Caleb, je lui ai reproché de ne pas avoir fait un autre choix. J'ai tellement honte de la manière dont mon Clan a agi… même si, au fond de moi, je comprends qu'un *laird* doit parfois prendre des décisions difficiles pour assurer la protection des siens. En dépit de tout l'amour que je porte à mon frère, ses actes sont de ceux que l'on ne peut cautionner. Megan n'y est pas parvenue non plus, je crois : c'est au sujet de Dunvegan qu'ils se sont disputés pour la dernière fois…

Comment peut-on pardonner le meurtre d'innocents ? Notre monde fonctionne ainsi, mais le sang versé l'est à jamais.

C'était beaucoup à encaisser, surtout pour une adolescente de 13 ans. Trop pour que ma relation avec Caleb n'en prenne pas un coup. Pendant des années, l'ombre de Dunvegan a pesé sur nos échanges – en plus des autres décisions de sa part que je déplorais et qui me concernaient plus personnellement.

C'est le temps et la maturité qui ont adouci mon ressentiment. Encore aujourd'hui, une bête gronde et geint dans ma poitrine quand je pense à ce dont ma Famille s'est rendue coupable. Mais elle ne m'empêche plus de regarder mon frère dans les yeux. Je n'ai plus la naïveté de m'imaginer, comme l'enfant que j'étais à l'époque, qu'une autre solution, sans drames, était possible. La douleur causée par la mort de mes parents est encore vive malgré les années, et je comprends que Caleb a fait le nécessaire pour nous préserver d'un autre massacre. Même si cela signifiait en perpétrer un lui-même.

Si moi, j'ai mis des années ne serait-ce qu'à tolérer la pensée de ce que mon propre frère a fait, comment cette femme, principale concernée, l'aurait-elle pu ? Comment puis-je lui faire confiance, alors qu'elle est susceptible de nous trahir pour obtenir réparation ?

– C'est grâce à Caleb, lâche soudain Phèdre.

– Quoi ?

– La version que tout le monde connaît diabolise les MacCoy, explicite-t-elle. Mais la vérité est tout autre. Ton frère a tenté de sauver les miens, trahissant Campbell. Si tout le monde le croit responsable du massacre, c'est parce que les MacKenzie le lui ont mis en grande partie sur le dos pour anéantir l'honneur de votre Clan. Par peur des représailles, Caleb a gardé le secret coûte que coûte durant plus de dix ans ; jusqu'à ce qu'il m'avoue tout, il y a quelques mois. Le fait est que les MacLeod ont une dette envers ta Famille, Elisabeth. Et j'en ai une plus grande encore envers ton frère, qui a aussi aidé mon père par la suite.

Je suis abasourdie. L'émotion me gagne, et une nouvelle blessure s'ouvre dans mon flanc. Pourquoi ne m'a-t-on rien dit ? Je me sens trahie, laissée sur le bas-côté.

Une fois de plus.

C'est injuste.

J'ai nourri de la colère et du dégoût durant tout ce temps, j'étais incapable de regarder mon frère comme autrefois. Je m'efforçais de m'adoucir en cogitant sur les raisons de ses actes, tiraillée entre mon amour pour lui et mes principes. Et tout ça alors qu'il était innocent ? Il m'a laissé croire à sa culpabilité pendant plus de dix ans ?

Phèdre pose une main sur mon épaule. Je suis trop focalisée sur mes ruminations pour la repousser.

– C'était un secret qu'il lui fallait garder à tout prix. Ne lui en veux pas, me murmure-t-elle.

– Comment ne pourrais-je pas lui en vouloir ? Le déshonneur a frappé ma Famille durant toutes ces années ! Notre nom a été roulé dans la boue !

– Elisabeth, Caleb a protégé son Clan. Et ne vois pas en son silence le signe d'un quelconque manque de confiance en toi. Ce n'est pas le cas, je te le jure.

Je secoue la tête.

– Ça n'explique pas ce que vous fichez ici, chez nous.

Phèdre fait encore craquer son dos et se lance dans un long récit, assez pour que je me félicite d'avoir accepté de m'asseoir à côté d'elle. De son arrivée à Édimbourg jusqu'à sa découverte d'Inchkeith, du début de sa relation avec Caleb jusqu'aux révélations d'Inveraray, elle me raconte tout ce par quoi elle est passée, avec bien plus de détails que mon frère ou Mary ont bien voulu me donner.

Quand elle en vient à son départ pour Dunvegan, son visage s'assombrit et ses épaules s'affaissent. Elle m'avoue tout ce qu'elle y a vécu, ses retrouvailles avec Caleb, les tensions, tous ses efforts pour se faire accepter, ce qu'elle espère avoir accompli… Je cesse de la regarder, perdant la notion du temps, les yeux rivés sur le ciel. Dans le lointain, je perçois le bruit des vagues.

– Callum a découvert que Caleb et moi recommencions à nous voir, me raconte Phèdre. Il était fou de rage… Il a quitté le château pour se précipiter chez Conrad et tout lui révéler.

– Ce qui aurait pu faire imploser le Clan.

Elle acquiesce et reprend :

– Je me suis lancée à sa poursuite. Caleb a tenté de m'aider à l'arrêter. Mais les fils MacKenzie nous ont piégés et enlevés, après m'avoir assommée. Nous avions été trahis.

– Trahis ? Mais par qui ?

Phèdre hésite, ce qui m'étonne. Elle n'a aucun filtre depuis le début de cette conversation. Elle finit par lâcher :

– Logan.

J'écarquille les yeux.

– *Notre* Logan ?

Elle acquiesce. Je reste stupéfaite un instant, puis l'interroge :

– Pourquoi ? Que s'est-il passé au juste ?

– Il s'est avéré qu'il est le fils illégitime d'Angus MacKenzie… Il avait infiltré les MacCoy depuis des années.

– Mais pourquoi agir à ce moment-là précisément ?

– Caleb et moi comptions nous en prendre aux MacKenzie. Feignant d'accepter une alliance avec eux, nous aurions profité du fait qu'ils attaquent Inchkeith pour fondre sur Eilean Donan, leur fief… et faire tomber Angus. Mais Logan a averti ses demi-frères avant que nous puissions faire quoi que ce soit. Il les a prévenus que Caleb et moi avions quitté le château seuls. Ils rôdaient non loin de Dunvegan et ont saisi l'occasion.

Phèdre continue son histoire, ne comprenant pas que je suis submergée par la colère. Logan… Sale connard ! Mes poings se serrent sur mes cuisses, des vagues de fureur vont et viennent en moi. J'en tremblerais presque.

Quand lady MacLeod aborde leur captivité, les tortures que Caleb a subies, je blêmis. Elle termine en m'annonçant qu'elle a sacrifié Dunvegan pour sauver mon frère, et mes nerfs lâchent. Mon corps s'affaisse, et je culpabilise d'avoir douté d'elle.

Elle patiente quelques instants, me laissant le temps de trier toutes les informations qu'elle vient de me livrer. Je finis par me lever et faire les cent pas. Fébrile, je lui dis :

– Merci… pour tout ce que tu as fait. Ça n'a pas dû être facile de renoncer à tout, même par amour.

Je marque un temps, hantée par ce que les mots que je viens de prononcer évoquent en moi. Phèdre se remet debout à son tour et me répond :

– Non, c'est évident. Je vis avec ce poids depuis plusieurs mois maintenant… mais je ne le regrette pas. Tu comprends désormais dans quelle situation Caleb et moi nous trouvons. Victor Campbell a été assassiné, et Henry, son père, ne nous le pardonnera pas. Sans compter que la colère des MacKenzie a été attisée et qu'il n'y a plus d'alliance pour vous protéger d'eux. Nos Clans sont sur le même navire, et la tempête approche.

– Une véritable guerre.

Phèdre acquiesce, l'air sombre. Je secoue la tête, désemparée.

– Nous ne faisons absolument pas le poids, affirmé-je. Je ne comprends pas pourquoi nos ennemis ne nous ont pas déjà balayés.

– Parce qu'ils ne veulent plus nous sous-estimer. Mais nous pressentons que c'est pour bientôt.

Phèdre pose sa paume sur son ventre, soucieuse, et ajoute :

– Je vais mettre au monde un fils. Qu'il devienne un MacCoy ou un MacLeod, il sera de mon sang… donc une menace. Campbell ne reculera devant rien pour exterminer ma Famille et nous faire payer la mort de son fils. Je suis convaincue qu'il agira avant la naissance…

Je dévisage lady MacLeod, ne sachant comment réagir à la détresse que je devine sur ses traits.

Elle a peur.

Pas pour elle, mais pour son enfant.

Je déglutis et ose prendre sa main, toujours posée sur son ventre, non sans un certain embarras. Elle accepte sans mot dire.

Contre mon poignet, je sens une petite bosse. Un coup, puis deux. Je souris. Elle aussi.

– Nous devons être préparés au pire, murmure-t-elle, et nous avons besoin de tout le soutien possible. Caleb désire te protéger en te tenant à l'écart… Moi, je pense que tu sauras nous aider.

– Merci… de me faire confiance. Tu ne me connais pas, pourtant.

Elle hausse les épaules et m'avoue :

– Quand je suis arrivée à Inchkeith, j'ai atterri par un concours de circonstances dans la chambre de Caleb. J'y ai séjourné un certain temps, recluse dans ma solitude. Je n'avais que Mary pour me tenir compagnie. Et un cadre photo : ton portrait, sur la table de chevet. Je me suis demandé si nous nous entendrions bien. À l'époque, j'aurais tant aimé avoir une amie à qui parler… J'espère que nous le deviendrons au fil du temps. Tu es la sœur de Caleb, tu fais donc partie de ma famille. Je veille toujours sur les miens.

Je suis touchée qu'elle m'estime au point de s'adresser à moi d'égale à égale, mais je refuse de le montrer, par pudeur. Je me contente de hocher la tête, encore sur la réserve.

Lorsque nous regagnons le château, Caleb fait le pied de grue devant les portes. Dès qu'il nous aperçoit, il se détend. Phèdre m'adresse un dernier sourire puis le rejoint. Je les observe alors qu'ils s'embrassent, ne pouvant mettre des mots sur les sentiments contraires qui s'agitent en moi.

Je suis terrifiée à l'idée que cet amour et les nombreux sacrifices qu'il implique entraînent la chute de mon Clan.

Je ne le permettrai pas.

Moi aussi, je veille sur les miens.

CHAPITRE 11

ELISABETH
La Louve

Après une bonne nuit de sommeil, je ne me sens pas calmée. Je nourris toujours une profonde colère envers Logan et les MacKenzie pour ce qu'ils ont fait à mon frère ainsi qu'à Phèdre. Ma méfiance envers elle s'est atténuée ; je reste cependant sur mes gardes. C'est dans ma nature.

Une tasse de thé à la main, je réfléchis à ce que je peux faire tout en me rongeant les ongles. Dans l'immédiat, rien, c'est sûr. Mais le crime de Logan ne peut pas rester impuni. Les MacCoy doivent obtenir réparation. Est-ce que Caleb y a réfléchi de son côté ? Je prends une profonde inspiration et quitte ma chambre, toujours armée de ma tasse, pour prendre la direction du bureau de mon frère. Il est tôt, il doit encore être en réunion avec ses hommes.

Arrivée à destination, je frappe quelques coups contre le battant et attends que l'on m'autorise à entrer. Je vais déjà m'imposer, j'évite donc de m'attirer les foudres du *laird* d'entrée de jeu…

Quand sa voix m'invite à ouvrir la porte, je pénètre dans la pièce. Tous les regards convergent vers moi. Caleb arque un sourcil, assis derrière son bureau. Phèdre me sourit, installée près de lui, et Dyclan, Brahn, Ewen et Roy se lèvent à mon entrée. Je pose les yeux sur Duncan, qui met un peu plus de temps à me saluer, évitant soigneusement de croiser mon regard. Je note l'absence de MacLeod autres que leur lady.

– Que fais-tu ici, Ellie ?

Je hausse les épaules tout en refermant la porte derrière moi et avise les places libres. La seule qui reste se trouve à côté de Duncan.

Mieux vaut rester debout.

Je me décide à répondre à mon frère :

– Est-ce que lady MacLeod t'a tenu au courant de notre conversation de la veille ?

Vu son air qui se renfrogne, j'en conclus que oui. Mais il n'entre pas en furie comme je l'avais craint. Il reste calme et acquiesce, non sans jeter un regard sombre à sa compagne, qui fait mine de l'ignorer. Je devine la curiosité des garçons et les éclaire :

– Je sais tout ce qui s'est passé, à quelques détails près.

Je me tourne ensuite vers Caleb et décrète :

– Je souhaite participer à vos réunions quotidiennes. Et plus, si nécessaire.

– En quel honneur ? grogne mon frère, les muscles tendus.

– Parce que je veux me battre, moi aussi.

Caleb croise les bras et s'appuie contre le dossier de son fauteuil, sourcils froncés.

– Il n'y a pas de combats ni de guerre à l'heure actuelle, Ellie.

– Peut-être, mais ça ne tardera pas. Je suis de retour à Inchkeith et je ne compte pas en repartir. Laisse-moi vous aider.

Du coin de l'œil, je vois Duncan se raidir et passer une main nerveuse dans ses cheveux. Je ne me laisse pas distraire et poursuis :

– J'ai été absente longtemps, mais je n'ai rien perdu de mes aptitudes. Mes voyages m'ont d'ailleurs permis d'en apprendre davantage. Tu sais que je suis excellente au corps à corps. Et l'excuse selon laquelle je devrais rester loin du danger pour prendre ta suite s'il t'arrive malheur ne tient plus. Je ne suis plus ton héritière, désormais.

Je pointe du doigt le ventre rond de Phèdre en ajoutant :

– C'est ton fils qui prendra la relève.

Cette affirmation semble dérouter lady MacLeod. Elle gigote dans son siège, les traits soucieux. Je n'ai pas besoin de demander des éclaircissements pour savoir ce qui la taraude : rien ne garantit que leur enfant sera le prochain *laird* MacCoy. Il peut tout aussi bien devenir un Chef MacLeod.

– Tu restes ma sœur, affirme Caleb. Ton rôle n'est pas de t'impliquer dans les affaires du Clan.

– J'exige d'être considérée comme tous les autres.

– Pardon ?

– Je veux me battre comme Ewen, Dyclan ou Brahn.

Le visage de mon frère se tord un instant, vire au rouge.

– Tu as bien laissé lady MacLeod faire ses preuves, non ? insisté-je.

L'intéressée se raidit. Caleb ne se laisse pas intimider.

– Phèdre est Chef de Clan. Ses prérogatives sont différentes.

– Ah oui ? Et quelles sont les miennes ?

– Rien.

Phèdre pose une main sur l'avant-bras de son compagnon et exerce une petite pression. Il l'ignore, ce qui la pousse à intervenir :

– Laisse-lui une chance.

– Je préférerais que tu restes en dehors de ça, lui souffle Caleb.

Sa réponse déplaît visiblement à lady MacLeod qui carre les épaules, puis se redresse.

– Ta sœur pourrait nous être d'une grande aide, affirme-t-elle.

– En se faisant tuer ?

– Tu me sous-estimes, grogné-je, vexée.

– Il est inutile d'insister. Ellie restera à sa place.

– Ma place ? répété-je, outrée. Je ne suis plus une enfant !

– Tu ne cesses de le crier sur tous les toits depuis des années, c'est vrai. Alors, arrête de te comporter comme tel !

Nous parlons de plus en plus fort, et j'en viens à oublier que nous ne sommes pas seuls. Je ne me démonte pas :

– Je ne vais pas rester les bras croisés quand une menace plane au-dessus de nos têtes.

– Ce n'est pas ton rôle de partir au combat !

– Alors, qu'attends-tu de moi ? Je ne compte pas repartir, que vas-tu faire ? Négocier ma main contre une alliance, comme tout bon *laird* qui se respecte ?

Caleb tape du poing sur son bureau. Nous sursautons tous, surpris par cette démonstration de colère.

– Je devrais en effet me pencher sur la question, crache-t-il, furibond.

Il se lève et me toise, puis ajoute d'un ton sans appel :

– Sors immédiatement de ce bureau, Elisabeth.

Je reste abasourdie par la menace d'un mariage forcé que mon frère n'a jamais brandie devant moi jusqu'alors. Mes jambes refusent de bouger.

Non, Ellie. Caleb ne pense pas ce qu'il dit. Il est en colère, c'est tout.

Mon regard dérive sur l'assistance muette. Les hommes se concentrent sur le bout de leurs chaussures. Seul Duncan fixe le *laird*.

– Dehors !

Je tressaille à cet ordre vociféré et daigne enfin obtempérer, de mauvaise grâce. Je quitte la pièce en coup de vent. Je ne retourne pas dans ma chambre, ayant besoin d'air. Je sors du château après avoir abandonné ma tasse et prends de grandes inspirations pour me calmer, sans succès. Je fais les cent pas, les mains dans les poches de mon jean.

Caleb n'a pas le droit de me traiter comme ça ni de me tenir à l'écart. Pourquoi s'entête-t-il autant ? Je pensais que Phèdre serait assez persuasive pour l'adoucir. J'ai eu tort.

Il est si buté !

Contrariée, je descends les marches et me dirige vers les écuries. Retrouver Lucy, ma jument, me fera le plus grand bien. Je culpabilise de ne pas l'avoir fait plus tôt. Les odeurs de foin et de cuir qui me parviennent me détendent assez pour que je cesse de trembler de rage.

Je remarque que ma jument a été placée à l'écart. Je caresse plusieurs naseaux alors que je la rejoins, m'attardant sur les chevaux que je ne connais pas. Je tombe enfin sur ma monture : elle sort sa tête et vient aussitôt à mon contact. Je n'avais pas réalisé à quel point elle m'avait manqué. D'une douceur infinie, elle accueille mes baisers et mes étreintes.

– Toi, au moins, même si je suis partie longtemps, tu veux bien de moi, lui murmuré-je.

Son souffle puissant et chaud s'écrase contre ma paume.

– Et si on partait en balade, toi et moi ? Je dois juste me changer, mais je reviens vite.

Elle se frotte à ma poitrine. Je souris, attendrie par l'affection dont elle fait preuve.

– Hé.

En entendant cette voix, mes yeux s'arrondissent, et je me raidis. Je n'ose pas me retourner tout de suite, croyant avoir rêvé.

– Je me doutais que vous seriez… ici.

Mes paupières se ferment. Je m'efforce de ne pas trahir mon trouble.

Je finis par me retourner. Cette fois, les yeux de Duncan sont braqués sur moi. Il ne cherche pas à m'éviter.

Il s'adresse bien à moi.

CHAPITRE 12

DUNCAN
Le Glaive

Je ne sais pas ce qui m'a pris, mais j'ai ressenti la nécessité de chercher Elisabeth après son altercation avec Caleb. La réunion a été écourtée suite à cela, car Phèdre a quitté les lieux, apparemment remontée. Le *laird* s'est éclipsé lui aussi pour la suivre. Les échos de leur dispute ont retenti quelques minutes plus tard. Par respect et pudeur, nous avons tous préféré nous disperser.

La menace d'un mariage potentiel adressée à Elisabeth m'a glacé le sang. Je ne la digère toujours pas. Les femmes du Clan n'ont jamais eu à craindre l'autorité patriarcale, les filles d'Alastair encore moins. Caleb a donné un violent coup de pied dans les principes fondamentaux des MacCoy, ébranlant la conviction de sa sœur d'être libre. J'en suis persuadé… je la connais par cœur.

Cet élan m'a beaucoup surpris de la part de mon ami. Caleb et moi sommes d'accord sur ce point : nous n'adhérons pas à la vision inférieure de la femme qui règne dans le monde clanique. Je respecte les rangs et les titres, mais je n'userai jamais des miens pour contrôler la vie de quiconque. Je croyais qu'il en était de même pour mon *laird*.

Menacer sa sœur ainsi ? Ce n'est pas lui.

Je lui aurais reproché son comportement autrefois, mais je ne peux plus me le permettre aujourd'hui, ami ou pas. Sans compter que Phèdre s'est déjà chargée de remettre en place les idées de son compagnon, j'en suis certain.

Il n'empêche que le mal est fait. Alors, je suis parti en quête d'Elisabeth. Sans surprise, je l'ai trouvée dans les écuries, près du box de Lucy. Et maintenant, je me retrouve comme un idiot, à ne pas savoir quoi dire ou quoi faire, après avoir jeté aux orties ma résolution de l'éviter.

La jeune femme me toise de son regard qui m'évoque du chocolat au lait nappé d'un miel doré. Il ne dégage aucune douceur, plutôt du mépris.

– Qu'est-ce que tu veux ? me lance-t-elle d'un ton incisif.

Je pourrais hausser les épaules et rebrousser chemin. Ce serait le plus raisonnable. Mais je réponds :

– Savoir si vous alliez bien.

Elle fronce les sourcils et me dévisage avec défiance.

– J'ignorais que ça t'intéressait.

Si tu savais...

Je détourne un instant la tête, réfléchissant à ce que je pourrais rétorquer. Rien ne me vient. Elisabeth soupire et me tourne le dos. Mon regard s'attarde sur sa silhouette. Je m'en veux de ne pas réussir à occulter ses fesses rebondies, sa taille et ses hanches en vase de Chine, ses jambes que je sais fuselées sous ce jean troué, sa poitrine qui…

Je déglutis, la gorge sèche.

– Je sais que j'ai un joli cul, mais tu as perdu le droit de te rincer l'œil.

Je me raidis et lève les yeux. Elisabeth me toise par-dessus son épaule. Je ne m'excuse pas et la fixe. Mes yeux s'attachent à ses lèvres ; elle se maquille très peu, mais cela n'empêche pas sa bouche d'être incroyablement tentante. J'adore la forme de son arc de Cupidon. Il donne à sa lèvre supérieure une forme de cœur adorable. Et dès qu'elle sourit, une fossette se creuse sur sa joue, lui donnant un air coquin.

Elisabeth ne cille pas, aussi entêtée que son frère. Elle m'affronte sans faillir, à peine perturbée par le souffle de sa jument sur son visage. C'est finalement moi qui bats en retraite en baissant la tête. Après un bref raclement de gorge, je lui dis :

– Vous vous doutez que le *laird* n'était pas sérieux à propos de ce mariage.

– Oui, je le sais. Il ne me ferait jamais ça.

– Mais s'il en est arrivé à cette menace, c'est que…

– Je t'arrête tout de suite, me coupe-t-elle froidement. Ne tente pas de me faire la morale ou de m'expliquer point par point où sont mes torts. Je n'ai rien à apprendre de toi. Si je dois recevoir les conseils de qui que ce soit, ce sera d'une personne que je respecte.

La sécheresse de son ton et la teneur de ses propos me coupent les jambes. Bien des choses ont fait pourrir notre relation, mais qu'elle avoue ne plus m'accorder la moindre considération me bouleverse plus que je ne l'aurais cru. Je pensais tout de même en mériter un peu.

– Je vous demande pardon, mademoiselle Elisabeth, m'excusé-je d'une voix enrouée.

Elle paraît satisfaite et s'empare du licol de Lucy, ne me prêtant plus aucune attention. Et cela me fait mal.

Je pensais pourtant avoir guéri…

Elle entre dans le box de sa jument, et je ne suis pas surpris quand la bête recule d'elle-même. C'est pourtant un cheval difficile : j'ai mis du temps à l'apprivoiser pour en venir à un résultat pareil. Caleb, lui, ne peut même pas mettre un pied dans sa stalle.

Quand Elisabeth sort avec Lucy dans l'optique de la brosser, selle et bride à la main, je décide de la prévenir :

– Je ne l'ai pas montée depuis un petit moment.

La main de la jeune femme se fige au-dessus de la croupe.

– Comment ça, « tu » la montes ?

J'ignore l'agressivité dans son ton et me poste de l'autre côté de la jument, glissant mes doigts dans sa crinière. Elisabeth se penche pour curer les sabots, m'offrant une vue mémorable sur son fessier quand je me déplace à nouveau pour m'approcher d'elle.

– Je m'en suis occupé durant votre absence, lui expliqué-je sobrement.

– Je ne t'avais rien demandé.

– Vous n'aviez pas besoin de le faire.

– Parce que mon frère s'est chargé de te l'ordonner, c'est ça ?

– Non.

Nos regards s'accrochent dès qu'elle se redresse, des mèches cuivrées tombant devant ses yeux. Je me retiens de les glisser derrière ses oreilles comme j'aimais le faire… avant.

Elisabeth fulmine. Avant qu'elle s'emporte, je lui précise :

– Lucy risque d'être nerveuse et imprévisible, si vous sortez.

– Je croyais avoir été claire sur la valeur que j'accorde à tes conseils.

Oubliant quelle est sa position au sein du Clan, je réplique avec agacement :

– Ce n'est pas un conseil mais une question de sécurité. Laissez-moi faire un premier travail à pied pour la détendre et la rendre plus docile.

– Je peux m'en occuper…

– Au risque que Lucy rue, s'énerve et parte au galop, vous derrière ? Vous vous êtes absentée longtemps, il est préférable que vous vous échauffiez avec une bête plus obéissante.

Elisabeth fronce les sourcils, mâchoire contractée. Butée, elle abandonne selle et bride pour s'emparer de la longe dont je me suis servi la veille, qu'elle attache au licol de sa jument.

– Ai-je vraiment besoin de vous décrire ce qui va se produire si vous ne m'écoutez pas ? m'impatienté-je.

D'un air provocant, Elisabeth entraîne Lucy à l'extérieur, tête haute. Je lui emboîte le pas, mon inquiétude prenant le pas sur tout le reste.

– Vous ne devriez pas, insisté-je.

En réponse, j'ai droit à un magnifique doigt d'honneur. Je lève les yeux au ciel.

Dès que nous débouchons à l'air libre, Lucy se met à piaffer ; elle pousse de brefs hennissements en s'ébrouant. Elisabeth retire son gilet en maille qu'elle noue à sa taille. Malgré la fraîcheur ambiante, elle n'est plus qu'en débardeur, bras nus. Ainsi, je vois ses muscles se bander sous l'effort qu'elle fournit.

Elle peine déjà à retenir sa bête…

– Tout doux. C'est moi, ma belle, la flatte-t-elle. On va refaire connaissance et reprendre là où nous en étions.

Je croise les bras et m'adosse au mur de l'écurie. Elisabeth se lance dans un monologue apaisant, ne mettant aucune pression dans ses mains pour l'instant. Elle aussi cherche ses repères.

Il me suffit d'un coup d'œil en direction de Lucy pour comprendre que cette stratégie ne fonctionne pas. Les oreilles agitées, la jument guette le moment opportun pour se rebeller, ses naseaux humant ce qui l'entoure. Elle attend son heure pour déguerpir, goûter à une liberté volée.

Je pourrais presque compter les secondes avant le drame.

Elisabeth réussit à faire partir Lucy au trot, faisant claquer sa langue contre son palais. La jument agite son long cou en de larges arabesques qui obligent sa maîtresse à suivre le mouvement. L'amplitude est large, haute et assez brutale. La jeune femme titube une fraction de seconde. Cela suffit pour que la bête bondisse, tirant violemment sur la longe.

– Hé !

Elisabeth se raccroche à la corde plutôt que de la lâcher. Elle part en avant et s'écrase à plat ventre dans l'herbe. Je me mords la lèvre pour ne pas éclater de rire. Furibonde, elle se redresse sur ses coudes, souffle sur une mèche qui lui barre le visage et toise Lucy qui caracole à quelques mètres de nous.

– Sale bête… grogne-t-elle.

Je quitte mon mur pour l'aider à se remettre debout, mais le regard qu'elle me jette me refroidit. Je lève les mains en signe de capitulation et retourne à ma place. Elisabeth est visiblement décidée à récupérer sa monture. D'un pas ferme sans être menaçant, elle se dirige vers Lucy, bras tendu. La jument s'éloigne sous ses râles exaspérés. Le manège dure bien dix minutes avant que la jeune femme réussisse enfin à reprendre en main le licol.

– Elle ne s'est jamais comportée comme ça ! me fustige-t-elle.

Je soupire et réponds :

– Bien sûr que si…

– Non, c'est de ta faute.

– Ma faute ?

Exaspéré, je secoue la tête.

– Il faut croire que ton fameux « travail à pied » n'est pas aussi efficace que tu sembles le croire, assène-t-elle.

– Vous vous y prenez mal, c'est tout.

– Je connais ma jument.

– Pas autant que vous le pensez. Vous devez refaire connaissance avec elle.

– Tu as foutu en l'air tout son dressage !

Qu'est-ce qu'elle peut m'agacer ! Son sale caractère ne m'avait pas manqué du tout.

– Je n'ai rien foiré, m'emporté-je. Après tant d'années d'absence, il est normal qu'elle ne vous accepte plus aussi facilement !

Je regrette aussitôt ce que je viens de dire. Tenir la longe de Lucy n'empêche plus Elisabeth de s'approcher de moi. Elle exsude une colère froide. L'espace d'un instant, je crois qu'elle va me gifler. Finalement, elle s'arrête à quelques centimètres de moi, la tête levée pour pouvoir braquer son regard dans le mien.

Sa proximité m'électrise.

Elle a changé de parfum.

J'inspire pour m'en imprégner.

Elle sent l'été, la plage... Le monoï.

Je me ressaisis. Ce n'est pas le moment de me laisser distraire de la sorte.

– Je t'emmerde, Duncan…

Non, en effet, ce n'est absolument pas le moment...

Incapable de réagir, je reste figé par la véhémence de son ton. Quant à Elisabeth, cheveux emmêlés et vêtements salis par sa chute, elle me plante là. Me tournant le dos, elle ramène Lucy aux écuries. Je sais cependant qu'elle s'entêtera à la faire travailler encore et encore.

Parce qu'elle est comme ça.

Indomptable.

CHAPITRE 13

ELISABETH
La Louve

J'éteins mon ordinateur après avoir terminé le troisième épisode de la série que je regarde en ce moment. Il fait nuit, les restes de mon repas traînent sur un plateau à côté de moi, par terre. Je replace l'oreiller dans mon dos avec agacement. Ça fait trois jours que je reste confinée dans ma chambre. Depuis que Caleb m'a hurlé dessus en pleine réunion du Clan, puis que je me suis ridiculisée devant Duncan, je fais l'autruche.

Une excellente autruche.

Ma honte et probablement ma lâcheté m'ont poussée à me retrancher dans ma tour, refusant d'en descendre même pour manger. Mary a bien tenté de m'y motiver, sans succès. Au lieu de me remettre en question ou de digérer ma *merveilleuse* chute, je ne fais que ruminer ma frustration et ma colère, point par point.

Le premier : Caleb est catégorique, il refuse que je m'implique dans les affaires du Clan.

Le deuxième : Duncan a osé insinuer que c'était de ma faute si je suis partie plusieurs années !

Et le troisième : même s'il m'a foutue en rogne, j'ai ressenti le désir irrépressible de lui arracher sa chemise à chaque fois qu'il a tenté de me remettre à ma place.

Le pire, ç'a été quand je l'ai surpris à respirer mon parfum. Pour un type censé être un professionnel de la discrétion, on repassera. Je n'arrive pas à croire qu'il parvienne encore à m'attirer, après tout ce qui s'est passé entre nous…

D'aussi loin que je m'en souvienne, Duncan a toujours eu le don de m'apprivoiser. Je ne me l'explique pas.

Je soupire, troublée. Je me suis approchée trop près de lui et, moi aussi, j'ai perçu l'odeur de sa peau, si familière. Elle n'a pas changé…

On frappe trois coups à ma porte. Le corps courbaturé d'être restée trop longtemps avachie, je me traîne pour ouvrir. À ma grande surprise, c'est Phèdre que je découvre sur le seuil.

– Salut, me dit-elle.

Son sourire est avenant, mais je n'ai pas envie de parler à qui que ce soit. Juste de rester cloîtrée avec des poupées vaudou à l'effigie de Duncan.

Lady MacLeod lève ses deux mains, me présentant une bière et une bouteille de jus de fruits.

– Je viens en paix, me rassure-t-elle. Je te laisse deviner laquelle des deux est pour toi.

Je me décale pour qu'elle puisse entrer, récupérant la bière déjà décapsulée au passage. Elle observe ma chambre en silence, puis s'installe dans le fauteuil à bascule. Un peu mal à l'aise, je ne me rassieds pas tout de suite sur le lit et demande :

– Que me vaut cette visite ?

Phèdre boit une gorgée de son jus multivitaminé avant de me répondre :

– Voir si tu allais bien.

– Je vais bien.

– Voir si tu rumines toujours.

– Je rumine toujours.

Son sourire s'élargit.

– Ta dispute avec Caleb t'a bien plus secouée que tu souhaites l'admettre, devine-t-elle.

Je renifle avec dédain, puis réplique :

– Je pensais que tu aurais eu une petite discussion avec lui à mon sujet.

– En effet. Nous avons longuement débattu sur la question, j'ai presque réussi à le convaincre de t'impliquer davantage. Mais ton approche a été… eh bien… il faut le dire : tu as tout fichu en l'air.

Ah.

Au moins, ça a le mérite d'être clair.

– Es-tu toujours comme ça ? s'enquiert Phèdre en se balançant doucement d'avant en arrière.

– Comment ?

– Explosive.

Je plisse les yeux, vexée, et décide de m'expliquer :

– Depuis mon adolescence, on me tient à l'écart. On m'a envoyée dans un pensionnat pour mes années de lycée. C'est loin de chez moi que j'ai appris que mes parents et la moitié des habitants de mon île avaient été massacrés. Je n'ai même pas pu embrasser une dernière fois mon père et ma mère. Ensuite, j'ai dû m'exiler durant plusieurs années avant de rentrer en catastrophe lorsque j'ai découvert que mon frère s'était lancé dans une guerre ouverte contre nos ennemis les plus enragés. Et il y a à peine quelques jours, tu m'as raconté que j'ai manqué de perdre la seule famille qu'il me reste à cause d'un salopard de traître.

Je reprends ma respiration, peu habituée à ce que l'on ne cherche pas à me couper le sifflet. Phèdre m'a écoutée avec attention pendant toute ma longue diatribe et elle attend d'être sûre que j'ai bien terminé pour reprendre la parole :

– Logan est une ombre qui plane sur le Clan depuis les événements d'Eilean Donan. Son acte a eu des répercussions lourdes.

– Que veux-tu dire ?

– Caleb et les autres ont du mal à se remettre de sa défection, même s'ils ont trop de fierté pour l'admettre. Je croyais que leurs liens se renforceraient dans cette épreuve, mais ce n'est pas le cas. Dyclan est le plus affecté de tous… Sans compter que nous ignorons l'étendue des informations que Logan a pu récolter durant ses années au service des MacCoy. Je crains le pire. Il connaît Inchkeith comme sa poche. Et puis, je souhaite qu'il paie pour ce qu'il nous a fait…

Là, elle m'intéresse. Je me laisse tomber sur le lit et croise les jambes.

Par la faute de Logan, Caleb a failli mourir, et Phèdre a perdu Dunvegan.

Sans sa trahison, tout ça aurait pu être évité…

– J'ai lancé mes hommes à sa recherche, me révèle lady MacLeod en jouant avec le goulot de sa bouteille. Gowan et Joffrey ont tenté de le pister, mais ils n'ont pas les compétences du Limier. Je ne souhaite pas faire appel à lui : j'appréhende sa réaction.

Je pense que Dyclan pourrait transformer tout ce qu'il ressent en hargne, mais je préfère garder cette pensée pour moi.

– Pourquoi n'ont-ils pas réussi à le retrouver ? demandé-je plutôt. Logan vit désormais à Eilean Donan avec le reste du Clan MacKenzie, non ?

Phèdre secoue la tête.

– Je le croyais aussi, mais il paraît avoir… disparu. Comme s'il se cachait. Je souhaite comprendre pourquoi et, mieux encore, le ramener ici.

– Les MacKenzie le protégeront. Il est probable que ce soient eux qui le cachent.

– Mais pourquoi ? Parce qu'il détient des informations très compromettantes ? Parce qu'ils craignent quelque chose ?

Je fronce les sourcils, intriguée.

– Ou parce que Logan est un lâche ? supposé-je.

Phèdre pince les lèvres, affichant ouvertement son scepticisme.

– En as-tu parlé à Caleb ? l'interrogé-je.

– Oui.

– Qu'est-ce qui te pousse à m'en parler à moi aussi, alors ?

– Ton frère estime que Logan n'est pas notre priorité et ne souhaite pas éloigner ses hommes de l'île. Trop risqué, d'après ses dires. Je pense plutôt que la trahison du Rapace est encore très douloureuse pour lui et qu'il préfère agir comme si elle n'avait jamais eu lieu… mais il refuse de l'avouer, même à moi. Je suppose qu'il n'a pas encore le courage ni la force d'affronter une nouvelle fois Logan.

Phèdre marque une pause avant d'ajouter :

– Cependant, s'il refuse d'impliquer les MacCoy, je suis libre d'ordonner ce que je souhaite aux MacLeod.

Je me redresse et pose la bière à mes pieds, ma curiosité piquée au vif :

– Es-tu en train de dire que tu souhaites envoyer tes hommes sur la piste de Logan dans le dos de mon frère ?

Phèdre grimace.

– Caleb n'appréciera pas, mais je suis Chef de Clan et je gère mes hommes comme je l'entends.

– Il t'en voudra beaucoup.

– Je sais me faire pardonner.

– Passe-moi les détails…

Elle éclate d'un rire léger. Je suis amusée moi aussi, mais je passe outre pour demander :

– Pourquoi maintenant, Phèdre ? Après tant de mois, pourquoi te préoccuper soudain du sort de Logan ?

Ses traits se durcissent, et je comprends qu'elle est au courant de quelque chose que j'ignore.

– Qu'est-ce qui s'est passé ? insisté-je.

Elle inspire, puis sort son téléphone de la poche de son épais gilet. Le regard lointain, elle me le tend après avoir pianoté dessus quelques instants. Ce que je découvre sur l'écran m'horrifie.

C'est une photo prise dans un recoin sombre d'une ruelle. Un homme est étendu sur le dos, la gorge tranchée, les lèvres ouvertes et bleuies. Ses yeux fixent l'objectif, vides. Éteints. La victime est assez âgée, mais arbore – arborait – une carrure athlétique.

Gorge nouée, je m'enquiers :

– Qui est-ce ?

Phèdre verrouille son téléphone, le teint pâle.

– Ainsley. Un ancien membre de mon conseil. Il a servi mon père avant de me servir, moi. S'il n'était pas toujours d'accord avec mes décisions, il était toutefois l'un des hommes qui m'ont apporté leur soutien quand je suis devenue Chef du Clan MacLeod. Nous n'étions pas proches, mais sa mort m'affecte plus que je ne l'aurais cru, sans compter qu'elle n'a rien de naturel.

J'acquiesce, troublée par cette photo.

– C'est un assassinat, oui. Mais qui l'a perpétré ? Tu soupçonnes Logan ?

– Je n'en sais rien. Joffrey n'a pas réussi à savoir de qui provenait le cliché.

– On te l'a directement envoyé ?

– Oui. Ce matin.

– Sans message ?

– Juste cette photo. Je l'interprète comme une mise en garde ou…

– Ou une menace ? Pour te signifier que tu es la prochaine ?

Phèdre secoue la tête.

– Je pense plutôt que celui ou celle qui a commis un tel acte me fait savoir que ce n'est que le début.

Un frisson me parcourt.

– Cet Ainsley ne t'a pas suivie sur Inchkeith, comme tous les autres ? demandé-je.

– Non, il est resté à Dunvegan. Il n'a pas souhaité quitter Skye ; il y était trop attaché, sans compter que sa famille y réside. Il me tenait informé des changements là-bas, me rassurait sur le sort des habitants…

– As-tu des nouvelles de ses proches ?

– Ils vont aussi bien que les circonstances le leur autorisent, étant donné que je leur ai annoncé sa mort. Ils s'inquiétaient de son absence… Je leur ai demandé de s'éloigner de Dunvegan le temps que je fasse la lumière sur cette histoire.

– Sais-tu de quand date cette photo ?

– D'après George, l'un des petits-enfants d'Ainsley, cela faisait quarante-huit heures environ qu'il avait disparu. Ils ont supposé qu'il était parti pêcher sur son voilier, comme il en avait l'habitude lorsqu'il avait du temps libre…

Phèdre plante ses ongles dans les accoudoirs de mon fauteuil.

– Je ne reconnais pas l'endroit où a été prise cette photo, et personne n'a retrouvé le corps.

Mon cerveau carbure à mille à l'heure.

– Si tu veux retrouver Logan, c'est parce que tu penses que les MacKenzie sont impliqués dans cette affaire ? demandé-je.

– C'est votre Clan qu'ils haïssent. Je ne suis pas leur cible principale… mais ils sont à la solde de Campbell. Naturellement, c'est lui que je soupçonne d'être derrière ce meurtre. Le duc d'Argyll n'a pas pour habitude de se salir les mains : il pourrait très bien avoir chargé le Rapace de mener une chasse aux MacLeod, ce qui expliquerait qu'il ait disparu des radars. Mais peut-être est-ce moi qui vois des liens là où il n'y a que des coïncidences.

– Pourquoi Logan ?

– Parce qu'il est bon… Il a appris aux côtés des meilleurs. Ainsley était peut-être âgé, mais c'était un homme vif et aguerri. L'abattre n'était pas à la portée de n'importe qui. Et le Rapace connaît mon proche entourage, ceux qui m'ont soutenue et me soutiennent toujours. Il a passé du temps à Dunvegan en même temps que les autres MacCoy.

Traquer les MacLeod serait une mission dangereuse, mais d'après ce que m'a raconté Caleb de sa confrontation avec les frères MacKenzie, ceux-ci ont peu de considération pour le bâtard de leur père. Alors, s'il meurt… ce ne sera pas une grosse perte pour eux.

Phèdre soupire et pose une main sur son ventre rond.

– Je me trompe peut-être, mais je ne souhaite pas courir de risques, ajoute-t-elle d'une voix lasse. J'ai besoin de savoir si Logan est l'assassin d'Ainsley… pour protéger mon Clan.

Elle se tait, me laissant digérer toutes ces révélations et hypothèses. Je réordonne toutes les informations qu'elle vient de me livrer. S'il est bien question d'un meurtre de sang-froid, je crains le pire pour l'avenir… Des ninjas en kilt qui attaquent depuis l'ombre, c'est à faire frémir.

Des questions me viennent encore à l'esprit.

– Pourquoi me parles-tu de tous tes soupçons ? lui demandé-je. Je suppose que tu n'en as pas fait part à Caleb.

– Non, en effet. J'ai fait le choix de te tenir au courant avant lui.

– Pourquoi ?

– Parce que j'ai l'espoir que tu vas m'aider à tirer cette affaire au clair et, peut-être, à mettre la main sur Logan. Il sera rapatrié sur l'île, et nous pourrons le juger pour sa trahison.

J'écarquille les yeux, hébétée.

– C'est à moi que tu fais appel pour cette mission ?

– Je ne peux pas quitter Inchkeith : je suis enceinte et je ne ferai pas deux pas sans qu'un de mes ennemis me tombe dessus, m'explique Phèdre. Caleb lui aussi est impuissant. Toi, en revanche, personne ne te soupçonnera de quoi que ce soit. Ton frère a été clair : tu n'as jamais été impliquée dans les affaires des Clans, ton visage n'est pas connu. Et puis, tu es restée absente longtemps, et la nouvelle de ton retour n'a pas été ébruitée.

– Mais, sans doute, un MacLeod pourrait agir tout aussi discrètement.

– Bien sûr. D'ailleurs, tu ne quitteras pas l'île seule. Je mets à ta disposition tous les hommes et femmes dont tu as besoin parmi les plus jeunes recrues de mon Clan ; tu n'auras qu'à choisir. Ils sont vaillants et, comme toi, non identifiables. Matthew et Joffrey se sont déjà portés volontaires, si tu veux de leur aide. Ce sera à toi de jouer pour assurer Caleb que tu seras en sécurité avec eux.

– Je ne comprends toujours pas pourquoi c'est à moi de me charger de cette mission…

Phèdre me fixe d'un regard si intense qu'il me met presque mal à l'aise. Sa franchise me prend de court :

– Tu souhaites faire tes preuves, je t'en donne l'occasion.

Je reste bouche bée. Elle me tend la main ? Elle me connaît à peine, pourtant… Et je ne suis pas excitée à l'idée de confier ma vie à de parfaits inconnus.

– Si je passe l'arme à gauche, Caleb ne te le pardonnera jamais, la préviens-je.

– Tu ne mourras pas. Nous veillerons sur toi.

Je ne suis toujours pas convaincue.

Phèdre se lève en prenant appui sur ma table de chevet.

– Je te laisse y réfléchir, me dit-elle. Je sais que tu ne rapporteras pas notre discussion à ton frère, je te fais confiance.

Ça, ça ne fait aucun doute...

– Si tu ne veux pas nous aider, ce n'est pas un problème, poursuit-elle. Sache cependant que tu as ta place parmi nous. À toi de prouver que tu la mérites.

Elle s'arrête un moment devant la porte, puis ajoute :

– Comme j'ai dû prouver que je méritais la mienne.

Sur ces mots, elle disparaît, me laissant seule et abasourdie avec ma bière.

CHAPITRE 14

ELISABETH
La Louve

Autant je connais plus ou moins bien tous les MacCoy, autant je ne sais rien des MacLeod.

Campée près de l'entrée de la salle commune, j'observe les visages de tous ces inconnus qui prennent leur pause entre deux tâches de surveillance de l'île ou qui sont en repos aujourd'hui. Visiblement, ce sont les MacCoy qui travaillent en ce moment, étant donné qu'il n'y a que des MacLeod dans cette pièce. J'en conclus que les deux Clans font un roulement.

Après avoir longuement réfléchi à la proposition de lady MacLeod, je me suis rendu compte que j'ai envie de me charger d'une mission comme celle dont elle m'a parlé. La confiance que m'accorde Phèdre est celle que j'attends de la part des miens depuis tellement longtemps… L'appréhension m'a envahie, c'est vrai, mais cette peur a vite été chassée par mon envie de prouver que je mérite bien ma place au sein des Clans. Je ne peux pas refuser cette main qui m'a été tendue. Sinon, mon retour à Inchkeith n'aura rimé à rien. Je m'assurerai que Logan soit ramené sur notre île pour y être jugé et je prouverai à ma Famille ce que je vaux.

Je dois maintenant faire connaissance avec les nouveaux alliés de mon Clan pour faire le tri parmi eux. Je plisse les yeux et les observe avec attention, notant que la plupart sont assez jeunes. Durant plusieurs minutes, mon regard glisse d'un groupe à l'autre… jusqu'à ce que j'entende un bruit de pas dans mon dos. Je me redresse en une fraction de seconde, comme prise en faute. Je me retourne, feignant l'innocence, et découvre Duncan, qui me dévisage avec incrédulité.

– Ce n'est que toi… soupiré-je.

Il passe à côté de moi sans me répondre, détournant son regard comme s'il ne m'avait pas vue. Ce n'est pas plus mal, il m'épargne la moindre remarque sur ce qui s'est passé avec Lucy, et ça me va bien.

Je reporte mon attention sur les MacLeod, dissimulée derrière le chambranle de la porte. Le plus simple serait que j'engage la conversation avec Callum, qui est le seul avec qui j'ai déjà échangé quelques mots – je ne vois pas son père dans la pièce. Mais il ne m'est que peu sympathique. Je crois que la femme qui joue au billard s'appelle Stefany. Elle m'inspire davantage confiance, peut-être pourrais-je commencer mes tentatives d'approche auprès d'elle ?

– Mais que faites-vous ?

Je sursaute et fais volte-face. Mon nez se retrouve à quelques centimètres de la poitrine de Duncan.

– Tu étais censé être parti, grogné-je.

Je masque mon trouble de me retrouver aussi près de lui, collée contre le mur. Il a l'air contrarié.

– Avouez que votre comportement est étrange, me dit-il.

– Mais pas du tout !

Ma voix haut perchée me trahit. Duncan arque un sourcil, ses lèvres s'incurvent.

– J'ai encore le droit d'observer ces MacLeod comme je l'entends, ajouté-je.

– Cachée derrière la porte ?

– Oui, c'est interdit ?

Son sourcil se hausse encore plus haut. Il m'énerve.

– J'ai un meilleur angle de vue comme ça, me justifié-je.

Je tente de le pousser en jouant de mon épaule pour lui signifier que nous en avons terminé. Mais cet idiot ne bouge pas d'un poil, me laissant me frotter contre lui.

Salaud.

Pire encore, il se penche vers moi… Son souffle me titille l'oreille quand il me chuchote :

– Je peux vous prêter des jumelles et le kit du parfait petit espion, si vous le souhaitez.

Je le foudroie du regard, faisant abstraction de nos bouches trop proches l'une de l'autre.

– En général, les panoplies pour enfants ne sont pas très efficaces, persiflé-je.

Duncan ne se démonte pas. Son sourire s'élargit, et il s'éloigne enfin… pour mieux me gratifier d'une bourrade assez forte pour que je titube vers l'avant. Alors que je m'apprête à l'insulter copieusement, je comprends que je suis entrée dans la salle commune. Tous les yeux se rivent sur moi.

Eh merde…

Je lève une main et lance un bref « salut ! », mortifiée. On me répond avec bonne humeur. Je prends le temps de foudroyer Duncan de mon regard le plus assassin, auquel il répond d'un clin d'œil discret.

Tu ne perds rien pour attendre, toi.

En rajoutant à l'humiliation qu'il me fait subir, il décide de me rejoindre et clame :

– Mademoiselle Elisabeth souhaitait faire plus ample connaissance.

Je vais le tuer. À coups de pelle.

Une femme très belle, aux iris pervenche, se lève et s'approche de moi. Je note ses cheveux auburn, plus sombres que les miens mais moins longs, son port altier… Je ne me rappelle pas l'avoir croisée au dîner le jour de mon arrivée.

– Bonjour, mademoiselle Elisabeth, me dit-elle. Je n'ai pas eu l'occasion de faire votre connaissance. Je suis Rose Duval.

Duncan incline respectueusement la tête devant cette femme, ce qui m'indique qu'il s'agit d'une personne d'importance. Mais « Duval » ne me dit rien, et ça ne sonne pas très écossais. Elle parle avec un accent assez prononcé, d'ailleurs. Une Française ?

– Enchantée... Rose... madame Duval ? Lady Duval ? m'embourbé-je.

Duncan vient à ma rescousse :

– Madame Duval est la mère de lady MacLeod.

– Ah !

Je tente de me rattraper :

– Excusez-moi, je ne savais pas que vous viviez au château avec votre fille.

– Ce n'est pas le cas, j'habite dans une maisonnette tout à fait charmante au bord de la falaise. J'aime la tranquillité, je la préfère au tumulte qui règne ici.

J'acquiesce ; au même moment, nous sommes rejoints par Callum, visiblement curieux. Je plisse le nez, me remémorant son attitude rigide lors de notre rencontre. Pourtant, lorsqu'il pose les yeux sur moi, je n'y perçois aucune animosité.

– Bain, le salué-je.

– Mademoiselle Elisabeth.

Avec le sourire, il me tend une main que je fixe avec scepticisme.

– Nous sommes partis du mauvais pied, vous et moi, ajoute-t-il. J'en suis désolé.

Oh...

Il marque des points. Je serre ses doigts calleux et m'excuse à mon tour. Duncan me jette un coup d'œil surpris. Je ne m'en offusque pas : je n'ai pas l'habitude de faire amende honorable.

J'ai mûri depuis mon adolescence. Un petit peu.

– Dites-moi, Callum, mis à part surveiller les allées et venues dans les couloirs, que faites-vous ?

Mon ton taquin produit l'effet escompté, et j'ai le droit à un petit rire de la part du fils Bain. Je sais déjà quel est le rôle de Callum, Phèdre me l'a expliqué, mais le pousser à me le décrire lui-même est une manière comme une autre de briser la glace.

– Je seconde lady MacLeod, déclare-t-il.

– Lourde responsabilité.

Son regard s'assombrit, et il réplique :

– Notre famille est dévouée au Clan MacLeod. Je suis là où est ma place.

Il marque une pause avant d'ajouter :

– Vous avez déjà rencontré mon père, Sean.

– Exact.

– Ma mère, Elia, est… était l'intendante de Dunvegan.

Tout comme Phèdre, Rose et Callum ont l'air d'être très affectés par la perte de leur fief. Difficile de ne pas les comprendre : si j'avais été à leur place, j'aurais retourné toute l'Écosse pour récupérer Inchkeith.

Le fils Bain ne s'éternise pas sur le sujet et me pointe le billard :

– Une petite partie ?

J'observe les visages des MacLeod en train de jouer. Duncan me les désigne discrètement :

– Celui tout à gauche, c'est Matthew. Près de lui, c'est Gowan. La femme s'appelle Stefany, et derrière elle, vous avez Joffrey.

Je hoche la tête à chaque nom.

– Alors, vous souhaitez vous joindre à nous ? reprend Callum. À moins que vous ayez peur de perdre ?

Ah ! Je vois. Il teste mes limites. Dommage pour lui, je n'en ai quasiment pas. Ma fierté piquée, je lève la tête et lui réponds :

– Je compte bien te mettre la raclée du siècle.

Une flamme s'allume dans les yeux du fils Bain : ma provocation a fait mouche.

Rose sourit et retourne à ses occupations tandis que Duncan nous observe sans trahir la moindre émotion. Récupérant une queue, je fais signe à Callum d'approcher. Je sais mon sourire mauvais. La victoire ne se dérobera pas à moi : je suis imbattable au billard.

– Très bien, s'amuse mon adversaire.

Matthew, Gowan et Stefany nous laissent la place et s'installent en retrait pour observer le spectacle.

– Une fois que j'aurai gagné, qu'est-ce que tu me devras ? lancé-je à Callum après avoir organisé toutes les billes dans le triangle.

Bain hausse les épaules et propose :

– Je vous offrirai un verre.

Je plisse les yeux et le dévisage. Flirte-t-il ? Non, je ne crois pas. Il me paraît trop sérieux pour cela…

Alors quoi ?

J'entends le souffle de Duncan qui accélère légèrement. Je ne m'étais pas aperçue qu'il m'avait suivie… Je lui jette un coup d'œil. Il se tient derrière moi, attentif à tout ce qui se passe. Que fait-il encore là ? Sa tentative pour m'embarrasser est un échec. Maintenant, il devrait passer à autre chose.

Je me vengerai plus tard.

J'en reviens à Callum, qui est prêt à commencer notre partie. Autour de nous, je note l'intérêt que les autres MacLeod nous portent.

L'évidence me frappe alors.

« Me payer un verre » signifie que Callum m'accompagnera lorsque je commencerai ma petite enquête. Mon sourire s'étire.

– Et si je perds ? demandé-je en me penchant au-dessus de la table pour la casse.

– Je vous offrirai un verre, répète Bain.

Je pousse un petit rire et frappe mon premier coup dans la bille blanche.

CHAPITRE 15

DUNCAN
Le Glaive

J'ai abandonné Elisabeth avec les MacLeod, plutôt satisfait de l'avoir poussée à les affronter.

Je n'ai pas été étonné de la trouver planquée derrière la porte, à les observer en catimini. Je ne compte pas le nombre de fois où elle s'est amusée à m'espionner quand nous étions jeunes. Une grimace m'échappe à ces souvenirs ; la fille du vieux Moron, la jolie Holly, ne lui a jamais pardonné de nous avoir surpris. Il faut dire que nous étions en posture plutôt compromettante lorsque nous avons remarqué Elisabeth suspendue à une poutre de l'écurie – Dieu seul sait comme elle avait réussi à se hisser là-haut –, en train de nous regarder nous envoyer en l'air.

J'ai dû négocier très longtemps pour obtenir le silence de la gamine qu'elle était alors. Elle se régalait de me voir la supplier pour qu'elle ne rapporte pas ce qu'elle avait vu à mon père.

La petite peste.

Un sourire remplace ma grimace. Cette époque me manque. Dans une certaine mesure, Holly aussi, comme mes parents. Cette fille, ma première petite amie, avait le mérite d'être sans chichis. Son manque d'ambition n'était pas au goût de mon père, qui aspirait à ce que je devienne plus qu'un homme de main. Mais elle correspondait à ce que moi, je recherchais, et notre relation était simple : nous étions juste deux jeunes insulaires insouciants en pleine amourette.

J'aperçois Dyclan en sortant de la salle commune. Il porte sa guitare sur le dos. Il me remarque aussi et me salue de la main, avant de se détourner pour se diriger vers la sortie du château. J'hésite une petite seconde avant de lui emboîter le pas. Je le rattrape alors que nous débouchons dehors ; le noir de la housse de son instrument contraste avec le beau ciel bleu. Je le hèle :

– Hé !

Dyclan ralentit mais ne s'arrête pas. Il se contente de me jeter un regard par-dessus son épaule et de m'annoncer :

– J'ai terminé toutes mes tâches du jour. Je m'accorde une petite pause.

– Quelles étaient tes missions ?

Il plisse les yeux, méfiant. Je lui tapote l'épaule.

– Le *laird* n'est pas là, détends-toi.

– Mouais… Mais t'es un peu son extension.

– Qu'est-ce que tu racontes ?

– Eh bien, si vous pouviez fusionner…

– Tu vas finir par me vexer.

Nous rions tous les deux. Dyclan n'est pas jaloux, mais il aime me rappeler que nous ne sommes pas toujours traités sur un pied d'égalité. Je ne peux pas le démentir… c'est le cas. Toutefois, j'apprécie que l'on s'accorde des instants ensemble, oubliant la hiérarchie, les protocoles et tout le reste. J'essaie de passer du temps ainsi avec chacun de mes frères d'armes aussi souvent que je le peux.

Nous descendons le sentier qui mène au village d'Inchkeith.

– Alors ? Tu ne m'as pas répondu, lui dis-je en observant la côte, que l'on aperçoit de là où nous sommes.

– Quelques trucs…

– Tu es bien évasif.

Dyclan hausse les épaules, le regard perdu droit devant lui. Je me doute que j'ai dû le déranger dans l'un de ces moments de solitude où il disparaît pour jouer de son instrument. J'ai constaté qu'il s'éclipse bien plus souvent ces derniers temps. Je m'inquiète pour lui. La mort de Marlène Swinton l'a beaucoup affecté : il se reproche toujours ce qui s'est passé. Et la trahison de Logan, bien plus récente, l'a également bouleversé. Lui comme moi nous sentons coupables de n'avoir pas pris de mesures pour isoler le Rapace à partir du moment où nous avons découvert son implication dans l'attaque contre Phèdre à Édimbourg, le jour où elle a repris contact avec les

Bain. Nous aurions dû passer au-dessus de notre amitié pour agir…

J'imagine que cela doit être plus dur pour Dyclan. Il entretenait une relation encore plus profonde que moi avec Logan ; ils étaient inséparables.

Mais il n'a rien vu.

Et il n'a rien fait.

Je vois bien qu'il souffre. Cependant, depuis l'enlèvement du *laird*, il ne dit rien. Il se cache derrière ses plaisanteries et ses écrans d'ordinateur pour sauver les apparences.

Nous traversons le village, saluons les insulaires, échangeons quelques banalités avec eux, puis nous nous installons à la pointe de l'île opposée au château. C'est par ici que les débutants s'isolent pour prendre des cours de cornemuse. Aujourd'hui, il n'y a personne. C'est sans doute pour cela que Dyclan a décidé d'y faire un tour… Il s'installe en tailleur et sort sa guitare de sa housse. Sans me prêter plus d'attention, il l'accorde. Assis près de lui, j'écoute les notes discordantes, appréciant la vue sur la mer. Quand les harmonies se font plus mélodieuses, je m'allonge sur le dos, les bras derrière la nuque.

C'est apaisant de ne rien faire.

Dyclan chantonne *Hero,* de Family of the Year. Il a une voix profonde, grave. Reposante. Il n'a jamais tenté d'user de la musique pour séduire des filles. Il pourrait, pourtant… Il est très doué. Mais il paraît vouloir réserver son art à lui-même.

Il termine le morceau en douceur et me demande :

– Pourquoi es-tu là ?

– J'avais besoin de prendre l'air, moi aussi.

J'ai du mal à faire abstraction de la présence d'Elisabeth au château, malgré toutes mes résolutions. Peut-être faudrait-il que je m'éloigne de l'île quelque temps ?

– Tu es perturbé par la sœur du *laird*, souffle le Limier.

Je me raidis. Je ne vais ni mentir ni avouer.

– Et toi, tu rumines encore par rapport à Logan, répliqué-je sans animosité.

Dyclan inspire profondément, signe que j'ai touché la corde sensible. Empathique, je ne peux pas m'empêcher de le rassurer tant bien que mal.

– Ce n'est pas ta faute.

Un sourire sardonique étire ses lèvres pincées.

– Alors, est-ce la tienne ? me lance-t-il sèchement.

– C'est celle de tout le Clan.

Le Limier détourne la tête.

– Logan était avec nous depuis si longtemps que personne n'aurait pu se douter de ce qui se tramait, insisté-je en me redressant sur les coudes.

– Si, moi, j'aurais pu. Même quand nous avons eu des soupçons, nous avons joué la carte du bénéfice du doute…

– C'est humain de faire des erreurs.

J'ai le droit à un regard torve et une réplique amère.

– Pas quand le *laird* a manqué d'y rester.

Je me rassois pour de bon.

– Il va bien, Dyclan.

– Oui, lui a cette chance…

– Tu lui en veux toujours pour Marlène.

Mon ami renifle avec dédain. J'embraie :

– Elle était condamnée, quoi qu'il fasse. Tu ne peux pas vivre avec ce poids sur les épaules toute ta vie.

– Quel poids ? Qu'elle soit morte ? Ou que je reproche au *laird* de ne pas l'avoir sauvée ?

Je baisse la tête, pris de court par la véhémence dans le ton de Dyclan. Il nourrit une profonde culpabilité depuis des mois, et j'attends avec inquiétude le jour où elle finira par exploser…

Le Limier n'était pas amoureux de la sœur Swinton. C'était un coup d'un soir, pour lui. Mais il n'a pu qu'être bouleversé en la voyant mourir, seule malgré tous ces gens autour d'elle pour assister à son exécution.

J'ai aussi du sang sur les mains. Comme nous tous. C'est notre croix, notre fardeau. Moi, j'ai tué le père de Joffrey lors de l'attaque de Dunvegan… Un innocent.

– Les deux, je réponds enfin.

Dyclan acquiesce lentement, ses bras entourant sa précieuse guitare, puis il me confesse :

– Parfois, je me demande ce qu'aurait été notre vie si nous avions pu rester en dehors de tout ça. J'aime faire partie du Clan MacCoy, mais je commence à me lasser de devoir prendre garde à tout, d'obéir sans discuter…

Il rejoue quelques accords, et je garde le silence pour respecter le sien. De longues minutes défilent, puis les doigts du Limier stoppent net la vibration des cordes.

– Je cherche Logan, lâche-t-il, résigné. Je veux comprendre pourquoi il a agi comme il l'a fait. Son jeu d'acteur était parfait. Beaucoup trop pour qu'il n'ait fait que nous mentir tout ce temps. Je suis convaincu que…

– Ne lui cherche pas d'excuses, le coupé-je avec fermeté. C'est un MacKenzie. Le fils d'Angus, même si c'est un bâtard. Il nous a démontré où allait sa loyauté lorsqu'il a trahi le *laird* à Dunvegan.

– Mais s'il y avait autre chose, Duncan ? Il était comme un petit frère pour moi et… il nous appréciait tous.

– Nous n'en savons rien. Et même si c'est le cas, il ne peut pas être pardonné. Il est allé beaucoup trop loin. Lady MacLeod a perdu ses terres, et Caleb aurait péri si elle ne lui avait pas sauvé la vie. Les actes de Logan ont déclenché une réaction en chaîne qui aurait pu nous être fatale. Si tu le retrouves, c'est une exécution en bonne et due forme qui l'attend, et tu le sais.

– Je refuse de croire qu'il est corrompu jusqu'à l'os.

Je secoue la tête et réplique :

– Il n'est pas corrompu. Il a servi les siens, et ce depuis le début. Je ne cautionne pas ce qu'il a fait et je suis de ceux qui pensent qu'il doit payer pour son crime. Les MacCoy obtiendront leur vengeance.

Dyclan pince les lèvres.

– Je ne suis pas d'accord.

– Alors, quoi ? m'agacé-je. Souhaites-tu *encore* lui laisser le bénéfice du doute ?

– Non, je veux entendre sa version des faits.

– Ne nourris pas trop d'espoirs. Ta chute n'en sera que plus douloureuse lorsqu'ils seront déçus.

– Pas de morale avec moi, Duncan.

Le Limier range sa guitare, se lève et me dit :

– Tu sais ce que c'est que de supporter le poids de ses propres erreurs. J'ai peut-être encore une chance de sauver Logan et de rattraper mes fautes, je dois la saisir.

– Dyclan…

– Tu es libre de ne pas m'aider, je ne te le reprocherai pas… En revanche, ne me mets pas de bâtons dans les roues.

Je me relève à mon tour.

– Logan doit mourir pour laver notre honneur ! insisté-je. Tu ne peux plus rien pour lui.

– Si. Parce que moi, je n'ai plus d'honneur à défendre, de toute façon.

Dyclan s'éloigne, me laissant seul au bord de la falaise. Il remonte vers le village sans un regard en arrière, d'un pas déterminé. Dépité, je croise les bras et observe sa silhouette s'éloigner. Il me met dans une position délicate : choisir entre Caleb ou lui. Il devrait pourtant savoir que ce choix est déjà fait… Notre *laird* est mon meilleur ami. Nous avons traversé tant d'épreuves ensemble… Il m'a pardonné l'impardonnable ; je ne pourrai jamais le trahir, pas même pour l'un de mes frères.

Je soupire, troublé, et pose les yeux sur la silhouette du château. Autrefois, je me serais précipité dans la bibliothèque dans un moment d'inquiétude comme celui-ci, persuadé d'y trouver la personne à qui me confier.

Megan…

Elle m'aurait écouté avec attention et se serait montrée impartiale. Elle m'aurait chuchoté la meilleure voie à suivre, la plus rationnelle et logique.

Ensuite, nous nous serions plongés dans une lecture commune, complices d'une évasion imaginaire, loin de nos pesantes responsabilités et des attentes trop lourdes pour nos jeunes épaules.

Mais elle n'est plus là, aujourd'hui. Et celle qui m'aurait soutenu envers et contre tout ne me regarde plus.

Par ma faute.

Me retrouver là, à quelques mètres de la falaise, ravive mes souvenirs.

CHAPITRE 16

DUNCAN
Le Glaive

1999

Caleb et moi nous détestions cordialement, et c'était l'un de nos moteurs lors de nos entraînements au combat. Je les suivais depuis cinq ans, mais l'animosité du fils du *laird* ne semblait pas vouloir s'atténuer. Moi, l'arriviste, l'étranger, j'*osais* prétendre aux mêmes cours que lui ? Pour ce qui était de Dyclan ou Roy, ses plus proches amis, passe encore : eux, ils étaient nés sur l'île, au sein du Clan. Moi, je n'étais rien.

Avec le recul, je me dis que j'étais le bouc émissaire de Caleb ; celui qui devait payer pour tous les autres, qui devait encaisser les humeurs qu'il ne pouvait pas faire éclater au grand jour. J'étais la cible idéale : petit, pas très intimidant et introverti.

Nous prenions de l'âge, tous les deux : nous avions une douzaine d'années. Nous étions obligés de nous côtoyer tous les jours jusqu'à la nuit tombée, entre les classes de mathématiques, d'histoire ou de sciences qui ressemblaient fort à celles dispensées dans toutes les écoles de Grande-Bretagne, et nos entraînements aux arts martiaux. Nous parvenions à éviter d'être collés l'un à l'autre, mais Malcom, le père de Roy et d'Alison, adorait tester nos limites. Il ne cessait de nous fourrer l'un à côté de l'autre dans la pièce du château aménagée pour les cours. Notre proximité forcée produisait des étincelles : coups de coude, rires moqueurs, rayures sur nos feuilles, chamailleries, pied de la table planté dans l'orteil… tout était bon pour alimenter notre inimitié.

À l'aube de mes 13 ans, j'étais las de ce gosse imbu de lui-même et acariâtre. Devenu plus fort grâce aux enseignements d'Alastair et de Malcom, j'étais désormais capable de lui tenir tête à coups de poing. Cela nous valut bien souvent de sévères punitions : les rixes n'étaient pas autorisées au sein du Clan. Moira était la plus stricte : elle ne tolérait pas notre comportement. « Ce n'est pas digne des MacCoy », disait-elle toujours. Elle ne faisait pas de différence entre Caleb et moi.

Son autorité surpassait celle de mes propres parents. Si Moira parlait, ma mère devait se taire. En plus d'assurer la gouvernance du fief, la châtelaine s'occupait d'une partie des enseignements théoriques pour les enfants de l'île. Nous passions autant de temps avec elle qu'avec Malcom et Alastair, qui se chargeaient surtout de notre entraînement physique. Elle nous « collait », son fils et moi, comme si nous étions des élèves normaux, nous forçant à recopier cent fois, trois cents fois, mille fois les mots qu'elle choisissait avec soin.

Je ne me battrai plus avec mon frère de Clan.

Je ne dois plus insulter celui à qui je confierai un jour ma vie.

Je me dois d'être respectueux avec mes frères de Clan.

Je promets de ne plus pousser Duncan dans les escaliers.

Je promets de ne plus mettre de piment dans le plat de Caleb.

Loyauté.

Fraternité.

Solidarité.

Honneur.

Je revois lady MacCoy assise derrière son petit bureau à nous observer, sourcils froncés et bras croisés. Intraitable. Nous nous retrouvions penauds, Caleb et moi, installés derrière les tables minuscules et les trop grands fauteuils apportés spécialement dans la chambre seigneuriale pour nous permettre de purger notre punition. C'était intimiste, mais très intimidant pour moi. Je me détestais de décevoir Alastair et son épouse ; j'avais appris à les apprécier et à les respecter.

Durant ces heures qui m'endolorissaient le poignet à force de recopier des pages et des pages, ce n'était pas la présence de Caleb qui m'agaçait le plus, mais celle de sa petite sœur. Elle ne cessait de rôder autour de moi, son regard chocolat au miel s'invitant par-dessus ma table pour observer ma besogne.

Elisabeth était un vrai pot de colle.

Elle me suivait à la trace dès qu'elle en avait l'occasion, avec toujours une question à me poser, un commentaire à faire… Un moulin à paroles. Elle n'avait que 6 ans, et j'avais déjà envie de l'étrangler. Aujourd'hui encore, j'ignore pourquoi elle m'a choisi pour victime, moi plutôt qu'un autre. Peut-être parce que je l'intriguais, à constamment me battre avec son frère.

Ou peut-être parce que je lui faisais de la peine, étant donné que Caleb ressortait le plus souvent vainqueur de nos affrontements.

Qu'est-ce que tu fais ? Et maintenant, qu'est-ce que tu fais ? Et là ?

J'avais beau lui répéter de me laisser tranquille, rien à faire. Même lors de mes rares jours de repos, elle s'invitait chez moi. J'étais heureux de ne pas avoir à y supporter Caleb… mais je me coltinais sa sœur malgré tout. Ma mère n'osait pas la bouter hors de chez nous, craignant qu'Elisabeth le prenne mal et s'en plaigne à ses parents.

Souvent, le dimanche, elle se glissait dans ma chambre très tôt, avant que je ne sois debout. Elle me réveillait en sautant sur mon lit en chantant à tue-tête *Bluebells, Dombey Shells*[3]. Même près de vingt ans après, je ne peux toujours pas entendre cette mélodie sans grincer des dents.

– Allez-vous-en ! avais-je l'habitude de crier.

– Viens jouer avec moi, Duncan !

– Je n'en ai pas envie ! Fichez-moi la paix !

Bien évidemment, je finissais toujours par céder. Un jus de fruits vite ingurgité après m'être habillé, je me laissais tirer à l'extérieur par Elisabeth. Elle avait beau avoir mille fois vu un même rocher, elle réussissait à s'extasier en le contemplant comme si c'était la première fois. Cela m'exaspérait... Je n'avais qu'une envie chaque dimanche : me recoucher et ne plus jamais entendre parler de la fratrie MacCoy.

Cette gamine me rendait fou à courir partout et me héler pour que je m'empresse de la suivre. Elle m'appelait son « chevalier servant ». Qu'est-ce que ça pouvait me faire, moi, d'être son paladin imaginaire ? Je n'avais plus l'âge de jouer avec elle. Et je ne la considérais certainement pas comme une princesse, plutôt comme une petite fille pourrie gâtée, à l'abri des devoirs claniques. Elle était surprotégée et choyée. C'était simple : elle avait tout ce qu'elle désirait.

– Allez ! Porte-moi, Duncan !

---

3. *Bluebells, Dombey Shells* est une comptine écossaise datant du début du XXe siècle. Elle est chantée en sautant à la corde.

– Hors de question. Vous avez deux jambes, c'est pour vous en servir !

– Duncan, tu veux bien refaire ma tresse ?

– Et puis quoi, encore ? Vous avez deux mains, non ?

Malgré mes protestations, je lui passais tous ses caprices. Parce que j'étais aussi faible que tous les autres face à sa bouille d'ange, ses grands yeux ronds, chauds et candides, sa frimousse parsemée de taches de rousseur et son sourire éclatant. C'était une peste… mais une adorable peste qui aimait faire rire tous ceux qui l'entouraient grâce à ses pitreries. Elle voulait nous voir tous heureux.

Je m'étais habitué à l'entendre chanter *Everywhere we go*[4] tandis que nous nous promenions sur Inchkeith. Je la suivais avec docilité, la surveillant tandis qu'elle sautillait avec entrain, sa voix criant toujours plus fort ses couplets.

À l'approche de mes 32 ans, je me surprends parfois à fredonner sa comptine malgré moi.

« We come frae Abernyte,
Nous venons d'Abernyte,
Bonny, bonny Abernyte…
Jolie, jolie Abernyte… »

Quand Elisabeth hurlait « *deaf !* », droite face à la mer, ses cheveux cuivrés manquant de l'aveugler,

4. Encore une comptine, entraînante, dont on répète plusieurs fois le couplet à chaque fois plus fort jusqu'à hurler le dernier mot. Attention, elle reste longtemps dans la tête.

sa voix très aiguë me semblait le cri d'un courlis que l'on étrangle. Mon pectoral se souvient encore du coup de poing qu'elle m'a asséné en guise de représailles le jour où je le lui ai avoué.

Elisabeth était mon ombre, mon rayon de soleil et le boulet à ma cheville. Un jour, je lui demandai pourquoi elle ne jetait pas son dévolu sur un autre, Dyclan, par exemple. Ce à quoi elle me répondit avec toute sa candeur enfantine :

– Parce que tu es différent. Toi, je sais que je t'énerve, et tu n'hésites pas à me le dire. Je t'aime bien pour ça. Je t'aime bien parce que tu me parles vraiment, tu vois ?

À l'époque, je n'ai pas compris ce qu'elle cherchait à me dire. Des années plus tard, je crois avoir saisi l'essentiel. Elle ressentait un manque, quelque part. Elle ne se sentait pas estimée pour celle qu'elle était vraiment.

C'est l'un de ces satanés dimanches que tout a basculé.

J'étais assis en tailleur dans l'herbe, Elisabeth faisant des pirouettes non loin de moi. Caleb arriva alors, furieux.

– Ellie ! cria-t-il. Maman te cherche depuis des heures ! Tu avais interdiction de sortir aujourd'hui !

Sa sœur l'ignora ; il se tourna vers moi. C'était reparti : puisqu'il ne pouvait pas s'en prendre à sa cadette, il allait passer sa colère sur moi.

– Qu'est-ce que tu fais encore avec elle ? grogna-t-il.

– C'est elle qui me suit !

– Pour qui te prends-tu ?

– Quoi ?

Il se précipita sur moi. Je soupirai, exaspéré, en bondissant sur mes pieds.

– Je n'ai pas envie de me battre, aujourd'hui, le prévins-je avec fermeté. Trouvez quelqu'un d'autre !

– Ellie risque d'être punie par ta faute ! Elle n'avait pas le droit de sortir sans autorisation ! Ce petit cinéma-là, tous les dimanches, ça doit s'arrêter.

Je croisai les bras, prêt à faire front. Elisabeth nous décocha un regard peiné. Je lançai :

– Et pourquoi ?

– Parce que ce sont les ordres, répliqua Caleb. Mes sœurs et moi ne pouvons plus faire ce que nous voulons. Et puis, je ne te dois aucune explication. Ellie, viens, on s'en va.

– Je n'ai pas envie, répondit l'intéressée.

– Si vous êtes tous concernés, questionnai-je, comment se fait-il que vous, vous soyez dehors ?

Pris de court, Caleb me dévisagea.

– Ne me provoque pas, l'étranger, cingla-t-il.

La colère enfla en moi.

– Vous allez encore vous battre ? s'enquit Elisabeth de sa petite voix.

Caleb et moi l'ignorâmes, trop occupés à nous toiser tels deux lions prêts à s'égorger. Je préférai toutefois ravaler ma fierté avant d'en venir aux mains : c'était l'occasion pour moi de retourner à la maison sans plus d'histoires.

– Vous feriez mieux de suivre votre frère, mademoiselle Elisabeth, conseillai-je à la petite fille.

Mais elle n'était pas de cet avis.

– J'ai dit que je n'en avais pas envie ! J'en ai marre d'être enfermée !

– Arrête de dire n'importe quoi, Ellie ! vitupéra Caleb. Nous devons sortir accompagnés et, quand nous ne le pouvons pas, nous restons en sécurité dans le château. Ce n'est pas insurmontable !

– Pour moi, si ! Je n'aime pas !

– On trouvera de quoi jouer une fois rentrés, d'accord ?

– Non ! Duncan, s'il te plaît !

Je restai cependant hermétique à ses suppliques. Caleb m'avait rappelé que je n'étais pas un MacCoy et que je ne ferais jamais le poids face à lui. Elisabeth, tenace, se jeta dans mes bras.

– J'ai envie de rester encore un peu avec toi, pleura-t-elle.

– Écoutez votre frère, grognai-je, les nerfs à vif.

– Allez, Ellie, dépêchons-nous.

– Non !

Et elle partit à vive allure le long de la falaise, sur une pente descendante. Je ne comprenais pas pourquoi elle faisait tant d'histoires ni pour quelle raison la fratrie devait rester cloîtrée à l'abri, d'aillcurs. Tout ce que je sais, c'est que je n'ai pas réfléchi et que j'ai couru derrière Elisabeth, conscient de la hauteur vertigineuse des à-pics.

S'il y avait chute, elle serait fatale.

Caleb s'était élancé en même temps que moi. Toutefois, Elisabeth avait beaucoup d'avance sur nous. Le vent nous portait ses sanglots enfantins et repoussait nos appels.

Nous arrivâmes sur une portion de la côte moins abrupte. Le fils MacCoy parvint à rattraper sa sœur ; elle fit un écart sur sa droite pour l'éviter. Un écart trop important. Elle bascula dans le vide, à ma plus grande horreur.

Caleb et moi hurlâmes.

Je revois les tresses acajou d'Elisabeth voltiger tandis que son petit corps chutait. Son frère gémit, comme soumis à une douleur si violente qu'elle risquait de le détruire s'il lui laissait libre cours.

Moi, j'agis sur-le-champ.

Je savais où nous étions. Quelques mètres à peine nous séparaient des flots. La mer n'était pas si agitée.

J'étais jeune ; j'étais con.

Assez pour oublier toute prudence.

Habillé, chaussures aux pieds, je sautai. Caleb tenta de m'arrêter, en vain. L'eau m'avait déjà happé. La houle ballotta mon corps, le sel agressa ma langue et mes yeux. Mes poumons se bloquèrent.

Je bataillai de toutes mes forces pour remonter à la surface, cherchant Elisabeth, puis je replongeai, brassant l'eau, priant pour apercevoir la silhouette de la petite fille.

Je la distinguai enfin. Trop près des rochers. Trop près de la falaise.

Elle faisait de son mieux pour maintenir sa tête hors de l'eau, sa voix étranglée par l'écume. Ses cris perçants, désespérés, étaient assourdis par le fracas des vagues. Moi-même, je n'en menais pas large, étourdi par la puissance des flots, engourdi par la fatigue qui s'emparait de moi bien trop vite.

Je donnais tout pour me rapprocher d'Elisabeth, l'entourer de mon bras, puisant dans mon adrénaline pour battre des jambes et nous garder en vie. Je ne voyais rien, me fiant au courant et à ma main que j'envoyais en éclaireur. Je n'avais pas conscience que c'était risqué : je pouvais me briser un doigt ou le poignet si une vague m'emportait violemment contre un rocher.

Je devais me battre pour deux.

Soudain, une poigne me saisit au col, des ongles se plantèrent dans ma peau. Cela me rendit espoir, malgré le poids trop lourd pour moi d'Elisabeth. Caleb, en équilibre sur deux rochers, me hurlait de m'emparer de son bras. Comment avait-il réussi à descendre de la falaise sans chuter ?

Ma vision était trouble, mon souffle erratique. Dans un ultime effort, je confiai Elisabeth à son frère plutôt que de m'agripper à lui. Le plus important était de mettre la petite en sécurité. Caleb ne discuta pas ; il tira hors de l'eau sa sœur, hagarde mais assez vaillante pour se hisser sur son dos à son invective.

– Accroche-toi fermement à moi, Ellie ! lui ordonna-t-il.

Elle obtempéra. Son fardeau sur les épaules, Caleb me rattrapa avant que le courant ne m'emporte. Je fis mon possible pour enrouler mes doigts autour de son poignet. Maintenant qu'Elisabeth était hors de danger, j'étais désormais terrifié à l'idée de me noyer.

À force de râles, de cris, d'eau avalée et d'efforts, le jeune MacCoy réussit à me sortir des flots furieux. Nous regagnâmes la sûreté de l'île en progressant de rocher en rocher. Là, écroulés tous les trois sur le dos, nous reprîmes notre souffle, digérant les émotions si violentes qui nous avaient secoués. Caleb tourna la tête vers moi ; dans ses bras, sa sœur me fixait elle aussi. Ces deux regards ambrés, aux pupilles dilatées, je ne les oublierai jamais, pas plus que ce simple mot qu'ils murmurèrent ensemble :

– Merci.

CHAPITRE 17

ELISABETH
La Louve

2018

Je ne sais plus à combien de bières j'en suis, et ça m'est égal. Je passe un très agréable moment en compagnie des MacLeod. Nous ne sommes plus que cinq : Callum, Jack, Joffrey, Matthew et moi-même. Passer quelques heures avec eux m'a permis d'apprendre à les connaître.

Malgré sa carrure intimidante, Jack est un véritable boute-en-train. Les plaisanteries de ce presque quinquagénaire sont d'une amusante immaturité. Il n'a pas été au service d'Alexander MacLeod ; il est entré dans le Clan sous Conrad, qui assurait la régence à Dunvegan en l'absence du *laird*. Phèdre est le premier véritable Chef qu'il a rencontré et elle a gagné son respect quand elle a retroussé les manches sur les chantiers autour du village, qu'il fallait rebâtir avant l'arrivée de nouvelles familles sur Skye, puis quand elle s'est battue à Eilean Donan.

Matthew est un garçon attachant, mais davantage sur la réserve. Il voue une admiration totale aux MacCoy, surtout à mon frère qui lui a sauvé la vie lorsqu'il était enfant, lors du massacre de Dunvegan. Ça me fait encore tout drôle de savoir que Caleb n'a jamais été le monstre que l'on prétend : j'ai été tenue dans l'ignorance pendant si longtemps… Me retrouver face à des survivants qui témoignent de ce qui s'est vraiment passé me fait beaucoup de bien. Ils me permettent de me réconcilier avec ces nombreuses années où j'ai douté de l'intégrité et de la morale de mon frère.

Joffrey est celui qui m'intrigue le plus. Il a perdu son père durant le raid et fait preuve d'une force et d'une clairvoyance dont je n'aurais pas été capable. Être séparé de sa mère, Lily, et de son petit frère, Thomas, pour vivre à Inchkeith le peine beaucoup. Tout comme Dyclan, c'est un « geek » : il adore la technologie, les jeux vidéo et tout ce qui touche au *hacking*. Le Limier a d'ailleurs accepté de le prendre sous son aile pour l'aider à progresser.

Quant à Callum, je n'arrive pas à décider si je le déteste ou si je l'apprécie. Il a une aura de dominant ; un mâle alpha frustré de n'être que le second. Mais paradoxalement, servir Phèdre paraît le satisfaire. J'ai cru percevoir son regard plus tendre à l'évocation de sa dame, ses demi-sourires et son visage plus détendu. Je me fais sans doute des idées… Au-delà de ça, l'intelligence du fils Bain me plaît. Derrière son regard d'azur glacé, c'est un volcan éclairé.

Les discussions vont bon train, les rires fusent, et je me sens très à l'aise. L'idée de partir en mission avec des MacLeod ne me rend plus aussi nerveuse – j'ai fait mon choix. Bien entendu, j'ignore ce que ces jeunes gens valent sur le terrain et je ne suis pas à l'abri de mauvaises surprises en situations à risque. Leur Clan a la réputation de former d'excellents guerriers, c'est un fait… mais la nouvelle génération n'est peut-être plus à la hauteur.

– Comment se fait-il que vous ayez vécu si peu de temps sur Inchkeith, mademoiselle Elisabeth ? me demande Matthew.

La question me serre le cœur. Je n'en laisse rien paraître et engouffre une chips avant de lui répondre :

– Les MacKenzie ont toujours menacé ma famille, et ils sont devenus encore plus dangereux lorsqu'ils ont pactisé avec les Campbell. Mes parents craignaient pour ma vie. Très jeune, j'ai eu interdiction de sortir du château sans escorte…

Je me trouble au souvenir qui remonte en moi, au goût de sel et d'embruns, de vagues et de terreur. Un battement de cils suffit pour le chasser loin de mon esprit.

– Quelques attaques ont été lancées contre mon père, notamment lorsqu'il quittait l'île pour affaires, continué-je. À la préadolescence, pour ma sécurité, j'ai été envoyée dans un pensionnat près de Perth. Je rentrais très peu, sauf pour les grandes occasions. Lesquelles restaient rares… Je n'étais pas là lors du dernier raid des MacKenzie. Il faut croire que mon père avait senti le vent tourner.

Les mots meurent sur mes lèvres. Je n'aime pas me rappeler cette période.

Je me focalise sur les cacahuètes abandonnées dans leur saladier. Je sens que Callum m'observe avec attention, mais je l'ignore pour ne pas lui ouvrir une brèche plus large sur mon passé. J'en ai assez dit. L'alcool me rend trop bavarde.

Enfin, encore plus que d'habitude.

Les MacLeod gardent un silence que je devine respectueux, et je les en remercie en mon for intérieur. Ils ont eux aussi connu leur lot de malheurs et peut-être estiment-ils, comme moi, qu'il faut parfois se taire quand on ne sait pas quoi dire. On peut être maladroit malgré de bonnes intentions.

Callum termine sa bière et tape ses mains l'une contre l'autre.

– Maintenant que nous nous connaissons un peu mieux et que nous sommes seuls, et si nous abordions la mission que nous a confiée lady MacLeod ?

Jack, Matthew et Joffrey acquiescent, abandonnant leurs alcools et apéritifs. Je les imite, une boule d'angoisse au creux du ventre.

– Je pense que nous sommes tous d'accord pour commencer notre investigation à l'Unicorn, continue le fils Bain. C'est *le* lieu incontournable pour chaparder des informations sur les Clans. Se trouver en terrain neutre rend les gens confiants, les langues se délient plus facilement. J'ai un contact qui bosse pour Lachlan O'Connor. Il a accepté de nous rancarder sur les MacKenzie qui seront sur place en même temps que nous. Si on se débrouille bien, on pourrait obtenir des informations sur la position de Logan, ou sur la prochaine manœuvre que nos ennemis prévoient.

L'ongle de mon index joue avec celui de mon pouce. Un geste nerveux dont je me rends compte ; je cesse aussitôt pour ne pas trahir mon anxiété. Passer une soirée à l'Unicorn ne m'enchante pas. J'aurais même préféré ne jamais y remettre les pieds…

– Il est évident que je ne peux pas fouiner là-bas au risque d'attirer l'attention sur les MacLeod et les MacCoy, poursuit encore Callum. Tout le monde sait que nos deux Clans sont désormais alliés et que nous cohabitons. Lady MacLeod désire de la discrétion, nous devons nous y tenir. Jo' et Matt, vous n'êtes jamais allés à l'Unicorn, n'est-ce pas ?

– C'est vrai, admet le hackeur en herbe.

Matthew le confirme aussi d'un simple hochement de tête.

– Jack y connaît beaucoup de monde, donc il n'est pas envisageable qu'il s'y pointe, reprend Bain. En revanche, il pourra vous servir de chauffeur et rester à une distance raisonnable pour vous récupérer en cas de problème. Quant à vous, mademoiselle Elisabeth, j'ai cru comprendre que vous n'êtes jamais apparue au moindre événement inter-clans. Il y a peu de chance que l'on vous identifie : vous êtes un véritable fantôme.

Je ne mentionne pas que je me suis déjà rendue à l'Unicorn, une seule fois. C'était il y a longtemps… Je serais étonnée qu'on me reconnaisse sur place, et je n'ai pas envie que Phèdre revienne sur sa décision de m'impliquer dans la mission pour cette broutille.

Ce n'était que quelques heures, il y a des années. Un passage en coup de vent, si bref que tous ont dû l'oublier…

Mes parents ont réussi ce qu'ils espéraient pour moi : que je ne sois qu'une ombre.

Je me racle la gorge pour me redonner de l'aplomb et réponds d'un ton plat :

– Oui.

– Alors c'est parfait, lâche Callum, enjoué. Le plus tôt sera le mieux. Notre Chef est très anxieuse après ce qui est arrivé à ce pauvre Ainsley… Dans son état, ce peut être dangereux pour sa santé et celle de l'héritier.

À présent, il va me falloir convaincre mon frère de me laisser aller « faire la fête » à Édimbourg. Ce ne sera pas facile… Je devrai lui faire admettre que je ne suis qu'un nom dépourvu de visage pour nos ennemis. Je n'ai jamais côtoyé aucun Clan de près… hormis les MacKenzie, mais je n'étais qu'une gamine, à l'époque. J'ai changé. Entourée de deux hommes aussi inconnus que moi, je peux me fondre dans la masse.

Pas facile, mais je crois en mes chances de succès.

Les MacLeod me donnent leurs numéros de téléphone ; je veille à ce que celui de Jack soit sous pseudonyme, au cas où mon portable serait intercepté à l'Unicorn. Manquant d'imagination, je le sauvegarde sous le nom de « Cacahuète ». Il grimace, vexé, tandis que j'éclate de rire.

Je changerai son surnom... plus tard.

Nous nous éclipsons de la salle commune vers 2 heures du matin. Je n'ai pas vu le temps passer, mais mes paupières commencent à être lourdes. Je bâille, le regard flou quelques secondes, avant de remarquer la silhouette qui se tient à un mètre de moi. Je l'ajuste d'un œil plissé et reconnais Dyclan. Il me dévisage d'un air surpris, les mains dans les poches. Je remarque sa housse de guitare sur son dos. Je ne pensais pas qu'il sortait aussi tard pour en jouer…

– Bonsoir, mademoiselle Elisabeth, me dit-il.

Sa voix est lasse, un peu enrouée aussi. Lorsque j'inspire, mes narines frémissent en percevant l'haleine chargée qui parvient jusqu'à moi.

Merde... Il est bourré ?

Je n'en ai pas l'impression : il se tient droit, plutôt alerte. Néanmoins, ses traits sont tirés, et des cernes impressionnants s'étendent sous ses yeux éteints.

Il a l'air hanté.

– Salut, Dyclan, murmuré-je.

Il paraît gêné ; je n'en mène pas large non plus, mais j'ignore d'où ça me vient. De la tension qu'il dégage, peut-être ?

Il m'adresse finalement un mince sourire, m'offre un bref signe de tête et passe à côté de moi. Je me retourne pour vérifier la direction qu'il prend avant de me sermonner.

Ça ne me regarde pas.

J'emprunte les escaliers pour rejoindre ma chambre, troublée par cette brève rencontre.

CHAPITRE 18

ELISABETH
La Louve

J'ai essayé de me lever aussi tôt que les autres, mais je n'ai pas réussi. Être sur le pont à 5 heures du matin, voire 4, c'est mission impossible, pour moi. J'ai manqué de fracasser mon téléphone portable quand l'alarme s'est mise à hurler. Comment font-ils tous ? Je suis matinale, mais malgré ma volonté de trouver Caleb avant sa réunion quotidienne, j'ai été faible.

Je n'aurais pas dû me coucher aussi tard...

Maintenant, il est 7 heures, et j'ignore où mon frère se cache. Il pourrait tout aussi bien être à cheval à l'autre bout de l'île qu'enfermé dans son bureau.

J'ouvre ma fenêtre ; l'air frais qui s'engouffre dans ma chambre me fait tressaillir. À l'odeur d'humidité et aux nuages massés dans le ciel, je devine qu'il a plu cette nuit. J'ai une jolie vue sur le hameau et la mer. Je m'attarde un moment : la brise et les fragrances iodées terminent de me réveiller. J'observe les mouvements dans les rues, sur les sentiers battus que je distingue à travers la végétation. Mes parents n'ont jamais souhaité urbaniser l'île, et je ne peux qu'approuver leur décision : Inchkeith garde un côté bucolique, proche de la nature. En plus de vivre en autarcie presque totale, nous sommes respectueux de notre environnement : sur un bout de terre si petit pour autant de monde, ma Famille et les nôtres avons appris à vivre avec chaque brin d'herbe, chaque pétale de fleur… Pas de place pour les déchets encombrants ou polluants chez nous. L'électricité est une denrée contrôlée, tout comme l'eau potable. Ce cadre limité nous convient très bien et suffit à nous procurer un certain confort.

Cependant, même si le spectacle est agréable, je dois me rendre à l'évidence : je n'aperçois pas Caleb d'ici. Avec un soupir, je me détourne de la fenêtre.

Une douche plus tard, je m'habille d'un pantalon kaki et d'un sweat à l'effigie de *Bullet for my Valentine*. Un chignon sur le sommet de la tête, je quitte ma chambre les mains dans les poches en sifflotant *Your Betrayal*[5] : je suis de bonne humeur. Si bien que je me mets à danser et à mimer une guitare électrique en furie en descendant les escaliers. Je bats la mesure des percussions à l'aide

5. Chanson du groupe *Bullet for my Valentine*.

de mes poings quand j'entre dans la cuisine pour me servir un jus d'orange. Je chaparde une pomme dans le panier à fruits bien garni.

Et soudain, je tombe nez à nez avec Duncan alors que je hurle le refrain en silence. Je me fige, le bras levé, mon trognon à la main et le visage tordu ; il me dévisage, incrédule. Un silence s'éternise, puis je me ressaisis et me racle la gorge. Mon regard s'attarde sur la tasse de café fumante que le Glaive tient entre ses doigts pour oublier la honte qui me submerge. Il est rare que je me sente mal à l'aise, mais là, j'étais ridicule, et donner à Duncan une occasion de se moquer de moi était la dernière chose que je souhaitais.

Je m'efforce de me façonner un air sérieux et repousse une mèche derrière mon oreille, les joues échauffées. Satisfaite de m'être recomposée, je m'apprête à partir. Duncan m'observe et, d'un geste lent, tapote la commissure de ses lèvres. Je fixe sa bouche. Qu'est-ce qu'il essaie de me dire, au juste ? Son visage se fend d'un sourire en coin. Je connais bien la moquerie qu'il exprime… Je me prépare à le rembarrer, mais il me prend au dépourvu en approchant son index de ma joue. Il en retire une saleté sans toucher ma peau.

– Un bout de pomme, murmure-t-il sans se départir de son air sarcastique.

C'est finalement lui qui me contourne et disparaît comme si de rien n'était. Je touche ma lèvre et maudis mon incapacité à manger comme une lady. La zone que Duncan a effleurée me brûlerait presque… Mon cerveau, réactif, dresse une liste des événements passés en un temps record. Mon rythme cardiaque s'apaise, et c'est maintenant agacée que je repars à la recherche de mon frère.

Il n'est pas dans le château, bien évidemment. C'était trop demander.

L'air vivifiant ravive un peu ma bonne humeur une fois que je sors à l'extérieur. Je fais un tour par les écuries et prends plaisir à y caresser Lucy. En revanche, je n'y trouve aucune trace de Caleb et constate que Ross est toujours dans son box.

Je descends vers le hameau mais m'arrête en chemin lorsque je distingue la silhouette massive de mon frère sur la plage de galets. Soulagée de ne pas avoir à retourner l'île de fond en comble, je bifurque sur la droite et dévale le sentier en pente pour le rejoindre. Je reste prudente, toutefois : le chemin est un peu raide.

Mon regard dérive sur un point que moi seule peux voir, plus loin sur les falaises. Un endroit dissimulé, secret. Dans la roche. Je m'immobilise, perdue dans ma mémoire. La commissure de mes lèvres recommence à me picoter.

Reprends-toi, ma vieille.

Je me rabroue.

Sur la plage, Caleb est entouré de plusieurs insulaires. Des femmes, en majorité. Je reconnais l'une d'elles : Rose Duval. Elle est en grande conversation avec mon frère. Les autres les écoutent avec attention et acquiescent de temps en temps.

M'approcher me permet d'entendre des bribes de ce qui se dit. Une histoire de plan de l'île pour installer de nouvelles commodités et, pourquoi pas, un endroit où les enfants pourraient s'amuser en toute sécurité. Je hausse les sourcils à cette demande. Ce n'est pas comme si des gosses pullulaient, ici. Et je trouve d'autant plus incongru d'aborder le sujet sur cette plage, où les jeux étaient rares. Nous nous entraînions sur ces galets.

Nous nous exercions à nous battre.

Nous apprenions la discipline.

Le souvenir du petit Rory, décédé il y a plus de trente ans, me revient en mémoire. Le drame s'est produit avant ma naissance, mais il a suffi à convaincre les habitants d'Inchkeith de ne pas sous-estimer la mer ainsi que les falaises. Moi-même, je m'en méfie. Elles ont failli m'être fatales…

– La topographie de l'île en fait un endroit très dangereux, mais je ne vous apprends rien, déclare Rose. Je pense qu'il est indispensable de réfléchir à une zone sécurisée et adaptée aux enfants. La population du hameau a augmenté. Nous comptons désormais parmi nous plusieurs jeunes couples. L'un d'eux attend un heureux événement en début d'année prochaine. Il faut anticiper les naissances à venir.

Mon frère hoche la tête.

– Avec l'arrivée prochaine de mon petit-fils, je suis de plus en plus inquiète, ajoute la mère de Phèdre. Je vis près des falaises et, chaque jour, j'imagine le pire.

Je devine dans le regard de Caleb qu'il n'est pas convaincu. Je m'approche et lance un « bonjour » dynamique. Les têtes se tournent dans ma direction ; mon frère se renfrogne.

– Peut-être n'est-ce pas notre priorité immédiate, déclaré-je. Je pense que nous devons d'abord remédier au plus urgent. L'héritier n'arrivera pas tout de suite. Sans doute devrions-nous nous concentrer sur les défenses de l'île en premier lieu.

Rose fronce les sourcils en silence. Caleb, lui, me toise. Je garde un air affable et détendu. Je n'ai rien fait de mal, hormis donner mon opinion. Mon frère se tourne vers sa belle-mère et lui sourit.

– Je vais commencer à réfléchir à de nouvelles installations, et pourquoi pas à des aires de jeu sous surveillance, dit-il. Mais il me faudra des volontaires. Quant à votre idée d'un bâtiment ludique, comme une bibliothèque ou une médiathèque, elle n'est pas envisageable. Nous n'avons pas la place, et les coûts seraient trop importants. En revanche, rien n'empêche à chacun de mettre à disposition des jouets et des livres, ou d'organiser des séances de cinéma à l'aide d'un rétroprojecteur.

Rose se déride, et son regard s'illumine.

– Ma sœur a raison, ajoute néanmoins Caleb. Mes priorités sont ailleurs. Avec ce qui nous pend au nez, je ne peux pas m'éparpiller pour ce qui relève plutôt du confort et des loisirs. Je dois réfléchir à un moyen de protéger l'île. Pour le reste, je vous en confie le bon soin.

Rose opine, satisfaite.

– Merci, *milaird.*

Puis elle s'éclipse avec les autres femmes. Elles se lancent dans un *débrief* animé, que nous comprenons de moins en moins à mesure qu'elles s'éloignent.

Mon frère croise les bras et me lance un regard si noir que j'en frémis. Je lève les mains en signe de paix et clame :

– Je voulais m'excuser !

Il ferme la bouche, coupé dans son élan. Je le connais, je me doute qu'il allait m'ensevelir sous les remontrances.

– Pour la dernière fois, à la réunion, ajouté-je. Ce n'était pas un comportement digne d'une MacCoy. Avant de prétendre vouloir être traitée comme tes hommes, il faut d'abord que je m'en montre digne. Je n'aurais pas dû penser que le sang que nous partageons me donne tous les droits.

Les excuses rendent ma langue pâteuse. Je ne me sens pas vraiment coupable, mais je ne peux pas nier que mon sale caractère me joue souvent des tours. Je ne sais pas rester calme ; j'ai le sang chaud.

Caleb ne s'agace pas. Au contraire, il paraît me pardonner. Au moins un peu, vu ses muscles qui se relâchent.

– Je dois m'excuser aussi pour la menace que j'ai balancée sans réfléchir, me dit-il. Mes paroles ont dépassé ma pensée. Je suis à cran.

Il soupire et passe une main dans ses boucles indociles. Je le découvre soudain vulnérable et fatigué. À croire que l'épuisement gagne tout le Clan. Duncan, Dyclan, et maintenant Caleb… La peur et les tensions, le passé aussi, les mettent à rude épreuve.

– Je ne t'en veux pas, le rassuré-je avec douceur. Je sais bien que ce n'était pas sérieux. Tu ne me ferais jamais ça. J'ai ma liberté… À peu près.

Il ne relève pas, concentré sur le bout de ses chaussures.

– Écoute, je ne vais plus m'incruster à vos réunions, embrayé-je. Tu estimes que ce n'est pas ma place… Je ne suis pas d'accord, mais jouer au bras de fer, ce n'est pas trop mon dada.

– Comme si j'allais te croire ! s'esclaffe mon frère.

Je hausse les épaules.

– C'est toi qui vois, répliqué-je sans me démonter. Quoi qu'il en soit, je n'ai pas envie de rester enfermée au château. Ça fait longtemps que je n'avais pas remis les pieds en Écosse, et j'aimerais en profiter pour revoir des amis.

Caleb plisse les yeux. Il se crispe à nouveau. Je m'empresse de récupérer mon téléphone dans la poche de mon sweat. J'affiche une photo trouvée sur

Facebook, que j'ai enregistrée dans mes dossiers. Je la glisse sous le nez de mon frère et m'explique :

– Ashley m'a proposé de boire un verre avec elle demain soir. C'est une vieille copine du pensionnat. Je m'entendais bien avec elle.

C'est faux : c'était une peste. Elle m'en a fait voir de toutes les couleurs, et la réciproque est vraie. Elle m'a motivée à apprendre à me battre juste pour pouvoir lui botter les fesses. Mais elle m'a tant marquée qu'elle est l'une des rares dont je n'ai pas oublié le nom.

– Je ne souhaite pas que tu t'aventures loin d'Inchkeith… commence Caleb, raide comme un piquet.

– C'est pour ça que j'ai demandé à Joffrey et Matthew s'ils étaient d'accord pour m'accompagner avant de te demander la… permission.

Encore un mot qui m'écorche la bouche.

– Et Jack s'assurera que je rentre en toute sécurité. Ils veulent bien m'escorter, Phèdre a donné son aval.

– Elle ne m'a rien dit, glisse Caleb, sur la défensive.

– Normal, je voulais d'abord t'en parler de vive voix.

Mon frère n'est pas bête. Si je trahis une faiblesse, il me sautera à la gorge.

– Où avez-vous prévu de boire ce verre ? m'interroge-t-il.

Je m'attendais à cette question, aussi puis-je y répondre du tac au tac :

– *Deacon Brodie's Tavern*. On ira sans doute faire un tour au Frankenstein après.

Caleb connaît forcément ces deux bars populaires d'Édimbourg.

– D'accord, finit-il par lâcher. Dans tous les cas, même si je te l'interdis, tu n'en feras qu'à ta tête. C'est un coup à ce que tu files à l'anglaise sans protection.

– Exact. Alors, autant jouer dans les règles. C'est juste une soirée avec Ashley, le plus long sera le voyage. O.K. ?

Mon frère soupire, puis acquiesce en m'ordonnant :

– Joffrey et Matthew ne te lâchent pas d'une semelle. Et Jack a intérêt à te ramener en un seul morceau. Est-ce clair ?

Je suis surprise qu'il ne s'étonne pas que je réclame la présence de MacLeod à mes côtés plutôt que de MacCoy. La carte « Phèdre » a dû lui faire croire que c'est elle qui me les a assignés. Ou alors, il pense que c'est un effort que je fournis pour leur laisser une chance.

– Oui, chef !

Je mime un salut militaire qui laisse Caleb de marbre. Son inquiétude me serre le cœur.

– Je ne veux pas regretter de t'avoir fait confiance, murmure-t-il.

La culpabilité m'étreint. Même si j'agis ainsi à cause de lui, parce qu'il me sous-estime et me surprotège, je m'en veux de lui mentir. Je suis la seule sœur qui lui reste, le dernier membre de notre Famille après lui. Bien sûr, mon neveu va bientôt naître, mais ce qui me lie avec Caleb est spécial.

Nous partageons les mêmes douleurs.

Nos cicatrices sont identiques.

Et j'ai peine à me dire que je vais peut-être les rouvrir.

CHAPITRE 19

ELISABETH
La Louve

L'heure du départ pour l'Unicorn approche, et je suis sur les nerfs. Je ne fais que regarder l'horloge sur mon téléphone depuis une demi-heure.

Je suis nerveuse. C'est ma toute première mission pour mon Clan. Enfin, pour les MacLeod plus exactement. J'ai peur de mal m'y prendre, voire d'échouer. Or, je n'ai pas le droit à l'erreur – je *refuse* l'échec.

Pire encore, c'est trahir la confiance de Caleb qui pèse sur ma conscience. Me laisse-t-il le choix ? Non. Je sais très bien que si je me contente de la place qu'il me donne, elle n'évoluera jamais. Je resterai la petite Ellie, le clown du château, la sœur du *laird* envoyée à l'autre bout du monde pour qu'on ne l'ait pas dans les pattes.

L'alarme de mon téléphone sonne : il est temps que je descende rejoindre Jo' et Matthew. Jack a pris de l'avance pour nous attendre dans une voiture sur les quais d'Édimbourg.

Je vérifie une dernière fois ma tenue. J'ai opté pour un style à la fois séduisant pour me fondre dans la masse et décontracté pour pouvoir agir si la situation s'envenime. Un jean noir et un pull moulant de la même teinte, voilà les vêtements que j'ai choisis.

Je lace mes Doc Martens, dissimule mon décolleté en V sous une épaisse écharpe *snood*, puis jette un dernier coup d'œil dans mon minuscule sac à dos : il contient mes faux papiers et une casquette noire pour dissimuler un minimum mon visage si jamais je dois m'enfuir. J'hésite à glisser un canif dans l'une des poches, puis me ravise. Si je suis fouillée avant d'entrer dans l'Unicorn, c'est un coup à faire foirer ma mission sans même l'avoir commencée.

Je souffle un bon coup et, veste en cuir sur le dos, je rejoins le rez-de-chaussée.

Joffrey et Matthew sont déjà sur le parvis du château. Je remarque la cigarette entre les lèvres de Matt. Je suis assez surprise ; je ne pensais pas qu'il fumait. Les garçons se redressent à mon approche. Ils ont l'air aussi sérieux et concentrés que moi. Eux non plus ne souhaitent pas rentrer bredouilles. Je leur souris, comme si je pouvais les convaincre que nous réussirons haut la main.

Un peu ironique étant donné que je suis moi-même terrifiée par l'échec.

Jo' analyse mes vêtements, hoche la tête et me lance :

– Je vois que vous avez choisi le look *total black.*

Je ris et tourne sur moi-même.

– J'ai hésité à prendre mes shurikens de ninja, mais j'ai eu peur d'en faire trop, plaisanté-je.

Ils ricanent, puis Matt désigne mon haut.

– Je suis tout à fait d'accord pour la prudence et la discrétion, mais nous sommes censés nous rendre dans un bar.

Il baisse d'un ton pour préciser :

– Dans un *night-club*. Peut-être qu'une autre tenue plus… aguicheuse jouerait en notre faveur ?

Je fronce les sourcils et le gratifie d'une pichenette sur le front. Surpris, il en perd sa clope. Elle tombe entre nous, et je l'écrase sous ma semelle.

– Plutôt que de me demander de montrer mes seins, pourquoi tu n'exhiberais pas tes tétons, toi ? lui lancé-je.

Jo' s'esclaffe tandis que Matt bafouille, rouge écrevisse. Je le laisse mariner un instant, puis soulève mon écharpe.

– Même si c'est triste à dire, j'y ai quand même pensé, soupiré-je.

Les deux garçons détournent le regard de mon décolleté prononcé, gênés. Je savoure mon petit effet lorsqu'une main rabat brusquement mon écharpe et un pan de ma veste. Stupéfaite, j'observe les longs doigts qui se crispent sur le faux cuir. Duncan toise

Joffrey et Matthew, la mâchoire contractée. J'arque un sourcil, puis me dégage de sa prise.

– Qu'est-ce que tu fais ? grondé-je.

– Je ne crois pas que la sœur d'un *laird* devrait montrer autant de peau aux hommes du Clan, réplique-t-il.

Je serre les dents pour me retenir de l'envoyer paître. Duncan se ressaisit : ses traits durs s'adoucissent… un peu.

– J'ai appris par Mary que vous alliez vous absenter, ce soir, dit-il.

– Oui.

– Pour aller boire dans les bars d'Édimbourg.

– Oui.

Mes réponses laconiques ont l'air de l'agacer.

– Ce n'est pas une bonne idée, lâche-t-il avec un calme factice.

Je hausse les épaules. Il ne manquerait plus qu'il me mette des bâtons dans les roues.

– Peu importe ce que tu en penses, je vais boire un verre avec mon amie, décrété-je.

– Laquelle ?

Je plisse les yeux. Je n'apprécie pas son ton et ce qu'il sous-entend.

– Ashley…

Duncan arbore un air sceptique.

– Dans mes souvenirs, cette fille vous rendait la vie difficile au pensionnat.

Mon souffle se coupe, et je dois fournir un effort considérable pour rester de marbre. J'étais loin d'imaginer qu'il se rappellerait un tel détail. Ça fait si longtemps que je lui ai raconté mes déboires d'étudiante… Comment peut-il s'en souvenir ? Je mens :

– On s'est rabibochées. Les réseaux sociaux, tu sais…

Le Glaive me dévisage sombrement, puis se tourne vers Joffrey et Matthew. Il les examine à leur tour, d'un air si orageux que les garçons rentrent la tête, embarrassés.

– Donnez-moi cinq minutes, lâche-t-il finalement.

– Pourquoi ?

– Je vous accompagne.

– Quoi ? Non !

Mes protestations ne font que lui mettre la puce à l'oreille. Il s'empresse de tourner les talons, craignant sans doute que je détale avant qu'il ne revienne. Je l'arrête avant qu'il ne s'éloigne en saisissant son bras.

– J'ai l'autorisation de Caleb et Phèdre pour passer une soirée avec une vieille connaissance, déclaré-je avec fermeté. Je suis bien entourée. Je n'ai pas besoin d'un chaperon en plus !

Duncan fixe mes doigts sur sa peau. Des picotements parcourent ma main. Je n'arrive pas à déterminer s'ils sont agréables ou non.

Le Glaive lève les yeux pour les plonger dans les miens. Son regard assombri est insondable. L'embarras s'empare de moi ; je compte trois secondes dans ma tête pour sauver les apparences, puis lâche son bras.

– Un accompagnant de plus ne peut pas faire de mal, me répond-il.

– Pas toi. Ne m'oblige pas à prévenir Caleb de ton intention, chuchoté-je.

Il se raidit de plus belle.

– Alors, emmenez au moins Brahn ou Dyclan avec vous, me demande-t-il.

– Nous sommes déjà bien assez, et tu nous mets en retard.

– Ces gars-là sont trop jeunes.

Matthew se renfrogne, vexé, tandis que Jo' joue avec ses ongles, mal à l'aise.

– Ces « gars-là » sont des MacLeod, et ils sont aussi capables que n'importe lequel des MacCoy.

Nous nous retournons. Phèdre nous sourit, emmitouflée dans un plaid en tartan rouge : la couleur de mon Clan. Il doit appartenir à Caleb. Duncan baisse les yeux alors qu'elle se dirige vers nous d'un pas serein.

– Fais-leur confiance, dit-elle avec douceur. Elisabeth ne risque rien avec eux. Tu sais à quel point je suis soucieuse des miens.

Le Glaive marmonne, peu convaincu. Le sourire de Phèdre s'élargit, taquin.

– À moins que tu estimes que mes hommes sont des incapables ? plaisante-t-elle.

Duncan reste insensible à la pique. Il garde le silence, soudain renfermé. Lady MacLeod se tourne vers moi et me fait signe de prendre la route. Je la remercie d'un coup d'œil entendu. Le mouvement du Glaive dans ma direction ne m'échappe pas, mais je détale. Je fuis, je ne le laisserai pas me retenir.

– Ne fais pas cette tête-là ! entends-je Phèdre le sermonner dans mon dos.

Joffrey et Matthew m'emboîtent le pas. Mes jambes accélèrent sans que je l'aie décidé. J'ai la sensation qu'une fois sur le ferry, le pincement au cœur que je ressens s'atténuera un peu. Avec la distance.

Une distance qui m'éloigne de Duncan.

CHAPITRE 20

ELISABETH
La Louve

Jack sifflote au volant de la voiture. Il n'a pas arrêté depuis que nous l'avons rejoint dans la berline qui nous attendait sagement à l'arrivée du ferry. C'est l'un des privilèges du Clan MacCoy : nous disposons d'un petit parking privé dans lequel parquer nos cinq véhicules, ainsi qu'un ferry attitré toujours prêt à quitter l'amarrage pour nous. Un coup de fil suffit pour rameuter les voituriers ou les capitaines.

Si Jack respire une bonne humeur que j'ai du mal à partager, Matthew est silencieux, une nouvelle clope aux lèvres. Il fixe la route, un index nerveux tapotant son menton. Joffrey est absorbé par son portable, sur lequel il pianote à intervalles réguliers : il maintient un contact permanent ou presque avec Callum. Ce dernier se chargera de relayer les informations sur nos avancées à Phèdre, si jamais nous avons besoin de la consulter de manière urgente.

Les rues défilent, la nuit est déjà tombée. Nous devrions arriver à l'Unicorn pour 22 heures.

Ma tête retombe en arrière, contre l'appuie-tête. Mon ventre me fait mal.

Je reconnais la route.

Une vague remonte dans ma poitrine lorsque nous passons devant une ruelle familière. Je me détourne, une boule dans la gorge. Un léger élancement attire mon attention sur ma main crispée ; j'y ai planté mes ongles.

– Nerveuse ? m'interroge Joffrey.

– Non. Pas vraiment.

En fait, si.

– Nous récoltons autant d'informations que possible, puis nous repartons, affirme-t-il. Rien de sorcier.

J'ai l'impression qu'il essaie de se convaincre autant que moi. Je me contente d'acquiescer.

Jack s'arrête à deux rues de l'Unicorn, comme prévu.

– Prêts ?

Nous sortons du véhicule, à l'affût de la moindre présence aux alentours. Quelques jeunes discutent en fumant contre un immeuble, un homme va et vient sous un lampadaire, son téléphone collé à son oreille. Rien d'alarmant. Joffrey se poste près de moi, et Matthew ouvre la marche. Je retire mon écharpe et la range dans mon sac, puis ouvre les pans de ma veste.

Devant l'entrée du pub, je ne réfléchis pas et entre dès que le videur nous ouvre l'accès.

Le club est bondé ; la musique assourdissante. Il est encore un peu tôt ; les clients n'ont pas encore envahi la piste. Ils sont plutôt avachis dans les beaux canapés corbeille installés dans les recoins de la salle.

Je m'apprête à me diriger vers l'escalier menant au sous-sol quand Matthew me désigne le chemin :

– C'est par là.

Je grimace. Je suis censée n'être jamais venue ici, je dois m'en souvenir…

Un autre videur attend devant la zone VVIP.

Enfin, « videur »…

Un homme de main de l'Irlandais, je suppose. Je ne me rappelle pas que la partie réservée aux Clans était gardée la première fois que j'ai mis les pieds ici. Je repère une broche sur le veston de l'homme : un trèfle à quatre feuilles argenté.

Matthew s'occupe de nous identifier à voix basse. C'est dans un chuchotis qu'il donne mon nom. Joffrey fournit nos papiers, chacun présente le sceau de sa Famille. Le vigile s'écarte pour nous laisser descendre les escaliers.

Je marque un temps d'arrêt.

Je reste debout au sommet des marches, une main posée sur la rambarde sculptée. Un fantôme passe devant moi ; son catogan rebondit sur sa nuque.

Joffrey me dévisage, perplexe.

– Est-ce que ça va ? me demande-t-il.

Je lui réponds d'un haussement d'épaules, secouant la tête pour dissiper ma vision.

Nous traversons le couloir aux tartans ; je ne m'y attarde pas, jetant à peine un regard à celui de ma Famille. Je suis focalisée sur les portes fermées devant nous : elles symbolisent le top départ pour moi.

La musique irlandaise me frappe de plein fouet dès que nous les passons, résonnant dans mes tympans et dans ma cage thoracique. Pourtant, au sous-sol aussi, il n'y a pas tant de monde. Peut-être qu'après minuit, le pub se remplira davantage, ce qui augmentera nos chances de récupérer des informations.

Personne ne semble prêter attention à Jo', Matt et moi. Je prends le temps d'observer les clients présents et suis rassurée lorsque je constate que je ne reconnais aucun visage. Il est très peu probable que l'on m'identifie.

– Approchons-nous du bar pour commander des pintes, propose Matthew.

– Oui, restons naturels, ricane Jo'.

Je m'assieds sur un tabouret, l'air faussement tranquille.

Me battre, je sais faire.

Me prendre le bec aussi.

Mais soutirer des informations ? C'est une autre paire de manches.

– Qu'est-ce que je vous sers ?

Je croise le regard acéré de la barmaid, aux cheveux platine coupés court. Ses bras sont couverts de tatouages. Je suis du regard les lignes d'une lionne aux crocs sortis, couronnée d'un phénix en flammes et d'un trèfle. Je n'écoute que d'une oreille Matt passer commande.

Soudain, je sens une présence près de moi.

Je lève les yeux et me fige, stupéfaite de rencontrer deux iris verts et rieurs posés sur moi. Un homme est venu remplacer la barmaid pour préparer nos boissons. Ses muscles roulent sous sa chemise blanche satinée.

Un peu vieux pour moi, mais... plutôt séduisant.

L'homme me sourit. Ses dents blanches pourraient servir telles quelles dans une publicité ; même sa canine plus haute que les autres est attirante…

Il souffle sur une boucle qui lui tombe sur l'œil en posant nos pintes sur la surface en bois lustré.

– Autre chose ? s'enquiert-il, chiffon propre sur l'épaule.

Il a un léger accent.

– Non, merci.

L'homme me fait un clin d'œil, puis s'éclipse. Je penche la tête pour l'observer s'éloigner, troublée.

– Mademoiselle Elisabeth, souffle Jo' près de mon oreille.

Je me redresse, intriguée.

– Le serveur qui nettoie les tables…

Je le remarque assez vite. C'est le seul qui semble nous prêter attention… Il semble nerveux, trop nerveux.

– Eh bien ? questionné-je Jo'.

– C'est le contact de Callum.

– D'accord.

Nous récupérons nos pintes et nous installons à la table en train d'être récurée. Le serveur tente un sourire crispé et nous propose, d'une voix un peu forte, de nous ramener des apéritifs.

– Êtes-vous Warren ? lui demande Jo'.

Il acquiesce. Il est si raide que j'en viens à me demander s'il n'a pas un balai à la place de la colonne vertébrale.

– Le taureau et les cornes ? nous chuchote-t-il.

J'arque un sourcil, surprise par cette question, mais comprends qu'il cherche à vérifier que nous sommes bien envoyés par Callum. Nous acquiesçons.

– Sur ma gauche, derrière mon épaule, nous indique-t-il. À deux tables du comptoir.

Je repère deux hommes et trois femmes installés sur des banquettes.

– Les hommes vous intéresseront, précise Warren. Ce sont des clients très réguliers, mais ils partent toujours avant que le pub soit bondé. Je ne connais pas la fille aux cheveux noirs et bleus, mais elle doit faire partie de leur Clan, elle est arrivée avec eux. Les deux autres femmes sont des habituées, du Clan Armstrong.

Une goutte de sueur roule sur sa tempe, et il ajoute :

– Je ne peux pas m'attarder, l'Irlandais m'a à l'œil.

Lachlan O'Connor… Je ne l'ai jamais croisé, mais son nom est célèbre dans le monde clanique. Je soupçonne même qu'il entrera un jour dans les livres d'histoire des Highlands.

Warren nous quitte précipitamment, sans ajouter quoi que ce soit. Le barman l'intercepte lorsqu'il repasse près de lui.

– Pas très loquace, cet indic', fais-je remarquer.

– Je me demande si ce n'est pas grâce à Callum qu'il a été engagé ici, glisse Joffrey. Ou, tout du moins, s'il ne l'aurait pas poussé à postuler.

– Pour servir d'informateur ?

– Avec tous les risques que cela comporte… Si l'Irlandais apprend qu'un de ses employés bafoue le principe de neutralité du Code de l'Unicorn, je ne donne pas cher de sa peau.

– C'est un jeu dangereux, confirme Matthew, une moustache de mousse au-dessus de ses lèvres. Même notre mission de ce soir transgresse les règles. Nous ne sommes pas censés profiter de ce pub pour soutirer de quoi nuire à un autre Clan…

– Et c'est bien pour ça que la vigilance se relâche ici… intervient Jo'. À nous de ne pas foirer en nous faisant repérer. Nous avons identifié nos cibles, il est temps de passer à l'action.

Ma nervosité augmente encore d'un cran. Contrevenir au Code revient à condamner son Clan. Cette soirée pourrait se conclure par une véritable catastrophe si nous échouons à nous montrer discrets.

– Reste à savoir maintenant comment approcher ces MacKenzie et tirer quelque chose d'eux, souffle Joffrey, si bas que je manque de ne pas l'entendre.

Tout en réfléchissant à ses propos, je sirote ma pinte, à l'affût du moindre mouvement autour de la table que nous surveillons. Jamais je ne me serais doutée que ces hommes, là-bas, font partie d'un Clan d'assassins. Ils n'ont pas l'allure d'êtres assoiffés de sang, capables d'incendier des maisons avec des enfants piégés à l'intérieur…

Focalisée sur le plus brun des deux hommes, j'ai failli ne pas remarquer que l'une des filles vient de se lever pour se rendre au bar. C'est la femme aux cheveux noirs et bleus, celle dont Warren ignorait l'identité. Elle s'appuie au comptoir, nonchalante, et commande une nouvelle tournée à la barmaid d'un signe de la main.

Une idée me vient ; aussi, je bois cul sec le reste de ma pinte sous les regards surpris de mes compagnons. Puis je quitte notre table et rejoins à mon tour le bar. Postée à côté de la MacKenzie, je fais mine de jeter un œil à mon téléphone, puis m'accoude. La barmaid pose les boissons ; la fille paie. Au moment où elle prend ses verres pleins à ras bord et fait mine de partir, je feins un geste brusque en sortant encore une fois mon portable.

– Merde !

– Putain !

Nos jurons résonnent par-dessus la musique entêtante. La MacKenzie constate le désastre : son débardeur et sa veste d'aviateur sont trempés, ses rangers pataugent dans une flaque d'alcool.

– Je suis vraiment désolée ! m'exclamé-je. J'attendais ce coup de fil, et… Merde, pardon pour tes fringues !

La fille relève deux yeux d'un vert rouillé sur moi.

– Pas grave…

À son intonation, j'ai plutôt l'impression que c'est tout le contraire. Je note qu'elle n'a pas un accent écossais très prononcé. Elle ne m'accorde pas plus d'attention, l'air froissé, et s'éloigne avec ses verres désormais à moitié vides.

Je m'empresse de commander la même chose qu'elle auprès de la barmaid. Cette dernière ne me pose aucune question et s'exécute. J'attends, trépigne. Mes doigts qui pianotent sur le comptoir trahissent mon impatience. J'essaie d'espacer mes coups d'œil en direction des MacKenzie, mais l'un d'eux est intercepté par le brun que j'observais tout à l'heure. Il soutient mon regard pendant que la blonde sur ses genoux plonge le nez dans son cou et boit une gorgée de son whisky sans me quitter des yeux. Un léger sourire incurve ses lèvres.

O.K., message reçu.

La barmaid termine de me servir les verres. Je la remercie d'un murmure avant de me diriger à grands pas vers les MacKenzie.

CHAPITRE 21

ELISABETH
La Louve

Le regard du brun pétille à mon approche. Je me force à lui offrir mon sourire le plus enjôleur et marche le dos droit, assez pour mettre mon décolleté en avant. Je m'attelle aussi à rouler des hanches ; pour l'avoir testé plusieurs fois, ça fonctionne assez bien sur les hommes, en général.

Il se redresse dès que j'arrive près d'eux. La fille aux cheveux bleus me toise avec humeur. L'autre MacKenzie me dévisage avec curiosité tandis que les deux sœurs Armstrong me fusillent de leurs yeux plissés. Je pose la commande devant eux et déclare :

– Pour m'excuser. C'est la moindre des choses.

Je m'attarde un peu, penchée en avant vers le brun. Son regard plonge dans mon décolleté.

Prévisible.

La blonde me pousse du coude. Pour un peu, elle sifflerait comme une chatte qui protège son territoire.

Je retourne au bar, non sans échanger un regard entendu avec ma cible. Une fois rassise sur mon tabouret, j'envoie un SMS à Joffrey.

Je pense que je l'ai ferré.

La réponse ne se fait pas attendre :

Pas prudent.

Si tu as une meilleure idée,
n'hésite pas.

Non. Mais ils sont plus nombreux
que nous, pour peu que les Armstrong
soient alliés avec eux.

Je le taquine :

Moi qui pensais que les MacLeod
n'avaient peur de rien...

Nous ne sommes pas inconscients
pour autant.

Touché...

– Seule ?

Je sursaute, puis me tourne vers le parfait inconnu qui vient de s'installer à côté de moi. Je fronce les sourcils et réplique d'un ton sec :

– Pas intéressée.

Il détale sans demander son reste et jette son dévolu sur une autre femme.

Le pub se remplit au fur et à mesure que la soirée avance. Joffrey et Matthew gardent un œil sur moi tandis que je sirote verre après verre, mon portable sous les yeux pour lire en temps réel les messages que les garçons m'envoient.

Il est 23 heures et des poussières lorsqu'un nouvel homme tente sa chance auprès de moi. Je m'apprête à le rembarrer mais me retiens à temps : c'est le MacKenzie dont j'essayais d'attirer l'attention. Un sourire plein de sous-entendus aux lèvres, il commande une nouvelle tournée.

– Chasse bien gardée, dis-je en feignant la malice.

Il émet un rire de gorge.

– La petite m'aime bien, minaude-t-il d'une voix grave.

Son accent est très prononcé, contrairement à celui de sa copine aux cheveux bleus. Presque autant que celui de Caleb, en fait.

– J'ai bien cru qu'elle allait me dévorer sur place, plaisanté-je en faisant tourner la paille de mon cocktail tout frais.

– Elle n'apprécie pas les femmes qui se montrent trop entreprenantes avec moi.

– Je le suis ?

Le MacKenzie élargit son sourire et appuie sa tête sur son poing. Je dois avouer qu'il n'est pas désagréable à contempler, même s'il n'est pas vraiment à mon goût.

– Je n'ai pas été très discret non plus, pas vrai ? s'amuse-t-il.

Je force un rire que j'espère suave. Ses iris flamboient.

– Quel Clan ? me demande-t-il.

– Forbes, affirmé-je du tac au tac.

Il arque un sourcil.

– Des Lowlands[6] ?

– Yep. *Grace me guide*[7], cité-je avec conviction. Et toi ?

– MacKenzie. *Luceo non uro*[8].

Je parodie une moue admirative. Elle semble convaincre le brun : il carre les épaules et bombe le torse.

– Si je m'attendais à discuter avec un membre d'un Clan parmi les Sept ! susurré-je.

Je lui tends la main, tout sourire.

– Wendy.

L'homme colle sa paume contre la mienne. Sa poigne est ferme, chaude. Ses doigts s'attardent sur ma peau.

– Neil, se présente-t-il en retour.

À cet instant, la barmaid dépose devant lui les boissons qu'il a commandées. Je la maudis

---

6. Les Lowlands sont les « basses terres » de l'Écosse, par opposition aux Highlands. Elles s'étendent du sud à l'est. Glasgow, Édimbourg, Aberdeen, Dundee sont dans les Lowlands. Si l'on connaît très bien les Highlands, il s'avère que les Lowlands concentrent en réalité la grande majorité de la population de l'Écosse (80 % environ).

7. « Grâce me guide. » Devise du clan Forbes.

8. « Je brille sans brûler. » Devise du clan MacKenzie, en concurrence avec une autre, « Aidez le roi », qui témoignerait de leur loyauté envers la monarchie.

en mon for intérieur. Son timing est mauvais… Heureusement, le brun n'a pas l'air très décidé à partir.

– Un plaisir de t'avoir rencontré, Neil du Clan MacKenzie, lui dis-je.

J'appuie sur le mot « plaisir » et joue des dents sur ma lèvre. Il détaille ma bouche d'un regard pesant. Mes poils se hérissent d'inconfort.

– De même, Wendy du Clan Forbes.

Il passe une main dans sa tignasse, rassemble ses verres mais ne s'éloigne pas tout de suite.

– Je vais aller fumer dans l'arrière-cour, m'indique-t-il. Si t'as une clope à griller…

Je lui fais comprendre que le message est bien capté et me concentre sur mon cocktail le temps qu'il rejoigne sa table. Je vois la blondinette se mettre à râler dès qu'il s'assied. Je ravale mon ricanement et patiente encore un peu. Au bout de deux minutes, quand je sens ses yeux se poser sur moi, je me lève et récupère mon sac à dos. Je croise les doigts pour qu'il percute.

Je profite de la foule plus conséquente à présent pour aller échanger quelques mots avec Joffrey et Matthew.

– Je vais fumer avec le MacKenzie dehors, les préviens-je.

Matthew bondit de sa chaise, mais je l'arrête.

– J'y vais seule, décrété-je.

– Hors de question !

– Je sais me débrouiller. Si ce mec s'en prend à moi, il dira adieu à ses roubignoles. Surveillez mes arrières, au cas où les autres zigotos se ramènent.

– Mais…

Je vois Neil traverser le pub à grands pas, une cigarette coincée entre son oreille et son crâne.

– Pas le temps de convenir d'un autre plan, m'impatienté-je. Matthew, file-moi une clope, s'il te plaît.

– Quoi ?

– Vite, vite !

Il s'exécute. Je refuse le briquet qu'il me tend et file à toute vitesse rejoindre ma proie.

Je mets quelques instants pour me repérer dans les couloirs de l'Unicorn. Je ne suis encore jamais allée dans l'arrière-cour…

Soudain, le barman qui nous a servis à notre arrivée, Matthew, Joffrey et moi, sort d'une pièce isolée, juste devant moi. Il retrousse les manches de sa chemise tout en me regardant passer devant lui.

– Vous cherchez quelque chose ? me demande-t-il.

– L'arrière-cour, dis-je en levant ma cigarette en guise de justification.

– Pour les VVIP, c'est tout au fond du couloir, les portes battantes, m'indique-t-il. Celles avec un panneau « accès interdit ».

Je le remercie. Il m'observe d'un air si malicieux que je me demande s'il ne se moque pas de moi. Je décide de ne pas m'en offusquer et suis ses indications.

La soirée est fraîche : je frissonne dès que je me retrouve dehors. J'aurais apprécié la chaleur de mon écharpe, mais je l'ai laissée à l'intérieur, dans mon sac à dos.

Je cherche Neil du regard ; il fait sombre. Les quelques néons installés sur les murs ne procurent pas une très bonne visibilité. Je discerne à peine les bennes à ordures alignées en face de moi.

– Forbes !

Neil me fait signe, juste sur ma gauche. Il est adossé aux briques, une jambe repliée. La fumée de sa cigarette me parvient de là où je suis. Je façonne mon meilleur masque et feins la joie de le retrouver. Je me colle au mur à mon tour, tout près de lui, assez pour que ma poitrine effleure son bras.

– La petite blonde ne t'a pas suivi ? le taquiné-je.

Je fais tourner ma cigarette entre mes doigts. Mon petit jeu attire son attention. Je caresse lentement la feuille de mon index.

– Non, elle ne supporte pas l'odeur de clope, me répond Neil sans quitter mon doigt du regard.

– Tant mieux pour moi.

– Tu ne l'allumes pas ?

– Quoi ?

Il me désigne la cigarette.

– Je ne fume pas, c'était un prétexte, lui avoué-je, mutine.

– Où as-tu trouvé celle-là, alors ?

Ce Neil risque de m'enquiquiner s'il est aussi perspicace.

– Je ne fume *plus*, corrigé-je. Mais je n'arrive pas à me débarrasser de mon dernier paquet. C'est bête, non ?

– Une dernière pour la route, pour dire adieu ? Tu jettes le reste après.

Je hausse les épaules. Si je peux éviter de fumer ce soir, ce serait mieux. J'ai essayé une fois, ça m'a suffi. Cela dit, commencer par un joint dans un coin paumé du pensionnat, ce n'était pas l'idée du siècle.

Neil ne me laisse cependant pas le choix. Il sort son briquet et se place face à moi pour allumer ma cigarette.

Fait chier.

Je lui souris et glisse la clope entre mes lèvres. Il s'est rapproché, au point que son souffle caresse mon front et mes joues. Il se penche encore pour que le feu prenne.

Je prie pour que la première bouffée ne me fasse pas tousser. Ashley était une peste, mais elle a eu la décence de m'apprendre comment fumer mon joint, à l'époque.

Ma gorge s'irrite, les yeux me piquent, mais pas de quinte intempestive. Je ne crapote pas non plus. Neil paraît convaincu. Il n'est pas retourné à sa place : son bras est appuyé près de ma tête, son corps frôle le mien.

Je dissimule mon malaise en demandant :

– Tu viens souvent ici ?

– Pas toi ?

– Non, c'est la deuxième fois seulement. Et ma première visite date d'il y a une dizaine d'années.

C'est l'exacte vérité : parfait pour être convaincante.

– Vraiment ? s'étonne-t-il. L'Unicorn est un lieu de rendez-vous incontournable pour les Clans. Le seul endroit où on peut boire et s'amuser sans craindre de finir avec un couteau planté dans le dos.

– Je sais, mais j'ai mes habitudes. Cela dit, je suis heureuse d'avoir cédé à la curiosité et d'être revenue ici ce soir.

Neil fait courir son doigt le long de mon cou. Je le laisse faire. À quelques centimètres de ma joue, il souffle :

– Je suis plutôt d'accord avec toi.

– Tu ne m'as pas répondu. T'es un habitué ?

– Oui. Ce soir, j'accompagnais une nouvelle. C'est sa première sortie depuis un bail.

– Une Pupille ?

– Non.

Sa bouche effleure ma tempe.

– Tu dois être plutôt haut gradé pour escorter une femme importante pour ton Clan.

– On avait tous besoin de décompresser. Elle aussi. Elle agaçait tout le monde, alors elle prend l'air pour nous foutre la paix.

– Mauvaise ambiance chez les MacKenzie, en ce moment ?

Je sens Neil se raidir. Aguicheuse, et désireuse de ne pas le braquer, j'écarte légèrement mes cuisses et le rapproche en glissant mes doigts autour de sa ceinture. Il grogne, ravi.

– On ne se repose pas dans notre Clan, il y a toujours quelque chose à faire, finit-il par me répondre.

Je lève les yeux au ciel tandis qu'il plonge le visage dans mon cou. Il devient plus audacieux, ses lèvres s'attardant longuement sur ma peau.

– Et toi ? me demande-t-il. Pas trop d'emmerdes avec le fils Forbes ?

– Non, je n'ai pas à me plaindre.

Ses dents me mordillent au niveau de ma jugulaire. Je feins un soupir de contentement. Mes ongles se plantent dans le faux cuir de sa ceinture pour résister à l'envie irrépressible de le repousser.

Les idées me manquent pour lui soutirer quoi que ce soit sans l'alerter. Sans compter que, vu ses hanches collées aux miennes, je crois qu'il n'a pas très envie de prolonger la discussion.

Une des portes battantes s'ouvre près de nous. Je refrène un sursaut et tourne la tête. L'autre MacKenzie vient de nous rejoindre dans l'arrière-cour. Il nous dévisage une seconde, peut-être deux, avant de lancer à Neil :

– On décolle.

Ma cible s'écarte de moi, et j'ai la nette impression que je viens de perdre ma source d'informations au pire moment.

– Comment ça, vous décollez ? m'étonné-je.

– On se tire, c'est tout, renchérit le MacKenzie.

J'arque un sourcil, dubitative. L'homme ricane, amusé. Je sors mon portable pour lire l'heure, m'aperçois au passage que j'ai reçu de nouveaux messages de Joffrey, mais range mon téléphone sans les lire pour ne pas sembler suspecte ou désintéressée.

– Il est 23 h 45 à peine, argué-je.

– On va ailleurs, dans un autre bar d'Édimbourg, m'éclaire Neil.

– Et l'histoire de se sentir en sécurité à l'Unicorn, les couteaux dans le dos…

– Là où on va, ma jolie, on ne cherche pas des noises aux MacKenzie, rit-il. L'Unicorn n'est qu'une mise en bouche ; il est très loin de faire l'affaire pour un rassemblement de mon Clan. Tu viens ?

Je reste pantelante un instant, tiraillée entre l'envie de retourner au pub, là où les MacLeod pourront me protéger, et celle de suivre mes « nouveaux amis » pour glaner des informations. La seconde est plus puissante…

– Pourquoi pas, lâché-je.

– Va chercher Hel, ordonne Neil à son ami. Vous nous rejoindrez en route.

Nous nous retrouvons seuls, et ma conquête s'éloigne sans même vérifier si je le suis. Nous plongeons dans la pénombre des rues : les éclairages se font plus rares dans la direction que nous prenons. Je surprends Neil à regarder plusieurs fois son portable. Une petite alarme se met à clignoter dans un coin de ma tête.

Je profite de son inattention pour ouvrir mes messages. Tous de Joffrey.

Vous feriez mieux de revenir.

Les MacKenzie se comportent
bizarrement.

Ils partent.

La fille aux cheveux bleus
nous regarde. Elle nous fait signe.

Rentrez !

On arrive. Surtout, ne le suivez pas !

Je m'arrête. J'ai soudain très froid.

– Tu ne viens plus ?

Je relève la tête. Le trou noir d'un canon de pistolet est braqué sur moi.

Neil arbore un sourire en coin.

Je déglutis.

CHAPITRE 22

ELISABETH
La Louve

Neil me fixe. Son arme me vise entre les deux yeux. Je n'ose plus broncher, figée sur place. Mes rétines me brûlent ; je ne cille pas depuis plusieurs secondes.

– Tes potes ne te trouveront pas, ici, me lance le MacKenzie.

Il a raison : il m'a entraînée dans un dédale de ruelles si inextricable que même un rat s'y perdrait. Ma conscience me reproche mon manque de prudence à grands cris.

– Pensais-tu vraiment que je ne te surveillerais pas après ton petit numéro de charme ? continue Neil. Je ne suis pas un mec qui saute la première venue.

Un point pour lui. Toujours se renseigner, dans ce monde à couteaux tirés.

Une leçon que je n'ai pas encore parfaitement apprise…

– J'ignorais que c'était un crime d'être accompagnée, avancé-je d'une voix calme.

– Personne ne vous a jamais vue à l'Unicorn.

– Je serai enfermée combien de temps pour avoir eu l'outrecuidance de me pointer dans un bar ?

– Ta fausse identité ne tient pas la route. Le *laird* du Clan Forbes n'a jamais eu de fils. Seulement une fille, une idiote incapable de faire quelque chose de ses dix doigts. L'héritier est son neveu le plus âgé.

Merde…

Je savais que j'aurais dû jouer la carte de la Famille Lockart ! Je la connais mieux.

– Qu'est-ce qui te pousse à essayer de duper un MacKenzie, *Wendy* ?

Je hausse mes épaules raides.

– Je serais plus à l'aise pour te répondre si tu daignais baisser ton arme.

Neil éclate de rire. Sans surprise, il ne bouge pas d'un iota. À la place, il me lance :

– Qu'est-ce que tu veux ? Et qui t'envoie ?

– Je suis juste une nana qui a envie de prendre du bon temps. D'accord, j'ai menti sur mon identité, mais ça ne signifie pas que je cherche à te nuire, Neil.

Je soigne son nom sur ma langue, dans l'espoir de lui rappeler notre flirt. S'il se doutait depuis le départ que je lui mentais, je ne pense pas lui être indifférente pour autant.

Le visage du MacKenzie se durcit.

– Arrête de me prendre pour un imbécile, grogne-t-il. Es-tu une journaliste ?

Je fronce les sourcils.

– Certains sont de véritables fouille-merde, crache-t-il. Il est important de les remettre à leur place.

Son index taquine la détente de son arme. Ma gorge se noue. Je suis trop loin pour espérer fondre sur lui avant qu'il ne tire. Mais il commet sa première erreur en me demandant :

– Ton portable, vu que tu ne veux pas me répondre…

Il ne me tue pas tout de suite alors qu'il aurait pu récupérer mon téléphone sur ma dépouille. Si ses traits arborent un air sévère, je ne décèle en lui aucune envie de meurtre.

Les MacKenzie sont les monstres qui hantent mes cauchemars depuis mon enfance. Les visages de ceux d'entre eux qui ont marqué ma mémoire se déforment, s'enlaidissent dans mon sommeil. Ils transpirent la cruauté et la soif de sang, entourés de flammes et du hurlement des miens.

Neil me tient en respect avec son pistolet, mais je n'arrive pas à déterminer s'il est vraiment prêt à faire feu. Il ne m'a pas l'air aussi sûr de lui qu'il voudrait le faire croire. Peut-être rechigne-t-il à m'exécuter, puisqu'il y a une possibilité que je sois innocente ?

Ce serait bien étonnant.

Je finis par acquiescer et, dans un geste d'une lenteur qui m'ennuie moi-même, je sors le portable de ma poche. Un bras en l'air, l'autre tendu vers lui, je m'efforce de maîtriser ma respiration. Neil parcourt les deux mètres qui nous séparent… renonçant à conserver une distance de sécurité entre nous.

Dès qu'il est à ma portée, ma paume dévie autant que possible le canon de ma tête. Je saisis son arme entre mon pouce et mon index, j'assure ma prise au maximum, puis je repousse son bras pour l'éloigner de moi. Je profite ensuite de sa surprise et de sa brève perte d'équilibre pour aller au contact. Je retourne le pistolet contre lui et frappe une fois sous son sternum de mon poing. Le choc lui coupe le souffle ; il plie. J'enroule mes doigts autour du canon et envoie mon pied heurter l'intérieur de sa cuisse, puis son entrejambe. Je n'ai même pas besoin d'une clé de pouce pour le désarmer.

Je recule de plusieurs pas – la fameuse distance de sécurité que je n'oublie pas, moi – et braque à mon tour le pistolet sur lui.

– À genoux ! ordonné-je d'une voix forte.

Encore arc-bouté en avant, Neil met quelques secondes à se remettre des coups et de sa stupéfaction. Il finit par m'obéir, les jambes flageolantes.

– Mains derrière la tête, commandé-je encore.

J'ai toujours rêvé de dire ça, ha !

Je me mets une bonne gifle mentale pour me punir de mon manque de concentration et veille à ce que Neil suive mes injonctions.

Sa dureté s'est métamorphosée en haine. J'y reste imperméable.

– Logan MacKenzie, articulé-je.

– Quoi ?

– Je veux savoir où est Logan MacKenzie, le Rapace.

Neil me dévisage.

– Pourquoi le cherches-tu ? me lance-t-il.

– Ce ne sont pas tes affaires.

Le MacKenzie grince des dents, puis lâche :

– J'ignore où il se trouve.

– Mauvaise réponse, essaie encore.

Il me fusille du regard. Je le sens vibrer d'ici, bouillir de rage.

C'est ce qu'il en coûte de sous-estimer une femme.

– Je ne trahirai pas mon Clan, encore moins le fils de mon *laird*, déclare-t-il.

Sa réponse ne m'étonne pas mais me frustre au plus haut point.

Je sais que son copain ne tardera plus à arriver, sans doute accompagné de la fille aux cheveux bleus. À trois contre un, je n'ai aucune chance.

Je ne vais pas risquer de m'approcher pour lui tordre les bourses : je ne commettrai pas la même erreur que lui. Je pourrais aussi lui tirer dans la jambe : rapide, efficace, mais sonore. Je ne suis pas pour.

Il me reste le bluff.

J'inspire et lâche :

– Si tu ne me révèles rien, j'irai chercher l'information ailleurs. Un MacKenzie de moins, c'est une pourriture dont la Terre sera débarrassée. Vous pullulez, je n'ai qu'à me servir. Décide-toi à parler, je perds vite patience.

Neil renifle avec dédain et se redresse, toujours les mains derrière la nuque. Il me provoque : croit-il vraiment qu'il réussira à m'intimider ? Je réarme. Le cliquetis de l'arme résonne entre nous. Il frémit.

– Où est Logan MacKenzie ? répété-je, menaçante.

Neil ouvre la bouche une seconde, puis la referme pour sourire, narquois. Cela suffit à m'alerter.

Merde.

On me frappe au bras. C'est violent, très douloureux, et je manque de flancher. Je pousse un râle mais parviens à réassurer mes appuis. Un morceau de bois m'arrive en pleine figure ; je l'évite de justesse.

C'est la blonde du Clan Armstrong qui me menace, exsudant de colère et de sauvagerie. Je ne l'ai pas entendu approcher dans mon dos. Campée sur ses talons hauts, elle recommence à m'attaquer, indifférente au pistolet que je tiens toujours. À ma gauche, Neil s'est remis sur pied et se précipite vers moi.

Tant pis.

Après un rapide pas sur le côté et un mouvement de tête en arrière pour esquiver un nouveau coup de la blonde, je vise la jambe du MacKenzie et tire. La détonation retentit, manquant de m'assourdir. Je sais que j'ai atteint ma cible, le cri de Neil me le prouve. Je me focalise donc sur la prochaine offensive de la fille Armstrong. Son foutu bâton parsemé de clous rouillés me rentre dans les côtes. La douleur est foudroyante ; elle m'arrache tout mon air. Je me baisse à temps pour lancer mon poing dans son estomac. Je rencontre ses abdos qu'elle a contractés à la dernière seconde pour encaisser.

C'est bien une fille de Clan.

Elle cherche à m'atteindre au bras pour me désarmer ; ainsi, elle m'offre l'ouverture que j'espérais pour tenter de récupérer son bâton. Je lui flanque un bon coup de coude dans le nez. Elle gémit mais n'a pas l'instinct de plaquer ses mains sur la zone douloureuse.

Sous son maquillage et ses airs de petite pimbêche, elle en a dans le bide. J'arrive cependant à la délester de son arme.

Elle repart à l'attaque et me saute à la gorge. Je viens à peine de jeter son bâton plus loin... J'entends le cliquetis caractéristique d'un canif qui se déplie.

Elle va me gonfler !

Affronter un adversaire doté d'une arme blanche, ce n'est pas comme dans les films. La meilleure défense, dans ces cas-là, c'est la fuite.

La fille Armstrong me porte un coup, la pointe de sa lame vers le bas. Cette nana est beaucoup trop rapide. Je sais très bien que je vais le regretter, mais je ne vois pas d'autre possibilité : je lève mes bras en croix pour intercepter son couteau avant qu'elle n'atteigne le cœur. Sans surprise, elle me punit en retournant l'arme pour entailler mes avant-bras quand elle se dégage. Je les abaisse le plus vite possible et m'en tire avec des éraflures pas trop profondes. Je manque de perdre mon pistolet. Je raffermis mes doigts autour de la crosse et muselle mon cerveau pour m'attaquer à elle alors qu'elle me croit sous le choc de la souffrance. Je parviens à la toucher en pleine pommette avant qu'elle ne vise à nouveau mon abdomen. Elle titube, étourdie. Je saisis l'occasion pour enfin tirer une balle dans sa cuisse, puis dans son mollet quand elle tombe. Elle glapit, la jambe poissant de sang.

Trois balles ce soir.

Trois coups de feu.

Trois fois plus de chance pour que les flics débarquent.

Le souffle court, je récupère le canif abandonné sur le sol et me dirige vers Neil, avachi entre des poubelles éventrées. La pestilence m'agresse le nez tandis que je m'approche. Il se tient le genou d'une main tremblante ; il n'a rien fait pour aider sa copine, qui gémit encore dans mon dos.

Je fais tourner la lame autour de mes doigts, puis la plante dans l'autre jambe du MacKenzie en m'accroupissant. Il vocifère des injures. Je reste impassible.

Torturer, je n'aime pas ça. Mais le temps presse.

– Tu vas maintenant me dire où se trouve Logan MacKenzie, grogné-je.

Il garde le silence. Je retire le canif de sa cuisse pour l'enfoncer aussitôt dans son bras. Il serre les dents pour contenir son cri ; des larmes causées par ses blessures roulent sur ses joues.

– Logan MacKenzie ! répété-je.

Neil secoue la tête. Je lui inflige une nouvelle blessure, les nerfs à vif, comptant les secondes dans mon crâne. Au bout de deux interminables minutes, il abdique alors que je menace son auriculaire.

– Arrête ! Arrête ! Je ne sais rien ! On n'est au courant de rien, putain ! Je ne suis qu'un pion, comment veux-tu que je sache où se trouve le fils du Chef ?

– Je veux des informations. Tu en as, j'en suis persuadée.

– O.K. ! O.K. ! Plockton !

Je cille.

– C'est quoi, ça ?

– Un village. Tu y trouveras la mère de ton Logan, Debbie. Debbie Nelson ! C'est là-bas que notre *laird* la planque !

C'est toujours mieux que rien. Si Logan a disparu de nos radars, peut-être s'est-il réfugié auprès de sa mère ? Si ce n'est pas la bonne piste, au moins cette Debbie pourra-t-elle constituer un moyen de pression non négligeable.

On ne plaisante pas avec les mamans.

– Où vit-elle exactement ? demandé-je. Tu as une adresse ?

– Non. Les maîtresses de notre *laird* sont tenues à l'écart. Personne ne sait précisément où elles habitent, sauf de rares privilégiés. J'ai juste entendu lady Grace en discuter avec son fils Brett.

Je contracte la mâchoire.

Neil commence à tourner de l'œil. Il perd beaucoup de sang. Je ne pense pas obtenir grand-chose de plus de lui, alors je me résigne à fouiller ses poches pour voler son téléphone. Vu son état, je n'ai plus à me soucier d'une attaque de sa part.

– C'est quoi, ton code ? demandé-je.

Il ne me répond pas ; je me rends compte qu'il a perdu connaissance. Derrière moi, la blonde est couchée en position fœtale.

Qu'est-ce que je fais d'eux, maintenant ? Je n'imaginais pas en arriver là. Si je laisse ces deux-là en vie, ils rapporteront tout ce qui s'est passé à leurs Clans respectifs ; c'est un coup à ce que les Armstrong se rajoutent à la liste des ennemis des MacCoy. Mais je ne suis pas une meurtrière de sang-froid. Certes, j'ai décidé de torturer Neil pour obtenir les informations que je recherchais, mais le tuer alors qu'il est à terre ?

Ce n'est pas comme ça que je fonctionne.

J'entends des pas qui se rapprochent de moi. Je cache mon pistolet derrière moi, au cas où. Je dois pouvoir me défendre, si jamais c'est l'autre MacKenzie qui débarque ou la fille aux cheveux bleus.

Mais c'est Matthew que je vois apparaître, le souffle court et le visage livide.

– Je vous ai cherchée partout, et j'ai entendu des coups de feu ! La police est peut-être déjà en chemin.

Il remarque enfin les deux corps étalés par terre. Il me dévisage avec circonspection, puis une moue approbatrice.

– Ne nous attardons pas, décrète-t-il, on doit filer.

– Et Jo' ?

– Il est resté en arrière pour prévenir Jack et Callum de ce qui s'est passé. Je dois le rappeler pour lui donner notre position.

– Où sont les autres MacKenzie ?

– Neutralisés. Nous nous en sommes occupés quand on a compris que vous étiez en danger. Doit-on parler de ça maintenant ?

Il a raison, je lui poserai mes questions plus tard.

– Qu'allons-nous faire d'eux ? demandé-je en désignant Neil et la fille Armstrong.

Matt pince les lèvres, déboussolé lui aussi.

– Je m'en occupe, lance une voix derrière lui.

Je me raidis en reconnaissant le nouveau venu.

Le barman qui nous a servis tout à l'heure observe le spectacle, les mains dans les poches de son pantalon en toile.

CHAPITRE 23

ELISABETH
La Louve

Ma main devient hypersensible autour de la crosse du pistolet. Je me raisonne : ce barman ne peut rien nous faire. Nous ne sommes plus en terrain neutre, les affrontements entre Clans ne sont pas proscrits, ici. Je ne comprends même pas ce qui peut bien l'avoir attiré. D'ailleurs, comment a-t-il su où nous trouver ? Les coups de feu ont-ils été entendus depuis l'Unicorn ? Mon niveau d'inquiétude monte de plus en plus.

L'homme siffle ; un sifflement long, dérangeant.

– C'est un beau carnage, commente-t-il d'une voix suave.

– Ils sont toujours en vie, me justifié-je.

– Oui, c'est peut-être là votre plus grosse erreur.

Je me raidis, sur la défensive. Le barman souffle sur sa boucle anglaise rebelle qui lui tombe sur l'œil et s'approche de la fille Armstrong. Matthew me rejoint, sur ses gardes, prêt à intervenir.

Devons-nous ajouter une troisième victime à notre liste ?

Le barman analyse les deux blessures de la blonde d'un œil critique.

– Vous feriez bien de déguerpir, nous conseille-t-il. Je me suis arrangé pour intercepter les appels à la police, mais ça n'empêchera pas les curieux inconscients de venir voir ce qui s'est passé ici.

Je fronce les sourcils et demande, sceptique :

– Comment ça, « vous vous êtes arrangé » ?

– Édimbourg est sous ma responsabilité, jeune fille.

Son ton est un peu trop condescendant à mon goût.

– Je me suis assuré d'être bien entouré pour protéger votre petit monde et veiller à ce que la capitale ne paie pas pour vos humeurs, poursuit-il.

Je reste coite. Que veut-il dire ?

– Vous avez aussi de la chance ; cette rue sera soumise à la neutralité d'ici deux semaines.

Un éclair de lucidité me frappe. Matthew et moi échangeons un coup d'œil incrédule.

– Êtes-vous l'Irlandais ? demandé-je.

– L'Irlandais, le Trèfle, le Chieur… Choisissez le surnom qui vous plaît. Mais je préfère Lachlan O'Connor.

Je déglutis, troublée et très tendue. Qu'est-ce qu'il compte faire ? Nous attirer des ennuis ? Son regard se pose à nouveau sur moi, glacial.

– Je suis en train d'étendre la neutralité à toute la capitale, explique-t-il d'un ton sec. Les affrontements comme celui de ce soir doivent cesser. Je mets celui-là sur le compte de votre inexpérience et de votre longue absence, la Louve.

Je frémis. Comment sait-il qui je suis ?

– Vous avez tous les traits des MacCoy, précise-t-il. Le même regard que votre frère et…

Il se tait. Son visage s'assombrit.

– Peu importe, lâche-t-il. Partez, vous avez causé assez de dégâts comme ça.

– Mais… et eux ? questionne Matthew en désignant mes victimes.

– J'ai dit que je m'en occupais.

Encore une fois, les yeux de Lachlan se rivent aux miens.

– Je dois une faveur à une vieille amie. Disons qu'après ce soir, je cesserai de lui être redevable.

Le timbre de l'Irlandais est rauque, profond. Mon corps est parcouru de frissons, et j'ignore pourquoi. Est-ce à cause de son charisme ? De l'assurance qu'il exsude ? Ou bien des sous-entendus dans ses propos que je ne décrypte pas ?

– Que ça ne se reproduise pas, ordonne-t-il. Auquel cas je prendrai les mesures qui s'imposent.

La menace est explicite. D'un claquement de doigts, il peut anéantir tout un Clan… Il tend la main dans ma direction et décrète :

– Votre arme.

Je la lui remets. Normal qu'il ne souhaite pas que je me balade dans les rues avec un pistolet. Et puis, je préfère éviter de me retrouver en situation délicate si les flics débarquent tout de même dans le coin.

Je n'ai qu'une hâte : me carapater et rentrer à Inchkeith.

Matthew m'emboîte le pas tandis que nous cavalons hors de la ruelle, en quête de Joffrey et de Jack.

Je sursaute soudain, le cœur en crise.

Deux coups de feu ont retenti juste derrière nous.

Sous le choc, je me retourne et découvre la silhouette de l'Irlandais près de Neil. Un Neil inerte, étendu sous le canon encore fumant du Trèfle.

– Putain… soufflé-je, estomaquée.

Matthew paraît sidéré lui aussi par ce qui vient de se produire.

– Il nous couvre, chuchote-t-il, remis de sa stupeur bien plus vite que moi.

Mais pourquoi ?

– J'aperçois Joffrey, allez !

Matt me tire par le bras. Groggy, je me laisse emporter.

Je n'arrive pas à y croire. Je ne pouvais pas me résigner à exécuter de sang-froid la fille Armstrong et Neil. Ils étaient à terre, je les avais battus. Je suis même allée au-delà de mes principes pour obtenir des réponses. Mais ça ?

Pourquoi Lachlan a-t-il décidé de me protéger ? Pourquoi n'a-t-il pas plutôt pris le parti du MacKenzie que j'ai agressé ?

Près de l'Unicorn, Matthew et moi retrouvons un Joffrey essoufflé. Il fait un signe du bras dès qu'il nous voit ; la voiture conduite par Jack s'approche de nous. Il s'était garé plus loin, incognito. Nous sautons dans la berline sans demander notre reste.

Une fois en sécurité dans le véhicule, je parviens enfin à calmer ma respiration erratique. Mon adrénaline redescend, ce qui réveille ma douleur aux endroits où j'ai reçu des coups. Mes côtes me font un mal de chien, et j'ai un peu de mal à éponger le sang sur mes bras. Les entailles laissées par le couteau de la fille Armstrong ne sont pas profondes – elles guériront vite – mais elles me tiraillent quand même.

– Êtes-vous blessés ? s'enquiert Jack après avoir redémarré en trombe.

Joffrey et moi grognons en chœur. Matthew, assis à l'avant sur le siège passager, se tourne pour nous observer, soucieux.

– On va rentrer le plus vite possible, dit-il. En attendant, j'ai quelques médocs, si vous en voulez.

Nous secouons la tête. Je crois que nous faisons preuve d'autant de fierté l'un que l'autre.

– C'est un vrai fiasco, marmonne Joffrey.

Matthew opine, une grimace sur les lèvres.

Je baisse la tête ; je me sens responsable de la catastrophe. Je rembobine dans mon crâne tout ce qui s'est produit ce soir. J'ai foiré, voilà la conclusion. J'ai utilisé le mauvais profil : mentir en affirmant que j'appartenais au Clan Forbes m'a desservie. Maintenant, je n'ose plus regarder mes compagnons. Je pince l'arête de mon nez entre mes doigts et décide de me focaliser sur la ville qui défile à travers la vitre.

Je me maudis.

Phèdre m'a intimé de prouver que j'ai ma place, de faire mes preuves. Et comme je le redoutais, j'ai échoué.

Deux personnes sont mortes. Peut-être quatre : j'ignore encore comment Joffrey a tenu en respect les deux autres MacKenzie. Et je n'ai récolté que quelques miettes d'information.

Père avait raison.

Caleb a raison.

Duncan aussi…

Je suis trop impétueuse.

Depuis l'enfance, on ne cesse de me répéter que c'est un vrai problème. Je ne manque pas d'aptitudes, mais la discipline ne suit pas. J'ai beau porter le surnom de la Louve, je ne suis pas faite pour agir en meute. Je protège les miens, en solitaire. Et parfois, je les mets en danger en croyant les défendre.

Parce que je suis incontrôlable.

Mes paupières se ferment ; la rage m'enivre.

Je ne peux m'en prendre qu'à moi-même pour l'échec de ce soir.

Je me redresse cependant quand des bribes de conversation me parviennent.

– … cheveux bleus.

– De quoi parlez-vous ? demandé-je.

Matthew me jette un coup d'œil dans le rétroviseur.

– Nous évoquions la fille inconnue qui accompagnait les MacKenzie.

– Je crois qu'elle s'appelait Hel, déclaré-je, me rappelant les propos de Neil.

– Elle nous a aidés, me révèle Joffrey.

Mes yeux s'écarquillent. Jo' développe :

– Lorsque vous êtes partie retrouver le brun, nous avons remarqué du mouvement à la table des MacKenzie. Les sœurs Armstrong et le gars qui restaient sont partis à votre suite, et leur attitude n'augurait rien de bon. La fille – Hel, donc – nous a fait signe.

J'arque un sourcil, décontenancée.

– Elle nous a prévenus que vous couriez un danger, poursuit Joffrey. Ses frères de Clan ont compris assez vite que vous cherchiez à les aborder. Le brun vous a attirée dehors pour vous cuisiner. En tout cas, cette fille nous a ordonné de sortir immédiatement.

– « Ordonné » ? m'étonné-je.

– Disons qu'elle était plutôt…

– Sûre d'elle ? propose Matthew avec un petit ricanement.

– Pourquoi donc nous a-t-elle aidés ?

– Bonne question… mais son intervention vous a probablement sauvé la vie.

– Les MacKenzie se vantent de nous avoir envoyé un espion, mais ils ont leurs propres traîtres dans leurs rangs, commente Jack.

Je médite sur ces propos, bras croisés. Lachlan, d'abord, et maintenant cette parfaite inconnue. Mon Clan aurait-il des alliés insoupçonnés, tapis dans l'ombre, prêts à répondre à notre appel ?

Ce serait trop beau.

– Et toi ? Comment t'en es-tu sorti ? demande Matthew à Joffrey.

– Quand nous avons retrouvé le MacKenzie et les sœurs Armstrong, et que tu es parti à la poursuite de la blonde, j'ai dû affronter les deux qui restaient. Heureusement, la fille était déjà étourdie, et il ne faisait aucun doute qu'elle n'était pas une combattante. Le gars m'a donné plus de fil à retordre ; je l'ai tout de même mis à terre. Après, il y a eu cette femme, la barmaid…

– Serah ? avance Jack, sourcils froncés.

– Oui, tu la connais ? s'étonne Jo'.

– Elle travaille pour l'Irlandais, répond-il. On l'appelle la Lionne. Elle est redoutable. Mieux vaut ne pas se la mettre à dos. Elle se charge de couvrir les Clans en cas de pépin… mais elle exécute aussi sans remords les contrevenants au Code de l'Unicorn.

– Elle m'a dit de me barrer tout en achevant mes adversaires… avoue Joffrey.

Je peux lire sur son visage qu'il est aussi touché que moi par leur sort.

– Un poignard, putain, crache-t-il. Elle les a égorgés.

Je tressaille.

– Restons sur nos gardes, prévient Jack. Lachlan et Serah sont censés ne pas prendre parti. Ils l'ont fait, ce soir. C'est mauvais pour nous. Leur intervention reviendra sur le tapis un jour ou l'autre. L'Irlandais est un génie rusé : un vœu exaucé par lui revient à vendre son âme au diable. Il réclamera son dû quand nous ne nous y attendrons plus, c'est certain.

Ma gorge se noue. Je cache mes doigts tremblants entre mes cuisses ; la culpabilité pèse très lourd sur mes épaules et dans ma poitrine. L'écho des coups de feu vibre encore dans mes oreilles.

J'attends quelques instants, dans le silence ambiant, avant de tendre à Joffrey le portable que j'ai pris à Neil.

– Penses-tu pouvoir en faire quelque chose ? Il est bloqué par un code PIN.

Jo' s'empare de l'appareil, intrigué. Je lui explique sa provenance, et son regard s'illumine.

– Si c'est le téléphone de ce type, je ne crois pas qu'il n'y aura qu'un seul code, dit-il. Mais on doit pouvoir en faire quelque chose.

– Il a aussi parlé d'une certaine Debbie Nelson. La mère de Logan.

Je sens l'intérêt des MacLeod s'accroître. Je leur raconte plus en détail mon altercation avec Neil. Ils se réjouissent des informations que j'ai pu obtenir. Malgré mon ressenti persistant, la mission n'est plus un échec, pour eux. Elle aurait pu mieux se dérouler, mais au moins ne rentrons-nous pas bredouilles.

– Nous préviendrons lady MacLeod et Callum quand nous serons rentrés, déclare Jack. Nous avons une piste, maintenant. Cette Debbie peut cacher son fils à Plockton ou au moins savoir où il se trouve.

– C'est la maîtresse d'Angus MacKenzie, fait remarquer Matthew, peu convaincu. Elle doit être bien protégée.

– Angus a de nombreuses concubines, rétorque Jack. Il en change en fonction de ses humeurs et du temps qui passe. Après plus de vingt ans, je doute qu'il accorde le même intérêt à cette Debbie que par le passé… Nous y réfléchirons une fois à Inchkeith. Reposez-vous, vous l'avez bien mérité.

Les garçons ne se font pas prier, ils sont épuisés.

De mon côté, je n'arrive pas à me détendre.

Je suis perturbée par cette fille aux cheveux bleus qui nous a aidés et qui court toujours. Si elle retourne auprès de son Clan, que leur racontera-t-elle ? Je ne suis pas rassurée de la savoir en liberté. L'absence de Neil et de son ami, sans compter celle des sœurs Armstrong, ne passera pas inaperçue, sauf si l'Irlandais a une carte dans sa manche dont j'ignore tout.

Penser à Lachlan, d'ailleurs, me met très mal à l'aise. Jack a évoqué une dette que nous devrons un jour payer. Pourtant, le Trèfle semblait plutôt insinuer que c'était lui qui en avait une… envers une « vieille amie. » Ces mots tournent en boucle dans ma tête, tout comme des flashs de sang, de râles et de cris. Et des détonations.

Je m'en veux de n'avoir pas su mener cette mission à bien, et proprement.

Je me rends compte que Jack m'observe d'un air compatissant. Sans jugement, condescendance ou déception. Ça ne suffit pas à me réconforter : je ne souhaite pas être considérée comme une petite fille qui a fait une bêtise sans gravité.

Je suis une femme, la sœur d'un *laird*, et je dois assumer mes responsabilités.

Oui, j'ai foiré.

CHAPITRE 24

DUNCAN
Le Glaive

Mon exemplaire du *Monde perdu* de Conan Doyle repose près de moi.

Je n'ai pas réussi à en lire plus de quelques pages, ce soir. Je ne parvenais pas à me concentrer, trop préoccupé par l'absence d'Elisabeth.

Pour la énième fois, je consulte l'heure sur l'écran de mon portable. Plus de 2 heures du matin.

Je me lève de mon fauteuil dans un soupir. D'un pas traînant, je quitte la bibliothèque. La fatigue me tombe dessus telle une chape de plomb ; je suis censé me lever dans deux heures pour la réunion quotidienne. Si certains hommes du Clan organisent des roulements qui leur permettent de rattraper leur sommeil en retard quelques matinées par semaine, ce n'est pas mon cas. Étant le bras droit de Caleb, je me réveille aux aurores, montant sur le pont en même temps que lui pour le seconder dans ses tâches. Certes, le *laird* s'est assoupli depuis l'arrivée de lady MacLeod, et les dimanches, il s'autorise à traîner au lit avec elle… mais je me lève tout de même ces jours-là pour le remplacer.

Un bâillement me décroche la mâchoire. Mes yeux me piquent. Je fais craquer ma nuque, où se concentre ma tension.

Le silence règne dans le château. Hormis les veilleurs de nuit, tout le monde dort. Est-ce qu'Elisabeth aussi ? Est-elle rentrée sans prévenir qui que ce soit ?

Je m'arrête dans le couloir étroit qui dessert les chambres, indécis, puis finis par faire marche arrière pour rejoindre les appartements de la sœur du *laird*. Devant la porte close, je tends l'oreille. Pas un bruit, bien sûr. J'hésite, la main sur la poignée. Les secondes passent, je finis par entrouvrir le battant, veillant à ce que les gonds ne grincent pas. Je sais aussi que la porte a tendance à racler les dalles de pierre ; je la soulève un peu, tenant à rester discret.

Je passe la tête à l'intérieur sans oser respirer. Mes yeux mettent quelques instants à s'adapter à la pénombre. Je détaille le lit d'Elisabeth dès que je parviens à le repérer.

Il est vide.

Elle n'est pas rentrée.

Ma langue claque contre mon palais. Ma fatigue se dissipe alors que mon inquiétude grimpe en flèche.

Il est plus de 2 heures du matin, et Elisabeth est toujours à Édimbourg.

Je vérifie mon portable, mais rien, aucun message – cela dit, pourquoi m'en aurait-elle envoyé un ? Angoissé, je prends la direction du hall du château. Je m'arrête cependant au sommet de l'escalier lorsque j'aperçois une silhouette assise sur la première marche.

Caleb fixe les grandes portes, les mains liées devant ses genoux repliés. Je me fige : je comprends que lui aussi attend le retour de sa sœur. Je recule un peu pour me mettre à l'abri derrière un pilier.

Je ne souhaite pas qu'il me remarque et me demande pourquoi je suis là. Il ne croira aucun de mes mensonges.

Il regarde sa montre toutes les trente secondes. Je ressens son anxiété de là où je me tiens. Même s'il sauve les apparences, Caleb est un homme entier, prêt à donner sa vie pour les gens qu'il aime. Si, enfant, il a eu du mal à accepter la place qui était la sienne, aujourd'hui, il voue son existence aux autres, il s'oublie, il prend des risques. Et pour sa cadette, il redouble de vigilance. Il peut entrer dans une fureur innommable si l'on touche à un seul de ses cheveux.

Mon doigt glisse sur l'arête de mon nez ; elle est un peu tordue. Et ce depuis l'une des fameuses crises de Caleb. Elle me rappelle constamment que je ne dois pas trahir mon *laird*.

J'hésite à rebrousser chemin ; c'est inutile que je reste là, à guetter le retour d'Elisabeth, si Caleb s'en charge déjà. Je m'immobilise néanmoins en voyant Phèdre apparaître, une tasse fumante entre les paumes. Je remarque alors qu'une autre, vide, est abandonnée près de mon ami.

Ils attendent Elisabeth ensemble.

Phèdre sourit et passe sa main dans les cheveux indociles de Caleb. Elle lui parle à voix basse. De là où je me trouve, je ne parviens pas à entendre ce qu'elle lui dit, mais j'ai l'impression qu'elle le sermonne en douceur, qu'elle l'invite à aller se reposer.

Leurs chuchotis se poursuivent bien cinq minutes avant que mon ami ne finisse par abdiquer, les épaules basses. Je me cache pour ne pas me faire repérer tandis qu'ils rejoignent la chambre seigneuriale. Caleb soutient Phèdre dans l'escalier, un bras autour de ses épaules. L'amour que ces deux-là se portent est indéniable.

J'en éprouve une certaine émotion qui se teinte d'aigreur. Une amertume que j'avais repoussée, mais qui gagne en puissance chaque jour un peu plus depuis le retour d'Elisabeth.

CHAPITRE 25

DUNCAN
Le Glaive

2000

Je refermai la porte de la bibliothèque derrière moi, encore agacé après une énième dispute avec mon père. Il me reprochait une fois de plus de ne pas faire de mon mieux aux entraînements, de ne pas lécher les bottes du *laird*… Il ne comprenait pas que tout cela, c'étaient ses aspirations, pas les miennes. La vie dont je rêvais n'était pas sur une plage de galets à reproduire les mouvements de Malcom ou à gratter des tas de feuilles sous les directives de Moira ; elle était ailleurs, loin de cette île sur laquelle je me sentais piégé. Et elle n'incluait certainement pas de me servir d'armes à feu. Malcom s'obstinait à m'apprendre comment les utiliser ; il estimait que j'avais un don pour le tir. Cela m'horrifiait. Je trouvais une grande différence entre me gaver d'histoires de capes et d'épées, imaginer une vie d'aventures, et tirer réellement au pistolet. J'esquivais les cours qui y étaient dédiés autant que possible. Mon père était furieux, et je m'épuisais à tenter de lui exposer mon point de vue. Il ne voulait rien entendre ; moi non plus.

Dans le calme de la bibliothèque, je pouvais enfin reprendre mon souffle. J'avais couru comme un fou pour m'abriter ici.

Une voix me fit sursauter :

– Qu'est-ce que tu fuis, aujourd'hui ? Ma sœur ou ton père ?

Je n'avais pas remarqué Megan, déjà installée dans le fauteuil en cuir, un livre ouvert sur les genoux. Elle m'adressa un sourire compatissant. Son regard trahissait cependant son amusement.

– Mon père, répondis-je.

Je n'éprouvais aucune honte à le lui avouer. Nous avions l'habitude de fuir nos paternels, et le hasard faisait que nous nous retrouvions souvent dans cette pièce. Cela nous avait rapprochés. Au début, je n'osais pas engager la conversation avec elle ; elle avait fini par faire le premier pas en me parlant du livre que je lisais. Ce jour-là, nous avions discuté deux bonnes heures de littérature, à échanger sur nos romans favoris et nos rêves de voyages. Je n'avais pas vu le temps passer.

Nous retrouver dans la bibliothèque était devenu un rendez-vous aléatoire. Au fil de nos discussions, nous en étions venus à parler de moins en moins de lecture, et de plus en plus de nos émotions, de nos regrets, de nos rancœurs. Désormais, Megan se confiait parfois au sujet d'Alastair. Elle restait discrète sur la question, mais elle en disait assez pour que je comprenne qu'elle aussi peinait à supporter les attentes de son père…

Nous savions tous les deux qu'il s'agissait là d'un sujet miné. Si bien qu'en entendant ma réponse, Megan ne me posa aucune autre question et se contenta de me désigner le divan près d'elle. Quand je fus assis, elle me tendit le roman qu'elle lisait.

– Arthur Conan Doyle, m'éclaira-t-elle. Tu devrais essayer.

– Ce n'est pas lui qui a écrit les aventures du fameux détective ?

– Sherlock Holmes, oui. Tu m'en diras des nouvelles.

Elle récupéra un autre livre, puis nous nous plongeâmes dans nos lectures respectives. J'adorais ces moments paisibles, où les bruits de l'extérieur, les devoirs, les attentes des autres ne nous atteignaient plus. En ouvrant la porte de cette bibliothèque, nous pouvions plonger au cœur d'un millier de mondes tous différents. Je quittais Inchkeith et volais de mes propres ailes aux côtés de héros dont j'enviais les aventures.

La compagnie de Megan était parfaite. Silencieuse, tranquille. Même sa respiration apaisée réussissait à me détendre.

Lorsque des pas s'arrêtèrent devant la porte, je me tendis. Mon amie en fit autant, les doigts crispés autour de son roman. Nous échangeâmes un regard, dans l'attente de découvrir qui ferait éclater notre bulle. Son père ou le mien ? Le battant s'ouvrit, et une petite tête s'invita dans l'entrebâillement. Elisabeth fouilla un instant la pièce des yeux avant de tomber sur nous. Son sourire éclaira aussitôt son visage couvert de taches de rousseur. Après avoir poussé un grand cri victorieux, elle se précipita d'abord vers sa sœur, qu'elle embrassa en écrasant son livre au passage, puis se jeta sur moi. Ses bras s'enroulèrent autour de mon cou ; j'eus le réflexe de protéger l'ouvrage de Conan Doyle.

– Ellie ! Fais attention ! la réprimanda Megan.

Mais sa sœur était trop occupée à grimper sur mes genoux pour répondre.

Caleb entra à son tour, essoufflé, la tignasse hirsute. Je ravalai un rire ; Megan, elle, ne réprima pas son gloussement. Il n'échappa pas à son frère, qui la foudroya d'un œil glacial.

– Cette petite peste cherche Duncan depuis une heure ! lança-t-il. J'ai bien cru que j'allais me jeter de la falaise à force de la pourchasser.

– Ne râle pas si c'est toi qui t'obstines à la suivre partout, répliqua Megan.

– L'île est dangereuse, si on ne fait pas attention.

Nous savions bien à quel épisode il faisait référence. Elisabeth avait manqué de mourir une fois, par accident. La vigilance était de mise.

Caleb s'affala à ma droite, la tête penchée en arrière, et poussa un soupir à fendre l'âme. Il puait la transpiration.

– Tu lis quoi ? me demanda Elisabeth, indifférente à l'état de son aîné.

Elle me vola le livre pour l'examiner sous toutes les coutures. Elle arborait déjà un profond ennui : du haut de ses 7 ans, les livres ne l'attiraient pas, même si elle aimait les histoires que sa mère lui racontait le soir. C'est en partie pour cela que je me faufilais ici. Si la fillette savait où me trouver, elle ne restait pas bien longtemps entre les rayons poussiéreux.

Je ne pris pas la peine de l'éclairer sur ce que je lisais. Elle s'en fichait bien.

– Laisse-le un peu tranquille, Ellie, ronchonna Caleb. Ce n'est pas parce que tu es insupportable avec nous que tu dois l'être avec lui.

– Tu dis ça juste parce que je vous ai battus au rugby, rétorqua sa sœur d'un petit ton condescendant.

– Arrête de toujours ramener ça sur le tapis, tu avais triché ! Y'a aucun rapport, en plus !

Caleb se tourna vers moi et ajouta :

– Si tu veux que je l'enferme dans une cave, fais-moi signe.

J'éclatai de rire. Elisabeth se renfrogna et adressa une grimace à son frère. Megan se contenta de lever les yeux au ciel.

– Vous êtes infernaux, dit-elle. On ne peut même plus être tranquille !

L'amusement dans sa voix était perceptible.

Les chamailleries continuèrent un bon moment. J'en restai majoritairement spectateur, heureux qu'enfin les trois enfants MacCoy m'acceptent comme leur ami.

Nos voix baissaient d'un ton dès que quelqu'un passait derrière la porte. Nous étions des complices, cachés entre les livres, bien heureux d'échapper à ce que nos familles attendaient de nous.

Je renonçai à me plonger dans l'histoire de Sherlock Holmes pour commencer une partie d'échecs avec Caleb. Nous nous étions découvert une passion commune pour les jeux de stratégie qui avait contribué à renforcer nos liens, à présent que le sauvetage de sa sœur m'avait gagné son estime, un an plus tôt. Ce garçon qui m'avait mené la vie dure était désormais celui dont je me sentais le plus proche sur Inchkeith, et je crois qu'il me le rendait bien.

Dès que nous sortions notre jeu favori, Elisabeth s'invitait sur mes genoux ou restait tout près de moi pour intervenir dans la partie comme bon lui semblait. Je la repoussais gentiment ou me résignais à ce qu'elle soit si collante. Elle avait le don de m'attendrir dès qu'elle sentait que je perdais patience.

C'était lors de tels instants que mes rêves d'ailleurs se taisaient quelque peu.

Auprès de Megan, Caleb et Elisabeth, la vie me paraissait plus douce et amusante. Rien ne nous prédestinait à si bien nous entendre, mais il avait suffi d'un accident pour nous rapprocher. Nous avions pris le temps de nous écouter, de nous découvrir au-delà des préjugés que nous avions les uns pour les autres.

Quand je m'approchais de l'échec et mat et que Caleb râlait, sans se départir de son sourire bon enfant, je me disais que ce n'était pas si terrible d'apprendre à tirer. Ce n'était qu'une heure par jour. Une heure à partager avec mon nouvel ami, après laquelle nous pouvions partir nous affronter par pions interposés ou avec un ballon.

Quand je me calais dans ce divan, un livre entre les mains, près de Megan, je me demandais pourquoi je désirais me fatiguer au milieu de nulle part alors que j'étais si bien entre ces murs.

Et quand Elisabeth me serrait fort contre elle, je m'interrogeais sur mon utilité dans ce monde qui me dépassait. Si je n'étais pas à la hauteur des espérances de mon père, au moins pouvais-je croire que j'étais le centre du monde d'une petite fille qui passait des heures à me chercher, juste pour m'embêter.

J'avais pris un départ désastreux avec la fratrie MacCoy, mais désormais, je me surprenais à regretter leur absence quand ils étaient loin de moi. Ils formaient un trio dont je ne réussissais plus à me passer.

Ils étaient mes amis.

Et cela me réjouissait. Nous quatre, dans cette bibliothèque, pour une pause, à rire, discuter, et à se chamailler…

J'avais l'audace de croire que cela durerait toujours.

CHAPITRE 26

DUNCAN
Le Glaive

2004

Holly avait 18 ans, comme moi. C'était une fille d'insulaires, issue d'une famille loyale au Clan MacCoy depuis deux générations. Elle ne s'entraînait pas au combat, mais sur une île aussi petite qu'Inchkeith, nous avions souvent l'occasion de nous croiser.

Je me rappelle ses cheveux châtains ; ils tombaient sur sa nuque, et j'appréciais beaucoup leurs ondulations. Je les enroulais autour de mes doigts ou de mon poignet, je dégageais sa nuque pour mieux l'embrasser. Les épaules carrées de Holly me plaisaient aussi : elle était une nageuse accomplie. Plusieurs fois, nous nous sommes isolés dans les vagues, quand la mer était calme, pour faire l'amour.

Elle m'aimait : elle me contemplait de ses grands yeux couleur menthe, susurrait à mon oreille. C'était agréable.

Moi, non, je ne l'aimais pas. Pas comme elle le désirait.

J'avais besoin de me découvrir, de me changer les idées. Sans multiplier les conquêtes, cependant ; à l'époque, déjà, je n'étais pas le genre de garçon à courir les filles. Holly était celle que j'avais choisie ; elle m'a choisi aussi.

Nous prenions du bon temps. Elle me permettait de me déconnecter de la vie clanique, de respirer un autre air et prendre du recul sur les enseignements que je recevais. Je me lassais des cours, du tir, du combat, des traditions… De plus en plus, je m'aventurais à m'éloigner d'Inchkeith pour visiter l'Écosse, même si j'étais bien conscient que mon destin resterait à jamais attaché à l'île. Je volais quelques jours, parfois une semaine, pour partir. Mais cela ne me suffisait pas. Alors, je me nourrissais de livres et de rêves d'évasion.

Mon père m'agaçait ; l'adolescence avait amené son lot de tensions entre nous. J'étais de plus en plus écœuré par ce que j'interprétais comme une obsession malsaine pour la hiérarchie clanique. Je ne le supportais plus, à tel point que je ne me sentais plus à mon aise dans notre maison. Même ma mère ne parvenait plus à nous réconcilier.

Holly était mon oxygène.

Je ne l'aimais pas, mais elle me faisait du bien.

Lorsque nous ne nous baignions pas, nous nous retrouvions dans les écuries, à une heure où je savais très bien que nous ne serions pas dérangés. À l'approche du crépuscule, j'étais le seul à traînasser entre les box. Elle m'y retrouvait.

Nous avions notre petit coin, aménagé en toute discrétion pour rendre nos étreintes plus confortables.

Ce jour-là, Holly se cambrait sous mes assauts, ses seins tendus vers moi. Je les mordillais avec plaisir. Yeux fermés, elle approchait de la jouissance ; je n'en étais plus très loin non plus. Je fourrageai dans ses cheveux ; j'entendis qu'on prononçait mon prénom.

Mais ce n'était pas la voix de Holly.

Ma conquête ne pouffait pas de rire, et elle avait encore moins le timbre d'une gamine.

Je me redressai, cherchant la gêneuse du regard. Holly m'imita, abasourdie, les joues pivoine et un bras autour d'elle pour cacher sa poitrine nue.

Le ricanement venait d'au-dessus de nous. Enragé, je découvris Elisabeth couchée sur une poutre en hauteur. Ses nattes acajou cascadaient vers nous, et son minois était tordu d'hilarité.

– Mademoiselle Elisabeth ! criai-je.

J'étais hors de moi : ce n'était pas la première fois qu'elle m'espionnait. À l'approche de ses 12 ans, cette petite teigne empiétait de plus en plus sur mon intimité : elle adorait les mauvaises blagues. Comme remplacer le sucre par du sel le matin, au petit-déjeuner, ou mon shampooing par du liquide vaisselle… Mais qu'elle s'amuse à nous débusquer, Holly et moi, dépassait les bornes. En plus de briser un moment qui ne lui appartenait pas, elle me plongeait dans une profonde gêne, tout comme ma compagne.

Nous ne pouvions pas la corriger sans craindre le courroux d'Alastair. Pourtant, là, c'était trop. Grimper sur cette poutre, nous observer quand nous faisions l'amour, puis se moquer de nous ? Pour qui se prenait-elle ?

Elisabeth comprit que, cette fois, je ne lui passerais pas ses extravagances si facilement : son rire s'éteignit, et elle me dévisagea, déconfite. Sans la quitter des yeux, fulminant, je me rhabillai en veillant à lui cacher mes parties intimes.

– Descendez de là ! ordonnai-je d'une voix dure.

– Pas envie…

– Elisabeth !

Elle sursauta. Je ne lui avais jamais hurlé dessus. Holly me fixa, interloquée.

– Tu n'as pas le droit de lever la main sur moi ! protesta la préadolescente.

Je la toisai, même si au fond de moi, je trouvai aberrant qu'elle craigne que je m'en prenne à elle physiquement. Mal à l'aise, elle déguerpit, descendant de son perchoir avec l'agilité d'un singe pour prendre la poudre d'escampette. Tout en terminant de remettre ma ceinture, je la pourchassai.

Il était hors de question que je la laisse s'en tirer, cette fois-ci.

Elisabeth m'avait déjà bien distancé. Ses jambes avaient beau être courtes, elle était d'une rapidité stupéfiante. Mais je réussis à la rattraper, la saisissant par le bras. Sur une corniche peu élevée qui surplombait les vagues, je lui hurlai dessus. J'en ai honte aujourd'hui. Ce n'était qu'une gamine de 11 ans, trop insouciante pour comprendre que sa malice pouvait être blessante… Mais j'avais 18 ans, j'étais idiot et sous pression. Je lui criai que je n'étais plus un mioche, que j'étais un adulte, et qu'elle ne pouvait plus se permettre de s'immiscer ainsi dans ma vie. Je crachai mon fiel, sans comprendre que ce que je faisais, c'était déverser ce qui me pesait depuis tant d'années : l'omniprésence des MacCoy dans mon existence, l'influence de sa famille sur la mienne, la tendance à contrôler tous nos faits et gestes jusqu'à nos propres rêves. Toutes mes frustrations, mon trop-plein d'émotions négatives explosaient.

Le regard candide d'Elisabeth s'embua tandis qu'elle encaissait mes reproches, ma fureur, mon amertume. Elle finit par fondre en larmes devant moi, les épaules tremblantes, le visage tordu par le chagrin. J'y restai insensible, redoublant de hargne. Je ne supportais plus qu'elle se comporte comme une princesse gâtée à qui tout était dû. Elle devait cesser de croire qu'il lui suffisait de battre des cils pour tout obtenir.

Ma gorge me brûlait. Je me tus enfin. Elisabeth attendit quelques secondes, les joues mouillées, le nez coulant, puis elle me donna un énorme coup de pied dans les tibias en hurlant :

– Tu ne comprends rien de rien !

Et elle prit la fuite, encore. Cette fois, je ne la suivis pas, groggy. Maintenant que ma colère s'était épanchée, mes muscles vibraient, la tête me tournait.

Je me suis détesté, plus tard, pour ce que j'ai dit ce jour-là.

Je venais d'expérimenter pour la première fois la véritable perte de contrôle. Quand la maîtrise de soi est balayée en un claquement de doigts.

Sur le coup, j'ai haï la culpabilité qui a suivi mon coup de sang, cette impression de n'être qu'un tocard. Un homme incapable de raisonner. Incapable de se maîtriser.

J'employai les minutes qui suivirent à me calmer, jusqu'à ce que j'entende des pas dans mon dos. Je n'osai pas me retourner tout d'abord, craignant de croiser les prunelles flamboyantes d'Alastair MacCoy. Mais lorsque je m'y aventurai enfin, ce sont deux iris verts tachetés d'or que je découvris.

Megan me contemplait avec déception. C'était la première fois.

Je me jurai que ce serait la dernière.

– Tu ne devrais pas être aussi dur avec ma sœur, me sermonna-t-elle.

J'en restai coi. L'aînée de la fratrie adorait sa cadette, mais elle se plaignait souvent qu'elle la déconcentrait. Nous nous racontions ses frasques avec exaspération. Qu'elle me rabroue ainsi raviva ma rancœur.

– Si personne ne lui pose des limites, jusqu'où ira-t-elle ? persiflai-je.

Le visage de Megan devint plus sévère, revêtant le masque de l'héritière du Clan.

– Elisabeth est la fille du *laird*, déclara-t-elle. Que tu sois d'accord avec ses actes ou non, tu ne dois *jamais* élever la voix face à elle au risque d'y perdre ta langue. Ce n'est pas à toi de la recadrer, Duncan.

Une gifle aurait été plus tendre. Je me sentis doublement trahi.

– Ça, c'est ce que mon père aurait dit, reprit Megan.

Je relevai la tête, troublé. La jeune femme me souriait, la douceur ayant remplacé l'implacabilité sur ses traits. Je retrouvais mon amie.

– Mais il y a un fond de vérité, là-dedans, me prévint-elle. Tu as de la chance que père n'ait pas assisté à ce qui vient de se passer. Oui, Elisabeth mériterait d'être réprimandée plus souvent, mais tu as pris un risque inconsidéré. Sans compter que tu devrais être plus indulgent avec elle…

– Ne le suis-je pas déjà ? Je la… supporte depuis si longtemps ! Je n'ai plus une minute à moi, même quand je…

– Quand tu t'envoies en l'air avec la petite Holly ?

Je déglutis.

– Ne t'es-tu jamais demandé pourquoi Ellie faisait une telle fixation sur toi ? s'enquit Megan.

– Parce qu'elle me considère comme son esclave ?

– Parce qu'elle t'idéalise, depuis toujours. Ma sœur est amoureuse de toi, bêta.

J'en restai bouche bée, atterré.

– Quoi ? bégayai-je. Mais elle est bien trop jeune !

C'était absurde !

– Elle commence sa puberté, que crois-tu ? Tu es bel homme et tu l'as dit toi-même : tu la supportes. Peu peuvent s'en vanter ! Alors, oui, elle a le béguin pour toi.

Je me sentis écœuré. J'adorais Elisabeth. Je l'avais vue grandir, babiller, faire ses premiers pas. Je l'avais tenue dans mes bras, quelques fois. Je ne pouvais pas me faire à l'idée qu'elle puisse éprouver des sentiments autres que fraternels pour moi. C'était malsain. Incestueux.

– Ça lui passera, maugréai-je.

Le sourire de Megan réapparut, sans que je parvienne à lui donner un sens. Sans un mot de plus, elle m'abandonna à son tour, cette fois d'une démarche sereine. Elle me laissait matière à réfléchir. Je me reprochai encore davantage ma crise de colère. Si Elisabeth éprouvait des sentiments de préadolescente pour moi, j'aurais dû prendre des pincettes avec elle. Je décidai de saisir la première occasion pour rattraper mon erreur comme je le pouvais. Sur ce, je pris la direction de l'écurie, à la recherche de Holly, auprès de qui je tenais également à m'excuser.

Elisabeth ne revint pas au château de la journée. Sa famille avait pris l'habitude qu'elle désobéisse aux règles, et certaines s'étaient assouplies au fur et à mesure du temps, mais son absence prolongée les inquiéta, encore plus lorsque vint le soir.

J'étais déjà rentré chez moi quand Moira et Alastair décidèrent d'organiser une battue. Ce fut Caleb qui frappa à ma porte pour me demander de l'aide. Je fus frappé par la détresse dans son regard.

– Ellie n'est toujours pas revenue… me dit-il. On n'arrive pas à la retrouver.

Il saisit mon bras. Ses doigts s'enfoncèrent dans ma peau. Je sentis son poids, comme s'il s'appuyait sur moi, à bout de forces.

– Je ne sais plus quoi faire, m'avoua-t-il, le timbre rauque.

Je fis abstraction de ses yeux humides. Il ravalait ses larmes d'inquiétude. La pudeur ainsi que l'urgence de la situation lui interdisaient de s'effondrer maintenant.

– On va la retrouver, lui assurai-je.

Il hocha la tête. Ses muscles se détendirent, et il s'effaça pour me laisser passer. Je posai une main sur son épaule, et il m'adressa un sourire reconnaissant.

Angoissé et empli de culpabilité, je sortis en trombe. Je retournai toute l'île, sans succès. Et si

Elisabeth était tombée ? Si elle s'était noyée ? Les MacCoy tentaient de garder leur sang-froid, mais Caleb et moi savions que c'était une possibilité : cela s'était déjà produit. Sauf que cette fois, nous n'étions pas là pour sauver sa sœur.

Nous balayâmes la côte, braquant sur les vagues des lampes torches aux faisceaux puissants. Mon instinct me poussa à aller inspecter la plage de galets. Après avoir suivi la rive, les jambes dans l'eau, je remontai pour longer la petite falaise. Une main sur la paroi rocheuse, je me guidai sans grande conviction.

S'il était arrivé malheur à Ellie, jamais je ne me le serais pardonné.

Mes doigts rencontrèrent soudain une brèche. Je me figeai, étonné, et tâtai la faille de la main. Elle était assez large pour qu'une jeune fille encore frêle s'y glisse…

Je me penchai en avant et appelai Elisabeth. Plusieurs fois. Jusqu'à ce que des reniflements me parviennent ainsi qu'un très sec « laisse-moi tranquille ! ». J'expirai tout l'air de mes poumons, submergé par le soulagement. Remis de mon émotion, je tentai de raisonner la petite MacCoy.

– Tout le monde se fait un sang d'encre pour vous, mademoiselle Elisabeth.

– Je t'ai dit de partir !

– Vos parents sont morts d'inquiétude. Et c'est très dangereux de vous cacher ici. Qu'est-ce qui vous a pris ?

– Comme si tu en avais quelque chose à faire !

Je soupirai.

– Bien sûr que ce qui vous arrive me préoccupe… Je suis désolé pour tout à l'heure, je n'aurais pas dû m'emporter comme ça. J'étais très en colère, et je n'ai pas réfléchi à ce que vous… ressentiez.

– Quoi ?

La voix d'Elisabeth était peu audible, un chuchotement que le bruit des vagues étouffait.

– Je suis désolé, répétai-je. Vraiment. Je m'en veux pour tout ce que j'ai dit… Vous ne méritiez pas que je m'en prenne à vous aussi violemment.

– Tu dis ça juste pour que je sorte.

– Non, je suis sincère. Je n'ai pas compris vos sentiments. C'est de ma faute si je n'ai pas su agir en conséquence.

– Je ne vois pas de quoi tu parles !

Je ne me laissai pas démonter et ajoutai :

– Je sais que vous avez conscience que… ça vous passera.

– Tais-toi ! Tu m'énerves !

– Et je sais aussi qu'au fond de vous, vous comprenez que je vous aime comme une sœur.

Un silence lourd s'installa. Je sentis mon cœur se serrer : j'avais fait de la peine à Elisabeth quelques heures plus tôt, et je recommençais à présent… Égoïstement, je me disais que si elle tirait un trait sur cette amourette ridicule, elle me ficherait peut-être enfin la paix. Je ne voulais pas qu'elle me déteste pour autant, mais j'ignorais comment procéder pour ne pas perdre le lien fraternel qui nous reliait. Ce qui était certain, c'est que je ne voulais plus qu'elle me voie pour ce que je n'étais pas.

– Vous trouverez un garçon charmant, digne de vous et de votre Famille, mademoiselle Elisabeth. Il vous aimera autant que vous l'aimerez. Mais je ne suis pas celui-là. Je suis trop âgé. Je vous promets cependant de toujours veiller sur vous, d'être votre ami.

Je m'attendais à ce qu'Elisabeth proteste, comme elle le faisait toujours, mais seuls ses reniflements me parvinrent. Comme si elle méditait mes propos… ou encaissait, trop blessée pour trouver une répartie.

Puis, le bout rougi de son nez émergea de la faille, ainsi que ses yeux gonflés. Elle m'observa longtemps, le menton tremblant, avant de baisser le regard pour sortir de sa cachette. Je l'aidai à s'en extirper, ce qu'elle fit avec moult contorsions. Puis elle retira sa main de la mienne, les joues cramoisies.

J'aurais pu m'en attendrir, mais je redoutais que quelque chose ne se soit brisé définitivement entre nous. Je comptais cependant sur le jeune âge d'Elisabeth et sa faculté à toujours rebondir pour préserver notre relation affectueuse.

– On rentre à la maison ? tentai-je de ma voix la plus douce.

Elle ne me répondit pas, la tête tournée sur sa gauche. Les pupilles dilatées, elle ouvrit la bouche sans qu'aucun son n'en sorte. Je la sentis se tendre, tout d'un coup.

Je me retournai, alarmé. Et je découvris un petit bateau à moteur, à peine visible, planqué derrière un amoncellement de rocs imposants. Il semblait me narguer, se moquer de moi… parce que je ne l'avais pas remarqué plus tôt.

Sur le plus gros des rochers, deux hommes inconnus nous surplombaient, aussi étonnés que nous. Bien vite, ils se ressaisirent. L'un d'eux prononça « Bonne pioche ! », avant de braquer une arme sur Elisabeth et moi.

Je crochetai l'épaule de la fille du *laird* pour la placer derrière mon dos, conscient que nous n'en réchapperions pas tous les deux. Et je lui ordonnai :

– Fuyez.

CHAPITRE 27

DUNCAN
Le Glaive

2004

Le bras d'Elisabeth s'enroula autour du mien. Au lieu de courir, elle préférait se raccrocher à moi. Je fus tenté de la bousculer, de lui hurler encore une fois de fuir, mais je devais rester concentré sur les deux hommes qui nous scrutaient, la mort au bout des doigts.

J'étais impuissant. Rien n'empêchait ces intrus de tirer. Tout ce que je pouvais faire, c'était de protéger la fille du *laird* de mon propre corps.

Les deux hommes descendirent avec agilité de leur perchoir pour s'approcher de nous. Je me raidis, espérant que ma carrure suffise pour encaisser à la place d'Elisabeth. Je ne comprenais pas pourquoi ces étrangers ne nous exécutaient pas maintenant, alors que nous étions à leur merci.

C'est lorsque j'aperçus une dizaine de silhouettes que je compris avec horreur ce qui se tramait.

Un raid.

Inchkeith était attaquée.

Les intrus ne voulaient pas donner l'alerte trop tôt, voilà pourquoi ils n'avaient pas encore tiré.

En une fraction de seconde, je pensai à tous les insulaires occupés à chercher Elisabeth, inconscients du danger. Les visages de Moira, Alastair, Caleb et Megan défilèrent dans mon esprit : ils seraient ciblés en priorité. Je pensai aussi à mes propres parents, et mon cœur se serra.

Depuis mon plus jeune âge, j'étais formé à lutter contre un Clan tel que celui des MacKenzie, cette Famille déterminée à anéantir celle que je servais. Et ce en prévision d'un jour comme celui-là.

Je plongeai mon regard dans celui de l'ennemi le plus proche d'Elisabeth et moi. Deux contre un, avec mon peu d'expérience, c'était tendu. Mais je pouvais utiliser à mon avantage la volonté de nos assaillants de rester discrets.

Je gonflai mes poumons, prenant une grande et profonde inspiration. Puis je relâchai tout l'air que j'avais avalé en un hurlement puissant :

– MACKENZIE !

Il y eut un bref moment de flottement. Face à moi, les visages de mes ennemis affichèrent de l'incrédulité, puis de la haine.

Et la crosse de l'arme du premier homme me frappa en plein visage tandis que le deuxième se jeta sur Elisabeth. Elle l'évita en poussant un petit cri, lui flanqua un coup de pied dans les bourses, puis se retourna vers moi.

– Cours, Ellie ! Allez ! vociférai-je.

Elle m'obéit enfin, les larmes aux yeux. Ses tresses planèrent derrière elle comme deux étendards acajou tandis qu'elle filait le long de la plage.

Des coups de feu retentirent. Mon sang se glaça ; je craignais qu'Elisabeth n'ait été touchée. Pourtant, elle cavalait toujours.

Les tirs provenaient de plus loin, plus haut. Signe que le combat entre les MacCoy et les MacKenzie s'était engagé. Je perçus les cris, les ordres vociférés dans un camp comme dans l'autre… mais il me fallait me concentrer sur mon propre combat.

J'avais réussi à faire voler le pistolet du premier homme ; il me renversa cependant avant que je ne puisse récupérer l'arme tombée à terre. Sur le dos, je me débattis pour éviter les coups qu'il faisait pleuvoir sur mon visage et dans mes côtes. Quand son acolyte fit mine de partir à la poursuite d'Elisabeth, j'eus assez de force pour me retourner à plat ventre et lui agripper la cheville. Il tomba, surpris. Je devais gagner du temps pour Elisabeth ; je devais lui permettre de rentrer au château, en sécurité.

Je poussai un cri hargneux, puis j'assommai d'un coup de tête l'homme qui me maintenait plaqué au sol. Le choc m'étourdit, mais l'urgence de la situation me donnait des ailes. Le deuxième

MacKenzie, libéré de mon emprise, se retournait déjà pour réclamer des comptes ; je ne pris pas le temps de me relever tout à fait. Accroupi, je me jetai sur lui.

Un cri d'Elisabeth m'emplit d'effroi. Que lui avait-on fait ? Je ne la voyais plus. Si elle hurlait ainsi, c'est que des MacKenzie avaient dû lui mettre la main dessus…

Je pris de l'élan et tombai d'un bloc sur mon opposant, le coude en avant. Sa mâchoire craqua ; il se tordit de douleur. Je ramassai le pistolet toujours abandonné au sol et me mis à courir dans l'espoir de retrouver la sœur de Caleb aussi vite que possible.

En remontant vers le château depuis la plage de galets, je constatai qu'une bonne partie du hameau était en flammes. Dans la nuit bleue, les spirales de fumée obscurcissaient le ciel. La fournaise renvoyait des éclats rougeoyants sur l'herbe d'habitude si fraîche, à présent retournée et poisseuse.

Des silhouettes obscures déambulaient, tournoyaient, bondissaient. Des ombres éclatantes dansant au rythme des détonations.

Je me crus en enfer.

Ce n'était pourtant qu'un début.

Je ne trouvai aucune trace de Caleb, pas plus que d'Alastair. J'entendais la voix de ce dernier tonner sans pouvoir la situer.

Un type d'un bon mètre quatre-vingt-dix surgit devant moi alors que je cherchais toujours à progresser dans la direction d'où provenaient les cris d'Elisabeth. Mon angoisse monta d'un cran. Si je perdais du temps avec celui-là, je n'osais imaginer ce qui adviendrait de la petite…

Megan bondit alors hors des ténèbres. Une ombre plus furtive que les autres. Bien plus létale. Sa crinière rousse paraissait une flamme de plus dans la nuit ; son visage était déformé en un masque de bestialité. L'Agneau s'était métamorphosé en loup, les crocs et les griffes sortis. Forte de ses heures d'entraînement intensif, elle bondit sur le MacKenzie.

Elle n'avait pas besoin de moi pour en venir à bout.

Elle se hissa sur les épaules du colosse et, d'une torsion de ses jambes, elle l'emmena au sol… pour lui briser la nuque.

– Les femmes et les enfants sont à l'abri dans le château, m'apprit-elle en se redressant, le front et les tempes moites de sueur. Mais les défenseurs ne sont pas assez nombreux pour garder toutes les entrées dans le cas où des MacKenzie tenteraient d'ouvrir une brèche. Il faut que tu ailles leur prêter main-forte.

– Non ! Votre sœur…

– Je garde espoir qu'elle soit bien cachée ! Dépêche-toi, Duncan.

– Vous ne comprenez pas : ils ont capturé Elisabeth !

Megan se figea, le souffle court.

– Où est-elle ?

– Je crois qu'ils l'entraînent vers le port.

– On y va.

Nous nous hâtâmes dans la direction que je venais d'indiquer, Megan venant à bout de n'importe quel adversaire sur notre route. Je n'intervenais pas, me concentrant pour ne pas perdre la piste d'Elisabeth et de ses ravisseurs.

Lorsque nous retrouvâmes ces derniers, ils étaient à deux doigts de basculer la préadolescente dans une embarcation identique à celle que j'avais vue un peu plus tôt sur la plage de galets. Dans le chaos ambiant, personne ne faisait attention à eux. Ils étaient deux : un homme et une femme.

Megan ne prononça pas un mot, mais son regard se fit acéré. Meurtrier.

À quelques mètres du bateau, nous ralentîmes. Nous ne devions pas nous faire remarquer trop tôt, au risque que les MacKenzie blessent, voire tuent Elisabeth.

Ils avaient le dos tourné. Megan et moi échangeâmes quelques signes pour convenir d'une stratégie, et nous nous séparâmes. Je me plaçai en retrait, afin de pouvoir viser nos ennemis et les abattre de mon pistolet. L'héritière des MacCoy attirerait leur attention.

Ces entraînements qui me mettaient si mal à l'aise allaient enfin servir…

Megan s'avança, les bras levés. Entendant du bruit, les ravisseurs firent volte-face. La femme plaqua une lame sur la gorge d'Elisabeth.

Des frissons me parcoururent, une haine profonde dans mon ventre. Pour la première fois, je ressentis cette rage, terrible, qui se déverse par vagues dans les veines lorsqu'il s'agit de protéger les siens. Ceux que l'on aime. Qu'importent les sacrifices, même celui de notre propre vie.

Megan s'immobilisa, et je compris qu'elle comptait sur moi. Sur mes compétences.

Je me devais de mettre en pratique tout ce que l'on m'avait enseigné. Mais la pression était terrible. J'étais fébrile ; mes bras et mes mains tremblaient. Je n'avais qu'un pistolet dans mes paumes : pas de viseur, hormis mon œil.

Et je n'avais pas le droit à l'erreur.

Je respirai profondément pour retrouver la maîtrise de mon souffle. Puis, aussi concentré que je pouvais l'être, je tirai. D'abord dans l'épaule de la femme qui empoignait Elisabeth ; deux secondes plus tard, et en décalant légèrement ma ligne de mire, je touchai l'autre MacKenzie, sur lequel ma première victime s'effondrait.

Megan se jeta sur eux pour les achever, sans pitié.

Je mis quelques instants à me ressaisir et à desserrer mes phalanges crispées autour de la crosse de mon arme. Ce n'est qu'une fois près d'Elisabeth que je parvins à chasser le reste de la tension qui m'habitait.

Avec peine, je parvins à prendre la petite dans mes bras, après avoir constaté qu'elle serait incapable de se lever, encore sous le choc.

Megan me désigna le château de l'index. Elle me confiait sa sœur.

Elle ne prit pas la peine de vérifier si sa cadette allait bien, ni même de la réconforter. Le combat faisait toujours rage, et on avait besoin d'elle ailleurs.

Nous nous séparâmes. Elisabeth dans les bras, je m'empressai de rejoindre le bastion des MacCoy.

Nos hommes s'étaient barricadés derrière des tables déplacées, des chaises, des armoires… Des meubles pour la plupart déjà éventrés par les tirs.

Les défenseurs m'ouvrirent sans hésitation lorsqu'ils reconnurent la plus jeune fille du *laird*. Je constatai au passage que certains d'entre eux étaient blessés.

Une fois à l'intérieur, je fus troublé de me retrouver dans un cocon. Les murs en pierre étouffaient les bruits de l'extérieur.

Je fus accueilli par Moira, Mary, plusieurs mères de famille dont celles de Dyclan, Roy et Alison. Lady MacCoy abaissa son fusil à pompe dès qu'elle aperçut son enfant. Elle confia son arme à la gouvernante et se précipita vers moi, les bras tendus, les larmes au coin des yeux.

– Tu l'as retrouvée ! Mon Dieu, tu l'as retrouvée !

Elisabeth rouvrit enfin les paupières en entendant la voix de Moira. Elle redoubla de larmes et plongea dans l'étreinte maternelle. Lady MacCoy m'embrassa sur les deux joues, à ma grande stupéfaction, et ne cessa de me remercier.

Mal à l'aise, et conscient des combats qui faisaient encore rage dehors, je ne m'attardai pas. Je ressortis l'arme à feu que j'avais glissée dans ma ceinture, cran de sécurité enclenché, prêt à gonfler les rangs de mon Clan.

Attiré par leurs voix autoritaires, je retrouvai Caleb près de son père, Alastair, et me battis à leurs côtés. Pour la première fois, nous luttâmes tous ensemble : eux, moi, Malcom, Dyclan, Roy, Alison, Megan et tous ceux que j'avais appris à connaître depuis mon arrivée sur Inchkeith.

Je ne tuai pas, cette nuit-là : je ne m'en sentais pas capable. Je mettais hors d'état de nuire, et d'autres s'occupaient de terminer ce que je ne pouvais accomplir. Je répugnais à faire couler le sang : aucun n'est plus rouge qu'un autre.

Je compris cependant au cours de ces heures terribles que nos entraînements, les enseignements qu'on nous dispensait, n'avaient qu'un seul but : protéger ceux que nous chérissions.

Je défendais Caleb et Megan, je veillais sur Roy et Dyclan. J'avais sauvé Elisabeth.

Je pensais à mes parents, à mon père qui, lui aussi, combattait comme un lion. À ma mère, sans doute terrorisée, qui attendait le retour de son mari et de son fils.

À Holly.

Surtout, je me surprenais à redoubler de rage pour maintenir notre *laird* en vie ; j'aurais été prêt à me prendre une balle à sa place.

Ce n'était pas un quelconque sens du devoir qui me motivait à agir, ou un automatisme né d'années de leçons rabâchées. Ma fureur naissait de mes tripes et de mes propres convictions.

Je réalisais à quel point je tenais à tous ces gens, ces MacCoy.

Ma famille.

Les MacKenzie finirent par battre en retraite ; sonna alors l'heure de panser nos plaies et de dénombrer nos pertes.

Une balle avait éraflé la jambe de Caleb. Malgré mon épuisement, je le soutins pour remonter au château.

Le bras de Roy avait été cassé. Dyclan s'en sortait avec plusieurs ecchymoses.

Alastair aussi n'écopait que de quelques bleus et contusions.

Les femmes, les enfants et les vieillards étaient sains et saufs : ils avaient pu se mettre à l'abri entre les murs du bastion.

Mais dix hommes étaient morts. Des amis, des voisins, dont la vie avait été fauchée en un claquement de doigts. Parmi eux, le père de Holly. Et le hameau avait été réduit en cendres.

Nous avions repoussé les MacKenzie ; cependant, ce n'était pas une victoire.

Quant à Elisabeth, elle ne sortait plus de sa chambre.

Moira occupait le plus clair de son temps à la veiller. Quand elle remplissait ses devoirs de châtelaine, encore ébranlée, son regard se ternissait d'un chagrin puissant. Elle contemplait ses deux aînés, Megan et Caleb, longtemps. Très longtemps. Dans un silence sépulcral.

Le *laird* me complimenta après le raid. C'était grâce à mon hurlement que les hommes du Clan avaient pu réagir aussi vite. Ceux qui cherchaient Elisabeth non loin de la plage de galets m'avaient entendu et alerté les autres. Selon Alastair, j'étais le héros du jour, sans compter que j'avais sauvé la vie de sa fille.

Je voulus protester. Je n'avais pas agi seul. J'estimais que Megan devait partager avec moi les honneurs. Mais elle affirma que j'étais trop modeste et qu'il était temps que je me rende compte de ma valeur.

Et de ma bravoure.

Pour elle, j'incarnais la devise de sa Famille.

With honor, I'll be Brave[9].

Tous ces mots, ces félicitations firent leur chemin en moi. Ils me susurrèrent que, finalement, ma place était ici.

Avec les MacCoy.

Que j'avais beau ne pas être né à Inchkeith, j'étais l'un des leurs, désormais.

Une semaine plus tard, Elisabeth se décida enfin à s'aventurer hors de sa chambre. Elle vint

9. « Avec honneur, je serai brave. » Devise des MacCoy.

me retrouver dans la bibliothèque, arborant un air timide que je ne lui connaissais pas. Je m'attendais à ses piaillements habituels – peut-être les espérais-je aussi, pour me rassurer. Être certain qu'elle allait bien. À la place, et dans un silence inédit, elle se pencha bien trop vite vers moi pour déposer un baiser sur mes lèvres.

Je restai statique, interloqué. Le temps que je me ressaisisse, elle avait déjà déguerpi, les joues cramoisies.

Je me dis que c'était sa manière à elle de me remercier.

Et encore une fois, que son béguin finirait par lui passer.

Un mois plus tard, Alastair et Moira décidèrent de l'envoyer en pensionnat loin d'Inchkeith.

Loin du danger.

CHAPITRE 28

DUNCAN
Le Glaive

2018

Le bruit d'une lourde porte qui s'ouvre me tire de la somnolence. Avec peine, je soulève mes paupières pesantes et vérifie l'heure sur mon téléphone : près de 4 heures du matin. Un courant d'air porte jusqu'à moi la fraîcheur de la nuit s'engouffrant dans le château.

Je me redresse ; Elisabeth, Jack, Joffrey et Matthew viennent de pénétrer dans le hall. Ils ont bien mauvaise mine : le teint cendreux, les traits tirés et des poches sous les yeux. Ils se traînent plus qu'ils ne marchent. Mon attention se concentre sur la Louve. Échevelée, presque défroquée, même, elle paraît sur les nerfs.

Lorsqu'elle me remarque, son visage las se renfrogne. La confrontation est inévitable, et elle s'en doute.

Je vais à la rencontre du petit groupe, plutôt remonté.

– Vous rendez-vous compte de l'heure qu'il est ?

Je ne m'adresse pas à Elisabeth mais aux MacLeod. Jack passe son énorme paluche dans ses cheveux courts tandis que Matt et Jo' fixent le bout de leurs chaussures.

– Vous auriez dû la ramener bien plus tôt ! m'agacé-je.

– Je suis là, tu sais. Tu peux me parler directement.

Je toise Elisabeth, les dents serrées.

Ne réalise-t-elle donc pas les risques qu'elle prend ? L'inquiétude que sa petite sortie a engendrée ? Et pourquoi revient-elle dans un état pareil ?

Soit elle s'est battue, soit elle s'est envoyée en l'air. Aucune de ces deux possibilités ne me plaît.

– Je m'excuserai plus tard, *auprès de mon frère*, dès que nous nous serons tous reposés, décrète-t-elle.

Bras croisés, je ne m'écarte pas de son chemin.

– Votre rapport, ordonné-je aux MacLeod.

Nous ne sommes pas du même Clan ; ils n'ont aucune obligation de me répondre. J'espère que mon semblant d'autorité suffira.

Elisabeth me dévisage, blasée. Je l'ignore royalement et patiente. Jack marmonne dans sa barbe. La Louve soupire :

– Arrête un peu, Duncan. Ce « rapport » peut attendre quelques heures.

– Les rues d'Édimbourg ne sont pas sûres à une heure aussi avancée. Les MacLeod devaient vous ramener bien plus tôt, riposté-je avec fermeté.

Elle me foudroie d'un œil glacial. Le silence tombe entre nous. Elle finit par ordonner aux garçons de partir. Ces derniers s'exécutent, embarrassés. Joffrey marque toutefois une petite hésitation, comme s'il ne voulait pas abandonner sa comparse entre mes griffes. Il écope de mon regard le plus noir, ce qui le décide à détaler sans demander son reste.

Une fois que nous sommes seuls, Elisabeth s'empare de mon bras et me tire à l'écart, loin des escaliers où l'écho de notre conversation résonnerait. Je frissonne lorsqu'elle me touche, appréciant malgré moi de retrouver la douceur de ses doigts sur ma peau.

Cependant, il est hors de question que je me laisse amadouer.

Bien sûr, Caleb ne manquera pas de sermonner sa sœur dans la matinée – très bientôt, vu l'heure à laquelle il se réveille. Mais je ne peux pas digérer mon amertume et ces nombreuses heures à poireauter dans l'espoir qu'elle rentre saine et sauve. J'ai besoin de manifester mon mécontentement moi aussi.

Elisabeth prend une brève inspiration, puis lâche, les mains dans les poches de sa veste en cuir :

– Duncan, même si j'ai été absente un long moment, je connais ma place au sein du Clan, et la tienne. Que tu sois d'accord ou non avec mes décisions, peu importe ! Seul Caleb est en position de me faire la moindre réflexion. J'ai eu son accord pour cette sortie. Certes, j'ai… perdu le contrôle de la soirée et j'ai manqué le couvre-feu, mais je m'en excuserai auprès de mon frère. Pas de toi.

Sa voix se durcit, et elle ajoute :

– Je me contrefous de ce que tu penses et je ne veux pas de ta protection. M'attendre comme tu l'as fait est déplacé. C'était humiliant aussi de t'adresser à moi comme à une gamine devant les guerriers MacLeod. Que mon frère se le permette est une chose, toi, c'en est une autre. Je ne suis plus une gamine, et tu es le mieux placé pour le savoir.

Ma gorge se serre ; je déglutis, puis détourne les yeux, incapable d'affronter les siens.

Elle a raison. Je sais à quel point elle n'a plus rien d'une enfant. Et ça me fait mal qu'elle me le rappelle sur un tel ton.

– Vous ne pouvez pas me reprocher de m'inquiéter pour vous, mademoiselle Elisabeth.

– Je ne veux pas de ton attention. Je ne la veux plus.

– Mais…

– Je ne suis pas ta sœur, Duncan !

Je me fige, heurté par sa virulence. Le léger trémolo que je perçois dans sa voix suffit à m'étreindre le cœur. Je me ressaisis cependant pour ne pas laisser filtrer mon émotion, instaure à nouveau la distance d'usage :

– Je le sais, *milady*.

Elle fronce les sourcils, puis crache une injure dans un souffle. Je reprends :

– Une épée de Damoclès est suspendue au-dessus de nos têtes : vous êtes tout à fait consciente que les MacKenzie ne reculeront devant rien maintenant que l'alliance avec Campbell ne nous protège plus. Ils ont son appui, désormais. Vous n'ignorez pas de quoi ils sont capables, nous en avons fait les frais à de nombreuses reprises. Alors, oui, vous avez raison, vous n'êtes pas ma sœur : vous êtes celle de mon *laird*. Une cible privilégiée. Une faiblesse de notre Chef que nos ennemis n'hésiteront pas à utiliser contre nous.

Mes propos font mouche. Elisabeth pâlit. Je touche là où c'est douloureux. Je veux lui faire comprendre à quel point sa vie est précieuse pour elle, mais aussi pour les autres.

Ses parents l'adoraient : pour la protéger, ils l'ont éloignée. Elle a vu ça comme une punition quand ce n'était que la preuve de leur amour. Ils ont sacrifié le temps qu'ils auraient pu passer avec elle pour qu'elle reste en vie. C'est pour la même raison que Caleb a souhaité la tenir à l'écart de l'île.

Même s'il lui a laissé un choix. En quelque sorte.

Elisabeth s'obstine à croire que tout cela découle d'un affreux manque de confiance en elle. Son caractère indomptable la pousse à creuser sa propre place… mais cela ne fait que rendre les choses bien plus difficiles qu'elles ne le sont déjà.

Je suis en colère qu'elle se mette ainsi en danger.

Je suis furieux qu'elle blesse ses proches par excès de zèle.

– Tout ce que je vous demande, c'est de faire attention et de ne plus autant alarmer ceux qui tiennent à vous, lui dis-je. Vous venez juste de revenir à Inchkeith et vous disparaissez pratiquement toute une nuit, sans donner de nouvelles. Vous pouvez bien comprendre que cela nous angoisse.

Elisabeth trahit son trouble en se grattant le bout du nez de son index. Elle n'ose plus me regarder. Une boule grossit dans mon ventre. Je suis chamboulé de retrouver ses anciennes mimiques, qui me renvoient si loin dans le passé. J'ai la soudaine envie de la serrer dans mes bras pour m'excuser, juste pour qu'elle ne me déteste pas plus et pour qu'elle comprenne que j'étais mort d'inquiétude pour elle.

– Si tu as terminé ton speech, je vais dormir, grogne-t-elle. De toute façon, quoi que je dise, tu rapporteras tout à Caleb. C'est comme ça que tu marches…

Elle ne me permet pas de répliquer ; elle me contourne, non sans omettre de me flanquer un bon coup d'épaule pour me pousser hors de sa route. Je reste de marbre, mâchoire contractée. J'entends ses pas s'éloigner. J'écoute sa respiration agacée.

Jusqu'à ce qu'il n'y ait plus aucun bruit.

Avec amertume, je constate qu'Elisabeth pense comme Dyclan. Ma loyauté est perçue comme une menace permanente pour eux. Et je ne peux pas leur donner tort : si je dois les affronter pour leur propre bien, je le ferai. J'agis en mon âme et conscience, pour ce qui est juste.

Je suis là pour sévir.

Je suis là pour servir.

La voix de Megan qui résonne en moi ajoute dans un murmure : « Avec honneur. »

Ça me fait mal.

CHAPITRE 29

ELISABETH

La Louve

Il fait très beau aujourd'hui. Chaud, aussi.

Même si c'est agréable, ça ne parvient pas à dissiper ma mauvaise humeur.

Après la nuit désastreuse que j'ai traversée, je trouve à peine un semblant de réconfort grâce à la météo : nous savourons un temps d'été alors que nous ne sommes qu'au début du printemps. Je rumine, indifférente au parfum des fleurs qui m'entourent. Il m'écœure.

Le vent est juste assez frais pour apaiser nos peaux moites. Les rires et les cris fusent. Les insulaires profitent du soleil pour pique-niquer au sommet des falaises ou sur la plage de galets.

L'île paraît fourmiller de vie.

Mary a insisté pour que nous abandonnions tous le château pour profiter du grand air. Beaucoup ont râlé mais ont fini par abdiquer, comme toujours face à la gouvernante.

Caleb observe le Clan avec bienveillance, les bras croisés. Même s'il est détendu aujourd'hui, il ne peut pas s'empêcher de garder un œil sur tout et tout le monde.

Brahn et Ewen font une partie d'échecs sur l'herbe, les yeux plissés à cause de la forte luminosité et de l'intense réflexion dans laquelle ils sont plongés. Roy et Mary s'occupent de servir les casse-croûte et les verres. Dyclan joue de la guitare, et sans surprise, Duncan dévore un roman. C'est rare de le voir relâcher ainsi la pression. Je m'attarde sur sa silhouette, appréciant la courbe de ses muscles que cintre son tee-shirt, et son petit air d'intellectuel quand il est si concentré. Pourquoi est-il devenu plus séduisant encore avec l'âge ? Je me détourne, encore agacée par notre altercation de cette nuit.

J'ai l'impression que c'est jour de fête. Peut-être est-ce le cas : nous célébrons à notre manière la fin de l'hiver, plutôt en avance. Nous sommes encore loin du Beltane Festival[10].

Cette journée de repos tombe à point nommé. Je suis encore dans les choux, et mes yeux me piquent. Il me tarde de m'allonger parmi les fleurs

---

10. Le *Beltane Fire Festival* est organisé chaque année à Édimbourg autour du 30 avril sur Calton Hill pour fêter le printemps. Costumes, feux de joie, danses et musiques sont à l'ordre du jour.

pour une petite sieste. Mais pour le moment, je me promène avec Phèdre. Ça me permet de ne pas penser aux événements de l'Unicorn ni d'entendre en boucle les deux coups de feu…

Caleb s'apprêtait à m'interroger lorsque je me suis levée – il y a une vingtaine de minutes à peine –, mais lady MacLeod est venue à mon secours. Elle a dû se douter de ce qui m'attendait.

Côte à côte, nous déambulons le long du sentier qui borde la plage, un peu en hauteur. Nous évitons de passer par des pentes trop escarpées. Si Phèdre ne se plaint pas, je me doute qu'il devient de plus en plus difficile pour elle de se déplacer sans s'épuiser. De temps en temps, elle se penche comme elle peut pour cueillir un chardon.

Cette balade me permet de m'aérer l'esprit. Le peu que j'ai dormi a été hanté par des cauchemars. Dans chacun d'eux, le visage de Duncan me toisait avec dédain, et sa voix moralisatrice me tourmentait. Je suis encore secouée par notre altercation. J'étais crevée, les nerfs en pelote, et il n'a pas pu s'empêcher de me rudoyer, à sa manière. Il n'a pas besoin d'élever le ton pour intimider… Je n'ai pas apprécié de me sentir comme il y a quinze ans, face à ce garçon que j'admirais et dont je buvais la moindre parole. Je ne suis plus une petite fille raide dingue du meilleur ami de son frère… Pourtant, j'ai senti mon cœur se réchauffer lorsque je l'ai aperçu qui m'attendait au pied des marches. Une onde agréable a parcouru mes veines, a gonflé ma poitrine. J'étais… heureuse qu'il soit là à mon retour.

Il n'y avait jamais personne pour m'attendre lors de mes voyages. J'allais là où j'en avais envie, où le vent et les chemins me portaient. Mais il n'y avait pas de présence réconfortante la nuit, quelqu'un vers qui revenir.

Hier soir, malgré le regard bouleversé de Duncan, malgré la dispute qui allait inévitablement éclater, je me suis sentie accueillie chez moi.

Sauf que je n'ai pas été capable de partager mon émotion. À la place, j'ai emmuré mon cœur palpitant derrière l'orgueil.

Alors que j'avance sur le sentier, mon regard dérive une nouvelle fois vers le Glaive, en contrebas. Je comprends qu'il me fixe, le livre ouvert posé sur ses genoux. Il n'a pas l'air secoué par notre récente dispute. Il a toujours été comme ça : imperméable. C'est difficile de savoir ce qu'il pense, s'il ne daigne pas ouvrir une brèche. J'aimais cela chez lui, jusqu'à ce que ça devienne l'une de mes plus grandes frustrations.

Nous ne nous lâchons pas des yeux, et j'ignore ce que ça peut signifier. Je me trouve trop loin de lui.

Un chardon débarque sous mon nez sans prévenir. Je louche sur les corolles violines, les dentelles de feuilles. Phèdre me sourit. Je saisis la fleur que je glisse dans la poche de mon chemisier ouvert.

Lady MacLeod ne m'a toujours pas demandé comment s'était déroulée ma mission. Je pense que

Callum s'est déjà chargé de lui transmettre les rapports de mes compagnons d'un soir. Ne dépeignaient-ils que les grandes lignes ? Ou connaît-elle déjà tous les détails ? L'absence de reproches immédiats me rassure un peu, mais j'appréhende le couperet, qui ne tarde pas à tomber :

– Tu as fait de ton mieux.

Je carre les épaules pour me donner une contenance que je n'ai pas.

– Je déplore les morts, mais vous ne pouviez pas les éviter, poursuit Phèdre. Ils vous ont débusqués, ils auraient tenté une attaque contre vous dans tous les cas. C'était inévitable.

– Je ne comptais pas les… tuer. Je n'arrivais pas à m'y résigner alors qu'ils étaient à terre.

Le regard de lady MacLeod s'assombrit.

– Matthew m'a relaté l'intervention de l'Irlandais. J'en suis la première surprise…

– Jack craint qu'il ne réclame des comptes plus tard.

Phèdre s'arrête de marcher et déplace le bouquet de chardons dans le creux de son bras. Son geste est lent, comme si elle prenait le temps de réfléchir.

– Est-ce ce qu'il a laissé sous-entendre ? me demande-t-elle.

– Il semblait plutôt dire qu'il remboursait une dette. J'ai pensé que c'était envers toi…

Elle fronce les sourcils et me dévisage, intriguée.

– Non, il ne me doit rien, avoue-t-elle.

Un malaise s'installe, et je suppose que les mêmes questions traversent nos esprits.

– Je ne pense pas qu'il soit mal intentionné, lâche enfin Phèdre. Restons vigilants malgré tout et prêts à lui donner ce qu'il veut. Ou à négocier. Lachlan manœuvre ces derniers mois pour étendre la zone neutre sur toute la capitale. Je suppose que la guerre ouverte entre les Clans le motive à accélérer la mise sous protection d'Édimbourg. Je ne suis pas dans sa tête, et Caleb et moi nous interrogeons encore sur ses intentions exactes, mais évitons de nous le mettre à dos. Je l'apprécie beaucoup, je ne souhaite pas être en conflit avec lui.

Phèdre se remet en marche en ajoutant :

– Je suis plutôt inquiète par rapport à cette MacKenzie qui a disparu.

J'acquiesce, les mains dans les poches.

– Souhaites-tu que nous enquêtions sur elle ? demandé-je.

– Nous ne pouvons pas nous disperser en recherches. Il vaut mieux nous concentrer sur notre objectif premier : Logan. Ce téléphone que tu as récupéré nous donnera peut-être quelques informations supplémentaires, le temps que nous mettions la main sur Debbie Nelson.

– Finiras-tu par tout dire à mon frère ? Dyclan pourrait nous être d'une grande aide, que ce soit pour débloquer le portable ou retrouver la trace de cette femme.

Les lèvres de Phèdre se plissent. Elle ne ralentit pas l'allure.

– Pas dans l'immédiat, me répond-elle. Je le ferai ; je n'aime pas que nous ayons des secrets l'un pour l'autre. Je préférerais néanmoins avoir du concret à lui donner.

– Ce que nous avons récupéré ne suffit pas ?

Elle secoue la tête.

– Tu le connais…

– Oui, et c'est pour ça que j'appréhende sa réaction s'il apprend tout ce qui a été fait dans son dos, répliqué-je.

– Ce n'est pas vraiment le cas. J'ai tenté de partager mes soupçons avec lui, mais il est buté dès qu'il est question de la sécurité de son île et de son Clan. Ce que je conçois, bien entendu. Comment lui en vouloir après tout ce à quoi il a renoncé pour moi ? Pour nous ? Il ne souhaite pas prendre de risques, quand bien même ils pourraient résoudre plusieurs problèmes.

Phèdre pose la main sur mon épaule.

– Ne t'en fais pas, me dit-elle d'une voix douce. Ceci concerne mon Clan, et je me dois d'agir en tant que Chef avant que l'un des miens périsse. C'est plus important à mes yeux que d'éviter d'offenser ton frère.

– Je comprends…

Sans le cautionner tout à fait. Je me sens déjà assez coupable d'avoir menti à Caleb à propos de ma petite sortie d'hier… Ma volonté de me faire une place au sein de mon Clan ne doit pas briser le lien qui nous unit.

Lady MacLeod se redresse, le regard perdu par-dessus mon épaule. Je me retourne, curieuse, et aperçois Mary et Rose qui avancent à grands pas vers nous.

– Un problème, maman ? interroge Phèdre, sur le qui-vive.

– Non, *m'aingeal*[11], nous voulions prolonger la journée en proposant une petite fête, ce soir, la rassure Rose.

– En quel honneur ?

Mary sourit et répond :

– Il n'y a pas besoin d'une raison pour se détendre le temps d'une petite soirée…

Phèdre ne cache pas sa méfiance. Ses yeux se plissent. De mon côté, j'arque un sourcil.

– Caleb ne sera jamais d'accord, avancé-je.

– Eh bien, il ira bouder dans sa chambre ! rétorque Mary, le menton haut. L'ambiance est si agréable qu'il serait dommage de ne pas prolonger les festivités.

J'éclate de rire tandis que la gouvernante explique à Phèdre :

– Du temps des grands-parents du *laird*, on organisait sur l'île d'énormes banquets à ciel ouvert, avec feu de joie, chansons et danses.

Lady MacLeod lève les yeux au ciel :

11. « Mon ange », en gaélique écossais.

– Ne me dites pas que c'est encore une tradition qui date de Mathusalem avec des types en kilt et des femmes couronnées de branches !

Rose ricane dans une barbe qu'elle n'a pas, puis éclaire sa fille :

– C'est juste une soirée en extérieur, Ed'. Avec de la musique et, à la rigueur, un petit feu de joie pour nous réchauffer.

– Je ne vois pas comment nous pourrions tout préparer en une seule journée.

– Pas besoin d'organisation, rétorque Mary, de la bonne volonté suffit.

Je ne peux pas lui donner tort. Sur la plage, la bonne ambiance règne. Les bières tournent, les rires s'intensifient. Les bouches réclament davantage de sandwichs ou de salade. Bientôt, je m'en doute, on sortira les cornemuses et les percussions. Je ressens un petit pincement au cœur à cette pensée : Edward, l'ancien veilleur du port, aurait donné le rythme de sa voix puissante…

J'ai quelques bribes de souvenirs de fêtes de ce genre datant de ma petite enfance. Cela fait bien longtemps qu'aucune n'a animé Inchkeith. Une preuve que le moral du Clan ne s'est jamais remis du décès de mes parents…

Je jette un regard en direction de Caleb, maintenant en grande conversation avec Duncan. Je me dis que j'aimerais réentendre mon frère chanter. Il a une si belle voix… J'adore la passion qu'il transmet dès qu'il entonne une chanson celtique.

Je surprends Phèdre l'observant elle aussi. La tendresse déborde de ses iris.

– Un peu de joie en cette période de troubles… murmuré-je.

Lady MacLeod acquiesce, résignée. Mary et Rose lui assurent que tout se passera bien, qu'il n'y a aucune culpabilité à ressentir. Je sens qu'elle n'est pas de cet avis, mais elle ne les contredit pas.

Quand nous nous retrouvons à nouveau seules, j'ose poser ma paume sur son épaule.

– Je suis certaine que Joffrey acceptera de travailler ce soir pendant que tout le monde s'amuse, affirmé-je. Nous ne perdrons pas de temps pour hacker le téléphone MacKenzie.

– Puisses-tu avoir raison, soupire Phèdre.

Tandis qu'elle s'éloigne à son tour pour rejoindre Caleb, je me mets à l'espérer aussi.

CHAPITRE 30

DUNCAN
Le Glaive

Le feu de joie crépite sur la plage de galets. Les insulaires sont répartis sur les pentes des collines, détendus. Dans un ballet constant, chacun pioche dans les saladiers posés sur des tables rapportées du château ou des maisons, placées autour des flammes. Une colonne de fumée s'élève vers la lune, déjà à son apogée à cette heure-ci.

Caleb soupire à côté de moi.

– Rappelle-moi pourquoi j'ai accepté que l'on organise cette fête ? me lance-t-il, de mauvaise humeur.

– Parce que vous ne savez pas dire non à lady MacLeod ?

Il me gratifie d'un regard noir. En retour, je lui offre mon sourire le plus sardonique.

– Je ne sais même pas ce qui lui a pris d'aller dans le sens de Mary et Rose, grogne-t-il.

– Si vous avez validé, c'est qu'au fond de vous, vous étiez conscient que ça ferait du bien à tout le monde. Surtout à vous.

Il hoche la tête, mâchoire contractée. En ce qui concerne la détente, il n'y est pas encore…

– Relax, Cal', finis-je par chuchoter. Lady MacLeod a réussi à lâcher prise, tu le peux aussi.

Il grimace mais hoche la tête.

De là où nous nous trouvons, au sommet de l'une des collines qui dominent la plage, nous avons une vue globale sur tout ce qui se déroule sous nos pieds, un œil sur le port et le continent. Caleb n'a pas choisi de se poster là par hasard. Il a besoin de tout contrôler, de veiller à la sécurité des siens. Peu importe si Ewen et Jack s'occupent déjà de surveiller la fête ou que Juliett, Sean et Ethan aient accepté de patrouiller autour de l'île plutôt que de s'amuser afin de s'assurer que personne ne profite de notre distraction.

Dyclan joue de la guitare, mais c'est assez plat. Il n'a pas l'air très motivé, ce soir. Peu dansent. Phèdre elle-même reste assise, bien qu'elle ait poussé Caleb à autoriser cette fête. Elle n'a pas l'air en grande forme. Elle s'efforce malgré tout de discuter avec ceux qui l'accostent. Elia reste près d'elle et lui apporte ce dont elle a besoin pour qu'elle n'ait pas à se lever.

Au moins, il y a quelques pitres pour animer un peu. Et une silhouette qui se détache de toutes les autres.

Les flammes donnent à Elisabeth une chevelure explosive, aux mille reflets cuivrés. Elle passe d'un fêtard à l'autre, armée de ses sourires indéboulonnables. Je la reconnais bien là, à vouloir rendre tout le monde heureux, quitte à se rendre ridicule. Son insouciance contraste avec son état de la nuit derrière. Elle ne me paraît pas reposée, mais c'est comme si elle avait le pied plus léger. Ou qu'elle avait décidé de ne plus se tourmenter. Je ne saurais dire. Caleb n'a pas encore eu l'occasion de la questionner sur sa nuit blanche – je suis resté avec lui pratiquement toute la journée, je n'aurais pas manqué ça –, mais ça ne semble pas inquiéter Elisabeth pour le moment.

Je suis ses gestes avec attention, souris lorsqu'elle sourit ; je me surprends à toucher mes cheveux moi-même quand elle arrange quelques mèches des siens. Ses efforts paient : les gens commencent à bouger un peu plus, à parler plus fort. Quelques couples se mettent à danser.

Elisabeth finit par gravir la colline pour nous rejoindre, Caleb et moi, le souffle court. Malgré la pénombre, je distingue ses joues rouges et ses yeux luisants. Les lueurs orangées que projette le feu soulignent les traits de son visage, qui s'est émacié avec l'âge. Elle n'a plus rien du poupon.

Dès qu'elle est à notre hauteur, je détourne la tête pour ne pas faire l'erreur de laisser mon regard s'attarder sur elle. Je ne souhaite pas m'attirer les foudres de Caleb.

– Qu'est-ce que tu fais sur ton perchoir, maître corbeau ? l'alpague-t-elle.

Sans surprise, elle m'ignore. Son frère hausse les épaules et réplique, atone :

– À ton avis ?

– Eh ben ! Je vois que tu sais toujours autant t'amuser, tête de nœud !

Caleb marmonne des mots inintelligibles, mais le fond est compréhensible à défaut du sens. Elisabeth ne se démonte pas et s'empare de son bras.

– Viens ! J'ai demandé qu'on sorte les cornemuses. Tu veux bien chanter ?

– Je suis occupé.

– À observer le monde de ta montagne ?

– Tout à fait.

– Vachement productif.

– Toujours plus utile que de danser sur une plage, à la merci de la moindre attaque.

– Je t'ai connu moins rabat-joie…

Je grimace ; Elisabeth joue avec le feu. L'Ours peut être d'une tendresse infinie quand il le veut, mais mieux vaut prendre garde à ses griffes et ses crocs…

Pourtant, Caleb ne s'emporte pas, contrairement à ce que je craignais. À la place, il pousse un profond soupir, croise les bras et lâche :

– Je n'ai pas le cœur à chanter, Ellie. J'ai d'autres préoccupations.

Le visage de sa sœur s'attriste à ces mots. Moi-même, je suis stupéfait de l'affliction dans la voix de mon ami. Peut-être ai-je eu tort de croire qu'il se relâchait grâce à la présence de Phèdre sur notre île. Avec la naissance prochaine de son fils, sans doute est-il plus que jamais soucieux de l'avenir.

L'air chagriné d'Elisabeth termine de me vriller le cœur. Les voir ainsi, tous les deux, me fait de la peine…

La Louve tourne les talons et retourne près du feu de joie d'un pas déterminé. Je la suis du regard, incapable de me détourner d'elle. Elle a la démarche d'une combattante, d'une femme libre et fière.

Elle glisse quelques mots à Dyclan et se plante, poings sur les hanches, devant le feu. Ainsi placée, elle semble irradier, enveloppée d'une robe crépusculaire.

Le Limier termine son morceau avant d'en débuter un nouveau. Je pouffe sans le vouloir en reconnaissant les premières notes.

– Le message a le mérite d'être clair… ris-je.

Caleb lève les yeux au ciel.

– Elle va massacrer la chanson ! râle-t-il.

– Ce serait bien dommage. C'est l'une de celles que tu préfères…

– C'est censé être un secret !

Je m'esclaffe pour de bon tandis que la Louve se racle la gorge et s'apprête à entonner les premières paroles. Je grimace et me retiens de me boucher les oreilles.

– Non, non, non… geint Caleb.

Mais c'est trop tard. Elisabeth entonne *Loch Lomond*[12], au grand dam de l'assistance.

– Oh ! Dieu ! hoquette Phèdre, incapable de retenir sa surprise.

Mon hilarité s'accroît tandis que la foule recule, sans oser intervenir. La sœur du *laird* est une bien piètre chanteuse. Sa voix de crécelle, qu'elle se plaît en plus à accentuer pour agacer son frère, est un affront à nos tympans.

– Tuez-moi… grogne l'Ours en plaquant ses mains sur ses oreilles.

Sa cadette redouble d'intensité, crie plus qu'elle ne chante et bat des bras dans une parodie de danse. Je n'arrive plus à m'arrêter de rire. Le malheureux public finit par m'imiter, maintenant qu'il a assimilé qu'il ne s'agit là que d'une clownerie.

Brahn prend la fuite le plus loin possible d'Elisabeth, sa bière dans une main, son sandwich dans l'autre ; Dyclan serre les dents en tentant de ne pas perdre le rythme. Phèdre lance un regard désabusé vers Caleb, assise sur son petit rocher. Elle semble appeler à l'aide. MacCoy pousse de nombreux jurons que je ne suis pas capable de traduire, puis il finit par pousser sur sa voix pour dominer celle d'Elisabeth.

---

12. *The Bonnie Banks O'Loch Lomond* est une chanson traditionnelle écossaise du XIXe siècle. Certains pensent qu'elle fait référence à la révolte jacobite de 1745. Elle est assez connue : AC/DC l'a même déjà reprise.

Son timbre de cathédrale me calme aussi sec, tout comme le reste des fêtards. La Louve se tait, non sans sourire crânement. Caleb fait de même, mais il ne s'en tirera pas ainsi : tous les yeux sont braqués sur lui, dans l'attente qu'il reprenne.

Il soupire et saisit mon épaule.

– Hors de question que je sois le seul dans cette galère, me prévient-il.

– Ne compte pas sur moi !

– *Eagalaich*…

Je ne réplique pas, mais il me tire par le col, et je suis emporté dans son élan.

– Hé !

Les ricanements fusent lorsque nous rejoignons sa sœur ; Caleb ne dissimule pas son mécontentement. À croire que l'on n'attendait que lui, puisque les cornemuses apparaissent comme par magie. Elisabeth mime un signe de victoire et s'écarte pour laisser la place à son aîné. C'est à peine si elle a remarqué mon kidnapping. Ou bien fait-elle comme si je n'existais pas, comme tout à l'heure ?

– Tu as intérêt à gérer, MacCoy ! crie Phèdre.

Caleb ne parvient pas à retenir un sourire ; sa *lady* lui envoie un baiser déplacé, dont personne ne lui tient rigueur. On commence à s'habituer à son manque de manières… il est plutôt attendrissant.

– Tu me lances un défi, MacLeod ? renchérit le *laird*.

Elle s'esclaffe, une main sur son ventre rond.

Caleb se remet à chanter ; il a retrouvé de l'entrain, celui d'autrefois, quand il était capable de claironner jusqu'à l'aube, aviné et le sourire extatique. Un silence religieux tombe. Même Elisabeth ne bronche plus, apaisée.

La mélodie résonne, à peine gênée par le ressac. Le timbre de Caleb est si puissant qu'il domine les vagues et le vent ; il se répercute sur les collines. Comme cette fois où nous avons chanté l'hymne de notre patrie, inspirés par Phèdre. Cette dernière se met d'ailleurs à fredonner, sans détacher ses yeux du *laird*. Bientôt, Mary, Elia, Callum, Sean l'imitent ; c'est une véritable symphonie qui s'élève au refrain.

Gagné par le mouvement, je me mets à chanter moi aussi. À ma gauche, j'entends la voix d'Elisabeth, très basse. Nous nous sommes lancés en chœur.

« O ye'll tak' the high road
and I'll tak' the low road,
Oh, tu prendras la route du haut
et je prendrai celle du bas.
And I'll be in Scotland afore ye.
Et je serai en Écosse avant toi,
But me and my true love will never meet again,
Mais moi et mon amour véritable
ne nous reverrons jamais.
On the bonnie, bonnie banks o' Loch Lomond.
Sur les jolies, jolies rives du Loch Lomond. »

La guitare de Dyclan accompagne notre chorale ; les cornemuses et quelques percussions viennent y adjoindre leur puissance. Les corps se balancent, les bras se lient. Les bières éclaboussent les chaussures ou les pieds nus.

Le rythme s'accélère, les cordes s'agitent de plus en plus vite, et c'est maintenant à une allure effrénée que nous prolongeons la chanson en gaélique.

Je me surprends à me laisser envahir par l'allégresse générale.

Combien de soirées avons-nous passées ainsi, quand nos parents étaient encore là ? Combien de fois nous ont-ils rappelé à l'ordre parce que nous chantions trop fort, nous, les jeunes, si peu conscients des responsabilités qui nous incomberaient un jour ?

Combien de fois ai-je fini par danser comme un fou, une fois l'alcool dans mes veines, pour décharger tout ce que je contenais au fond de moi ?

Et combien de fois ai-je fait danser la petite Elisabeth ? Sur mes pieds, dans mes bras… Puis, plus tard, tout contre moi, sa joue contre ma mâchoire, son parfum tout autour de nous.

Dyclan se lève pour sauter partout. Il se met à imiter l'accent, le tempo irlandais. Tout le monde éclate de rire et commence à l'imiter.

Si Lachlan découvrait un tel spectacle, il tournerait de l'œil.

Caleb oublie le masque de chef et rejoint le Limier dans une ronde improbable autour du feu de joie. Bientôt, une chenille se forme, entrelacs de bras levés vers le ciel, de jambes lancées entre deux pas de danse *irish*. Je n'en reviens pas lorsque j'aperçois la tignasse blonde de Callum dans le lot.

Jamais je n'aurais cru voir un jour le Clan MacLeod et celui des MacCoy évoluer dans une telle harmonie.

Elisabeth est pliée en deux, les larmes aux yeux, hilare. Son rire est le plus beau son à mes oreilles. Elle se laisse aller à gorge déployée, sans se soucier de faire bonne figure ou non. Cela m'avait tant manqué…

Une main me tire brusquement par le bras. Par surprise, Brahn m'attire dans la mêlée. Sans réfléchir, j'empoigne la Louve pour l'entraîner avec nous. Elle ne tente pas de résister. Au contraire, ses doigts serrent les miens. J'affirme ma prise, et nous nous jetons dans la ronde avec les autres.

Nous bondissons en rythme, sautons par-dessus les bouteilles abandonnées sur les galets, poussons des cris guerriers par-dessus la musique devenue assourdissante.

C'est seulement après un nombre incalculable de tours autour du feu que je m'éloigne finalement, tenant toujours la main d'Elisabeth dans la mienne. Elle est aussi essoufflée que moi et transpire à grosses gouttes. Je la trouve adorable avec ses joues cramoisies et ses mèches collées à son front.

Elle me regarde, soudain immobile, la bouche entrouverte. Le feu crépite derrière moi, et je ne sais pas si c'est sa chaleur qui m'enveloppe ou si elle provient du fond de mes entrailles quand je plonge dans les iris de miel qui me font face.

– Tu t'en es bien sorti, MacCoy, entends-je sur ma droite. Mon honneur est sauf.

Je me tourne pour découvrir Phèdre dans les bras de Caleb. Son sourire taquin se perd entre les lèvres du *laird*. Ils échangent un long baiser, indifférents au monde autour d'eux, au protocole et aux règles de bienséance. Les mains puissantes de l'Ours câlinent le ventre rond de celle qui l'aime.

Je surprends Elisabeth à observer elle aussi cette étreinte intime. Lentement, nos doigts se délient. Nos corps s'éloignent.

Ce mur, si haut, si insurmontable, se dresse à nouveau entre nous.

Éprouve-t-elle la même chose que moi ? Ressent-elle cette amertume ? Ce goût de cendre sur la langue ?

Et cette colère, pernicieuse, qui serpente et remonte dans la poitrine, s'insinue jusque dans la gorge ? Cette vipère-là s'est réveillée et devient de plus en plus hargneuse.

Elle siffle et crache dès que je m'interdis d'effleurer le sourire d'Elisabeth MacCoy…

CHAPITRE 31

ELISABETH
La Louve

La fatigue que j'ai accumulée commence à me rattraper. Il est bientôt 1 heure du matin, et j'aimerais me coucher pour me réveiller dans trois jours. Je n'ose pas imaginer l'état de Caleb et des autres membres du Clan quand ils se lèveront dans quatre heures à peine…

Je continue néanmoins de penser que Mary et Rose ont eu une bonne idée ; cette fête, nos Familles en avaient besoin. Pour laisser les tensions se dénouer et les inquiétudes s'évaporer, au moins l'espace d'une soirée.

Cependant, mon cœur n'est plus aux festivités. Il s'est tu dès que j'ai retiré ma main de celle de Duncan.

Dès que j'ai assisté au geste d'amour entre Phèdre et mon frère.

Un sentiment d'injustice m'a soulevé l'estomac. Une déferlante qui est remontée de très loin ; elle a balayé tout ce que j'avais fortifié depuis mon départ pour le Népal. Avec elle, une vieille émotion, presque mélancolique, a refait surface.

Il a suffi d'un contact, d'une main chaude dont je n'ai jamais oublié les reliefs autour de la mienne, pour raviver ce que je croyais mort.

Le Glaive s'est éloigné, et je suis toujours figée sur place, entourée de toutes ces ombres qui virevoltent tout autour de moi.

Une étrange langueur me gagne ; je décide de prendre de la distance à mon tour. Pas pour fuir cette énergie que je ne partage plus, la cacophonie générale ou ce bruit bourdonnant qui m'indispose. Pour me retrouver avec moi-même et enterrer cet émoi que je suis incapable de canaliser.

Je remonte l'île pour m'arrêter sur la plus haute falaise. Je ne grimpe pas jusqu'au rocher de Caleb, qui me domine de plusieurs mètres. Même si j'ai toujours aimé l'enquiquiner, je n'ai jamais transgressé cette limite : me hisser au sommet de son sanctuaire. À la place, je m'assois par terre, dans l'herbe fraîche, dos contre la pierre inconfortable. Je suis épuisée, mais je n'ai pas envie de rentrer au château tout de suite.

Mes yeux sont rivés sur ma paume encore sensible.

C'en serait presque drôle… Cette fête fait écho à tant de celles du passé que toutes les barrières sont tombées dès que nous avons été entraînés dans la ronde. J'ai oublié ma douleur, mes ressentiments, ma colère. Je suis redevenue l'adolescente chamboulée par un effleurement.

Et je me déteste pour ça.

Je me déteste pour beaucoup de choses.

Est-ce que revenir sur cette île était une bonne idée ? Je suis loin d'éprouver la souffrance que je ressentais en la quittant, mais je n'apprécie pas ces piqûres de rappel qui ne font que monter en intensité depuis que j'ai regagné Inchkeith.

J'ai peur d'avoir mal. Encore.

Je ne souhaite pas retomber dans mes anciens travers : toujours espérer, toujours attendre. Au point de perdre toute estime de moi-même.

Une profonde inspiration chargée d'embruns marins m'aide à me ressaisir et clarifier mon esprit.

Je suis toutefois interrompue dans mon recadrage interne par des pas qui s'approchent dans mon dos.

Duncan ?

Je cille, me morigénant en silence. Je fais tout pour refermer les brèches de mon cœur, et voilà que *j'espère* sa venue ?

Une guitare se pose près de mes jambes pliées. Dans un soupir, Dyclan s'installe en tailleur à côté de moi.

– Me permettez-vous, mademoiselle Elisabeth ?

– Tu es déjà installé, de toute façon.

Il sourit, peu intimidé par mon ton ronchon.

– Je vous ai vu vous éloigner, me dit-il en faisant craquer ses doigts.

Je me doute que ses articulations ont besoin de se détendre après tant d'heures à jouer sans s'arrêter. Le bruit me dérange néanmoins. Je finis par lui répondre :

– J'avais besoin d'être un petit peu seule. Je suis fatiguée.

Le sourire du Limier se transforme. Il semble formuler un message qui me dépasse. Rien n'indique qu'il a compris le mien : je ne veux pas de compagnie.

– Vous devez encore être affectée par votre sortie d'hier, lâche-t-il.

Je le dévisage. Ses traits se sont faits plus sévères. Même si je ne suis pas d'humeur, je préfère m'adoucir pour ne pas créer de conflit.

– La gueule de bois est passée, au moins, affirmé-je.

Dyclan passe un pouce sur son sourcil ; ce sont maintenant ses poignets qu'il oblige à craquer. Après un flottement, il me dit :

– Je vous connais depuis que vous êtes née. Nous ne sommes pas très proches, mais je vois bien quand vous dissimulez un secret. Un secret suffisamment important, voire dangereux, pour que le *laird* ne le partage pas. Assez remarquable pour vous avoir valu un siège au conseil des MacLeod.

Je plisse les yeux. Un siège au conseil de Phèdre ? Il délire.

– Si mon frère n'est pas dans la confidence, penses-tu vraiment que je vais te parler ? répliqué-je en feignant la décontraction.

– Oui, parce que je ne suis pas lui.

Je le toise. Il y a une ombre dans le regard du Limier qui me met mal à l'aise.

– Crache le morceau, Dyclan, finis-je par lâcher.

Son sourire s'élargit, mais je n'y perçois aucune trace d'amusement.

– Je sais que vous êtes sur les traces de Logan, déclare-t-il enfin.

Je voudrais le démentir mais je m'abstiens : ce serait encore plus suspect. Au lieu de ça, je feins l'étonnement :

– De quoi parles-tu, au juste ?

– Ce n'est pas la peine de nier. Je trace tout ce qui entre ou sort d'Inchkeith…

– Pardon ?

– Il n'y a que le téléphone du *laird* et de lady MacLeod que je ne surveille pas, me révèle-t-il. Tous les autres sont passés entre mes mains, par mesure de sécurité. Je peux vérifier à distance tous les appels, messages, photos, vidéos… Même la localisation des appareils m'est accessible.

– Es-tu en train de me dire que tu as installé des logiciels espions sur tous nos portables ? m'outré-je.

– Depuis la trahison de Logan, oui. Nous avons décidé de redoubler de prudence.

– « Nous » ?

– Le *laird* ainsi que Duncan ont approuvé ces mesures et m'ont demandé de les mettre en place. L'arrivée des MacLeod les rendait encore plus nécessaires.

J'en reste coite, scandalisée. Phèdre est-elle au courant ? Si ce n'est pas le cas, je n'ose imaginer sa réaction lorsqu'elle apprendra ce qui a été décidé derrière son dos. Ce n'est ni plus ni moins qu'une preuve d'un terrible manque de confiance envers son Clan.

– De parfaits inconnus arrivent chez nous, et c'est mon rôle de vérifier leur identité, leurs antécédents, ajoute le Limier. Tout peut se falsifier, de nos jours, sauf l'intimité.

Je secoue la tête, indignée au plus profond de moi-même.

– Quand bien même Caleb et Duncan ont cautionné cette… connerie, ça ne te donne pas le droit d'outrepasser tes droits pour fureter dans l'intimité des autres, Dyclan !

– C'est vrai. Le *laird* me fait confiance pour ne pas dépasser les limites, et je ne l'ai pas trahi. Jusqu'à maintenant, je ne me suis servi des informations dont je dispose seulement pour vérifier que nous sommes entre membres et insulaires fiables. Mais en cas de doutes, je peux creuser. Et des doutes, j'en ai depuis que j'ai remarqué votre petit manège avec les MacLeod. Après votre esclandre à la réunion hebdomadaire, ça ne pouvait pas être une coïncidence. Rien ne l'est, dans ce putain de système.

J'écarquille les yeux, surprise par la véhémence dans la voix du Limier. Il s'accorde cinq secondes, le temps de s'apaiser, puis reprend :

– Je suis un hackeur, un chasseur, mademoiselle Elisabeth. Mes talents sont au service de notre Famille. Mais après la trahison de Logan…

Il se tait encore, le regard perdu dans le vague.

– Après sa trahison, je ne pouvais pas me résigner à le condamner, avoue-t-il dans un souffle.

Je me braque, en dépit de l'émotion que Dyclan dégage soudain. Comment pardonner à un homme qui a manqué de tuer notre Chef, d'annihiler notre Clan ? Il s'est joué de nous durant de nombreuses années : justice doit être rendue.

– Le Rapace s'est rendu coupable d'un crime contre nous, affirmé-je. Il voulait nous détruire. Crois-tu qu'il aurait eu pitié de toi, une fois ta gorge offerte ? Bien sûr que non !

– Ne vous avancez pas comme si vous aviez vécu avec nous durant tout ce temps ! gronde Dyclan, les muscles tendus. Je connais mon petit frère.

– Tu ne t'es jamais douté qu'il était un bâtard MacKenzie.

– C'est justement pour ça que je suis convaincu qu'il n'a pas joué la comédie, affirme le Limier. On ne peut pas se montrer aussi bon acteur jour après jour pendant des années. Je ne cautionne pas le crime de Logan… mais je peux lui pardonner si on lui laisse une chance de s'expliquer.

– Il n'y a rien à expliquer !

Cette fois, je suis énervée pour de bon. Je me remets debout.

– Logan doit mourir ! tempêté-je. Il doit crever pour avoir tenté de m'arracher la seule famille qui me reste !

Dyclan me dévisage, toujours assis. Son regard me renvoie du désarroi, de la lassitude, et un dépit qui me fend le cœur.

– Pourquoi êtes-vous aussi obtuse que votre frère ? m'assène-t-il. Pourquoi devez-vous imposer votre point de vue sans même écouter celui des autres ?

Il se redresse à son tour. Sa carrure cache les rayons de la lune quand il me fait face pour me dominer. Je l'affronte droit dans les yeux, poings serrés.

– Parce que ce monde ne nous en laisse pas le choix, répliqué-je.

Il ricane. Ça sonne faux.

– On a toujours le choix. On veut simplement nous faire croire que toutes ces règles, ce code, ces traditions sont gravés dans le marbre ! Je respecte notre Clan, j'aime ma Famille. Mais j'abhorre cette lâcheté que l'on excuse par des chaînes imaginaires ! Vos poings sont-ils liés, *milady* ? Vos chevilles sont-elles entravées ? Vous êtes libre, nous sommes tous libres d'agir selon nos convictions. Et ces convictions doivent remettre en question des mœurs qui exigent que l'on décapite un homme pour une erreur. Nous devrions être capables de donner une seconde chance.

Il s'approche de moi. Son ton est péremptoire, mais je ne me sens pas en danger. Ses mots, au contraire, trouvent écho en moi. Ils entrent en résonance avec mes propres doutes, avec la peine que j'éprouve pour lui. C'est un discours que j'aurais très bien pu servir à Caleb quand j'ai appris ce qui s'était passé à Dunvegan en 2005. J'ai détesté nos traditions aux conséquences si brutales quand on m'a arraché mes parents et que ma sœur a été reniée. Mais c'est ainsi que notre monde fonctionne, ce pour quoi nos Familles se sont battues durant si longtemps. Nous protégeons notre sang et nos terres. J'ai appris à l'accepter, jusqu'à renoncer à ce à quoi je tenais le plus.

– Nous valons mieux que les Campbell ou les MacKenzie, poursuit Dyclan. Mais parfois, je doute de notre *laird*. Quand je le vois se démener pour une fausse justice, agir par orgueil ou pour une femme ! Je doute de sa clairvoyance quand je constate qu'il est prêt à tout sacrifier pour lady MacLeod alors qu'il n'a rien fait pour sauver Marlène.

Je papillonne des cils.

Marlène ? La sœur de Swinton ? Est-ce sa mort qui perturbe Dyclan à ce point ?

– Est-ce que tu veux sauver Logan pour… atténuer ta culpabilité par rapport à ce qui lui est arrivé ? demandé-je sans le moindre tact.

Le Limier s'immobilise.

– Rien ne pourra jamais atténuer ma culpabilité, me répond-il après un instant de silence. Je reproche au *laird* MacCoy de n'avoir rien fait alors qu'il le pouvait, mais je n'ai pas agi non plus.

Il ne développe pas davantage. Je devine qu'il ne souhaite pas emprunter ce chemin-là. Notre discussion me l'a montré : il a enfermé en lui beaucoup d'aigreur et il est à deux doigts d'exploser.

Il est devenu une véritable bombe à retardement.

Je connais la version de Caleb, de Phèdre sur ce qui s'est passé ce soir-là. Mon frère n'était pas en capacité de faire quoi que ce soit : c'était soit Marlène, soit Marlène *et* le Limier. Il a fait un choix pour le protéger, pour qu'il ne meure pas lui aussi dans cette arrière-cour.

– Ce qui est arrivé à Marlène ne ressemble pas du tout à ce qu'a commis Logan, rappelé-je. Essayer de sauver ce traître ne pansera pas cette p…

– Il n'est pas question de soulager ma conscience ! Le Rapace doit être interrogé et jugé comme il se doit. Je *veux* l'entendre !

Il a raison. Peut-être n'est-ce pas pour soulager sa conscience que le sort de Logan le préoccupe autant. Ce serait plutôt au nom d'une amitié qu'il croyait solide et immuable. Si le Rapace n'est pas aussi coupable qu'on le croit, alors Dyclan plaidera pour qu'on l'épargne, en souvenir de ce qu'ils ont vécu ensemble.

C'est le dernier geste d'un ami.

En guise d'adieu.

Je le comprends, mais je ne peux pas compromettre les MacLeod. Phèdre m'a accordé sa confiance, elle m'a offert l'opportunité de faire mes preuves, de trouver ma place. Je ne peux pas commettre une nouvelle erreur.

Le bien de tous prévaut sur le bien d'un seul, comme aime à le répéter Caleb.

Alors, j'avertis Dyclan avec détermination :

– Je préviendrai Phèdre que tu espionnes son Clan. Elle s'expliquera avec mon frère. Quant à ce que nous faisons pour retrouver Logan, ça ne te concerne pas. Si tu n'es pas dans la confidence, c'est pour une bonne raison. Ne cherche pas à nous mettre des bâtons dans les roues et n'essaie pas non plus de m'amadouer. Reste en dehors de ça, c'est le mieux que tu puisses faire.

Décidée à clore cette conversation stérile, je tourne les talons. Je suis prête à rejoindre mon lit, cette fois.

Je m'arrête cependant au bout de trois pas lorsque je remarque la silhouette qui m'observe, bras croisés.

Depuis combien de temps est-il là ?

Mon cœur rate un battement, puis s'affole.

– Merde… laissé-je échapper.

Duncan…

CHAPITRE 32

DUNCAN
Le Glaive

Caleb m'a demandé de suivre Dyclan lorsqu'il l'a vu s'éloigner de la fête. Depuis que nous avons découvert la trahison de Logan, notre *laird* tient le Limier à l'œil : il s'inquiète pour lui.

J'ai obéi, heureux de constater que mon frère d'armes se dirigeait du même côté qu'Elisabeth. C'était une opportunité pour moi de vérifier que tout allait bien pour elle.

Je m'attendais à tout, sauf à surprendre une dispute riche en révélations entre eux.

Je n'ai pas cherché à intervenir. J'aurais pu être médusé par tout ce que j'ai entendu… Ce n'est pas le cas. Je m'attendais à ce qu'Elisabeth trouve un moyen de contourner la volonté de son frère de la tenir à l'écart de l'action. Elle ne tient pas en place et est prête à tout pour se rendre utile, quitte à se mettre en danger.

– Qu'est-ce que tu fais là ? m'alpague-t-elle, revenue de sa stupeur de me découvrir.

– Je vous écoutais.

Contrairement à elle, je n'ai pas l'intention de tourner autour du pot.

– Et je peux savoir pourquoi ? s'agace-t-elle.

Elle se replie derrière son fichu caractère, sa langue acérée et son air courroucé.

– Ce que vous disiez m'intéresse.

Elisabeth pince les lèvres, comprenant sans doute qu'il n'est plus utile de nier quoi que ce soit. J'inspire pour contenir la colère qui afflue en moi, puis enchaîne :

– Vos propos auraient pu vous coûter très cher. Toi, Dyclan, pour avoir osé médire sur le *laird*, et vous, Elisabeth, pour désobéir à votre frère, vous mettre en danger ainsi que notre Famille.

– Et alors ? réplique-t-elle. Comme le bon toutou que tu es, tu vas tout raconter à Caleb ?

Je la toise, inflexible, et lâche un simple « oui ».

Malgré la pénombre, je vois le visage d'Elisabeth pâlir. Dyclan, lui, baisse la tête.

Je ne mens pas. Il est inenvisageable que je laisse passer ça. La Louve en est consciente. Le Limier aussi.

– Si tu en parles à Caleb, il sera…

– Furieux ? Oui. Sans aucun doute. Vous êtes inconscients, tous les deux. Comment pouvez-vous douter de votre propre Famille et la mettre en danger pour un seul homme ? Le *laird* a donné des ordres, des consignes ! Qui êtes-vous pour les remettre en cause comme vous l'avez fait ?

Ça fait bien longtemps que je n'avais pas autant délié ma langue. Encore une fois, Elisabeth bouleverse mes habitudes.

– Nous avons tous notre rôle à jouer, continué-je. Il faut l'accepter. Je ne tolérerai pas que vous trahissiez le *laird* d'une quelconque manière ! Que vous soyez sa sœur ou son ami.

Dyclan laisse échapper un petit rire. La Louve darde sur moi un œil plein de rancune.

– Toi qui rêvais d'ailleurs, autrefois, tu n'es plus bon qu'à ronger les os de Caleb, à présent, persifle le Limier.

Je ne réagis pas. Pourtant, je suis blessé.

Mon frère d'armes s'éloigne. Je le laisse partir. Je retournerai le voir quand il sera calmé. Ce n'est pas notre premier conflit, et il y en aura d'autres.

Elisabeth, elle, reste plantée en face de moi. Elle continue de me fixer. Je soutiens son regard. Sa crinière emmêlée lui confère un air de sauvageonne, accentué par son regard fulminant.

– Dyclan a tort, lâche-t-elle enfin. Tu n'as pas changé.

Je fronce les sourcils, ma mâchoire se contracte.

– Tu n'as jamais été capable de réfléchir par toi-même. Ta loyauté va à mon frère, et lui uniquement, peu importe ce qu'il en coûte aux autres.

Ayant largué sa bombe, elle fait mine de prendre la direction du château. Je la retiens par le bras.

– Lâche-moi, Duncan, m'ordonne-t-elle.

– Tu ne peux pas m'accuser de tout, répliqué-je.

Elle se tourne vers moi. J'ajoute :

– J'ai toujours agi pour le bien de tous. Même du tien.

Elle m'affronte, farouche, sans répondre. Je sais qu'elle lutte pour ne pas m'envoyer paître.

– Quand tu es partie, ce n'était pas une erreur, affirmé-je. C'était la meilleure chose à faire.

– Alors c'était quoi, « l'erreur » ?

– Tu le sais aussi bien que moi.

– Tu ne crois pas à ce que tu dis.

Mes doigts se resserrent autour de son poignet.

Elle a raison. D'une certaine manière.

– Tu dois réfléchir à ce que tu fais, aux conséquences de tes actes, déclaré-je.

Je suis près d'elle. Trop près.

Elle essaie de se dégager, mais ma prise ferme l'en empêche.

– Tout comme moi, je dois peser tous mes gestes, toutes mes décisions, continué-je. Il est temps de tourner la page, Beth.

Elle se tétanise. Trop tard, je ne peux pas ravaler le surnom que j'ai employé et que je regrette déjà.

– Cette page, je l'ai déjà tournée, Duncan, siffle-t-elle. Il n'y a que toi qui penses que ce n'est pas le cas. Maintenant, laisse-moi. Et pars ramper devant mon frère. Mais sache que tu auras beau être le plus loyal des clébards, si Caleb te tourne le dos un jour, tu te retrouveras seul. À quoi te servira ta fidélité, à ce moment-là ?

D'un coup sec, elle se libère et part vers le château sans un regard en arrière. Je ne cherche plus à la retenir.

Un rire passe la barrière de mes lèvres pincées. Il est nerveux, jaune. Il m'évite de m'oublier dans un geste inconsidéré : frapper contre le rocher, par exemple.

Je suis satisfait de contenir mon émotion, moins de l'éprouver.

Et je me retrouve encore une fois comme un idiot après le départ d'Elisabeth, le cœur serré et du plomb dans le ventre.

Le pas lourd, je redescends sur la plage des galets. La fête s'y est calmée, une douce langueur s'est emparée de ceux qui sont encore là. Caleb danse avec Phèdre. Ils se sourient, chuchotent à l'oreille l'un de l'autre.

Je m'arrête à deux mètres d'eux, les mains dans les poches, le cœur lourd, puis appelle :

– *Milaird.*

Caleb m'adresse un regard impatient ; il va sans dire que je le dérange. Phèdre est plus conciliante et s'écarte de mon ami.

– J'ai à vous parler, dis-je.

– Maintenant ? As-tu vu l'heure ?

– Oui, *milaird.* Je pense que ça ne peut pas attendre…

Je n'ose pas croiser le regard de lady MacLeod.

– Eh bien, vas-y, soupire Caleb.

– Pourrions-nous nous éloigner un peu ?

Il fronce les sourcils et serre la main de Phèdre dans la sienne.

– Tu peux parler devant lady MacLeod, tu le sais bien.

Je le fixe sans rien dire. Cela suffit à lui faire comprendre que non, je ne souhaite pas m'exprimer en sa présence.

Caleb se tend et se tourne vers Phèdre. Le visage de cette dernière se durcit, ses épaules se carrent. Je crois qu'elle se doute de ce que je vais révéler au *laird*… Elle me regarde tristement sans prononcer un seul mot. J'encaisse sa déception, impassible.

– D'accord, me lance Caleb d'un ton sec.

Il embrasse Phèdre sur le front, non sans une certaine raideur, et s'éloigne. Je lui emboîte le pas sans me retourner. Lady MacLeod n'a pas cherché à m'amadouer, à négocier. Je m'en doutais : ça ne lui ressemblerait pas. Elle assumera ses actes, la tête haute.

Sur le ponton, là où la maison d'Edward a été reconstruite et où loge désormais Charly, le nouveau gardien du port, Caleb s'allume une cigarette en fixant l'horizon noir d'encre. Quelques gouttelettes projetées par le ressac éclaboussent mes joues. L'eau est glaciale.

Mon ami fume en silence. Il laisse la cendre tomber, être rattrapée par le vent. J'observe un instant les braises rougeoyantes s'envoler.

Tout dans la posture, le regard du *laird* m'indique que je vais devoir veiller aux mots que je vais choisir si je veux éviter qu'il ne s'emporte ou que cela provoque un esclandre entre Phèdre et lui.

Lorsque ces deux-là se prennent le bec, l'issue peut être catastrophique.

Je dois informer Caleb de ce que j'ai appris, mais je ne veux pas provoquer de conflit avec les MacLeod.

C'est ce que ne comprend pas Elisabeth : je ne cherche pas à créer de gouffre. Au contraire, je veux essayer de combler celui que les secrets sont en train de creuser. Il en est encore temps…

– Caleb… commencé-je, quêtant son attention.

– Dis ce que tu as à dire, m'ordonne-t-il en mordant le bout de sa cigarette. Ça ne va pas me plaire, alors autant qu'on en finisse.

Je pousse un bref soupir.

– Pouvez-vous me promettre de m'écouter jusqu'au bout sans vous mettre en colère ?

Caleb me jette un regard en biais. Il est si glacial que j'en frissonne.

Non, il ne me promet rien.

Je commence mon récit malgré tout, avec prudence et diplomatie. Je n'accuse personne, je présente les faits, les intérêts et les bonnes intentions que je suppose. Je vois les muscles de l'Ours se crisper dès que j'évoque Elisabeth, puis Phèdre. Je ne connais pas tous les détails, mais j'ai bien compris que la sœur du *laird* est de connivence avec les MacLeod… et donc, que leur Chef a approuvé son implication.

La cigarette n'est plus qu'un mégot écrasé sous la semelle de MacCoy quand je termine. Mon ami fixe les vagues sans laisser transparaître la moindre émotion.

Avec lui, ce n'est jamais bon signe.

C'est le calme avant la tempête. Le grondement avant le coup de tonnerre.

Par précaution, je m'écarte d'un pas ou deux, avec discrétion.

– Es-tu bien sûr de ce que tu avances ? me demande-t-il.

– Oui, *milaird*. Je l'ai entendu de mademoiselle Elisabeth quand elle discutait avec Dyclan.

– J'avais pourtant interdit que l'on recherche le Rapace, grogne-t-il. Ma sœur m'a menti. Phèdre aussi.

Je pince les lèvres. Caleb se fait de plus en plus aigre au fil des minutes qui passent.

– Elles ne pensaient pas à mal, tenté-je.

– Je ne tolère pas le mensonge.

– Vous êtes le mieux placé pour comprendre que c'est parfois une nécessité.

Il acquiesce. Qu'il se contienne me rassure un peu. Aurait-il mûri ? Gagné en sang-froid ?

Il médite quelques secondes, puis marmonne :

– C'est vrai. Je suis simplement déçu que l'on trahisse ma confiance. Je pensais que nous étions au-dessus de ça, maintenant.

– Lady MacLeod est aussi Chef de Clan, répliqué-je. Elle agit en tant que tel : elle pense à sa Famille et à sa sécurité… Je déplore qu'elle n'ait pas cherché à négocier davantage avec vous pour que nous travaillions tous ensemble, mais je peux comprendre qu'elle ait décidé d'agir de son côté, en dépit de vos recommandations.

– Elle a impliqué ma sœur, Duncan.

– Parce que vous ne lui avez pas laissé sa chance.

Il se tourne vers moi. Je sens que la colère qui bout en lui est sur le point de me prendre pour cible. Je serais tenté de m'en mordre les doigts, mais je me suis préparé à l'affronter.

– Qu'essaies-tu de me reprocher, au juste ? gronde-t-il.

– Je ne reproche rien à personne, le rassuré-je tant bien que mal. Mais si nous y réfléchissons deux minutes, pourquoi lady MacLeod et votre sœur ont-elles pris ces initiatives sans vous consulter ?

– Tu insinues que c'est de ma faute ? s'agace-t-il.

– Non, juste qu'au lieu de les bloquer dans leurs projets, mieux vaut trouver un terrain d'entente. Nos deux Clans sont alliés, à présent. Il faut agir en conséquence, nous prouver mutuellement que nous pouvons nous appuyer les uns sur les autres. Ce n'est pas le moment de nous diviser. Je ne suis pas d'accord sur les priorités du Chardon vu notre situation, mais je préférerais que nous réfléchissions à la manière de la soutenir plutôt que de prendre le risque de ruiner notre bonne entente.

– Je suppose que tu me suggères de ne pas m'emporter et d'en discuter avec Phèdre. De revenir sur mes décisions.

– Oui. C'est le plus raisonnable, à mon sens. Nous pouvons réfléchir à un moyen de l'aider dans son enquête et de protéger les MacLeod qui ne nous ont pas encore rejoints sur Inchkeith.

– Je ne suis pas sûr que ce soit une bonne idée.

– Vous connaissez ces deux-là : plus vous leur interdirez ce qu'elles désirent, plus elles se rebelleront.

Caleb lève les yeux au ciel, exaspéré. J'insiste – avec tact, je l'espère :

– Il est préférable de guider ceux qui souhaitent bien faire… comme mademoiselle Elisabeth.

Mon ami secoue la tête. Un tic nerveux trahit son trouble : il mordille un coin de sa lèvre, puis se rallume une cigarette. Il finit par lâcher :

– Je vais y réfléchir.

Je souris, satisfait qu'il ne se soit pas emporté et qu'il accepte de peser le pour et le contre. Il tapote mon épaule et me prévient :

– Vu l'heure, autant faire une nouvelle nuit blanche. Je ne vais pas rentrer.

– Vous allez sortir votre *birlinn* ?

Il n'a pas besoin de me le confirmer. C'est son exutoire, ce qui lui permet de faire le tri dans ses pensées.

Tandis qu'il s'éloigne, la fumée de sa cigarette l'entourant d'un halo cendreux, je tente de me rassurer.

J'ai pris la bonne décision.

N'est-ce pas ?

CHAPITRE 33

ELISABETH
La Louve

– Ce portable me pompe l'air ! Je n'en tire rien !

Joffrey grogne et plonge la tête entre ses mains crispées. Matthew lui tapote l'épaule pour le réconforter. Je sirote mon thé brûlant, comme je l'aime, sans savoir quoi dire. Si le jeune MacLeod ne parvient pas à pirater le téléphone, c'est un problème. Hormis le nom de Debbie Nelson et la mention trop vague du village de Plockton, nous n'avons pas de piste pour faire avancer nos recherches concernant Logan.

À ma droite, Phèdre est très silencieuse. Elle arbore même un air renfrogné qui m'inquiète. C'est à peine si elle répond à ceux qui viennent la consulter dans cette salle commune où nous sommes installés, bien à l'écart des autres. Une partie de billard captive la plupart des hommes et des femmes en repos, et personne ne prête attention à nous.

– C'est pour ça que je préfère de loin les ordinateurs. Ce n'est pas aussi prise de tête ! continue de ronchonner Jo'.

Je l'ignore, laissant son cousin s'occuper de lui remonter le moral, et me concentre sur Phèdre.

– Quelque chose ne va pas ? demandé-je.

Elle lève ses grands yeux sur moi, puis hausse les épaules. Elle n'a pas l'air de vouloir aborder le sujet, mais j'insiste tout de même :

– Il y a un souci avec Caleb ?

– Ça risque, oui, marmonne-t-elle. Il n'est pas rentré de la nuit. Je suppose qu'il l'a passée en mer. Il peut être si inconscient, parfois…

Je pince les lèvres. Je suppose que Duncan a mis sa menace à exécution et a révélé tout ce qu'il a appris à mon frère.

Ça craint…

Je suis toujours aussi remontée contre le Glaive. Il m'a mise hors de moi, j'ai préféré l'éviter aujourd'hui pour ne pas raviver ma colère. Ça ne m'empêche pas d'éprouver une aigreur très désagréable.

Phèdre finit par se redresser et alpague Matthew :

– À défaut de pouvoir entrer dans ce fichu portable, est-ce que l'on a obtenu des informations sur Debbie ?

– Oui ! répond une autre voix.

Je tourne la tête : Callum vient d'entrer dans la salle commune, sa tignasse blonde un peu emmêlée. Il se laisse tomber à côté de moi.

– Les concubines des *lairds* sont très protégées, explique-t-il. Ça n'a pas été facile de retrouver sa trace. Les MacKenzie ont tout fait pour l'effacer.

Phèdre fronce les sourcils et demande :

– Comment ça, « effacer » ?

– Les maîtresses « officielles » des Chefs de Clan investissent définitivement notre monde, expliqué-je. Ce qui implique de faire disparaître leur identité d'avant, que personne ne puisse les utiliser pour porter atteinte à leurs amants. Elles ont un titre officieux. Pour les moins chanceuses, elles vivent recluses…

– Sans leur consentement ? s'horrifie lady MacLeod.

– Non, elles ont leur libre arbitre. Si elles mènent cette existence si particulière, c'est parce qu'elles l'ont acceptée. Ceci fait, elles doivent obéissance au *laird*. Comme n'importe quel autre membre du Clan.

– Qu'en est-il de leur pouvoir au sein de la Famille ?

– Nul. Elles n'ont aucune influence sur la scène politique et elles resteront toujours inférieures à une épouse officielle. Elles bénéficient néanmoins d'un niveau de protection élevé.

Callum, Jo' et Matt confirment mes propos d'un hochement de tête. Phèdre affiche sa désapprobation.

– J'en apprends tous les jours, soupire-t-elle. Voilà que l'infidélité est normale…

– Tout le monde ne l'approuve pas. Les mentalités tendent à évoluer depuis une quarantaine d'années. Ce sont surtout les *lairds* les plus ancrés dans les traditions qui perpétuent ce mode de vie. La nouvelle génération écossaise ne suit pas leur exemple. Caleb le premier, d'ailleurs. Il refusait de prendre ne serait-ce qu'une Pupille…

Lady MacLeod hoche la tête, puis interroge Callum :

– Qu'en est-il de cette Debbie Nelson ?

– Elle a pas mal d'homonymes, ce n'était pas simple de savoir par où commencer ; j'ai essayé de concentrer mes recherches sur Eilean Donan en 1992, l'année de naissance de Logan. Ça n'a pas donné grand-chose, alors j'ai remonté neuf mois plus tôt, en 1991… J'ai envoyé un mail aux auberges du coin dans l'espoir qu'ils acceptent de fouiller un peu. L'une d'entre elles, le *Schoolhouse Dornie*, m'a répondu : ils ont bien eu une visiteuse de ce nom à cette période, mais ils ne pouvaient rien me dire sur elle. Impossible pour eux de s'en souvenir après plus de vingt ans.

Phèdre passe un index nerveux sur son sourcil.

– Vraiment rien ? Même pas sa nationalité ou son âge ?

– Non. Je suis désolé, Chef…

– Je suis convaincue que cette femme est toujours en vie, murmure lady MacLeod.

Le silence tombe sur la salle commune. Je rabats mes jambes contre moi et termine mon thé. Mes méninges tournent à vive allure.

Matthew finit par demander :

– Que faisons-nous, maintenant ? Devrions-nous nous rendre à Plockton pour enquêter ? Nous n'avons pas exploité cette piste.

– C'est trop risqué, réplique Phèdre. Je ne vous enverrai certainement pas en territoire ennemi sur la base d'informations aussi partielles.

– Mais…

– Ma réponse est non, tranche-t-elle. Débloquons ce satané portable et avisons ensuite.

Joffrey se ratatine dans son fauteuil. Je regarde l'heure sur mon téléphone : onze heures et demie. Mon ventre gargouille. Je n'ai pas pris le temps de petit-déjeuner ce matin, je me suis réveillée trop tard.

Phèdre nous congédie en douceur. Je comprends qu'elle est fatiguée et a besoin de calme. Je suis tentée de lui proposer de l'accompagner jusqu'à la chambre seigneuriale : ce n'est pas dans la salle commune, où les gens vont et viennent, qu'elle réussira à se reposer. Je n'en ai pas l'occasion : Caleb et Duncan entrent dans la pièce avant que je puisse ouvrir la bouche. Lady MacLeod se tend ; moi aussi. Mon frère embrasse les présents de son regard sévère, puis le pose sur nous.

– Prête ? soufflé-je à Phèdre.

Elle grimace et me répond :

– Prête…

Duncan ne laisse rien transparaître. C'est le signe que ce qui va suivre n'est pas bon pour nous…

Son attitude me confirme qu'il m'a une nouvelle fois planté un couteau dans le dos.

Intimidés, les gens autour de nous, surtout les MacLeod, commencent à déguerpir, mais mon frère les arrête :

– Vous pouvez rester.

Son ton glacial déclenche un soupir chez Phèdre. Elle se redresse et lie les mains devant elle. Une solennité qui la métamorphose en *lady of Dunvegan*.

– Que se passe-t-il ? demande-t-elle d'une voix neutre.

Impossible pour moi de ne pas fixer Duncan avec tant d'intensité qu'il aura l'impression de cramer sur place. Sans surprise, il sent le poids de mon regard sur lui. Il pose les yeux sur moi en retour, inflexible.

Et je les sens me troubler.

Ce n'était pas l'issue que je recherchais…

Ceux qui n'ont pas réussi à fuir trouvent une place : certains grimpent sur le billard, à défaut de fauteuil vacant. Personne n'ose respirer. Tous guettent d'un œil anxieux l'Ours et le Chardon qui se font face.

– J'ai bien réfléchi, et tu as raison, Phèdre, déclare enfin mon frère. Nous devrions nous pencher sur le cas de Logan.

Lady MacLeod fronce les sourcils.

– Que veux-tu dire ? demande-t-elle, prudente.

– Il a fait beaucoup de mal à mon Clan. Nous devrions nous lancer à sa recherche, faire en sorte qu'il réponde de ses actes devant *notre* justice.

Phèdre est abasourdie. Moi aussi, je reste déconcertée par un tel revirement.

Pourquoi a-t-il changé d'avis aussi vite ? Je m'attendais au sermon du siècle !

Caleb évite de mentionner ce qu'a dû lui raconter Duncan. Pour sauver les apparences, faire disparaître toute trace d'un désaccord entre nos deux Familles ?

Je me tourne vers le Glaive, et mon cœur bat plus vite.

Aurait-il réussi à faire entendre nos arguments à mon frère ?

Ce n'est pas lui, ça, pourtant. Il ne fonctionne pas de cette manière.

Caleb s'approche de Phèdre et moi, souriant.

– J'aurais préféré que tu me parles à cœur ouvert, chuchote-t-il à lady MacLeod, si bas que nous sommes les seules à l'entendre.

La principale intéressée acquiesce, les joues roses et le regard pétillant. Elle murmure un seul mot : « *earbsa*[13] ».

L'ambiance dans la salle commune se détend. Je reste toutefois sur la réserve ; j'ai peur que les reproches ne viennent malgré tout.

Duncan reste debout derrière Caleb tandis que ce dernier prend place dans le fauteuil libéré par Matthew.

– Nous ne pouvons plus prendre d'initiatives seuls, dans notre coin, décrète mon frère d'une

13. « Confiance » en gaélique écossais.

voix forte. Nous avons tous peur : nous guettons le prochain coup des Campbell ou des MacKenzie. Mais nous sommes dans le même bateau, à présent. Même si nous ne serons pas toujours d'accord, les MacCoy et les MacLeod doivent œuvrer ensemble pour se préparer à l'avenir.

Les têtes opinent, les murmures valident.

– Je crois qu'il y a un abcès qui n'a pas été crevé à temps, continue Caleb. Nous étions si concentrés à accueillir tout le monde d'un côté, s'installer de l'autre, faire notre deuil… que nous n'avons pas pris la peine de nous poser. Si le Clan MacLeod estime qu'il est important de retrouver Logan dans les plus brefs délais, nous devons y réfléchir… Phèdre, peux-tu nous expliquer pourquoi c'est si crucial ?

Je déglutis. Caleb ressemble de plus en plus à notre père, par certains aspects. Comme maintenant, alors qu'il captive toute l'assistance de son timbre rauque et vibrant. Je ne sais pas si je dois m'en réjouir ou m'en inquiéter…

Il se tait, et lady MacLeod se lance dans de longs développements. Elle expose ses soupçons, la mort d'Ainsley, nos investigations, ses choix… Elle ne tait pas le rôle que j'ai joué, mais elle omet d'évoquer que Lachlan m'a sauvé la mise.

Duncan et Caleb me foudroient du regard.

Oups ?

Avant que mon frère ne fasse un esclandre et m'humilie une nouvelle fois devant témoins, je précise :

– Je vais bien, je ne suis pas blessée !

– Je n'arrive tout de même pas à croire que tu te sois mise en danger ainsi, face à deux MacKenzie armés ! gronde Caleb.

Je croise les bras, provocatrice.

– Ils n'ont pas fait le poids, crâné-je.

Mais au fond de moi, j'essaie d'atténuer ce terrible pincement au cœur que je ressens au souvenir des coups de feu…

Duncan secoue la tête. Il n'a aucun scrupule à afficher sa désapprobation. Je ravale mon aigreur : l'insulter maintenant ne ferait qu'attiser l'agacement de mon frère. Ce dernier ne me lâche pas du regard, d'ailleurs. Pourtant, il n'a pas l'air de fulminer, mais plutôt de me jauger.

– La prochaine fois, ne pars pas seule pour affronter un ennemi pareil, me dit-il finalement. Reste toujours accompagnée, même lors d'une mission d'infiltration.

– « La prochaine fois » ? ne puis-je m'empêcher de relever.

Il opine, très sérieux. Je ressens un élan d'excitation. Insinue-t-il qu'il ne me tiendra plus à l'écart ? *Calme-toi, Ellie. Ne t'accroche pas à de faux espoirs.*

– Dyclan t'aidera avec le téléphone portable, Joffrey, décrète Caleb. Vous irez plus vite à deux.

Le Limier, posté près de la porte de la salle commune, répond aussitôt :

– Oui, *milaird* !

Son empressement n'échappe à personne. Déjà, il s'approche de son homologue MacLeod pour se renseigner sur les tentatives qu'il a déjà entreprises.

– Je veux que tout le monde se tienne prêt à agir, ordonne Caleb. Nous nous mettrons en mouvement dès que nous aurons décidé de la marche à suivre.

Tout le monde se lève pour retourner à ses occupations.

Ce n'était pas aussi terrible que je le craignais. Je me sens beaucoup plus détendue.

Et Caleb semble vouloir me donner ma chance, lui aussi !

Je jubile. Cette perspective me remplit de joie : j'aurai l'occasion de me rattraper après l'Unicorn, de me dépasser.

– Parlons seul à seul, *mo cluaran*.

Je redescends sur terre à ces mots que je surprends. Étonnée, je dévisage Caleb et Phèdre. J'ai parlé trop vite, vu la tension que je sens à présent entre eux. Je suppose qu'ils régleront leurs comptes à l'abri des regards.

Ils quittent la pièce, et je ne sais pas comment réagir. Mon euphorie est retombée comme un soufflé. Je m'apprête à m'éclipser à mon tour pour descendre manger un bout aux cuisines, mais à peine suis-je sortie de la salle commune que mon regard tombe sur Duncan, qui s'éloigne dans la direction opposée. Je ralentis, les yeux rivés sur ses épaules, sa nuque. Il a relevé ses cheveux en un catogan plutôt lâche.

Est-ce qu'il a vraiment convaincu Caleb de nous écouter ?

J'hésite. Je me dandine d'un pied sur l'autre.

Gauche, courir derrière lui.

Droite, partir me chercher un casse-croûte.

– Eh puis merde…

CHAPITRE 34

DUNCAN
Le Glaive

Caleb a pris la bonne décision ; je suis heureux d'avoir pu y contribuer un peu. Nous ne devons pas nous faire d'illusions : Elisabeth n'en a toujours fait qu'à sa tête, et ce sera le cas encore bien longtemps. Elle est comme ça. Plutôt que de lui imposer des interdictions qu'elle contournera, il est plus intelligent, à mon sens, de veiller sur elle pour limiter la casse…

Le repas sera servi dans une petite heure ; Mary et Roy sont aux fourneaux, secondés par Elia. Quand je vois l'état de stress de l'Ange à l'approche des déjeuners et des soupers, je me dis que la présence des commis et du chef cuisinier des MacLeod n'aurait pas été de trop. Ils sont cependant restés à Dunvegan, au service de Conrad… Maggie ne nous a fait passer qu'un seul message, précisant qu'ils étaient très surveillés. Depuis, rien. Leurs informations nous auraient pourtant été très utiles, et elles auraient permis au Chardon de garder un œil sur le fief qui lui a été arraché par la traîtrise.

– Duncan !

Je frémis en entendant la voix d'Elisabeth ; j'entends ses pas se précipiter vers moi. Je ralentis, surpris qu'elle m'alpague de cette façon au beau milieu du château, au vu et au su de tous.

– Qu'est-ce que tu allais faire ? me demande-t-elle une fois à ma hauteur.

Je fronce les sourcils. Depuis son retour, on ne peut pas dire qu'elle se soit intéressée à mes activités. Pourquoi s'en préoccupe-t-elle maintenant ?

Elle paraît comprendre mon étonnement. Ses joues rosissent, et elle baisse les yeux.

– Je n'ai jamais été très douée pour engager une conversation sans mettre les pieds dans le plat, marmonne-t-elle.

– C'est vrai, confirmé-je.

Elle me fusille de son joli regard couleur de miel, puis lâche :

– Merci…

– Pour ?

Je me retiens de sourire. C'est puéril, mais j'ai besoin qu'elle me dise pourquoi elle m'est redevable. *Pour me sentir indispensable ? Estimé ?*

Elle pince ses lèvres, fronce son nez, puis grommelle :

– Pour avoir parlé à Caleb.

Je hausse les épaules et rétorque :

– Je n'ai rien fait de spécial. Je l'ai tenu au courant de ce qui se passe sur son île. Ne me le reprochiez-vous pas, d'ailleurs ?

– Ne me laisse pas croire que tu n'as pas mis un peu de baume en surplus. La pilule ne pouvait pas passer aussi facilement.

Je n'avais pas envisagé de me vanter de ma petite réussite : ce qui m'intéresse, ce sont les résultats. L'ombre me convient très bien.

– Croyez ce que bon vous semble, lâché-je.

Elisabeth n'est pas convaincue par ma réponse. Elle se renfrogne, même. J'en suis un peu exaspéré. Espérait-elle que j'allais me pavaner afin de lui donner une bonne raison de me remettre à ma place ?

– Tu n'as pas besoin de jouer les modestes, me dit-elle. Quand il est question d'un acte juste, il faut rendre à César ce qui est à César.

Je plisse les yeux.

– « Juste » ? Ça reste à voir. Vous aviez raison, ce n'est pas à moi de vous dicter votre conduite, mais ce n'est pas pour autant que je la cautionne, mademoiselle Elisabeth. Vous avez mal agi. Le *laird* se chargera de vous éviter le pire, malgré votre inconscience.

Je m'attends à essuyer les foudres de la Louve. À la place, elle sourit. Un sourire triste qui me déconcerte.

– Tu n'as jamais cautionné ma manière d'agir, murmure-t-elle. Tu m'as toujours réprimandée, qu'importe notre rang à tous les deux.

– Vous ne m'en laissiez pas vraiment le choix.

– Si, tu l'avais. Parce que, même si je t'agaçais ou si je commettais des impairs, tu me conservais une ouverture. Tes mots m'ordonnaient de partir quand tous tes gestes me chuchotaient de rester. Moi, je n'attendais qu'une chose : que tu sois fier de moi.

Mes mains deviennent moites. Je les dissimule dans mes poches. Elisabeth poursuit :

– Tu étais le seul à me considérer avec tant de sévérité et d'attentes. Et naïvement, je me convainquais que c'était parce que tu aspirais à ce que je devienne meilleure, que je me surpasse. Aujourd'hui, je me trouve idiote. Tu es si dur avec toi-même que tu attends la même rigueur des autres. Pas de moi en particulier. Et je ne serai jamais comme toi… Je fais de mon mieux avec ce que j'ai, avec ce que l'on daigne m'accorder.

Son sourire s'élargit. Je le trouve si doux, en totale contradiction avec son discours qui me poignarde le cœur.

– Alors, tu peux continuer à ne pas adhérer à mes choix, Duncan, reprend-elle. Je m'en fous, comme je m'en fous depuis des années. Depuis le jour où tu m'as tourné le dos. Où tu as agi en lâche. Je n'ai rien à apprendre d'un couard. Je ne t'admire plus. Tu peux frapper autant que tu veux, tes coups ne m'atteindront pas.

Elle reprend son souffle, marque une pause et m'achève :

– Merci d'être intervenu auprès de mon frère. Pour le reste, tu en as déjà assez fait, tu n'as pas besoin de chercher à me planter une nouvelle lame dans le ventre.

– C'est faux !

Elisabeth sursaute, les yeux écarquillés. Je mets un moment à réaliser que je viens de crier. Je trouve tellement injuste qu'elle me jette tout ça à la figure… Comment peut-elle proférer de telles inepties quand tout ce que j'ai fait, c'était pour elle ? Pour nous ? Pour le Clan ? Je ne suis rien, juste un pion. C'est à peine si j'ai un maigre pouvoir sur l'échiquier. Mais je me suis battu, je me battrai encore pour les MacCoy. S'il le faut, je me sacrifierai pour eux.

Même si ça me fait mal. Même si c'est injuste.

J'inspire pour garder le contrôle de mes nerfs.

– Je ne vous ai jamais considérée comme une incapable, déclaré-je finalement. Vous êtes forte, mademoiselle Elisabeth, bien plus qu'une grande majorité d'entre nous. J'aimerais juste qu'un jour, vous cessiez de regarder votre nombril pour prendre en compte ce qui se passe autour de vous. Vous n'êtes pas le centre de mon univers. Et je n'ai jamais été le vôtre.

Les yeux de la Louve s'assombrissent.

– Tu as tort, chuchote-t-elle. Il y a longtemps, tu étais le mien.

Un petit rire la secoue ; elle se redresse et plante ses prunelles dans les miennes.

– J'ai cru l'espace de quelques jours que c'était réciproque, ajoute-t-elle.

Ma gorge se noue. Je me détourne, incapable de supporter ce qu'elle dégage en cet instant. Elle incarne l'un de mes plus grands renoncements, le revers d'une médaille que je ne suis plus sûr d'assumer. Je meurs d'envie de plonger sur elle pour l'étreindre, la serrer si fort qu'elle me supplierait en riant de la relâcher. Comme un imbécile, je n'écouterais pas et lui répéterais à quel point je suis désolé d'avoir un jour eu à choisir.

CHAPITRE 35

DUNCAN
Le Glaive

2004

J'avais rendez-vous avec Ewen afin de discuter de nos entraînements ; il était beaucoup plus âgé que moi, plus expérimenté aussi, mais il avait de nombreuses lacunes au niveau du tir. Les armes à feu ne lui plaisaient pas, mais chacun d'entre nous devait maîtriser au moins les bases de leur utilisation. Je me chargeais de l'épauler.

Son naturel réservé s'accordait bien au mien. Une fois que j'avais cessé d'être intimidé face à sa carrure de géant, j'avais appris à percer sa carapace pour découvrir à quel point il était doux, affable et prévenant avec tout le monde. J'avais pris goût à nos exercices. J'aimais son humour bourru et la façon dont il savait trouver les mots pour rassurer :

il était doué d'une compréhension qui se rapprochait de celle de Megan.

C'est en le cherchant que je fus pris de court par un vacarme en provenance du bureau d'Alastair. Dans le couloir, j'aperçus Caleb, dos contre le mur et bras croisés, le regard fixé sur la porte close. J'étais étonné de le trouver là : le *laird* ne voyait pas d'un très bon œil que l'on écoute en catimini ses conversations. Seule Elisabeth se permettait de telles infractions, en général. Elle était d'ailleurs accroupie devant le battant, la joue collée contre le bois.

Quand elle me remarqua, elle bondit dans ma direction, les larmes aux yeux. Je la serrai contre moi, inquiet de la voir dans un tel état. Son frère ne chercha pas à la recadrer, ce qui m'alerta encore davantage.

– Ils veulent m'envoyer en pensionnat ! me dit-elle.

J'écarquillai les yeux.

– Ils ne veulent plus de moi ici ! couina-t-elle de plus belle.

– Cesse de dire des conneries, Elisabeth !

Caleb la fusilla de son regard le plus noir.

Je ne comprenais pas. Qu'est-ce qui se passait ? Pourquoi éloigner Elisabeth de l'île ? Était-ce ça qui déclenchait un tel chahut dans le bureau d'Alastair ?

– Pourquoi devrais-je me taire ? répliqua la petite MacCoy, furibonde et les joues inondées de larmes. Ils m'exilent ! Et maintenant, ils s'en prennent à Megan ?

– Que voulez-vous dire ?

Je n'étais pas sûr d'avoir bien entendu. Je craignis le pire. Elisabeth, Megan ? Et Caleb ? Était-il concerné par le chamboulement radical qui semblait se tramer ? En tout cas, cela faisait bien longtemps qu'il ne m'avait pas fixé avec un air aussi froid, aussi dédaigneux.

– Ça suffit, Ellie ! cingla-t-il. Cette histoire concerne notre famille.

– Mais Duncan fait partie de la famille, non ?

– Pas celle du sang.

Il évita mon regard. Je n'arrivai pas à lui en vouloir pour ça. Nous nous étions prouvé l'un à l'autre une loyauté sans faille, jusque dans le combat contre les MacKenzie. Cependant, si je pouvais être au plus proche d'eux, obtenir leur confiance la plus totale, jamais cela ne ferait de moi un MacCoy. Juste un garçon dont le père avait un jour prêté allégeance au *laird*.

– Mais… tenta d'insister Elisabeth.

– Tu peux partir, Duncan. Je préfère que tu n'assistes pas à tout ça…

Comment ne pas être touché par les mines si attristées de mes deux amis ? Je ne savais même pas ce qui les troublait et, pourtant, j'étais aussi déchiré qu'eux.

Mais Caleb avait raison : ça ne me regardait pas.

Je me résignai à partir ; les bras d'Elisabeth m'en empêchaient, cependant. Ils se raccrochaient à moi avec force et désespoir.

– Si vous souhaitez que je reste… tentai-je.

– Non, décréta Caleb.

Il marqua un temps d'arrêt, puis ajouta :

– Merci quand même…

Je caressai les cheveux d'Elisabeth et lui murmurai de me relâcher. Elle secoua la tête, le nez dans mon tee-shirt.

Les éclats de voix gagnèrent en intensité. Je reconnus celle de Megan et celle, plus puissante, d'Alastair.

Il se passa quelques secondes avant que l'aînée des MacCoy sorte en trombe du bureau, le visage en feu et déformé par la colère. Le souffle court, elle nous dévisagea, Caleb, Elisabeth et moi. Ses mains tremblaient, son menton frémit. Aussi étonnant que cela puisse paraître, elle, si imperturbable, si forte, semblait sur le point de se mettre à pleurer.

Elle inspira un bon coup après avoir croisé le regard de sa sœur dévastée, puis chercha à s'éloigner sans nous adresser un mot. Caleb l'interpella :

– Comment peux-tu nous faire ça ?

Megan se figea, les poings serrés.

– Comment peux-tu nous abandonner maintenant alors que les MacKenzie ont lancé les hostilités ? fulmina son frère.

Elle fit volte-face, le bras levé comme si elle s'apprêtait à le cogner. Je me tendis, prêt à intervenir, mais elle parvint à se maîtriser.

– Tu ne sais rien, Caleb, répliqua-t-elle. Mêle-toi de ce qui te regarde.

– Mais ça me regarde ! Si tu pars, je…

Ses mots s'étranglèrent dans sa gorge. Il se mordit la lèvre.

– Si vous partez, Ellie et toi… je serai seul, murmura-t-il.

Megan ne s'en émut pas. À l'inverse, elle se fit plus dure :

– Pourquoi personne ne me laisse vivre ma vie ? Pourquoi tout le monde attend de pouvoir se reposer sur moi ? J'ai le droit d'être égoïste. Pour une fois, merde !

– On est loin du simple égoïsme ! Tu nous trahis !

– Je n'en peux plus, Caleb. Je suis à bout. Je suis épuisée… Et j'ai d'autres projets. Des projets qui n'attendront pas.

– Comme quoi ? Qu'est-ce qui compte plus que ta propre famille ?

Les prunelles de l'Agneau s'assombrirent.

– Rien ne compte plus que les miens, répondit-elle d'une voix ténue. Mais tu es trop jeune pour le comprendre.

– J'ai 18 ans. Parle-moi, Megan. S'il te plaît ! Tu ne peux pas m'abandonner toi aussi !

Elisabeth se pelotonna contre moi. Je resserrai mon étreinte autour d'elle, muet. Je comprenais avec horreur que l'une de mes amies les plus chères sur cette île projetait de partir… pour ne jamais revenir, probablement. Je ne pouvais pas comparer ma douleur à celle que ressentait sans doute Caleb à ce moment-là, mais une part de moi souffrait en silence et se sentait trahie, elle aussi.

Pourquoi Megan ne m'avait-elle jamais parlé de ses projets ? Qu'est-ce qu'il lui prenait ? Bien sûr, elle m'avait fait part de son désir d'une autre vie, et ce de nombreuses fois. C'était ce qui nous avait rapprochés, en dépit de notre différence d'âge. Je croyais donc qu'elle me mettrait dans la confidence si elle réussissait à se rapprocher de ce rêve-là.

En un instant, mon monde volait en éclats, et j'ignorais pourquoi.

Megan ne me considérait pas suffisamment pour me partager ses aspirations ; Caleb ne m'estimait pas assez pour compter sur moi dans ce moment difficile.

Il restait Elisabeth. Si petite, chétive dans mes bras. Je ravalai mon amertume pour tenter de la rassurer du mieux possible. Car j'avais conscience qu'à cet instant, j'étais le pilier qui lui permettait de ne pas perdre pied.

Mais elle aussi s'en irait.

Qu'adviendrait-il des MacCoy ?

C'est à cette seconde que je compris, le regard posé sur un Caleb hors de ses gonds.

Sans Megan, sans Elisabeth, l'avenir du Clan dépendrait de lui.

Pourquoi étais-je si persuadé que son aînée ne reviendrait jamais ? Je m'en suis voulu. Je me suis détesté.

Et j'ai eu peur que mon ami soit incapable de succéder à son père ou à sa sœur.

Tout ça en quelques secondes à peine.

Alastair apparut à son tour, sans doute pour calmer ses enfants lancés dans une dispute qui virait aux accusations et insultes. Sa simple présence nous soumit au silence. Je ne l'avais jamais vu aussi défait… déçu quand il toisa sa fille aînée.

Megan et Caleb n'attendirent pas la remontrance en bonne et due forme de leur père. Ils ne se saluèrent pas, ne s'excusèrent pas… Ils disparurent, chacun de leur côté, encore furieux.

Le *laird* se tourna vers Elisabeth et moi. Il nous observa un long moment, s'attarda sur mes bras enroulés autour de sa benjamine, puis ordonna d'un timbre grave :

– Va préparer tes affaires, ma fille. Tu pars le plus tôt possible.

Les doigts d'Elisabeth se plantèrent dans ma peau. Par réflexe, je l'étreignis plus fort, au risque de l'étouffer. Les lèvres d'Alastair se pincèrent. Il lâcha :

– C'est pour le mieux.

Et il s'éclipsa à son tour.

Les sanglots d'Elisabeth me parurent soudain lointains. Trop lointains.

Devrions-nous désormais arpenter les couloirs du château sans entendre le rire du Louveteau ? Sans plus croiser Megan et sa douceur ? N'y aurait-il plus personne dans la bibliothèque pour tourner des pages avec moi ?

Je n'arrivais pas à m'y résigner.

Je ne le voulais pas.

Mais comment aurais-je pu empêcher quoi que ce soit ?

La mort dans l'âme, j'écartai Elisabeth de moi. Elle reniflait avec difficulté, les yeux gonflés. Du revers de ma manche, j'essuyai son nez.

– Je suis certain qu'un bon chocolat chaud vous fera du bien, lui dis-je avec douceur.

– Mais Père a dit que…

– Il ne peut rien contre mon chocolat chaud. C'est le meilleur d'Écosse.

Elle réussit à rire.

– C'est stupide, me lança-t-elle.

Je souris et caressai ses cheveux acajou.

– Ce sera notre petit secret. Le *laird* n'en saura rien.

Je n'oublierai jamais son regard, ce jour-là. Si ingénu, si aimant. Tout ce dont j'étais capable pour apaiser son cœur brisé, c'était de lui préparer une boisson chaude. Une bien faible consolation.

Mais j'eus l'impression que, pour elle, c'était le plus beau cadeau du monde.

CHAPITRE 36

ELISABETH
La Louve

2018

L'odeur du chocolat chaud me réconforte, tout comme la chaleur de ma tasse contre mes paumes. J'ai un peu de mal à me réveiller, et j'aurais peut-être dû me servir un café. Mais j'ai éprouvé le besoin de boire une boisson très sucrée, en souvenir de mon enfance.

Un triste sourire étire mes lèvres. Derrière ces chocolats chauds se sont succédés de nombreux visages. Les plus récurrents sont ceux de ma mère et de Mary. Celui qui me hante appartient cependant à Duncan…

La gouvernante d'Inchkeith me sert des scones à la confiture, mais je n'ai pas très faim. Dès qu'elle a le dos tourné, je les refourgue en douce à Brahn. Il les engloutit, délaissant sa salade de fruits bien sage.

Les traits de ceux qui m'entourent dans la salle à manger sont si défaits, si chiffonnés, qu'ils auraient pu apparaître dans *The Walking Dead*. Plusieurs fois. Roy dort à moitié, son chiffon sur les yeux, tandis qu'Ewen prétend méditer, les yeux fermés. Matthew tombe dans son café. Joffrey est un peu plus éveillé : il a pourtant travaillé une bonne partie de la nuit sur le portable qu'il essaye de craquer.

Nous manquons tous de sommeil, à défaut d'avoir pu récupérer de la petite fête d'il y a deux jours.

Je bâille à m'en décrocher la mâchoire. Je suis crevée, mais il n'était pas concevable que je m'attarde au lit aujourd'hui. Phèdre et Caleb nous ont envoyé un SMS groupé pour nous convoquer à une réunion en fin de matinée. Je ne sais pas comment font ces deux-là pour trouver le courage qui nous manque.

Duncan entre à son tour dans la salle à manger. Son odeur me fait frémir : un mélange de crottin, de poils mouillés et de cuir. De bon matin, ça me file la nausée. Et je déteste le voir aussi frais alors qu'il se lève beaucoup plus tôt que moi.

Je l'envie de paraître sortir d'une publicité alors que je ressemble à un zombie constipé…

Ses yeux se plissent quand ils se posent sur moi.

– Mademoiselle Elisabeth, me salue-t-il en s'installant sur la chaise qui me fait face.

– 'lut.

Ah ! Il veut la jouer comme si de rien n'était ?

Je le toise par-dessus mon chocolat. Il m'ignore et sirote son café.

Qu'est-ce qu'il m'énerve ! Il ne pourrait pas être puéril, histoire qu'on se foute dessus ?

La tension causée par notre dernière altercation m'habite encore. Je meurs d'envie d'en découdre, de me soulager de cette rancœur qui bout en moi. Je n'en ai cependant pas l'occasion : Caleb et Phèdre entrent dans la pièce à ce moment-là, Dyclan sur leurs talons. Le Limier arbore un sourire radieux.

Bon signe ?

– Vous êtes déjà presque tous là, tant mieux ! s'exclame mon frère.

Comme si Mary était dotée d'un sixième sens, elle débarque, armée d'un café pour le *laird* et d'un jus de fruits pour Phèdre. Elle repart aussi sec, l'esprit sans doute déjà préoccupé par le déjeuner à venir.

– Il y a du nouveau ? demandé-je pendant que le couple s'assied.

– J'ai réussi à cracker le téléphone, me répond Dyclan, tout excité.

Il fait danser le portable sous notre nez ; Joffrey se renfrogne. Il doit être très frustré de s'être fait coiffer au poteau.

– Et tu y as trouvé quelque chose ? s'enquiert Duncan, sourcils froncés.

– C'est ce que nous allons voir, déclare Phèdre.

Brahn délaisse mes scones, s'essuie la bouche du revers de sa manche, puis l'interroge :

– Que recherchez-vous exactement ?

– Une piste sur l'endroit où se cache Logan, dans le meilleur des cas ; ou bien des informations sur Debbie Nelson.

Je tire une moue, sceptique. Neil était convaincant lorsqu'il m'a assuré qu'il ne savait rien sur ce qu'est devenu le Rapace…

Dyclan se met au travail. Les tasses se vident, la curiosité est palpable. Phèdre garde les bras croisés et fixe avec intensité le téléphone entre les doigts du Limier. Callum et Sean nous rejoignent tandis que nous attendons, ainsi que Jack.

– Alors ? s'impatiente Brahn.

Ewen le tempère en posant sa grosse paluche sur le sommet de sa tête. Le Serpent grommelle mais prend son mal en patience.

– Franchement, il n'y a pas grand-chose, murmure Dyclan, déçu. Des numéros de téléphone, associés à des noms de code. Des SMS sans intérêt. Les derniers organisent la sortie des MacKenzie à l'Unicorn.

– Est-ce qu'il y a une certaine Hel dans le répertoire ? tenté-je, sans grande conviction.

Dyclan secoue la tête.

– Non, aucune trace.

Caleb soupire, Phèdre affiche son désappointement.

– Ce Neil n'était qu'un petit sous-fifre sans importance, conclut le Limier.

– As-tu consulté les photos et les vidéos ? demande mon frère, contrarié.

– Je vais le faire.

Dyclan se remet à pianoter sur l'écran tactile. Il se fige soudain, les yeux écarquillés.

– Quoi ? m'inquiété-je.

Phèdre se penche pour regarder l'écran…

– Non !

Je sursaute. Ma belle-sœur a bondi sur ses pieds ; sa chaise manque de se renverser. Duncan a le réflexe de la rattraper. Callum et Sean jurent entre leurs dents serrées.

Mon cœur bat à tout rompre.

Quoi ? Pitié, pas un nouveau cadavre…

Je me ressaisis pour observer le portable à mon tour. Une vidéo y défile, de piètre qualité. Dessus, je crois reconnaître Peter et Ian, du Clan MacLeod.

– Où sont-ils ? Pas à Inchkeith, n'est-ce pas ? bredouillé-je.

– Non, en effet, ils ont été filmés ailleurs, confirme Caleb en détaillant le peu de décor visible.

– Ian et Peter ne se sont absentés que deux fois depuis que nous sommes ici, révèle Phèdre.

– Pour aller où ?

Lady MacLeod se mordille l'index, puis lâche :

– Ian est divorcé… Son ex-femme vit à Glasgow, avec leur fils. Il me demande de temps en temps l'autorisation de lui rendre visite là-bas. Peter l'accompagne. Ce sont les seules occasions où ils s'éloignent de l'île.

Les souffles se coupent. Les suppositions font leur chemin dans mon crâne.

Phèdre et Caleb échangent un long regard. Les doigts de la jeune femme se posent sur son ventre rond, et la détermination durcit ses traits. Elle se tourne vers Callum et Sean et leur ordonne :

– Je veux dix hommes et femmes sur le pied de guerre pour se rendre à Glasgow. L'ex-femme et le fils de Ian sont dorénavant sous notre protection.

– À vos ordres, *milady*.

– Recensez toutes les familles liées au Clan à travers l'Écosse. J'exige un suivi régulier : Stefany et Kenneth se chargeront des veilles permanentes. Que l'on m'indique ceux qui ne répondent pas à nos appels. Que l'on essaie aussi de renouer le contact avec Maggie et tous ceux des nôtres qui sont restés à Dunvegan. Il faut que je m'assure qu'ils sont toujours en vie, en bonne santé. S'ils sont en danger…

– Qu'ils soient rapatriés aussitôt sur Inchkeith, termine Caleb, aussi implacable que Phèdre.

Callum et Sean opinent, résolus. Ewen et Roy se lèvent pour proposer leur aide, acceptée sur-le-champ.

– Est-ce qu'un lien peut être établi entre Logan et ces vidéos ? demande Duncan.

– Non, répond Caleb. On n'y voit personne d'autre que Ian et Peter.

– Je crois bien que nous allons devoir enquêter à Plockton, lâché-je.

Mon frère me dévisage, puis soupire :

– C'est à une vingtaine de minutes d'Eilean Donan…

– Ce sera dangereux, mais nous n'avons plus d'autre choix, intervient Phèdre. Un petit groupe discret, et efficace, va devoir se rendre sur place.

– Nos forces seront déjà divisées si nous devons venir en aide aux membres de ton Clan, fait remarquer Caleb.

– Justement : l'attention des MacKenzie et de Campbell sera concentrée sur nos manœuvres pour protéger les familles des MacLeod. Ils seront moins susceptibles de remarquer que nous envoyons quelques hommes à Plockton.

– Lady MacLeod n'a pas tort, insisté-je. C'est une occasion que nous devons saisir. Si Logan est dans ce coin, nous devons le débusquer. S'il ne l'est pas, nous ne pouvons pas négliger le moyen de pression que constituerait sa mère. Dans tous les cas, nous devons agir vite : nous l'avons malheureusement vu avec ce pauvre Ainsley, des vies sont en jeu.

Les têtes opinent pour approuver mes propos. Phèdre baisse les yeux sur son ventre, lèvres pincées. Ses mains le caressent avec une douceur qui contraste avec la sévérité de ses traits.

Si les MacLeod déclinent au fil des gorges tranchées, les MacCoy seront le seul rempart pour protéger la vie de son enfant à naître. Autant ne pas se faire d'illusions : malgré notre détermination, notre petit Clan ne fera pas le poids contre les deux

Familles puissantes que sont les Campbell et les MacKenzie…

– Très bien, décrète Caleb. Phèdre et moi allons réfléchir à la manière d'agir. Nous vous préviendrons dès que nous aurons un plan.

Sur ce, il se lève. Je voudrais l'alpaguer : je veux faire partie du groupe en partance pour Plockton. Me montrer utile, prouver ma valeur. Je trépigne, mais j'ignore comment exprimer mon souhait sans braquer mon frère une fois de plus…

– Je m'en occupe, me souffle soudain Phèdre en passant près de moi, si bas que je suis la seule à l'entendre.

Je réprime un sourire.

Je l'aime de plus en plus, ce Chardon.

CHAPITRE 37

DUNCAN
Le Glaive

Caleb et Phèdre ne tardent pas à élaborer leur plan. Callum et moi sommes convoqués dans le bureau du *laird* dès le lendemain pour l'entendre en premier. J'étais plutôt enthousiaste, mais ma bonne humeur est descendue en flèche lorsque mon ami a cité le nom de sa sœur parmi ceux qu'il comptait impliquer. Pire, dès que j'ai compris qu'elle était susceptible d'être envoyée à Plockton.

– J'ai peur de bien comprendre… Vous permettez à mademoiselle Elisabeth de partir en mission en territoire MacKenzie ?

J'en reste sans voix. Ahuri, même.

Caleb me confirme ce que je redoute d'un hochement de tête. Il me paraît pourtant aussi angoissé que moi. Mais la main de Phèdre dans la sienne me laisse sous-entendre que c'est elle qui l'a poussé à prendre une telle décision.

– Ce n'est pas une bonne idée, argué-je. Je pensais que vous souhaitiez tenir votre sœur à l'écart des situations dangereuses.

– Elisabeth a fait ses preuves contre les deux MacKenzie qui s'en sont pris à elle, intervient lady MacLeod. Elle a réussi à récupérer de précieuses informations et à s'en sortir seule. Nous ne pouvons pas la mettre à l'écart : têtue comme elle est, elle se mettra en tête de se greffer aux opérations, que nous soyons d'accord ou non. Ce qui peut être bien plus risqué encore.

– Vous n'avez qu'à l'enfermer ! grogné-je.

Phèdre m'analyse avec attention, assise dans le fauteuil à côté de celui de Caleb. Son regard est si intense, profond, que je me sens mal à l'aise. Elle est bien loin, la femme qui sortait les griffes dès que j'essayais de la remettre à sa place… Maintenant, c'est elle qui m'étudie et m'insuffle un sentiment d'inconfort.

– Notre décision est prise, Duncan, affirme-t-elle. Elisabeth partira pour Plockton.

Je me détourne du Chef MacLeod pour fixer mon *laird*. Ce dernier ne bronche pas. Il arbore la même détermination que sa compagne.

Elle lui a lavé le cerveau !

Callum, présent lui aussi dans ce bureau qui m'étouffe, ne pipe mot. Il approuve en silence. J'ai envie de hurler.

Caleb change de sujet :

– Les Bain se chargeront de la coordination des groupes qui partiront pour Dunvegan et Glasgow afin de rapatrier nos alliés qui pourraient être en danger. Duncan, tu t'occuperas de la liaison avec le détachement de Plockton. Vous resterez tous les trois ici pour gérer les opérations à distance.

L'injustice d'un tel choix rend ma bouche pâteuse…

Phèdre tend une liste à son bras droit.

– Ce sont toutes les personnes retenues pour se rendre à Dunvegan, explique-t-elle. Ce sont des MacLeod : ils connaissent mieux le terrain.

Callum acquiesce et énumère les noms à voix haute, comme pour l'appel.

Kenneth, Stefany, Gowan, Taylor, Hayley et Sarah.

Mes doigts pianotent sur mes genoux. Trois vétérans, et trois petits jeunes… C'est plutôt équilibré.

– Qui partira à Glasgow ? demande Callum

– Jack, Christian, Alexis, Brahn et Roy, répond Caleb. Ian les accompagnera pour rassurer sa famille… et pour guider le groupe dans cette ville qu'il connaît bien.

Je pince les lèvres. Ma jambe tressaute de nervosité. J'attends avec anxiété de découvrir qui composera la petite troupe d'Elisabeth. S'ils ne sont pas à la hauteur, je serais capable de sortir de mes gonds. Je sais déjà que je ne pourrai pas compter sur le Serpent, le meilleur d'entre nous en combat rapproché, ni sur l'Ange, la sagesse et la prudence incarnées.

Ça ne va pas. Je n'aime pas ces dispositions...

– Et pour le dernier groupe ? demandé-je, perdant patience.

Caleb croise les bras sans me répondre, laissant Phèdre m'éclairer :

– Elisabeth, Dyclan, Joffrey et Matthew.

J'arrondis les yeux, incrédule. Mes ongles se plantent dans le tissu de mon jean.

– Ils ne seront que quatre ?

Le *laird* soupire. Je le connais assez bien pour deviner qu'il n'est pas entièrement d'accord avec la décision à laquelle Phèdre et lui sont parvenus.

– Il n'est pas prévu qu'ils aillent au contact, me glisse lady MacLeod. C'est même inconcevable, en territoire ennemi. Ils seront trop près d'Eilean Donan pour prendre le moindre risque. Leur objectif sera de se rapprocher au maximum de Debbie Nelson. Ils ne récupéreront Logan, s'il est dans les parages, que s'ils peuvent le faire sans se mettre en danger. Tout cela vite et sans incartades.

– Ce ne sont pas des ninjas, protesté-je, les nerfs à vif.

– Non, mais Dyclan saura guider son groupe en toute discrétion.

– Joffrey et Matthew ne sont pas de taille pour lutter contre des MacKenzie sur leur propre terrain.

– Encore une fois, ils ne partent pas là-bas pour se battre, tranche Phèdre.

Ne se rend-elle pas compte qu'ils pourraient bien ne pas avoir le choix ?

– Joffrey assurera la liaison permanente avec toi, ajoute-t-elle. Elisabeth a toute confiance en lui. Elle a appuyé sa candidature.

Je me renfrogne, vexé. Pourquoi suis-je aussi blessé ? Parce que la Louve a choisi Jo' plutôt que moi ? Pas d'illusions, cependant : Caleb n'aurait pas autorisé que je l'accompagne. Mais n'aurait-elle pas pu le demander, au moins ?

Tu te fais du mal tout seul, pauvre fou.

– Pourquoi avez-vous accepté que le Limier participe ? demandé-je. Vous savez pourtant qu'il n'est pas neutre concernant Logan.

– Parce qu'il est excellent pisteur et que son lien avec le Rapace peut nous être profitable, répond Caleb. J'ai pris le temps de discuter longuement avec lui. Je suis convaincu qu'il ne nous trahira pas.

– Et votre sœur ? ne puis-je m'empêcher de rebondir. Elle a notre profond respect pour son niveau en arts martiaux et sa capacité à réagir en cas de crise, mais elle n'a pas plus d'expérience que Jo' ou Matthew sur le terrain.

– Comment peut-elle acquérir cette expérience si on ne lui donne pas sa chance ? réplique Phèdre.

– Elle pourrait s'aguerrir ailleurs avant d'être envoyée sur une telle mission…

Caleb me recadre d'un coup d'œil acéré. J'oublie mon rang en m'adressant ainsi à lady MacLeod…

Pourtant…

– Permettez-moi de coordonner le groupe sur le terrain, demandé-je.

Le *laird* fronce les sourcils. Je ne me démonte pas et insiste :

– Je suis habitué aux missions de ce genre et je ne rate jamais ma cible. Laissez-moi accompagner le groupe à Plockton.

– Non, décrète Caleb. Les MacKenzie savent pertinemment qui tu es, tu risquerais d'être repéré.

– Dyclan est connu, lui aussi.

– Pas autant que toi. Tu es mon second, Duncan.

– Brahn part pour Glasgow, Ewen doit rester avec vous, je suis le meilleur combattant après eux. Vous avez besoin de moi pour veiller sur votre sœur.

La mâchoire de Caleb se contracte.

– Je parviendrai mieux à encadrer le groupe si je suis sur place, avec eux, continué-je d'une voix ferme.

C'est la solution la plus simple plutôt que de me cantonner à suivre leur avancée assis sur une chaise. Si ce n'est pas la décision initiale, c'est parce que Caleb refuse de me savoir près d'Elisabeth aussi longtemps sans chaperon. Mais je ne peux pas l'accepter. Savoir la Louve là-bas, si exposée… l'idée m'est insupportable. J'ai tourné en rond comme un lion en cage lorsqu'elle était de sortie à Édimbourg, comment me comporterai-je quand elle sera à Plockton sans que je puisse intervenir si elle est en danger ?

C'est incnvisageable.

Phèdre attrape la main de Caleb et la lui serre. Ce geste ne m'échappe pas. L'Ours baisse les yeux, en pleine réflexion.

– Tu sais que je donnerais ma vie pour elle, chuchoté-je, me fichant bien de ce que le Chardon ou Callum peuvent comprendre de mes propos.

Mon ami me toise avec colère. Sa main cherche à fuir celle de Phèdre, mais cette dernière la retient. Elle caresse sa paume du pouce en un mouvement lent, appuyé et apaisant.

Il se détend. Juste un peu. Assez pour qu'il finisse par hocher la tête.

– Très bien, tu les accompagnes, lâche-t-il. Vous partirez dans trois jours.

CHAPITRE 38

ELISABETH
La Louve

Quand Caleb m'a annoncé que je faisais partie du groupe pour Plockton et m'a demandé avec qui j'aimerais partir, je n'y ai pas cru : j'ai d'abord pensé que c'était une plaisanterie pour me faire enrager.

Mais non, il était bien sérieux.

Maintenant que j'ai mon sac de randonnée sur le dos et passé des vêtements confortables, je comprends enfin que j'ai gagné le droit de prouver ma valeur.

Matthew, Joffrey, Dyclan et moi attendons dans le hall du château. Duncan nous interroge encore une fois sur le matériel que nous avons emporté et s'assure que nous avons bien saisi qu'il était notre chef d'équipe. J'ai été très surprise d'apprendre que Caleb avait décidé qu'il nous accompagnerait.

Est-ce un miracle ou un cauchemar ? Je ne suis pas certaine de digérer être sous les ordres de Duncan…

Pour me maîtriser, j'essaie de le considérer comme l'homme compétent chargé de nous garder en vie, rien de plus. Alors qu'il nous clarifie les esprits et vérifie que nous avons pensé à tout, il transpire l'assurance, le charisme et la confiance. Je ne peux pas lui retirer ça.

Phèdre nous observe, en retrait. Elle n'intervient pas et laisse faire le Glaive ; je comprends qu'elle respecte sa place de meneur et lui permet de s'affirmer face à nous.

– Ellie ?

Je me retourne et tombe nez à nez avec Caleb. Il me dévisage d'un air grave ; ça ne me dit rien qui vaille.

– Un problème ? soupiré-je.

J'espère qu'il n'a pas changé d'avis. Il ne manquerait plus qu'il m'interdise de me rendre à Plockton quand je suis prête à partir !

– Tu m'accordes une minute ? me demande-t-il, les bras croisés.

– Oui, bien sûr.

– Suis-moi, s'il te plaît.

Je grimace dès qu'il me tourne le dos.

Ça pue.

Je jette un coup d'œil à Duncan : il paraît aussi intrigué que moi.

Je me détourne, puis emboîte le pas à mon frère. Il m'entraîne dans les cuisines. Mary est absente, ainsi que Roy – sans surprise, puisqu'il est à Glasgow.

Caleb s'appuie contre l'un des comptoirs et croise les bras. Je l'imite, sur la défensive, avant de me rappeler le poids de mon énorme sac à dos et les bretelles qui m'endolorissent les épaules. À contre-cœur, je laisse mes mains pendre le long de mes cuisses en ayant l'impression de perdre un certain pouvoir… ou une pièce d'armure.

Mon frère prend enfin la parole, d'une voix profonde :

– Je suppose que Duncan t'a donné toutes les directives ?

– Oui.

– Tu dois lui obéir en toutes circonstances. Tu ne peux pas t'amuser à défier son autorité : la moindre incartade, et tu pourrais entraîner ta mort et celles des autres.

– Et s'il a tort ?

Caleb me foudroie du regard. Je grimace et joue du pied sur le carrelage.

– Je confierais ma vie à Duncan les yeux fermés, assène mon frère. Il est entraîné, calme et réfléchi. Il est capable de prendre une décision en une fraction de seconde, quand tu serais encore en train de te demander ce qui se passe.

– Si tu as si peu foi en moi, pourquoi me laisses-tu partir ? bougonné-je.

Mon frère pince les lèvres, puis soupire :

– Parce qu'une petite voix m'a murmuré à quel point c'était important pour toi… comme ça l'était pour elle.

Je gratte mon sourcil, un peu gênée.

– Phèdre est ce petit murmure, je suppose…

– Je ne suis pas du tout à l'aise de t'envoyer là-bas. Que Dyclan soit de la partie m'angoisse aussi. Vous êtes tous les deux des bombes à retardement… Je vous donne une chance, mais vous devez laisser Duncan vous gérer pour éviter l'explosion.

Je médite ce que vient de dire Caleb. Ça lui coûte beaucoup, mais je suis ébahie de constater qu'il est désormais capable de mettre ses peurs de côté…

– Tu te doutes de ma condition à tout cela, embraye-t-il.

– Faire ta lessive pendant une semaine ? Je te préviens, Mary ne me laisse plus approcher de la machine depuis que les chemises de Papa et les tiennes ont viré au rose.

Il ne rit pas à ma blague. Je me renfrogne.

– Tu dois obéir à Duncan, répète Caleb, mais tu ne dois absolument pas…

– J'ai compris, le coupé-je, agacée. Tu n'as pas à t'inquiéter pour ça, rien que l'idée me débecte.

Il paraît surpris, mais peu convaincu.

– Je ne plaisante pas, Elisabeth MacCoy.

– Moi non plus, Caleb MacCoy.

Je lève les mains et affirme :

– Détends-toi : seule la mission m'importe, rien d'autre. Et je sais gérer mes hormones.

Mon frère plisse le nez, puis se relâche, signe que la conversation déplaisante est terminée. Il tenait à me rappeler à l'ordre avant que je quitte sa bulle de contrôle… Il me contemple un moment jusqu'à ce que ses traits s'adoucissent ; ses yeux révèlent sa profonde inquiétude. Ça me touche, et je ressens une pointe de culpabilité : je joue avec ses nerfs, ses émotions. J'ai conscience que je l'inquiète, mais mon envie de liberté et d'indépendance est plus forte que tout. Je ne suis pas comme ces filles de Chef qui se contentent de leur position en attendant d'être mariées. Même si je suis née au sein d'un Clan, j'ai grandi avec mon temps. Mes études au pensionnat ainsi que mes multiples voyages m'ont permis de voir le monde au-delà de ce qui se passe dans l'univers des Clans.

Caleb finit par s'approcher de moi et poser ses mains sur mes épaules, solennel.

– Tu m'as déjà menti une fois, Ellie. Tu sais que je ne suis pas du genre à donner des secondes chances…

– Ça dépend des fois.

Il m'ignore et continue :

– Alors je compte sur toi pour ne pas me décevoir à nouveau. Sinon, je serai intraitable à l'avenir.

– Quoi ? Comptes-tu m'enfermer dans les cachots d'Inchkeith ? demandé-je en imitant sa grosse voix.

Ils n'ont pas servi depuis des lustres, mais qui sait, mon frère pourrait décider de les rouvrir sur un coup de tête…

– Tu n'imagines pas à quel point cela me démange, me répond-il avec un sourire en coin.

Il retrouve son sérieux pour me regarder dans les yeux et asséner :

– Elisabeth, me promets-tu d'être prudente ?

J'acquiesce, sûre de moi. Même si ça me fera mal d'obéir à Duncan, je veux tenir cette parole-là. Je m'efforcerai de ne rien entreprendre d'inconsidéré.

Caleb m'attire contre lui et m'étreint avec force. À l'abri des regards, il se comporte comme un grand frère anxieux… Un nouveau sourire fleurit sur mes lèvres, et je le serre moi aussi, émue.

– Tu as intérêt à revenir en un seul morceau, petite sœur, me dit-il.

– Mais oui, tête de nœud.

Il me garde contre lui encore un moment, comme s'il refusait de me lâcher, effrayé de me laisser quitter le nid. Je me montre patiente, et égoïste aussi. Les occasions de nous rapprocher sont trop rares ; ces marques d'affection n'en sont que plus belles et puissantes.

Je n'embrasserai plus jamais Megan, mais au moins, il me reste encore mon frère. Et ça n'a pas de prix.

Caleb finit par s'écarter ; il garde cependant ses mains sur mes bras.

– Il est temps, lui rappelé-je doucement.

Il acquiesce.

Je passe ma paume devant mon visage et le taquine :

– Renfile le masque, *milaird*. Tu as un rang à tenir, il ne manquerait plus que l'on remarque le grand sensible que tu es !

Il rit et dépose un baiser sur ma tempe.

– Montre-leur qui sont les MacCoy, sœurette, me chuchote-t-il avant de me laisser partir, le regard trouble.

Je rejoins mon équipe, plus galvanisée que jamais.

CHAPITRE 39

DUNCAN
Le Glaive

Depuis Édimbourg, il faut compter cinq heures de route jusqu'à Plockton. Peut-être moins. Mais c'est un long voyage dans une voiture aussi silencieuse.

Depuis notre départ d'Inchkeith, Elisabeth est plongée dans un profond mutisme, installée sur la banquette arrière. Elle ne me regarde pas, garde les bras et les jambes croisés, et laisse ses yeux se perdre dans les décors qui défilent à travers sa vitre.

Je ravale un soupir et me concentre sur la route, une main sur le volant, l'autre repliée contre ma tempe. Mon coude commence à fourmiller, et j'ai les jambes en coton. J'aimerais m'arrêter bientôt pour me les dégourdir un peu.

Un coup d'œil dans le rétroviseur m'indique que Dyclan, Joffrey et Matthew nous suivent de près. Nous avons décidé de nous déplacer avec deux véhicules. Cela nous assure de pouvoir fuir même en cas de panne ; et cela nous permet d'emporter l'intégralité de notre matériel. Il était hors de question que je me déplace sans mon attirail : fusils, armes de poing, armes blanches, gilets pare-balles, talkies-walkies, affaires de rechange et j'en passe.

Comme Elisabeth est la sœur du *laird*, il n'y a eu aucun débat : étant le plus expérimenté du groupe, il était logique que je la prenne sous mon aile. Au moins le temps du trajet. Dyclan se charge des deux autres néophytes.

Je continue à croire que la combinaison de notre équipe est trop audacieuse. On acquiert de l'expérience petit à petit, pas en se jetant dans le grand bain. Ça revient à fourrer ces gosses tartinés de miel dans l'antre d'un ours affamé.

Cette fois, le soupir m'échappe. Un peu trop sonore, mais il ne perturbe pas le calme d'Elisabeth.

Elle m'ignore.

J'ai toujours détesté ce genre de silences. Ils font trop de bruit.

Au bout d'interminables minutes, partagé entre mon GPS et la route, je finis par dire :

– Je propose que l'on fasse une pause d'ici quelques minutes.

Elisabeth daigne enfin poser les yeux sur moi, les sourcils froncés.

– Déjà ?

Je serre les dents.

Déjà, déjà... Je conduis depuis trois heures.

– Nous avons fait le gros du trajet, l'informé-je. Il faut compter encore une heure et demie, peut-être deux avant d'atteindre Plockton.

– Raison de plus pour continuer à rouler. Nous avons fait la moitié du chemin, restons sur ce bon rythme.

Je marmonne dans ma barbe tout en changeant la vitesse d'un geste agacé. Elisabeth le remarque et lâche d'un ton badin :

– Si tu es crevé, je peux te remplacer.

– Ça ira…

– Je commence à m'inquiéter, tu sais. Tu fais bien de me rappeler que la conduite devient plus fastidieuse avec l'âge.

Je manque de m'étouffer. Je la foudroie du regard dans le rétroviseur. Elle ricane.

– Je ne suis pas vieux, grogné-je, blessé dans mon ego.

– Oh !

Elisabeth se penche vers mon siège. Ses doigts passent sous l'appuie-tête et effleurent ma nuque. Un frisson agréable remonte le long de mon échine… jusqu'à ce qu'une petite piqûre me fasse sursauter.

– Un cheveu blanc ! s'écrie la Louve.

Je me retourne, ahuri. Elle éclate de rire.

Je suis persuadé que ce cheveu est brun ! Elle se fiche de moi !

– Regarde devant toi ! me lance-t-elle.

J'obtempère par souci de sécurité, non pour lui obéir.

Petite peste.

Je pose mon crâne contre mon siège. Un bon café bien noir me ferait le plus grand bien et me permettrait de supporter les prochaines heures…

Le silence retombe, et avec lui, l'ennui. Ma nuque frémit encore du contact d'Elisabeth. Je ressens toutefois un sentiment d'inconfort, comme si je supportais difficilement sa présence. Ou bien sont-ce tous ces non-dits qui flottent entre nous, l'amertume et la colère sous-jacente qui me mettent mal à l'aise ?

Nous avions l'habitude de nous chamailler autrefois. Mais nous nous rabibochions sans cesse, sans excuses, ou si peu.

Je me considérais comme un frère qui oubliait vite les frasques de sa sœur.

J'étais si loin du compte…

Cette époque-là me manque.

Nous avons creusé un gouffre entre nous.

Ou plutôt, *je* l'ai creusé.

À chaque nouveau mot de travers, il s'élargit un peu. Et la douleur que je ressens augmente.

La voix d'Elisabeth me sort de ma torpeur :

– Avons-nous dépassé Inverness ?

– Oui, depuis une vingtaine de minutes.

– Bien…

Elle repart dans ses rêveries. Je suis surpris qu'elle n'ait pas remarqué que nous avons franchi l'une des étapes cruciales de notre petit périple. Inverness est sous le contrôle du duc d'Argyll. Il y avait peu de chances qu'on nous remarque… mais tout de même.

Les Campbell se sont longtemps battus pour étendre leur influence sur la ville, au prix du sang, des alliances et mésalliances, des trahisons, mais c'est Henry qui s'y est imposé définitivement il y a une trentaine d'années.

Passer Inverness signifie que nous sommes pour de bon en territoire ennemi.

Et j'ai vraiment besoin d'un café avant d'arriver à Plockton.

Je dois ralentir à cause d'un pick-up devant nous, je ne peux donc pas prêter attention au remue-ménage d'Elisabeth sur la banquette arrière. Ce n'est que lorsqu'elle me tend son thermos que je comprends qu'elle le cherchait dans son sac de randonnée.

– Mary me l'a gentiment préparé ce matin, me dit-elle.

Je lorgne dessus, puis finis par l'accepter. Mes doigts effleurent ceux de la Louve quand je le récupère. Elle échappe aussitôt à mon contact.

– Merci, lui dis-je.

– Je n'ai pas encore bu dedans, tu n'as aucun risque de choper le choléra.

Elle se réinstalle, un demi-sourire aux lèvres. Je ricane et bois quelques gorgées du cappuccino encore chaud.

Comme si je pouvais être dégoûté…

Même si elle est très silencieuse, je suis soulagé qu'Elisabeth se soit ragaillardie. Je n'ai pas su interpréter ses yeux rouges et gonflés ce matin après sa discussion avec Caleb. Autrefois, je n'aurais pas hésité à lui demander ce qui n'allait pas, prêt à sévir si quiconque avait osé faire du mal à mon petit Louveteau. Ou plutôt se serait-elle empressée de tout me raconter, la morve au nez et la rage dans le regard, crocs sortis. Maintenant, c'est différent, parce que ça ne me concerne plus. Son intimité, ses émotions, tout ce qu'elle garde en elle dans un coffre-fort scellé m'est interdit.

Le cappuccino n'est pas ce que je préfère, mais il me revigore un peu. Je n'apprécie pas non plus de boire pendant que je conduis, mais m'arrêter maintenant me vaudrait une remontrance en bonne et due forme.

Je soupire d'aise et dois me retenir d'engloutir tout le café. Je redonne le thermos à Elisabeth, à regret. Elle s'en empare, cette fois en prenant garde à ce que nos doigts ne se touchent pas.

***

Je suis soulagé quand nous entrons dans Plockton. C'est un petit village au bord du loch Carron, qui participe à la réputation de l'Écosse auprès des nombreux touristes. Il est tout à fait charmant avec ses petites maisons aux façades d'un blanc poudreux ou de briques brunes, disséminées le long d'une baie agréable. Quelques habitations ont leurs fenêtres ou leurs portes peintes de couleurs vives, de quoi égayer l'endroit. Celui-ci a un côté plutôt champêtre, même si les palmiers le long des rues sont assez surprenants.

Elisabeth contemple le village depuis sa vitre. Elle semble ravie de ce qu'elle découvre. Je me demande si c'est un enthousiasme feint : je ne doute pas qu'elle a déjà vu bien des merveilles au cours de ses voyages. Plockton doit faire pâle figure à côté, même si je ne renie pas ses qualités. Il me donne envie de m'y poser pour des vacances ; doux fantasme.

Dyclan me fait un appel de phares pour me signaler que l'on approche du parking du *Plockton Inn*, une auberge du plein centre. Elle est reconnaissable au logo de poisson blanc sur fond bleu qui s'étale sur ses briques. Sa terrasse est très attirante et me rappelle que j'ai faim. Il n'est toutefois pas envisageable que nous déjeunions à ciel ouvert ici. C'est déjà un grand risque que nous avons pris en nous aventurant en territoire MacKenzie : nous espérons ne pas nous y attarder. Mieux encore, ne pas avoir à utiliser les chambres que nous avons réservées.

– C'est là ? me demande Elisabeth dès que je suis garé.

– Oui. Attendez dans la voiture.

Elle ne proteste pas, à ma grande satisfaction. Elle a compris qu'il vaut mieux faire preuve de prudence pendant notre mission, quitte à étouffer son ego.

Dyclan, Joffrey et Matthew sortent de leur véhicule, stationné à notre droite. Le Limier a l'air plus frais que je le suis ; les longues routes ne lui déplaisent pas autant qu'à moi. Chacun inspecte les environs, attentif au moindre mouvement, aux passants qui se promènent. Personne ne nous prête attention, et c'est tant mieux.

Une fois rassuré, j'ouvre la portière d'Elisabeth. Cette dernière sort, impatiente de se dégourdir les jambes elle aussi. Elle observe les lieux, les mains sur les hanches, yeux plissés, puis elle repousse sa longue chevelure cuivrée derrière ses épaules et dit :

– C'est vraiment beau ici. Dommage que le village soit sous le contrôle des MacKenzie.

– « Contrôle » est un bien grand mot, commente Dyclan. Mais ils ont une influence dans cette région, oui. Restons vigilants.

La Louve acquiesce. Elle m'a l'air soucieuse, sans que je devine pourquoi. J'ouvre le coffre pour récupérer les différents sacs. Je serre les dents en les soupesant : ils sont si lourds… Je ne les prends pas tous, dans le cas où nous devrions partir en catastrophe sans avoir le temps de récupérer ce que nous laisserons à l'auberge.

– Et si nous mangions un bout ? propose Joffrey. Ce serait l'occasion de nous renseigner sur la présence d'une Debbie à Plockton.

Elisabeth met un peu de temps à nous emboîter le pas vers l'*inn*, le regard perdu en direction du bout de la rue. Je m'arrête et encourage mes amis à continuer leur route sans moi, attendant la Louve. Elle finit par se détourner, le visage toujours aussi crispé.

– Quelque chose ne va pas, mademoiselle Elisabeth ? lui demandé-je.

Elle me fixe, insondable, puis souffle après m'avoir rejoint :

– Je ne suis pas à l'aise.

– Avez-vous remarqué quelque chose ?

– Non, c'est… c'est comme lorsque je me suis retrouvée à proximité d'un tigre au Népal. Il a eu beau ne pas broncher, à peine m'accorder son attention, j'avais conscience qu'il pouvait me bondir dessus à tout instant.

Je fronce les sourcils, puis recommence à inspecter les environs. Je ne repère absolument aucun danger potentiel ; ce n'est pas pour autant que je sous-estime l'instinct d'Elisabeth.

Elle hausse les épaules et lâche :

– Allons manger, je me fais sans doute des idées.

Elle passe près de moi d'un bon pas. C'est à mon tour de rester immobile, la vue et l'ouïe sollicitées, avant d'entrer dans le *Plockton Inn*.

CHAPITRE 40

ELISABETH

La Louve

L'intérieur du *Plockton Inn* est assez cosy, avec ses tableaux représentant les Highlands au coucher du soleil, les banquettes bleu roi de son bar-restaurant ainsi que son parquet et ses meubles effet vieux bois.

Duncan s'est chargé de récupérer les clés des chambres pour le groupe. L'homme aimable qui tient l'accueil ne nous a pas posé beaucoup de questions. À nos accents, il a compris que nous n'étions pas de simples touristes étrangers.

Maintenant que je suis à l'intérieur de l'auberge, je me sens un peu plus à mon aise. En sécurité.

Nous montons à l'étage pour poser nos affaires dans les chambres. Joffrey et Matthew en partageront une avec deux lits simples, tout comme Duncan et Dyclan. Je suis privilégiée : il était inconcevable que je passe la nuit avec un homme. Cette pensée me fait ricaner.

Galanterie, mon cul…

Duncan ne me remet pas ma clé tout de suite. Sans m'en demander l'autorisation, il déverrouille ma porte et entre dans ma chambre. Je lève les yeux au ciel et attends qu'il termine son inspection. Il ressort, serein, puis m'adresse un signe de tête pour m'indiquer que tout est bon. Je le fixe un petit moment pour lui faire comprendre à quel point il se montre excessif, puis investis la pièce. Nos épaules s'effleurent ; il n'a pas fait l'effort de s'écarter assez pour éviter ce contact. Sa main frôle ma cuisse. Ma gorge s'assèche, je prends sur moi pour rester impassible.

Ma chambre n'est pas très spacieuse, mais elle me convient tout à fait étant donné le peu de temps que nous comptons passer à Plockton. Elle est plutôt lumineuse, avec ses murs couleur crème et ses tableaux minimalistes.

Je dépose mon sac de randonnée sur la moquette d'un bleu minéral, au pied du lit double. Je ne perds pas mon temps à déballer mes affaires ou à visiter : tant que j'ai des w.-c., une douche et un matelas où ronfler, ça me convient. Je passe dans la minuscule salle de bains pour me rafraîchir le visage et la nuque, histoire de me détendre. Je reste un moment appuyée sur la céramique du lavabo, sans oser jeter un coup d'œil au miroir. Je crains d'affronter ma sale tête…

J'ai l'habitude des très longs voyages, bien sûr. Surtout ceux qui exigent une marche interminable, plusieurs sacs sur le dos, le soleil brûlant ma peau. Mais me trouver en présence de Duncan est un véritable calvaire. Mes émotions me travaillent, je me focalise sur lui en permanence. Et c'est épuisant de lutter contre moi-même, sans discontinuer. Je me répète que je suis ici pour aider mon Clan et que je refuse de décevoir Caleb. Je ne dois pas me laisser distraire par les vestiges du passé.

Je finis par ressortir de la chambre après m'être changée : je ne supportais plus mon jean devenu moite après plusieurs heures de route. J'en ai choisi un autre, plus léger et confortable, d'un noir d'encre.

Mes tennis s'enfoncent dans la moquette tandis que je rejoins mes camarades de mission dans le coin restaurant de l'auberge. Ils se sont installés à l'écart, même si le *Plockton Inn* est pratiquement vide.

Le regard de Duncan se pose sur moi dès que je m'avance vers le groupe. Mon cœur se remet à s'emballer, trop enthousiaste : il a suffi d'une seconde pour que le Glaive me remarque, qu'il fasse attention à moi… Je me ressaisis et m'installe à côté de Matthew.

Dyclan, qui mâchonne un cure-dent trouvé je ne sais où, a le nez plongé dans une carte numérique qui s'affiche sur sa tablette dernier cri. Joffrey l'étudie aussi, par-dessus son épaule.

Eux, en revanche, c'est à peine s'ils ont remarqué que je m'étais greffée à leur table.

– Du nouveau ? demandé-je pour la forme.

Ça m'étonnerait qu'ils aient déjà avancé, étant donné que nous sommes arrivés il y a quinze minutes à peine.

– Pas pour le moment, me répond Duncan de sa voix chaude et vibrante.

J'acquiesce sans le regarder et me concentre sur le menu. Des hommes au bar, derrière nous, éclatent de rire. Ils sont occupés à discuter et plaisanter avec le gérant de l'auberge.

Je sens toujours l'attention du Glaive rivée sur moi pendant que les garçons continuent leurs activités. Je gigote sur ma chaise, de plus en plus mal à l'aise. Je mentirais si je prétendais ne pas éprouver une sorte de satisfaction à le captiver ainsi, mais je ne dois pas me laisser aller à ce genre de pensées, je le sais… Je finis par relever le menton pour le toiser. Il m'affronte sans ciller, droit dans les yeux. Je ne sais pas combien de temps nous passons ainsi plongés dans les pupilles de l'autre. Je ne cesse de répéter en silence : « Arrête. Arrête de me regarder. Arrête de faire accélérer mon cœur. » Comme s'il pouvait lire mes pensées, les faire siennes.

Ce n'est pas parce que nous ne sommes plus à Inchkeith que les règles ont changé. Il devrait en avoir conscience, lui aussi. Alors pourquoi me contemple-t-il de cette manière si brûlante ?

Je sursaute quand une voix m'extirpe de mes réflexions :

– Et pour vous ?

Je papillonne des cils et me tourne pour constater qu'une charmante femme aux joues rondes et au ventre rebondi me sourit, armée d'un calepin qui a déjà bien vécu. Duncan détourne son regard sur son verre d'eau. Je me racle la gorge et parcours rapidement le menu pour commander :

– Une soupe aux légumes du jour et…

Je plisse les yeux, dépitée qu'il y ait si peu de plats végétariens, hormis de la salade.

– Un haggis[14] végétarien, s'il vous plaît, ajouté-je à contrecœur. Avec un whisky scotch.

Mes compagnons me dévisagent, interdits.

– S'il n'y a pas de viande, on est d'accord que ce n'est pas du haggis ? souffle Joffrey à Dyclan.

Le Limier hausse les épaules. La serveuse – gérante ? – explique à ma place :

– Elle est remplacée par des champignons, des lentilles vertes, des haricots rouges, des carottes… On garde nos délicieux oignons et l'indispensable avoine. Vous prendrez une petite purée de pommes de terre avec, mademoiselle ? Elle est faite maison, bien crémeuse.

Elle a réussi à m'ouvrir l'appétit en moins de deux.

– S'il vous plaît, dis-je en lui rendant le menu.

Je m'en lèche déjà les babines. Mon petit-déjeuner me semble bien loin.

---

14. Plat traditionnel écossais. Il se compose en général d'abats de mouton, d'oignon, d'avoine, de graisse de rognon, d'épices et de sel, le tout dans une panse de brebis.

Dyclan et Joffrey continuent à débattre à propos du plat que j'ai choisi, décrétant que ce n'est pas du haggis s'il n'y a pas de morceaux d'un pauvre mouton mijoté. Je grimace à la description du plat original. Mais j'ai trop faim, ils ne réussiront pas à faire taire mon estomac qui gronde.

Duncan, lui, affiche un air rieur. Son sourire s'élargit au fur et à mesure que nos compagnons débattent. Je n'aurais jamais cru que mes préférences alimentaires puissent autant l'amuser…

Lorsque nos plats arrivent, tous se lèchent les babines, impatients de se restaurer. Duncan ne perd cependant pas de vue notre mission. Il alpague la serveuse avant qu'elle ne s'éclipse :

– Excusez-moi, connaîtriez-vous une certaine Debbie ?

Mes doigts se figent autour de ma cuillère. Il est plutôt direct… voire trop. À qui pouvons-nous nous fier, ici ? Je doute qu'il soit judicieux de poser des questions de but en blanc à de parfaits inconnus.

La femme semble étonnée. Fronçant les sourcils, elle répond :

– Oui, nous avons bien une Debbie, dans le coin. Nous la voyons très peu : elle ne vit pas à Plockton mais un peu à l'écart. Pourquoi la cherchez-vous ? Elle a des ennuis ?

– Non, pas du tout, nous souhaitons juste la rencontrer, improvise Duncan. Nous avons un ami en commun qui nous a conseillé de profiter de notre passage par ici pour la saluer. Vous l'avez déjà croisée ?

– Une ou deux fois. Comme je vous le disais, elle ne s'aventure pas beaucoup au village. Elle n'est venue déjeuner à l'auberge qu'une seule fois.

– Elle était seule ?

La surprise de la serveuse se transforme en méfiance.

Pour le tact, on repassera...

– Non… lâche-t-elle tout de même.

– Notre ami nous a conseillé votre enseigne, interviens-je, affable, pour tenter de l'apaiser. Votre soupe est délicieuse.

La femme hoche la tête, ravie du compliment, puis nous dit :

– Debbie habite sur la petite île qui fait face au village. Sa maison est complètement isolée, vous ne pourrez pas la rater. Avec ses colonnes victoriennes, elle ne se fond pas vraiment dans l'architecture locale… À marée basse, vous pouvez y accéder à pied. En attendant, je vous conseille de vous promener le long du littoral, jusqu'à la baie de Coral Beach.

Sur ce, la serveuse s'éloigne pour s'occuper de nouveaux clients qui viennent d'entrer dans l'établissement, nous abandonnant avec ces nouvelles informations. Nous permettront-elles de débusquer la Debbie Nelson que nous cherchons ?

Pour le savoir, il ne nous reste plus qu'à attendre la fameuse marée basse.

Nous attaquons pour de bon notre repas tout en discutant de la suite des événements. Difficile pour nous de nous organiser sans avoir tâté le terrain…

– Nous ne pouvons pas négliger la possibilité que des MacKenzie soient présents chez Debbie, chargés de la surveiller et de la protéger, nous prévient Duncan.

– Et ce n'est pas comme s'ils étaient faciles à repérer, ajouté-je. Ils ne se baladent pas dans leur tartan…

Le Glaive acquiesce et embraye :

– Nous irons voir la maison, mais nous resterons sur nos gardes. Guettez le moindre profil suspect et alertez les autres en cas de doutes. Une fois sur ce petit îlot, on ne rigole plus. Est-ce clair pour tout le monde ?

Nous hochons la tête de concert.

Cette fois, on y est. La mission commence réellement.

Duncan coule un regard dans la direction de Dyclan, puis vers moi. Les deux éléments les plus imprévisibles… Il nous jauge.

Je ne m'en vexe pas. Il fait juste son job.

Mais il a tort de croire que je n'en ferai qu'à ma tête aujourd'hui.

Je m'évertuerai à faire de mon mieux.

Parce qu'à la moindre erreur, nous sommes morts…

CHAPITRE 41

DUNCAN
Le Glaive

Le soleil commence sa descente alors que nous avançons sur le petit îlot en direction de la maison que la serveuse nous a désignée. Comme elle nous l'a indiqué, nous avons pu traverser à pied quand la mer s'est retirée. Nous avons veillé à rapprocher les voitures, au cas où il nous faudrait partir dans la précipitation.

Le temps s'est rafraîchi. Je ne regrette pas d'avoir enfilé ma veste en cuir. Elisabeth a préféré un coupe-vent.

Dyclan ouvre la voie. Il est comme un poisson dans l'eau, focalisé sur son objectif, attentif à tout ce qui nous entoure. Pour ma part, je suis assez inquiet. Cet endroit est trop isolé à mon goût. Nous allons devoir nous dépêcher de mener notre enquête, sinon, nous risquons de nous retrouver bloqués sur l'îlot. Un vrai problème si la situation dégénère.

– Là, nous signale soudain Dyclan.

Nous sommes au sommet d'une colline, à l'abri d'un petit bosquet. À nos pieds, en contrebas, nous apercevons la demeure de la présumée Debbie Nelson. Elle contraste avec toutes les autres bâtisses que nous avons croisées jusqu'à présent. Le style victorien est très assumé, comme une signature pour se démarquer.

L'atmosphère au sein de notre groupe se modifie aussitôt. Les visages deviennent beaucoup plus concentrés, les corps se raidissent, les bustes se penchent en avant.

Elisabeth est la plus alerte. J'ai l'impression que son intuition la titille encore. Sa silhouette svelte paraît prête au combat. Sa main reste près de sa ceinture, là où elle a accroché son poignard. Une lame d'au moins vingt centimètres dans un étui en cuir noir.

Je souhaite qu'elle n'ait pas à l'utiliser.

Dyclan et moi observons les environs, lui armé de jumelles, moi à l'œil nu, mais nous ne remarquons rien de suspicieux. Pas de voiture garée près de la maison ni de traces de la présence de MacKenzie dans le coin.

– Alors ? Qu'est-ce qu'on fait, maintenant ? demande Elisabeth, les yeux rivés sur la maison.

– On reste sur nos gardes, ordonné-je. Il y a sans doute un dispositif de surveillance.

– Comme des caméras ? glisse Dyclan, les jumelles toujours sur le nez.

– En vois-tu ?

– Je crois, oui. Près de la porte d'entrée, sur le perron. Tout autour de la maison, en fait. Sous les gouttières.

Matthew passe un index songeur sur son menton, puis dit :

– Une demeure lambda ne serait pas aussi sécurisée. Il y a des chances que ce soit bien celle de la Debbie que nous recherchons.

Je croise les bras.

– Il y a un bémol, souligné-je. S'il y a des caméras, mieux vaut éviter que Dyclan et moi nous présentions à la porte.

Chacun acquiesce. Je grimace. Laisser les jeunes se charger de nouer le contact ne m'emballe pas, avec tous les risques que cela représente.

Elisabeth sort déjà une casquette de son sac à dos, qu'elle a posé à ses pieds. Elle s'en affuble, déterminée. Je ravale mon agacement de la voir prendre une initiative sans l'évoquer avec moi.

Matthew m'observe, d'un regard transparent sur les pensées qui l'agitent en ce moment même. Lui aussi veut être de la partie… Je soupire, me résigne et donne les directives :

– O.K., Elisabeth et Matthew, vous vous chargerez de frapper à la porte et de discuter avec Debbie. Joffrey, tu maintiens le contact avec eux. Dyclan, tu surveilles les lieux. Tiens-toi prêt à intervenir pour nous permettre de dégager d'ici au moindre problème. Je vais rester ici, sous le couvert des arbres, comme tireur.

Ma dernière phrase jette un froid. La Louve me dévisage. Elle n'a pas l'air anxieuse, plutôt… rassurée ?

– Tu veilleras sur nous, traduit-elle à sa manière.

J'acquiesce. Elle esquisse un sourire. Elle est beaucoup plus confiante à présent.

Finalement, elle a encore foi en moi. Dans certaines circonstances.

Elle n'a pas à s'en faire : mon index risque de me démanger si je ressens la moindre menace peser sur elle.

Matthew imite Elisabeth : il enfile bonnet et capuche. Derrière un tronc d'arbre, je m'attelle à préparer mon fusil à lunette sorti de sa lourde mallette. Les jeunes m'observent, intrigués autant que fascinés. Elisabeth est un peu plus sur la réserve, ce qui ne m'étonne pas. Elle n'a jamais apprécié mes armes à feu, sans pour autant me reprocher de m'en servir.

Une fois que je suis prêt, je me redresse et indique un point dissimulé, un peu plus haut.

– Je me posterai là-bas. Au moindre souci, vous fuyez. Dyclan vous récupérera et vous guidera. J'assurerai vos arrières.

– Et toi, comment t'en sortiras-tu ? me demande la Louve.

– Je me débrouillerai.

Elle plisse les yeux, bras croisés.

– Vous n'avez pas à vous soucier de moi, insisté-je. Ma survie, j'en fais mon affaire dès que vous serez en sécurité.

Elle acquiesce à contrecœur.

– Ne tardons pas, nous intime le Limier.

Dyclan part de son côté pour faire le guet tandis que Joffrey s'agenouille près des racines des arbres, talkie-walkie et portable dans les mains. Matthew s'éloigne ; Elisabeth s'apprête à le suivre. Je ne peux pas m'en empêcher : je la rattrape en lui agrippant le bras. Elle s'arrête, surprise, puis me dévisage.

– Faites attention à vous, murmuré-je.

Elle reste silencieuse, le regard baissé sur mes doigts. Elle finit par sourire et répondre :

– Tu veilleras sur moi de là-haut.

Je ne réagis pas tout de suite. Je n'arrive pas à relâcher ma prise ; je ne veux pas qu'elle y aille. Je crains de ne pas réussir à la protéger si je ne suis pas près d'elle.

J'ai peur d'assister à sa mort, impuissant.

Les idées noires envahissent mon crâne. Elisabeth se libère d'elle-même, plus en douceur que je ne l'aurais cru.

– Tout ira bien, m'assure-t-elle.

N'est-ce pas plutôt à moi de la réconforter ? Ne l'ai-je pas toujours fait, avant que tout n'éclate ? Depuis quand les rôles se sont-ils inversés ?

Elle m'offre un dernier sourire, puis dévale la colline sans hésitation. Sans la quitter du regard, je me positionne à plat ventre, cale mon fusil et rive mon œil au viseur. Je suis sa silhouette qui rejoint Matthew, le balancement de sa queue de cheval auburn, ses poings serrés, l'un d'eux tout près de son poignard… Les battements de mon cœur s'accélèrent quand ils arrivent sur le perron, face à la porte d'entrée. Je déglutis, un bref égarement de ma part avant d'inspirer, puis d'expirer profondément pour calmer mon souffle et ma tension. Plus détendu, je me détache d'Elisabeth pour aiguiser mes sens, prêt à faire feu.

CHAPITRE 42

ELISABETH

La Louve

La porte d'entrée est aussi blanche que le reste de la façade de la superbe maison victorienne. Je n'y connais pas grand-chose en architecture, mais je n'en ai pas besoin pour comprendre que c'est une fabuleuse bâtisse. Sa taille suffit très bien à une femme seule… ou avec un enfant.

J'ai vite repéré les caméras de surveillance. Matthew et moi veillons à en détourner nos visages. Pour peu que les images soient transmises en direct je ne sais où, les MacKenzie pourraient débarquer s'ils nous reconnaissent…

Après un coup d'œil à mon camarade de mission, je presse la sonnette. Aucune réponse. Je réessaie une, puis deux fois, avant de frapper à la porte. Je prends garde à ne pas me montrer agressive afin de ne pas braquer cette Debbie.

Une voix finit par traverser le battant.

– Qui est-ce ?

Elle est assez proche pour que nous puissions l'entendre distinctement. C'est un timbre froid, distant… et inquiet.

– Debbie ? tente Matthew, le ton le plus serein possible.

– Vous ne m'avez pas répondu. Qui est-ce ?

– Nous souhaitons juste échanger quelques mots avec vous.

Je jette un coup d'œil par-dessus mon épaule, vers l'endroit où Duncan est censé être posté. Je ne le vois pas, mais je sens sa présence. Elle me rassure. J'essaie de sourire ; il le verra. C'est une manière maladroite de lui assurer que tout est sous contrôle pour l'instant.

– Allez-vous-en ! nous ordonne la femme de l'autre côté de la porte. Je ne reçois personne !

Tant pis pour la diplomatie. Le temps presse, et qui sait si notre interlocutrice n'a pas déjà appelé les toutous MacKenzie à la rescousse ? Je clame d'un ton impérieux :

– Si vous êtes bien Debbie Nelson, vous avez tout intérêt à nous ouvrir.

Sa réponse est étouffée, mais je la comprends tout de même :

– Ça fait bien longtemps que je n'avais plus entendu ce nom…

Matthew se gratte le bout du nez. Il ne sait pas plus que moi ce que nous devons faire. Il est évident pour Debbie que nous ne sommes pas des

MacKenzie ni des membres d'un Clan allié : qui irait rendre visite à la maîtresse d'un *laird* sans avertir ce dernier ? Sans compter que, si son fils est bien dans le coin, elle a tout intérêt à ne laisser personne entrer pour lui éviter des ennuis.

Matthew insiste, doucereux :

– Nous ne vous voulons aucun mal. Nous souhaitons juste discuter avec vous. Vous n'avez rien à craindre.

Je le toise.

Ce n'est pas beau de mentir…

Il grimace, comme pour se dédouaner auprès de moi.

Rien ne garantit que nous ne nous en prendrons pas à Debbie si les circonstances l'imposent. C'est d'ailleurs l'une de nos options : l'utiliser pour attirer Logan.

– Pourquoi est-ce que je vous croirais ? nous demande-t-elle.

– Parce que nous n'avons pas fait exploser votre porte ? répliqué-je, mi-figue, mi-raisin.

Quelques secondes s'écoulent, puis le battant s'entrouvre. Un œil fardé aux longs cils noirs apparaît dans l'interstice. Debbie nous détaille avec attention, sans retirer la chaîne qui retient la porte. Elle fronce son sourcil blond, délicatement dessiné.

– Qu'est-ce que vous voulez ? nous assène-t-elle.

Voyons le positif : on progresse…

– Pourrions-nous entrer ? demande Matthew.

– Je ne préfère pas.

Je perçois mieux l'accent anglais de Debbie, à présent. Elle exsude la méfiance. Elle fait mine de refermer, mais je glisse mon pied dans l'entrebâillement. Elle force tout de même, me faisant un mal de chien. Je serre les dents, décontracte mon visage autant que je le peux et, avant qu'elle ne panique, je lève les mains en un signe de paix. D'un geste lent, je dégage le pan de mon coupe-vent pour dévoiler mon poignard. Elle se braque et appuie davantage sur la porte. Matthew vient à mon secours : sans chercher à forcer sur la chaîne, il pousse sur le battant afin de maintenir un espace suffisant pour que ma cheville ne se retrouve pas broyée. Profitant du laps de temps qu'il m'offre, je déboucle l'étui de mon couteau et m'accroupis en accentuant chacun de mes mouvements, jusqu'à le poser devant moi. Debbie m'observe, attentive. Après trois secondes d'hésitation, Matthew abandonne lui aussi son arme de poing.

Enfin, nous reculons tous les deux.

Mon camarade n'est pas très rassuré. Sa tension déteint sur moi. Je m'efforce de la maintenir à distance.

J'entends les remontrances de Duncan de là où je me tiens. Il ne me loupera pas plus tard, me reprochera d'avoir abandonné ma lame. Mais pour l'instant, c'est tout ce que j'ai trouvé pour convaincre Debbie de nous permettre de rentrer, là où elle ne pourra plus fuir la discussion.

Elle continue de nous analyser. Matthew et moi tenons notre position, déterminés. La blonde ferme soudain la porte, mais c'est une capitulation : nous entendons qu'elle retire la chaîne, puis le battant s'ouvre pour de bon. Debbie nous toise, ses fines lèvres écarlates pincées.

– Je vous accorde dix minutes, pas plus, nous lance-t-elle, glaciale.

Je ne loupe pas son coup d'œil en direction de la caméra un peu au-dessus de nos têtes. Elle revient à nous et ordonne :

– Laissez vos armes par terre. Je ne veux pas de ça chez moi.

Nous acquiesçons. Nous étions conscients qu'elle ne nous permettrait pas de les récupérer dès l'instant où nous avons choisi de nous en délester.

Elle ne nous tourne pas le dos, mais nous invite à entrer.

Enfin !

Nous nous exécutons. Je force mes jambes à marcher d'un pas tranquille et détendu. Nos pieds font craquer le parquet vieillot mais bien ciré. Le vestibule me donne la sensation d'être une fourmi tant la hauteur sous plafond est impressionnante. Je m'attarde sur l'imposant escalier qui fait face à l'entrée, puis je remarque sur la gauche la salle de séjour, très lumineuse et décorée avec goût.

Matthew s'est déjà retourné vers Debbie, qui verrouille derrière nous. Il incline le buste pour la saluer de manière officielle, en adéquation avec son rang. Même si elle n'est pas une *lady*, elle reste une figure importante aux yeux des Clans. La mère d'un fils illégitime, certes, mais d'un fils malgré tout.

Et pour les Familles, ça compte.

Pas pour moi, en revanche.

Je n'ai aucun respect pour ces crevards de MacKenzie.

Debbie fronce les sourcils. Matt tente comme il peut d'apaiser la tension :

– Merci, madame.

Elle balaye son intervention d'un revers de main.

– Pas besoin de ces absurdités protocolaires. Je n'ai plus l'âge de m'en émouvoir. Suivez-moi.

Elle nous ouvre la voie vers le séjour avec une apparente décontraction. Je note cependant le mouvement nerveux de ses doigts bagués ainsi que du bracelet piqueté de diamants à son poignet. Ses talons aiguilles à la semelle rouge – bien curieux qu'elle soit chaussée ainsi quand elle est chez elle – s'arrêtent près de la table basse en bois épais, peint couleur crème.

– Asseyez-vous et dites ce que vous avez à dire, grogne-t-elle en désignant l'imposant canapé en U.

Wow ! Tellement aimable !

Sa méfiance est toutefois compréhensible… et justifiée.

Matthew et moi nous installons au plus près des fenêtres. Autrement dit : dans le viseur de Duncan. Là où une balle peut faire mouche en cas de débordement. Je me contrôle pour ne pas me retourner pour signifier au Glaive que tout est O.K.

Matthew n'a posé qu'une fesse sur le canapé, les mains liées devant lui, prêt à bondir. Son langage corporel trahit son angoisse. Debbie, au contraire, a récupéré une certaine maîtrise d'elle-même. Elle ne s'est pas assise ; elle nous domine de sa petite taille, dans son ensemble effet laine rose pastel.

J'observe la pièce, attentive au moindre signe susceptible de m'indiquer la présence de Logan. Mais rien. Tout est parfaitement ordonné, jusqu'à la plante verte sur le manteau de cheminée. Mon attention est toutefois attirée par un cadre photo. Le seul, à vrai dire. Il représente Debbie, bien plus jeune, un sourire éblouissant aux lèvres, serrant dans ses bras son fils âgé de 5 ou 6 ans. Le regard de Logan transpire la candeur, le bonheur aussi. L'innocence. Ils sont enlacés sur les marches du perron de la maison dans laquelle nous sommes. Le soleil crée un halo chaleureux autour d'eux.

Deux anges que rien ne peut atteindre.

Une main saisit le cadre, m'arrachant à ma contemplation. C'est au tour de Debbie de fixer le cliché, une vive émotion sur le visage. Elle disparaît vite, remplacée par son masque de glace. Comme son fils, elle aussi a bien changé : elle n'est plus la jeune femme emprisonnée dans la photo. On dirait qu'une neige permanente couvre désormais son cœur.

Ses iris d'une jolie nuance menthe à l'eau se posent sur moi. Je l'affronte sans ciller. Elle ne réussit pas à m'intimider.

– Vous avez eu tort de venir jusqu'ici, finit-elle par dire. Vous ne tirerez rien de moi.

Matthew fait mine de protester, mais elle lui coupe l'herbe sous le pied :

– Vous pensez sans doute pouvoir m'utiliser contre Angus MacKenzie, mais vous vous trompez. Je ne fais plus partie de ses favorites.

J'interviens :

– Vu l'emplacement de votre maison et…

Je désigne tout le séjour d'un large geste du bras :

– … son opulence, permettez-nous d'en douter.

Un rictus se dessine sur les lèvres de Debbie.

– Ne vous fiez pas aux apparences, me répond-elle. Ça fait bien longtemps que j'ai perdu l'estime du *laird*. Il se contente de m'entretenir en souvenir d'un temps révolu.

Elle se rembrunit, observant une nouvelle fois la photo qu'elle tient toujours.

– Je continue à vivre sur les terres du Clan, mais mon isolement démontre que je n'ai plus aucun intérêt pour le Chef, poursuit-elle. Si je suis bien traitée, c'est uniquement parce que je lui ai donné un fils. Ma personne, il ne s'en soucie plus.

Elle repose le cadre avec déférence, sans omettre de caresser le visage de Logan.

Je serre les dents, comprenant ce qu'elle insinue. Si elle n'avait pas eu d'enfant, elle aurait tout simplement été oubliée en perdant l'intérêt du *laird*. Éjectée comme un mouchoir usagé. Après tout ce qu'elle a dû abandonner pour devenir la concubine d'Angus, autant dire qu'elle se serait retrouvée à la rue, son passé ayant été effacé.

À notre époque, il peut être plus facile de se reconstruire après avoir été répudiée par un « seigneur ». Cependant, je me doute qu'Angus a gardé tout pouvoir de décision concernant Logan. Je ne serais pas étonnée d'apprendre qu'il a été arraché à Debbie dès son plus jeune âge. Peut-être juste après que cette photo a été prise…

Dès que j'ai été en âge de comprendre, mon père m'a souvent répété que je devais protéger mon cœur des hommes peu scrupuleux. *Lairds* ou pas, il m'interdisait de me laisser courtiser si une bague était déjà passée à leur doigt.

Il refusait que je devienne une concubine, comme Debbie. Prisonnière d'un amour illégitime, dépendante de l'autre, la liberté envolée. Pas aussi protégée et choyée qu'une Pupille, moins considérée qu'une épouse…

Dans notre monde, les maîtresses se contentent des miettes.

Une certaine pitié m'envahit. Je n'ose pas imaginer ce qu'a pu ressentir Debbie quand elle a été abandonnée par Angus après tout ce qu'elle a supporté pour lui. Quand elle a dû se séparer de son propre enfant. De gré ou de force.

Mais je ne dois pas me laisser émouvoir. Je suis ici pour une raison précise : retrouver Logan. La compassion que je ressens pour sa mère ne doit pas me détourner de ce but.

Rien ne justifie ce que le Rapace a fait.

Peut-être que si, Ellie. Mais tu ne peux pas lui pardonner.

Debbie nous alpague, pressée d'en finir :

– Alors ? Pourquoi la sœur MacCoy vient-elle me rendre visite ?

J'écarquille les yeux, sous le choc d'avoir été reconnue. Matthew bondit sur ses pieds, comme si cette question revenait à braquer un canon sur mon front.

La mère de Logan ne flanche pas et me fixe, farouche.

CHAPITRE 43

ELISABETH
La Louve

Toujours assise dans le canapé, je pousse Matthew à se réinstaller en pressant son bras entre mes doigts. Sa réaction a dû alerter Duncan, et je ne souhaite pas que nous montions sur nos grands chevaux si rien ne s'y prête vraiment.

Je demande avec calme :

– Comment savez-vous qui je suis ?

– Les MacKenzie garderont toujours un œil sur la progéniture MacCoy, me répond Debbie. Depuis que votre alliance avec les Campbell ne tient plus, la surveillance s'est accrue.

– Pourquoi me l'avouer ?

– Parce que je sais très bien que vous recherchez mon fils. Et que vous ne ressortirez pas vivants de cette maison…

O.K., je reviens sur ce que j'ai dit. On va peut-être monter sur nos grands chevaux, maintenant.

Debbie soulève sa veste de tailleur et en extrait une arme à feu de petit calibre. Matthew et moi restons immobiles.

Je commence à me dire que j'ai une fâcheuse tendance à me retrouver du mauvais côté des flingues. Il va falloir que je m'interroge sur mon karma.

– Je ne suis peut-être plus rien aux yeux du *laird*, mais je ne suis pas stupide pour autant, nous assène Debbie. Il est clair que vous voulez m'utiliser pour nuire à Logan.

Je ne perds pas mon sang-froid et rétorque :

– Il est normal que nous exigions qu'il réponde pour ses crimes.

– Au nom de quelles lois ? Les vôtres ?

– Oui. Il est coupable de trahison et d'avoir manqué de tuer lady MacLeod et mon frère.

Debbie ricane.

– Vous vous révoltez quand ça touche à votre petit univers, mais dès que ça se passe chez les autres, tout le monde fait mine de ne rien voir. Je me contrefous de vos guerres ou de vos luttes de pouvoir. Vous ne toucherez *pas* à mon enfant !

Énervée, elle agite son arme. Je note qu'elle s'est décalée loin des fenêtres. Ce n'est pas un hasard. Ainsi, Duncan, Joffrey et Dyclan ne peuvent pas suivre ce qui se passe. Sans doute n'ont-ils même pas vu que nous étions menacés.

– D'accord, Debbie, murmuré-je. Restons calmes.

Je place mes bras derrière la tête en signe d'abdication. Ce n'est pas pour l'apaiser mais pour indiquer à Duncan qu'il y a un problème.

– Me calmer ? Vous venez jusqu'ici pour me voler mon fils ! Vous vous pointez sous mon propre toit pour réclamer sa tête !

Le visage de Debbie est tordu par l'effroi et la colère.

– Je ne sais pas comment vous définir, Elisabeth MacCoy, continue-t-elle, le timbre vibrant. Courageuse ou inconsciente ? Ce qui est certain, c'est que je ne vous laisserai pas m'utiliser. En revanche, vous, vous allez me servir. Tant que je n'aurai pas la garantie officielle que Logan n'a rien à craindre de votre Clan, vous resterez ici.

Je secoue la tête, inflexible.

– Mon frère ne renoncera pas à le chercher, Debbie. Si ma vie lui importait tant que ça, jamais il ne m'aurait envoyée ici.

J'espère être assez convaincante. Au moins, ça instille le doute chez mon interlocutrice… l'espace d'une seconde. Elle se ressaisit bien vite.

– Trêve de mensonges, assène-t-elle.

Matthew est bloqué : s'il tente d'intervenir, Debbie peut tirer et me tuer sur le coup. Je décide de me lever lentement tout en déclarant d'une voix douce :

– Vous ne faites qu'empirer la situation. Nous demandons que Logan réponde de ses actes devant la justice MacCoy.

– Vous le tuerez !

– Mon frère saura se montrer juste ! La sentence sera proportionnée aux crimes commis.

– C'est bien ce que je dis. Votre Chef ne pardonnera jamais ses actes à Logan. Mais tout ce qu'il voulait, c'était qu'Angus soit enfin fier de lui ! Il ne mérite pas la mort pour ça.

Je m'abstiens de démentir, même si je n'en pense pas moins.

Logan peut aller se faire foutre pour avoir essayé de tuer Caleb.

Je me déplace pendant que Debbie se lance dans une plaidoirie qui perd de sa cohérence tandis qu'enflent ses émotions. Elle se décale pour me suivre, crie, et se met à pleurer.

Elle est désespérée. Son mascara dégouline sur ses joues, ses larmes s'écrasent dans son cou ou sur ses lèvres écarlates.

Je réussis enfin à la placer là où je le souhaite.

Face à la fenêtre.

Je régule mon souffle pour contrôler l'adrénaline qui pulse dans mes veines et restreindre mon désir de me jeter sur elle pour la désarmer.

Plus que quelques secondes, et je sais que Duncan n'hésitera pas à tirer.

Matt m'observe. Son front est moite. Une goutte de sueur dévale le long de sa tempe.

Il est prêt à agir, lui aussi.

– Éloigne-toi de la fenêtre, mère.

Matthew et moi sursautons et nous tournons d'un même mouvement en direction de l'entrée du séjour. Mon souffle s'accélère, nourri par la rage que je ressens lorsque je reconnais Logan Nelson.

Il nous toise de son regard sombre, cerné d'importantes poches violettes, voire noires. Il a l'air épuisé.

Je jette un œil à Debbie. Elle s'est écartée pour retourner à couvert, là où on ne peut la viser depuis l'extérieur.

Merde...

– Duncan est là, n'est-ce pas ? lance Logan.

Il termine de descendre les marches de l'imposant escalier, une main encore sur la rambarde en bois.

– Vous comptiez le laisser tirer sur ma mère, ajoute-t-il.

Je ne me démonte pas. Il est hors de question que je détourne le regard ni que je mente.

– Je ne pensais pas vous revoir un jour, mademoiselle Elisabeth. Nous ne nous sommes pas croisés bien souvent. Si peu, en fait… Je suis déçu que nous nous retrouvions dans une situation pareille.

– Garde tes jolies paroles pour toi, Rapace, lui lancé-je. Que cherches-tu à faire ? M'attendrir ?

Son regard se voile.

– Pourquoi le ferais-je ? Vous êtes à notre merci, et les renforts MacKenzie ne tarderont pas à arriver.

Mon sang ne fait qu'un tour.

Combien vont arriver ?

Logan continue de s'avancer vers moi. Il reprend :

– Je n'arrive pas à croire que le *laird* MacCoy ait laissé sa très chère sœur partir à ma recherche. Je m'y suis repris à plusieurs fois pour me convaincre que vous étiez bien là, à Plockton.

Je fronce les sourcils.

– Tu nous épiais ?

– Je me doutais bien que des MacCoy finiraient par débarquer au village. Ce n'était qu'une question de temps. Après tout, je connais bien vos méthodes, à présent… Mais je pensais que Caleb se montrerait plus prudent au moment d'envoyer ses larbins.

– « Larbins », tu y vas fort, ricané-je. Tu parles de gens qui t'ont accueilli et aimé durant des années.

Il tique, contracte la mâchoire, puis renifle.

– Ne cherchez pas à me retourner le cerveau, déclare-t-il. Ma loyauté sait qui servir.

– Un Clan qui abandonne ta propre mère ? Au point de la laisser sans protection alors même qu'il est évident que nous viendrons lui réclamer des comptes ?

J'applaudis, cynique :

– Tu as bien été dressé. Chapeau !

Matthew me chuchote, sous haute tension :

– Ne les provoquez pas, Elisabeth…

Il bouge un bras, sans doute pour le tendre dans ma direction. Logan tourne la tête vers lui et porte la main au pistolet à sa ceinture.

Tout se joue trop vite pour que je comprenne ce qui se passe.

J'entends surtout le coup de feu retentir entre les quatre murs, puis le terrible hurlement de Matthew.

Je cours en direction de mon ami pour le rattraper avant qu'il ne s'effondre. Il se tient la jambe. Son pantalon s'imbibe de sang. Je cligne plusieurs fois des paupières, incapable de croire à ce que je vois.

Putain ! Il lui a tiré dans la cuisse, ce salopard !

Matthew est trop lourd pour moi. Je chancelle sous son poids ; il a la clairvoyance de s'appuyer sur une commode à côté de nous pour que je ne chute pas avec lui.

– Espèce de connard ! hurlé-je en direction du Rapace.

Il reste impassible. Ses pupilles sont vides, éteintes. Où est donc passée son âme ?

– Logan ! s'écrie Debbie. Tu n'étais pas obligé de…

– Ils comptaient nous tuer, mère.

– Ce n'est pas pour autant que tu dois te rabaisser au niveau de ces sauvages !

Il la foudroie du regard et réplique :

– C'est ainsi que fonctionne notre monde, tu en es consciente. Si ce n'est pas eux, ce sera nous.

– Ce ne sont que des enfants, ils ont ton âge ! Je voulais juste garder cette fille en otage jusqu'à ce que Caleb MacCoy renonce à toi.

– Il ne renoncera jamais ! vitupère Logan. Son Clan veut ma peau ! Nous ne sommes plus en sécurité. Je suis revenu pour te protéger.

Je plaque mes mains sur la blessure de Matthew pour tenter d'endiguer l'afflux de sang. Si je fais mine de récupérer sa ceinture ou que sais-je encore, je crains que le Rapace ne tire à nouveau, interprétant mal mon geste.

– Tiens bon, Matt, chuchoté-je. Je vais te sortir de là.

Il est incapable de me répondre, trop occupé à supporter la douleur. Son teint livide, son état de choc, tout me laisse croire que c'est la première fois qu'il se prend une balle.

Pendant que je maintiens mes paumes sur la plaie qui ne cesse de cracher son sang, je tente de réfléchir à vive allure. Que ce soit Duncan, Dyclan ou Joffrey, aucun des trois n'essaiera d'entrer dans la maison : ça risquerait de nous mettre plus en danger que nous ne le sommes déjà, Matthew et moi. Ils ne peuvent pas non plus tirer depuis l'extérieur : Logan et Debbie sont hors de portée. Et les MacKenzie sont en chemin… J'ignore combien de temps ils mettront pour arriver. J'espère pouvoir sortir de cette maison en un seul morceau d'ici là.

Pour Matthew, c'est déjà raté.

Je grimace. Je ne vois pas comment nous pourrions nous échapper tous les deux. Sa jambe perforée est un gros handicap pour prendre la poudre d'escampette. Sans compter que Logan n'hésitera plus à nous exécuter de sang-froid si nous bougeons le moindre orteil.

Il finit par perdre patience et ordonner à sa mère :

– Ça suffit ! Fais tes valises, il faut que nous partions d'ici. Je me charge d'eux en attendant.

Debbie écarquille les yeux, effrayée.

– Je ne te laisserai pas les tuer, affirme-t-elle avec autorité. Tu ne deviendras pas le monstre que ton père a essayé de faire de toi !

Logan la dévisage, apathique, avant de répliquer :

– J'étais déjà un monstre quand tu m'as mis au monde.

Debbie se met à sangloter, sa main libre plaquée sur sa bouche pour étouffer ses plaintes. Matt geint ; je me suis crispée sur sa blessure. Je m'excuse du bout des lèvres et observe ce qui m'entoure sans vraiment savoir ce que je cherche. Je commence à perdre mon sang-froid.

Garde ton calme, Ellie. Ce n'est pas le moment de paniquer.

J'inspire. Je ne suis pas toute seule dans cette galère : la vie de Matthew est entre mes mains aussi. Si je foire, on meurt ensemble.

Caleb avait vu juste : le moindre impair, et j'entraîne tous les autres avec moi dans la tombe.

Réfléchis, réfléchis !

Debbie ne prête plus attention à nous, et le bras de Logan, prolongé de son arme, commence à dériver un peu. Je me redresse pour regarder ce qui se trouve sur la commode. Je n'y vois rien qui puisse se révéler utile, hormis peut-être une sorte de plateau en verre. J'essaye d'évaluer sa circonférence, son poids et s'il peut péter le nez du Rapace.

Je fais glisser ma main jusqu'à l'objet. Mes doigts agrippent son rebord froid. Matt comprend où je veux en venir et se prépare : il me fait un signe de tête pour m'encourager. J'inspire profondément, puis bloque ma respiration, mon bras devenu hypersensible, tous mes sens en alerte.

– Mère, fais tes valises, nous devons disparaître durant quelque temps, insiste Logan.

– Pourquoi ne pas attendre l'arrivée des MacKenzie ?

– Dépêche-toi !

Debbie fait un pas en direction de l'escalier tandis que son fils fait mine d'en revenir à nous. Je ne lui en laisse pas le temps. Je jette le plateau de toutes mes forces et prie pour qu'il le percute assez fort pour le sonner. Le résultat n'est pas celui que j'espérais : mon arme improvisée atteint mon adversaire à la poitrine. C'est cependant assez pour le déstabiliser.

En une fraction de seconde, Matthew rugit et bondit sur Debbie. De mon côté, je fonce sur Logan. J'agrippe son coude sans réfléchir, emportée dans mon élan, et dévie le canon de son arme. Sa réactivité me laisse sans voix : il enroule son poignet dans mes cheveux et me tire en arrière. Je vois déjà ma fin arriver quand il pointe son pistolet vers ma poitrine.

Putain de merde ! Il est trop rapide !

La tête tordue, je vois Matthew désarmer Debbie et la tirer devant la fenêtre avant de s'effondrer, sa jambe blessée lui faisant perdre l'équilibre.

– Mère !

La vitre explose ; un projectile traverse la pièce et perce l'épaule de Debbie. Cette dernière hurle de douleur, lâche son pistolet et s'écroule sur le canapé, là où le Rapace ne peut pas la rejoindre sans risquer d'être la prochaine cible.

– Fuis, Logan ! crie Debbie.

Oh ! non ! Elle rêve !

J'écrase le pied de mon adversaire et lui flanque un coup de genou dans l'entrejambe. Il crache tout son air et lâche ma queue de cheval. Je bloque son bras sous le mien et frappe dans sa pomme d'Adam. Il répond à mon assaut d'un coup de coude dans mon nez. Je reste plantée sur mes jambes.

Je ne repartirai pas sans toi, le Rapace !

Je bande mes muscles, prends appui sur ma jambe et pousse de tout mon poids pour cogner Logan contre la rambarde de l'escalier. Matthew a récupéré l'arme de Debbie et la tient en joue à présent, mais son fils semble bien décidé à fuir comme elle le lui a ordonné. Je ne m'interroge pas sur ce manque de scrupules ; ce qui m'importe, c'est qu'il réussit à me repousser et file en direction de la porte d'entrée.

Je m'arrête un instant, indécise.

Et Matt ?

Ce dernier balaie tous mes doutes en me hurlant :

– Chopez-le !

Je sprinte alors pour rattraper Logan. Je saute les marches du perron, les yeux fixés sur son dos. Si les MacKenzie sont en route, il y a des chances pour qu'il coure dans leur direction, vers Plockton. Autant dire qu'il peut m'entraîner dans un véritable coupe-gorge.

Je dois le rattraper avant qu'il réussisse à se placer sous la protection de son Clan.

Une puissante détonation retentit sur ma gauche. Elle résonne à travers les arbres et les collines. Une gerbe de terre explose à quelques centimètres des pieds du Rapace. Celui-ci dérape, incrédule, puis tente de repartir. Un autre coup de feu lui coupe la route.

Un sourire germe sur mes lèvres.

Duncan l'empêche de fuir vers le village.

Mais il ne désire pas le blesser : Logan doit rentrer à Inchkeith en un seul morceau pour répondre de ses actes devant Phèdre et Caleb.

Le Rapace jette un regard vers la forêt ; il peste et change de direction.

Et Dyclan ? Où est-il ?

D'autres coups de feu éclatent, bien plus loin.

Je crois avoir ma réponse.

Le Limier oblige les MacKenzie à ralentir, mais comment ferons-nous pour quitter l'îlot ?

Je n'ai pas le temps d'y songer pour l'instant. Je dois me concentrer sur ma course-poursuite. Mes côtes me font mal, mais je ne laisserai pas Logan s'enfuir.

Je suis une Louve, et il est ma proie.

CHAPITRE 44

DUNCAN
Le Glaive

Je vide mes poumons de tout leur air. Mes doigts se sont relâchés autour de mon fusil ; ils tremblent légèrement. La voix de Dyclan grésille à travers le talkie-walkie à ma ceinture :

– Trois cerfs tombés. Cinq restent.

Je peste pendant que je suis du regard les deux silhouettes en pleine course qui s'éloignent de plus en plus. Logan et Elisabeth se dirigent vers l'extrémité de l'îlot, là où la mer les cernera. Autant dire que la confrontation est inévitable… Malheureusement, je ne peux pas les suivre, sinon je laisse Dyclan gérer seul cinq MacKenzie.

Le message haché de Matthew laissait entendre qu'il était blessé. Joffrey trépigne : il veut lui porter secours. Je ne peux pas l'abandonner non plus.

Et si nous ne récupérons pas Logan, nous devons repartir au moins avec Debbie Nelson.

Mon fusil pèse lourd entre mes mains.

Je sais ce que j'ai à faire, mais mon cœur se fracasse contre ma cage thoracique, paniqué à l'idée qu'Elisabeth affronte le Rapace.

Elle sait se défendre... Elle peut tenir jusqu'à ce que j'arrive.

Je me le répète encore et encore, expire puis me tourne vers Joffrey, résigné.

– Rapatrie Matthew et mettez-vous en sécurité, lui ordonné-je. Attendez mon signal pour que nous puissions repartir tous ensemble.

– Et toi ?

– Je vais aider le Limier. Venir à bout de ces premiers renforts nous donnera assez de temps pour dégager d'ici.

Je marque un bref temps d'arrêt avant d'ajouter :

– Matt est notre priorité. Si tu dois choisir, laisse Debbie et sauve ton cousin, c'est clair ?

– Mais…

– Est-ce que c'est clair ?

– Oui…

– Alors, *go* ! Allez !

Jo' acquiesce et décampe à vive allure. Je récupère tout mon attirail puis cours à travers le bosquet, me repérant aux différents coups de feu qui continuent à détonner. Dyclan doit tirer parti du terrain pour achever un à un nos ennemis. Il n'est pas du genre à combattre à ciel ouvert ; il est vicieux, létal. Il préfère les raids et escarmouches plutôt que les batailles en rangs serrés.

Les vieilles tactiques de nos ancêtres n'ont aucun secret pour lui.

Je ne dois donc pas le trahir en débarquant dans l'affrontement comme un chien dans un jeu de quilles. Il a déjà réalisé une prouesse en venant à bout de trois MacKenzie sur huit.

À proximité des échanges de tirs, je m'accroupis derrière un tronc d'arbre et tente de repérer la silhouette de mon ami. Je scrute les frondaisons, analyse le réseau de branches ombré par le contre-jour.

Je prends soudain conscience qu'il n'y a plus de coups de feu.

C'est le calme plat.

Et je ne perçois plus les éclats de voix des MacKenzie.

Est-ce que Dyclan a réussi à tous les abattre, seul ?

Impossible.

Alors, pourquoi ce silence de mort ?

Une main m'agrippe le col. Je fais volte-face, prêt à utiliser la crosse de mon fusil pour assommer celui qui a osé me prendre à revers. Je me fige cependant en reconnaissant le Limier. Il a le visage crasseux, des feuilles et brindilles dans ses cheveux blonds, et un index posé sur ses lèvres. Je m'agenouille en même temps que lui, l'oreille tendue, imitant son mutisme, attendant son signal. Il me fait signe que deux hommes sont près de notre position, puis il pointe du doigt le sommet de l'arbre sous lequel nous sommes. J'acquiesce et me glisse derrière un autre tronc. Je pose mon fusil à mes pieds et récupère mon Beretta. Dyclan glisse son poignard entre ses dents et grimpe dans les branches de l'arbre qu'il m'a désigné.

Mon pouls s'emballe : où sont les trois MacKenzie restants ? Et s'ils étaient partis à la poursuite d'Elisabeth et Logan ? Et Joffrey et Matthew, comment s'en sortent-ils ?

Concentre-toi. Et fais-leur confiance.

Le premier de nos adversaires apparaît. Il a compris dans quel bourbier lui et les siens se sont fourrés : il avance avec une concentration intense, pas après pas, son arme pointée devant lui. Il ne sous-estime pas Dyclan.

Je repère son comparse à quelques mètres. Il est bien moins assuré ; il sursaute au moindre bruit suspect. Je dois reculer, prenant garde aux brindilles qui jonchent le sol, pour qu'il ne me remarque pas.

Le Limier se penche puis se laisse tomber sur le premier MacKenzie, la lame vers le bas. Elle plonge dans le cou de l'homme, qui n'a pas le temps de crier. Dyclan soutient son poids pour qu'il ne s'écrase pas, ce qui alerterait les autres. Le râle du dernier soupir est toutefois inévitable : un son de gorge rauque qui détonne dans le silence de la forêt.

Notre deuxième adversaire se tourne aussitôt dans la direction de mon ami. Je bondis sur lui et ceinture son cou. Je ne le relâche que lorsque j'entends le craquement décisif. Le corps s'échoue à mes pieds, inerte. Je n'ai pas eu besoin d'utiliser mon Beretta, mais j'y serai sans doute contraint face aux trois MacKenzie encore debout.

Dyclan m'indique de le suivre ; j'obtempère. Dans les situations comme celle-ci, où la discrétion est de mise, il maîtrise son sujet. Je lui laisse bien volontiers les commandes.

Il s'arrête pour tendre l'oreille après quelques instants. Pris d'une intense concentration, il serre ses doigts ensanglantés autour de son poignard mortel. Il se braque soudain, et ses yeux se rivent sur un point que je ne discerne pas à temps. Son bras jette sa lame droit devant lui. Elle se plante dans la gorge d'un MacKenzie dissimulé. Un autre surgit. Je suis prompt à réagir : je lève mon arme et tire une balle entre ses deux yeux. Il s'effondre, son sang imbibe l'herbe sous son corps avachi.

Plus qu'un... et je pourrai retrouver Elisabeth.

Il ne doit pas être bien loin.

Une masse me percute de plein fouet et m'entraîne dans les racines. Ma tête cogne contre l'une d'elles, une autre me rentre dans les reins. Ma main gauche bloque un bras armé d'un canif à deux centimètres de mon œil. Le genou de mon assaillant me comprime le sternum ; il rend ma respiration plus difficile. Dyclan agrippe ses cheveux courts, culbute sa tête en arrière et lui tranche la jugulaire d'un geste sec et précis.

– C'était le dernier, me lance-t-il en essuyant sa lame sur son tee-shirt taché de pourpre, sans afficher la moindre émotion.

J'opine et accepte la main qu'il me tend pour me relever. Je m'efforce d'ignorer les borborygmes de l'homme qu'il vient d'égorger.

– Je doute que les MacKenzie n'aient envoyé que cinq hommes pour venir en aide aux Nelson, dis-je.

J'époussette mon jean, range mon Beretta dans son étui, puis ajoute :

– Ne tentons pas le diable et partons d'ici. Va récupérer Jo' et Matt, je m'occupe de retrouver mademoiselle Elisabeth ainsi que Logan. On se rejoint aux voitures.

Je dois nettoyer le sang sur ma montre pour y lire l'heure. Après un bref calcul, je précise à Dyclan :

– Si la Louve et moi ne sommes toujours pas à l'auberge à 16 h 15, tu ramènes les jeunes à Inchkeith, ainsi que Debbie Nelson s'ils ont réussi à la traîner avec eux. Pas la peine de jouer aux héros en essayant de nous sauver la mise, O.K. ?

Le Limier hoche la tête. Nous ne nous attardons pas sur les cadavres ; inutile de couvrir nos traces, les MacKenzie n'auront aucun doute sur l'identité de leurs meurtriers. Nous leur laissons la basse besogne de cacher les corps et de prétendre que rien ne s'est passé.

Je retourne en arrière pour récupérer mon fusil, que je glisse en bandoulière autour de mon épaule. Avant que nous nous séparions, je donne de nouvelles indications à Dyclan :

– Une fois aux voitures, mettez vos gilets pare-balles, grimpez dans le véhicule et prévenez-moi que vous êtes prêts à partir. Je veux que vous soyez tous les trois armés. Pas d'exception, même pour Matthew. S'il est blessé, il peut encore tirer.

– À quel point nous rejoindrons-nous si vous quittez Plockton après nous ?

Je fixe mon ami droit dans les yeux et réponds :

– Inchkeith.

Dyclan doit comprendre qu'il n'y a pas d'arrêt envisageable. Jo', Matt et lui retourneront sur l'île envers et contre tout, pour se mettre en sécurité derrière les murs de notre château.

Le Limier attend que je sois paré, le regard insondable. Je vérifie mes munitions, lui fais signe que tout est bon puis empoigne le bras de mon frère d'armes, qui me rend mon salut avec sérieux.

– *Be Brave*, murmuré-je.

Il me répond d'un hochement de tête, sans psalmodier « *with honor* ».

J'essaie de lui transmettre toute ma confiance et ma détermination. Lui exsude de colère froide. Son calme est déroutant.

Nous nous séparons : Dyclan en direction de la maison de Debbie pour retrouver Jo' et Matthew, et moi à travers les collines et la vaste étendue herbeuse, en quête de la Louve et du Rapace.

CHAPITRE 45

ELISABETH
La Louve

J'ai perdu Logan de vue. Je cours droit devant moi, balayant l'horizon à la recherche d'une tignasse blonde aux reflets cuivrés. L'odeur salée de la mer me parvient ; j'approche du bout de l'îlot. Je suis essoufflée ; difficile de nier l'endurance du Rapace et sa capacité à brouiller les pistes. Il semble connaître le coin comme sa poche, et ça ne m'arrange pas. Je ne suis pas aussi douée que Dyclan pour pister une cible dans un endroit inconnu…

Je tente de rester attentive à mes flancs et mes arrières. Je veille aussi à éviter de me mettre à découvert, me dissimulant derrière les rochers sur ma route.

Logan est armé ; je ne le suis pas. Il peut m'attaquer en traître.

Je regrette de ne pas avoir récupéré mon poignard avant de prendre le Rapace en chasse, mais je ne devais pas le lâcher d'une semelle.

On voit que c'est une réussite...

– Vous comptez me suivre encore longtemps ?

Je m'arrête net, le souffle court. D'où provenait la voix de Logan ?

Il n'est pas si loin. À pas de loup, je me glisse sous une corniche de la falaise que je longe, le dos plaqué contre la roche, les sens aux aguets.

– Vous devriez renoncer, mademoiselle Elisabeth. Nous ne tirerons rien de bon de cet affrontement, vous comme moi.

Sur ma gauche ? Non...

Le vent a décidé de se jouer de moi. Je retire ma casquette, qui limite mon champ de vision, et progresse vers le sommet de la petite falaise. Je crois entendre des pas, des cailloux qui roulent sous des semelles à l'équilibre précaire.

Je m'accroupis, comme si ça pouvait me permettre de me fondre un peu plus dans le décor.

Il est là, juste au-dessus.

Les pas s'arrêtent. Je bloque ma respiration, attentive au moindre frémissement.

Jusqu'à ce que j'entende un cliquetis près de mon oreille droite.

En vision périphérique, je distingue un canon braqué sur ma tempe.

Il m'a contournée, l'enfoiré.

Tout se passe très vite ; mon instinct prend le dessus. De mon bras droit, je décale l'arme avec une vélocité qui m'étonne moi-même. Je maintiens le poignet de Logan à un mètre de ma poitrine et bloque son épaule pour l'empêcher de retourner le pistolet. Mais il glisse sous mes bras et, avec une force bien supérieure à la mienne, m'envoie percuter la falaise. La douleur est fulgurante ; mon dos agonise, ma tête me lance. Pourtant, je garde mon sang-froid : je dois coûte que coûte entraver les mouvements du Rapace.

J'écrase son pied de mon talon et viens chercher son tibia pour l'obliger à basculer. Il ancre ses jambes au sol pour ne pas se laisser déséquilibrer et agite son bras pour que je le relâche. Mes ongles se plantent dans sa peau, et je pars à l'assaut telle une furie. Je le frappe en plein thorax et coince sa main qui tient son arme sous mon aisselle. C'est un véritable corps à corps qui démarre : il est hors de question que Logan réussisse à me repousser. Ça me condamnerait à mort.

Je m'éloigne, il tire.

Je m'éloigne, je crève.

Le Rapace m'inflige un coup de coude dans la mâchoire et ce qui ressemble à une gifle au niveau de la tempe. Il parvient à détendre ma clé de bras, assez pour libérer son pistolet. Je me glisse rapidement dans son dos, hors de portée, et toujours collée à lui. Je donne un coup de genou dans le creux du sien, arrimée à ses épaules.

Il me surprend néanmoins. Au lieu de plier en arrière comme escompté, il se laisse tomber sur le côté, m'entraînant avec lui. Je roule sur lui dès qu'il essaie de décaler son arme à feu, qu'il lâche. Tant bien que mal, je saute dessus dans l'espoir de la récupérer avant qu'il ne referme ses doigts autour de la crosse. Il crochète mon bassin de sa jambe, me bloque et passe au-dessus de moi. Je me défends pour qu'il ne puisse pas reprendre son pistolet : je frappe son menton de mon crâne, puis dans sa gorge, son nez. Ma tête souffre le martyre ; j'en fais abstraction.

Logan riposte d'un uppercut dans mes côtes. Je pousse un cri ; il a tapé là où les ecchymoses collectées à Édimbourg me lancent encore. Je protège mon visage de mes bras repliés pendant qu'il déchaîne sur moi une pluie de coups de poing : coudes, avant-bras, buste, poitrine, hanches, aucune partie de mon corps n'est épargnée. Les assauts du Rapace sont continus et incontrôlés. Il déverse toute sa rage sur moi.

Ma vision commence à devenir floue ; la douleur manque de me faire perdre ma lucidité.

Je décide de prendre un risque colossal pour me dégager. Je relâche ma défense ; Logan en profite pour chercher ma joue, mais j'intercepte son poing avant l'impact. De ma main libre, je repousse son visage sur le côté, de toutes mes forces. Il me domine à califourchon, je ne peux pas encore me libérer, alors je percute ses bourses de mon genou, plusieurs fois. Je réussis à le faire plonger en avant, pas assez loin cependant. Il encaisse, puis revient à sa position initiale.

Fait chier !

Je me sens impuissante et démunie ainsi positionnée, bloquée sous Logan. Il n'a certes pas une carrure aussi imposante qu'Ewen ou Duncan, il n'empêche que j'éprouve une certaine terreur de le voir ainsi assis sur moi.

Et j'enrage d'être ainsi lésée par ma nature de femme.

Le Rapace finit par me choper à la gorge, signe qu'il est déterminé à m'achever. Je saisis son poignet d'une main, en prenant garde à ne pas utiliser mon pouce que je colle à mes autres doigts, et bloque son biceps de l'autre pour l'empêcher de se dégager. Je n'hésite pas à planter mes ongles dans sa peau. Enfin, je passe mes pieds derrière les siens pour bloquer son bassin de mes genoux repliés et je pousse sur mes hanches.

Les rôles s'inversent, je parviens à basculer sur lui, entre ses cuisses, et le laboure de coups. Je dois me recentrer pour ne pas frapper à l'aveugle ; il me faut toucher là où c'est douloureux, pour l'étourdir. Mais je n'y arrive pas : il sait se défendre.

Il a été entraîné par les meilleurs guerriers de mon Clan…

Le coup de poing qu'il me décoche dans l'arête du nez m'assomme pratiquement. Mon apathie très brève lui suffit pour me repousser plus loin. Je me réceptionne tant bien que mal et me redresse, tout comme lui, en position défensive.

J'ai mal partout ; une douleur aiguë me vrille les côtes. Mon souffle saccadé est sifflant. Logan, lui, paraît confiant. Son air décontracté, sa garde basse, à peine maintenue, me prouvent qu'il n'a aucun doute sur ses capacités à l'emporter.

J'ai eu plusieurs occasions de le sonner assez pour m'offrir le temps de m'enfuir. Mais ce n'est pas l'objectif : je dois trouver un moyen de le soumettre, quitte à lui faire perdre connaissance en lui cassant des membres, pour le ramener avec moi. Il n'a pas l'intention de fuir non plus : s'il revient en arrière, il y a de fortes chances qu'il tombe sur les garçons. S'il fait volte-face et court droit devant lui, il sera bloqué par le loch.

C'est du un contre un, au premier qui tombe.

Lui ou moi.

J'inspire profondément et retire d'un geste rapide mon coupe-vent, qui entrave mes mouvements. Je le jette au loin ; le vent frais apaise ma peau nue, brûlante.

Un ange passe… et le combat reprend.

Logan fonce sur moi et envoie son poing vers ma tempe. Je lève mon bras plié pour me protéger, focalisée sur le coup. Le Rapace me prend par surprise en venant chercher le côté de ma cuisse au même moment. Il me percute là où je n'ai aucun muscle. Je flanche sur mes appuis. Mon adversaire tente de m'atteindre à l'intérieur de mon tibia. Je passe ma jambe au-dessus de son pied, à temps, la repose en pivotant mes hanches, et mon coude s'enfonce dans la pomme d'Adam de Logan. Il me bloque, minimisant l'impact sur ses voies respiratoires, attrape mon col et me tire pour me faire trébucher. Je me cambre, résistant à sa traction, glisse sous son bras pour le forcer à lâcher prise. Une volte-face, et je lui décoche un coup de pied assez haut pour l'atteindre au menton.

Merci, mes années de gym…

Le Rapace recule de quelques pas, la lèvre fendue. Le sang coule et imbibe son pull. Il me toise d'un air meurtrier.

Je repars à l'assaut. Je ne dois pas le laisser mettre de distance entre nous. Je dois nous bloquer en contact permanent pour ne pas lui offrir la possibilité de réorganiser ses gestes et son esprit.

Logan esquive, bloque autant qu'il peut mes offensives. Nous sommes si près que je sens le parfum de son *after-shave* et de sa sueur. L'odeur du sang s'invite dans ma bouche, comme si c'était le mien qui coulait.

Le Rapace adore me percuter au niveau de l'abdomen et de la poitrine. Il sait attirer mon attention pour m'attaquer là où je ne m'y attends pas, en dépit de tous mes efforts pour ne pas me laisser berner. Je me heurte bien trop souvent à ses os les plus durs. Il anticipe tout.

Je reconnais les techniques de Dyclan. Je les maîtrise aussi.

Mais Logan ne connaît pas celles de Megan.

J'ai rarement eu l'occasion de la voir en action, mais j'ai mémorisé autant que j'ai pu les mouvements qu'elle effectuait à l'entraînement ; je les ai reproduits sur des mannequins à la salle de sport de mon pensionnat.

Je n'ai jamais eu l'occasion de les mettre en pratique sur une cible mouvante, mais si je veux surprendre le Rapace, je dois le tenter.

Non, je dois y arriver.

Logan m'encercle de ses bras et les remonte au niveau de mon cou. Il bloque ma tête dans le creux de son coude ; sa paume appuie pour m'immobiliser complètement. Il comprime ma trachée ; je n'arrive plus à respirer. Je tire sur son étau pour me dégager une brèche me permettant de happer un peu d'air. Pas la peine de chercher à me dégager par la force, ça ne servirait à rien : je me laisse tomber pour essayer de m'échapper par en dessous. Le Rapace réagit au bon moment ; je geins, ma gorge endolorie, mon souffle raréfié. J'ai toutefois le champ libre pour choper les bourses de mon adversaire. Son jean est épais, mais je me démène pour lui pincer les parties sensibles. Il grogne mais ne me libère pas. Il recule néanmoins son bassin, ce qui m'octroie assez de marge pour glisser pour de bon et m'échapper.

Rappelle-toi, maintenant, la méthode de Megan !

J'attrape le bras de Logan, claque mon tibia contre le nerf de sa cuisse. Il ploie, assez pour me donner le tremplin dont j'ai besoin Sans lâcher son poignet, je prends appui sur son genou et grimpe.

Rapide, elle était toujours si rapide !

Des flexions, un élan maîtrisé ; ma sœur s'envolait.

Logan hasarde une étreinte pour me cantonner au sol. Il est à deux doigts d'y parvenir, mais je tords son bras.

Je n'y arrive pas. Je ne parviens pas à monter assez haut pour lui enserrer le cou entre mes cuisses, puis l'emmener au sol.

Le Rapace se jette en avant et me plaque à terre.

J'expulse tout mon air, les larmes aux yeux. Logan m'écrase.

Il se redresse et recommence à me marteler de coups. Je me protège encore.

Où est-ce que je foire, putain ?

Je contre une énième offensive, désespérée.

Je peux m'en sortir. Il fatigue.

S'il s'épuise, il aura encore plus de mal à raisonner. Il basculera pour de bon dans la bestialité, encouragé par l'adrénaline et la violence. Et il fera des erreurs.

Alors, je compte dans ma tête, je me contrôle. J'encaisse.

La faille approche, grandit. Je m'y faufilerai bientôt et…

– Touche-la encore une fois et je t'explose le crâne.

Je frémis au son de cette voix.

Mes paupières se ferment. Mon cœur se serre, mais c'est une sensation agréable. Elle est chaude, voluptueuse. Enivrante.

Duncan…

Logan s'est figé, son poing en suspension au-dessus de ma tête. J'ose un regard à travers l'ouverture de mon coude. Son visage s'est figé en une grimace de haine.

– Le Glaive…

J'essaie d'apercevoir Duncan, mais si je baisse ma garde…

– Écarte-toi d'elle.

Logan ricane, puis lève les bras. Il se redresse et recule de plusieurs pas. Libérée de son poids, je suis prise d'une quinte de toux. Tout mon corps m'élance, et je crois cracher mes poumons. Je culbute sur le ventre pour me remettre de mes émotions et digérer les douleurs qui me parcourent, lève la tête et découvre enfin Duncan.

Posté à plusieurs mètres de moi, il tient Logan en joue de son fusil. Ses yeux arborent une lueur meurtrière. Ses muscles sont bandés, je les devine sous sa veste de cuir tendue. L'artère de son cou palpite. Il vibre de charisme et de soif de sang.

Je me remets enfin sur mes pieds, fourbue. Un gémissement m'échappe dès que je déplie mon dos. Duncan me jette un coup d'œil. Un seul, qui suffit à me scanner de haut en bas pour juger de mon état. Sa fureur s'accroît, et je redoute qu'il tire.

Logan reste silencieux, lèvres pincées. Il doit se douter que le moindre impair lui coûtera la vie.

– Récupère son flingue, Beth, m'ordonne Duncan.

Je tressaille mais ne proteste pas. Je me traîne jusqu'à l'arme à feu abandonnée du Rapace.

Ce dernier pousse un rire de gorge et alpague le Glaive.

– « Beth », hein ? lance-t-il.

Je récupère le pistolet en maudissant la souffrance dans mes muscles.

– C'était donc vrai ?

Duncan se raidit davantage. Logan continue :

– Je pensais que c'était des rumeurs à la con, mais je suppose que les gars avaient raison. C'était elle ou toi. C'est pour ça qu'elle a été exilée !

C'est à mon tour de me crisper, mâchoire contractée. La colère m'enivre, et je lutte pour ne pas me laisser submerger. Duncan reste impassible, l'œil toujours rivé à son viseur. Je m'approche de Logan, oubliant toutes mes courbatures. Il ricane de plus belle, enhardi pour je ne sais quelle raison.

– Mon bon vieux Glaive, toi que l'on prétend si irréprochable, tu ne vaux pas mieux qu'un queutard en fin de soirée, hein ? s'exclame-t-il. T'as baisé la sœur de Cal...

– Ta gueule.

La crosse de mon arme fracasse la nuque du Rapace. Il s'écroule, inconscient. Je meurs d'envie de lui cracher dessus, mais je n'en fais rien.

Duncan patiente un instant, puis abaisse son fusil. Il affiche toujours son masque de fureur. Son regard m'effleure à nouveau, plus longuement. Il s'attarde sur ma peau, mes joues, mon arcade, ma bouche. Sur chaque endroit qui me brûle.

Je m'avance vers lui et tends la main.

– Passe-moi le fusil, murmuré-je. Je ne peux pas porter Logan jusqu'aux voitures. Il est trop lourd…

Duncan ne s'exécute pas dans l'immédiat. Il continue de me dévisager avec attention, au point que je me demande s'il me voit vraiment. Quand il bouge, c'est pour caresser ma lèvre tuméfiée de son pouce. C'est très léger, c'est à peine si je sens la pulpe de son doigt. Un frisson me parcourt. Je finis par comprendre.

Je saisis sa main dans les miennes et lui chuchote :

– Je vais bien.

Il serre les dents. J'étreins sa paume plus fort.

– Je vais bien, répété-je.

Après un long moment où nous nous faisons face en silence, les yeux dans les yeux, il hoche la tête et dégage ses doigts des miens. C'est lent, doux. Rien de brutal. Une caresse. Puis il me donne son fusil et, sans un mot, soulève le corps de Logan.

CHAPITRE 46

DUNCAN
Le Glaive

J'aurais pu le tuer.

J'en mourais d'envie.

Quand j'ai vu dans quelle situation se trouvait Elisabeth, j'ai bien cru que j'allais tirer. Je brûlais d'envie de laisser déferler ma rage, ma haine.

Une balle. Juste une.

Mais la raison m'a rattrapé à temps. Je ne pouvais pas assassiner Logan, pas après tout ce qu'avait enduré la Louve pour gagner du temps, le fatiguer dans l'espoir de le ramener sur Inchkeith en vie.

Tirer aurait signifié renoncer à tout ce qui a motivé cette mission à Plockton.

Sentir maintenant le poids de Logan sur mes épaules me répugne. Avec ce qu'a subi Elisabeth, j'en oublie tout notre passé commun où je le considérais comme mon frère. Le Rapace a comploté pour détruire Caleb, et maintenant, il était à deux doigts d'achever sa sœur. Je ne suis plus en état de lui pardonner quoi que ce soit. Dyclan a tort : on ne peut pas lui accorder le bénéfice du doute ou même une présomption d'innocence.

La Louve est silencieuse. Elle traîne une jambe, se tient les côtes, et je n'ose plus regarder son visage ravagé. Cependant, en dépit de toutes ses blessures, de cette colère que je ressens, je ne peux pas m'empêcher d'éprouver une profonde fierté. Logan n'était pas le meilleur d'entre nous, mais il apprenait aux côtés de Brahn, Dyclan et Caleb. Et Elisabeth a su lui faire face. Je suis convaincu qu'elle aurait réussi à en venir à bout…

Je me promets de demander à Caleb qu'elle suive un entraînement intensif une fois que nous serons rentrés. Elle se débrouille merveilleusement bien, mais nous sommes d'éternels élèves.

– Ça va ? me demande-t-elle.

Elle me dévisage avec inquiétude. Je lui réponds :

– Ce n'est pas à moi qu'il faut poser la question.

– Quoi ? Mon maquillage est raté ?

Sa tentative d'humour ne réussit pas à m'arracher un sourire. Comment pourrais-je m'amuser de son état ? Au contraire, sa dérision m'agace. Elle fait la moue, puis reprend :

– C'était surtout pour savoir si tu supportais le poids de ce connard. On marche depuis un moment.

– Ça ira. Ce qui m'importe, c'est que nous traversions le loch avant la marée.

Elle ne s'émeut pas de mon ton trop froid. J'aimerais me montrer plus chaleureux, lui affirmer à voix haute qu'elle s'est bien débrouillée. Elle attend une flatterie ou, plutôt, d'être rassurée.

Tu as bien fait, bravo.

Merci, Elisabeth.

Mais je n'y arrive pas. Pas alors que mon esprit ne peut se détacher de toutes ces blessures sur son visage.

Elle joue avec ses ongles en marchant et bredouille :

– À propos de… de ce qu'a dit Logan…

– Inutile d'aborder le sujet, mademoiselle Elisabeth.

C'est un tabou que le Rapace a essayé de déterrer. Ce n'est pas la peine de remuer le couteau dans la plaie.

– Mais est-ce vrai ? insiste la Louve.

Je lui jette un regard. Elle me fixe, un pli soucieux entre ses sourcils fins. Je m'efforce de faire abstraction du filet de sang qui coagule depuis son arcade jusqu'à ses cils, ainsi que de sa pommette qui bleuit déjà. Je pince les lèvres, me retiens de lui répéter que ça n'a pas d'importance. Elle repart à la charge :

– Est-ce vrai que de telles rumeurs sont chuchotées dans mon dos ?

Je soupire, trop fort. Elle plisse le nez, réprobatrice.

– Je ne suis pas plus au courant que vous, marmonné-je. Vous vous doutez bien que personne ne vient me souffler les racontars sous le nez quand je suis un des principaux concernés.

– Ce n'est pas faux…

Sans doute pour dissimuler son trouble, elle se revêt de son coupe-vent qu'elle a récupéré par terre avant que nous prenions le chemin du retour.

– Caleb est-il au courant ? s'enquiert-elle.

– C'est probable.

– Et ça ne t'énerve pas ?

– Quoi donc ?

– Que l'on parle de nous !

Je secoue la tête.

– Je n'y prête pas attention, répliqué-je. Ce serait apporter de l'eau à leur moulin.

Elisabeth émet un rire de gorge qui m'a tout l'air sarcastique.

– Comme s'ils en avaient besoin pour parler… Si personne ne les fait taire, ça n'en finira pas.

– Vous vous faites du souci pour rien. Même le *laird* ne prête plus attention à ces bruits de couloir.

– Donc, tu étais au courant.

Je pousse encore un soupir. Pourquoi ai-je l'impression que c'est moi qui vais payer pour tous les autres ?

– Oui, avoué-je, j'ai entendu les rumeurs. Je les ignore.

Elisabeth s'arrête, contrariée.

– Et que dit-on, alors ? Que tu m'as « baisée », c'est ça ?

Je ralentis, puis cesse de marcher à mon tour. Je répartis mieux le poids du Rapace sur mon épaule et lâche :

– Personne ne vous manque de respect à ce point.

Je marque un temps d'arrêt puis ajoute :

– Nul ne se permet de parler de vous en des termes aussi crus.

– Ça ne change rien au fait que le Clan s'autorise à déblatérer sur notre vie sexuelle.

Un rictus germe sur mes lèvres crispées.

– Logan cherchait juste à nous troubler. Ne lui donnez pas ce qu'il veut, murmuré-je.

– Il ronfle, je m'en tape.

Je lève les yeux au ciel et me remets à avancer. Elisabeth court derrière moi pour me rattraper.

– Duncan ! Hé !

Elle se poste devant moi pour me bloquer le passage. Elle m'affronte de ses iris incandescents, les poings sur les hanches. Même amochée, je la trouve désirable.

– Ça t'amuse ? me lance-t-elle.

Je n'avais pas remarqué que je souriais. Je me ressaisis, par crainte que mon moment d'égarement dégoupille la grenade.

– Non, pas du tout.

– Comment ces rumeurs ont-elles démarré ? Qu'est-ce qui se raconte ?

Je commence à perdre patience et je redoute que nous nous retrouvions bloqués sur l'îlot par la marée. Alors, je m'approche d'Elisabeth et me penche près de son oreille pour chuchoter :

– Ils disent que je t'ai fait l'amour, Beth. C'est tout.

Ses joues rougissent, et ses pupilles se dilatent. Elle tourne légèrement la tête, assez pour que son souffle me caresse le visage. Je chasse mon trouble et m'écarte, arborant un air faussement détendu.

– Maintenant, dépêchons-nous, ordonné-je.

Je désigne Logan en secouant mon épaule et ajoute :

– Là, il commence à peser.

***

Lorsque nous regagnons Plockton, de l'autre côté du bras de mer, je ne suis pas surpris de n'y retrouver qu'une seule de nos voitures. L'absence de la seconde indique que Dyclan est parti sans nous ; en effet, il est plus de 16 h 30. Je suis rassuré que le Limier n'ait pas cherché à désobéir. Mais comment va Matt ? Et ont-ils réussi à embarquer Debbie ?

Je fais signe à Elisabeth de sortir son téléphone pour les contacter. Cependant, lorsqu'elle l'extrait de sa veste, elle constate qu'il n'a pas survécu à son combat avec Logan. Je lui demande alors :

– Peux-tu récupérer mon portable dans ma poche, s'il te plaît ?

– Laquelle ?

Je lui tourne le dos :

– Poche arrière droite.

Je la sens déplacer une jambe de Logan et glisser sa main dans mon jean. J'ai l'impression qu'elle s'y attarde plus longtemps que nécessaire.

– Il y a un message de Dyclan ? l'interrogé-je tandis qu'elle repasse devant moi.

– Oui. Mais je ne peux pas te le lire, ton téléphone est verrouillé.

– 2005. C'est le code PIN.

Le pouce d'Elisabeth se fige au-dessus du clavier numérique. Elle lève la tête, son visage transformé. Il y transparaît de la surprise, du chagrin et une profonde nostalgie.

Elle ne me pose pas de questions et entre la date.

2005, l'année où Inchkeith a été dévastée par les MacKenzie. L'année où nos parents ont péri et où nous les avons enterrés. Eux, et tous ceux que nous aimions.

La Louve ouvre le message de Dyclan et le lit à voix haute :

– « 16 h 15. Sommes partis. Premiers soins à Matt seront donnés en route. D. N. avec nous. » Quelle prose !

– Suivons leur exemple et partons d'ici avant que Logan se réveille ou que d'autres MacKenzie débarquent. Je te laisse répondre et signaler que nous sommes sur le retour.

Elisabeth s'exécute. Elle récupère le double des clés de la voiture, dans ma poche avant, cette fois. Nous échangeons un long regard, puis elle m'ouvre la portière arrière. Je fourre Logan sur la banquette comme un vieux sac, ravi de m'en débarrasser.

Une fois installé derrière le volant, je démarre le moteur. Elisabeth range mon fusil et le pistolet du Rapace dans le coffre avant de me rejoindre à l'avant. Elle me confirme que toutes nos affaires ont été récupérées à l'auberge.

Dyclan a bien géré.

– On peut rentrer à la maison, dit-elle, soulagée.

Elle met sa ceinture avant que je le lui demande et se penche pour délacer ses chaussures.

– Je te préviens, ça va sentir la mort, lâche-t-elle.

J'ouvre aussitôt la fenêtre.

La mort ? On parle plutôt de putréfaction, à ce stade !

Elisabeth me sourit, radieuse, et agite ses orteils.

Ces cinq heures vont être très longues. Encore…

– Mauviette, ricane-t-elle.

Elle dénoue ses cheveux, et son parfum de monoï m'enivre ; il couvre celui de sa transpiration et du grand air. Je l'écoute d'une oreille pester parce qu'elle a perdu sa casquette pendant que je prends la route d'Inchkeith. Je jette un coup d'œil à Logan, étalé de tout son long, me demandant s'il risque de se réveiller au cours du voyage. Je fais confiance à Elisabeth pour lui fracasser une nouvelle fois la nuque le cas échéant, mais je préférerais que nous n'ayons pas à en arriver là.

– Tiens.

La Louve me rend mon téléphone. Je le range dans le vide-poches. Elisabeth m'observe en biais. Elle se croit discrète, mais mon intuition me dit qu'elle compte revenir sur les rumeurs qui circulent dans notre Clan. Elle me surprend néanmoins en me demandant :

– Pourquoi « 2005 » ? C'est un peu morbide, non ?

Je ne perçois pas de reproche dans le son de sa voix. Plutôt de l'affliction.

– Pour me rappeler, réponds-je.

– Comment pourrais-tu oublier ?

Je passe une vitesse, ce qui me donne une ou deux secondes de sursis avant de lâcher :

– J'ai *peur* d'oublier.

– On oublie une date d'anniversaire ou ce que l'on a commandé à son dernier restau. On oublie un épisode de *Big Bang Theory* ou le théorème de Pythagore. Mais on n'oublie pas le jour où on a perdu sa famille.

Des flammes dansent devant mes yeux. Des ordres d'un autre temps éclatent dans mes oreilles. Je revois le regard mordoré d'Alastair s'écarquiller et ses lèvres s'ouvrir pour articuler son dernier commandement.

– Mais on oublie ce que l'on a ressenti, murmuré-je.

Elisabeth ne me lâche pas du regard.

– Je me souviens de ma peine, me dit-elle. De ce terrible chagrin quand Caleb m'a annoncé… tout ça.

– Mais vous ne pleurez plus. Vous gardez en mémoire que vous avez éprouvé une peine innommable ; cependant, éprouvez-vous encore cette douleur si atroce qu'elle vous dévore de l'intérieur ? Êtes-vous capable de la sentir là, maintenant ?

Elle baisse les yeux et secoue la tête.

– Cette date ravive ma souffrance, conclus-je. Pour que je ne l'oublie jamais.

Elisabeth se rencogne dans son siège et se concentre sur l'extérieur qui défile à travers la vitre.

– Moi, je prie pour que rien de tout ça ne soit arrivé, souffle-t-elle.

Je lâche le levier de vitesse pour approcher ma main de la sienne. Mes doigts restent en suspension au-dessus des siens. Seuls quelques centimètres nous séparent. Une distance vite réduite ; nos peaux se trouvent.

Le silence s'invite.

Moi aussi, j'aurais aimé que tout soit différent.

CHAPITRE 47

DUNCAN
Le Glaive

2005

Un château de cartes qui s'effondre.

Des piliers que l'on arrache.

Toute une existence balayée par un coup de vent.

Ma vie partait en fumée.

Je m'étais pourtant couché ravi d'avoir enfin eu le dernier mot lors d'une dispute avec mon père. Je lui avais fait comprendre une bonne fois pour toutes que j'étais désormais un adulte et qu'il n'avait plus à me dicter ma conduite. Ma mère m'avait reproché de m'être montré si brusque.

Pourquoi es-tu aussi borné quand il a tout fait pour que nous vivions bien, heureux ?

J'étais troublé. Je me sentais mal. Dans ma peau, dans mon quotidien.

Je n'avais personne à qui me confier, pas même Holly. Surtout pas Holly.

Elle se voyait déjà terminer sa vie avec moi. Après tout, elle était la seule que je côtoyais, la seule à qui je faisais l'amour. J'avais été son soutien après la perte de son père, l'an dernier, pendant le raid des MacKenzie. Elle prévoyait déjà le nombre d'enfants que nous aurions, elle m'assurait qu'elle me suivrait quelles que soient mes décisions. Qu'elle quitterait la vie clanique si tel était mon désir.

J'avais mis du temps à m'endormir, troublé par mes problèmes de jeune adulte.

Des portes ouvertes avec fracas. Des cris. Des hurlements d'agonie. Des coups de feu.

Voilà ce qui me réveilla.

Je me redressai en sursaut, le cœur au bord des lèvres battant à vive allure et le ventre douloureux, saisi d'une angoisse instantanée.

Quelque chose ne va pas, quelque chose ne va pas…

Ça tournait en boucle dans mon crâne.

Mon père entra en trombe dans ma chambre, un pantalon de pyjama et un tee-shirt très mal assortis enfilés à la va-vite. C'était très inhabituel pour lui, qui veillait à soigner son apparence, soucieux de plaire au *laird*, de gravir les échelons pour accéder à un pouvoir absurde.

– Debout, mon garçon ! m'ordonna-t-il en me jetant un jean au visage, regardant nerveusement ce qui se passait dehors par ma fenêtre.

« Mon garçon ». La manière dont il venait de s'adresser à moi m'alerta de plus belle. Mon angoisse s'accrut, ma gorge se noua, et ma vision se flouta.

– Que se passe-t-il ? demandai-je.

Je me redressai pour m'habiller. Je comptai sur mon mental entraîné depuis ma plus tendre enfance pour contrôler mes tremblements et la peur.

– MacKenzie, cracha mon père. Ces fourbes attaquent de nuit, et en très grand nombre.

Je déglutis, les bras dans un pull élimé.

– Quel côté de l'île ?

– Sud, pour l'essentiel.

– Ils n'ont pas débarqué au port ?

– Non, ils adorent grimper les falaises, ces fils de putes.

Mon père me refourgua une arme à feu. Il suait à grosses gouttes, et je compris qu'il était terrifié. La situation était très mal engagée, je le comprenais. Il fallait limiter les dégâts et protéger la famille MacCoy envers et contre tout. Si c'était trop tard pour sauver l'île et ses habitants, Alastair et les siens étaient notre priorité : nous devions leur permettre de fuir.

Je n'avais pas le temps de me poser de questions.

Mon père me barra la route alors que je m'apprêtais à descendre l'escalier en quatrième vitesse.

– Je veux que tu escortes ta mère jusqu'au château, me dit-il. Les femmes et les enfants y sont rapatriés.

– Quoi ? Mais vous aurez besoin de moi…

– Aelis a besoin de toi, Holly aussi. Ce n'était pas une demande, Duncan. C'était un ordre.

Son regard plongea dans le mien. Ses yeux étaient ceux d'un père effrayé, non plus ceux d'un homme vouant son existence à récupérer les miettes qu'on daignait lui accorder.

– Conduis ta mère là-bas, en sécurité, et reviens nous aider, insista-t-il. Est-ce clair ?

Je ne pus qu'acquiescer. Mon père empoigna mon bras et, d'une voix tremblante, ajouta :

– Reste en vie, mon fils.

Je lui rendis sa brève étreinte et filai retrouver ma mère tandis qu'il sortait pour gonfler les rangs des combattants de notre Clan.

Maman était tétanisée, un bras autour d'elle, et une main triturant avec nervosité sa lèvre inférieure. Ses cheveux défaits, son peignoir ouvert et sa pâleur manquèrent de me faire perdre tout contrôle. La découvrir dans un tel état, c'était un véritable cauchemar pour moi. Celle qui m'avait éduqué, affirmé qu'elle serait toujours là pour moi, qu'elle me protégerait de tout, se retrouvait désemparée, terrorisée. Et c'était désormais à moi de veiller sur elle.

– Maman, il faut que nous partions.

Elle se tourna vers moi, le regard vitreux, la bouche entrouverte.

– Où est ton père ? me demanda-t-elle.

– Il aide les autres à repousser le raid.

Elle se décomposa davantage et bredouilla :

– Cette fois est différente, chéri. Belie, notre voisine, elle…

Un sanglot l'empêcha de poursuivre. Je m'approchai de l'évier et osai un regard à l'extérieur. Je vis le corps étendu de la gentille Belie, à quelques mètres de son propre porche. Elle avait visiblement cherché à fuir en direction du château.

On l'avait rattrapée avant…

J'encerclai ma mère d'un bras et la poussai vers l'extérieur ; je crispai ma main libre autour de mon arme.

De violentes détonations, puis des crépitements nous firent sursauter. Ça ne ressemblait en rien à des coups de feu. Lorsque des couleurs se réverbérèrent sur nos visages, nous levâmes la tête vers le ciel.

Des feux d'artifice éclataient de toutes parts, tirés depuis la mer, déversant leur lueur au-dessus de l'île en milliers de paillettes éparses. Le bruit des fusées était suffisamment fort pour masquer celui des combats…

J'encourageai ma mère à reprendre notre course. Pour l'heure, je n'avais pas le temps de réfléchir aux victimes potentielles ou aux explosions dans le ciel. J'étais uniquement concentré sur la femme que j'étreignais si fort que j'en avais des crampes. Elle se laissait entraîner en silence, sous le choc.

Sortir, courir jusqu'au château, y mettre ma mère en sécurité, repartir combattre. Sortir, courir jusqu'au château, y mettre ma mère en sécurité, repartir combattre...

Le moindre MacKenzie qui se dressait sur mon chemin, tout vêtu de noir et assoiffé de sang, écopait d'une balle dans la tête ou dans la gorge. Je ne m'émouvais pas des vies que je fauchais quand celle qui comptait le plus pour moi dépendait de ma réactivité.

Je ravalais mes larmes, les dents plantées dans mes lèvres, quand je croisais le corps d'un ami, d'une connaissance… d'un enfant.

C'était une véritable boucherie.

Ma mère peinait à me suivre, ravagée par les pleurs. Je fournissais des efforts pour deux : je devais la soutenir pour qu'elle ne chancelle pas.

Nous croisâmes une dizaine d'hommes défendant les portes du château. Celles-ci étaient à peine ouvertes, juste assez pour laisser entrer les femmes et les enfants. Je savais qu'elles seraient bientôt scellées. Et que tous ceux qui resteraient à l'extérieur se retrouveraient piégés, incapables de se réfugier derrière les murs épais de la bâtisse.

Je risquais de me faire enfermer à l'intérieur si je m'attardais trop. Aussi, je ne dépassai pas le hall.

Ma mère continua sa course avant de prendre conscience que je ne la tenais plus contre moi. Elle fit volte-face, hagarde, puis revint en arrière, les mains tendues. Je m'en saisis, la gorge nouée.

– Tu y retournes, pas vrai ? glapit-elle, aux abois.

J'acquiesçai, mortifié de l'abandonner.

– Il le faut, répondis-je. Ils ont besoin de moi.

Ses doigts serrèrent un peu plus les miens.

– Même si je t'interdis d'y aller, tu ne m'écouteras pas, bredouilla-t-elle, livide.

– Papa a besoin de mon soutien. Le *laird* aussi.

Elle hocha la tête tout en s'humectant les lèvres. Elle m'ordonna finalement :

– Je t'interdis de mourir, Duncan. Ne prends aucun risque inconsidéré ! Et ramène-moi ton père sain et sauf.

Nous nous étreignîmes, et je déposai un baiser sur sa tempe. Elle me le rendit sur la joue, me caressa le visage une dernière fois. Son sourire tremblant me brisa le cœur.

Je m'apprêtai à tourner les talons lorsqu'une autre femme s'échoua dans mes bras. Holly… Elle me retint, les yeux inondés de larmes.

– Tu ne peux pas partir ! s'écria-t-elle.

Je l'éloignai de moi aussi délicatement que possible. Mais elle ne lâcha pas prise.

– Ne m'abandonne pas ! insista-t-elle. Si tu y vas, qui sait si tu…

Je dégageai mon bras, avec force cette fois. Les portes du château se refermaient. J'entendais les combats à quelques mètres à peine… Les femmes et les enfants se précipitaient vers les étages ou dans les souterrains.

J'échangeai un dernier regard avec ma mère avant qu'elle ne grimpe les escaliers. Je savais qu'elle se dirigeait vers la chambre seigneuriale, là où Moira MacCoy s'était sans doute réfugiée en attendant la fin du raid. Il était fort probable que Caleb s'y trouve aussi, à présent qu'il était l'héritier du Clan. Sa vie ne pouvait pas être risquée.

La voix de Holly me rappela à elle :

– Duncan…

J'observai ses traits fins, son nez délicat et sa bouche pleine. J'empoignai ses épaules carrées, forgées par ses nombreuses heures de nage dans la mer, et lui dis :

– Je vais revenir. Va te mettre en sécurité avec les autres.

Je ne lui laissai pas le temps de répondre. Je me penchai pour embrasser sa joue quand elle me tendit ses lèvres et partis à toute allure, juste à temps.

Je ne me retournai pas pour un dernier au revoir.

Je ne compris pas non plus le mot qu'elle me cria avant que les battants se referment derrière moi.

Les feux d'artifice flamboyaient toujours dans le ciel noir. Je veillai à raser les murs du château pour ne pas rester à découvert.

Mon cœur tambourinait à vive allure, et la peur reprenait ses droits sur moi maintenant que ma mère ne risquait plus rien. J'étais censé partir à la recherche du *laird* et de mon père afin de veiller sur eux.

Alors, pourquoi ne réussissais-je pas à bouger, comme collé à ces satanées vieilles pierres ?

Tout mon corps tremblait, je peinais à respirer, et mes poumons me faisaient mal. Mon estomac, très douloureux, semblait se recroqueviller dans mon ventre et se contracter encore et encore.

Des silhouettes connues passaient devant moi. Elles sprintaient, couteaux ou armes à feu dans les mains. Les cris, les ordres, tout était étouffé. J'essayai tant bien que mal de réprimer ma terreur.

Ewen m'apparut soudain, le visage ensanglanté, et le regard si dur que je faillis ne pas le reconnaître.

– Le *laird* a besoin d'aide. Ils l'ont bloqué au niveau des falaises, au sud.

Je papillonnai des cils.

– Ton père s'y trouve aussi !

Je hochai la tête à plusieurs reprises, plus pour me ressaisir que pour fournir une réponse. Ewen s'empara de mon bras et me tira à sa suite.

– Si on ne se dépêche pas, ils vont y passer ! Grouille !

Je courus derrière le géant, la peur au ventre. Elle menaçait de me faire ralentir dès que nous croisions des MacKenzie ou qu'une balle sifflait non loin de moi. Ewen me motivait cependant, me rappelant à mon devoir. Plutôt que de fuir comme tout mon corps me le réclamait, je me battais. Mes tirs firent mouche à chaque fois, en dépit de nos mouvements incessants et des guets-apens que l'on nous tendait mais dont nous ressortions grâce à l'intervention de nos amis et voisins.

Quand nous arrivâmes à la pointe sud d'Inchkeith, je compris l'urgence de la situation. Je repérai Alastair et mon père, dissimulés derrière d'énormes rochers amoncelés, le souffle court et recroquevillés sur eux-mêmes en attendant une accalmie dans les salves de balles. Les MacKenzie les avaient piégés, leur coupant toute retraite ; ils tenaient cependant leur position, se défendant du mieux possible, près des corps de bon nombre de membres du Clan qui avaient péri pour leur permettre de rester en vie.

Ewen et moi nous approchâmes de la maison à deux étages dans laquelle s'étaient postés les tireurs adverses. Nous ne pouvions pas secourir le *laird* et mon père depuis l'extérieur : les MacKenzie s'étaient embusqués, et je ne pouvais pas les atteindre de mon fusil à travers les fenêtres.

Ewen ouvrait le chemin ; j'étais conscient qu'il se mettait en danger pour moi. Il était d'une nature altruiste : depuis son arrivée sur Inchkeith, j'avais compris que peu lui importait sa vie tant que celle des autres était préservée ; il n'avait plus rien à perdre. Plus de famille, plus personne qui l'attendait hors de l'île. Il se plaçait en bouclier, prêt à encaisser à ma place.

Nous entrâmes dans la maison, montâmes au premier étage. Nous découvrîmes une chambre saccagée, aux meubles renversés pour gêner l'accès et ralentir les adversaires – nous. Les trois MacKenzie présents se tournèrent dans un même mouvement à notre entrée. Ewen poussa un râle bestial, puis récupéra une chaise à terre pour la jeter dans leur direction. Un blondinet la reçut de plein fouet, se protégeant le visage de justesse ; son comparse, un homme plus mûr et à la barbe taillée, se prit un accoudoir en pleine arête du nez.

Le troisième combattant ne fut pas touché ; je me concentrai sur lui. Mon chargeur cracha deux balles : l'une se ficha dans le bras armé qui se tendait dans notre direction, l'autre creva sa poitrine découverte. Quant à Ewen, il fondit sur les deux MacKenzie restants en profitant de la cohue. Je bondis à mon tour, sur le blondinet. Je le plaquai contre le mur à côté de la fenêtre, un bras sous sa gorge, mon autre main tenant toujours mon arme. Un coup d'œil par la vitre me permit de voir Alastair et mon père sortir de leur cachette. D'autres MacCoy les rejoignirent, puis les encadrèrent pour les guider dans une zone moins exposée. Je me sentis heureux de leur avoir permis de se dégager de là et je priai pour qu'il n'y ait pas d'autres tireurs embusqués.

Une fois les trois hommes mis hors d'état de nuire, Ewen et moi sortîmes de la maison en quatrième vitesse, prompts à rejoindre notre *laird*. Nous étions jeunes, nous étions perdus, et maintenant que nous avions rempli notre principal objectif, nous attendions les prochains ordres. Sans ligne de conduite claire, nous ne savions plus où donner de la tête.

Ewen manqua de perdre pied lorsqu'il vit les corps étendus d'adolescents, sans vie. Il ne m'écouta pas et tenta en vain de trouver leur pouls. J'eus beau le sermonner, lui hurler de bouger, il n'en fit qu'à sa tête. Une balle lui traversa l'épaule ; elle lui arracha un cri de douleur. Il se recroquevilla sur lui-même, la paume plaquée sur la plaie. Je réussis à le pousser derrière une maisonnette, mais les tirs fusaient de partout. Nous n'étions à l'abri nulle part, et je craignais qu'en nous réfugiant dans l'un des bâtiments, nous nous retrouvions bloqués. Condamnés.

Et j'étais à court de balles : j'avais vidé mon dernier chargeur.

Ewen poussait des râles qui ressemblaient aux grognements d'un lion. Je n'arrivais pas à pleinement m'inquiéter pour lui. Si nous ne sortions pas de là, nous n'aurions plus aucune occasion de nous soucier de sa plaie sanguinolente.

Je perdis tout espoir quand cinq MacKenzie débarquèrent. Il y eut un léger temps de latence. Je ne sus ce qui leur passa par l'esprit. Avaient-ils besoin de cette seconde pour comprendre que nous étions de pauvres lapins piégés ? Quoi qu'il en soit, je ne fais pas partie de ceux qui ont vu leur vie défiler devant leurs yeux : j'étais obnubilé par tous ces canons qui m'arracheraient mon dernier soupir.

Je fermai les paupières, fort, quand les détonations retentirent. Je ne ressentis pourtant aucune douleur, je ne vacillai pas. Je respirais encore.

Ce fut la voix d'Alastair MacCoy qui me fit rouvrir un œil.

– Ed' a affrété deux canoës pour que vous partiez d'ici, me dit-il.

– Quoi ?

– Je vous ordonne de partir vous mettre en sécurité ailleurs. Tous les jeunes. Est-ce clair ?

– *Milaird*...

– Pas le temps de s'attarder. Nous sommes débordés. Mon garçon, nous ne nous en sortirons pas, mais vous, si.

Une brève inspiration, et il reprit, le timbre plus tremblant :

– Je vais essayer de faire sortir Caleb en priorité. Si je n'y arrive pas… tu sais ce qu'il te reste à faire ?

Je déglutis. Ewen posa une main lourde sur mon épaule.

– Retrouver Elisabeth, répondis-je, la voix aussi vibrante que celle de mon *laird*. Protéger la dernière héritière du Clan.

Alastair se força à sourire et ajouta :

– Espérons que vous n'en arriverez pas là.

J'ignorai toute notion de protocole et lui saisis le bras.

– Ne dites pas de sottises, *milaird*. Nous allons tous nous en sortir. Nous pouvons tenir un siège entre les murs du château. Il faudrait nous regrouper. Pour ce qui est des munitions, mon père peut nous ouvrir sa cave, il y entrepose…

– Duncan.

Alastair serra mes doigts entre ses paumes calleuses. Elles étaient glacées.

– Regarde autour de toi. Regarde-moi…

Je cillai, le souffle court, puis m'exécutai. Les flammes dévoraient les toits, les murs. Elles étaient si puissantes à présent, si dévastatrices qu'elles avalaient les nuances multicolores des feux d'artifice. Je pris conscience de la chaleur du brasier sur ma peau. Les corps de mes amis, de mes voisins jonchaient le sol retourné. Je m'efforçai d'ignorer les flaques sombres qui s'élargissaient sous eux.

Surtout, je remarquai l'absence de mon père auprès du *laird*. Pourquoi ? Où était-il ? Je les avais vus partir ensemble lorsqu'Ewen et moi avions chargé les MacKenzie qui les mitraillaient. Ils étaient sauvés. *Nous* les avions sauvés. Avait-il rejoint ma mère au château ?

– Duncan, répéta Alastair. Pars avec les autres. C'est un ordre.

Je ne pouvais pas fuir. Je devais aider mes parents, les protéger. Protéger tout le monde. Il y avait des survivants. Caleb était toujours en vie. Les femmes et les enfants aussi. Je secouai la tête.

– Non, clamai-je. Non, nous allons les repousser, nous…

– Ressaisis-toi ! C'est terminé. Nous ne sommes plus assez nombreux pour défendre quoi que ce soit !

Des tirs se rapprochaient dangereusement de nous. Des râles, des hurlements déchirants me serrèrent le cœur. Ils étaient de plus en plus rares. Ils sonnaient la fin. *Notre* fin.

– Je vais essayer de faire sortir un maximum d'enfants du château, poursuivit Alastair. Ewen, je suis désolé de te demander ça, mais…

– Je les guiderai jusqu'au canoë, compléta mon ami.

Le *laird* acquiesça. Il relâcha mes doigts et conclut en disant :

– Je ferai mon possible pour récupérer Caleb et l'amener jusqu'à vous. Je retiendrai les MacKenzie autant que je le pourrai pour les détourner de vous et vous faire gagner un maximum de temps. Je vous ordonne de fuir et de ne pas vous retourner, quoi qu'il se passe.

Il recula de quelques pas et tonna :

– C'est un ordre de votre Chef !

Ma vue était floue. C'est quand je me mis à courir derrière Ewen que je compris que des larmes ruisselaient sur mes joues.

Mon monde s'écroulait, et je ne pouvais rien y faire. Pire, je devais fuir, tel un lâche, témoin impuissant de la destruction de ma vie.

Ewen s'arrêta aux abords du château et se dissimula tant bien que mal derrière des buissons. Sa haute stature peinait à se fondre dans le décor, mais Alastair l'avait choisi pour une bonne raison : les enfants ne pouvaient espérer mieux pour les protéger. Quant à moi, j'étais destiné à me réfugier sur le premier esquif, la honte au ventre et la culpabilité chevillée au corps.

Je retrouvai Roy, la mine défaite, les yeux exorbités. Il regardait ses paumes rougies, hagard. J'appris plus tard que ce sang était celui de sa sœur et de son père, Malcom, qui s'était interposé entre son fils et une balle.

Une fois dans le canoë, qui tangua, Roy releva la tête vers moi. Il se redressa pour m'empoigner les bras et vérifier que j'allais bien. Le voir oublier sa propre douleur pour se préoccuper de moi fit redoubler mes sanglots. Il m'étreignit, comme un frère aîné. Aux portes du désespoir, nous nous raccrochâmes l'un à l'autre. Il ne prononça pas ces mots que l'on dit dans des moments de souffrance, « tout ira bien ». Parce que nous étions conscients que ce ne serait pas le cas. Nous refusions de nous bercer d'illusions.

Sur ce grand canoë qui fut le premier à partir, nous n'étions pas plus de vingt jeunes, et quelques vieillards. Nous observions la côte qui s'éloignait au fur et à mesure, les prunelles rivées sur les flammes qui mouraient lentement. Les feux d'artifice se turent, le silence envahit la nuit.

Edward, le responsable du port, menait la barque, aussi éteint que nous l'étions. Il nous laissa dériver, guidés par les vagues, tout en gardant un œil sur les alentours pour ne pas nous conduire tout droit aux MacKenzie. Ils repartiraient tôt ou tard, après avoir terminé leur terrible besogne.

Assis entre Martha, une veuve de 50 ans, et Roddy, un de nos pêcheurs, je restai voûté, les mains liées devant mes genoux. J'avais si mal que la douleur m'anesthésiait. Je ne parvenais plus à penser, je n'arrivais pas à me mettre en tête que je faisais partie des derniers survivants. Je ne remarquai pas non plus la seconde barque lorsqu'elle prit la mer à son tour, ballottée par les remous, silhouette longiligne sur laquelle se tenaient quelques ombres minuscules, si peu nombreuses.

Nous ne retournâmes sur l'île qu'à l'aube, lorsque nous fûmes certains que tous les MacKenzie avaient déserté Inchkeith. Tels des spectres, nous arpentâmes les rues de notre hameau dont il ne restait plus que des cendres, enjambant les corps inanimés, regardant avec horreur et désespoir tout ce qui avait été anéanti en une seule nuit.

Nous restâmes figés devant le corps d'Alastair MacCoy, suspendu dans une mise en scène macabre qui scandait la victoire des MacKenzie, et notre terrible défaite.

Les larmes coulèrent encore.

Les miennes se déversèrent une nouvelle fois lorsque j'entrai dans la chambre seigneuriale. Je pensais que je n'étais plus capable de pleurer, mais la douleur innommable me broya l'âme et le cœur face à toutes ces femmes étendues dans leur sang. Je m'écroulai auprès de Holly, ses beaux cheveux châtains emmêlés et poisseux de sang, ses lèvres entrouvertes. Ses yeux grands ouverts fixaient le vide ; ils ne brillaient plus.

Je hurlai ma souffrance en serrant ma mère contre moi, sa chevelure semblable à la mienne désormais, d'une horrible nuance ferraille. Je n'arrivais plus à respirer ; la souffrance m'empêchait d'aspirer l'air. Elle s'infiltrait dans les moindres recoins de mon corps, invasive et acide.

Pas si loin de moi, j'entendais d'autres sanglots. Ceux de Caleb, recroquevillé dans un coin non loin d'une trappe ouverte. Moira gisait près du trou béant, à moitié recouverte d'un tapis taché.

C'est grâce au râle de douleur de Mary que nous pûmes la sauver à temps. Gravement blessée, elle s'était cachée entre les corps, non loin de la châtelaine. En l'entendant, un peu d'espoir nous revint : il devait y avoir des survivants. Il *fallait* qu'il y en ait. C'est ainsi que nous retrouvâmes Dyclan, entre la vie et la mort, plusieurs insulaires cachés dans les greniers ou les caves des maisons encore sur pied, des hommes souffrant le martyre disséminés à travers l'île, échoués sur la plage de galets… Mais ils étaient peu, trop peu.

Caleb n'était plus que l'ombre de lui-même, comme nous tous. Ce fut pourtant sans faillir, malgré ses yeux humides, qu'il regarda le cadavre de son père être décroché du mur où les MacKenzie l'avaient suspendu. Je réceptionnai le corps lourd de notre ancien *laird* avec Ewen et Roy. Ce fut une énième déchirure.

Une autre nous transperça au moment de rassembler les corps, et une autre encore quand il nous fallut récupérer ceux que les vagues nous ramenèrent. Ce fut là que je retrouvai mon père. Sa peau était devenue bleue, presque translucide. Je restai à genoux, contemplant celui avec qui je ne me disputerais plus. Celui qui nous avait conduits jusqu'ici, ma mère et moi, jurant fidélité et loyauté à un homme qui était mort à présent. Je ne pourrais plus jamais l'envoyer balader, lui hurler mes rêves d'ailleurs quand il projetait ses désirs de grandeur sur moi. Il ne me restait plus que cette image-là, un souvenir qui me hante aujourd'hui encore et remplace les rares sourires que nous avions échangés.

J'avais tout perdu.

Holly, qui, j'en suis certain, m'avait crié qu'elle m'aimait alors que je courais rejoindre les combats.

Ma mère, que j'avais abandonnée dans le château. Elle ne me rassurerait plus jamais en répétant que « tu verras, tu vas t'y plaire. » Elle avait raison…

Mon père, Alastair, Moira, Alison…

Comment tout reconstruire ? *Se* reconstruire ?

Il ne restait plus que des ruines et des âmes esseulées.

***

Caleb fixait la mer en bas de son rocher fétiche.

Près de lui, je contemplais l'écume qui s'écrasait contre les falaises, à peine s'était-elle formée. Une métaphore bien triste de ce qui nous était arrivé.

– Qu'allons-nous faire maintenant ? souffla mon ami.

J'humectai mes lèvres sèches et répondis :

– C'est à vous de décider… *milaird.*

Caleb tourna la tête vers moi, perdu, puis ses traits se tordirent.

– Ne m'appelle pas comme ça.

Je carrai les épaules, comme si ça pouvait suffire à repousser le chagrin qui m'accablait encore.

– C'est pourtant qui vous êtes à présent, lui rappelai-je. Notre Chef.

– Je ne voulais pas de ce titre. Il revient à Megan…

– Elle n'est plus là.

– Je sais. Putain, je le sais !

Il se détourna, les épaules tremblantes. Sa voix devint un simple murmure lorsqu'il me demanda :

– Comment vais-je l'annoncer à ma sœur ?

Je baissai le menton. Elisabeth ignorait encore ce qui s'était passé, mais bientôt, elle serait dévastée, tout comme nous.

– *Milaird,* dis-je, les hommes attendent vos ordres. Nous devons savoir ce que vous souhaitez que nous fassions.

Caleb secoua la tête.

– Je n'en sais rien.

– Si…

Il passa sa manche sur ses yeux secs et s'accorda une longue minute de réflexion, bercée par le ressac et le vent marin.

– Enterrons nos morts, décréta-t-il ensuite d'une voix atone. Pour la suite, j'aviserai…

Je l'observai partir, ses semelles remuant la terre et les cendres.

CHAPITRE 48

ELISABETH
La Louve

2018

Duncan est plongé dans ses pensées. Je préfère ignorer les miennes pour me concentrer sur des chansons qui restent vite en tête. Va savoir pourquoi, j'ai *Come and Get Your Love*[15] qui me hurle dans le crâne. Puisque nous n'allumons pas la radio, je décide de m'en contenter.

Très vite, le rythme me gagne. En dépit de mes courbatures et autres douleurs articulaires, je me dandine sur mon siège. Me détendant progressivement, je quitte mes chaussettes encore moites de transpiration et pose les pieds sur le tableau de bord.

Aussitôt, Duncan me lance un regard mauvais.

---

15. Titre de l'album *Wovoka*, sorti en 1973, du groupe Redbone.

– Quoi ? grogné-je.

Il désigne mes pieds d'un mouvement du menton et réplique :

– C'est dangereux.

Je fronce les sourcils.

– On en a encore pour au moins trois heures de route, soupiré-je. Je peux me mettre à l'aise, non ?

– Pas aux dépens de votre sécurité.

Je lève les yeux au ciel.

Quel rabat-joie !

Je n'obéis pas. Mon siège est déjà abaissé à son maximum, et je ne serais pas contre une petite sieste. Malheureusement, je dois garder un œil sur Logan. S'il se réveille, Duncan ne sera pas capable de le gérer tout en conduisant.

Je bâille bruyamment. J'ai hâte de rentrer pour me reposer et soigner mes contusions.

La main du Glaive s'abat soudain sur mes tibias pour m'obliger à retirer mes pieds du tableau de bord.

– Hé ! m'exclamé-je, agacée.

– Trois heures, ce n'est rien, me fustige-t-il. Gardez vos jambes à leur place. Ce serait dommage que vous vous retrouviez désarticulée, le visage fracassé par vos genoux, vos os brisés et votre cage thoracique écrasée par l'airbag.

Je m'octroie quelques secondes de réflexion, troublée par la dureté du ton de Duncan.

– O.K., tes arguments sont plutôt convaincants.

Il opine sans un mot de plus et se reconcentre sur la route. Je baisse le regard sur sa paume, qu'il a remontée sans en avoir conscience sur ma cuisse. Il n'a pas encore réalisé qu'il n'a pas retiré sa main… Sa chaleur irradie ma peau à travers mon jean. Ma gorge s'assèche, et une douce chaleur m'enivre. Elle gagne mes joues et mon front tandis que se réveillent en moi des souvenirs brûlants.

C'était dans une voiture aussi.

Je contemple ses longs doigts, posés si naturellement sur moi. Comme si c'était leur place et qu'ils ne l'avaient jamais quittée. Les miens se rapprochent, hésitent. Il serait si simple de les poser, de chercher davantage son contact. De lier nos mains. Comme nous l'avons fait tout à l'heure, brièvement, au moment de quitter Plockton.

Mon index n'y résiste pas, et, timide, je suis la ligne de l'auriculaire de Duncan. Il tressaille, puis se crispe. Je caresse ses articulations, suis la seule veine apparente sous sa carnation plus hâlée que la mienne. Je me suis toujours étonné qu'il réussisse à garder une aussi jolie couleur alors qu'il vit en Écosse. J'ai parcouru des pays chauds, au soleil étouffant, pourtant, mon bronzage reste éphémère. Lui, un simple rayon le colore.

Je pourrais presque en être jalouse…

Duncan retourne sa main ; il me présente sa paume. Je ne réagis pas tout de suite, surprise qu'il ne me repousse pas.

Lentement, je poursuis mes caresses. Un toucher plus doux que des murmures, plus criant que bon nombre de discours.

Ses mains aussi, je les ai toujours aimées.

Elles me paraissaient si grandes, même lorsque nous étions enfants… Elles sont devenues plus calleuses avec le temps. Plus impressionnantes et viriles. Les miennes n'ont pas changé : elles sont toujours aussi petites…

Je relève le menton pour regarder son visage, comme autrefois. Il tourne la tête dans ma direction. Ses prunelles m'enchaînent, je ne peux plus me détourner de lui.

Mon cœur tambourine.

Trop fort.

Sans m'en rendre compte, j'ai replié mes doigts ; Duncan resserre sa prise sur eux.

Soudain, son front se plisse, ses sourcils se froncent.

Qu'est-ce qui se passe, là ?

Pourquoi ai-je l'impression qu'il me suffirait de me pencher pour l'embrasser ? Pourquoi osé-je penser qu'il ne se rebiffera pas ?

Et pourquoi en ai-je envie ?

Un bruit de verre explosé m'assourdit avant qu'une brûlure vive ne me chauffe la pommette. Mon crâne cogne violemment contre ma portière, les pneus crissent. La voiture menace de quitter la route.

Le Glaive braque sur la gauche pour nous redresser ; il réussit à garder un contrôle relatif du véhicule. Abasourdie, je contemple l'impact de balle dans le pare-brise.

– Duncan ?

– Penchez-vous en avant et ne bougez plus, m'ordonne-t-il, trop calme à mon goût.

Je n'obtempère pas. Je jette un regard en arrière : une voiture qui nous suit ; une autre balle nous touche. Je crois qu'elle a atteint le coffre.

Duncan accélère. Je m'accroche à mon siège et vérifie que Logan n'a rien : il est ballotté, mais encore inconscient.

Un véhicule nous arrive droit dessus. Mon souffle se coupe quand deux armes surgissent des fenêtres ouvertes. Duncan m'agrippe par la nuque et m'oblige à plonger en avant. Par pur réflexe, mes bras encerclent ma tête pour me protéger des débris et, vainement, des balles si elles devaient m'atteindre. Notre voiture fait une violente embardée qui m'envoie encore une fois percuter ma portière. Mes côtes déjà douloureuses m'arrachent une plainte. Un autre coup d'œil dans mon rétroviseur, et je distingue les nouveaux tireurs déraper sur le bitume avant de faire demi-tour pour nous prendre en chasse eux aussi.

Le pare-brise a volé en éclats, et le visage de Duncan est strié d'égratignures. Des perles de sueur gouttent le long de ses tempes. Le vent qui s'engouffre dans l'habitacle est une véritable bourrasque. Je repousse mes cheveux et cherche une arme, n'importe laquelle, avant de me rappeler avec horreur que j'ai rangé le fusil et le pistolet dans le coffre.

– Boîte à gants, me lance Duncan, son regard alternant entre la route droit devant lui et le reflet de nos ennemis dans le rétroviseur.

J'ouvre le compartiment qu'il m'indique et y trouve un semi-automatique.

– Il est chargé, me précise-t-il. Si besoin, il y a d'autres balles.

J'acquiesce pour la forme et détache ma ceinture. Duncan m'épargne la moindre remontrance. Je vise au niveau des conducteurs, tire. Les détonations menacent de me rendre sourde. Le recul réveille mes courbatures à l'épaule et dans le thorax. Mais j'ai à peine éraflé la carlingue de nos poursuivants… Je pousse un juron. Ça bouge trop pour que je réussisse à faire mouche, surtout pour moi qui ne suis pas très dégourdie avec une arme à feu !

– Roule droit, bon sang ! râlé-je après avoir encore manqué ma cible.

Une nouvelle salve de balles nous bombarde. Je me recroqueville sur mon siège, la peur au ventre.

– Comme si c'était simple ! fulmine Duncan.

– Fais un effort !

Il a le culot de me fusiller du regard. Je proteste :

– J'y arriverais si tu arrêtais de zigzaguer !

– Faites un effort !

Je le maudis en mon for intérieur et recommence à tirer. Je ne fais que gaspiller nos munitions, rien de plus…

Pour ne rien arranger, Logan décide de remuer à ce moment-là. Je m'étire pour lui cogner la tempe, assez fort je l'espère pour l'assommer sans le tuer. Mais ça, je vérifierai plus tard.

Duncan me ramène dans mon siège à la force d'un bras. Stupéfaite, je l'insulte en différentes langues avant qu'il ne me coupe pour m'ordonner :

– Conduisez.

J'écarquille les yeux mais constate qu'il est bien sérieux. Il m'arrache le semi-automatique des mains et lâche tout.

– Bordel, qu'est-ce que tu fous ! hurlé-je en me jetant sur le volant.

– Je vous ai prévenue.

Je ne quitte plus la route des yeux, la panique menaçant de me faire perdre tous mes moyens. Duncan gigote dans tous les sens pour passer sur mon siège alors que j'y suis encore.

Maintenant, je dois diriger le véhicule alors que je n'ai aucun accès aux pédales pendant qu'un type d'un mètre quatre-vingt-cinq me grimpe dessus pour me piquer ma place !

– On échange ! s'impatiente-t-il, une jambe dans mon dos, la moitié du buste déjà de mon côté.

– Tu ne pouvais pas le dire plus tôt ?

– Vous voulez que je vous fasse la demande par écrit ?

Je me contorsionne tout en énumérant un chapelet de jurons bien sentis. Nos membres s'entremêlent, les coups de coude s'enchaînent.

Je suis soulagée de poser enfin mon postérieur derrière le volant et de trouver les pédales sous mes pieds nus. Duncan s'est déjà positionné pour tirer sur ceux qui nous poursuivent. Et il ne tarde pas à jouer de la gâchette. Je régule mon souffle et essaie de faire taire ma peur.

Pas de panique, pas de panique...

Je dois juste rouler comme une folle furieuse, ne pas les laisser nous rattraper, et tout ça en veillant à ce que Duncan ne soit pas trop malmené par les embardées du véhicule.

Un jeu d'enfants !

Je n'ai que le rétroviseur pour garder un œil sur ce qui se passe, même si je meurs d'envie de me retourner. Le vent me pique les yeux. Des larmes rappliquent, histoire de ne pas arranger la situation.

– Elisabeth, plus à droite.

Mais si je vais par là, je frôle le bas-côté ! Un petit rodéo dans la pampa ne me tente pas beaucoup... Pourtant, je ne polémique pas et obéis. Je braque à droite, Duncan tire.

Des crissements de pneus attirent mon attention. Le rétroviseur me montre l'imposant 4x4 de nos poursuivants brinquebaler dangereusement. Le second véhicule le contourne et continue sa course. Pied au plancher, je redresse la voiture. Je serre les dents alors que je manque de perdre le contrôle à mon tour.

Mon regard s'arrondit lorsque je constate que le 4x4 nous rattrape, encore en lice.

– Duncan ?

– Accélérez.

– Merde, alors ! Je n'y avais pas pensé !

– Appuyez plus fort sur la pédale.

– Si j'appuie plus fort, mon pied passe à travers le plancher !

– Putain, mais il se passe quoi, là ?

Mes poumons se bloquent lorsque j'entends la voix de Logan.

J'aurais dû cogner plus fort !

Le Rapace se redresse comme il peut.

– Mais c'est quoi, ce bordel ? crie-t-il.

– Demande à tes potes ! répliqué-je, furieuse.

– Mes… Qu'est-ce…

– Oh ! la ferme !

Le 4x4 arrive à notre hauteur. Je distingue deux hommes à l'avant. Celui qui braque son arme sur moi a l'épaule ensanglantée. Duncan a fait mouche, pas assez cependant pour le mettre hors d'état de nuire.

Et c'est moi qui suis en mauvaise posture, l'orifice d'un canon pointé sur mon front.

– Accrochez-vous !

Duncan a tout juste le temps de s'agripper à l'appuie-tête quand je tire sur le frein à main. Logan enroule ses bras autour de mon siège tandis que je m'accroche au volant. Mes muscles me font mal. J'ai le réflexe idiot de fermer les yeux quelques secondes, comme si je pouvais me volatiliser.

Il y a bien un impact. Du côté de Duncan. Je rouvre les paupières. La tôle s'est pliée ; le 4x4 nous a emboutis et nous entraîne avec lui. La violence du mouvement meurtrit ma nuque.

Nous sommes poussés en dehors de la route ; je perçois les râles étouffés du Glaive. Je baisse le regard sur sa jambe ; elle est broyée entre la tôle et le siège.

Non !

Son visage est crispé au point que je redoute qu'il se brise les dents à force de trop contracter la mâchoire. Il tire derrière lui à l'aveugle, à travers la vitre déjà explosée. Une balle atteint le conducteur du 4x4 au niveau de son pectoral droit. J'entends son hurlement malgré le bruit des moteurs, le vent, les détonations…

Notre voiture culbute soudain. Cette fois, de mon côté.

Je pousse un cri, Logan m'imite.

Je perds mes repères. Je ne vois plus rien.

Un acouphène gagne mes tympans.

Nous ne bougeons plus. Je crois que la voiture s'est immobilisée. Il y a une sorte de crachat continu pas très loin de moi. Non, quelque chose qui fume. J'ouvre un œil. Ce geste anodin paraît tirer sur le moindre de mes nerfs. Tout mon crâne pulse de douleur.

Je geins en essayant de me redresser, mais je suis renversée contre ma portière. Une de mes jambes tremblote, et je pense qu'une de mes épaules est disloquée.

Non, je peux la bouger. Elle ne me fait pas si mal que ça.

Je tousse. À chaque tressautement, j'ai l'impression que l'on m'enfonce un couteau dans les poumons et sous le sternum.

Duncan !

Je tourne la tête sur ma droite. Il est là, sonné. Inconscient ? Je tends la main vers lui, mais c'est une autre qui s'empare de mon poignet. Je sursaute sans cri, je n'ai pas la force d'en pousser un, là maintenant. Je tire par instinct, avant de comprendre que c'est Logan qui m'agrippe. Son arcade sourcilière est en sang, il garde un bras autour de son buste. D'un mouvement de tête, il me désigne le semi-automatique dans la paume du Glaive. J'entends des voix, à l'extérieur.

Je croise le regard sombre du Rapace et je comprends.

Rien n'est fini.

Je m'appuie sur le volant et mon siège pour me hisser jusqu'à Duncan. Ses doigts sont crispés sur son arme, raides.

– Duncan, donne-moi ça !

Ses paupières sont quasiment closes. Il murmure des mots que je ne parviens pas à traduire. Les voix se rapprochent, des portières claquent.

Ils arrivent.

Logan s'échoue en avant, à deux doigts de perdre conscience lui aussi. Je force pour obliger Duncan à lâcher le pistolet. Les silhouettes sont presque là. Elles pointent toutes les deux des canons sur nous.

– Duncan, lâche ! craché-je entre mes dents serrées.

Les doigts se relâchent, je m'empare du semi-automatique, me redresse et tire.

Le premier homme s'effondre, je l'ai atteint à la gorge. Le deuxième mitraille. Je me jette sur Duncan pour le protéger. J'attends l'accalmie, le cœur battant, sursautant à chaque balle qui m'effleure, crève la tôle. Je comprends que mon assaillant est pris de panique : il tire sans réfléchir, sans viser.

La voix de Logan m'ordonne :

– Elisabeth ! Maintenant !

J'hésite une seconde. Une seconde où je n'entends plus de détonation, où seul le souffle de Duncan contre mon oreille emplit mon audition.

Je lève mon arme, appuie.

Rien.

J'écarquille les yeux, la respiration bloquée.

Je recommence, encore et encore.

L'horreur me saisit.

Je n'ai plus de balles.

Je jette un œil derrière mon épaule et croise le regard du Rapace. Il grimace, puis me fait signe de me taire.

Les pas se rapprochent.

Je tente d'ouvrir la boîte à gants, mais elle est bloquée. J'ai beau m'échiner, elle ne se déverrouille pas.

– Allez, allez !

Logan m'empoigne et me force à rester couchée. Je me débats, furieuse qu'il ose me toucher, mais ses chuchotements me glacent :

– Plus un bruit.

Je me pelotonne contre Duncan, désemparée. Je suis bloquée. Si j'essaie de sortir de la voiture en me hissant par la fenêtre, le MacKenzie me criblera de balles sur-le-champ.

On est foutus.

Des bras m'entourent après s'y être repris à deux fois. Je redresse le menton et plonge mes prunelles dans celles de Duncan. Je suis rassurée qu'il reprenne ses esprits, mais ses traits restent crispés, et il est blême.

– Ça va aller, Beth, me murmure-t-il.

Je secoue la tête. Des larmes commencent à me monter aux yeux. On va mourir tous les deux, et je ne peux rien y faire.

Duncan esquisse un sourire douloureux. L'odeur du sang est entêtante, elle dévore celle de l'essence, de la terre retournée et de la sueur.

Les pas se sont arrêtés.

Une respiration lourde m'interpelle. Je n'ose pas lever les yeux. Même lorsque tout mon corps me hurle qu'une présence est au-dessus de moi et qu'elle est dangereuse. Je frémis.

– Logan Nelson ? demande une voix profonde.

– Ouais, répond l'intéressé.

– Je vais vous faire sortir de là.

– O.K.

– Vous rejoindrez votre père à Eilean Donan.

– Comment va ma mère ?

Pas de réponse. Logan reprend :

– Qu'est-ce que tu vas faire d'eux ?

– Essayez de sortir, je m'en occupe.

Je plonge mon nez dans le tee-shirt de Duncan. Il resserre son étreinte autour de moi. Le Rapace souffle :

– Laisse-les là, ils n'iront pas bien loin, de toute façon…

– J'ai reçu des ordres.

– Cette fille est la sœur de Caleb MacCoy. Autant la prendre avec nous, ce sera toujours utile. Laisse le type ici, il n'en a plus pour longtemps. Il se vide de son sang.

Réagissant aux paroles de Logan, Duncan remue. Mes doigts se raccrochent au tissu de son vêtement.

– Non ! hurlé-je. Je ne pars pas sans lui !

– On ne vous laisse pas vraiment le choix, rétorque le MacKenzie.

Je croise son regard. C'est un quinquagénaire bien bâti, l'œil vif, toujours vaillant en dépit de ses blessures qui suintent d'hémoglobine. Il m'observe avec attention, puis ajoute :

– Je peux lui éviter de souffrir.

– Quoi ?

Est-ce qu'il suggère de l'achever, là, maintenant ? *Hors de question !*

Je toise l'homme et articule soigneusement :

– Essayez, et je vous coupe les bourses pour vous étouffer avec.

S'il est décontenancé, il n'en montre rien. Il pousse un rire caustique et fait signe à Logan de se hâter, puis il tend le bras pour m'attraper et m'extirper de la voiture par la force. Quand il m'effleure, Duncan lui agrippe le poignet et lui brise le coude d'un geste sec. Il s'égosille de douleur. Je ravale ma bile en voyant l'os fendre la peau. Vision qui disparaît vite : le Glaive tire violemment sur le bras blessé et envoie l'homme percuter la carrosserie. Étourdi, il culbute en arrière, le nez explosé.

Mon regard oscille entre la boîte à gants et la fenêtre.

Puis, je me décide.

Je m'excuse du bout des lèvres et grimpe sur Duncan, qui gémit sous mon poids. Je sors à l'air libre, le cœur battant et le souffle court. Mon pouls bat dans mes tempes.

Vite, vite, vite !

Quand le MacKenzie se redresse, je me laisse tomber sur lui. Je le frappe à la pommette, première zone qui m'est accessible. Il essaie de se débattre, de réagir. Je lui remets un coup dans le nez et récupère son arme.

Je me remets sur pied, légèrement chancelante, visant la tête.

– Non, attends !

Je me décale pour garder un œil sur mon adversaire et observe Logan. Il se tient à la voiture, arc-bouté en avant.

– T'as pas besoin de l'achever, plaide-t-il.

Je ricane.

– Tu me demandes d'avoir pitié de lui alors que vous étiez d'accord pour laisser Duncan mourir ?

Le Rapace secoue la tête et répond :

– Duncan s'en serait sorti.

– Avec une balle dans le front ?

– Ce n'est pas ce que moi, j'ai suggéré…

Je fronce les sourcils.

C'est vrai.

Mais je ne suis pas convaincue pour autant.

– Pourquoi serais-tu soudain magnanime, sale traître ? persiflé-je.

Il pince les lèvres et élude ma question.

– J'ai convaincu ce MacKenzie de te laisser la vie sauve, dit-il. Quant à Duncan, tu sais aussi bien que moi qu'il s'en serait sorti par lui-même, même avec une jambe dans cet état. Je te demande de me rendre cette faveur en ne tuant pas l'homme de mon père.

S'il espérait me persuader, il se foire. Le Glaive allait mourir. Et je ne vois pas en quoi Logan m'a rendu service en me proposant comme otage…

Je tire quand même, sous les vociférations du Rapace.

Le MacKenzie hurle.

Puis se tait.

Pour se mordre la lèvre de douleur. Il se tient la cuisse, au-dessus d'une plaie fraîche.

Logan me dévisage sans un mot.

– Ce n'est pas pour te faire plaisir, lui lancé-je en me tournant vers la voiture. Mais je ne suis pas une MacKenzie. Je ne tue pas de sang-froid.

Je grimpe sur le véhicule et achève :

– J'ai une conscience, moi.

Je me penche en avant et retrouve Duncan, toujours piégé. Son teint est cireux.

– Je vais te sortir de là, lui chuchoté-je.

Il trouve la force d'acquiescer en silence. Logan a l'opportunité de s'enfuir, en prenant le 4x4 encore en état de marche, par exemple. Peu m'importe. Je veux juste sortir le Glaive de là, et voir ce que je peux faire pour sa jambe. Tant pis si cela signifie laisser filer le Rapace. Personne ne m'en tiendra rigueur si c'était pour sauver la vie de l'un des nôtres.

Ça ne sera pas facile, mais j'en suis capable.

Je suis capable de tout pour Duncan.

Logan me rejoint, à ma grande surprise. Il garde les paupières baissées tout en forçant sur la carrosserie pliée.

– Je vais vous aider, murmure-t-il.

CHAPITRE 49

ELISABETH
La Louve

La jambe de Duncan n'est pas en si mauvais état. Je redoutais le pire : découvrir sa peau déchiquetée, les os apparents… tout ce que peuvent nous vendre les films d'horreur. Il perd encore beaucoup de sang, mais il peut bouger. Non sans souffrir le martyre ; le pire a toutefois été évité.

À chaque râle qu'il pousse tandis que je l'ausculte, je peine à réprimer mes sourires de soulagement. Bien sûr, il croit que je me fiche de lui. C'est tout l'inverse. À chaque plainte, il me prouve qu'il est en vie et qu'il a encore assez d'énergie pour s'offusquer de mon manque de douceur.

Logan a sacrifié son pull déjà en mauvais état pour que je puisse nouer un garrot de fortune au-dessus du plus gros de la plaie. Un morceau de tôle a traversé le tibia de Duncan. Je n'y connais pas grand-chose en premiers soins et j'ignore si c'est une bonne idée de bloquer la circulation sanguine sans retirer le corps étranger. Mais je préfère prendre ce risque-là plutôt que de l'enlever et laisser libre cours à une hémorragie.

Duncan s'est apaisé. Il observe les alentours, affalé sur la banquette arrière du 4x4 que nous avons réquisitionné… Il s'arrête sur Logan, penché au-dessus du MacKenzie que j'ai épargné. C'est à son tour d'être soigné avec les moyens du bord.

– Qu'est-ce que tu en penses ? demandé-je, intriguée par l'attitude du Rapace.

– Pas grand-chose, me répond Duncan, de sa voix rendue rauque par tout ce qu'il vient d'endurer.

– Il nous a aidés.

– Après t'avoir presque défigurée…

Je hausse les épaules. Duncan replace une mèche de mes cheveux derrière mon oreille. Ce geste me trouble plus que je ne le souhaiterais.

– S'il voulait nous tuer, il l'aurait fait pendant que j'avais le dos tourné, dis-je. Ou il m'aurait empêchée de sauter sur son pote.

– Une vraie louve.

– La douleur te fait délirer.

Duncan ne réplique pas, il se contente de m'adresser un sourire tordu. Je vérifie pour la énième fois que les clés du véhicule sont toujours sur le contact, puis lâche :

– Il faut que tu tiennes encore au moins trois heures. Je vais rouler aussi vite que je peux pour nous ramener à Inchkeith.

– Assure-toi que Logan n'a rien sur lui. Il porte peut-être une puce GPS. Si les MacKenzie nous ont retrouvés, c'est qu'ils ont pu suivre notre trace d'une manière ou d'une autre.

– Ils ont surtout fait preuve de logique : ils ont deviné que nous retournions sur notre île. Ils n'ont fait que suivre la route.

– Mieux vaut ne pas prendre de risques. Tu devrais fouiller Logan.

– Tu penses qu'on est dans un film d'action ou quoi ?

Il me suffit de jeter un œil vers notre véhicule accidenté pour ravaler mes paroles. Je soupire et abandonne Duncan pour inspecter le 4x4. Je ne trouve rien, mais je ne suis pas Dyclan : je ne sais même pas à quoi ressemble ce que je suis censée détecter. Quant à Logan, il me confie son téléphone sans réelles protestations. Je le récupère avec méfiance, mais là encore, je fouille à l'aveugle. Que dois-je chercher ? Une application qui m'indiquerait « Hé ! Je suis un GPS-espion ! Viens me désinstaller » ?

Le Rapace finit par me tendre sa paume, agacé, en me disant :

– Je désinstalle la géolocalisation si vous me laissez prévenir mon Clan qu'il y a un homme blessé.

– Tu plaisantes, j'espère ? Tu veux qu'on les attende, aussi ?

– Il y a le 4x4. On part avec le plus vite possible.

– Depuis quand les prisonniers disent quoi faire à leurs geôliers ?

Il claque sa langue contre son palais, exaspéré. Je ne me laisse pas émouvoir. Bras croisés, je fais remarquer :

– Tu penses que ton ami ne pourra pas survivre ? Pourtant, il perd autant de sang que Duncan.

Logan me toise avec dédain.

– Duncan est Duncan, siffle-t-il. Je le connais très bien. Il a vu pire.

– Tu n'en sais rien, espèce de traître.

– Pas besoin de me répéter ça à longueur de journée, je sais très bien ce que j'ai fait. Vous perdez votre salive, et moi, ma patience. Laissez à cet homme une chance de survivre si vous vous prétendez meilleure que nous, et je vous promets de ne plus faire d'histoires.

Je plisse le nez et me tourne pour regarder comment va Duncan. Il suit notre discussion avec intérêt, même s'il ne peut pas nous entendre correctement. J'exhale un nouveau soupir et rends son portable à Logan en le prévenant :

– Pas d'entourloupe… ou ni toi, ni ton ami ne survivrez assez longtemps pour apercevoir les secours.

Le Rapace m'arrache l'appareil des mains et passe son coup de fil. Il utilise des mots simples, donne des indications concises et n'a pas l'air de s'adresser à un membre de sa famille de sang. Il précise notre position, puis raccroche avant de poser le téléphone sur la poitrine du MacKenzie.

– Ils le trouveront plus facilement, comme ça, m'éclaire-t-il.

J'opine et le pousse vers le 4x4, réprimant ma culpabilité de laisser un homme dans un tel état derrière nous. La santé de Duncan m'inquiète beaucoup plus.

Trois heures, c'est très long.

***

Il ne reste plus qu'une heure de route.

Logan s'est endormi. Il s'est ausculté au début du trajet : il n'a écopé que de quelques ecchymoses et égratignures lors de l'accident. Le reste porte ma signature.

Je m'en réjouis.

Duncan oscille entre l'inconscience et la fièvre. J'essaie de le maintenir éveillé autant que possible, mais mes mauvaises blagues et mon bavardage ont plutôt l'air de l'épuiser. Je me demande comment je vais réussir à le transporter jusqu'au ferry tout en gardant un œil sur le Rapace. Je ne crois pas que Dyclan nous aura attendus au port. Ça tiendrait du miracle ou du troisième œil, puisque nos téléphones sont morts et que nous n'avons pu prévenir personne de ce qui nous était arrivé.

Mes doigts jouent nerveusement sur le volant.

Est-ce qu'il pourra se déplacer avec une béquille ?

– Vos blessures vous lancent, mademoiselle Elisabeth ?

Je me tourne vers Duncan, décontenancée par sa question subite, puis réponds :

– Non, c'est gérable. J'ai eu beaucoup de chance. Pourquoi ?

– Vous gigotez beaucoup.

– Je réfléchis.

– Êtes-vous sûre ?

– Ne t'ai-je pas déjà dit que tu deviens agaçant quand tu insistes ?

Je regrette aussitôt ma réplique acerbe. Duncan s'inquiète pour moi, c'est tout.

– Je suis désolée, me rattrapé-je. Si tu veux tout savoir, je suis crevée. Mais je ne souhaite pas m'en plaindre.

– Parce que je suis dans un état pire que le vôtre ?

– Oui.

Il ne dit rien durant une bonne minute. Je crois qu'il replonge dans sa somnolence, mais il me dément en lâchant soudain :

– Vous avez assuré. Du début à la fin.

Je cille.

– Je ne suis pas d'accord avec toi, rétorqué-je, embarrassée. J'aurais pu faire mieux.

– On peut toujours faire mieux. Mais ça ne veut pas dire que ce qui a été fait n'est pas déjà bien.

– « Bien » ne me suffit pas. C'est « parfait » que j'attends. « Parfait », c'est quand personne n'est blessé. Quand une mission se déroule sans accrocs de A à Z.

– Si vous rencontrez un jour quelqu'un capable d'assurer à tous les coups, présentez-le-moi.

Je souris, puis lâche :

– Merci. Tu essaies de me remonter le moral alors que de nous deux, ce n'est pas moi qui en ai besoin.

– Non, je suis honnête. Vous nous avez sauvé la vie.

– C'est toi qui as brisé le bras de ce type.

– Et vous l'avez mis hors d'état de nuire ensuite. Sans compter votre conduite qui m'a permis de les ralentir… et puis, vous avez attrapé Logan.

Je secoue la tête.

– À chaque fois, tu étais là.

Je fais ce constat en même temps que je le prononce.

– Pas toujours, réplique Duncan d'un ton doux.

– Je n'aime pas beaucoup la modestie.

– Vous en faites pourtant preuve.

– « Fais ce que je dis, pas ce que je fais. »

Il rit. Je suis soulagée de constater qu'il en est encore capable…

Il se calme et me glisse :

– D'accord, disons que nous formons une bonne équipe.

L'émotion me gagne.

Une équipe.

Fut une époque, je rêvais d'en former une avec lui. De me battre à ses côtés pour ma famille et mon Clan. Il aura fallu tant d'années avant de l'entendre dire que nous pouvons en être une…

– C'est vrai, soufflé-je. Nous sommes faits pour nous entendre.

Il me fixe, mutique. Je grimace en ajoutant :

– Au moins sur ce plan-là.

Je me mordille la lèvre, gênée. Je recommence à perdre mes moyens auprès de lui. Or, je ne veux pas m'émouvoir de la moindre attention qu'il m'accorde…

Le silence s'éternise. Je tourne la tête pour vérifier s'il s'est endormi. Au contraire, il m'observe avec intensité. Cette intensité qui m'électrisait il y a des années, qui suffisait à m'échauffer, à me faire tout oublier.

Même Holly n'y a jamais eu droit.

Ces yeux-là étaient à moi, rien qu'à moi.

– Ne me regarde pas comme ça, ordonné-je d'une voix mal assurée.

– Comme quoi ?

– Comme si nous étions deux personnes ordinaires qui s'aiment et se désirent. Je connais cette expression sur ton visage.

– Je ne m'en suis pas rendu compte.

– C'est pour ça que je te le dis.

Il acquiesce, puis se détourne, perdant son regard à travers la vitre.

– Parlez-moi de vos voyages, me demande-t-il.

J'arque un sourcil.

– Pourquoi ?

– Pour me laisser imaginer ce que j'aurais pu vivre si nous n'étions que « deux personnes ordinaires ».

Je manque de rater mon passage de vitesse tant ce qu'il vient de dire me broie le cœur. Se rend-il compte de la douleur et de la colère qu'il réveille en moi ? Cette douleur et cette colère que je contiens depuis tant d'années…

J'inspire. Pour me calmer, je m'aide des décors qui nous entourent, des voitures que nous croisons, des plaines et des montagnes à l'horizon, des panneaux qui défilent. Je me raccroche à l'odeur de neuf qui embaume l'habitacle du 4x4. Et je lui raconte. Je narre à Duncan mes aventures sans lui avouer toutes les larmes que j'ai versées à mon départ, tous ces moments de solitude, tous ces instants à contempler le ciel et à penser à lui, à ce que ça aurait été de parcourir le monde avec lui.

S'il m'avait choisie, moi.

Il m'écoute comme il l'a toujours fait : en silence. Une ombre qui ne peut ni toucher ni sentir. Une ombre que je n'étais pas capable d'atteindre non plus. Même quand nous foulions la même terre, il subsistait entre nous une frontière à ne jamais dépasser, qu'il alimentait de sa propre volonté.

Nous traversons Édimbourg tandis que je dépeins mon épopée en Corée du Sud. Duncan a fermé les paupières, mais je suis certaine qu'il ne dort pas.

Sa respiration est trop rapide, et il remue dans son siège au moindre cahot de la voiture. Il se laisse bercer par la route, à moins que ce ne soit par ma voix. Il ne réagit à rien, pas même à mes rencontres amoureuses que je ne lui cache pas.

Logan et lui ne rouvrent les yeux qu'une fois que nous sommes garés au port. Le Rapace va jusqu'à m'aider à transporter le Glaive jusqu'au ferry. Je ne le repousse pas, trop heureuse que nous soyons deux à supporter le poids de Duncan. Il marque toutefois une hésitation avant de monter à bord du bateau, le regard perdu sur la silhouette d'Inchkeith que l'on devine de là où nous sommes. Est-ce de la mélancolie ou de l'appréhension qui l'habite ? Éprouve-t-il des remords ?

Dyclan a-t-il réellement vu quelque chose en lui que personne d'autre ne perçoit ?

Je laisse Duncan se reposer contre moi dès que le ferry prend la mer. Je garde mon arme sous la veste que j'ai récupérée dans la voiture accidentée, la main autour de la crosse, prête à passer à l'action si jamais Logan décide de nous faire un coup bas.

La tête du Glaive pèse de plus en plus lourd sur mon épaule. Je continue à lui parler, sans pause. Je lui demande régulièrement de me répondre pour m'assurer qu'il est toujours avec moi.

Le capitaine du ferry ne nous pose aucune question. Il sait qui nous sommes. Il est du système. Ça ne l'empêche pas de nous jeter un regard circonspect de temps à autre.

Quand personne ne prête attention à nous, je glisse ma main libre sur celle de Duncan ; elle est glacée. Je la serre et espère qu'elle lui prodigue un semblant de chaleur.

– Nous y sommes presque, lui dis-je. Reste avec moi…

– Je vous le promets…

Je pince les lèvres. Je ne réussis pas à faire taire mon angoisse, ce mauvais pressentiment qui plante ses griffes dans ma poitrine.

Sa tête glisse sur mon bras. Je la retiens, une paume sur son front brûlant.

– Duncan ?

Il ne réagit plus.

– Duncan !

Je le redresse, le cœur au bord des lèvres. Je lui tapote la joue, le secoue. L'angoisse me noue la gorge.

– Bon sang ! On y est ! Tu ne peux pas me faire ça maintenant !

Je lâche l'arme et plaque mes deux mains de part et d'autre de son visage.

– Duncan, reste avec moi !

Je pose mon front contre le sien et le supplie :

– Ne m'abandonne pas maintenant. Reste avec moi !

CHAPITRE 50

DUNCAN
Le Glaive

2005

– Reste avec moi, me dit Elisabeth.

Je ne comptais pas partir.

Les silhouettes vêtues de noir remontaient le chemin du cimetière à pas lents, le dos voûté et la tête basse. Caleb menait la marche, les mains dans les poches. Il faisait preuve d'une plus grande dignité que la plupart d'entre nous ; aucune larme ne coula sur sa joue durant toute la cérémonie, et il ne broncha pas lors de la mise en caveau de ses parents, les dents serrées et le regard insondable.

Elisabeth tentait de l'imiter, mais quelques sanglots l'étouffèrent lors du discours de son frère.

Je n'avais pas lâché sa main. Du début à la fin.

Depuis son arrivée devant les portes du cimetière, alors qu'elle revenait à peine de Perth, l'air hagard, jusqu'à ce moment, alors que ses parents reposaient désormais dans leur tombeau familial aux côtés de leurs ancêtres.

Les miens avaient été enterrés non loin, eux aussi, mais je n'avais pas les moyens de leur offrir plus qu'une simple pierre tombale, bien que Caleb se soit montré généreux pour toutes les familles endeuillées. Je déplorais toutefois ce geste de bonté rendu possible uniquement grâce à l'intervention du duc d'Argyll. En échange de leur ralliement, il avait donné aux MacCoy un argent dont ils avaient bien besoin pour reconstruire Inchkeith…

Les doigts d'Elisabeth pressaient les miens si fort que je n'en sentais plus les extrémités. Je ne me plaignais pas. À sa demande, nous étions restés un peu à l'écart des autres endeuillés.

– Est-ce que ce sera toujours comme ça ? m'interrogea la jeune Louve.

– Non, nous ne laisserons pas une telle catastrophe se reproduire, répondis-je.

– Je veux dire… ressentirons-nous à jamais ce chagrin ? Cette douleur ?

Je baissai le regard vers elle, ému par sa détresse. Je partageais sa souffrance. Le raid MacKenzie nous avait laissés orphelins tous les deux. Sauf qu'elle, elle n'avait que 12 ans. Ce n'était qu'une enfant.

Mais il lui restait son frère. Sa sœur aussi, quelque part. Et je comptais bien ne pas l'abandonner non plus.

Je me raclai la gorge et avançai :

– Je ne sais pas. On dit que le temps guérit les blessures.

– Mais ça sert à quoi d'avoir aussi mal dès que quelqu'un part ?

– À mieux savourer les instants éphémères avec ceux que l'on aime.

Elisabeth secoua la tête et rétorqua :

– C'est bateau. Et faux. Ce n'est que lorsqu'ils partent que l'on réalise ce que l'on a perdu.

– Ça aussi, c'est bateau.

Elle ne réagit pas à ma taquinerie. Pas même l'ombre d'un sourire ne fleurit sur ses lèvres.

Retrouverait-elle un jour sa joie de vivre ? Cette flamme qui avait jusque-là toujours brillé dans ses prunelles ?

– Je crois que, peu importe ce qu'on dit, ça fera toujours aussi mal, murmura-t-elle.

Il était encore trop tôt, même pour moi, pour lui répondre que ces douleurs-là nous rendent meilleurs si nous décidons d'en tirer quelque chose de bon. Que cette perte ferait de nous des êtres plus forts, plus déterminés et désireux de transformer leurs vies en une quête positive, ne serait-ce que pour honorer le souvenir de nos parents.

Tout ce dont je fus capable, c'est de rester près d'elle, sa paume dans la mienne, pour la soutenir dans cette épreuve.

Elisabeth se raidit soudain. Elle me désigna un homme âgé, dans un costume parfaitement ajusté. Je me crispai à mon tour dès que je remarquai le tartan qu'il portait. Il arrêta Caleb avant que ce dernier ne grimpe dans sa voiture.

– Le duc d'Argyll, soufflai-je.

Nous l'observâmes, toujours à distance. Henry Campbell posa plusieurs fois la main sur l'épaule de mon ami ; je devinai qu'il lui servait des mots réconfortants. Pourtant, j'avais l'impression que cette poigne était possessive, trop étincelante avec ses nombreuses bagues et chevalières.

Je lâchai la main d'Elisabeth pour l'entourer de mon bras.

– Allons-y.

Nous remontâmes l'allée à notre tour, seuls. La jeune Louve se repliait sur elle-même au fur et à mesure que nous avancions, sans détacher les yeux des voitures qui nous ramèneraient chez nous. Dans nos ruines.

Je ralentis.

Je ne désirais pas retourner là-bas non plus. Je ne voulais pas arpenter les rues vides du hameau, encore à déblayer, parcourir les vestiges des maisons, retourner les cendres trop incrustées pour s'envoler.

Je m'arrêtai.

Elisabeth m'interrogea de ses grands yeux de miel. Je réussis à sourire ; en retour, elle étira à peine ses lèvres. Mais c'était toujours mieux que ses larmes, que son visage claquemuré derrière la peine.

Je resserrai mon bras autour d'elle et l'entraînai avec moi vers une voiture vide. Je l'entendis balbutier, pousser un hoquet de surprise, mais je restai déterminé. Dyclan n'eut pas le temps de nous demander ce qui nous prenait. Je fis grimper Elisabeth à l'avant, puis montai derrière le volant. Le moteur vrombit ; je démarrai en trombe sous les regards effarés, dont celui de Caleb en train de s'engouffrer dans sa limousine.

Je n'eus aucun remords. Aucun regret.

Je nous emmenais loin de la douleur, Elisabeth et moi, loin des souvenirs, sans vraiment savoir quelle direction emprunter. Peu importait, en soi, pourvu que nous rallongions la distance.

Pourvu que nous souffrions moins, l'espace d'une minute ou deux.

Elisabeth se lova dans son siège.

– Merci, me dit-elle après une bonne dizaine de minutes à rouler dans Édimbourg.

Elle attrapa ma main, serra mes doigts avec force.

– Où allons-nous ? m'interrogea-t-elle.

Je n'en avais aucune idée. Je tournais en rond.

– Où aimeriez-vous aller ?

Elle fit mine de réfléchir, la bouche en cœur.

– Au Vietnam ? finit-elle par lâcher.

Je poussai un petit rire.

– Un autre pays, vraiment ?

– Pourquoi pas ? N'importe où plutôt qu'ici…

Elle se tourna vers moi, ses longs cheveux acajou encadrant son visage plissé d'espoir.

– Est-ce que tu viendrais avec moi ? me demanda-t-elle.

– En Asie ?

– Faire le tour du monde !

J'éclatai de rire, en dépit de mon cœur pétri de douleur, de ces fantômes au-dessus de nous.

– Il faut bien que quelqu'un veille sur vous si vous partez à l'aventure, répondis-je.

Elle fronça les sourcils, puis se réinstalla dans son siège, les bras croisés. Déçu qu'elle se rencogne, je proposai :

– Je ne peux pas vous emmener au Vietnam, mais que pensez-vous d'une petite balade toute simple dans la capitale ?

Elisabeth se renfrogna davantage.

– Ce n'est pas drôle, ronchonna-t-elle.

– Promis, je ne plaisante pas.

Elle me gratifia d'un regard sceptique qui me fit sourire de plus belle.

– Vous ne faites plus confiance à votre chevalier servant ? la taquinai-je.

– D'accord, mais je veux un chocolat, abdiqua-t-elle, les yeux scintillants.

CHAPITRE 51

DUNCAN
Le Glaive

24 décembre 2008

Les murs gris du château d'Inchkeith s'étaient parés de lucioles multicolores. Les chaussettes encombraient les manteaux de cheminée, et les étoiles scintillaient sur les petits sapins présents dans chaque pièce. L'arbre le plus imposant accaparait un coin entier de la salle commune. C'est autour de lui que nous fêterions Noël ce soir-là. En attendant, Caleb et moi nous étions plongés dans une partie d'échecs, le conifère en digne témoin de notre affrontement. Nos verres de whisky réverbéraient la lumière des guirlandes.

Au loin, nous entendions le bruit de pas précipités, de murmures échangés, d'ustensiles qui s'entrechoquaient dans les cuisines. Entre nous, c'était cependant un silence pesant qui régnait.

Depuis trois ans, la période des fêtes était devenue à nos yeux une obligation sociale vide de sens, mais nous nous y pliions, par acquit de conscience.

Et pour honorer la mémoire de ceux qui n'étaient plus là.

Caleb avança son cavalier, je sacrifiai l'une de mes tours.

Mon ami semblait plongé dans une intense réflexion. Je devinai qu'il était préoccupé, comme chaque jour et chaque nuit. Un Chef de Clan ne se repose jamais ; il l'avait appris à ses dépens au cours des trois dernières années. J'avais parfois peine à le reconnaître. À 22 ans, il arborait déjà les traits plissés d'un trentenaire. L'insouciance avait déserté son regard. Ce que nous avions vu et fait à Dunvegan en 2006 y avait largement contribué.

– Échec, annonça-t-il soudain.

Un sourire fleurit sur ses lèvres. Impassible, je pris son cavalier en déplaçant ma reine. Il soupira et se laissa aller en arrière contre le dossier de la chaise.

– Tu avais deviné, hein ?

– Vous êtes plutôt prévisible, *milaird.*

Ses prunelles se voilèrent. Je détournai la tête pour ne pas avoir à les affronter.

– « Cal' », me corrigea-t-il finalement. Tu le sais, non ?

– Je suis désolé.

Un peu plus de trois ans avaient passé, oui… et Caleb ne se faisait toujours pas à son nouveau statut de *laird*. Les décisions si difficiles qu'il avait eu à prendre n'avaient pas suffi à imposer à lui la réalité. Comme nous tous, il ne pouvait l'accepter.

L'étoile sur le sapin paraissait me narguer. Elle semblait si pure, si étincelante… une lueur d'espoir au-dessus du sol encore humide du sang de nos morts.

Le téléphone de Caleb sonna alors que je me préparais à me rapprocher de son roi. Son visage se métamorphosa ; il rajeunit soudain, ses lèvres s'élargissant en un sourire franc. Heureux.

– Elle ne va plus tarder !

Mon cœur se gonfla, la joie m'emplissant à mon tour. Nous abandonnâmes notre partie d'échecs d'un même mouvement et nous nous précipitâmes dans le hall. Caleb se planta devant les portes d'entrée, fébrile. Il n'avait pas revu sa sœur Elisabeth depuis l'enterrement de leurs parents, hormis pour quelques visites en coup de vent à son pensionnat. Il avait fallu que ces trois dernières années s'écoulent avant qu'il accepte que les MacKenzie ne surgiraient plus de la nuit pour ravager une nouvelle fois Inchkeith, avant qu'il autorise enfin sa jeune sœur à revenir sur l'île.

J'étais tout aussi impatient de retrouver la fillette. Comment avions-nous fait pour supporter toutes ces fêtes et tous ces anniversaires sans elle ? La joie n'avait pas la même saveur en son absence. J'avais eu beau pester, adolescent, contre ce pot de colle qui me suivait partout, Elisabeth m'avait énormément manqué. Surtout vu les circonstances dans lesquelles elle nous avait quittés.

– Merde ! J'ai oublié son cadeau !

Je ricanai devant l'air blasé de Caleb. Il avait passé des semaines à dégoter le présent parfait pour accueillir sa sœur, et autant de temps à réfléchir à celui qu'il glisserait sous le sapin. D'humeur serviable, je lui proposai d'aller le chercher. Il tapota mon épaule pour me remercier sans quitter l'entrée des yeux.

Je montai jusqu'à la chambre seigneuriale et y trouvai le petit paquet posé sur la table de chevet. Il tenait dans ma paume, si léger que je me demandai l'espace d'un instant s'il n'était pas vide. Je ressortis ensuite de la pièce en me demandant si j'aurais dû moi aussi prévoir un cadeau pour Elisabeth. Elle avait toujours adoré les surprises…

Une cavalcade m'arracha à mes pensées. Je me figeai, levai la tête, interloqué. Qui courait dans le château ? Il n'y avait plus d'enfants à Inchkeith, plus de rires. Certains s'étaient tus à jamais trois ans plus tôt, les autres avaient perdu leur insouciance.

Enfin, je compris ce qui se passait. Je rangeai le paquet dans l'une de mes poches, me penchai en avant et ouvris les bras, prêt à accueillir la silhouette qui surgissait au détour du couloir.

– Duncan !

Une seconde plus tard, la collision me fit chanceler. Je me rattrapai de justesse au mur derrière moi. Un parfum fruité envahit mes narines, des cheveux acajou me chatouillèrent le visage, et des bras enserrèrent mon cou.

Mais quelque chose n'allait pas.

Le corps que je tenais contre moi n'était pas celui de ma petite Elisabeth.

Je reculai, troublé, et tombai sur les deux yeux chocolat nappé de miel que je connaissais bien. Mon cœur tressauta. C'était bien elle, avec ses taches de rousseur sur son minois, sa chevelure si semblable à celle de Caleb, et son sourire qui gardait sa lumière qu'importent les épreuves vécues.

– Alors, surpris ?

Ma voix m'échappa ; elle se terra au fond de ma gorge tandis que je fixais cette adolescente de 15 ans qui me dévisageait.

Un peu plus de trois ans plus tôt, je lui offrais un chocolat chaud pour sécher ses larmes et apaiser sa souffrance. Je la soulevais encore dans mes bras. Avec difficulté, mais c'était possible.

Ce jour-là, elle se contenta de se dresser sur la pointe des pieds pour m'étreindre.

Quelque chose était différent.

Celle qui se blottissait contre moi n'était pas Ellie.

Ce n'était plus une enfant, c'était une femme que je ne connaissais plus.

Mon cœur reprit sa course, mais les tonalités de ses battements m'étaient inconnues.

Quelque chose était différent, et ça n'allait pas.

***

– D'accord, mais je veux un chocolat !

Immobile, incrédule, je regardai cette adolescente de 15 ans déjà si femme en train de réclamer sa boisson chaude favorite à Mary. Cette dernière exigeait d'elle qu'elle lui raconte ses aventures au lycée, mais la cadette MacCoy se faisait désirer, le nouveau cadeau de son frère autour du cou : une chaînette dorée au bout de laquelle se balançait un pendentif représentant une patte de loup.

Je ne parvenais toujours pas à croire qu'en un peu plus de trois ans, Elisabeth s'était autant transformée. Je me rappelais encore cette journée où nous nous étions promenés dans Édimbourg, un chocolat chaud entre les mains et des scones plein la bouche. Elle avait retrouvé le sourire, son énergie, sa joie de vivre, m'avait parlé de tous ces voyages qu'elle ferait lorsqu'elle serait plus âgée – c'était ainsi qu'elle et moi avions fui la terrible réalité de la mort de nos parents. J'avais eu le sentiment de la connaître, ce jour-là, et voilà qu'en face de moi se trouvait une parfaite inconnue, qui pestait contre des camarades de classe dont nous n'avions jamais entendu parler – une Ashley, notamment, semblait attirer ses foudres –, nous parlait du petit monde de son pensionnat, si éloigné du nôtre, et évoquait des sorties clandestines dans les bars de Perth, des garçons, des fêtes…

Quand avait-elle cessé d'être une enfant ?

Rien ne semblait perturber le *laird*, ni aucun autre membre de notre Clan. Pourquoi étais-je le seul à ressentir un tel embarras ? À remarquer à quel point elle est différente ?

– T'en fais une tête !

Je sursautai en entendant la voix de Caleb.

– Je ne fais pas de « tête » en particulier, répliquai-je.

– Tu tirais la même tronche quand je foutais des boules puantes sur ta chaise avant les cours.

– Doux souvenir… ronchonnai-je.

– Je me le remémore quand tu me tapes sur les nerfs.

Nous pouffâmes.

Le réveillon se passait merveilleusement bien. Il était tellement plus joyeux que les précédents… Les lumières paraissaient plus chaleureuses, les rires plus sincères et les discussions plus enthousiastes. Tout ça grâce à une seule personne : Elisabeth. Sa simple présence transformait l'ambiance générale, transformait Caleb aussi. Depuis qu'elle était là, il n'errait plus dans les couloirs, l'air absent ou sur les nerfs, désireux d'assurer partout au risque d'en faire trop. Moi aussi, je me sentais métamorphosé. Je ne cessais plus de sourire, je me surprenais à m'émerveiller des décorations que nous sortions pourtant tous les ans, à m'esclaffer à la plaisanterie la plus stupide de Caleb. Elisabeth irradiait. C'est comme si elle invoquait autour d'elle tous ceux qui n'étaient plus avec nous, avec douceur.

– Plus sérieusement, tout va bien ? me demanda mon ami.

– Oui, mentis-je. Je suis juste… un peu déboussolé.

– Toute cette bonne humeur me fait drôle aussi… mais c'est la veille de Noël, nous avons la chance qu'Ellie soit avec nous, profitons-en.

J'émis un rictus et répliquai :

– Depuis quand êtes-vous aussi optimiste ?

– Je ne fais qu'appliquer le conseil que tu m'aurais toi-même donné si tu n'étais pas aussi bougon !

– Rappelez-moi pourquoi nous sommes amis, déjà ?

– Parce que tu as sauvé ma sœur un jour et que ma conscience m'a obligé à arrêter de te mettre une raclée jour après jour.

– Vous ne m'avez jamais mis de raclée !

– Que tu dis…

Je m'apprêtais à répliquer lorsqu'une silhouette apparut sous notre nez.

– Vous parlez de quoi ?

Je me raidis, le parfum d'Elisabeth envahissant aussitôt mes narines. Je me sentais troublé par son bras, qu'elle glissa sous le mien sans aucune hésitation.

– On évoquait ton petit plongeon quand tu étais gamine, répondit Caleb.

Sa sœur grimaça, creusant ses fossettes et plissant son nez. Où étaient ses joues rondes ? Ses traits de poupon ? Pourquoi Caleb employait-il le passé quand il la qualifiait de « gamine » ? Arrivait-il, lui, à admettre qu'elle n'était plus une enfant ?

– Drôle de souvenir à déterrer la veille de Noël, répliqua-t-elle.

– On ne se lasse pas de se rappeler ton air de chiot mouillé.

Offusquée de la remarque de son frère, Elisabeth m'adressa un regard vexé. Quand ses iris pailletés d'or étaient-ils devenus si profonds ? Ses lèvres, colorées de rouge pour l'occasion, exerçaient sur moi une fascination trouble…

Je me détournai, sensible à la présence de Caleb près de nous. Que me dirait-il s'il me surprenait à reluquer sa petite sœur ?

Ce n'est peut-être plus une enfant, mais ce n'est pas une adulte pour autant. C'est Ellie, bordel !

J'eus beau me le répéter, je ne réussis pas à me détendre, tous mes sens aiguisés par la proximité de la Louve. Quand Caleb s'éloigna pour s'empiffrer de petits fours, je perdis un peu plus pied. J'écoutais Elisabeth me raconter ses derniers déboires avec Ashley, mais je fixais sa bouche autant que son décolleté. Pourquoi ne portait-elle pas de pull à col roulé ? Elle en revêtait toujours en cette période de l'année. Mary et Moira la noyaient sous des tonnes de couches pour qu'elle n'ait jamais froid.

– Duncan ?

Je frémis, inquiet qu'elle ait pu remarquer que mes yeux s'égaraient. Elle me dévisageait, dans l'attente d'une réponse de ma part.

– Tu ne m'écoutais pas, hein ? soupira-t-elle.

– Je suis désolé…

Elle sourit, amusée, puis enroula ses bras autour de mon cou. Je me tétanisai, au supplice de sentir ses seins s'aplatir contre mes pectoraux.

C'est toujours Ellie, la sœur de Caleb, et la mienne aussi.

– Ne t'excuse pas, me dit-elle à l'oreille, ça se paiera de toute façon…

Elle déposa un baiser sur ma joue. Rien de surprenant ni de nouveau, mais la sensation sur ma peau fut différente. La commissure de mes lèvres frémit, et je ressentis une sensation de vide lorsqu'elle s'éloigna avec un sourire malicieux et un regard sournois. La menace était lancée : je devais m'attendre à un mauvais tour. Si, autrefois, je pestais et espérais qu'elle oublie sa rancune, je n'espérais qu'une chose à ce moment-là : qu'elle s'exécute vraiment afin de nous permettre de retrouver notre relation passée, quand elle était cette petite fille qui courait sur mes talons, et moi son protecteur agacé en apparence mais si attaché à elle sous la surface, en toute innocence… Malheureusement, me remémorer cette époque ne m'empêcha pas de la regarder toute la soirée, de me gorger du moindre de ses sourires, de ses gestes… Quand elle s'attarda un long moment auprès de Dyclan, j'en éprouvai une vive jalousie que je n'avais jamais ressentie, même avec Holly.

Holly…

Son souvenir me frappa de plein fouet. La dernière image que j'avais d'elle envahit mon esprit, dans un tourbillon auquel se mêlaient des bribes de la nuit terrible du raid. Après tout ce que nous avions vécu, je ressentais une loyauté indéfectible envers le Clan, envers Caleb. Noël ou non, comment osais-je poser des yeux autres que fraternels sur sa sœur, que j'avais vue grandir ? Comment se pouvait-il que je la considère d'un œil inédit en un claquement de doigts ?

Mon humeur changea du tout au tout, et la fête perdit de ses couleurs. Pendant une demi-heure, je m'efforçai de retrouver ma gaieté, sans succès. Alors, je quittai la salle commune où se déroulait l'après-dîner et sortis du château pour prendre l'air. J'empruntai le chemin des écuries, et je les entendis. Ces couinements étouffés, et douloureux. Des sanglots. Je suivis les pleurs jusqu'à tomber sur Elisabeth, recroquevillée sur elle-même près du box de Lucy. Ses épaules étaient secouées par le chagrin ; elle contenait ses râles pour ne pas hurler. Sa détresse m'étreignit le cœur, et les larmes me montèrent aux yeux.

La souffrance d'Elisabeth n'avait pas changé depuis que nous nous étions quittés. L'absence qui la rongeait – qui nous rongeait – était intacte. Elle donnait le change, mais la solitude gagnait toujours. Je connaissais ça…

Elle me remarqua finalement. Ses pleurs redoublèrent lorsqu'elle me reconnut. Entre deux sanglots, elle bredouilla :

– Tu restes avec moi ?

Je m'accroupis près d'elle et l'attirai contre moi. Elle se blottit dans mes bras, le nez dans mon cou. Je retins mon émotion. C'était la première fois qu'elle revenait depuis l'enterrement, la première fois qu'elle assistait à une fête depuis le drame. Il m'avait fallu plusieurs Noëls pour passer la fin d'année sans verser une larme, sans être hanté en continu par les fantômes de mes proches, pour accepter de vivre chaque jour entre les murs de ce château qui était devenu le tombeau de ma famille. Ça me convainquit qu'Elisabeth était un ange : elle était capable de mourir sans cesser de sourire, juste pour les autres. Pour les rendre heureux.

– Je reste avec vous, murmurai-je en l'étreignant plus fort. Toujours.

À ce moment-là, je me suis perdu.

CHAPITRE 52

DUNCAN
Le Glaive

2018

Des éclats de voix me sortent de ma torpeur. Ils ne sont pas agressifs, plutôt étouffés. Assez discrets, mais suffisants pour me tirer de mon… rêve ? Souvenir ?

Les derniers événements se rappellent à mon crâne migraineux : Logan, la course-poursuite, le retour à Inchkeith… Je me redresse en sursaut, en quête d'Elisabeth. Où est-elle ? Est-ce qu'elle va bien ?

Une main se pose aussitôt sur mon épaule pour me rallonger.

– Du calme, mon garçon.

Je cille pour affûter ma vision et découvre Mary penchée au-dessus de moi.

Mary… Je suis à Inchkeith. Nous sommes bien de retour.

Mon angoisse ne s'apaise pas pour autant. Je cherche Elisabeth des yeux, ne prêtant pas attention à ce que me déblatère notre gouvernante. Et je suis frappé de découvrir que je me trouve dans la salle commune du château. Plus étrange encore, dans un lit de camp, assez inconfortable.

Qu'est-ce que...

Je prête attention au brouhaha qui m'entoure. Il y a du monde, ici... et des plaintes aussi. Des couchages de fortune ont été disposés le long du mur. Des corps y sont allongés, les membres bandés, les paupières closes. Des femmes bourdonnent autour des blessés, ainsi qu'un Roy à la mine défaite, un coquard à l'œil. Je reconnais Rose et Elia au-dessus d'un Kenneth inconscient. Je fronce les sourcils quand j'aperçois Matthew sur le lit d'à côté, la jambe ensanglantée.

Où sont les autres ? Pourquoi cette salle a-t-elle des allures d'infirmerie d'après-guerre ?

Où est Elisabeth ?

– Tu dois te reposer, Duncan, s'emporte Mary.

Je la dévisage, perdu.

– Qu'est-ce qui se passe ? C'est quoi, ce...

Ma voix meurt quand mon regard se pose sur le lit face au mien. Un bras en pend, long et fin, et des lunettes sont posées sur une desserte qui se noie sous les antibiotiques et les bandages souillés d'écarlate.

Non !

Je bondis sur mes pieds malgré les remontrances de Mary et ses tentatives pour me maintenir cloué au matelas. Je manque de flancher sous la douleur fulgurante qui me vrille la jambe. Je pars en avant et me rattrape au lit. Le lit de Brahn, inconscient. Son teint blafard, ses lèvres presque bleues… Je pose la main sur son front, froid, sans accorder d'attention à Roy qui me rejoint, des serviettes pleines de sang dans les mains. La gorge nouée, je place mon index sous le nez du Serpent. J'expire tout l'air contenu dans mes poumons lorsque je constate qu'il respire. Mais pour combien de temps ?

Qu'est-ce qui s'est passé ? Et où sont Taylor, Alexis, Christian, Sarah ? Haley est là, elle aussi inconsciente, la tête engoncée dans une écharpe de satin suintante de pourpre.

Pourquoi sont-ils blessés ?

– Roy… baragouiné-je, pourquoi sont-ils comme ça ? Est-ce que Brahn va s'en sortir ?

L'Ange baisse les yeux sur notre petit frère, les lèvres pincées. Il caresse ses cheveux noirs comme il cajolerait la tête d'un enfant.

– Nous sommes tombés dans un piège, murmure-t-il.

Je tressaille.

– Les MacKenzie et les Campbell nous attendaient, aussi bien à Dunvegan qu'à Glasgow.

Le silence qui suit me broie l'âme. Je reste figé devant le corps de Brahn, des questions fourmillant dans ma tête embrumée.

Mary glisse sa main sur mon bras.

– Il faut te reposer, tu as perdu beaucoup de sang, me dit-elle. Nous nous occupons de tout le monde, d'accord ?

L'odeur d'antiseptique mêlée à celle de rouille me donne la nausée.

Les MacKenzie auraient tout manigancé pour nous attirer hors de l'île afin de nous massacrer ? Je me sens dépassé, étourdi. La bile me remonte dans la gorge. Mary me soutient.

– Sois raisonnable, me sermonne-t-elle.

– Pourquoi ne sont-ils pas dans un hôpital ? Où sont les autres ? Combien de blessés ? Où est Caleb ? Et Elisabeth ? Lady MacLeod ?

La gifle de Roy me retourne le cerveau. Je ne l'ai pas vue venir. Je dois m'asseoir sur le lit de Brahn pour ne pas m'écrouler.

– Mary t'a dit de te calmer, gronde l'Ange.

Je me tais, le visage dans les mains. J'ai mal partout.

– Tu n'étais pas obligé d'être aussi radical, Roy ! s'offusque la gouvernante. Il est déjà mal en point.

– Comme nous tous. Ce n'est pas le moment de jouer au con.

Mary ne répond rien. Elle s'agenouille près de moi pour observer ma joue. Je la repousse en douceur.

– Je vais bien, d'autres ont besoin de ton attention, dis-je.

Non, ça ne va pas.

Je suis entouré de corps mutilés, avec trop peu de monde pour s'occuper d'eux. Ils ne devraient pas être ici… Nous n'avons pas les compétences pour les sauver. Et j'ai besoin de réponses, de comprendre. C'est le chaos en moi. Je ne me rappelle pas m'être évanoui, et je me réveille dans un cauchemar.

Mary m'embrasse le front et s'éloigne pour s'occuper de Stefany. Cette dernière est assise sur son lit, le regard éteint, les deux bras en écharpe. Roy finit par se poster près de moi après s'être débarrassé des linges sales.

– Nous avons perdu Taylor et Sarah à Dunvegan. Connor, Alexis et Christian à Glasgow, m'explique-t-il, atone. Les blessés que tu vois sont les survivants de ces deux escapades. Le *laird* et lady MacLeod ont dépêché des groupes de secours pour les sortir de là. Trop tard, malheureusement.

Nom de Dieu…

Les visages défilent. Je ne connaissais pas bien les victimes, mais la plupart faisaient partie des plus jeunes membres du Clan MacLeod, des enfants que nous avions sauvés lors du massacre de Dunvegan.

Rien que des gosses.

Je me détourne. Une envie de hurler me saisit, mais je me retiens.

– Brahn et moi avons fait de notre mieux pour nous enfuir avec le fils et l'ex-femme de Ian, poursuit Roy. Mais les MacKenzie étaient vraiment trop nombreux. Ian et moi avons escorté sa famille jusqu'à une zone sûre, puis nous sommes revenus sur place pour récupérer les autres membres du groupe. Quand nous sommes arrivés, Jack tirait le corps de Brahn derrière lui pour le mettre à l'abri. Les autres étaient morts.

L'Ange marque une pause, les bras croisés. Je n'ose pas regarder son visage, de peur d'y voir toute l'horreur à laquelle il a assisté. Il reprend, d'une voix grave :

– Brahn était encore vaillant. Trop hargneux. Il a continué le combat, même à terre. Ian et moi nous sommes lancés à notre tour. Jusqu'à ce que l'on entende la sirène des flics. On est tous partis aussi vite que possible, mais on s'est assurés de faire deux prisonniers au passage. À Dunvegan, ils ont chopé un Campbell.

– C'était pareil sur Skye ?

– Ouais. Les MacKenzie attendaient les nôtres aux environs du village, comme des pleutres. Notre groupe a réussi à ramener quelques familles, mais certaines ont été séparées dans la mêlée. Nous avons peur de ce qui adviendra de ceux que nous avons dû laisser derrière nous…

J'avale une salive acide avant de rétorquer :

– En cédant ses terres, lady MacLeod a obtenu l'assurance qu'aucun mal ne serait fait aux habitants de Dunvegan.

– Oui, tu as raison. Essayons de rester optimistes…

Roy soupire et ajoute :

– Mais c'est une terrible défaite. Vous autres, le groupe de Plockton, vous êtes ceux qui vous en êtes le mieux sortis. Vous avez ramené Debbie et Logan Nelson, avec aucune perte, juste des plaies à soigner. Bravo à vous.

Ça sonne comme des félicitations, mais le cœur n'y est pas, ni chez mon frère ni chez moi. La victoire que nous avons remportée est très amère.

– Pourquoi les blessés ne sont-ils pas dans une clinique ou un hôpital ? demandé-je.

– Parce qu'ils sont entre la vie et la mort, Duncan. C'était déjà très risqué de les rapatrier ici, même avec toute l'aide que Caleb et Phèdre nous ont envoyée. Transporter à nouveau tout le monde sur le continent, auprès d'un médecin et un chirurgien dans la confidence… Brahn n'y survivrait pas. Et puis, qui sait si les MacKenzie n'en profiteraient pas pour nous porter le coup de grâce ?

– Mary peut faire quelque chose pour notre frère ?

– Non, pas plus qu'Elia… Nous n'avons personne pour opérer.

– Qu'est-ce qu'il a ?

– Comme toi, il a perdu beaucoup de sang. À cause d'une plaie. Un coup de couteau… Il a fait une montée de fièvre, du délire, et il a peut-être un poumon perforé. Enfin, je suppose. Je n'en sais rien, en fait. Je ne comprends pas pourquoi il réagit comme ça.

Roy est abattu. Il persévère à se tenir droit quand toutes les peines du monde semblent l'accabler.

– Tu as fait de ton mieux, lui assuré-je. Tu l'as ramené à la maison, tu le sais ?

– J'aurais dû laisser Ian mettre sa famille en sécurité et rester avec Brahn.

– Le résultat aurait été le même.

– On n'en sait rien. Avec un combattant de plus, peut-être qu'il n'aurait pas été blessé. C'était possible.

– Arrête. On ne peut plus changer ce qui a été fait. Ne m'oblige pas à te flanquer une gifle à mon tour pour te remettre les idées en place, d'accord ?

Roy acquiesce pour la forme.

– Où est Caleb ? l'interrogé-je en me remettant debout avec difficulté.

– Dans son bureau, avec lady MacLeod et mademoiselle Elisabeth.

Je soupire de soulagement.

Elle va bien.

– Réunion d'urgence ?

– Je crois. Callum est chargé d'interroger les prisonniers avec Dyclan. Joffrey a réquisitionné leurs téléphones pour tenter d'en extirper autant d'informations que possible.

Je fronce les sourcils.

Est-ce une bonne idée que Dyclan soit confronté à Logan si tôt ?

– Je vais faire mon rapport au *laird,* puis je descendrai jusqu'aux geôles pour seconder Callum, décrété-je.

Roy me rattrape au moment où ma jambe lâche sous mon poids. Je grogne de douleur. Des taches noires obstruent ma vision.

– Tu n'es pas au mieux de ta forme, me vilipende l'Ange. On s'occupe de tout, va te recoucher. Je changerai tes bandages dès que j'aurai fini avec Stefany, O.K. ?

– Ce n'est qu'un petit bobo, grincé-je.

– Oui, bien sûr, et les pandas dominent le monde depuis 1986, mais personne ne s'en doute !

Je me tourne vers la femme qui vient de me balancer ce sarcasme. Assise par terre à quelques mètres de nous, collée au radiateur, elle me toise avec défi. Un sourire se dessine sur ses lèvres dès que nos regards se croisent.

– Si tu t'obstines, faudra tout couper, ajoute-t-elle. Couic ! Plus de jambe.

Ses cheveux bleus s'agitent autour de son visage au menton volontaire. J'interroge Roy d'un sourcil arqué.

– Une MacKenzie, grommelle-t-il. Elle était à Glasgow. On l'a chopée en partant…

– Qu'est-ce qu'elle fiche ici ?

– Je prends le soleil, raille-t-elle.

– Pourquoi n'est-elle pas avec les autres, dans les sous-sols ? insisté-je, ignorant son intervention.

– Disons que Brahn a ripé… me répond Roy.

– Ripé ?

– Il m'a planté son couteau dans le tibia ! râle la femme en remuant sa jambe.

Elle n'a pas l'air de beaucoup souffrir… Roy m'éclaire là-dessus aussi :

– Il l'a juste écorchée. C'était juste avant qu'il tourne de l'œil. Mary et Elia n'avaient pas le cœur à la laisser baigner dans son sang, alors elles lui ont offert quelques soins sommaires, assez pour qu'elle la boucle… Jusqu'à maintenant, du moins.

– Elle peut redescendre avec ses… camarades, maintenant, dis-je. Pas de MacKenzie auprès de nos blessés.

Je fusille du regard la fille aux cheveux bleus. Je me doute qu'elle a participé aux meurtres de nos amis, et ça m'est intolérable.

– Hé ! du calme, me lance-t-elle avec une moue boudeuse. Je ne mords pas, je suis juste bavarde. Ce n'est pas un crime, si ?

Ma colère grimpe en flèche. Malheureusement, ma jambe m'oblige à rester tranquille, bien que l'envie de lui coudre la bouche me démange.

La femme hausse les épaules et ajoute :

– Je n'ai pas touché à vos copains. J'étais sur place comme secouriste pour les MacKenzie. Ils se doutaient bien qu'il y aurait des dégâts.

C'est au tour de Roy de s'emporter :

– Pas de dégâts ? C'est toi qui as blessé Brahn !

– Il m'a planté un putain de couteau dans la jambe quand j'ai voulu l'aider !

– Et puis quoi encore ? Une MacKenzie qui viendrait secourir un MacCoy ? Tu nous prends pour des cons ? Bien sûr qu'il a réagi au quart de tour !

– Je n’ai fait que me défendre, O.K. ? Je suis un être humain, je me suis pissé dessus ! J’avais vu de quoi il était capable, il a égorgé deux gugusses sous mon nez en un claquement de doigts. Qu’est-ce que tu crois ? Que j’allais ouvrir les bras pour lui dire « Hé ! t’as loupé le cœur ! Il est là ! » ? Donc, oui, donnant-donnant. Il me coupe, je le coupe, point.

Décontenancé par une telle verve, je dévisage cette femme dont le visage se transforme au fur et à mesure qu’elle s’énerve. Elle fait tinter les menottes qui l’enchaînent au radiateur, inspire et reprend plus calmement :

– Je suis désolée pour le garçon, d’accord ? Moi, je sauve des vies, je ne les prends pas. Ce n’est pas mon rôle, et je n’ai jamais voulu qu’une telle boucherie se produise. Mon couteau, c’était en cas de pépin. Manque de pot, c’est votre ami qui a pris. Je peux l’aider, mais pour ça, il faudrait me détacher.

Roy et moi ricanons de concert. Elle a du culot, je peux au moins lui accorder ça.

– Et pourquoi on te ferait confiance ? la provoque l’Ange, les bras croisés.

Elle lève les yeux au ciel avant de répondre :

– Y’a pas de raison. Et je n’ai pas le temps de vous servir un discours grandiloquent pour vous convaincre. Je suis médecin. Enfin, presque. On se fout pas mal des détails, l’important est que je peux sauver votre pote et vous filer un coup de main pour les autres blessés. J’ai imbibé ma lame d’un dérivé de toxine botulique. O.K., c'est assez radical, mais je vous rassure, j'ai utilisé bien moins d'un millionième de gramme. Votre ninja respire, mais il agonise à petit feu, sans compter qu'il est paralysé. Mais tout poison a son antidote, donc…

Elle nous montre ses menottes à la fin de sa diatribe à laquelle je n'ai rien compris. Je hausse les sourcils et rétorque :

– « Je sauve des vies, je ne les prends pas », pour ne pas te citer… Et tu nous dis ensuite que tu as empoisonné ton couteau ?

– Je devais bien prévoir des moyens de me défendre en cas de pépin.

Roy marmonne dans sa barbe. Jamais bon signe de sa part… Je me prépare à le retenir, sentant la tempête venir, quand la fille cambre le dos et pointe un recoin du doigt.

– Lui ! Lui, il me connaît !

Je me retourne et tombe sur Joffrey, en pleine conversation avec Stefany.

– Jo' ?

L'interpellé fait volte-face, surpris.

– Tu la connais ? l'interrogé-je.

Je lui pointe la MacKenzie du pouce. Ses traits palissent en une fraction de seconde.

– O… oui…, bredouille-t-il. Elle s'appelle Hel.

– Voilà ! C'est moi, ça !

Ce nom ne m'est pas inconnu. Où l'ai-je déjà entendu ?

– Tu m'expliques ? réclame Roy, inquisiteur.

Joffrey marche à petits pas vers nous, gêné.

– Elle nous a sauvé la mise quand nous étions à l'Unicorn…

Je me raidis, tout ouïe.

– C'est elle qui nous a prévenus que les MacKenzie comptaient s'en prendre à mademoiselle Elisabeth, précise Jo'.

Je me détourne du jeune MacLeod pour dévisager cette Hel avec attention. Elle soutient mon regard avec aplomb. Puis, je m'égare sur le visage crispé de Brahn, son front moite de sueur et ses joues livides.

Je souffle entre mes dents serrées.

En l'absence de Caleb, Phèdre ou Callum, c'est à moi que revient le devoir de prendre les décisions qui s'imposent, et celle-ci me paraît de la plus haute importance. Il est question de la vie de notre petit frère.

Je ne peux pas faire confiance à cette femme. Qui sait si elle n'a pas été envoyée par les MacKenzie pour nous détruire de l'intérieur ? Mais la libérer – sous surveillance – est un risque que je dois prendre, si cela permet de guérir Brahn.

Je fais signe à Roy de délivrer Hel. Il s'exécute, non sans grogner.

Une fois détachée, la fille se masse les poignets et vient à ma rencontre. Elle désigne mon lit de camp du bout de son index et clame d'un ton autoritaire :

– Premier ordre du docteur : retournez vous allonger !

Je n'aurais jamais cru obéir un jour à une MacKenzie… Pourtant, je m'exécute, devant bien reconnaître que mon corps blessé a besoin que je le ménage.

CHAPITRE 53

ELISABETH
La Louve

Une ambiance pesante, glaciale, règne dans le bureau de Caleb. Je sens l'odeur du café et celle, plus ténue, du thé noir. Mon frère fait défiler les rapports de ses hommes un à un, pour la dixième fois. Ils sont courts, puisque les membres de notre Clan n'ont pas vraiment eu le courage ni la force d'écrire un pavé.

J'observe son visage fermé avec sollicitude depuis le divan. Moi non plus, je n'avais plus l'énergie pour quoi que ce soit. Dès que je me suis assise, je n'ai plus été capable de me relever, rattrapée par mes blessures et l'épuisement.

Phèdre est installée dans son fauteuil, blafarde. Les deux mains posées sur son ventre rond, elle paraît déconnectée de la réalité. Son regard d'acier est vide ; ça me rappelle lorsque je suis ailleurs, dans mes pensées, dans un autre univers.

Je suis tombée des nues une fois que mon frère et lady MacLeod m'ont appris ce qui s'était passé à Dunvegan et Glasgow. Apprendre que les miens s'étaient fait massacrer m'a tordu les boyaux. À croire que nous ne réussirons jamais rien : nous agirons toujours en sous-effectif, toujours avec un coup de retard…

La situation de Brahn est critique. Je ne suis pas assez proche de ce garçon pour fondre en larmes, mais je partage la vive inquiétude de Caleb et Phèdre, comme leur peine face à toutes les pertes que nous avons subies. Je sais que ma belle-sœur est effondrée mais qu'elle s'efforce de garder la tête haute.

Les pages cessent de tourner, me ramenant à mon frère. Il pose les poings sur la table et expire longuement. Très longuement. Une façon pour lui d'évacuer ses émotions afin de recouvrir un semblant de calme et de lucidité.

– Ils nous ont eus, lâche-t-il.

Phèdre ne réagit pas. Je m'agite sur le divan et réponds :

– Nous ne pouvions pas savoir.

– Mais nous avons mal réfléchi.

La voix de Caleb claque dans la pièce tel un coup de fouet. Je me renfrogne, consciente que je ne suis pas la principale visée par son reproche implicite.

– Ils ont pu lire en nous, poursuit-il. Ils ont su que nous ne résisterions pas à leur appât.

– Le meurtre d'Ainsley ?

Caleb opine.

– Nous nous sommes jetés dans la gueule du loup. Ils nous ont poussés à nous diviser, pour que nous soyons plus vulnérables.

Phèdre baisse les yeux, la respiration irrégulière. Mon frère reprend, plus grave :

– Nous sommes déjà peu nombreux, mais d'expérience, les MacKenzie savent que c'est assez pour que nous restions efficaces sur notre propre terrain. Ils ne prennent pas non plus nos compétences à la légère. Campbell a eu le temps de nous jauger, depuis le temps. Ma soumission, mon allégeance, lui ont permis de mettre le nez dans mes affaires et de récolter toutes les informations qu'il souhaitait. J'ai laissé faire, évidemment, faute de choix. Faute de maturité.

– Ils savent comment nous fonctionnons, traduis-je, dépitée.

Le silence retombe. Lady MacLeod est de plus en plus pâle. Ses doigts s'enfoncent dans son pull, comme des serres protectrices autour de son ventre.

– Nous devons nous préparer à la suite en comprenant où nos ennemis souhaitent en venir, reprend mon frère. Les événements tragiques comme celui qui vient de nous frapper ne doivent plus se reproduire. Plus d'initiatives prises sur un coup de tête. Ce sont des vies que nous perdons à chacune de nos erreurs.

Il enfonce le couteau dans la plaie. Pourtant, il n'a pas besoin d'en rajouter. Le chagrin que nous ressentons tous, le chaos dans la salle commune transformée en infirmerie spartiate, tout nous hurle que nous avons foiré.

Que Phèdre a pris les mauvaises décisions.

Mais elle n'est pas la seule responsable : nous l'avons suivie, nous étions d'accord.

– Nous devons assurer notre survie, nous protéger, ajoute Caleb. L'offensive n'est pas toujours la meilleure défense.

– Alors, quoi ? m'insurgé-je. Nous allons continuer à subir la tyrannie des Campbell *ad vitam aeternam* ? C'est ça que tu veux ?

– Si nous le devons, oui, Elisabeth. Mon rôle – notre rôle – n'est pas de nous jeter tête la première dans une guerre que nous ne pouvons pas gagner. Nous veillons sur les nôtres, nous préservons notre héritage et nous honorons la mémoire de nos ancêtres. Les MacCoy n'ont jamais aspiré à plus de terres, c'est pourquoi nous sommes un Clan aussi petit à l'heure qu'il est. Nous n'avons jamais cherché à nous étendre. Nous n'avons pas les capacités de prendre les armes pour faire tomber un roi d'Écosse.

Une vague de colère monte en moi. Une déferlante que je suis bien en peine de réprimer.

– Il n'était pas question de se jeter dans une mêlée ! m'emporté-je. Nous avons fait de notre mieux pour protéger les nôtres, comme tu dis. Sauver des enfants, des femmes ou des maris. La famille de Ian, par exemple ! Ce sont ces crevards de Campbell qui cherchent la guerre ! Ce sont eux qui ont arraché à Phèdre tout ce qu'elle possédait, eux qui nous ont tout pris. Tu l'oublies bien vite ! Dois-je te rappeler que c'est toi qui as accepté cette aventure, par amour ? Où sont tous tes beaux discours quand tu te caches comme un lapin dans son terrier à la moindre défaite ?

– Je préfère être un lâche qu'un inconscient, réplique froidement mon frère.

– Mais c'est tout ce que tu es, depuis le début. Un putain de lâche.

Il a un mouvement de recul. À sa réaction, on pourrait croire que je lui ai foutu mon poing dans la figure.

– Plutôt que de te morfondre et de trouver toutes les excuses que tu veux pour retourner à ce que nous étions autrefois, des victimes, réfléchis à ce que nous pouvons accomplir maintenant pour que tout s'arrête, ajouté-je. Pour que les MacLeod et les MacCoy vivent enfin en paix, sans la menace du Cerf et du Sanglier au-dessus du crâne. Parce que, si nous restons passifs à chouiner nos morts, à nous replier comme des gosses dans un coin, rien ne va changer. Nous serons inlassablement chassés par les Campbell et ses chiens.

Je me remets sur pied, emportée par la fureur.

– Tu n'es plus tout seul, Caleb, asséné-je. Il y a des gens qui comptent sur toi, non pas pour se contenter de survivre, mais pour se battre à tes côtés. Et ça ne vient pas d'une rente que tu leur cèdes tous les mois ou du toit qu'ils ont au-dessus de leur tête, mais de leur loyauté. Ces hommes et ces femmes sont à tes ordres et attendent depuis trop longtemps de venger leurs parents. Nous sommes tous partis à Glasgow, Dunvegan, Plockton, bien conscients des risques, prêts à mourir. Ceux qui sont tombés, je suis convaincue qu'ils l'ont fait sans regret. Parce que, pour une fois, ils ont agi selon leurs convictions, leurs valeurs, leur morale. Ils ont agi, bordel !

Phèdre a relevé la tête et me dévisage à présent, la bouche scellée mais le regard étincelant.

– Lady MacLeod et toi êtes les premiers à vous dresser contre Campbell, est-ce que vous comprenez l'importance que vous avez ? conclus-je. Est-ce que vous comprenez vraiment tous les enjeux, le poids que vous portez sur vos épaules ? Vous êtes le vent du changement, vous défiez les lois de notre système pour lutter contre un tyran. Phèdre est la plus légitime pour renverser Henry. Tu sais qu'elle est notre prochaine reine d'Écosse et que votre enfant sera l'héritier d'un trône trop longtemps usurpé. Ça va bien plus loin que notre confort, Caleb.

Mon frère me tourne le dos et rive son regard sur l'horizon à travers la fenêtre en alcôve. Les mains liées derrière lui, il me donne l'impression de ne pas m'avoir écoutée, ce qui me fait enrager.

Phèdre se lève soudain de son fauteuil. Elle tangue un peu, puis encercle la taille de Caleb de ses bras. La joue posée contre sa poitrine, elle ne prononce pas un mot. Mon frère l'étreint à son tour, si étroitement qu'il serait capable de ne plus jamais la lâcher.

– Je suis désolée, dit enfin lady MacLeod. Mes erreurs ont coûté la vie de nombreux frères et sœurs… mais je ne cesserai jamais de me battre. Qu'importe la couronne ; je porte un bébé. Dans mon ventre grandit notre petit garçon. Est-ce que tu veux qu'un jour, il se réveille sous une trappe pour découvrir son père assassiné sur la place du village ? Est-ce que tu veux qu'il soit un jour enlevé et torturé des mois parce qu'il a le malheur de porter un nom ancien ?

Elle se décale, les larmes aux yeux.

– Je ne fermerai pas les yeux tant que l'avenir de mon enfant ne cessera pas d'être compromis, ajoute-t-elle. Alors, le choix t'appartient, Caleb. Tu peux rester là, cloîtré entre tes murs, et attendre la prochaine vague en priant pour ne pas te laisser engloutir… ou choisir de te battre avec moi pour notre famille.

Elle caresse son visage. Elle ne cède pas aux larmes, préférant le sourire rassurant d'une femme aimante. Mon frère pose son front contre le sien.

– Vous êtes tout mon monde, *mo cluaran*, dit-il. Si je vous perds, je perds tout.

Je me détourne d'eux, embarrassée d'être témoin d'un tel échange.

– Faisons donc en sorte que tu n'aies jamais à nous perdre, *m'eudail*.

– Phèdre !

Je sursaute au cri de mon frère. Je pivote et ai le temps d'apercevoir ma belle-sœur s'écrouler, juste avant d'être rattrapée par Caleb. Elle grimace. Toute couleur a déserté son visage.

– Ça devient un peu plus douloureux, grogne-t-elle en se redressant.

– Tout va bien ?

– Le stress ne m'aide pas. J'ai besoin de m'allonger.

Je l'aide à garder son équilibre, soutenant une bonne partie de son poids. Elle ne tient plus sur ses jambes… Caleb la soulève, anxieux.

– Je la ramène à notre chambre, me dit-il. Et je…

– Occupe-toi d'elle, coupé-je. Je me charge du reste. Je vais voir où en sont les interrogatoires des prisonniers.

Nous échangeons un long regard qui me redonne de la force et du courage. Caleb hoche la tête d'un air entendu et m'assure :

– Je compte sur toi.

***

Comme bon nombre de châteaux forts, celui d'Inchkeith dispose de geôles, à défaut d'un donjon qui a perdu son utilité première. En revanche, contrairement à d'autres, nous ne les avons jamais utilisées à des fins douteuses. Du moins, pas dans mes souvenirs. À moins que ma mère n'ait pas souhaité nous dépeindre la cruauté de nos ancêtres MacCoy… Quoi qu'il en soit, les cachots ne sont pas un endroit familier pour moi. Pour peu de monde sur Inchkeith, d'ailleurs. C'est peut-être pour ça que les MacKenzie ont pu se glisser par ces sous-sols en 2005 pour entrer dans la bâtisse et y massacrer tout le monde… Depuis, toutes les entrées secrètes qu'ils ont utilisées ont été condamnées, et plus personne n'a remis les pieds là-dessous.

Jusqu'à aujourd'hui.

Tandis que je descends les marches escarpées et glissantes qui mènent aux cachots, je constate que des lampes ont été disposées un peu partout pour percer l'obscurité des souterrains. Les ampoules diffusent une lumière assez forte et assez blanche pour ne pas créer une ambiance de film d'horreur. Pas un seul bruit ne me parvient, si ce n'est celui de gouttes s'écrasant sur les pierres et le bruit de mes pas. Leur écho est plutôt rassurant.

J'avance rapidement et accède à la première série des cellules. Là aussi, un effort a été fait pour rendre le couloir aussi éclairé que possible. Des chaises et des tables ont même été installées pour le confort des gardes chargés de la surveillance des prisonniers. La première geôle est vide, mais la seconde est occupée par deux hommes amochés et patibulaires. Je remarque les lits de camp modernes installés pour eux, des tabourets et une table ronde, petite mais fonctionnelle. Ils ont même droit à des livres pour s'occuper, et un seau pour chier.

La grande classe !

Callum est debout, les bras croisés, devant des barreaux, deux cellules plus loin. La porte qui lui fait face semble ouverte. Ewen est là, lui aussi, ainsi que deux MacLeod. Ces derniers me saluent tandis que le bras droit de Phèdre m'accorde un sourire.

– Du nouveau ? lui demandé-je.

– Ils sont tous aussi muets que des tombes, râle-t-il.

Son exaspération est palpable. Je me tourne vers la cellule. Dyclan est assis sur un tabouret face à Logan, dans une pièce aménagée comme les autres. Je me décale un peu pour découvrir Debbie, allongée sur son lit, les paupières closes. Son épaule blessée est bandée.

Le Limier et le Rapace sont tous les deux installés autour de la petite table… et ils jouent aux cartes.

– Sans déconner ? lâché-je, stupéfaite.

Callum soupire.

– Dyclan m'a demandé de le laisser faire, chuchote-t-il.

Je fronce les sourcils et observe les deux hommes poser leurs cartes chacun leur tour. Logan m'a l'air très calme, détendu même. Ses blessures ont été soignées, à en croire l'odeur de désinfectant que je peux sentir de là où je suis.

Dyclan demande, comme si tout était normal :

– Tu as été élevé avec tes demi-frères, donc ?

Logan glisse un roi de trèfle devant lui.

– En quelque sorte, répond-il. Je n'ai jamais été traité comme eux, mais je suis le fils illégitime d'un Chef de Clan, on pouvait me trouver une utilité. Alors, oui, j'ai été éduqué à Eilean Donan, je voyais très peu ma mère. D'abord une fois par mois, quand j'étais petit, puis seulement pour mes anniversaires et les fêtes. À la fin, nous nous retrouvions seulement à Noël. Mon père ne voulait pas qu'elle me détourne de ma Famille. Elle n'est pas du Clan. C'est une Anglaise.

– Je comprends mieux pourquoi tu es si introverti, ils ont dû t'en faire baver. J'ai vraiment cru à ton histoire d'ancien drogué. T'as bien joué ton rôle.

Logan hausse les épaules. Hallucinée, je fourre mes mains dans les poches de mon jean. Ce mouvement ravive mes courbatures et mes côtes douloureuses.

Il ne manquerait plus qu'ils boivent le thé ensemble...

– Oui, ça n'a pas été facile tous les jours, mais Angus reste mon père, explique le Rapace. Et ça, rien ne pourra jamais le changer. Quand il m'a confié cette mission d'infiltration, j'étais aux anges. J'avais enfin l'occasion de faire mes preuves.

– De te hisser au même niveau que le reste de la fratrie, comprend Dyclan.

– Je ne sais pas si tu imagines ce que ça fait de n'être qu'une merde aux yeux des autres. Toute ta vie, courber l'échine, donner du « oui, *milaird* » après avoir pris des coups, espérer une accolade, rêver d'être enfin digne de la fierté paternelle… J'ai vécu dans l'ombre de mes frères tout en digérant l'absence de ma mère, mise plus bas que terre parce qu'elle n'était qu'une maîtresse. Je t'assure que lady MacKenzie n'a rien d'une douce maman, c'est une harpie sans cœur. Je ne désirais qu'une chose : être reconnu. Sortir du mépris, faire mes preuves… Être un MacKenzie à part entière.

– Si tu étais si malheureux là-bas, pourquoi nous as-tu tourné le dos ? Nous t'avons accueilli, tu es devenu l'un des nôtres.

– J'étais bien. Mais vous n'êtes pas de mon sang.

Dyclan hoche la tête pour la forme, mais je me doute qu'il est blessé, à la manière dont il triture ses cartes.

Logan a été formaté depuis l'enfance. Je n'ose pas imaginer ce qu'il a pu vivre pour trahir ceux qui l'ont vraiment aimé, à quel point son cerveau a dû être lessivé. Combien de coups ? Combien de punitions terribles pour briser l'enfant qu'il était et le pousser à devenir une marionnette fanatique ?

À cet instant, je me remémore son aide lors de l'accident. Éprouve-t-il tout de même des remords ? Lui reste-t-il un semblant de conscience ?

– Tu sais, je suis conscient que vous ne me pardonnerez jamais ce que j'ai fait, dit-il. Mais la vie de Caleb MacCoy était le prix à payer pour que tout s'arrête. Si les MacKenzie s'étaient vengés de lui, vous auriez été tranquilles.

– Tu ne crois pas ce que tu dis, interviens-je, heurtée par de tels propos.

Logan tourne la tête vers moi.

– Ils auraient cherché à vous tuer aussi, oui, admet-il. Vous aussi êtes l'enfant d'Alastair et Moira. Mais la question se pose, non ? Ne vaut-il pas mieux sacrifier deux vies pour en préserver une centaine d'autres ?

– Une vie est une vie, Logan. Et vous ne vous seriez pas arrêtés à Caleb et moi.

Il hausse les épaules et se reconcentre sur son jeu. Dyclan me lance un coup d'œil réprobateur ; je me tais donc, agacée.

– Nous attirer hors d'Inchkeith était une manœuvre réfléchie ? demande le Limier en piochant une carte.

– Oui. Le meurtre d'Ainsley et les menaces à l'encontre de la famille d'Ian à Glasgow ont été pensés pour faire quitter l'île à un maximum de vos hommes. Lady MacLeod et le *laird* MacCoy sont prévisibles : ils sont trop bienveillants pour garder les idées claires.

– Pourquoi ? ne puis-je m'empêcher de demander à la place de Dyclan.

Logan me dévisage à nouveau. Cherche-t-il ses mots ? Jauge-t-il ce qu'il peut encore révéler ?

– Beaucoup de morts de votre côté ? finit-il par répliquer.

Je suis désarçonnée par sa question. Callum répond par l'affirmative à ma place.

– Alors, ils ont réussi, décrète le Rapace.

– Réussi quoi ? m'impatienté-je.

Il prend encore le temps de méditer, ce qui m'exaspère au plus haut point. Je suis à deux doigts de perdre mon calme quand il reprend la parole :

– De toute façon, je vais mourir parce que j'ai échoué. Je ne fais qu'échouer, tout le temps. Je ne suis d'aucune utilité pour mon Clan. Ma mère aussi… Alors, ça ne me coûte rien de vous donner une piste. En souvenir de ce que nous avons vécu ensemble.

Il sourit à Dyclan, d'un air triste et résigné, puis il pointe un index vers le plafond.

– Guettez le ciel. Les feux d'artifice ne tarderont plus.

Le Limier se redresse brusquement, les yeux ronds. Ewen me pousse soudain vers la sortie, comme si un monstre venait de s'extirper des murs humides.

– Quoi ? Qu'est-ce qui se passe ?

Dyclan donne des directives que je n'entends pas avec notre cavalcade. Il nous dépasse dans les escaliers, le Bouclier et moi, non sans nous bousculer.

– Il faut prévenir le *laird* ! scande-t-il avant de disparaître.

CHAPITRE 54

DUNCAN
Le Glaive

J'entends du mouvement dans les couloirs, mais la porte de ma chambre est fermée. On m'a autorisé à quitter la salle commune pour me reposer au calme, bourré d'antidouleurs ; cependant, j'ai reçu l'ordre exprès de ne pas bouger.

Hel a beau être une MacKenzie, je dois admettre qu'elle sait ce qu'elle fait… et qu'elle le fait bien. Elle s'est occupée de tout le monde, y compris de moi. Sa langue acérée et son humour ont réussi à détendre un peu l'atmosphère.

L'agitation à l'extérieur m'inquiète, et je n'ai toujours pas vu Elisabeth, ni Caleb. Je rumine dans mes oreillers, peu habitué à la passivité. Mon corps m'envoie des signaux de lassitude quand ma jambe me hurle de ne pas bouger. Elle m'élance, malgré les cachets ingurgités.

Ma porte s'ouvre à la volée. Je m'attends à apercevoir des cheveux bleus, mais ce sont des reflets cuivrés que je découvre. Je me redresse dès que je reconnais Elisabeth, et un sourire m'échappe. Je suis heureux de la revoir, en assez bonne santé malgré son visage qui garde encore les séquelles de son combat contre Logan.

Elle ne me rend pas mon sourire. Au contraire, elle arbore un air grave qui m'inquiète.

– Quelque chose ne… commencé-je.

Ma voix meurt quand la Louve s'efface pour laisser passer Caleb. Je me laisse retomber sur mon matelas et observe le *laird*, Roy, Dyclan, Ewen, Callum, Jack et Sean entrer dans ma chambre. Un vrai défilé. Ils entourent mon lit, solennels. Elisabeth reste un peu en retrait.

– Désolé de te déranger, Duncan, mais l'urgence ne nous laisse pas le choix, dit Caleb. On aura sans doute besoin de tes lumières.

Je dévisage mon ami, peu rassuré.

– Quelle urgence ? demandé-je. Les MacKenzie et les Campbell vont nous frapper à nouveau ? Les prisonniers ont parlé ?

L'absence de lady MacLeod me frappe soudain.

Où est-elle ?

Ils font tous une tête d'enterrement. Je croise le regard d'Elisabeth. Elle me paraît contenir une violente panique… Je réprime mon envie de la serrer contre moi pour la rassurer, même si j'ignore pourquoi elle est dans cet état.

Pourquoi ils sont *tous* dans cet état.

– Logan a été suffisamment explicite, me dit le *laird*. Nous devons nous préparer à une attaque.

– Où ça ?

– Ici…

Mon cœur s'arrête de battre, une seconde, peut-être deux. Mon souffle, lui, se coupe plus longtemps. Ai-je bien entendu ?

– Il nous a prévenus que les feux d'artifice reviendraient… murmure mon ami.

Le choc me cloue au matelas. C'est impossible ! Pas si vite, pas maintenant, alors que nous avons des blessés et…

– C'est pour ça qu'ils nous ont éloignés de l'île, deviné-je. Pour que nous perdions des hommes, que certains soient mis hors de combat, assez pour créer le désordre…

– Et que nous soyons pris de court quand ils lanceront leur offensive, termine Caleb.

Le silence qui suit est sépulcral.

– L'avertissement de Logan nous permet cependant de nous préparer, intervient Elisabeth. Nous attendrons les MacKenzie de pied ferme.

Est-ce que le cauchemar va se reproduire ? Les MacCoy disposent de bien moins de combattants qu'en 2005, et à l'époque, nous nous sommes déjà fait massacrer. Que pouvons-nous espérer maintenant, avec des hommes et des femmes blessés, d'autres tués ?

Il y a les MacLeod, me raisonné-je. *Ils sont très bons. On peut s'organiser, on peut réagir.*

Je prends sur moi pour garder mon calme. Nos ennemis sont déterminés à nous anéantir. Leur raid risque d'être à l'image du précédent… mais cette fois, ils veilleront à ce qu'il ne reste aucun survivant.

Je déglutis, tourmenté par les images du passé.

Je suis terrifié à l'idée que tout ça se reproduise.

– Nous devons organiser la défense d'Inchkeith, décrète Caleb. Et pour ça, nous aurons besoin de tous les hommes et femmes valides.

– Nos guerriers se comptent sur les doigts de la main, glisse Ewen. La plupart des habitants de l'île sont des gens paisibles qui ne connaissent pas grand-chose au tir ou au combat.

Callum avance d'un pas et dit :

– Les MacLeod vous aideront. Il y en a davantage parmi nous qui savent se battre… mais nous sommes ici depuis trop peu de temps pour disposer de l'avantage de la connaissance du terrain.

Caleb acquiesce, rembruni. Je devine qu'il digère mal l'idée de confier la défense de notre foyer à un autre Clan que le nôtre. Cependant, le fils Bain a raison. Nous devons mettre toutes les chances de notre côté, et ne pas nous laisser guider par notre ego.

– Il faudrait composer des groupes alliant des MacCoy et des MacLeod, proposé-je.

Sean opine.

– Les MacCoy pourront guider nos hommes, dit-il. Il y a sans doute des endroits stratégiques que nous pourrons investir pour repousser les MacKenzie et les Campbell.

Je fronce les sourcils. Je ne pense pas que les Campbell seront de la partie ; Henry n'est pas du genre à se salir les mains dans de telles manœuvres. Mieux vaut toutefois s'attendre au pire que de sous-estimer le danger.

– D'où sont-ils venus la dernière fois ? ose demander Sean.

Un malaise flotte dans l'air, puis Dyclan se résout à répondre :

– De partout. Ils sont arrivés par la mer, bien sûr, et ont gravi les falaises. Le plus gros de leurs forces s'était concentré sur la plage de galets pour nous attirer et fragiliser les lignes défensives à l'est, au nord et au sud. C'est de ces côtés-là que tout s'est joué. Nous n'étions plus assez pour les endiguer, ils se sont dispersés pour ravager le hameau, et certains d'entre eux se sont faufilés dans le château par les souterrains…

Nous écoutons les explications du Limier dans un profond mutisme. Il rappelle toutes les erreurs que nous avons commises cette nuit-là, qui nous hantent encore…

– Ils retenteront peut-être de passer par les cachots, suppose Callum en regardant son père. Ils penseront que les plus vulnérables sont cachés au château, sans compter qu'ils voudront récupérer les Nelson.

– Nous avons condamné tous les accès extérieurs aux sous-sols début 2006, intervient Caleb. Il est impossible qu'ils repassent par là.

– Alors, peut-on considérer que le château est sûr ?

Ewen grimace et lâche :

– Ne parions pas là-dessus.

– C'est pourtant le bâtiment le plus fortifié, et il faut bien un endroit pour rassembler ceux qui ne combattront pas, argue Sean. Je ne pense pas que le phare soit une option, et oublions les maisons : il est impossible de toutes les protéger, sans compter que c'est facile de les incendier. C'est bien la méthode des MacKenzie, ça, non ?

– Oui, maugrée Dyclan.

– C'est un facteur à prendre en compte, déclare Caleb. Il faut que nous soyons réactifs en cas de départ de feu. Sur une si petite île, avec les bourrasques, il peut se propager très vite.

– Je pense qu'il est important que quelques-uns d'entre nous se chargent d'éteindre toutes les flammes qui se déclarent, proposé-je. Cela nous permettra de limiter les dégâts.

Jack lève la main.

– Je m'en chargerai, dit-il. Puis-je constituer une escouade pour m'aider ?

– Donne-moi la liste de ceux dont tu auras besoin par écrit et veille à t'organiser rapidement avec eux, ordonne Caleb.

– Oui, *milaird*.

L'Ours se tourne ensuite vers Ewen :

– J'aimerais que tu restes au château, proche de l'accès aux sous-sols, pour empêcher les MacKenzie d'y descendre. Nous ne devons pas les laisser récupérer Logan, il pourra nous donner un peu de poids dans d'éventuelles négociations. Elia se chargera de préserver l'ordre et le calme chez ceux qui se seront réfugiés aux étages supérieurs. Mary la secondera.

Le Bouclier écarquille les yeux, puis croise les bras. Ses énormes muscles roulent sous son tee-shirt moulant.

– Vous oubliez que je dois rester avec vous, *milaird*, gronde-t-il. Vous avez besoin de protection. Duncan et moi veillons sur vous, en toutes circonstances. Enfin, presque toutes.

Il désigne ma jambe en piteux état.

Maintenant, je suis vexé.

Caleb lui tapote affectueusement l'épaule.

– Ewen, je te fais confiance pour protéger le château de l'intérieur. Nos familles y seront cachées… Est-ce que tu comprends ?

Le Bouclier ouvre la bouche pour mieux la refermer ensuite. Caleb lui rend en quelque sorte le rôle que lui avait donné Alastair… Notre colosse opine en faisant la moue.

Je décide d'en revenir au sujet principal.

– Je me chargerai des tireurs, dis-je. Si Kenneth s'est remis de ses blessures, au moins un peu, il m'accompagnera pour couvrir les accès de l'île les plus sensibles. Sean a évoqué le phare : nous pouvons nous poster là-haut, c'est une excellente idée. Le château constitue aussi un bon point stratégique. J'ai repéré d'autres MacLeod très bons pour canarder à distance, je te ferai un rapp…

– Pas question, me coupe Caleb.

Je cille, interloqué.

– Tu as survécu à un accident de voiture, tu n'es pas capable de tenir sur tes jambes et tu veux grimper dans un phare pour tirer en snipeur ? ajoute-t-il.

– Oui, affirmé-je car c'est évident à mes yeux.

– Tu fais partie des blessés, me rappelle le *laird*.

– Ewen n'a qu'à me porter jusqu'en haut du phare, proposé-je. Une fois que j'y suis, je n'ai plus à bouger.

Le Bouclier éclate de rire tout en écrasant sa grosse paluche sur mon crâne. Je le toise, agacé.

– Tu resteras ici, avec les autres alités, ordonne Caleb, impérieux. Tu ne bouges pas de ce lit.

Je me renfrogne mais ne proteste pas. Mon Chef a pris une décision, je m'y plie.

– Je garde toutefois ton idée de tireurs embusqués, continue-t-il. Le phare est un excellent choix. Si tu veux tout de même te rendre utile, Duncan, je veux bien les noms de ceux que tu juges capables de se poster là-bas.

J'acquiesce. Les tireurs seront primordiaux pour écrémer les rangs ennemis. Je crois d'ailleurs qu'ils seront la clé : s'ils échouent, nous sommes fichus. Et ça m'enrage de ne pas en faire partie.

– Il nous reste à placer tous nos hommes autour de l'île et à prévenir les insulaires pour qu'ils viennent se réfugier au château, poursuit Caleb. Nous pourrons aussi dresser des barricades sommaires pour ralentir au maximum l'escalade des falaises et…

– Et moi ?

Les regards convergent en direction d'Elisabeth, debout dans son coin. Elle accueille la brusque attention qui converge vers elle sans broncher.

Une sourde angoisse m'envahit. Veut-elle monter au front avec les autres ? Mais si elle se prend une balle ? Si elle devient une prisonnière de guerre ? Des scénarios cauchemardesques défilent dans mon esprit.

Caleb s'approche d'elle et saisit ses épaules avec douceur.

– Toi, je te confie une mission de la plus haute importance.

Elisabeth sourit.

– La plage ? espère-t-elle.

– La chambre seigneuriale.

La Louve hoquette. La tension monte. Ewen soupire près de moi : il exècre les disputes. Sean, Callum et Dyclan ont un mouvement de recul. Ils ont raison : si j'étais capable de bouger, je me planquerais moi aussi…

Elisabeth nous surprend néanmoins en ne s'emportant pas comme nous le redoutions. À la place, elle demande :

– Pourquoi ?

À sa voix, je sens qu'elle est affligée.

– Parce que là-haut, Phèdre est incapable de bouger ou de se défendre, répond Caleb. Elle a fait un malaise, elle doit rester alitée, et sa grossesse la rend plus que vulnérable.

Elisabeth baisse le menton.

– Elle sera la cible principale des Campbell et des MacKenzie, poursuit mon ami. Je te demande de garder cette porte pour protéger ma femme et mon fils.

– Il y aura déjà beaucoup de monde au château, plaide tout de même la Louve. Nos ennemis ne réussiront jamais à entrer. Et s'ils y parviennent, ils tomberont sur Ewen. Rien que pour lui passer dessus, ils devront s'y mettre à dix.

L'intéressé éclate de rire.

– Elle me flatte, me chuchote-t-il à l'oreille.

– Vous aurez besoin de moi à l'extérieur, insiste Elisabeth.

– Tu m'as demandé ton rôle, je te l'ai donné, tranche Caleb. Je ne reviendrai pas sur ma décision, Ellie. Tu seras en poste devant la chambre seigneuriale.

La Louve se renfrogne mais ne cherche plus à débattre. Quel progrès ! Pas de claquement de portes ni de cris !

J'avoue que je suis rassuré par la décision du *laird*. Je récupère mon souffle, maintenant que je sais qu'Elisabeth restera en lieu sûr.

– Et toi ? demande-t-elle à Caleb. Où seras-tu ?

Son frère sourit et répond :

– Au combat, avec les nôtres. Je dirigerai la défense de la plage.

Nous blêmissons tous à cette idée.

– Vous ne pouvez pas ! m'emporté-je en me redressant sur mes coudes. C'est trop dangereux !

– Je ne serai pas plus exposé que tous ceux que j'envoie là-bas.

– Vous êtes notre *laird* ! Prendre de tels risques est inconsidéré.

– Dans l'éventualité où je ne survivrai pas, mes deux héritiers seront entre ces murs, en sécurité. Il n'est pas question que je me planque comme un lâche encore une fois, est-ce clair ?

Je fulmine. L'épisode de la trappe et du sacrifice de sa mère le hante encore, mais de là à jouer les inconscients ? Nous avons besoin de lui pour nous coordonner et prendre les décisions, ce qu'il peut faire bien à l'abri, loin du danger. Pourquoi ne le comprend-il pas ?

Il me coupe dans mon élan alors que je m'apprête à protester.

– Je ne reviendrai pas sur ma décision, déclare-t-il. Maintenant, dehors. Je veux toutes les équipes constituées sur le papier d'ici une heure. Toutes les armes devront être distribuées, et un guetteur posté en haut du phare. Dans trois heures, tout le monde sera affecté à son poste, prêt à défendre l'île. Monter les barricades de fortune prendra plus de temps, aussi devons-nous nous y mettre au plus tôt. Nos ennemis sont susceptibles de débarquer ce soir comme dans une semaine. J'exige une vigilance totale.

Caleb se tourne vers Callum et ajoute :

– Personne ne doit déranger lady MacLeod. Je te laisse gérer ton Clan avec ton père pour le détail des préparatifs, mais pour les choix d'importance…

– Bien sûr, *milaird*. Je me référerai à vous.

Satisfait, Caleb se dirige vers la porte. Il s'arrête cependant à peine a-t-il entrouvert le battant. Il se retourne, observe chacun de nos visages, puis s'adresse une dernière fois à nous d'un ton grave :

– Guettons le ciel… et que Dieu nous garde.

CHAPITRE 55

ELISABETH
La Louve

Caleb n'a jamais été un grand croyant. Comme moi, il ne se raccroche à une foi en des forces supérieures que quand il n'a plus rien d'autre sur quoi s'appuyer.

Ses derniers mots – « que Dieu nous garde » – tournent en boucle dans ma tête depuis qu'il a déserté la chambre de Duncan. J'ai à peine prêté attention au départ des autres, pas plus qu'aux mots qu'ils ont échangés avec le Glaive.

Que Dieu nous garde.

Caleb est terrifié.

Il pense que nous allons mourir.

Et moi aussi.

– Mademoiselle Elisabeth ?

Duncan me rappelle à la réalité. Depuis notre retour sur Inchkeith, tout s'est enchaîné très vite, et je n'ai pas eu l'occasion de venir à son chevet, réquisitionnée par mon frère. J'ai eu des nouvelles du Glaive par Mary et j'ai ressenti un profond soulagement quand elle m'a annoncé qu'il s'était réveillé suite à sa perte de connaissance. Sa blessure à la jambe n'était pas si grave, il a eu beaucoup de chance.

– J'étais dans mes pensées, dis-je en m'approchant de lui.

Sans demander son autorisation, je m'assois sur le lit. La chaleur de Duncan me parvient ; elle me fait du bien. Je m'attarde un instant sur ses cheveux longs, détachés, et surtout emmêlés. Il commence à avoir une petite barbe qui aurait besoin d'être un peu taillée. J'aime le voir ainsi, comme au réveil. Je l'ai toujours trouvé craquant lorsqu'il est encore ensommeillé. Ce n'était pas pour rien que je m'invitais chez lui lorsque nous étions plus jeunes pour sauter sur son matelas comme une sauvage.

– Vous pensez que la décision du *laird* est une punition, devine-t-il.

J'en reviens à son visage aux traits contrariés. Je pose un doigt sur sa ride du lion pour l'assouplir. Il se détend aussitôt, c'est magique.

– Oui et non, avoué-je. Je comprends qu'il souhaite me tenir éloignée des combats. Il l'a dit lui-même : nous sommes dans une situation délicate. Mon futur neveu et moi sommes ses héritiers. Si nous périssons, ce sera la fin du Clan MacCoy… Bref, c'est la merde, mais je ne peux rien faire pour aider les miens. Je suis liée à une foutue porte.

Duncan hoche la tête et prend ma main dans la sienne. Je ne m'en offusque pas, je n'en ai plus l'envie. Au contraire, j'ai besoin de sentir son contact pour garder courage. Si Caleb souhaite se raccrocher à un dieu, grand bien lui fasse... Je préfère trouver du réconfort grâce à une peau familière. Celle du Glaive.

– Je crois que vous ne comprenez pas l'importance de votre rôle, me souffle-t-il.

– Si, je dois rester en vie.

– Vous voyez une porte, mais ce qu'il y a derrière, le *laird* ne l'aurait pas confié à n'importe qui. Il a mis entre vos mains sa femme et son fils. Toute sa vie. Lady MacLeod et son enfant seront la priorité de nos ennemis. Ils ne sont pas là uniquement pour commettre un massacre, ils chercheront à s'en prendre à la source même du conflit. Ce qui signifie que VOUS serez le dernier rempart pour protéger le cœur de nos Clans. Vous ne devez pas tomber, Elisabeth. Si vous échouez, tout est perdu. Votre frère a placé sa confiance en vous.

Je suis touchée par ces paroles. Pour une fois, les mots me manquent. Il me faut quelques secondes avant de me reprendre et de soupirer :

– Phèdre n'est pas du tout en état de se défendre d'une quelconque manière, et ça m'inquiète beaucoup. Mary et Rose sont auprès d'elle.

– Elle a fait un malaise, c'est ça ?

– Oui. Tout ce qui se passe en ce moment représente beaucoup de stress et d'émotions pour elle. Elle a besoin de se calmer, pour sa santé et celle de mon neveu.

– Vous l'aimez bien.

Je prends le temps de la réflexion, même si je n'en ai pas un réel besoin finalement, puis je confirme :

– J'ai appris à l'apprécier, oui. On doit encore faire plus ample connaissance, mais…

Ma voix s'éteint. En aurons-nous le temps ? Mes doigts se crispent ; ceux de Duncan se resserrent autour d'eux.

– J'ai peur aussi, admet-il, lisant sur mon visage ce que je ne dis pas.

Je lui offre un sourire de façade en retour. Si le héros de mon enfance est terrifié, comment contrôler mes propres appréhensions ? Je désire me battre et, à la fois, j'ai juste envie de me cacher dans un placard et pleurer à gros sanglots comme une petite fille.

Duncan se redresse avec difficulté, puis m'attire contre lui. Je me laisse faire, docile, avide de sa chaleur. De me sentir en sécurité. J'entends les battements de son cœur qui accélère. Je colle davantage mon oreille à sa poitrine pour les savourer. Je m'y fiais, avant, quand le Glaive refusait de mettre des mots sur ce qu'il ressentait. Et ça me suffisait d'écouter ce cœur s'affoler dès que je m'approchais ou se calmer après l'amour, comme s'il était repu, gorgé de tendresse. Son odeur aussi m'enivre. Elle est accueillante, douce. Un parfum de chez-soi. Sa main passe dans mes cheveux, je ferme les yeux.

C'est si agréable de rappeler dans notre présent cette bribe du passé. Le *bon* passé.

Sa main s'arrête, puis glisse sur ma joue. Un frisson me parcourt.

Non, Ellie.

Je m'éloigne, mais il me retient. Une boule de chaleur se réveille dans mon ventre. Duncan ne me laisse pas partir. Ce désespoir que je ressens dans mes tripes, est-ce le sien ou le mien ? Nos regards se croisent, et je nous revois des années plus tôt dans ce même lit, lors de dix minutes volées à notre quotidien. Une lueur se réveille dans ses prunelles, celle qui n'était dédiée qu'à moi seule. En un battement de cils, ses lèvres ne sont plus qu'à quelques centimètres des miennes. La tentation est grande : après tout, demain, nous serons peut-être morts. Peut-on encore se permettre d'avoir des regrets ?

Si Duncan me fait souffrir une énième fois, en soi, ce n'est pas bien grave, je serai dans l'incapacité de m'en souvenir si tout doit se terminer avant l'aube.

Juste une fois, et on se fiche bien si c'est celle de trop tant que l'on vit le moment.

Non ?

La porte s'ouvre. Une femme aux cheveux bleus, au tee-shirt kaki taché et au jean aussi troué qu'un fromage apparaît. Un sourire en coin se dessine sur ses lèvres.

– Bah alors ? Je dérange les amoureux ?

Mes joues s'échauffent, et cette fois, je m'éloigne pour de bon de Duncan.

Providence ou non, l'interruption de cette visiteuse nous aura évité une belle erreur.

Mais…

Je redresse brusquement la tête pour identifier la femme.

– Tu… Attends, qu'est-ce que tu fais là ?

Il n'y a pas de doute, je la reconnais. C'est la fille que j'ai bousculée à l'Unicorn ; une MacKenzie.

– Ravie de te revoir, la sœurette MacCoy, me lance-t-elle avec sarcasme.

– Je ne sais pas si je peux en dire autant… Hel ?

– Ouh ! Les nouvelles vont vite, ça me fait plaisir. À moi le tapis rouge. Avant que tu nous plonges dans un interminable interrogatoire, je te la fais courte : Glasgow, pan-pan, boum, oh ! non ! Ah ! Aïe, outch ! Menottes, Inchkeith, radiateur, médecin. Héroïne du jour.

Elle élargit son sourire. Duncan lève les yeux au ciel et m'éclaire :

– Hel nous aide à prendre soin des blessés. Joffrey nous a expliqué ce qui s'était passé au pub et… pour Brahn, nous avons pris le risque de lui faire confiance.

J'opine, sans savoir si je suis vraiment d'accord avec cette décision.

– En parlant du Serpent, rebondit Hel, il se réveille.

– Alors ? Il va s'en sortir ? s'enquiert aussitôt Duncan.

– Eh bien, entre deux « connasse » et « me touche pas, étron de cochon », j'ai pu m'assurer que tout allait bien. Il va avoir besoin de temps pour se remettre complètement, mais il est bien parti pour. Je vous dirai ce qu'il en est dans…

Hel jette un œil à sa montre et complète :

– … environ une centaine de « crève » et trois cents « va te faire sentir par un lama ». Je vous avoue que cette dernière expression me laisse dubitative, mais il refuse de m'expliquer.

J'éclate de rire, bien malgré moi. Cette fille est dans le mauvais camp, mais j'aime son humour. Duncan, lui, reste de marbre. Hel, reprenant son sérieux, vérifie l'état de sa jambe. Elle soulève le drap, et je remarque que le Glaive est à moitié nu. Je me retiens de le recouvrir.

Voilà que je redeviens jalouse alors que je n'ai aucune raison de l'être.

Hel palpe sa jambe avec précaution. Il serre les dents. Je préfère me détourner pour ne pas assister à ça.

– Remercie ta bonne étoile, lui dit la MacKenzie. Ce n'est même plus de la chance, à ce stade, c'est un miracle que tu sois pratiquement sorti indemne de cet accident.

– Je m'en doute…

– J'espère que ta copine ne te fait pas cocu.

Je la foudroie du regard. Elle se contente d'un haussement d'épaules.

– Nous ne sommes pas ensemble, me justifié-je.

– Je m'en bats la casquette. Les histoires de cul m'intéressent autant que ma première chaussette.

Elle sort un carnet sur lequel elle prend des notes. J'arrive à lire « stable ». Puis elle referme le calepin d'un geste sec et pointe son stylo dans ma direction, menaçante :

– Si tu dois lui grimper dessus, tu laisses sa jambe tranquille, décrète-t-elle.

– Quoi ?

– Même si je vous interdis de bilimbilim, ça va y aller dans la *casa*. Donc, au moins, sois mignonne, et toute la zone rouge, tu ne t'excites pas dessus, O.K. ?

Je suis si outrée que j'en reste muette.

– Je repasse dans… non, en fait, tu viendras me chercher quand vous aurez terminé. J'ai besoin de mes yeux pour guérir les malades et, un jour, gagner le prix Nobel.

Elle nous offre un signe de la main et disparaît en un éclair.

– Qu'elle est…

– Rapide ? tente Duncan, amusé.

– Spéciale !

Il arbore un sourire sardonique.

– Elle ne vous rappelle personne ?

– Je m'en souviendrais !

– Vraiment ?

– Bien sûr ! Elle est aussi amusante qu'agaçante, non ?

Le regard du Glaive se fait de plus en plus insistant. Je suis aussitôt sur la défensive.

– Que cherches-tu à me faire comprendre ? lui demandé-je.

– C'est si évident que je suis surpris que vous n'ayez pas fait le rapprochement.

– Avec qui ?

– Vous !

Je ricane, puis m'arrête net.

– C'est complètement con ! m'indigné-je.

– Et pourtant, vous vous ressemblez beaucoup.

Je fronce les sourcils.

– Et ça te plaît ?

– Plutôt, oui.

La colère me monte au nez.

Il n'a pas de pitié !

Je grince des dents. Duncan se moque de moi, et ça fonctionne.

– Mais elle ne vous égalera jamais à mes yeux, ajoute-t-il.

Toute ma rancœur retombe d'un bloc. Que c'est mièvre !

Mais c'est chou.

Je joue avec mes doigts, très mal à l'aise.

– Tu ne devrais pas dire ce genre de choses, marmonné-je. Je ne veux plus les entendre.

– Je n'ai plus vraiment envie de m'excuser pour ça.

– Ce n'est pas comme si tu l'avais déjà fait.

– C’est ce que vous attendez de moi ? Que je vous présente mes excuses pour tous les mots gentils que je vous adresse ?

– Tu vois très bien ce que je veux dire. Faire comme si ce n’était pas le cas est aussi cruel que te jouer de mes sentiments.

– Je n’ai jamais joué avec eux.

Mes ongles se plantent dans le tissu de mon pantalon.

En un sens, il a raison. Il s’est toujours montré honnête. Il m’a repoussée, puis aimée.

Et il m’a rejetée.

Je quitte le lit, éprouvant le besoin de m’éloigner de Duncan. Face à la fenêtre, j’observe mon monde s’agiter sous mes pieds. Les préparatifs du combat ont déjà commencé, les insulaires remontent en direction du château. Je vois des hommes se poster au niveau des falaises. Je devine que certains se trouvent en haut du phare à cette heure-ci, à guetter la mer avec anxiété.

– Si on meurt demain, tu auras des regrets, pas vrai ? fais-je en gardant le dos tourné.

Duncan prend un moment avant de me répondre :

– Oui.

– Tu regretteras de ne pas être parti avec moi ?

– Je n’ai pas besoin de mourir pour regretter mon choix…

Mon cœur se serre ; ma poitrine me fait mal. Pourquoi si tard ? Je désirais entendre ça depuis si longtemps…

– Du moins, pour ne pas avoir su créer un troisième choix, se corrige-t-il.

Je soupire.

C'était trop beau.

– Et qu'est-ce que ça aurait été ? l'interrogé-je.

– Ne pas avoir eu à choisir.

Le ciel s'est couvert. Il faisait si beau ces derniers jours, et voilà que les nuages s'invitent. Le soleil disparaît derrière leur écran cotonneux. Un présage funeste.

– Vous devriez y aller, me conseille Duncan. Profitez du temps qu'il nous reste.

– Tu as raison. Je vais demander à cette Hel de regarder mes côtes, elles me font mal.

Le Glaive acquiesce sans me sermonner pour ne pas l'avoir fait plus tôt. Je me dirige vers la porte, le pas lourd. Je pars, mais rejoindre le chaos à l'extérieur ne me tente pas. Je me surprends à vouloir rester auprès de Duncan, même lorsque les cris retentiront. Ma main reste en suspens au-dessus de la poignée.

– Elle a dit d'éviter la zone rouge, pas vrai ?

Ma voix me paraît lointaine, c'est à peine si elle résonne à mes propres oreilles. Mes doigts glissent sur la clé dans la serrure… et je tourne le verrou.

CHAPITRE 56

DUNCAN
Le Glaive

L'écho du verrou tourné se répercute dans tous mes membres. Elisabeth reste encore de longues secondes devant la porte, puis pivote vers moi. Ses yeux luisent dans la pénombre de la fin d'après-midi. Tous mes muscles se tendent. Quand elle revient vers moi, la tension monte. Brûlante. Je *sais* ce qui va se passer. Je *sens* ce qu'elle va essayer de faire. Pourtant, je ne bouge pas. Je l'attends, allongé, incapable de me détourner de cette femme déterminée.

Elisabeth se plante sur ma gauche, debout.

Elle me tend sa main, tout doucement.

Je pensais qu'elle allait me sauter dessus, mais elle semble attendre mon approbation.

Parce qu'elle a peur que tu la repousses encore.

Et c'est ce que je devrais faire. Continuer à nourrir mes regrets pour qu'ils ne deviennent pas des remords.

Sauf que, depuis son retour en Écosse, je ne suis plus sûr de rien. J'avais fini par accepter cette décision qui nous avait éloignés. Je m'étais fait à l'idée que je ne la reverrais plus ; qu'elle et moi, ça n'avait jamais eu aucun sens. Il m'a suffi d'entendre son timbre si particulier dans le hall du château pour que toutes mes convictions s'effondrent. Elle est réapparue au moment où je m'y attendais le moins, au moment où les menaces s'amassaient à nouveau au-dessus de nos têtes. Est-ce une dernière chance qui nous a été accordée ?

Je m'empare de ses doigts et l'attire jusqu'à moi. Elle se penche ; ses lèvres trouvent aussitôt les miennes. Un soupir m'échappe dès que je goûte à nouveau à cette bouche qui m'avait tant manqué. La peau d'Elisabeth exhale un parfum de monoï, un parfum exotique, d'été. Lumineux, comme elle.

Sa langue réclame l'accès à la mienne. Je la lui refuse, par caprice. Par jeu. Alors, elle mordille, et sa paume s'aventure sur mon torse. Elle s'attarde sur mon ventre, remonte jusqu'à mes pectoraux et pince l'un de mes mamelons. Mon corps est parcouru d'une onde électrique, mon membre se durcit, et un bref râle de surprise résonne dans la chambre. Elisabeth en profite pour s'immiscer dans la brèche. Sa langue passe la barrière de mes dents. Elle ronronne tout contre moi. Je m'enhardis, enroule ma main dans ses cheveux, la rapproche. Je prends les commandes sans le vouloir vraiment pour mieux la dévorer, engloutir ces années d'absence dans nos souffles qui se mêlent.

Elle se détache de moi, à ma plus grande frustration. Avec défi, elle déboutonne son jean qu'elle fait glisser le long de ses jambes. Elle retire son haut, sans me laisser le temps de jouir de la vue, du tissu qui caresse sa peau avant d'être jeté plus loin. J'aurais préféré la déshabiller, la mettre lentement à nu. À la place, elle dégrafe son soutien-gorge dans la précipitation. Ses seins se dévoilent. J'hésite à descendre mon boxer, au moins pour soulager mon sexe en souffrance. Son corps porte encore les marques de l'accident et des coups de Logan. Ses poignets cicatrisent à peine aussi, souvenir du poignard de la MacKenzie à Édimbourg…

Elle se débarrasse de sa dernière lingerie et me grimpe dessus. Je n'ai pas eu le temps d'inspirer. Elle est pressée, comme si elle craignait que le temps nous rattrape.

Ou que nous changions d'avis.

Mon cerveau vrille. Sentir ses seins s'écraser contre mon torse, le chatouillis de ses boucles cuivrées sur mes joues et mes épaules, son sexe qui se frotte au mien à travers mon sous-vêtement, tout a une saveur bien particulière, familière. C'est comme si je n'avais jamais déserté sa peau, comme si nos bouches s'étaient quittées hier seulement.

La main d'Elisabeth s'invite entre nous, glisse dans mon boxer. Elle trouve ce qu'elle cherche et s'en empare sans hésiter. J'ignore très vite toutes les pensées néfastes qui me murmurent qu'elle a connu d'autres hommes. Sa nouvelle expérience m'est étrangère. Ses doigts qui s'enroulent, pressent, montent et descendent sont une véritable découverte. Elle ne s'était pas risquée à un tel geste avec moi… avant. Elle était encore timide, dans l'apprentissage. Maintenant, il lui suffit de quelques mouvements maîtrisés pour me faire grimper au bord de la jouissance.

Elle ose descendre le long de mon corps en prenant garde à ma jambe, tout en butinant de ses lèvres mon torse, mon ventre, jusqu'à mon sexe qu'elle délivre. Elle le lape, s'amuse avec, tourne autour. Je suis tiraillé entre le besoin de la regarder et celui de fermer les yeux pour m'imprégner de toutes les sensations.

J'ai terriblement chaud, et je peux à peine bouger. Je lutte contre l'envie irrépressible de pousser mes hanches pour qu'Elisabeth me prenne plus profondément. Mais je ne veux pas que ce soit inconfortable pour elle. Si elle veut garder le contrôle, je lui laisse les rênes. En revanche, je ne résiste pas à l'envie de me raccrocher à sa crinière, autant pour lui faciliter la tâche que pour dégager son visage. Non, je ne me priverai pas de ce spectacle, au risque d'attiser dangereusement mon plaisir. Je ne m'interdirai pas de la voir s'activer pour moi, généreuse, avec cet éclat lubrique dans le regard. C'est un fantasme qui devient réel.

Elle doit sentir que je suis au bord de l'implosion : elle m'abandonne avec une dernière caresse, puis remonte. Je la tire vers moi pour l'embrasser à pleine bouche. Elle a mon goût, je suppose.

La douce torture se poursuit, maintenant qu'elle me glisse entre ses replis. Elle me fait miroiter l'extase. Bon ou mauvais joueur, j'enrobe ses seins de mes paumes, titille ses mamelons de mes pouces. Ils sont déjà dressés, durs. Elle se cambre pour me les présenter ; mes dents les mordillent aussitôt. Elle gémit, frissonne. Pendant que je m'active à dorloter sa poitrine, mes mains s'égarent le long de sa croupe. J'empoigne ses fesses pour la ramener plus au-dessus de moi. Elle s'appuie au mur, remonte encore ses genoux, repousse mes doigts quand j'essaie de les glisser entre ses jambes. Elle se penche pour me souffler quelques mots à l'oreille. Je souris et lui désigne ma table de chevet, sur ma droite. Elle râle, mais s'étire de tout son long pour ouvrir le tiroir. Je ne me gêne pas pour la taquiner, trop heureux d'avoir un accès libre à son corps nu. Elle fouille, récupère un préservatif et m'en équipe elle-même avec impatience.

Le temps d'une inspiration, elle s'empale sur moi. Je ne m'attendais pas à ce que ce soit si rapide : un grondement m'échappe, assez fort pour me paraître incongru, puis je lâche un gémissement en écho au sien dès qu'elle se met à bouger.

Son mouvement ample est parfait. Elisabeth donne quelques petits coups involontaires dans ma jambe, mais la douleur alimente le magma dans mes veines. Assise à califourchon, le buste cambré en arrière, la vision qu'elle m'offre est extraordinaire. Je ne sais plus quelle zone de son corps je touche, je n'épargne aucune parcelle de peau. Je veux poser ma paume partout sur elle, ne rien oublier, et surtout pas ce grain de beauté sous son sein droit, adorable étoile brune sur sa peau plus claire.

Son rythme s'accélère, j'ai du mal à le suivre, à soulager ma Louve dans ses élans. Je ne peux pas me soulever comme je le voudrais. Je me rends surtout compte que je suis à sa merci et qu'elle me fait l'amour, seule. Les circonstances me forcent à la passivité ; elle s'approprie mon immobilisme pour le transformer en situation trop excitante pour que je puisse garder les idées claires…

Son regard de miel s'ancre à mes prunelles, sans qu'elle ralentisse. Elle se raccroche à mes épaules, à mes cuisses, à mon torse. À tout ce qu'elle peut, gagnée par une fièvre que je partage et que je ne peux pas extérioriser. Cette frustration me met au supplice. Et c'est divin. Comme à chaque fois avec Elisabeth. Sa bouche ouverte laisse échapper ses gémissements, parfois aigus, parfois plus graves. Je ne réprime plus les miens, et le concert de nos plaintes résonne dans la pièce. Je me concentre sur la voix de mon amante, ignorant le grincement des lattes, les bruits du hameau, des couloirs. Je préfère le son de nos peaux qui se frottent l'une contre l'autre, de nos souffles haletants.

Quand je me sens venir, incapable de retarder davantage mon orgasme, mon pouce plonge vers le clitoris d'Elisabeth. Un cri manque de nous trahir ; la Louve plaque un instant sa main sur sa bouche, puis la retire pour se contenter de mordre ses lèvres. Je ne pensais pas qu'elle pouvait accélérer davantage, et pourtant, elle m'émerveille grâce à ses prouesses.

Je jouis avant elle. Elle continue à se mouvoir. Je la sens se resserrer autour de mon membre, palpiter. C'est à peine un jappement qui échappe à sa bouche qu'elle a rapidement refermée. Ses soubresauts, ses frissons, je ne rate rien. Je retrouve avec bonheur son sourire conquis après l'orgasme, arc éclatant entre ses joues rougies.

Elle se laisse retomber sur moi, le nez dans mon cou. Je referme mes bras autour d'elle, ne sachant plus vraiment où je me trouve ni en quelle année. Ce qui compte, c'est que Beth soit là, contre moi. Peu importe le monde autour de nous.

***

Allongés l'un à côté de l'autre, nous fixons le plafond en silence depuis plusieurs minutes. Nos épaules se frôlent, mais la distance s'est à nouveau installée entre nous. Nos respirations apaisées me mettent mal à l'aise. Je me sens moite, et sale. Pas parce qu'Elisabeth m'a fait l'amour, mais parce que, pour la énième fois, j'ai été incapable de résister. Je ne peux pas lutter contre ce qu'elle déclenche en moi.

Beth est mon volcan. Celle qui me désinhibe, annihile toute ma maîtrise, abaisse toutes mes barrières.

Déjà petite, elle réussissait à me faire sortir de mes gonds. Maintenant, elle me transforme en bête assoiffée d'elle.

– C'est bizarre, non ?

Sa question tombe tel un couperet. Elle scrute toujours le plafond, les sourcils froncés à présent.

– Oui, avoué-je.

Notre passion avait un arrière-goût de désespoir. Ou d'adieu, avant qu'il ne soit trop tard.

– Qu'en est-il de ton regret ? me demande-t-elle.

– J'en ai un nouveau.

– Moi aussi. Quel est le tien ?

Je souris tristement.

– Ne t'avoir retrouvée que maintenant, soufflé-je. Et toi ?

– Que tu ne l'aies pas compris plus tôt.

Nous rions, des petits hoquets discrets après notre cacophonie. Elle s'assoit. J'admire son dos qui se termine en belles rondeurs. La pointe de sa chevelure cuivrée s'échoue dans la cambrure de ses reins.

– Je dois y aller, cette fois… Pour me préparer, me dit-elle.

Le réveil est brutal, mais je n'en montre rien.

Notre moment avait bien une saveur d'adieu.

Elisabeth quitte le lit. Je l'observe se rhabiller, imprimant sur ma rétine ce que je ne pourrai plus voir.

– Je suppose que tu es d'accord pour ne rien dire à Caleb ? lance-t-elle.

– Je n'avais pas l'intention d'aller me vanter de ce qui s'est passé auprès de lui…

Chaussures aux pieds, elle s'immobilise pour me regarder. Je ne sais pas comment interpréter son expression. Son visage est fermé, ses lèvres pincées.

– C'est encore un petit secret entre nous, commente-t-elle.

– Tâchons de le garder jusqu'au bout, celui-là.

Elle acquiesce, la mine sombre. Un ange passe. Est-ce que je dois essayer de la prendre dans mes bras ? Elle a l'air si distante, à présent… Elle est retournée se réfugier derrière sa carapace.

– Bon courage, murmuré-je, à défaut de mieux.

Elle hoche une seconde fois la tête.

– Et restez en vie, d'accord ? ajouté-je. N'en faites pas qu'à votre tête.

Elle se rembrunit.

– Je ferai de mon mieux, si tu me promets d'en faire autant, dit-elle.

Ces belles paroles sonnent creux. Avons-nous seulement une chance de survivre face à la déferlante MacKenzie qui nous attend ?

J'ai cependant envie d'y croire.

J'ai envie de croire que nous nous retrouverons en des temps plus favorables, que j'affronterai Caleb pour tout lui dire. Sans me débiner, sans courber l'échine.

Elisabeth dépose un baiser sur mes lèvres. Je la retiens avant qu'elle ne s'éloigne, l'embrasse avec autant de passion que plus tôt. Je ne veux pas que ce moment ait le goût de l'adieu, mais plutôt celui de l'espoir. Une saveur s'invite : elle est salée. Elisabeth me repousse doucement et se précipite vers la porte. Le battant se referme sur elle, et je me retrouve seul, les joues humides. Je touche mes paupières, mais il n'y a pas de larmes. Ce n'étaient pas les miennes. Ma gorge se noue.

Oui, je voudrais tant que nous survivions… Pour que ce jour ne soit pas le dernier, pour que nous en ayons des milliers d'autres.

Et je me le promets : quand le combat sera terminé, je dirai tout à Caleb.

Et cette fois, je ne plierai pas.

CHAPITRE 57

DUNCAN
Le Glaive

2011

Nous étions mi-janvier, et Elisabeth refusait de partir d'Inchkeith, où elle nous avait rejoints pour les fêtes pour la troisième année consécutive. Elle ratait ses cours, prétendant que le lycée ne valait rien, qu'elle n'était pas destinée à étudier. Qu'elle avait gagné le droit qu'on la laisse, enfin, reprendre sa place au sein des MacCoy. Caleb répondait qu'elle méritait une vie de réussite, diplômes en poche. Loin du Clan, comme le désiraient leurs parents. Comme eux, il voulait la protéger… La savoir sur l'île le réjouissait et l'angoissait à chaque fois : comme nous tous, il était heureux qu'elle vienne nous apporter sa joie de vivre pour les fêtes, mais je le sentais en même temps tendu. Il craignait qu'elle se retrouve happée dans la même spirale destructrice que lui. Des nuits d'horreur comme celle du raid de 2005, de Dunvegan en 2006… Il voulait la préserver de tout ça, même si cela impliquait de l'éloigner et de ne pas la voir aussi souvent qu'ils l'auraient voulu tous les deux. Il estimait que c'était là son devoir : la protéger, malgré elle.

Mais il ne pouvait tout de même pas la ligoter et la jeter dans une voiture pour la renvoyer à Perth. Et si, les deux Noëls précédents, il avait réussi à la convaincre de rejoindre son pensionnat, cette année-là, elle résistait à toutes ses tentatives. Elle craignait à chacun de ses départs de ne plus jamais nous revoir…

Ce que le *laird* ignorait, c'est que sa sœur pleurait tous les soirs, au même endroit, et que tous les soirs, je la rejoignais dans les écuries pour essuyer ses larmes, là où je l'avais trouvée en pleurs deux ans plus tôt, rongée par le souvenir de ses parents disparus. Ce rituel s'était instauré entre nous année après année sans que nous l'ayons vraiment décidé… Elle m'attendait pour se jeter aussitôt dans mes bras. Je me rassurais cependant : près de moi, elle s'apaisait, séchant ses larmes pour rire à mes taquineries.

Je rejoignais toutefois Caleb sur le fond : elle devait retourner à son pensionnat un jour ou l'autre. Pour son avenir, pour respecter les volontés d'Alastair et de Moira… et aussi pour des motifs plus égoïstes. Plus je restais près d'elle, plus mon cerveau vrillait. Elisabeth me troublait… J'avais beau me raisonner, rien n'y faisait. Il n'était plus possible de me raccrocher au souvenir de la gamine aux tresses quand je tenais tout contre moi une femme qui sentait si bon et qui s'échinait à me faire rire à travers ses propres larmes. Année après année, c'était devenu de plus en plus évident. Quand elle n'était pas là, je ressentais un manque profond. J'appréhendais ses départs, ses absences.

– Je n'ai pas envie de quitter l'île, Duncan, me dit-elle un soir.

– Ce serait mieux… pour vous.

– Mais si les MacKenzie attaquaient à nouveau en mon absence ? Si Caleb ou toi disparaissiez ?

Je caressai ses cheveux, appréciant plus que de raison le contact de sa joue contre ma poitrine.

– Même si vous aviez été là, vous n'auriez rien pu faire, tentai-je de la raisonner.

– Mais j'aurais été là. J'aurais vu mes parents une dernière fois.

Je déglutis. Personne n'avait eu la chance de dire adieu à ses proches morts le soir du raid… Je m'abstins cependant de le dire à Elisabeth, non pas pour éviter d'enfoncer le couteau dans la plaie, mais pour ne pas raviver mes propres regrets.

– Peut-être que ça m'aurait permis de ne plus les voir partout dans ces couloirs, ajouta-t-elle.

Je comprenais ce que ressentait la jeune Louve. Plus d'une fois, j'avais éprouvé le besoin de partir pour ne plus croiser les regards des disparus. Je voulais quitter l'île pour une vie banale et j'aspirais dans ces écuries à respirer un autre air pour fuir le passé. Mais j'avais conscience que mes racines étaient à Inchkeith, désormais, et que j'y reviendrais toujours.

– Vous rappelez-vous ce que vous m'aviez dit après l'enterrement ? demandai-je à Elisabeth.

Elle se redressa pour me dévisager de ses yeux rougis.

– Oui, je me souviens de tout, m'avoua-t-elle d'une voix ténue.

– Vous désiriez voyager, faire le tour du monde, à commencer par le Vietnam.

– Et nous nous sommes promenés dans Édimbourg à la place, sourit-elle.

– Je ne peux toujours pas vous emmener en Asie, mais il y a un endroit qui pourrait vous changer les idées.

– Lequel ?

– L'Irlande.

***

Elisabeth mit du temps à se détendre, dans un milieu qu'elle ne connaissait pas, si dépaysant pour elle. Je me doutais bien qu'elle réussissait à sortir de son pensionnat de temps à autre pour faire la fête avec ses amies. Après tout, elle était jeune, pleine de vie, et aspirait à une certaine liberté. Mais l'ambiance de l'Unicorn, c'était autre chose. C'était grisant, entraînant.

Vivant.

Je ne la reconnaissais plus tandis qu'elle dansait au milieu de la piste, portée par les percussions et les violons. Elle semblait avoir à peine conscience de tout ce qui l'entourait. En descendant au sous-sol, elle s'était juste raccrochée à moi ; elle m'avait fait confiance, les yeux fermés.

J'avais pris un risque insensé. Partir en catimini, faire sortir Elisabeth d'Inchkeith au beau milieu de la nuit, la faire entrer dans un bar alors qu'elle ne serait majeure que dans quelques mois… C'était fou, immoral, et cela me vaudrait des remontrances terribles de la part de Caleb s'il venait à l'apprendre.

Pourtant, je n'arrivais pas à m'en mordre les doigts alors que je la voyais en transe, alors que ses cheveux acajou volaient tout autour d'elle, attirant les regards sur les mèches de cuivre.

Quand je remarquai toutes ces lueurs qu'elle allumait dans les yeux qui se posaient sur elle, une profonde jalousie naquit en moi. C'était très différent de ce que je ressentais autrefois : ce n'était plus de la protection fraternelle. Ça allait au-delà. Mais je ne culpabilisais pas, moi aussi entraîné dans cette bulle hors du temps où les Clans n'avaient plus aucune importance, et où nous avions abandonné derrière nous tous les rôles que nous devions jouer, qui auraient dû me retenir.

J'étais Duncan, elle était Elisabeth.

Une jeune fille devenue femme.

Quand elle s'empara du bras d'un danseur pour virevolter avec lui, une bête rugit dans ma poitrine. Je restai cependant stoïque, sans me détourner. Mais l'animal en moi se mit à hurler mille et une questions : combien d'hommes ? Combien de petits amis ? Et combien d'amants ?

Oui, Elisabeth aspirait à la liberté… et Perth l'éloignait de toute surveillance.

Elle cessa sa ronde, abandonna le danseur déçu et se tourna dans ma direction. Dès qu'elle me repéra dans la foule, alors que j'étais appuyé contre le bar, elle m'adressa un sourire radieux où les peines n'avaient plus leur place. Il chassa aussitôt mes aigreurs, nourries de mon chagrin, de tous mes sentiments néfastes. Ce sourire-là, j'avais souhaité le ressusciter. C'était pour ça que nous étions dans ce pub, pour ça que je supportais tous ces regards rivés sur elle.

Pour qu'elle soit heureuse, elle.

Je lui rendis son sourire, quoiqu'un peu crispé. Ma mâchoire ne se décontractait pas, mais mes lèvres coopéraient. Sans doute Elisabeth se rendit-elle compte que je n'étais pas encore pleinement détendu, puisqu'elle se précipita vers moi et s'empara de mes mains pour m'attirer sur la piste avec elle. Elle me transmit son euphorie, m'immergea dans sa transe. Son monde à elle. Au simple contact de sa peau contre la mienne, en sentant son parfum fruité et pourtant élégant qui changeait de celui de pomme sucrée que je lui avais toujours connu, je plongeai dans l'oubli que nous étions venus chercher ici. L'oubli de la peine immense, du deuil que nous ne parvenions pas à surmonter malgré les années passées. L'oubli de toutes les barrières entre nous, aussi.

Et ça me fit un bien fou.

Nous dansâmes longtemps, peu préoccupés par la sueur qui dégoulinait de nos tempes, pas le moins du monde incommodés par l'odeur de bière, de cigarette et de transpiration qui nous étouffait. Le déni nous habitait.

Quand l'éreintement nous gagna, quand nous ne fûmes plus capables de tenir sur nos jambes fourbues, nous sortîmes de l'Unicorn, le rire à la gorge et l'espoir dans le cœur.

Dans la pénombre de la rue, je ne retrouvai pas mon rôle de bras droit de mon Chef. Je restai un homme auprès d'une femme qui avait grandi avec lui, qui s'était métamorphosée et pour qui, à corps défendant pourtant, il commençait à nourrir un désir dangereux.

Elisabeth glissa sa main dans la mienne, et je commençai à croire qu'elle avait été créée pour se couler dans ma paume. J'éprouvais une satisfaction profonde dès que nos doigts se liaient.

L'alcool me faisait délirer. Ou bien m'octroyait-il enfin une clairvoyance qui m'échappait depuis longtemps ?

La Louve se colla à moi, alanguie. Ses joues étaient colorées, son nez écarlate. Elle était adorable.

Près de la voiture, elle nous arrêta. Tournée vers moi, le regard brillant, elle me dit :

– Merci, Duncan. Je crois que je ne le répéterai jamais assez. Cette nuit, j'en avais besoin. Et toi aussi, j'en suis sûre…

Elle cajola ma joue de ses doigts glacials. Je saisis sa main sans la repousser pour la réchauffer, inquiet qu'elle grelotte.

Elisabeth me sourit encore.

Je caressai sa paume. Elle se hissa sur la pointe des pieds, enroula ses bras autour de mon cou et posa ses lèvres sur les miennes. Elles étaient chaudes, tendres comme des coussinets. Le bonheur explosa dans ma poitrine et mon ventre. Plus de rejet, plus de dégoût. Ma répulsion d'autrefois s'était métamorphosée en adoration. J'étreignis la Louve à mon tour, avec force. Avidité. Quand elle entrouvrit sa bouche, je m'y engouffrai, gourmand. Hâtif.

Elle gémit, se colla davantage contre moi. Je me penchai pour la soulager ; elle reposa les talons et se laissa emporter de plus belle.

Quand avait-elle autant changé ? Est-ce que mes sentiments avaient attendu, tapis au fond de moi, qu'elle devienne celle qu'elle était ce soir-là ?

Elisabeth recula, brisant le rêve dans lequel elle m'avait entraîné. Je la dévisageai, encore étourdi par tout ce qu'elle avait déclenché en moi d'un simple baiser. Je mourais d'envie de recommencer, de m'enchaîner à cette bouche tentatrice, au rouge à lèvres déteint.

Sans me lâcher des yeux, la Louve ouvrit la portière de la voiture derrière moi. Je me décalai pour ne pas la bloquer tout en digérant ma déception. Est-ce que ça s'arrêtait déjà ? Ça avait été si rapide, et le goût de trop peu nimbait mon palais.

Elisabeth s'immobilisa alors que j'étais convaincu qu'elle allait grimper sur la banquette arrière. Ses pupilles dilatées, son corps vibrant m'envoyaient des signaux évidents. Son souffle saccadé aussi, ainsi que ses lèvres encore entrouvertes. Je déglutis, luttant contre l'envie irrépressible de m'en emparer encore.

Et encore.

Était-ce raisonnable ?

Elisabeth ne me laissa pas le temps de réfléchir. Elle m'attira près d'elle à l'intérieur de la voiture, agrippa mon visage qu'elle ramena contre le sien. Nos lèvres se trouvèrent à nouveau, et je me sentis mieux. Entier. Rassuré. Sans me détacher d'elle, je refermai la portière derrière moi. Je m'allongeai dans ses bras, essayant de ne pas l'écraser de tout mon poids. Je ne m'inquiétais pas des possibles témoins, trop heureux que nous soyons à l'abri derrière des vitres teintées. Je mordillai sa bouche, glissai mes doigts dans ses boucles acajou. Découvris le galbe de ses seins sous sa robe noire.

Ma paume quitta aussitôt la rondeur de sa poitrine, comme si elle venait de se brûler. Elisabeth grogna, puis planta ses dents dans ma lèvre inférieure. Une décharge brûlante m'envahit, me traversa tout entier avant d'élire domicile dans le bas de mon ventre. La Louve força ma paume à épouser son sein que je pétris avec douceur. Elle s'assagit, laissa échapper un soupir qui m'enivra. Il s'intensifia quand je fis jouer le bouton de son mamelon sous le tissu de sa robe trop épais à mon goût. Elisabeth parut lire dans mes pensées : elle gesticula pour se défaire de son vêtement, sans grand succès. Je la fis asseoir pour dézipper la fermeture dans son dos. Le bruit résonna dans la voiture, brisant la mélodie de nos respirations.

Elisabeth ne quitta pas une seule fois mon regard, même lorsque je fis descendre les manches de sa robe le long de ses épaules, de ses bras, jusqu'à dénuder ses seins. Elle ne portait pas de soutien-gorge : je le devinai à l'absence de bretelles en dentelle. Je ne baissai pas les yeux tout de suite, comme si j'attendais son autorisation. Elle récupéra mes mains après une hésitation, puis les posa délicatement sur sa poitrine. Je crus défaillir. Perdre tout contrôle. Elle était si douce, si pleine…

Sa bouche revint trouver la mienne, cette fois plus timide. Je m'accordai quelques secondes pour reprendre le contrôle de moi-même. Je voulais être capable de répondre aux attentes de la Louve sans m'emporter, sans lui faire peur. Je savais mon baiser ardent, je sentais mon corps tendu comme un arc.

L'attente, ce n'était qu'une divine torture qui me permit de savourer Elisabeth.

Elle écarta davantage les cuisses, invitation muette pour que je me coule un peu plus sur elle. Je pressai mon membre contre elle, gémis à mon tour.

Trop de vêtements, trop de barrières.

Je retroussai sa jupe sur ses hanches, dévoilant son sous-vêtement aussi noir que le reste. Je ne m'attardai pas dessus, privilégiant les lignes de ses jambes, la rondeur de ses fesses que je ne pouvais qu'effleurer ainsi positionné. Réflexe ou non, elle replia son genou pour me ceinturer. Je geignis encore et me perdis dans son cou, où je déposai des baisers entre deux mordillements. Je m'échouai enfin sur ses seins, que je cajolai de ma langue. Elisabeth se cambra, poussa son mamelon plus loin dans ma bouche. Je répondis à sa prière silencieuse sans me repentir, la titillant de mes dents tandis que ma main glissait le long de son corps jusqu'à s'engouffrer sous l'élastique de sa lingerie. Elle se raidit, une seconde, ou peut-être deux. Assez pour que je m'arrête, attentif, anticipant un refus.

Les yeux d'Elisabeth s'enchaînèrent aux miens ; me jaugeait-elle ? Changeait-elle d'avis ?

Elle glissa un bras entre nous et me guida dans ses replis.

J'inspirai profondément, à en avoir le tournis.

C'était chaud, humide. Grisant.

Excitant.

Je me jetai sur les lèvres de ma Louve, empli d'une reconnaissance que je ne m'expliquais pas. Je découvrais la jeune femme dans son intimité la plus totale. Ses gémissements récompensèrent mes caresses, ses cris légers ponctuèrent le va-et-vient de mes doigts. Elle se cambrait toujours plus, réclamait toujours plus. Je finis par cesser mes baisers, penché au-dessus d'elle pour admirer son visage empourpré. Elle rayonnait dans le plaisir que je lui donnais. J'essayai de décrypter la moindre de ses expressions, d'apprendre la carte qui la mènerait au bord de la jouissance. Ses tics nerveux, la manière de mordiller sa lèvre, de tourner la tête ou de fermer les paupières quand je trouvais son point le plus sensible…

Elle stoppa net ma main, haletante.

– Si tu continues, je crois que je vais…

Elle ne termina pas sa phrase, mal à l'aise.

– Tu ne veux pas ? demandé-je, tremblant.

– Pas comme ça…

L'émotion me noua la gorge.

– D'accord, je suis désolé.

Je m'apprêtais à m'éloigner quand elle me retint, désespérée.

– Qu'est-ce que tu fais ?

– J'arrête, ce n'est pas comme ça que…

– Non ! Je souhaite que tu… viennes…

Je cillai, puis ris. Quel idiot !

Elisabeth rougit. Je m'excusai de mon incompréhension par une pluie de baisers semés sur son visage, sa gorge, sa poitrine, jusqu'à ce qu'elle cesse de bouder, le désir ravivé. L'impatience me gagnait ; j'avais terriblement envie d'elle, de la sentir autour de moi. Fébrile, je débouclai ma ceinture, déboutonnai mon pantalon. Je dus m'y reprendre à plusieurs fois, gêné par nos corps noués l'un à l'autre et le peu d'espace dans l'habitacle. Enfin, je récupérai mon portefeuille glissé dans ma poche arrière pour en sortir un préservatif. Je m'en équipai, conscient du regard flamboyant d'Elisabeth posé sur moi. Elle s'était assise en attendant. Lorsque j'eus terminé, elle posa un doigt sur mon sexe. Mon souffle se coupa ; je tressaillis à sa caresse légère. Elle affichait un air curieux auquel je ne résistai plus. Je fondis sur elle. Dans le mouvement, elle enroula sa main autour de mon membre. Je poussai un râle de plaisir, électrisé par sa prise d'initiative. Son geste était maladroit, mais je m'en fichais bien.

C'était trop bon.

Mes hanches insufflaient la cadence dans le fourreau de ses doigts.

Je regrettais que les sensations ne soient pas à leur paroxysme à cause du latex. Mais c'était largement suffisant.

Je la savais prête à m'accueillir.

Je me présentai à l'orée de ses replis, m'invitai à demi. Elisabeth saisit mes joues entre ses mains pour me ramener vers elle. Ses yeux brillaient, mais de larmes contenues. Mon cœur rata un battement, mon estomac se comprima. Mais elle me rassura vite, la voix teintée de sensualité et de tendresse :

– Je t'ai rêvé si longtemps.

Les mots me manquèrent. Contre mes lèvres, elle répéta son doux murmure, glissant ses mains sous ma chemise, retirant ma veste qu'elle mit sous elle. J'étais hypnotisé par sa voix, par sa chaleur, son parfum.

Quand elle fut allongée, elle me sourit et hocha la tête.

Je capturai ses lèvres au moment où je m'enfonçai en elle. Elle se crispa, si bien que je me retrouvai bloqué. Je n'insistai pas, jusqu'à ce qu'elle s'assouplisse d'elle-même. Ses cuisses me broyaient les hanches. Elle me souffla de ne pas m'arrêter. J'éprouvais toutes les peines du monde à me contenir. Maintenant que je buvais à la source, je ne désirais plus qu'une chose : étancher ma soif. Je donnai des petits coups, puis un plus ample. Un râle m'échappa. Le plaisir m'inonda, atteignit le bout de mes ongles. Ceux d'Elisabeth se plantèrent dans ma chemise ; leur morsure meurtrit ma peau sous le tissu. Je me réfugiai dans le cou de la jeune femme, trop désireux de profiter de toutes les sensations.

– Beth…

Je psalmodiais ce nouveau surnom à chaque vague brûlante qui me parcourait, chaque raz-de-marée qui me rapprochait du point culminant.

Je fis l'amour à Elisabeth avec tendresse et autant de douceur que possible. Emporté par la jouissance sur le point d'imploser, je retins mon cri de justesse, m'agrippant à la portière près de la tête d'Elisabeth. Des étoiles dansaient devant mes yeux, des soubresauts me secouèrent. Enfin, je retrouvai mon souffle et dévisageai la Louve.

Elle grimaça quand je me retirai.

Aucune trace d'orgasme, aucune preuve d'un plaisir partagé.

Je m'en voulus aussitôt.

– Je t'ai fait mal, compris-je.

Elle acquiesça.

– Je savais que ce serait douloureux, m'avoua-t-elle. On dit que ça arrive souvent la première fois.

Je papillonnai des cils. J'avais le vertige. Mon regard dériva sur la veste qu'elle avait glissée sous son bassin.

– Je ne le regrette pas, tu sais, me dit-elle. Tu n'as pas à t'en vouloir, tu as été aussi gentil que possible.

Elle se fourvoyait. J'aurais pu faire mieux, la rassurer, la détendre davantage.

M'arrêter.

Je replaçai une main entre nous, déterminé à la faire jouir à son tour. Elle se déroba.

– Je ne préfère pas. Pas maintenant, en tout cas. C'est encore sensible.

– Mais…

– Tout va bien, Duncan. Je te le promets.

Elle passa sa main dans mes cheveux, si calme, si sereine… heureuse. Elle dénoua nos corps en fronçant les sourcils, puis se lova contre moi, dans l'étroitesse de l'habitacle, sur cette banquette indigne d'elle. Je l'étreignis, ma joue sur le sommet de sa chevelure qui sentait si bon. Débraillés, les yeux fermés, nous nous plongeâmes dans le silence.

Maintenant que la réalité revenait au galop, je me rendis compte de l'horreur dont je m'étais rendu coupable.

J'avais défloré la sœur de mon *laird*.

J'avais couché avec la sœur de mon meilleur ami.

Et Elisabeth n'avait éprouvé aucun plaisir pour sa première fois.

J'étais une pourriture.

Mais une pourriture heureuse. Parce qu'elle m'aimait ; parce que ça ne lui était pas passé.

– Je ferai mieux la prochaine fois, m'entendis-je décréter.

La Louve releva la tête, radieuse.

– J'y compte bien ! me défia-t-elle.

Un doute subsistait, tapi au fond de moi. Je le repoussai. Je ne voulais pas m'appesantir dessus mais plutôt profiter de cette fameuse bulle qui nous maintenait éloignés de nos fantômes et de nos responsabilités.

– Tu restes avec moi, d'accord ? chuchota Elisabeth près de mon oreille.

Je la serrai plus fort contre ma poitrine, une boule dans la gorge.

– Je reste avec toi, Beth. Jusqu'au bout du monde.

***

– À chaque fois, c'est meilleur !

La confession d'Elisabeth m'alla droit au cœur. J'étais fier de me rattraper après le désastre de notre première fois. Mais je n'étais pas certain que nous retrouver dans la chambre de la Louve soit une excellente idée. Nous ne pouvions toutefois renoncer à nos rendez-vous clandestins avant son inévitable départ pour Perth que Caleb finirait forcément par exiger : un déchirement pour nous. Passer une journée sans pouvoir nous toucher était déjà difficile, alors plusieurs mois ? Nous en profitions un maximum.

Serré contre elle dans son petit lit, je vérifiais régulièrement l'heure sur ma montre. Le *laird* n'allait pas tarder à rentrer de sa ronde quotidienne autour de l'île, je me devais d'être là à son retour pour récupérer Ross… et ne pas éveiller les soupçons.

Oui, Elisabeth allait me manquer… Je prévoyais déjà de demander des congés à Caleb, prétextant un petit voyage, pour lui rendre visite. Nous resterions dans une chambre d'hôtel, peu importe l'heure, bien décidés à n'en faire qu'à notre tête. J'avais envie de la découvrir sous un autre jour, approfondir nos liens, apprendre à la connaître davantage sans pression ni nécessité de nous cacher.

Je n'avais pas envie de me lever ; je m'attardais, trop heureux de câliner mon amante pendant qu'elle se laissait engloutir par le sommeil. Elle était douce et toute chaude. Ça n'avait rien à voir avec l'ambiance maussade des réunions, le tempérament exécrable de Caleb qui ne se faisait toujours pas à son titre de *laird*, ou encore les visages éteints de mes frères de Clan. La Louve et moi trouvions du réconfort l'un chez l'autre, ce qui était peut-être très égoïste. Nous n'oubliions pas, mais le chagrin devenait plus supportable ensemble. Je culpabilisais, bien sûr, et ce pour plusieurs raisons : je mentais à Caleb, j'avais la sensation de trahir Holly, et je m'en voulais de n'avoir pas su résister. C'était cependant un prix que je payais bien volontiers pour rester auprès d'Elisabeth.

Le temps filait, et je me décidai enfin à quitter mon cocon. La Louve gémit, réveillée par le mouvement du matelas que j'avais pourtant essayé de minimiser. Elle me retint sans réelle force, ce qui me fit sourire. Je me dégageai et m'habillai, le cœur léger. Je me sentais bien, ce jour-là. Libéré. Je pouvais affronter le monde entier. Elisabeth me rendait heureux.

Ce fut une fois ma ceinture bouclée et sur le point d'enfiler mon tee-shirt que j'entendis ces mots que je n'oublierais jamais :

– Qu'est-ce que tu fous ici ?

Je me figeai, le souffle coupé, les battements de mon cœur erratiques. Je n'osais pas me retourner, de peur d'affronter ce que je redoutais le plus. Elisabeth ouvrit les yeux brusquement, ses joues perdirent toutes couleurs, sa lèvre ainsi que son menton se mirent à trembloter.

– Je t'ai posé une question !

Une main me saisit l'épaule ; le pouce me rentra dans le creux de la clavicule. Caleb me força à le regarder. Je découvris un faciès que je ne lui avais jamais connu, mêlant rage, haine, dégoût et profonde déception. Je me trouvais incapable de répondre ; ses yeux aux pupilles étrécies s'accrochèrent à Elisabeth, enveloppée dans sa couverture, l'air hagarde… et terrifiée.

– Espèce de…

Le poing de mon ami me percuta en pleine mâchoire sans que je le visse arriver. J'entendis la Louve crier. Sonné, sous le choc, je ne parai pas le deuxième coup, qui atterrit dans mon ventre et me plia en deux.

– Comment as-tu pu ?

Je me redressai avec difficulté, de la bile dans la gorge.

– Laissez-moi vous expliquer… articulai-je.

– Tu l'as vue grandir, ce n'est qu'une gosse ! répliqua Caleb. Vous êtes comme… frère et sœur !

Je ne me défendis pas contre les autres coups qu'il me porta, abasourdi par sa violence, sa colère.

– C'est pour ça que tu refuses de partir ? lança-t-il à sa sœur. Que tu ne m'écoutes pas, que tu es décidée à braver le danger en restant sur cette île où tu n'es pas en sécurité ?

Elisabeth se jeta sur son frère alors qu'il s'apprêtait à frapper de nouveau. J'étais à terre, recroquevillé sur moi-même, refusant de contre-attaquer.

Parce que mon ami ravivait la culpabilité que je dissimulais derrière mon bonheur éphémère… parce que je méritais cette raclée.

– Si tu continues, tu vas le tuer ! supplia la Louve. Arrête, je t'en supplie !

Caleb la repoussait, elle persistait. En larmes, elle cria :

– Je l'aime !

Son frère s'arrêta à cette confession, passant de la fureur à la dévastation. Je me relevai à moitié avec difficulté, la bouche, le nez en sang. Je voyais flou : Caleb m'avait pété une arcade sourcilière.

– C'est… incestueux ! vitupéra-t-il.

– Je ne suis pas la sœur de Duncan, et je suis une grande fille, bon sang !

Elisabeth tenta de m'aider, mais son frère l'éloigna de moi comme si j'étais un pestiféré.

– Je ne veux plus que tu t'approches de lui, grogna-t-il.

– Lâche-moi !

Elle s'arracha à sa prise, aussi remontée que son aîné.

– Mais qu'est-ce qui t'arrive ? Pourquoi n'es-tu pas heureux pour nous ? Il est ton meilleur ami, et je suis la seule famille qu'il te reste.

– Qu'as-tu à dire, Duncan ?

Caleb me fixait avec une telle froideur, Elisabeth avec un espoir indicible… et je ne pouvais satisfaire aucun des deux.

Parce que j'étais loyal à chacun d'eux, d'une manière différente, mais tout aussi profonde.

– Rien ? soufflai-je.

Les affronter n'était plus possible pour moi. Aussi, je baissai la tête, les mains dans le dos en signe de repentance et de soumission.

Le ricanement de mon ami me fit frémir.

– Alors, dégage.

Je me figeai. Elisabeth s'écria :

– Quoi ?

– Tu es banni, Duncan, fils de Clyde et d'Aelis, décréta Caleb. Je ne veux plus de toi sur mes terres, je te libère de tes serments envers ma Famille.

Je vis flou, la tête me tournait.

– Caleb, tu ne peux pas lui faire ça !

– Il a commis une faute irréparable. Je suis déjà magnanime pour ce qu'il a fait. D'autres seraient déjà morts, leurs couilles coupées enfoncées dans la gorge.

Je n'écoutais plus, happé par tous les scénarios qui se mirent à tourbillonner dans mon crâne brumeux.

Banni.

Comme Megan.

On me chassait de ma propre maison, on me rejetait. Plus de nom, plus d'affiliation, plus rien. Les dix-huit années que j'avais passées à Inchkeith seraient réduites à néant, elles n'auraient jamais existé. Je devenais un fantôme.

Partir revenait à me condamner : je repartais de zéro. Si j'avais reçu une instruction élémentaire, ce n'était pas pour autant que je pouvais m'appuyer sur un diplôme. Tout l'argent que j'avais économisé ou hérité de mes parents ne suffirait pas pour me reconstruire une vie, une fois loin des MacCoy. Je serais seul, sans repères, sans famille.

Mes jambes se mirent à trembler. Toutes les conséquences déboulaient une à une dans mon crâne ; j'assimilais toute la rudesse de ce que j'allais endurer. Quitter Inchkeith m'avait souvent effleuré l'esprit, mais je savais que je n'aurais jamais perdu mon phare de vue. Il y aurait toujours eu quelqu'un pour m'attendre, toujours une bouée pour me récupérer si je flanchais.

Pas cette fois.

Comment Megan avait-elle pu accepter ça ?

Comment avait-elle réussi à passer au-delà de cette peur viscérale pour s'aventurer en solitaire, désarmée, démunie ?

Elle avait tout quitté, son sang l'avait renié, elle n'était plus qu'un vague souvenir, qui était lui-même tabou. Je ne me sentais pas capable de faire de même, mais ce n'était pas comme si j'avais mon mot à dire.

Les voix d'Elisabeth et de Caleb me paraissaient lointaines. J'étais groggy, perdu aussi. Je finis par me recentrer sur ce qui m'entourait lorsque j'entendis la Louve dire :

– Je te promets de partir, moi, si tu l'autorises à rester ici.

Le cœur battant, je relevai le menton. Elle affrontait son frère, les yeux et les joues humides, les poings sur les hanches, drapée dans sa couverture.

– Je retourne à Perth, je ne reviendrai plus. C'est ce que tu veux, non ? Que je quitte Inchkeith, où tu penses que je n'ai pas ma place. Tu souhaites me savoir loin d'ici, en sécurité. Eh bien, je te promets que je t'obéirai. Même quand j'aurai fini le lycée, je ne reviendrai pas. Je resterai hors de danger. Mais seulement si tu laisses Duncan en paix.

– Ellie…

– Non, écoute : moi, je t'ai toujours. Mon frère. Quelqu'un à qui me raccrocher. Mais Duncan, qu'est-ce qu'il a ?

– Le coupable, c'est lui.

– Déjà, nous sommes deux dans cette relation. Et il n'y a pas de coupable ! Un homme et une femme ont le droit de s'aimer.

– Perth semble t'avoir fait oublier dans quelle situation nous sommes !

– Que ce soit clair : si tu bannis Duncan, tu nous perds tous les deux.

Caleb garda le silence à cette menace. Je n'en menais pas large non plus, tiraillé entre mes sentiments pour Elisabeth et mon égoïsme. Je n'avais toujours pas bougé, perclus de douleur ; ma mâchoire me faisait un mal de chien. Mais ce n'était pas grand-chose comparé à ce qui se tramait dans ma poitrine.

Le *laird* m'ordonna de terminer de me rhabiller et de rejoindre ma chambre, où je devais rester cloîtré le temps qu'il prenne sa décision. Je ne protestai pas et passai devant Elisabeth. Je sentis ses doigts effleurer les miens. J'eus le réflexe d'éloigner ma main, angoissé à l'idée que son frère remarque ce geste tendre entre nous. Ce n'était ni l'endroit ni le moment.

En moi claironnait l'évidence : c'était terminé.

Trois jours plus tard, alors que je me morfondais dans ma chambre, à m'en vouloir, à me haïr tout en me raisonnant, j'appris qu'Elisabeth était sur le départ. Elle se sacrifiait pour que je reste. Caleb acceptait de fermer les yeux sur mes actes si je lui faisais le serment de ne plus approcher, ne plus penser, ne plus toucher, ni même respirer le même air que sa sœur.

J'étais dévasté.

Quelque chose s'était brisé entre Caleb et moi ; je n'étais pas sûr que notre relation se réparerait un jour. Et la femme que je convoitais corps et âme m'était désormais interdite. Je n'aurais plus jamais le droit d'observer ses iris de miel, ses boucles acajou, son joli nez, ses lèvres, son sourire…

Le jour de son départ, Elisabeth réussit cependant à s'infiltrer dans ma chambre. Caleb ne souhaitant pas que la nouvelle se répandît, seule Mary était au courant de ce qui s'était passé. Complice, elle nous aida pour un adieu déchirant.

À bien y réfléchir, c'était ce jour-là que tout aurait dû se jouer. Au moment précis où je vis la Louve se glisser dans ma chambre, j'aurais dû tout abandonner pour elle, tout oublier, et ne plus vivre dans la crainte de la solitude. Puisqu'avec elle, je n'aurais plus jamais été seul.

Je restai cependant sourd à ses émotions, aux larmes qu'elle retenait difficilement. Même quand elle saisit mes mains et me supplia.

– Pars avec moi ! Tant pis pour mon frère, tant pis pour les autres. Accompagne-moi. On s'en fout des cours, des diplômes, de notre âge… tant qu'on est tous les deux.

Elle y croyait. Dur comme fer. Elle m'expliquait ses projets avec passion, espoir et courage. Tout ce qui me manquait. Et son regard scintillant ne faisait que me hurler à quel point elle m'aimait. J'étais ce rêve qui se concrétisait et qu'elle ne voulait plus lâcher. Elle était devenue le mien, avec le temps, mais je n'avais pas sa bravoure. Elle ne se rendait pas non plus compte de tout ce qu'impliquait notre départ précipité, celui de deux héros d'une romance dont je ne souhaitais pas faire partie.

La suivre, c'était laisser derrière nous notre passé, notre vie, nos amis et nos familles. C'était dire adieu à ce qui nous avait vu grandir, à ce qui nous assurait une sécurité, un foyer. Mais surtout, Elisabeth renoncerait à son frère. Elle se le reprocherait un jour – et elle me le reprocherait aussi –, sans compter qu'elle le priverait lui aussi de son dernier lien avec sa chair et son sang. Je refusais que la femme que j'aimais fût la nouvelle Megan, qu'elle disparût, que le monde fût privé de ses rires solaires. Pas pour moi. Nous ne savions même pas où tout ça allait nous mener, si nous finirions par être heureux ensemble ou si la tendresse que nous ressentions l'un pour l'autre se terminerait par une rupture dès que nous comprendrions que notre relation était finalement née du chagrin et du désespoir, pas plus. Comment *nous* imposer ça ? Je ne voulais pas que ce que nous vivions soit synonyme d'exil.

Et j'étais loyal à Caleb. Je n'étais plus l'ami du fils du Chef. J'étais le bras droit d'un *laird*. Il avait besoin de moi, bien plus qu'Elisabeth, pour qui ses parents avaient voulu une existence insouciante.

J'avais beau peser le pour et le contre, bien conscient d'ignorer ce que mes sentiments scandaient, j'en revenais à cette inéluctable évidence : j'étais enraciné à Inchkeith. Elisabeth, elle, était destinée à s'envoler. Depuis le début, je n'étais pas pour elle. Nous étions trop différents, des années nous séparaient, nous avions si peu de points communs… J'en vins à me dire que les événements nous avaient conduits jusqu'ici, à cette brève liaison, à cette déchirure inévitable, pour construire un tremplin. Pas pour moi, non, pour Elisabeth. Elle qui rêvait d'aventures, elle avait l'opportunité de les vivre.

Grâce ou à cause de moi, peu importe.

Tout s'arrêtait là, de mon côté, quand tout commençait pour elle. La Louve serait toujours reliée à sa terre, et quand elle y reviendrait, je sentirais son parfum. Cela, Caleb ne pouvait pas me le retirer.

Je dénouai mes doigts de ceux de Beth, piochant dans mon sang-froid et une force trop lointaine pour lui répondre :

– Non. Je reste ici.

Ses grands yeux s'écarquillèrent, puis s'embuèrent. Elle secoua la tête, cherchant en vain à récupérer mes mains que je lui refusais.

– Tu ne peux pas nous faire ça, Duncan, souffla-t-elle. Partons tous les deux… On s'en sortira, on est fait pour ça, après tout. Les galères, on les affrontera ensemble. Reste avec moi.

– Je ne peux pas.

– Ce n'est pas une question de pouvoir. Tu ne *veux* pas, c'est ça ?

J'acquiesçai, le regard rivé sur le coin d'un tableau accroché au mur derrière elle.

– Mais pourquoi ? me demanda-t-elle. Est-ce que ça te fait peur ? Je suis terrifiée, moi aussi, mais on ne doit pas s'arrêter à ça. Je ne peux pas me résigner à partir sans toi.

– Il le faut.

Elle recula d'un pas. Je ne sus déchiffrer l'expression sur son visage. Les sourcils froncés, le menton tremblant, ses poings serrés près de ses cuisses, elle m'avoua :

– Je ne comprends pas. M'aimes-tu ?

Je n'en avais aucune idée. Je sais qu'avec Holly, ce n'était pas de l'amour. Mais avec Elisabeth ? Comment faire le tri après toutes ces années à la voir grandir, puis après avoir vécu ces jours si intenses avec la femme qu'elle était devenue ? Il n'était plus question de liens fraternels, mais qu'est-ce que ça pouvait être d'autre ? Si je l'aimais vraiment, pourquoi n'acceptais-je pas sur-le-champ de partir avec elle ? Pourquoi n'étais-je pas prêt à affronter Caleb, en rendant coup pour coup ?

La vérité me frappa.

Même si ce que je ressentais pour elle, c'était de l'amour… je ne souhaitais pas lui imposer une vie sans les siens. Il était hors de question que je l'oblige à couper les ponts, à renier ses racines.

D'une voix blanche, je lâchai :

– Pas assez pour risquer ma place et décevoir mon *laird*.

Le silence accueillit ma réponse, et je m'attendis à recevoir une gifle. À la place, Elisabeth baissa la tête, puis tourna les talons. Pas de dernier adieu, pas d'ultime baiser, pas même un regard. Juste un mot qu'elle cracha sur le pas de la porte avant qu'elle ne claque derrière elle :

– Lâche.

Ce mot me hanta longtemps. Il me hante encore aujourd'hui. Il me suit telle une ombre attachée à mes chevilles. J'entendis pendant des années Elisabeth me le murmurer au creux de l'oreille jusque dans mes rêves, seul endroit où je retrouvais une Louve qui n'appartenait qu'à moi seul. Des rêves où mes choix auraient été différents, où je caressais son corps dans l'eau cristalline des Caraïbes, où j'embrassais ses lèvres au sommet du Kilimandjaro, où son rire éclatait au cœur d'une oasis paisible et où je lui faisais l'amour au pied d'une montagne.

Lâche, susurrait ma conscience au réveil.

Lâche, me répétai-je jour après jour, pleurant en silence l'absence d'Elisabeth et mon incapacité à la retenir.

Je l'avais laissée partir, et un abîme s'était ouvert dans ma poitrine pour ne jamais se refermer.

Il lui appartenait.

CHAPITRE 58

ELISABETH
La Louve

2018

Je réussis à peine à sécher mes larmes, recroquevillée sur mon lit comme une gamine. Ça faisait longtemps que je n'avais pas pleuré à si gros sanglots. Ce moment avec Duncan a ravivé de nombreux souvenirs, très douloureux pour la plupart. Ils sont remontés en moi et m'ont saisie à la gorge, cruels et implacables.

Encore une fois, notre parenthèse ensemble avait le goût des adieux, et je ne l'ai pas supporté. En ajoutant à ça ma peur viscérale à l'idée de ce qui nous pend au nez, j'ai perdu toute maîtrise de moi-même.

Je ne me rappelle pas un jour où je n'ai pas aimé Duncan. Mon monde tournait autour de lui : il était différent des autres enfants du Clan. Sa réserve, son calme, son intelligence, son charme m'ont toujours plu. Je l'ai d'abord admiré, intimidée par ce qu'il dégageait, et dès que mon cœur a su comment aimer un garçon, il l'a fait. En dépit du gouffre qui nous séparait, je nourrissais l'espoir que ce soit un jour réciproque.

Quelle issue abominable ! Alors que j'atteignais ce rêve fou, que je vivais enfin des instants d'une intensité que je n'avais pas même osé espérer, il a tout anéanti. Il m'a fallu du temps pour me reconstruire, et plus de temps encore pour que mon amour se change en mépris. J'aurais préféré l'indifférence, mais Duncan restait toujours dans un coin de ma tête, quoi que je fasse. Même quand j'étais dans les bras d'un autre. Peu importe le nombre de mes amants, ma volonté d'oublier le Glaive, il revenait sans cesse me hanter. Ce n'était pas les visages de mes partenaires qui surplombaient le mien ; c'était le sien, avec ses cheveux bruns, ses sourcils et son regard sévères. Son odeur. C'est très curieux, d'ailleurs : sa voix s'était effacée de ma mémoire, jusqu'à ce que je ne me souvienne plus de son timbre. Le parfum de sa peau, en revanche, ne m'avait jamais quittée.

C'était une folie de retomber dans ses bras… Mais comme une *junkie* a besoin de son *shoot* avant le grand saut, je n'ai pas su résister. Il me fallait le goûter une dernière fois, me réconcilier avec ce premier amour qui ne s'oublie pas. Je mentirais si je prétendais ne pas en avoir eu envie dès que je l'ai croisé dans le hall, le jour de mon retour à Inchkeith. Derrière mon exaspération, mon agacement, j'ai adoré qu'il se fasse du souci pour moi. Ça sentait bon l'autrefois. Et les émotions qui montaient en moi ont fini par briser toutes mes barrières.

J'ai beau avoir mal au crâne, les yeux bouffis qui me piquent et le nez plein de morve, je me sens mieux. Ça m'a fait du bien d'extérioriser tout ça. Sauf que je regrette d'être partie comme une voleuse… il y a sept ans, et il y a vingt minutes.

Un râle m'échappe, et je saisis ma tête entre mes mains. Je laisse échapper un reniflement pathétique. Je ne sais plus où j'en suis. J'avais tort : il me reste des regrets. Je devrais me précipiter dans la chambre de Duncan pour lui jeter au visage tout ce que je contiens depuis si longtemps, pour l'embrasser ensuite, formuler ce que je ressens : qu'après le mal qu'il m'a fait, je reviens toujours à lui.

C'est humiliant et à la fois grisant de lâcher prise.

J'écrase les larmes qui s'attardent sur mes joues, sentant poindre en moi la détermination… et l'idiotie. Est-ce que je supporterais d'être repoussée par le Glaive ? Il est sans doute un peu tard pour y penser, après lui avoir sauté dessus…

Un sifflement strident attire mon attention. Une lumière verte envahit ma chambre. Je plisse les yeux, intriguée, quand une détonation me fait sursauter. Je me tourne vers la fenêtre ; dans la nuit qui a étendu son obscurité sur Inchkeith, j'aperçois des étincelles colorées descendre du ciel.

Un grand froid me gagne. Tétanisée, j'observe ces éclats d'émeraude s'évaporer comme une infinité de lucioles. Il me faut de longues secondes pour comprendre ce que c'est.

Un feu d'artifice.

Une cavalcade retentit dans le couloir et passe devant ma porte. Des éclats de voix me parviennent. Je ne perçois pas de peur, mais plutôt de l'autorité ferme. Je parviens enfin à me mettre en mouvement ; je bondis sur mes pieds et sors. Je suis aussitôt emportée par un groupe d'hommes et de femmes armés qui se précipitent vers les escaliers. J'ai du mal à reconnaître leurs visages, j'en déduis que ce sont des MacLeod. Je les suis, dévale les marches, rejoins le hall avec les autres. L'effervescence y est à son comble. Des silhouettes courent dans tous les sens, obéissant aux commandements de mon frère. Je le cherche du regard. Callum passe à ma gauche, il ne me remarque pas. Il porte un gilet pare-balles, comme la majorité des guerriers présents.

Je repère enfin Caleb, près des portes principales. Il est lui aussi équipé d'une protection épaisse, et je distingue deux armes à feu sur lui : une à la ceinture, l'autre entre ses mains. Un fusil à pompe. Je frémis, sachant très bien quels dégâts il peut causer avec ça.

Je m'immisce dans la foule agitée pour le rejoindre. Il ne me voit pas, trop concentré à répéter ses ordres, les positions et le rôle de chacun. Il se tourne finalement vers moi, le regard sombre et déterminé. Je suis surprise qu'il me sourie malgré tout.

– C'est l'heure, me dit-il, énonçant l'évidence.

J'acquiesce, faute de mieux. Je suis terrorisée, mais je m'efforce de n'en rien montrer. Caleb élargit son sourire et caresse le sommet de ma tête.

– On va s'en sortir, m'assure-t-il. Nous avons pu nous préparer à cette attaque.

Mon regard dérive sur le fusil, sur le semi-automatique près de sa hanche gauche. Je déglutis.

– T'as pas intérêt à mourir, tête de nœud, articulé-je, malgré la boule dans ma gorge.

– Certainement pas. Phèdre et toi me ressusciteriez pour me coller une bonne correction.

Sa plaisanterie ne me détend pas. Il reprend son sérieux pour me rappeler :

– Tous ceux qui ne sont pas capables de combattre sont ici, dans le château. Une fois mes hommes dehors, il sera barricadé. Personne ne pourra y rentrer, ce qui veut dire aussi que personne ne pourra en sortir.

– Nous serons piégés… Et si les MacKenzie mettent le feu au château ?

– Il y a des extincteurs dans toutes les pièces ou presque. Une vingtaine d'hommes divisée en trois groupes restent ici pour assurer la défense des lieux et éteindre les flammes si elles s'annoncent. Celui d'Ewen couvrira le rez-de-chaussée et les sous-sols, un autre se postera près de l'infirmerie temporaire.

– Et le dernier ?

– Il sera réparti dans les étages supérieurs, avec toi. Ils appuieront nos forces à l'extérieur en tirant depuis les fenêtres.

Caleb grimace puis ajoute :

– Je suis désolé de ne pas pouvoir t'accorder plus d'hommes.

– « M'accorder » ?

Il hoche la tête et explicite :

– Une fois que je serai à l'extérieur, tu seras en charge du château.

Je hoquette, prise de court. Il poursuit :

– Phèdre n'est pas en état de commander. Tu es ma sœur, la plus titrée après lady MacLeod et moi. C'est donc à toi que revient ce rôle.

– Mais…

Ma protestation meurt sur mes lèvres. Mon frère m'octroie une très lourde responsabilité : le château constitue le cœur d'Inchkeith, et il abrite la cible que nos ennemis chercheront à atteindre en priorité.

Mes mains tremblent. Je les glisse dans mes poches.

Un nouveau feu d'artifice éclate, suivi de plusieurs détonations.

Caleb lève le nez, comme s'il pouvait distinguer les étincelles à travers le plafond.

– Le phare a commencé à tirer, lâche-t-il, résigné.

Je frissonne, glacée.

– On y va ! tonne-t-il.

Les portes s'ouvrent. Les gonds grincent, le bois craque. La bouche de l'enfer est prête à vomir sa chair à canon.

Les hommes et les femmes du Clan ne font montre d'aucune hésitation. Ils se jettent dehors, armes pointées, prêts à tuer. Dyclan et Callum arborent un air sauvage lorsqu'ils passent devant nous. Caleb ne bouge pas et les observe filer à vive allure. Quand vient son tour, il jette un regard en direction des escaliers, immobile. Indécis ? Est-ce qu'il craint de ne pas revenir malgré ses promesses ? Je ravale un sanglot ; je ne peux pas m'effondrer maintenant alors que tout commence… alors qu'il m'a confié le château et tous ceux qui s'y trouvent. À défaut, indifférente à ces satanées portes qui doivent à tout prix se refermer, je me jette au cou de Caleb. Je l'étreins pour lui offrir toute ma force et tout mon amour. Il me serre contre lui, et je peux sentir la tension dans ses muscles. D'une voix étranglée, je lui promets :

– Il ne lui arrivera rien. Je protégerai Phèdre, quoi qu'il m'en coûte.

– Veille aussi sur toi.

Il m'éloigne à contrecœur.

– Si tu es dépassée… Duncan te secondera, ajoute-t-il.

Je réprime ma surprise et acquiesce sans un mot.

– *Be Brave*, murmuré-je.

Il sourit.

– *With honor*, complète-t-il.

Il m'embrasse sur la tempe à la va-vite et sort à son tour, le fusil braqué devant lui, aussitôt assailli d'éclats rouges, azur et émeraude. Plantée dans le hall, j'avise les portes qui se referment sur lui. Une dernière bourrasque arrive à se faufiler et embaume le hall de l'odeur des embruns, de l'herbe fraîche et de l'humidité de la nuit. Puis, le claquement des énormes verrous me fait sursauter. Deux hommes barrent la porte d'une poutre de bois ; d'autres en font de même, à l'extérieur. De lourds meubles sont placés devant, les fenêtres sont barricadées.

Nous sommes piégés pour de bon.

– Lady Elisabeth.

Je tressaille et pose les yeux sur Jack.

– Que fais-tu ici ? demandé-je, surprise. Tu es chargé d'éteindre les incendies.

– Je m'occupe du château, je fais partie du groupe de l'infirmerie. Les autres escouades sont dehors, en petits trios. Mais je suis venu vous remettre ceci…

Il me tend une arme de poing.

– Un SIG-Sauer, m'éclaire-t-il. J'ai vu que vous n'étiez pas équipée. Je me suis permis de le récupérer dans l'armurerie pour vous.

– Merci…

Je ne suis pas à l'aise avec cet engin. Tirer, c'est le dada de Duncan, pas le mien.

– Et ceci, ajoute Jack.

Il me confie cette fois un étui en PVC noir.

– Couteau tactique à la lame revêtue de titane, douze centimètres.

Sans rien me demander, il prend l'initiative de glisser le passant de l'étui à ma ceinture. C'est gênant, mais je ne proteste pas.

– Tu es un fin connaisseur, commenté-je. Ça aussi, c'était dans l'armurerie ?

– Non, c'est le mien.

Je le dévisage, interloquée. Il sourit, visiblement amusé.

– J'étais militaire avant de rejoindre Dunvegan au service de Conrad, et de lady MacLeod plus tard, m'explique-t-il. Je m'y connais un peu.

– Je ne peux pas accepter que tu me donnes ton couteau, tu risques d'en avoir besoin.

– J'en ai un autre, ne vous en faites pas. C'est une lame excellente, je préfère que vous l'ayez.

Je suis très touchée par cette attention, au point que je ne sais pas quoi dire. C'est à la fois gentil et effrayant : on me donne de quoi me protéger, dans l'optique que l'on cherche à me tuer.

– Et, détail qui fait toute la différence… ajoute Jack.

Il me pointe le bout du manche, d'un air victorieux :

– Il a un allume-feu, type silex !

Il m'arrache un petit rire. C'était sans doute son objectif. Satisfait, il recule de quelques pas et annonce, solennel :

– Nous sommes tous en position, mademoiselle Elisabeth.

J'opine, et il s'en va, de sa taille de colosse aussi intimidante que celle d'Ewen. J'inspire pour faire taire mes appréhensions, calmer mes jambes vacillantes. Derrière les portes qui me font face, le chaos a éclaté. Je ne peux que l'écouter, angoissée. Combien de morts, déjà ? Caleb est-il étendu sur la plage de galets, abattu à peine arrivé ? Est-ce que les tireurs du phare arrivent à tenir la cadence ?

Ça ne sert à rien d'envisager le pire maintenant. Je ne peux pas influer sur ce qui se passe dehors.

Armée du SIG-Sauer et du couteau de Jack, je fais un tour du rez-de-chaussée pour vérifier que les combattants sont en place. Ils n'ont pas besoin de moi pour savoir ce qu'ils ont à faire, Caleb s'en est assuré, et ils sont rodés. Mais ça me rassure.

Je grimpe dans les étages ensuite. Je meurs d'envie d'aller voir Duncan pour m'assurer qu'il va bien. Le connaissant, il doit ruminer de ne pas pouvoir sortir de son lit alors que la bataille fait rage dehors. Sauf que si j'entre dans sa chambre, je ne suis pas certaine de réussir à en ressortir : je ne résisterai pas à l'envie de me réfugier dans ce terrier, entourée de la présence rassurante du Glaive.

Je prends sur moi pour gagner la chambre seigneuriale. Après tout, c'est à mon tour de me mettre là où je le dois, conformément aux ordres de mon frère. Devant le battant clos, j'éprouve un pincement au cœur. C'est derrière cette porte que ma mère, de nombreuses femmes et des enfants ont péri. Je me demande comment Caleb réussit à dormir dans cette pièce… à moins qu'il ne s'y oblige pour se punir ou que sais-je encore ?

Je ne l'aime pas, cette chambre. Est-ce que mon frère a été tourmenté à l'idée de laisser la femme qu'il aime en plein raid là où notre mère est morte ? Moi, j'aurais eu peur que l'histoire ne se reproduise…

Des gémissements étouffés me troublent. Je crois reconnaître la voix de Phèdre, mais je n'en suis pas certaine. Mon sang ne fait qu'un tour. Ça ressemble à des plaintes de douleur… Je retire la sécurité du SIG et entrouvre le battant, le souffle court. Je ne vois que des femmes autour du lit conjugal. Rose caresse les cheveux de Phèdre tandis que Mary lui tient la main. Ma gorge s'assèche. J'entre pour de bon, l'angoisse au ventre. Un canon se braque aussitôt sur ma tempe. Elia expulse tout l'air de ses poumons dès qu'elle me reconnaît et abaisse son arme.

– Ce n'est que vous, lâche-t-elle, soulagée.

– Qu'est-ce qui se passe ? demandé-je, ignorant le fait qu'elle aurait pu me tuer une seconde plus tôt.

Mary me jette un regard empli de panique. Phèdre n'a pas la force de se redresser, mais elle essaie tout de même, ce qui lui vaut une remontrance de sa mère. Je remarque les draps mouillés sous ses jambes repliées, sa robe retroussée et la sueur sur sa peau.

Oh… non, non, non. Ne me fais pas ce coup-là.

Pourtant, Mary me le confirme :

– Les contractions ont commencé.

Ma respiration se bloque.

– Ce ne peut pas être ça, c'est beaucoup trop tôt, répliqué-je sans conviction.

– Ce n’est pas moi qui vais vous apprendre que des accouchements prématurés arrivent ! s’écrie la gouvernante. Il faut se rendre à l’évidence, le petit va naître.

– C’est son premier, il mettra du temps, réfléchis-je à voix haute.

Ma remarque m’attire l’exaspération des femmes présentes.

– Ma fille a perdu les eaux, et les contractions se rapprochent, m’informe Rose, les traits tirés.

Phèdre se crispe, serre les dents et ferme les paupières. Elle essaie de respirer ; l’expiration lui arrache une plainte qu’elle s’efforce de contenir.

– On n’a pas le choix, clame Elia. C’est maintenant, et c’est comme ça.

Titubante, je prends conscience de ce qui est en train de se produire.

Inchkeith est assiégée, et mon cher neveu a décidé que c’était le moment idéal pour pointer le bout de son nez.

CHAPITRE 59

DUNCAN
Le Glaive

J'ai rarement connu une frustration pareille, une impuissance de ce niveau-là. Cloué dans ce lit de malheur, je ne peux qu'entendre les coups de feu sans pouvoir agir. Trembler au moindre cri, aussi. Surtout quand je crois reconnaître une voix familière.

Je ne peux m'empêcher de me demander comment va Elisabeth. Elle doit être terrifiée, et aussi frustrée que moi… Je me répète qu'elle est pour l'instant en sécurité dans le château… mais pour combien de temps ? Si les MacKenzie entrent, nous serons faits comme des rats. Je serai dans l'incapacité de me défendre, de *la* défendre. Et ça, ce n'est pas une option.

Je me redresse sur mes coudes et avise la distance qui me sépare de ma commode. Caleb ou Dyclan ont sans doute pensé à y ranger le fusil que j'avais pris pour Plockton. Avec un peu de chance, le reste y sera aussi. J'inspire, puis m'extirpe du lit. M'appuyer sur mon pied valide ne me pose aucun souci, poser le second, en revanche, manque de me faire tomber. La douleur est insupportable, et les médicaments refourgués par Hel me rendent groggy ; je chancelle sur mes appuis. Malgré tout, je m'aide des meubles et des murs que je rejoins en claudiquant pour me déplacer jusqu'à la commode. Je m'empare des premiers habits qui me tombent sous la main : un jogging de sport, un tee-shirt… Avant de récupérer un sweat, j'ouvre le dernier tiroir.

Bingo.

Je dois m'y reprendre à plusieurs fois pour réussir à sortir la pesante mallette. Mon fusil à lunette y dort, démonté, mais bien là. À terre, ma jambe blessée tendue, je le remonte à la hâte, puis compte le nombre de boîtes de munitions que j'ai en stock. Deux seulement… C'est loin d'être suffisant, mais je vais devoir m'en contenter. L'armurerie a dû être dévalisée pour préparer la défense de l'île, je doute d'y trouver quoi que ce soit de plus…

J'enfile mon gilet pare-balles et le couvre du sweat, dont je remonte les manches. Je ne desserre pas les dents tout le long de la manœuvre, tiraillé par ma blessure sous mon attelle de fortune : un balai coupé en deux et des foulards empruntés à Elia.

Je me traîne jusqu'à la fenêtre. Le poids du fusil est un handicap supplémentaire, il me ralentit et me fait pencher dangereusement. Munitions dans les poches, arme posée, lunette installée, je peux enfin tenter de participer aux combats comme je le peux.

Ce que je vois à travers la lentille me donne la nausée.

Il y a un départ de feu au sud. Le hameau est une véritable fourmilière. Les feux d'artifice ont redoublé leur cadence pour masquer les bruits des tirs qu'on pourrait entendre de la côte. J'arrive à deviner d'où ils proviennent : un bateau, à l'horizon. Trop loin pour qu'il ait servi à débarquer les MacKenzie… Ces derniers sont nombreux ; bien plus que nous. Nous ne sommes que soixante-dix environ à prendre part au combat. Il est certain qu'ils disposent d'au moins deux à trois fois plus de combattants.

Je ne peux compter que sur l'éclat des feux d'artifice pour distinguer les visages connus et les tartans de nos Clans. L'exercice est périlleux : je ne peux pas me permettre d'abattre un allié par erreur. Je ne repère pas Caleb : s'il est toujours occupé à la plage, je ne peux pas le couvrir d'ici… Autant me concentrer sur ce que je peux voir pour le moment, et patienter.

Ma jambe me fait un mal de chien après avoir parcouru quelques mètres à peine. Je garde les yeux fermés une trentaine de secondes pour apaiser les battements de mon cœur ainsi que ma respiration, et faire abstraction de la douleur. Puis, concentré, déterminé, je rive à nouveau mon œil à la lunette du fusil.

Éclat pourpre. J'aperçois un visage inconnu, aux longs cheveux bruns.

Éclat émeraude. Je tire.

La détonation de mon fusil se perd dans l'explosion aux milliers d'étincelles.

Je me repère aux lumières multicolores et verrouille ma cible. Je ne lâche plus sa silhouette ombreuse jusqu'aux prochaines illuminations. Les coups de feu s'enchaînent, mes munitions s'amenuisent. Je me loupe une fois ; une balle perdue pour rien. Je m'interdis de râler pour ne pas dissiper ma concentration.

Je ne suis pas le seul snipeur embusqué. Au même étage, j'entends d'autres frères tirer. J'ai la nette impression que nous permettons de clairsemer les rangs ennemis, mais ceux-ci semblent inépuisables. Un homme chute, deux le remplacent.

Comme je le craignais, je tombe vite à court de munitions. J'ai peu d'espoir d'en trouver d'autres à l'armurerie, mais tant pis, je dois tenter ma chance. La situation est critique : un tireur en moins n'est pas à négliger. Je me déplace jusqu'à la commode, me penche en avant en conservant ma jambe blessée aussi statique que possible et récupère mes armes de poing. Je fourre un maximum de chargeurs pleins dans mes poches. J'emporte également mon téléphone avec moi, même s'il n'a plus beaucoup de batterie. Je ne repère rien qui puisse me servir de canne de fortune : les murs seront mes meilleurs amis pour parcourir le château…

Une fois dans le couloir, j'ai le réflexe de chercher Elisabeth du regard en avançant. J'ai beau savoir qu'elle est chargée de veiller sur la chambre seigneuriale, à l'étage supérieur, j'ai l'espoir de la croiser. Pour l'embrasser une dernière fois et la rassurer. Elle doit en avoir besoin. Elle a beau prétendre être forte et inatteignable, la peur doit couler dans ses veines comme elle coule dans les miennes.

J'hésite. Monter ou descendre… J'observe les escaliers, tiraillé entre mon désir de retrouver la Louve et celui de prêter main-forte à mon Clan. La raison l'emporte. Pour le moment, Elisabeth est à l'abri, ce qui n'est pas le cas de ceux qui sont dehors.

Je descends les marches, bien accroché à la rambarde. Je m'arrête plusieurs fois pour reprendre mon souffle et ne pas hurler. Je réussis à arriver jusqu'au hall. Là, je m'adosse à un pilier, couvert de sueur, le crâne qui pulse. Un homme et une femme du Clan MacLeod font le guet de part et d'autre de l'escalier ; ils ne me disent rien, bien qu'ils me jettent des regards emplis de reproches. D'autres n'auront pas les mêmes scrupules, dont Hel que j'entends tempêter d'ici :

– Tu es à peine capable d'épeler ton nom, alors tu vas m'obéir et rester couché ! Tu as eu beaucoup de chance !

– De la chance ? Tu m'as empoisonné, espèce de morue !

– Et j'en viens à regretter de ne pas avoir augmenté la dose ! J'ai autre chose à foutre que de me faire insulter par une couleuvre ! Tu devrais te satisfaire d'avoir repris tes esprits.

– Je ne peux toujours pas bouger alors que mon Clan se fait laminer à l'extérieur !

– Raison de plus pour m'écouter. Qu'est-ce que tu veux faire de plus ? « Hé ! coucou, je suis là ! Paralysé ! Abattez-moi ! »

Un sourire crispé germe sur mes lèvres. Brahn et cette MacKenzie ne sont pas faits pour s'entendre, j'espère qu'ils ne causeront pas d'ennuis pendant que nous sommes assiégés. Cela dit, l'avantage qu'ils se chamaillent, c'est que je n'aurai pas le médecin sur le dos…

Encore une inspiration, et je me remets en route. Je ne suis pas obligé de me rendre dans la salle commune pour descendre à l'armurerie : il y a une autre entrée, par les souterrains, auxquels on peut accéder en passant par les cuisines. Il suffit de traverser les celliers et les buanderies.

Comme je m'y attendais, la trappe est encombrée, en grande partie bloquée par des caisses de verres et de bouteilles pleines. Je suppose qu'elles ont été déplacées pour condamner l'accès, en plus du cadenas. C'est une horreur de tout déplacer, en poussant comme je le peux. Je dois encore attendre une bonne minute que ma jambe se calme. Une fois la douleur plus gérable, je m'empare du trousseau de clés accroché au mur. La cinquième entre parfaitement dans la serrure. Un petit cri de victoire m'échappe. Je récupère mon fusil que j'avais posé pour faciliter mes mouvements et glisse sa lanière autour de mon cou pour pouvoir descendre l'échelle. Tout se passe bien jusqu'à l'avant-dernier barreau. Mon pied blessé ripe, je lâche prise et tombe. Je me relève, cette fois en poussant un râle de souffrance.

Un couloir s'ouvre devant moi, plongé dans le noir. Les murs sont humides sous ma paume, rêches. Une forte odeur d'humidité et de moisi assaille mes narines. Je n'entends pas grand-chose : les bruits des combats à l'extérieur ne me parviennent plus. Je ne perçois que le son de ma respiration désordonnée, de mes pas claudicants, de mon arme qui cogne contre ma hanche…

J'ai un peu de mal à me remémorer où se trouve l'armurerie depuis cette zone. Face à un embranchement, je suis tenté de prendre la direction de droite par instinct. Le couloir de gauche est en pente et ne m'inspire pas beaucoup…

La salle d'entraînement qui jouxte l'armurerie est grande. Je tomberai bien dessus à un moment donné…

Je parcours quatre mètres, peut-être cinq, quand une explosion me déséquilibre. Je percute le mur, ma tête cognant contre la roche humide. Tout mon corps tremble. Ma peau soudain hypersensible, les poils de ma nuque et de mes bras hérissés, je me retourne, dos contre la paroi glacée.

Qu'est-ce que c'était ?

Je ne bouge pas durant de longues secondes, attentif au moindre son, de la goutte d'eau qui s'écrase à mes pieds au léger souffle d'air que je perçois.

Soudain, je comprends.

Les geôles ! Les MacKenzie ont fait exploser les murs dans l'un des passages que nous avions condamnés...

C'est la seule explication possible. Ils sont déterminés, ils ont jeté à bas les défenses de pierre solides que nous avions construites... Ils veulent répandre la mort au cœur de l'île et ils prouvent encore une fois qu'ils ne reculeront devant rien pour cela. Quitte à bafouer les lois de la guerre et à salir leur honneur. Pris de court par l'imminence de leur attaque, nous n'avions pas prévu ce scénario...

L'angoisse s'empare de moi, et j'abandonne toute idée de me rendre à l'armurerie. Je vérifie le chargeur de mon semi-automatique et m'élance vers les cachots aussi vite que me le permet ma jambe blessée, en priant pour ne pas me tromper de direction.

L'adrénaline et ma peur me galvanisent. Si je devais ramper pour continuer à avancer, je le ferais. J'accélère autant que je le peux, progressant dans ce dédale qui me paraît interminable, me repérant aux plaintes. Jusqu'à ce que des coups de feu éclatent.

Je débouche enfin face à une ouverture étroite. Je crains d'abord de ne pas pouvoir passer avec tout mon attirail et ma jambe en miettes. Je force, me ripe la peau contre les parois rêches et me faufile enfin. Je suis parvenu aux abords des geôles ; d'ici, les éclats de voix que je perçois sont bien plus clairs, et nombreux. Je repère la cage d'escalier juste en face de moi, plongée dans une lumière trop forte pour mes rétines ; la confrontation se déroule à ma droite, là où sont alignées toutes les cellules. Je me prépare à faire feu, le regard un peu flou, les tempes moites. Mes vêtements me collent à la peau malgré le froid qui règne dans les sous-sols.

Dissimulé par le mur de la toute première geôle, je jette un œil à la bataille en cours. Près de dix hommes affrontent les nôtres, qui ne sont plus que cinq, tout au plus. Au sol gisent des corps inertes. Je reconnais plusieurs MacLeod à leur tartan bleu, et deux insulaires MacCoy qui se sont portés volontaires pour aider le Clan.

Chacun des deux camps s'est posté dans un endroit à peu près couvert pour échanger les tirs. Ewen est en très mauvaise posture. Une des filles MacLeod aussi, des MacKenzie se sont rapprochés d'elle. Je serre les dents lorsqu'elle encaisse un tir dans son gilet pare-balles et s'écroule. Aussitôt, un adversaire se jette sur elle pour lui sectionner la carotide. Ewen pousse un cri de rage et bondit sur le coupable. Mon sang ne fait qu'un tour. Je sors de ma cachette et canarde pour le couvrir. Les ennemis ripostent. J'ai tout juste le temps de me planquer, appuyé contre le mur pour garder mon équilibre. S'ils parviennent jusqu'à moi, je suis fichu : je n'ai aucune possibilité de m'enfuir vers un autre point de repli.

– Pas la peine d'insister, vous ne gagnerez pas ! vitupère une voix qui m'est familière, sans que je parvienne à mettre un nom dessus.

Je me risque encore à jeter un œil au couloir. Une des geôles vient d'être ouverte par un homme blond. Debbie Nelson en sort, tremblante de la tête aux pieds. Elle n'ose pas lever la tête pour remercier son sauveur, qui la pousse sans ménagement pour qu'elle aille plus vite.

– C'est bon, Harry ! proteste Logan. Pas besoin d'être violent avec elle… S'il te plaît.

Comment ai-je pu ne pas le reconnaître ? Harry est l'un des fils MacKenzie… Le demi-frère du Rapace.

Peut-être ce détachement ennemi n'est-il pas là pour investir le château. Peut-être veulent-ils juste récupérer leurs prisonniers…

Si ce n'est pas le cas, autant dire qu'Ewen et moi ainsi que la poignée de combattants qui nous accompagnent ne pourrons pas tenir la ligne.

Pourtant, il le faut.

Sinon, nous condamnons tous ceux que ces murs sont censés protéger.

Et l'histoire se répétera…

À la va-vite, j'extirpe mon téléphone de ma poche bien pleine, où il était coincé entre deux chargeurs, et tape mon SMS.

Je n'ai jamais rédigé un texto aussi rapidement de ma vie. Je ne peux pas m'attarder plus ni avoir une dernière pensée pour le destinataire. J'espère que ce dernier geste fera la différence…

Peut-être les quelques combattants présents dans ces cachots et moi sommes-nous semblables aux trois cents Spartiates qui donnèrent leur vie pour faire gagner un maximum de temps aux leurs. Le dernier rempart.

Je souffle et resserre mes doigts autour de la crosse de mon arme.

Je ne dois pas tomber tout de suite.

Pour Beth.

CHAPITRE 60

ELISABETH
La Louve

– Comment ça, vous ne savez pas quoi faire ?

Je suis médusée. Trois femmes me font face, deux ayant déjà eu des enfants, plus Mary ayant assisté à ma naissance ainsi qu'à celles de Megan et Caleb, et aucune ne se sent capable de gérer l'accouchement de lady MacLeod. C'est un cauchemar !

– Mary, maman nous a mis au monde dans cette chambre ! Tu étais bien là, non ? lancé-je.

La gouvernante me toise, agacée, accroupie devant le lit.

– Votre mère n'était pas sotte, Elisabeth ! Elle avait fait venir un médecin qui s'était déplacé sur Inchkeith ! J'ai réceptionné les bébés, mais jamais je n'ai moi-même fait accoucher lady MacCoy !

Les boucles noires de Phèdre sont trempées de sueur, et je n'ose imaginer la souffrance qu'elle endure. Mon neveu a choisi le pire moment pour se pointer.

En pleine guerre, rien que ça !

Zéro jour sur Terre, et il est déjà aussi exaspérant que son père.

– Courage, *milady*, vous allez nous pondre un magnifique petit MacCoy, l'encourage Mary. Mais pour ça, il faut pousser bien fort, entendu ?

Mon regard oscille entre le lit et la porte. Je reste sur mes gardes ; si un ennemi s'approche, je dois intervenir.

Le cri de Phèdre me fait sursauter ; c'est le tout premier qui lui échappe. Il glace mon sang. Le cou raide, le buste redressé, elle encaisse une nouvelle contraction, bien plus violente que les précédentes. Une sueur froide dévale mon dos. Rose répète encore et encore des mots réconfortants. Je doute que sa fille les entende, dans son état. Elia tourne en rond, son pistolet toujours à la main et l'angoisse tordant ses traits livides.

– Je… je crois que je vois la tête du bébé, signale Mary d'un timbre suraigu.

J'écarquille les yeux. Les souffles se coupent.

– Je ne sais pas si… Il y a beaucoup de sang, ajoute la gouvernante.

Je tressaille mais refuse de m'avancer pour vérifier ce qu'il en est. Et puis, qu'est-ce que j'en sais, de ce qui est anormal lors d'un accouchement ?

Je trépigne, sur le qui-vive. Je me crispe dès que j'entends des bruits que je crois provenir du couloir. Mary est de plus en plus blafarde.

– Non, quelque chose ne va pas, dit-elle. *Milady*, arrêtez de pousser !

– Je n'en peux plus, je n'en peux plus… gémit l'intéressée.

Rose la sermonne :

– Si, tu peux, ma fille ! Tu es une MacLeod et tu vas mettre au monde ton petit garçon en excellente santé !

Phèdre secoue la tête, les larmes aux yeux. Elle, si vaillante en temps ordinaire, se décompose devant nous.

– Mary, aidez-la, s'il vous plaît ! prie Elia.

La gouvernante a retrouvé un sang-froid déconcertant. Hermétique aux suppliques de madame Bain, elle ne prend même pas la peine d'y répondre.

Des vociférations résonnent jusqu'à la chambre seigneuriale. Je me déplace près de la fenêtre et découvre un attroupement de silhouettes en bas de la tour. Grâce aux flashs de lumière, j'identifie le tartan rouge des MacCoy et le bleu des MacLeod. Ils disparaissent rapidement, poursuivis par une meute de MacKenzie. Ni Caleb ni Dyclan n'étaient dans le lot.

Mon inquiétude grimpe en flèche.

Nos ennemis se rapprochent du château, ce qui signifie que nous ne tenons pas la défense à l'extérieur.

Et qu'il est possible que mon frère n'ait pas survécu.

Je dévisage Phèdre, le cœur en lambeaux. Je m'interdis de perdre espoir ou de laisser filtrer des larmes. Tout n'est pas encore perdu. Nous pouvons encore repousser les MacKenzie.

Je me tétanise à cette pensée.

Quelle idiote !

Je cours vers la porte, prise de frénésie.

– Elia, surveille la chambre, je n'en ai pas pour longtemps ! m'écrié-je.

– Où allez-vous ? Vous devez rester ici !

– Fais ce que je te dis !

Je ne lui laisse pas le temps de répliquer. Le battant claque derrière moi tandis que je sprinte dans le couloir, puis dévale l'escalier à toute allure. Même si j'ai une pensée pour Duncan quand je passe devant sa porte, je ne m'arrête pas devant sa chambre. Le temps presse.

Deux MacLeod sont postés dans le hall. Je les ignore. Une fois dans la salle commune transformée en infirmerie, je ne mets pas longtemps pour repérer les cheveux bleus qui s'activent entre les rangées de lits. Hel ausculte le nez d'une insulaire plantureuse. Elle a abandonné sa veste et se balade en débardeur moulant, ses mèches colorées relevées en crête de coq au sommet de sa tête. Je contourne Brahn, somnolent, les paupières lourdes, pour la rejoindre.

– J'ai besoin de toi !

Elle ne m'accorde pas un regard, concentrée sur l'arête tordue de sa patiente. Impatiente, j'empoigne son bras.

– Tu m'as entendue ?

Hel fronce les sourcils, puis se dégage avec indolence.

– Oui, parfaitement, me répond-elle. Je ne suis pas sourde. Ça ne veut pas dire que j'ai envie d'écouter. Comme tu peux le voir, je suis occupée. Tu attendras, comme les autres.

Je ravale mon aigreur ainsi que mon envie de lui rentrer dans le lard et insiste :

– Je ne peux pas attendre, il faut que tu viennes avec moi. Maintenant.

– Si j'ai de bonnes oreilles, j'émets des réserves sur les tiennes. Rappelle-moi de les regarder plus tard.

Je meurs d'envie de lui coller mon poing dans la figure, d'autant plus qu'elle s'est détournée comme si je n'existais pas, mais je ne peux pas me le permettre.

– C'est urgent ! lancé-je.

Je capte son attention, cette fois.

– Vie ou mort ? s'enquiert-elle.

– Les deux…

– Va falloir être plus explicite.

– Il est question de lady MacLeod.

Hel claque sa langue contre son palais, glisse quelques mots à la femme au nez cassé. Je ronge mon frein. Elle joue avec mes nerfs.

Je sens une vibration dans ma poche. Tout en surveillant la MacKenzie, je sors mon téléphone. J'ai un pincement au cœur lorsque je lis le nom qui s'affiche :

Le lâche.

Je m'empresse d'ouvrir le SMS, intriguée que Duncan m'envoie un message maintenant, et me décompose.

Souterrains. MacKenzie. Ils arrivent.
Ewen et moi gagnons du temps.
Jtm.

Une bouffée de chaleur me monte au visage. Je vois trouble, la tête me tourne. Mes mains tremblent. C'est au prix d'un effort incommensurable que je garde mon portable entre les doigts.

Ils sont entrés. Ils sont là.

Ils vont remonter et tous nous massacrer.

Duncan est en bas. Blessé. Vulnérable. Il gagne du temps.

Il m'aime.

Toutes les informations sont décortiquées une à une par mon cerveau au ralenti.

Duncan est blessé. Il veut gagner du temps. Il m'aime. Il s'attend à mourir.

– Hé ! ça va ?

Hel me secoue l'épaule. J'humecte mes lèvres avant d'acquiescer. Je dois me ressaisir.

D'une, Phèdre est au bord du gouffre et peut passer l'arme à gauche d'une minute à l'autre.

De deux, les MacKenzie ont envahi les sous-sols du château.

De trois, Duncan est peut-être déjà mort.

Ce dernier point manque de me faire chavirer, glapir, hurler et sangloter à la fois.

Étape par étape, Ellie. Respire, réfléchis. Sois une MacCoy pure et dure.

Duncan peut s'en sortir. Il est fort, dégourdi.

Il est mon héros. Rien ne peut le faire tomber.

Je ravale mes émotions et intime à la MacKenzie de me suivre.

– Attends, m'arrête-t-elle. Je dois savoir quels sont les dégâts. Quelle est la blessure ? Par balle ? Couteau ? Chute ?

J'inspire, les poings serrés, et réponds d'une voix blanche :

– Un bébé.

Les têtes se tournent vers nous. Je m'en veux d'inquiéter tous ces gens plus qu'ils ne le sont déjà… Les visages atterrés interpellent Hel, qui les observe chacun leur tour.

– O.K., lâche-t-elle. Je prépare fil, aiguilles, linges, et…

Elle regarde autour d'elle, dépitée.

– Et c'est tout.

Sa grimace ne me dit rien qui vaille, mais je m'abstiens de tout commentaire. Un vide s'est creusé dans ma poitrine, anesthésiant mes émotions.

Concentre-toi, Ellie. Il va s'en sortir.

Une balle traverse une fenêtre. Tout le monde sursaute, sous le choc, et la panique monte crescendo. Les MacKenzie sont très proches, trop proches.

Je reprends mes esprits et tonne par-dessus le tintamarre des glapissements :

– Tout le monde se calme ! Chacun se colle aux murs et se tient éloigné des fenêtres !

Les occupants de l'infirmerie m'obéissent, certains plus lentement que d'autres, tétanisés. Je ne peux pas m'attarder, consciente de ce qui se déroule dans la chambre seigneuriale… mais il est inconcevable que je parte sans prendre certaines mesures. Je donne des directives aux hommes armés qui gardent l'entrée de la salle commune, dont celles d'aider à porter les blessés les plus graves à l'abri. Brahn fait partie de ceux-là : il est amorphe, frôlant l'inconscience. Puis je pars en quête de Jack en trottinant, Hel sur mes talons. Je le trouve près des grandes portes du château, aux aguets. Je le hèle, guettant avec anxiété les cuisines et le couloir d'où sont susceptibles d'arriver les MacKenzie, taisant l'espoir qui me susurre que Duncan aussi peut débarquer d'une minute à l'autre.

– Oui, mademoiselle Elisabeth ?

– J'ai besoin que tu places tes hommes à toutes les entrées qui mènent aux geôles souterraines, commandé-je. Nos ennemis y ont percé une brèche. Le groupe d'Ewen les retient, mais je ne sais pas pour combien de temps.

Jack garde son calme, malgré mes nouvelles alarmantes. Il hoche la tête et me répond :

– Je vais faire ce que je peux, mais je n'ai pas beaucoup de combattants.

– D'accord, nous n'avons pas vraiment le choix, de toute façon. Si les MacKenzie arrivent jusqu'ici, ils seront bien remontés. Faites attention à ne pas rester plantés là, à découvert, la fleur au fusil, O.K. ? L'infirmerie doit être défendue. Des blessés s'y trouvent, ce sont des proies faciles sur lesquelles ils se jetteront sans réfléchir. Il faut aussi demander aux tireurs dans les étages de se poster au sommet des escaliers pour empêcher les MacKenzie de monter et…

– De tuer lady MacLeod.

J'opine, la bouche et la gorge sèches.

– Ne les mobilise pas tous, pas même la moitié, commandé-je à Jack. Ne renonçons pas à aider ceux qui sont dehors.

– Bien, mademoiselle.

– Attendez-vous aussi à devoir combattre un incendie.

Il baisse les yeux. Nous sommes au bord de la catastrophe. Si le groupe d'Ewen échoue, seule notre rage de vivre peut nous offrir une chance, infime, de nous en sortir.

Hel me donne un coup de coude. Elle a raison de me rappeler à l'ordre : nous avons trop tardé. Je plonge mon regard dans celui de Jack, sur le départ, et ajoute :

– Je reviens dès que possible.

– Je mets tout en place en vous attendant.

Il me sourit, tapote le couteau à ma ceinture et me fait signe de partir. Je ne me le fais pas dire deux fois et m'éloigne en direction des escaliers, cette fois avec Hel.

Alors que nous sommes assiégés par les MacKenzie, c'est à l'une d'entre eux que je fais confiance pour sauver la vie de ma belle-sœur.

CHAPITRE 61

DUNCAN
Le Glaive

Les corps jonchent le sol. Nous ne sommes plus que quatre. J'ai cessé de compter les MacKenzie, au nombre inépuisable.

Ewen est parvenu à me rejoindre derrière le mur. Éreinté, il s'accorde une pause pendant que le MacLeod survivant canarde. Notre quatrième homme, un insulaire MacCoy d'une quarantaine d'années, s'est pris deux balles dans la cheville.

L'évidence est là : nous allons mourir, et nos ennemis déferleront dans le château. Notre baroud d'honneur n'aura servi à rien.

Tout mon corps est en souffrance. Une balle m'a éraflé l'épaule, je suis si tendu que respirer est difficile, et ma jambe…

Il ne me reste qu'un seul chargeur intact.

J'espère que nous avons gagné assez de temps pour qu'Elisabeth ait pu organiser une défense sommaire mais indispensable.

Ewen et moi échangeons un regard résigné.

– Avez-vous terminé votre petit caprice ?

Je serre les dents en entendant la voix de Harry.

– Maintenant que vous avez passé vos nerfs, nous allons saluer le Chardon, ajoute-t-il.

Le MacLeod grogne. Sa rage est communicative. Elle m'inonde de la tête aux pieds, et je serais presque tenté de me jeter dans la mêlée en poussant un cri hargneux.

– Il n'est plus utile que nous restions ici, chuchote Ewen. Il faut trouver un moyen de remonter. Par où es-tu passé ?

– Par la trappe dans les cuisines, réponds-je. Mais je ne pense pas que tu puisses emprunter le même passage. J'ai déjà eu du mal à me glisser dans l'interstice, et je suis bien moins large que toi.

Les coups de feu reprennent quand le MacLeod ose un regard en direction des MacKenzie. Les lèvres de l'insulaire s'agitent : il prie en silence. Son teint cireux m'indique qu'il perd trop de sang…

Ewen se penche pour parler à mon oreille, gêné par les détonations assourdissantes :

– Alors, toi, remonte.

Je le dévisage, excédé qu'il ose me demander de l'abandonner ici. Il est le plus vaillant d'entre nous. Avec ma jambe en piteux état, je n'irai pas bien loin. L'insulaire est dans l'incapacité de se déplacer. Le MacLeod est plus apte à survivre, mais dans tous les cas, je refuse de sacrifier qui que ce soit.

– O.K., dis-je. Ewen, tu vas passer par l'escalier.

– Pardon ?

– On va te couvrir au maximum. C'est ta seule issue. Soit tu meurs ici, bien sagement, soit tu tentes le tout pour le tout.

– Et vous ?

Je hausse les épaules et réponds :

– Notre ami MacLeod va tout simplement passer par là où je suis arrivé. Lui, il peut. Il n'est pas blessé et il n'est pas épais.

Ewen secoue la tête.

– Je peux porter l'un de vous, indique-t-il en nous désignant, l'insulaire et moi.

J'acquiesce et souffle :

– Tu sais déjà ce que je vais dire.

Il baisse la tête, se crispe en entendant les tirs qui se rapprochent.

– Tu comptes rester ici pour servir de chair à canon le temps que nous partions, comprend-il.

Je réussis à sourire pour feindre une décontraction factice.

– Il faut vous décider ! gronde le MacLeod.

Je fais signe au Bouclier de se dépêcher. Lèvres pincées, yeux éteints, il se remet sur pied et soulève l'insulaire, qui geint de douleur, puis il le jette sur son épaule comme s'il ne pesait rien. Il se prépare à courir, les muscles tendus, les jambes presque en squat, et m'adresse un dernier regard qui me suffit à comprendre tout ce que ça lui coûte de me laisser derrière lui.

Je profite d'un silence de courte durée pour lui faire part d'une dernière volonté :

– Tu veilleras sur Elisabeth pour moi ?

Il hoche la tête. Je crois que mon colosse est sur le point de larmoyer. J'aurais pu en rire si je n'étais pas en train de creuser ma tombe et de m'y installer confortablement.

– Je lui dirai que tu l'aimes, souffle le Bouclier.

Je n'en suis pas surpris. Tout le monde était au courant, même si personne n'en laissait rien paraître devant moi.

Je remercie Ewen d'un signe du menton, tapote l'épaule du MacLeod pour le prévenir de se tenir prêt. Il n'y a pas besoin d'adieu ou d'un dernier discours. Pas d'embrassades finales, ni d'étreintes en s'avouant à quel point ce fut un honneur de servir ensemble. Je m'avance un peu, prêt à m'allonger pour tirer dans le couloir des geôles. Ainsi positionné, je ne ferai sans doute pas long feu.

– Maintenant, Ewen ! ordonné-je.

Je bascule sur mon flanc et tire à l'aveugle. Les éclats des balles pétillent en myriade d'étincelles. Des silhouettes que je discerne à peine se jettent dans les cellules pour se mettre à couvert. Je n'entends pas le Bouclier, mais je perçois son absence. Comme un coup de vent derrière ma nuque. Une sensation de vide.

Le MacLeod s'acharne jusqu'à ne plus avoir de munitions. Nous nous redressons tous les deux. Il hésite, m'interroge du regard.

– Vas-y, lâché-je.

Il n'obéit pas tout de suite, puis se résigne quand les MacKenzie se mettent à vociférer des ordres. Je me retrouve maintenant seul, dernier maillon d'une défense bancale. Je charge, arme… À la force d'un bras, je pointe dans le couloir sans même regarder où je tire, avachi contre le mur. Le recul me meurtrit le coude, me donne l'impression qu'il va disloquer mon épaule tordue.

Mais ça n'a plus d'importance.

J'ai fait du mieux que j'ai pu.

Un cliquetis sinistre m'indique que je suis arrivé au bout. Plus de munitions, plus le temps de recharger.

Je suis fatigué.

Une ombre me surplombe. Puis une autre. Une masse noire me plonge dans la pénombre. Harry darde sur moi deux yeux scintillants de mépris, au-dessus d'un sourire suffisant.

Logan ne fait pas partie du groupe qui s'approche pour m'achever. Ça aurait été plutôt ironique.

– Tu t'es bien battu, je te l'accorde, persifle le fils MacKenzie. Mais depuis le temps, vous autres, MacCoy, devriez savoir que vous ne faites pas le poids contre notre Clan.

Je ricane mais ne lui fais pas le plaisir de rétorquer. Je ne passerai pas mes derniers instants à me chamailler avec ce diable. Je préfère poser ma tête contre le mur et fermer les paupières. Je l'entends se déplacer face à moi. Tout mon corps, bien conscient de ce qui se trame, me hurle de tenter de survivre. Ma raison, elle, garde les rênes.

Un cri retentit. Puissant. Empli de rage, de hargne. D'un écho primaire, celui du désespoir. J'ouvre les yeux, me redresse à temps pour voir une masse se jeter sur Harry et deux autres MacKenzie. Ils basculent sous la force de l'élan et s'écrasent au sol.

– Ewen ! hurlé-je.

Mon ami se remet sur pied tout en empoignant le col d'un de ceux qui ont chuté pour le gratifier d'un coup de poing en pleine mâchoire. Quand il assomme un deuxième ennemi, un troisième que je n'avais pas remarqué moi-même lui bondit dessus. Arrimé à son dos, il tente de maîtriser le colosse. Ce dernier cille à peine mais n'arrive pas à le déloger pour autant. Je tente de me remettre sur pied pour lui venir en aide, mais je dérape dès que ma jambe se pose au sol.

Pourquoi est-il revenu ?

Pourquoi ne s'est-il pas mis en sécurité ?

Je saisis mon fusil pour l'abattre dans le dos de l'assaillant d'Ewen, puis m'écrase encore au sol. Le Bouclier lutte désormais avec deux adversaires tandis que Harry reprend ses esprits. Mon ami tourne brièvement la tête dans ma direction.

– Allez ! tonne-t-il. Pars !

Mais c'est impossible. Pas avec ma jambe, pas alors qu'il combat cinq MacKenzie à lui seul. Des larmes me montent aux yeux quand je comprends que je suis impuissant, incapable de bouger, de broncher. D'agir. C'est à mon tour de hurler pour pousser sur mes bras et ma jambe en lambeaux. Ce cri m'arrache la gorge, mais ce n'est pas encore assez. Pas assez pour me rapprocher du Bouclier, pour m'interposer entre Harry et lui, pour dévier l'arme qui se pointe sur mon ami.

Pas assez pour empêcher le tir de partir.

Une tache écarlate s'élargit sur le tee-shirt d'Ewen.

Le temps s'arrête, ou est-ce moi qui me fige, qui ne percute plus rien de ce qui se passe tout autour de moi ? J'ai beau fixer l'ovale pourpre, la plaie est là, apparente. Elle ne disparaît pas, bien réelle, et si près du cœur. J'ouvre la bouche pour prononcer un son, mais une nouvelle détonation résonne. Forte. Je sursaute, les poumons vidés, le regard écarquillé. Une nouvelle tache, plus haut. Les corolles pourpres se rejoignent pendant que mon frère vacille, ses doigts refusant de lâcher l'homme qu'il tient. Parce que, s'il le fait, ce sera mon tour. Parce que, s'il le relâche, Ewen se sera sacrifié pour rien.

Je vois la réalité devant moi, flagrante, mais je la refuse.

Ewen est un roc.

Ewen est un MacCoy.

Il a survécu à tant d'épreuves, tant de combats, tant de douleurs.

Ewen est invincible.

Ewen ne *peut pas* mourir.

Pourtant, il s'effondre quand une troisième balle de Harry lui perfore le crâne.

Il tombe, près de moi, les doigts encore recourbés.

Ses pupilles ne brillent déjà plus, ses cils ne frémissent plus.

Non... Non !

Harry enjambe mon ami, son arme encore à la main. Il s'approche de moi, dissimule à ma vue le dernier regard d'Ewen vissé au mien. Je n'ai même pas la force de pleurer, plus l'énergie de vociférer.

C'est fini.

– Assez joué.

Dans l'obscurité, avachi contre le mur glacé, à quelques centimètres à peine de la paume de mon frère que je ne peux même pas saisir, j'entends un rire. Il est joyeux, plein de vie. Entre deux détonations lointaines, la voix chante. Fort.

Un écho du passé alors que mon présent se délite.

Je fredonne la chanson, dernier vestige de ce que je n'ai pas su protéger.

Sur la haute falaise qui m'apparaît, une petite fille danse et hurle au vent. Ses tresses acajou s'enroulent autour de son cou, fouettent son visage et ses épaules. Plus elle tournoie, plus elle devient femme. Elle m'apaise, avec son sourire, ses taches de rousseur qui résistent au temps, et son fabuleux regard de miel. Son rire sonne toujours aussi vrai, clair.

Un rayon de soleil.

– Bon vent, le Glaive.
We come frae Abernyte,
Bonny, bonny Abernyte...
Le dernier coup de feu part.

CHAPITRE 62

ELISABETH
La Louve

Ce n'est pas Phèdre qui hurle le plus, mais Rose et Hel. Une migraine met mes nerfs à vif. Comme si une naissance n'était déjà pas assez stressante, madame Duval perd ses moyens en voyant sa fille souffrir : la MacKenzie n'a rien pour la soulager.

J'ai fini par sortir de la pièce trop étouffante sans demander mon reste, très préoccupée par la suite des événements. J'ai envoyé plusieurs messages à Duncan, sans grand espoir qu'il puisse les lire. C'était stupide, mais j'en avais besoin.

Je n'ai reçu aucune réponse.

Je compose avec mon angoisse et mon désir de remuer le château pour le retrouver en dépit de tous les risques. Je ne peux pas. Trop de vies sont en jeu pour que je cède aux suppliques de mes émotions.

J'entends des coups de feu aux étages inférieurs. La peur me noue l'estomac.

Ça a commencé.

Je fais un premier pas en direction de l'escalier, mais m'arrête et me retourne pour fixer la porte de la chambre seigneuriale. Je suis tiraillée entre mon désir de venir en aide à ceux qui ont débuté les combats dans le hall et ma volonté d'obéir à mon frère en restant là pour protéger Phèdre. Elle est plus vulnérable que jamais… et mon instinct me dicte de veiller sur ce bébé qui arrive.

Fais confiance à Jack.

Je sors le SIG-Sauer, le cœur pincé.

Mais tu faisais aussi confiance à Duncan. Il n'était pas censé tomber. Si les ennemis sont entrés dans le hall, c'est qu'il n'est plus là.

Les mains serrées autour de la crosse de mon arme, je me rends compte que mes joues sont humides. Les larmes que je contenais jusqu'à maintenant ont rompu la digue que j'avais élevée.

Je me rabroue pour chasser ce voile mouillé de mes yeux. Pleurer ne changera rien. Pleurer ne sauvera personne. Je le ferai plus tard, si tant est que j'en aie l'occasion.

Si je ne suis pas morte.

Le battant s'ouvre dans mon dos. Elia glisse la tête dans l'embrasure, blafarde.

– Ils sont là, pas vrai ?

J'acquiesce.

– Gardez la porte fermée, conseillé-je.

– Et vous ?

– Je suis là pour vous protéger. Il y a une trappe, sous le tapis. Nous allons essayer de tenir le plus longtemps possible. En désespoir de cause, vous pourrez toujours vous réfugier dans le compartiment secret… en espérant que mon neveu soit né d'ici là et qu'il comprenne d'instinct qu'il doit rester silencieux.

Je me doute qu'Elia n'est pas convaincue. Je ne le suis pas moi-même. La porte se referme. Je suis maintenant bloquée à l'extérieur.

De longues, très longues minutes défilent. Je suis attentive à la cadence des tirs, aux hurlements. Je prie pour que l'infirmerie tienne le coup.

J'espère qu'un miracle se produise.

– Alors, c'est toi, le boss final ?

Je tressaille, surprise de trouver un homme face à moi. Un parfait inconnu. Je me raidis, interpellée par la menace qui se dégage de lui derrière son sourire goguenard. Je plisse les yeux, prête à mordre. Il fait un pas vers moi ; je braque aussitôt le SIG-Sauer sur lui. Il n'est pas armé, j'ai donc toutes les chances de mon côté. Le doigt sur la détente, je suis prête à faire feu.

– Il est encore temps pour toi de faire machine arrière, lancé-je.

Il ricane, pas le moins du monde intimidé.

– Après être arrivé jusqu'ici ?

Il désigne le couloir, les chambres, d'un geste ample et lent. Son attitude me dérange. Ce n'est pas qu'il soit un ennemi qui fait grimper ma nervosité, mais son indolence. Un mouvement furtif derrière lui attire mon attention. Mon sang ne fait qu'un tour, mon bras se décale net, et je tire. Je ne sais pas où j'ai touché l'homme qui me visait, bien planqué dans un recoin du couloir, mais son râle me certifie que j'ai fait mouche. Malheureusement, le temps que je m'occupe de ce lâche, l'autre blondinet en a profité pour se rapprocher à toute vitesse. Il me saute dessus et essaie de m'arracher le pistolet. D'aussi près, son parfum musqué mêlé à celui de la sueur et du sang me donne la nausée. Je n'avais pas remarqué que ses vêtements noirs ainsi que son cou étaient éclaboussés d'hémoglobine. Il réussit à m'arracher le SIG, qui tombe plus loin, puis essaie de me contourner pour accéder à la chambre. Je le saisis au col, bloque son bras sous le mien. Il grogne, s'agrippe à ma manche, et nous voilà enchaînés l'un à l'autre. Il me plaque brusquement contre le battant en bois, réitère le mouvement pour me cogner la tête. Étourdie, je fournis un effort considérable pour ne pas m'écrouler. Je le frappe dans les bourses à l'aide de mon genou, envoie mon coude libre dans son nez. Il esquive la première offensive, pas la seconde. Il titube légèrement ; ça me permet de venir chercher le couteau de Jack à ma ceinture. Je sors la lame à la hâte de son étui. L'inconnu me bloque le poignet au moment où je m'apprête à la lui planter dans le cou. Ses doigts s'enfoncent dans ma peau au point que ses ongles courts réussissent à me meurtrir la chair. Il me tord le bras. Je résiste du mieux que je peux, mais il est bien plus fort que moi. Son poing percute ma mâchoire. La puissance du coup me prend de court. Trente-six chandelles dansent devant mes yeux. Je ne peux pas lutter : je m'effondre. Tout mon crâne vibre, mon cerveau pulse douloureusement. Je fais tout mon possible pour me ressaisir, consciente de ses pieds qui se déplacent vers la porte sacrée. Un cri de rage plus tard, j'enroule mes doigts moites autour de la cheville de l'homme pour l'empêcher d'aller plus loin. Il secoue sa jambe, l'air de repousser un roquet agressif. Je m'accroche de toutes mes forces. En cadeau, j'ai droit à un coup de pied magistral en plein visage. Une plainte sourde m'échappe, je serre les dents et refuse de lâcher prise, sauf pour récupérer le couteau près de moi. Dans la précipitation, je plonge la lame dans le plastique des baskets du blondinet. Elle perce la peau, les veines, les cartilages jusqu'à crisser sur les dalles en pierre.

Le hurlement de douleur que pousse mon ennemi est effroyable. La riposte, redoutable. Il agrippe mes cheveux, me redresse à m'en arracher le scalp et me décoche un coup de tête. Cette fois, des taches brunes, puis noires obstruent mon champ de vision. Maintenant à genoux devant lui, incapable de me rappeler mon prénom, je me retrouve dominée de toute sa hauteur.

– Espèce de pétasse, éructe l'homme.

Il se penche et arrache la lame de son pied. Il pousse un râle abominable, mélange de grondement animal et de plainte torturée, puis me contourne pour m'attraper les cheveux.

Il compte m'égorger.

L'instinct de survie reprend le dessus. Je place mes coudes devant mon cou en une seconde. Il me secoue comme un prunier, frappe dans mes côtes de son genou à m'en faire pleurer. Désespérée, je m'agrippe à son bras armé et roule sur moi-même. Je l'entraîne avec moi.

Les uppercuts s'enchaînent, les jurons pleuvent. Et le couteau danse sous nos yeux. L'homme réussit à égratigner mes bras, à ouvrir une plaie à ma gorge. Il cherche à sectionner ma carotide. Mes réflexes défensifs me sauvent plusieurs fois la vie, mais ce n'est pas suffisant. Mon adversaire est bien plus aguerri que Logan ou Neil. Tout m'indique que je n'ai pas affaire à n'importe qui.

Il tient une cadence que je ne peux plus suivre, vidée de mon énergie.

La rage alimente cependant mes veines. Cette porte, personne ne doit la franchir. Quitte à ce que je perde un bras, une jambe ou même la vie, je protégerai ceux qui sont dans la chambre seigneuriale.

Je plonge mes pouces dans les yeux de l'homme au moment où, me surplombant, il enfonce le couteau dans la chair de mon épaule droite. Des larmes s'amassent au bord de mes cils ; je suis terrassée par la douleur mais galvanisée par l'adrénaline.

Et soudain, j'entends des pleurs stridents. Un braillement qui efface tous les autres bruits. Si puissant, si incongru que mon adversaire et moi nous immobilisons, le souffle coupé. Nous fixons la porte, lui au-dessus de moi, et moi à sa merci. Il se passe quelques secondes. Cinq, ou dix. Nous échangeons un regard inexplicable. Je sens ses muscles se tendre, ses cuisses se contracter.

Il va bondir. Il va tout faire pour y aller.

La détresse s'empare de moi. L'énergie afflue, explosive. L'homme se précipite vers la porte. Je me redresse en un instant, le couteau toujours dans l'épaule, et saute sur son dos. J'enserre sa gorge d'une clé de bras, les tempes bourdonnantes. Il flanche dès que je lui coupe l'air, compressant toujours plus sa trachée, ivre de colère.

Mon neveu vient de pousser son premier cri dans la chambre de mon frère. L'avenir de mon Clan se trouve derrière cette porte, et une reine vient de mettre au monde son héritier.

C'est *ma* famille.

Et comme une louve protège ses petits, j'arracherai la gorge à quiconque aura le malheur de poser un doigt sur la poignée de cette putain de porte !

Le MacKenzie se débat, essaie de tirer mes cheveux, de donner des coups. Il touche, il fait mal. Mais je m'accroche, ayant refermé mes griffes autour de lui pour ne plus le lâcher jusqu'à ce qu'il rende l'âme.

Il recule, ou plutôt, se jette en arrière. Mon dos percute le mur derrière nous. Je me contracte pour ordonner à mon corps de ne pas répondre à l'alarme de mes nerfs. Sans relâcher la pression, ma main, au plus près de mon épaule blessée, cherche le manche du poignard. Ça ne fait qu'accentuer la pression sur la gorge comprimée de mon adversaire. Il s'affaiblit, je le sens. Mes doigts s'enroulent autour de la lame tranchante. Un élan de satisfaction presque jouissif me parcourt de la tête aux pieds. D'une voix sifflante, je lâche :

– Appelle-moi « pétasse » encore *une* fois !

J'arrache le couteau de mon épaule sans geindre, enhardie par la victoire qui se profile, et plante la lame en plein dans la poitrine de l'homme. Il suffoque, s'agite de soubresauts. Ses jambes ne répondent plus.

Nous nous échouons sur le sol.

Je l'observe mourir. Ses yeux se vident, ses joues blanchissent.

Un rugissement me secoue l'âme.

J'ai réussi. Il n'est pas entré.

Une expiration chasse mon adrénaline. Je me mets à trembler.

Il n'est pas entré…

Je bats des cils, surprise que tout paraisse si flou. Les mèches blondes étalées près de ma tête ne sont plus que des serpents informes. Je ne sens plus mes membres. Plus aucun bruit ne me parvient. Je suis prise d'une fatigue contre laquelle je peine à lutter, transie de froid, percluse de courbatures. Le sang qui s'écoule de mon épaule ne me réchauffe pas.

Je ferme les yeux pour me reposer. Juste un peu. Avant d'y retourner, de continuer à défendre la porte. De plus en plus alanguie, j'en oublie que je suis étendue près d'un homme sans vie, sur des dalles glacées et inconfortables.

Non, ne t'endors pas. Caleb… Phèdre… Duncan…

Le silence.

CHAPITRE 63

ELISABETH
La Louve

– Elisabeth ? Tu m'entends ?

J'ouvre un œil, même si je meurs d'envie qu'on me laisse tranquille. Hel me dévisage, ses cheveux bleus hirsutes, des poches sous les yeux.

Qu'est-ce qu'elle fait là ? Pourquoi est-elle sortie de la chambre seigneuriale ? La porte ne doit pas être ouverte !

Je m'agite, tente de me redresser. La MacKenzie m'oblige à m'immobiliser, les sourcils froncés.

– Oh ! Du calme ! Tout va bien !

Je me fige, déconfite.

– C'est fini, ajoute-t-elle.

– Fini ? répété-je, perdue.

Elle acquiesce tout en me palpant, s'attardant sur mon épaule. Je tends l'oreille : plus de coups de feu, plus de hurlements. Tout juste des voix plus calmes qui résonnent dans le silence perturbant du château.

– Qui… qui a gagné ? demandé-je.

– Vous, lâche Hel. Les MacKenzie ont battu en retraite.

– Je ne comprends pas. Ils avaient l'ascendant, et…

Elle pointe le doigt sur l'homme inerte.

– Sans leader, ça devient compliqué de se battre.

– Sans leader ?

– Ouais, t'as buté Harry MacKenzie.

Un frisson remonte le long de ma colonne vertébrale.

– Lui mort, vos assaillants ont perdu leur commandant, m'explique Hel. T'as coupé la tête du serpent, quoi. Et vu le monde dans le hall, vous n'étiez pas si en galère que ça.

Je grimace quand elle tire sur le tissu de mon haut pour dégager la plaie sanguinolente.

– Pourquoi n'es-tu pas partie avec eux ? demandé-je, méfiante. C'est ton Clan, non ? Et tu n'as pas l'air touchée par la mort de ce type.

– En effet. Je ne l'aimais pas. Et si je n'ai pas suivi les MacKenzie, c'est parce que l'on avait besoin de moi ici. Que ce soit de ton Clan ou du mien, il y a des blessés.

Je ne sais pas si je suis très convaincue…

– Je t'ai trouvé inconsciente quand je suis sortie de la chambre, précise Hel.

– J'avais perdu connaissance depuis combien de temps ?

– Aucune idée. J'étais occupée, tu t'en doutes bien. J'ai passé la porte quand je n'ai plus entendu de tir. Mais notre bon vieux Harry est encore bien chaud.

À ces mots, j'ai la nausée.

– Je pense que tu as été inconsciente une bonne dizaine de minutes, termine Hel. Viens, il te faut des points de suture.

– Comment va Phèdre ?

– Crevée, mais elle va bien.

– Le petit ?

Hel sourit.

– C'est bien un petit garçon.

Le soulagement m'envahit. La MacKenzie me soutient quand je menace de m'écrouler encore.

– Mon frère ? Caleb ? l'interrogé-je.

– Je ne l'ai pas vu. Arrête de réfléchir, tu n'es pas en état.

– Non. Non !

Je la repousse, la tête me tourne.

Si c'est fini, que nous avons gagné, Caleb est forcément en vie. Il doit être là, quelque part. Il va revenir, embrasser sa femme et rencontrer son garçon.

Et moi… moi, je dois retrouver Duncan.

– Aide-moi, s'il te plaît.

Hel contracte la mâchoire, le regard foudroyant. Malgré tout, elle s'exécute.

– Tu comptes faire quoi, là ? me demande-t-elle sur un ton de reproche.

Je ne réponds pas. Je me sens faible, mais mes jambes me soutiennent.

– Tu es blessée ! proteste-t-elle.

– Je ne suis pas la seule ! riposté-je, agacée. T'as qu'à me suivre, d'autres auront besoin de toi.

Hel ronchonne mais ne se le fait pas dire deux fois. Elle marmonne que Rose, Elia et Mary seront bien assez pour s'occuper de lady MacLeod et son nouveau petit garçon. Elle ne propose pas de m'épauler, mais elle fait bien : je n'aurais pas accepté.

Quand j'arrive au rez-de-chaussée, je suis tout de suite happée par l'ambiance sinistre qui y règne. Les voix que j'entendais plus tôt ne sont plus que des chuchotis. Des hommes et des femmes déambulent entre des corps allongés à terre, immobiles. Je reconnais des MacLeod, des insulaires… Je passe à l'infirmerie. Dyclan est là, au chevet de Brahn. Je repère Roy, ainsi que Callum, sur le sol, recroquevillé sur lui-même. Il pleure. Beaucoup.

Parmi les survivants, pas un seul n'est indemne. Tous nos combattants sont couverts de terre, de boue, de sang. D'égratignures. De blessures, pour certains. Hel se précipite vers les plus mal en point.

Ce château qui m'a vue grandir s'est une nouvelle fois imbibé de sang. Ses murs ont absorbé un nouveau massacre, mais cette fois, c'est notre Famille qui a remporté la victoire. À quel prix ?

Duncan…

Une boule grossit dans ma gorge.

Une main agrippe mon bras. Je sursaute, à deux doigts de balancer un coup de poing. Je m'attends à découvrir Harry qui se serait relevé. Mais je tombe sur un regard presque identique au mien, des boucles brunes…

– Caleb…

Il m'observe avec attention alors que son état est déplorable. Il a l'air d'avoir pris dix ans en quelques heures. Je me dégage pour le serrer de toutes mes forces dans mes bras. Nous râlons tous les deux, chacun réveillant sans le vouloir les blessures de l'autre.

Sentir que mon frère est bien là contre moi ouvre mes vannes intérieures. J'ai du mal à contenir mes larmes, aiguillonnée par la peur autant que le soulagement. Caleb me répète que tout va bien, que nous avons réussi. Nous sommes en vie. Mais je secoue la tête, dévastée, toujours aussi paumée.

– Duncan… baragouiné-je.

Je renifle, pathétique, tandis qu'il se décompose. Il n'a pas l'air surpris pour autant. C'est comme si ce qu'il redoutait venait d'être confirmé. Son mutisme, son apathie m'énervent. Je quitte son étreinte, hagarde, et cherche l'entrée des souterrains. Il m'appelle, Hel insiste plus loin pour que je me calme… Mais je ne peux pas m'arrêter, je passe la porte étroite et je pose un pied sur la première des marches humides. Je repousse Caleb dès qu'il essaie de me retenir.

Je descends et me retrouve devant le couloir des geôles, jonché de cadavres, baigné de sang. Un hoquet horrifié m'échappe. Parmi les expressions figées par la mort, les chevelures poisseuses, je cherche mon Glaive. Mais c'est un autre visage familier que je découvre. Un corps massif tombé au sol, qui aurait dû rester debout pour tant d'années encore… Mon cœur s'arrête, et des larmes inondent mes joues.

Caleb se précipite vers Ewen. Je crois qu'il crie, qu'il secoue son épaule, le supplie. Je ne sais pas. Je ne sais plus.

Parce que je suis terrifiée à l'idée que, près de notre Bouclier, gise le Glaive. Repose mon Duncan. Que l'on nous ait arraché mon amour en même temps que notre ami.

Je m'avance à pas lents, incapable de tendre une main vers les épaules tremblantes de mon frère. Je n'arrive pas à me pencher vers lui pour saisir ses poings serrés.

Non, je reste rivée à la silhouette assise contre le mur, à ce catogan à moitié défait, cette barbe inhabituelle, ce profil tant aimé.

J'avance encore, le cœur enserré dans un étau de sidération et de souffrance.

Il ne bouge pas. Il ne relève pas la tête. Son menton repose sur sa poitrine.

Je tombe à genoux près de lui, entre mon frère éploré et un autre qui ne vit plus, la bouche entrouverte sans qu'aucun son ne s'en extirpe. J'entends à peine Caleb qui se traîne jusqu'à nous. Tout est flou. Tout est drapé d'un voile ; je crois que c'est celui de mes larmes.

Un cataclysme de douleur, de chagrin. Une plaie béante qui me coupe en deux et me laboure la poitrine.

J'observe mon chevalier qui a chuté, pour nous, et je lui en veux de s'être sacrifié quand il avait encore tant à nous offrir. Je suis en colère qu'il m'ait abandonnée quand nous avions encore de si nombreux comptes à nous rendre.

J'en veux à la terre entière pour toutes ces vies que l'on nous a prises.

Amorphe, je glisse ma main sur la poitrine de Duncan, dans l'espoir d'entendre encore son cœur battre… puis me tétanise. Mes doigts se crispent. Je tâtonne, le souffle court, soulève son sweat épais en gestes désordonnés, et palpe l'épaisse matière noire au-dessus de son tee-shirt. Ma respiration s'accélère, des fourmillements s'invitent dans mes mains, mes orteils. Je redresse la tête de Duncan et me penche. Un léger fil d'air caresse mon nez. Un sanglot me secoue, puis un second, et je caresse le visage du Glaive avec ferveur.

Cet idiot avait un gilet pare-balles. Et un con de MacKenzie ne s'en est pas douté.

Il y a bien un trou, dans le plastron, qui prouve que l'un de nos ennemis a pensé l'abattre.

– Duncan ? Tu es là ?

Je lui parle tout en le secouant, le rappelle à moi. Ses cils remuent, puis c'est au tour de ses lèvres de murmurer des phrases inaudibles. Il ouvre un œil qui se rive aussitôt à moi.

– Beth…

Je ne me retiens plus, j'enroule mes bras autour de lui et fonds en larmes pour de bon. J'en oublie ma plaie à l'épaule, mon nez sans doute fracturé, Ewen…

Mais Duncan ne bouge pas. Je me redresse, inquiète qu'il soit vraiment blessé. Ce que je lis dans son regard est une douleur bien au-delà de celle qu'il peut ressentir dans sa chair. Elle provient du cœur, suinte de son âme. Ses pupilles éteintes ne lâchent pas un point derrière moi. J'essaie de ravaler mon émotion quand je comprends qu'une partie de lui est bien morte en même temps qu'Ewen. Comme c'est le cas pour Caleb qui, lui non plus, ne se détache pas des iris gris acier de notre ami tombé.

Le silence nous recouvre. Sépulcral. Tirant sa source dans les tréfonds de notre souffrance.

Mon frère se relève lentement, non sans poser une main pesante sur l'épaule de Duncan. Toujours pas de mots. Rien que des visages fermés, aux regards hurlants.

Caleb remonte au rez-de-chaussée, le pas lourd, l'échine courbée. Sans doute part-il chercher de l'aide. Je ne le suis pas, enracinée auprès du Glaive. Je garde sa main dans les miennes et me jure de ne plus jamais la lâcher. J'ai eu trop peur de le perdre, je n'y aurais pas survécu.

Duncan est pâle, et s'il arrive à bouger un peu, sa jambe déjà blessée avant le raid est immobile. Je n'ose imaginer ce qu'il endure.

Enfin, ses prunelles s'ancrent dans les miennes, comme au premier jour. Il caresse tendrement ma joue ; je me repais de son toucher.

– Si tu étais mort, tout ce que tu m'aurais laissé, c'est un pauvre SMS de merde, lui reproché-je, le timbre enroué.

Jtm.

Juste ça. Une abréviation ridicule, et pourtant si importante.

– Ne me refais plus jamais ça, dis-je. Tu n'as pas le droit de m'abandonner. C'est terminé, ça.

Il ferme les yeux, les traits sombres. Torturés.

– Je reste avec vous, souffle-t-il.

Je hoche la tête en me mordant la lèvre pour ne pas me laisser encore submerger par l'émotion. Je m'installe près de lui, ma tête au creux de son épaule et ma main dans la sienne.

CHAPITRE 64

DUNCAN
Le Glaive

Ewen était un pilier de nos existences. Un colosse au cœur tendre, toujours prêt à soutenir ses frères et à veiller sur nous. Ses éclats de rire tonitruants résonnaient à travers le château, comme si les murs se gonflaient pour en amplifier l'écho. Il avait cette manie de toujours écraser son énorme paluche sur nos têtes quand nous débordions ou que nous avions besoin de réconfort. Un simple geste si agaçant alors, si douloureux au souvenir aujourd'hui. Il n'était pas seulement le Bouclier de Caleb, il était le nôtre. Celui auquel se raccrocher, celui auprès duquel nous nous sentions invincibles, parce qu'il l'était. Mais derrière cette façade redoutable se dissimulaient des sourires étincelants de bonté et d'humanité.

Il me manque.

Il *nous* manque.

Il nous manquera toujours.

***

Nos morts ont été enterrés. Après des pourparlers par le biais de Lachlan O'Connor, nous avons accepté de rendre le corps de Harry à sa famille, ainsi que nos prisonniers ; nous tenons à agir avec honneur, nous. Ils ont été déposés sur le ferry, et les MacKenzie les ont récupérés sans que nous ayons à nous croiser.

Une cérémonie s'est tenue sur l'île d'Inchkeith après la mise en terre sur le continent, pour rendre hommage à nos guerriers tombés au combat. La liste est toujours trop longue. Mais les braves seront honorés tant que les MacCoy vivront pour préserver leur mémoire.

Celle d'Ewen, comme celle des autres.

Callum supporte difficilement le décès de son père, Sean, atteint par une balle perdue. Un hasard fatidique, une injustice hurlante. Jack a donné sa vie pour défendre l'infirmerie, conformément aux ordres d'Elisabeth. Kenneth a été débusqué dans le phare, alors qu'il dirigeait le groupe de snipeurs. Il a été le premier visé, le premier à chuter. Le dernier, aussi : les autres y ont veillé. Gowan a sauvé la vie de Joffrey sur la plage aux dépens de la sienne.

Et il y a encore tant de pertes du côté MacLeod… Sans eux, jamais nous n'aurions pu repousser nos ennemis.

Même les animaux n'ont pas été épargnés. La moitié des chevaux de l'écurie ont été massacrés. Dont Ava…

Cela fait trois semaines que l'attaque a eu lieu, et je viens seulement de revenir sur Inchkeith, il n'y a même pas une heure. Hel a convaincu Caleb d'envoyer tous les blessés graves dans une clinique privée d'Édimbourg dans laquelle elle a ses accès et ses « sources ». L'urgence était telle qu'il ne lui a pas tiré les vers du nez, sans compter qu'il était trop accaparé… ailleurs.

La MacKenzie aux cheveux bleus a acquis notre confiance… dans une certaine mesure. Elle reste très mystérieuse et refuse de répondre à beaucoup de nos questions. Cependant, dans notre situation, il n'est pas envisageable de faire les difficiles.

Je n'ai pas perdu l'usage de ma jambe, mais de longs mois de rééducation m'attendent encore. Et je boiterai tout le reste de mon existence, une canne jamais très loin de moi. Je n'ai pas été attristé de l'apprendre : j'ai survécu. J'aurais pu perdre davantage. À commencer par la vie… Mes nuits sont hantées par les souvenirs du raid, du corps d'Ewen qui s'effondre, mêlés à ceux de mon père sur la plage, ou de ma mère et de Holly. Tous ces morts, tous ces êtres chers perdus…

Pour ne pas sombrer, je me suis raccroché au seul visage qui chassait l'ombre de ma mémoire. Il me tardait de retourner sur Inchkeith pour rejoindre Elisabeth. Nous nous sommes assoupis d'épuisement dans les geôles et n'avons pas pu nous revoir depuis : j'ai été déplacé dans la capitale, et, de son côté, elle a été alitée dans ses quartiers pour se remettre de la blessure à son épaule.

Je m'apprête maintenant à la retrouver coûte que coûte, n'ayant pas osé lui envoyer de messages. Passé les émotions du raid, je crains qu'elle ne me rejette, qu'elle ne me dise que nous deux, c'est une erreur, en fin de compte. C'est face à elle que je souhaite lui parler, à cœur ouvert, sans faux-semblants.

Caleb me coupe néanmoins l'herbe sous le pied alors que j'entre dans la salle commune qui a retrouvé sa fonction initiale.

– Je te cherchais, me dit-il.

À son ton, je comprends qu'une discussion très sérieuse va s'ensuivre. Les doigts serrés autour de ma canne, je lui emboîte le pas, peu serein. Nous grimpons jusqu'à son bureau, et une vive appréhension me gagne. Je redoute qu'il évoque Elisabeth et réitère ses menaces d'autrefois. Notre proximité dans les geôles n'a pas pu lui échapper. Mais après toutes ces années, sa position n'a-t-elle pas évolué ?

Phèdre nous attend dans le cabinet, assise sur le divan. Elle me sourit dès que j'entre. Elle a gardé de petites rondeurs et elle est radieuse en dépit de ses cernes. Elle pose un regard empli d'amour sur la petite chose qu'elle tient contre son sein. Je la salue avec respect, puis m'approche naturellement, me régalant de ce poupon agité qui babille contre sa mère, les cheveux très noirs. Ses grands yeux dorés me rappellent sans conteste ceux de sa tante.

Il m'a l'air déjà très éveillé, réactif au moindre bruit. Et quel délicieux sourire… À l'approche de son premier mois, il ressemble déjà à son père, mais il garde une délicatesse sur ses traits de bambin qu'il tient de sa mère, à n'en pas douter.

Il est né au cours d'une nuit sanglante, mais il dégage une aura que je n'explique pas. Comme un message d'espoir, de vie au cœur des temps sombres dans lesquels nous sommes plongés.

Son anniversaire nous rappellera toujours ceux qui ont disparu.

Je me permets de caresser sa joue, son petit nez. Il me fixe avec intensité, les poings serrés. L'un d'eux empoigne avec ardeur une boucle ébène de Phèdre. Cette dernière me propose de le prendre dans mes bras. Je ne me fais pas prier et m'installe près d'elle, ma jambe bancale tendue et la canne posée près de moi. Je réceptionne le garçon, le cœur gorgé de tendresse pour lui. Il se laisse faire, remue bras et pieds dans son pyjama tout doux.

– Salut, Xander, murmuré-je.

Il bave, puis part en quête de sa mère. Avant le gros chagrin, même si je meurs d'envie de le garder encore un peu, je le rends à qui de droit. Phèdre paraît amusée mais ne dit rien. Elle fait bien. Je ne veux pas que tout Inchkeith apprenne que je serai incontestablement un parrain gâteau.

Caleb cajole la tête de son garçon, puis la pommette de sa compagne. Enfin, la solennité nous rattrape, et mon *laird* se campe derrière son bureau, soudain las. Je me doute de ce qui m'attend, mais je ne peux m'empêcher de culpabiliser. J'aimerais soulager mon ami du poids de ses responsabilités pour qu'il se repose et profite davantage de sa famille. Phèdre elle-même a rapidement été sur le pont, peu de temps après son accouchement, déjà ensevelie sous les demandes, les attentes des membres de son Clan et l'annonce des pertes. La mort de Sean l'a beaucoup affectée, tout comme celle d'Ewen. Je crois que son fils l'a aidée à ne pas s'effondrer.

Caleb me surprend en abordant des sujets auxquels je ne m'attendais pas. Tout tourne autour d'Inchkeith, de sa remise en état, des coûts des réparations… Je ne vois pas où il veut en venir. Je m'engage néanmoins à m'occuper de la comptabilité maintenant que je suis de retour, et à assister Hel. Cette dernière n'a pas l'intention de partir tant que « ses » blessés ne seront pas rétablis. Elle a besoin d'un meilleur équipement ; elle sait où le trouver, mais elle va avoir besoin d'aide pour tout installer dans une maison prévue à cet effet, comme une sorte de clinique conçue pour l'île et ses habitants. Je l'épaulerai tout comme je la garderai à l'œil… et je pense que Brahn en fera autant.

Caleb éteint l'écran de son ordinateur, remballe ses nombreux papiers et glisse les mains dans ses poches. Je me tends, sur le qui-vive.

– Les circonstances ne nous ont pas permis de présenter officiellement Xander à nos Clans, dit-il. Maintenant que les choses se sont un peu calmées, nous envisageons de le faire, avec une petite fête pour l'occasion. Rien d'extravagant, nous n'en aurons pas les moyens, ni la réelle envie, mais… il est important pour nous de célébrer son arrivée.

– C'est compréhensible.

Je joue avec ma canne. Cet événement implique d'écrire noir sur blanc le nom de famille de mon filleul. Qu'ont décidé Caleb et Phèdre ? MacCoy ou MacLeod ?

– Nous allons organiser ça ce week-end, ajoute mon ami. Mary se chargera du buffet. Et ça fera du bien à Elia de l'aider…

Caleb s'approche de Phèdre pour prendre leur enfant dans ses bras.

– Bien entendu, nous resterons vigilants, précise le Chardon. Si nos ennemis ont profité une fois que nous étions affaiblis, ils peuvent recommencer dès qu'ils auront digéré leur défaite.

– Chacune de nos victoires augmente leur fureur, fais-je remarquer. Victor d'abord, maintenant Harry… Nous nous défendions, nous étions dans notre droit le plus légitime, mais ces décès ne resteront pas impunis.

– C'est compréhensible. Je serais ivre de rage si on causait la mort de mon fils, acquiesce Phèdre.

Je note une empathie curieuse chez elle. J'espère que ça lui passera. Vu ce que nous réserve l'avenir, nous devons nous montrer durs… et implacables. Les bons sentiments ne nous sauveront pas, tout comme ils n'adouciront pas les Campbell et les MacKenzie.

Caleb joue avec les mains minuscules de son garçon en nous écoutant, puis déclare :

– Dans tous les cas, Inchkeith n'est pas une bonne place forte. Il faut accepter que nous ne puissions pas rester éternellement ici, du moins tant que le conflit ne sera pas terminé.

Je suis interloqué par ses propos, au point que j'en perds la voix.

– Nous l'avons bien vu, et ce à deux reprises, continue mon ami. C'est une île minuscule, et même si nous connaissons le terrain, nous restons vulnérables, vite submergés par le nombre. Notre château n'est pas assez fortifié. En dépit de nos efforts pour le rendre imprenable, il y a toujours des issues. Et puis, les MacKenzie le connaissent bien, à présent. Il nous faut réfléchir plus grand, plus loin pour anticiper le futur. Nous ne pouvons pas faire face, à l'heure actuelle.

– Nous avons tout de même forgé une alliance entre les MacCoy et les MacLeod, interviens-je, chamboulé qu'il souhaite que nous partions de chez nous.

– Mais mon Clan n'est plus ce qu'il était autrefois, me répond Phèdre. Surtout après la signature de la cession de mes droits à Victor Campbell. Soyons lucides : nous ne tiendrons pas la distance. Nous avons essuyé de très lourdes pertes. Demain, si nos ennemis reviennent, nous mourrons tous. Ne jouons pas avec notre bonne étoile.

Elle a raison, mais je ne vois pas ce que nous pouvons faire de plus. À part…

– Des alliances ? supposé-je.

Caleb et Phèdre opinent tous les deux, très sérieux.

– Avec qui ? Fraser ? ajouté-je.

– C'est une éventualité, marmonne mon ami. Kate n'est pas mauvaise. Elle songe à ses intérêts avant ceux des autres, c'est vrai, et c'est normal. C'est une femme à la tête d'un des Clans les plus puissants d'Écosse, et sa jeunesse ne joue pas en sa faveur.

– Je ne l'apprécie pas, mais je sais ce qu'elle doit affronter au quotidien, à présent, appuie Phèdre. Nous trouverons un terrain d'entente lors de prochaines négociations et nous irons interpeller d'autres Clans, par la même occasion. Nous ne sommes pas les seuls à subir la tyrannie d'Henry Campbell et de ses molosses, et à en avoir assez. Son règne doit se terminer. Il suffit de rallier les *lairds* à notre cause, sous une même bannière, pour affronter le duc d'Argyll.

– Si nous sommes assez nombreux, peut-être réussirons-nous à le faire tomber sans avoir recours à la force, termine Caleb.

Ce sont de beaux projets. Mais nous n'avons aucune garantie de réussir à les mettre en place.

– Vous comptez abandonner Inchkeith ? répété-je, incapable de penser à autre chose qu'à ce point.

– C'est notre maison… mais elle ne peut pas nous protéger, même si ça me crève le cœur de l'admettre, dit Caleb. Nous devons au moins éloigner Phèdre et Xander pour qu'ils soient en sécurité. Et pour ça, il faut trouver un endroit sûr.

– Les MacCoy n'ont pas d'autres terres qu'Inchkeith, fais-je remarquer.

– Mais les MacLeod ont Dunvegan, intervient Phèdre.

Je tressaille.

– Qui ne vous appartient plus… soufflé-je.

– Une fois une aide acquise, nous reprendrons ce qui me revient, argue le Chardon. Là-bas, nous serons plus à même de nous défendre. Nous pourrons accueillir tous les MacCoy qui souhaitent nous rejoindre, comme les miens ont été les bienvenus ici, à Inchkeith. La naissance de Xander a lié encore plus nos deux Clans. Nous sommes désormais une seule et même Famille. Nous ne pouvons pas bouger de l'île avant de récupérer Dunvegan. Mon fief est donc notre priorité, pour l'heure.

Et justement, une question me taraude à ce sujet. Je n'y tiens plus et la pose :

– Mais Xander ne peut être l'héritier que d'un seul Clan. Lequel ?

– Xander MacLeod est l'héritier de Phèdre.

Le ciel me tombe sur la tête. Je me remets sur pied, canne à la main, et boîte de long en large. Ma jambe me fait mal, mais peu importe. Je suis remonté.

Mon ami repose son fils sur les genoux de sa mère et s'approche de moi.

– Le Clan de lady MacLeod n'absorbera pas le nôtre, si c'est ce que tu crains…

– Votre prochain enfant sera votre successeur ? demandé-je.

Phèdre fronce les sourcils et cingle :

– Ce n'est pas encore à l'ordre du jour. Laissez ma machine se remettre en place avant d'y penser, d'accord ?

Caleb sourit, amusé, puis se retourne vers moi pour préciser :

– Moi, j'ai déjà un héritier.

Je plisse les yeux, m'attendant au pire.

– Elisabeth, tu le sais bien, ajoute-t-il. Elle est capable de diriger le Clan, elle l'a prouvé. C'est une forte tête, mais elle fera toujours passer les siens en priorité. Elle doit apprendre, bien entendu, et je m'attellerai à lui enseigner tout ce que je sais au cas où. Je compte sur toi pour la seconder s'il doit m'arriver quoi que ce soit.

Je me raidis, sur la défensive. Caleb paraît savourer son petit effet, les bras croisés désormais.

– Que les choses soient bien claires, reprend-il, ma sœur restera la seule maîtresse de notre Clan, je le préciserai dans mon testament. Son mari n'aura aucun droit de regard sur les affaires des MacCoy, si elle ne le juge pas nécessaire. L'héritage lui reviendra à elle, et à elle seule.

Je bafouille, perdant de plus en plus mes moyens. Et mon ami m'assène le coup fatal :

– Oui, Duncan. Tu as intérêt à faire de ma sœur une femme honnête, si tu dois reprendre votre relation.

Phèdre lève les yeux au ciel.

– Tu commençais pourtant si bien… soupire-t-elle.

– Il épousera ma sœur ! gronde Caleb.

– Ce n'est pas parce qu'ils ont une vie sexuelle qu'ils sont dans l'obligation de se marier.

– Ne parle pas de ça, s'il te plaît.

– Eh bien, quoi ? Nous en avons bien une, je te signale, et ce n'est pas pour autant que tu m'as passé la bague au doigt. Et ce n'est pas la peine de jouer les prudes, la preuve est dans mes bras.

Phèdre soulève Xander. Mon ami grimace, puis saisit mon bras.

– Épouse ma sœur, répète-t-il.

– Caleb !

Il grogne et cède aux remontrances du Chardon. Je suis désarçonné. Est-ce une façon pour lui de me donner sa bénédiction ?

Ai-je enfin… le droit ?

– Je… je ne comprends pas, *milaird*, bredouillé-je. Je vous ai fait le serment de ne plus m'approcher de mademoiselle Elisabeth. Nous savoir ensemble vous rendait fou furieux. Pourquoi changer d'avis ?

– On ne peut pas dire que tu aies vraiment respecté ta parole, ironise Caleb. Pour te répondre, j'ai été idiot par le passé…

– Juste idiot ? se moque Phèdre.

– … mais je ne suis pas aveugle. Je me doutais que vous recommenceriez à vous voir dès qu'Ellie est revenue ici. Je ne pouvais pas le comprendre autrefois, mais j'ai acquis en expérience.

Il jette un regard tendre à lady MacLeod, un sourire au coin des lèvres, puis poursuit :

– Je ne pourrai jamais m'excuser assez pour ce que j'ai fait. J'ai eu peur de perdre ma sœur quand je venais d'enterrer mes parents, toutes les responsabilités me tombaient dessus, je devais réfléchir comme mon père, ce qui incluait de diriger ma propre famille comme tous ceux qui me servent. Je n'ai pas vu deux jeunes gens qui s'aimaient, mais un homme qui avait déshonoré ma sœur, une fille de *laird.* Je l'ai vécu comme une trahison, aussi. Mon meilleur ami et ma cadette… ça me répugnait. Mais on ne peut pas contrôler ce que l'on ressent. On a beau lutter, se débattre, ce qui est au fond de nous nous rattrape toujours. Aujourd'hui, je le sais, je le respecte, et je ne peux espérer mieux que toi pour Ellie. Après tout, je te connais par cœur et j'ai une confiance aveugle en toi. Tu es calme, posé, réfléchi. L'opposé d'Elisabeth, mais vous vous complétez, tous les deux. Et puis, soyons honnêtes, tu es le seul capable de la supporter sur le long terme !

Un petit rire m'échappe. Je ne peux pas le contredire là-dessus.

Les mots me manquent. Je suis ému, touché, et c'est un poids énorme qui s'envole. Je me sens plus léger.

Finalement, tout ce que j'attendais, c'était un tel discours. Une reconnaissance, une bénédiction. Ce que j'éprouve pour Beth n'ampute pas ma loyauté envers mon *laird*. Il vient enfin de l'admettre, après toutes ces années.

J'ignore si Elisabeth voudra encore de moi après ce que je lui ai fait, mais je n'ai plus à avoir de réserves. Caleb est d'accord pour que je me lie à sa sœur.

Caleb *exige* même que je l'épouse un jour.

Mon regard dérive sur Phèdre. Elle m'adresse un clin d'œil qui me met du baume au cœur. Je ne suis pas toujours d'accord avec elle, mais elle a réussi une véritable prouesse. Elle m'a ouvert, consciemment ou non, une porte vers le bonheur.

– Merci, murmuré-je, trop secoué pour dire quoi que ce soit de plus.

Caleb me tend son bras, que je saisis en une poigne virile. Nous n'avons pas besoin de plus. Pas même des menaces stéréotypées du grand frère si jamais j'en venais à faire du mal à sa sœur. Il sait que j'en suis incapable… et je suis au courant de ce qui m'attend si jamais je commettais cette erreur.

Il relâche mon bras et récupère un papier dans sa poche. Il me le donne, énigmatique.

– Prépare tes valises, le Glaive.

CHAPITRE 65

ELISABETH
La Louve

Je me laisse tomber sur mon lit, K.-O. Je me maudis aussitôt, mon épaule se rappelant à mon bon souvenir. J'ai passé la journée chez Rose pour participer au nettoyage, au réaménagement et aux travaux indispensables pour qu'elle puisse retourner vivre dans sa maison saccagée lors du raid. Nous sommes loin d'en avoir effacé toutes les traces sur Inchkeith…

Je regarde mon portable, la tête dans l'oreiller. Sans surprise, je n'ai aucun message du « lâche » ; en trois semaines, il ne m'a pas écrit une seule fois. Je soupire et compose avec ma déception. Après tout, moi non plus, je n'ai pas cherché à le contacter.

Je n'ai pas le courage de me mouiller, par peur d'être rejetée une fois de plus…

Je suis tentée de piquer un somme : mes nuits sont très mauvaises, peuplées de cauchemars et de visages qui ne cessent de me hanter. Je ne me suis pas encore réconciliée avec ma conscience qui me reproche la mort des MacKenzie à l'Unicorn, ainsi que celle de Harry.

Les insomnies, tous les travaux, les enterrements, la cérémonie récente pour rendre un dernier hommage aux défunts, mon besoin de retrouver Duncan ainsi que ma peur viscérale de sa réaction constituent un cocktail explosif. J'ai les nerfs en pelote.

Je me redresse, hésite à me changer les idées auprès de Lucy, puis me ravise. J'ai bien envie de jouer avec Xander. Mon neveu réussit à rendre les jours plus heureux et plus jolis. Phèdre risque de rouspéter mais tant pis.

Je descends du lit et m'apprête à sortir de ma chambre quand on frappe à ma porte. Je croise les doigts pour que ce ne soit pas Mary ou quelqu'un qui me dirait qu'il faut que je retrousse encore mes manches aujourd'hui…

J'ouvre, prête à envoyer balader l'intrus, mais je m'arrête, surprise d'apercevoir une valise en premier. Je fronce les sourcils et redresse la tête pour découvrir Duncan face à moi. Mon cœur rate un battement.

Pourquoi a-t-il une valise ? Il vient me dire adieu ? Ou m'ordonner de partir ? Qu'est-ce qui se passe ?

– Avant que vous ne disiez quoi que ce soit, je suis désolé, lâche-t-il.

J'écarquille les yeux et n'ose pas bouger, la main toujours sur la poignée de la porte. Duncan passe une main dans ses cheveux lâches, gêné.

– Je suis désolé d'avoir fait passer ma loyauté envers Caleb avant vous il y a sept ans, ajoute-t-il. Je suis désolé aussi de ne pas avoir su le confronter à l'époque pour lui faire entendre raison d'une manière ou d'une autre. Je suis désolé de vous avoir fait autant de mal. Je suis désolé d'avoir été un gros lâche, incapable d'assumer ses sentiments, trop peureux pour admettre que notre relation n'était plus la même.

Il reprend son souffle et enchaîne :

– Je suis désolé de ne pas être venu vous chercher, désolé de ne pas vous avoir rejointe, qu'importe le pays où vous vous trouviez. Je suis désolé de vous avoir déçue, et d'avoir compris trop tard que vous étiez la femme que je voulais. Et que je veux toujours.

J'ouvre la bouche, la referme, les joues échauffées. Est-ce qu'il vient vraiment de me dire tout ça ?

– C'est… Ça fait beaucoup de « désolé ».

Voilà tout ce que je peux répondre…

Duncan sourit, cherche où mettre ses mains. Sur ses hanches, dans ses poches, dans ses cheveux.

– Il n'y en aura jamais assez, dit-il. Jamais assez de « je vous demande pardon » pour tout ce temps perdu loin l'un de l'autre. Je le répéterai tous les jours, si c'est ce que vous souhaitez. Je m'excuserai pour tout, tout le temps, si ça peut vous réconforter et vous prouver que je ne suis plus le même. C'est vrai qu'il nous a fallu plus de vingt ans pour véritablement nous trouver, mais peut-être était-ce indispensable pour que je m'habitue à votre sale caractère…

– Sympathique !

– … et que je ne puisse plus m'en passer. Vous êtes butée, farouche, agaçante, bavarde, et vous riez fort…

– Je ne suis pas certaine d'aimer où tu veux en venir.

– … mais j'adore cette partie de vous. Tous ces défauts ont laissé un grand vide lors de vos absences. Parce que votre entêtement appuie vos convictions, votre côté farouche vous rend passionnée, vous êtes agaçante parce que vous vivez à mille à l'heure quand d'autres se demandent encore quel chemin prendre. Vous êtes une pipelette, mais vous avez toujours quelque chose d'intéressant à dire, même s'il faut vous décoder. Et vous riez si fort parce que vous êtes sans artifices, parce que vous croquez la vie à pleines dents. Vous réussissez à rire dans le brouillard. Je ne suis pas le plus amusant des hommes, je suis même un rabat-joie, et je ne vous mentirai pas : ma vie, je la dédie aux MacCoy. À notre Clan. Ma loyauté lui est acquise… mais j'aurai toujours une place pour vous. Une place que rien ne pourra détruire. Alors…

Il inspire et reprend :

– Il est tard pour vous dire de vive voix que je vous aime. Je ne peux pas vous dire que c'est le cas depuis toujours, parce que ce que je ressentais pour vous a évolué. Mais je crois que nous étions destinés à grandir avant de nous rencontrer pour de bon. Que votre frère soit d'accord ou non, j'aurais dû vous le dire. J'aurais dû être plus courageux.

Il déplace la valise entre nous, marque une pause pendant laquelle je n'ose pas intervenir, ébranlée.

– Accepteriez-vous de partir avec moi ? me demande-t-il. Je ne peux pas vous promettre que c'est pour une éternité : je n'ai le droit qu'à un mois, je ne peux pas abandonner le Clan plus longtemps. Mais nous pourrons déjà bien voyager, durant ce temps-là.

Il se tait enfin, glisse deux billets d'avion au-dessus de la valise, en suspens, et affronte mon regard sans broncher. Je déglutis pour chasser la boule d'émotions dans ma gorge.

– Je crois que tu n'as jamais été aussi loquace, lâché-je.

Il n'a pas l'air de savoir sur quel pied danser. Je prends un certain plaisir à le voir se décomposer à mesure que le silence s'éternise. Prise de pitié, je décale la valise du pied, repousse sa main qui tient les billets et réduis la distance entre nous. J'enroule mes bras autour de son cou, me hisse sur la pointe des pieds pour accéder à ses lèvres. Sa bouche s'entrouvre aussitôt pour me souhaiter la bienvenue. Je souris dès qu'il referme ses bras autour de moi, me soulevant à moitié, et je ferme les yeux pour savourer notre baiser de retrouvailles.

J'ai attendu, espéré si longtemps une telle déclaration. Maintenant, je ne suis pas près de laisser Duncan repartir. Je ne m'en irai pas non plus.

Lui et moi, c'est depuis toujours.

– Bien sûr que je pars avec toi, chuchoté-je contre sa bouche. Si tu me donnes ta parole de toujours rester avec moi.

– Je reste avec toi, Beth.

Nos bouches scellent notre promesse, et cette fois, nous nous y tiendrons.

ÉPILOGUE

LA BICHE

Mes doigts dansent sur le clavier du piano avec fluidité et délicatesse. La mélodie envahit le petit salon malgré l'atmosphère pesante dans laquelle il est plongé. Je fredonne l'air dans ma tête, emportée par la douceur du morceau. Je n'ai pas besoin de garder les yeux ouverts pour donner corps au *Pas de Deux* de Tchaïkovski.

Père l'aime beaucoup. J'espère que la musique réussira à le détendre, lui qui est si renfermé depuis trois semaines.

Mère se tient debout près de lui, toujours aussi droite, son chignon impeccable et son regard de glace à l'affût de la moindre erreur de ma part. Brett est assis dans un fauteuil, à la droite de notre père, tandis que Logan reste les mains liées devant lui, la tête baissée. Je garde un œil sur mon demi-frère, inquiète de la remontrance qu'il va encore essuyer.

Depuis le décès de Harry, il écope de tous les reproches, et je ne saisis pas pourquoi.

Bien sûr, j'ai remarqué ses contusions et l'énorme coquard à son œil gauche. Sa lèvre tuméfiée aussi. Père a encore passé ses nerfs sur lui, à moins que Mère s'en soit occupée. Elle aime la discipline, l'ordre. Elle excelle dans l'art de la sanction.

– Anna, votre dos, me lance-t-elle d'ailleurs.

Je me redresse pour être bien droite. Je ne m'étais pas rendu compte que je m'affaissais. Je me reconcentre et remarque le sourire que m'adresse Elrik, appuyé sur le piano. Je ne peux m'empêcher de le lui rendre.

Père lâche le papier ivoire qu'il tenait dans ses mains. Je l'ai rarement vu aussi abattu. Il s'efforce de n'en rien montrer, comme nous tous ici, mais la mort de mon frère le touche beaucoup.

– Ils ont officialisé la naissance de leur enfant, lâche-t-il avec aigreur.

– Qu'en est-il, *milaird* ? s'enquiert Mère.

– C'est un MacLeod.

Brett fronce les sourcils.

– Le duc ne sera pas ravi de l'apprendre.

– Il est déjà au courant, confirme Père. Et, oui, il est furieux.

– MacCoy est un imbécile, éructe Brett. Être le concubin de la MacLeod est une chose, mais accepter que leur progéniture ne soit pas son héritier ? En soi, ce n'est pas plus mal pour nous.

Nous n'avons pas besoin de tuer son gosse pour enterrer sa dynastie.

– Ne le traite pas d'imbécile quand tu ne réfléchis pas plus que lui, veux-tu ? Ce garçon est désormais la cible de Campbell. Nous n'y échapperons pas : nous devons nous en débarrasser.

Je loupe une note. Personne ne le remarque tant tous sont concentrés sur la discussion.

Sont-ils en train d'évoquer l'assassinat d'un bébé ?

Je me rabroue.

Non, ils ne se rendent pas compte de ce qu'ils disent. Elrik ne ferait jamais une chose pareille.

Celui-ci croise les bras et rétorque :

– Je doute que le duc fasse à nouveau appel à nous, étant donné nos échecs consécutifs.

Je ravale une grimace. Mon frère adoré a toujours su mettre les pieds dans le plat…

Père ne s'énerve pas, contrairement à Mère qui le foudroie du regard.

– Tu as raison, admet le *laird*. Nous devons retrouver la confiance de Campbell, faire encore une fois nos preuves. Si nous perdons son appui, nous serons jetés en pâture aux loups. Nombreux sont les Clans qui attendent notre chute pour nous faire payer notre allégeance au Sanglier. Les MacLeod et les MacCoy essaieront aussi de nous atteindre. Ils sont devenus plus revanchards et hargneux. Préparons-nous au retour de bâton.

– Que suggérez-vous ?

Père soupire, joue avec son verre de vin. Je me détourne pour décider du morceau que je jouerai quand j'aurai terminé le *Pas de Deux*. J'opte pour le *Clair de lune* de Debussy.

– Il est temps de passer à la vitesse supérieure et d'affirmer pour de bon notre soutien au duc d'Argyll. Si un bout de papier ne suffit pas, ou le mariage de Brett avec la fille Campbell, il y a d'autres solutions. Nous pouvons accepter de lui céder enfin ce que nous avons de plus précieux…

Un frisson remonte le long de mon échine ; je sens un poids sur ma nuque. Je tourne la tête en direction de ma famille et constate qu'ils m'observent tous avec attention. Je ne m'arrête pas de jouer, peu désireuse d'être sermonnée par Mère, mais j'ai du mal à comprendre ce qui leur arrive. Une angoisse sourde s'enroule dans mon ventre.

Père ne me quitte pas des yeux et affiche un air trop sérieux.

– Le troisième fils du duc, Irvin… Est-il toujours en Afghanistan ? demande-t-il.

– Oui, répond Mère.

– Et Darren, le nouvel héritier ?

– Il est auprès de son père, à Inveraray.

Un nouveau silence tombe. Père fait tourner son alcool dans son verre sans se détourner de moi. Je m'efforce de jouer, le dos raide, malgré la sueur froide qui dévale ma colonne vertébrale.

Darren…

Je m'obstine à ne pas relever la tête pour affronter mes parents. « Sage et soumise », me répété-je. Père et Mère sont déjà si contrariés. Je ne dois pas les offusquer ; je ne veux pas être punie.

Je loupe encore une note. Les larmes me montent aux yeux. Je les ravale à grand-peine.

Sage et soumise.

– Tout se jouera prochainement, décrète Père.

Un malaise s'empare de moi. Je n'aime pas la façon qu'ils ont tous de me fixer, ni l'expression affligée d'Elrik.

Père quitte son fauteuil. Logan s'écarte aussitôt et se colle dans un coin, replié sur lui-même. Le *laird* lève son verre et clame, sarcastique :

– À Xander MacLeod !

Puis, il le pointe vers moi, un sourire aux lèvres.

– Et à Darren et Annabelle.

À SUIVRE…

NOTE DE L'AUTEUR

C'était un sacré défi pour moi d'écrire cette histoire sans le point de vue de Caleb et de Phèdre. Pourtant, Elisabeth est un personnage que j'ai imaginé dès le premier opus des *MacCoy*. Il me tardait de la rencontrer à travers l'écriture, elle que je concevais si énergique et indomptable. J'ai connu le même empressement avec Duncan, un héros si calme, posé, mais aux défauts qui le rendaient plus humain à mes yeux. J'ai abordé ce texte avec une certaine retenue, le temps de m'approprier ces deux caractères différents.

Et la magie a opéré.

J'ai adoré écrire leurs aventures, dans le passé comme en 2018.

Mais j'ai aussi adoré retrouver les précédents personnages ainsi que l'univers des MacCoy dans lequel je me sens très à l'aise.

J'espère qu'avec ce troisième tome, les personnages vous paraîtront plus attachants encore, maintenant que vous les avez vus grandir.

Plusieurs libertés ont été prises afin de rédiger cette histoire.

La hiérarchie et les mœurs claniques sont en grande majorité issues de mon imagination. Cette histoire n'a pas pour but de se maintenir complètement dans un contexte réaliste.

Les traductions en gaélique écossais ont été faites d'après mes propres connaissances et recherches. Il en va de même pour l'anglais. Je vous prie donc de pardonner toute erreur qui se serait glissée dans les passages en langues étrangères.

J'ai tenté d'être aussi fidèle que possible dans les descriptions des divers lieux, notamment Plockton, qui existe bel et bien.

L'aventure se poursuit, Xander MacLeod est né. La guerre ne fait que commencer.

Et Annabelle MacKenzie entre dans la danse.

REMERCIEMENTS

Je tiens à remercier avant tout mon éditrice, Camille.

Oui, on trouve l'éditeur le plus souvent à la fin des remerciements.

Mais là, il faut rendre à César ce qui est à César.

Quelle patience !

Je ne sais pas compter, même avec une calculette, mais je peux me fier à cette petite fée qui veille au grain. Je surveille les cheveux qu'il me reste avant de devenir chauve. Le moindre détail est passé à la loupe, et j'ai abandonné l'idée de cacher les oublis dans le placard.

Blague à part, je n'aurais pu espérer mieux pour les *MacCoy*. Alors, merci, Camille – encore – pour ta confiance, ton entrain, ton professionnalisme. Pour ce que tu réalises avec cette histoire qui ne serait pas celle qu'elle est sans toi. Confier son texte à quelqu'un afin qu'il l'ausculte sous tous les angles n'est jamais facile. Peur de la critique, peur de la dénaturation, peur que le manuscrit ne

nous appartienne plus… J'ai vite oublié mon appréhension. Tu rends mon histoire meilleure, et j'ai toujours hâte de travailler avec toi. Avec le sourire.
(Promis, je ne te demande pas en mariage demain.)

Merci à Sarah pour Hel, pour Brahn. Tu sais déjà tout.
Merci à mes parents qui me soutiennent toujours et qui affichent les *MacCoy* partout au point que je ne vois plus que mes couvertures dans chaque pièce de la maison.
Merci à mon mari pour sa patience et pour croire en moi, chaque jour qui passe.
Merci à Lucie, ma petite lumière.

Merci à tous les petits lutins dans les coulisses qui travailleront sur ce manuscrit pour en sortir un roman superbe et abouti.

Merci à toutes les chroniqueuses, bloggueuses, booktubeuses et instagrammeuses.
Merci à vous, lecteurs, qui suivez le Clan MacCoy depuis le début et permettez à mes *Islanders* de continuer l'aventure.

Merci !

SURNOMS EN USAGE PARMI LES CLANS

LES MACCOY

L'Ours – Caleb
Le Glaive – Duncan
Le Limier – Dyclan
Le Bouclier – Ewen
Le Serpent – Brahn
L'Ange – Roy
La Louve – Elisabeth
L'Agneau – Megan

LES MACLEOD

Le Chardon – Phèdre
Le Taureau – Alexander

LES CAMPBELL

Le Sanglier – Henry

Les MacKenzie

Le Cerf – Angus
La Biche – Annabelle
Le Rapace – Logan

Autres

Le Trèfle – Lachlan

Composition et mise en pages
Nord Compo à Villeneuve-d'Ascq